OSCAR
FANTASTICA

di George R.R. Martin

nella collezione Oscar

L'arguzia e la saggezza di Tyrion Lannister
Il cavaliere dei Sette Regni
Il Drago di Ghiaccio
La principessa e la regina (con Gardner Dozois)
Il Pianeta dei Venti (con Lisa Tuttle)
I re di sabbia
Le torri di cenere
Il viaggio di Tuf

LE CRONACHE DEL GHIACCIO E DEL FUOCO

Libro primo - *Il Trono di Spade e Il Grande Inverno*
Libro secondo - *Il Regno dei Lupi e La Regina dei Draghi*
Libro terzo - *Tempesta di spade, I fiumi della guerra e Il Portale delle Tenebre*
Libro quarto - *Il Dominio della Regina e L'ombra della profezia*
Libro quinto - *I guerrieri del ghiaccio, I fuochi di Valyria e La Danza dei Draghi*

WILD CARDS
1. L'origine - 2. L'invasione - 3. L'assalto - 4. La missione
5. Nei bassifondi - 6. Il candidato - 7. La mano del morto
8. Il fante con un occhio solo - 9. Il Castello di Cristallo

nella collezione Varia Saggistica

Il mondo del Ghiaccio e del Fuoco (con Elio M. García Jr. e Linda Antonssen)

nella collezione Omnibus

I Canti del Sogno (volume primo)
I Canti del Sogno (volume secondo)
La ragazza nello specchio (con Gardner Dozois)

George Raymond Richard Martin (Bayonne, New Jersey, 1948) è l'autore delle celebri "Cronache del Ghiaccio e del Fuoco" che hanno ispirato tra l'altro la serie televisiva della HBO *Il Trono di Spade*, vincitrice di ben ventisei Primetime Emmy Awards. Ha scritto anche molte altre opere, tradotte in decine di Paesi, soprattutto romanzi e racconti di fantascienza, horror e fantasy, che gli sono valsi i più importanti premi letterari per questi generi: cinque Hugo, due Nebula, un World Fantasy, undici Locus e numerosi altri. Sceneggiatore per il cinema e la televisione, nel 2011 la rivista «Time» l'ha selezionato tra le cento persone più influenti del pianeta.

GEORGE R.R.
MARTIN

IL TRONO DI SPADE

LA REGINA DEI DRAGHI

Traduzione di Sergio Altieri

OSCAR MONDADORI

I edizione I Massimi della Fantascienza ottobre 2001
I edizione Oscar bestsellers ottobre 2002
I edizione Oscar fantastica marzo 2016

ISBN 978-88-04-66210-5

Questo volume è stato stampato
presso ELCOGRAF S.p.A.
Stabilimento di Cles (TN)
Stampato in Italia. Printed in Italy

Mappe
"Il Nord" e "Il Sud" - copyright © by Jeffrey L. Ward
"Approdo del Re" di James Sinclair

Stemmi araldici di Virginia Norey

Anno 2016 - Ristampa 1 2 3 4 5 6 7

La Regina dei Draghi

A John e Gail
per il desco che abbiamo condiviso

Il Nord
Legenda
Città
Villaggi
Castelli
Rovine
Castelli in rovina
Foresta Stregata
Artigli del Gelo
Torre delle Ombre
Skane
La Barriera
Castello Nero
Il Dono
Forte Orientale
Skagos
Costa Congelata
Baia del Ghiaccio
Corona della Regina
Baia delle Foche
Ultimo Focolare
Isola dell'Orso
Punta del Drago Marino
Ultimo Fiume
Lago Lungo
Karhold
Scogliere Grigie
Deepwood Motte
Colline della Solitudine
Foresta del Lupo
Forte Terrore
Weeping Water
Grande Inverno
Alture delle Greggi
Piazza di Torrhen
Costa Pietrosa
Terra delle Tombe
Coltello Bianco
Strada del Re
Ramsgate
Rills
Città delle Tombe
Porto Bianco
Capo della Vedova
Lancia di Sale
Vecchio Castello
Moat Cailin
Baia Infuocata
Incollatura
Baia del Morso
Dito della Silice
Sisterston
Paps
Capo della Piovra
Torre delle Acque Grigie
Pebble
Arcipelago delle Tre Sorelle
Scogliere della Silice
Le Dita
Isole di Ferro
Capo delle Aquile
Torri Gemelle
Vecchia Wyk
Blacktyde
Orkmont
Seagard
Grande Wyk
Nido dell'Aquila
Valle di Arryn
Golfo dell'Uomo di Ferro
Forca Verde
Porta Insanguinata
Saltcliffe
Pyke
Harlow
Vecchie Pietre
Forca Blu
Tumblestone
Delta delle Acque
Forca Rossa
© 2011 Jeffrey L. Ward

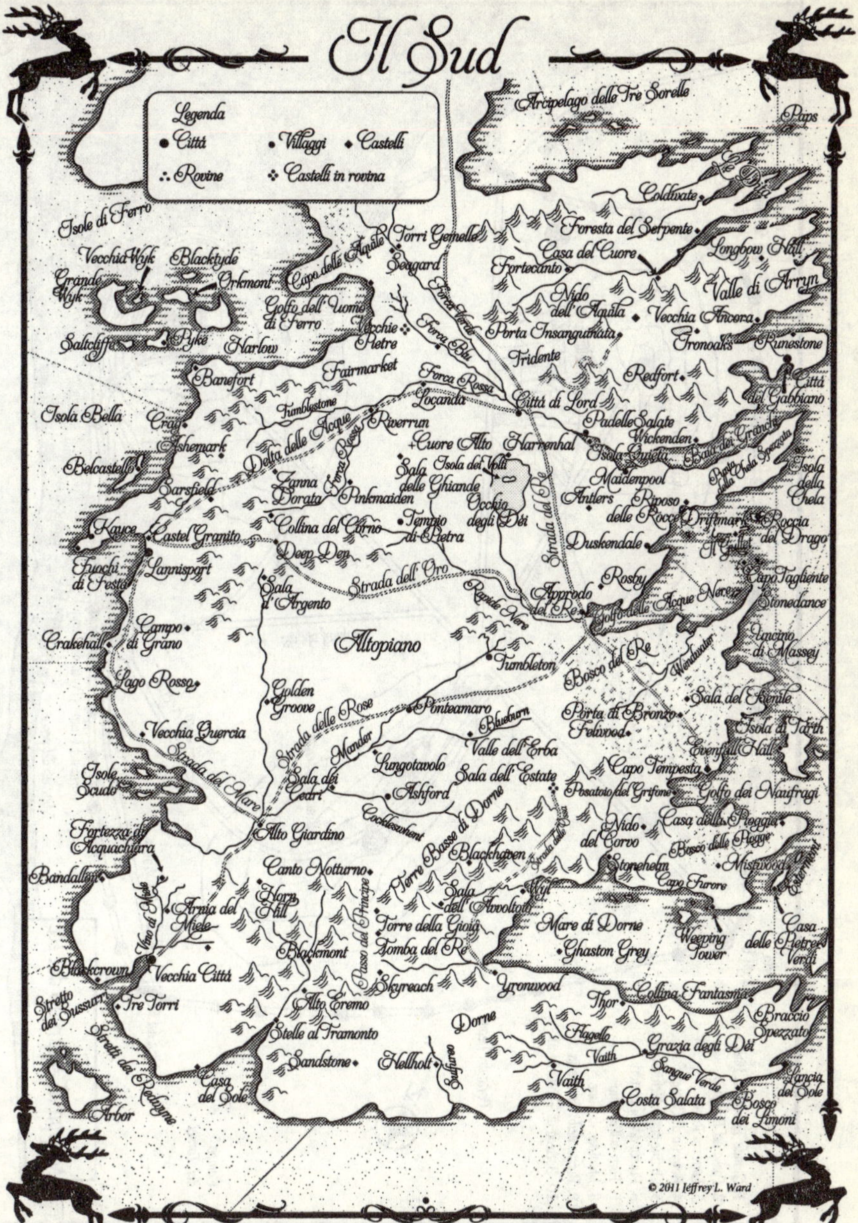
Il Sud
Legenda
Città
Villaggi
Castelli
Rovine
Castelli in rovina
Arcipelago delle Tre Sorelle
Paps
Coldwater
Isole di Ferro
Torri Gemelle
Foresta del Serpente
Capo delle Aquile
Seagard
Casa del Cuore
Longbow Hall
Vecchia Wyk
Blacktyde
Grande Wyk
Orkmont
Fortecanto
Valle di Arryn
Golfo dell'Uomo di Ferro
Forca Verde
Nido dell'Aquila
Vecchia Ancora
Vecchie Pietre
Forca Blu
Porta Insanguinata
Ironoaks
Runestone
Saltcliffe
Pyke
Harlow
Tridente
Fairmarket
Forca Rossa
Redfort
Città del Gabbiano
Banefort
Locanda
Tumblestone
Città di Lord
Isola Bella
Crag
Riverrun
PadelleSalate
Cuore Alto
Harrenhal
Wickenden
Baia dei Granchi
Ashemark
Delta delle Acque
Isola dei Volti
Isola Quieta
Belcastello
Sala delle Ghiande
Maidenpool
Isola della Chela
Sarsfield
Zanna Dorata
Pinkmaiden
Antlers
Riposo delle Rocce
Occhio degli Dèi
Strada del Re
Driftmark
Roccia del Drago
Kayce
Castel Granito
Collina del Corno
Tempio di Pietra
Duskendale
Il Gullet
Lannisport
Deep Den
Fuochi di Festa
Strada dell'Oro
Rosby
Capo Tagliente
Sala d'Argento
Approdo del Re
Golfo delle Acque Nere
Stonedance
Rapide Nere
Crakehall
Campo di Grano
Altopiano
Uncino di Massey
Tumbleton
Bosco del Re
Wendwater
Lago Rosso
Golden Groove
Sala del Fienile
Strada delle Rose
Ponteamaro
Porta di Bronzo
Felwood
Isola di Tarth
Vecchia Quercia
Blueburn
Valle dell'Erba
Evenfall Hall
Mander
Lungotavolo
Capo Tempesta
Strada del Mare
Sala dell'Estate
Isole Scudo
Sala dei Cedri
Ashford
Posatoio del Grifone
Golfo dei Naufragi
Fortezza di Acquachiara
Cockleswhent
Nido del Corvo
Casa della Pioggia
Alto Giardino
Terre Basse di Dorne
Bosco delle Piogge
Blackhaven
Bandallon
Canto Notturno
Stonehelm
Mistwood
Capo Furore
Horn Hill
Sala dell'Avvoltoio
Wyl
Arnia del Miele
Passo del Principe
Mare di Dorne
Weeping Tower
Casa delle Pietre Verdi
Torre della Gioia
Ghaston Grey
Blackmont
Tomba del Re
Blackcrown
Vecchia Città
Skyreach
Yronwood
Collina Fantasma
Stretto dei Sussurri
Tre Torri
Alto Eremo
Thor
Braccio Spezzato
Dorne
Stelle al Tramonto
Flagello
Vaith
Grazia degli Dèi
Sandstone
Hellholt
Sangue Verde
Lancia del Sole
Stretti da Redwyne
Casa del Sole
Vaith
Costa Salata
Bosco dei Limoni
Arbor
© 2011 Jeffrey L. Ward

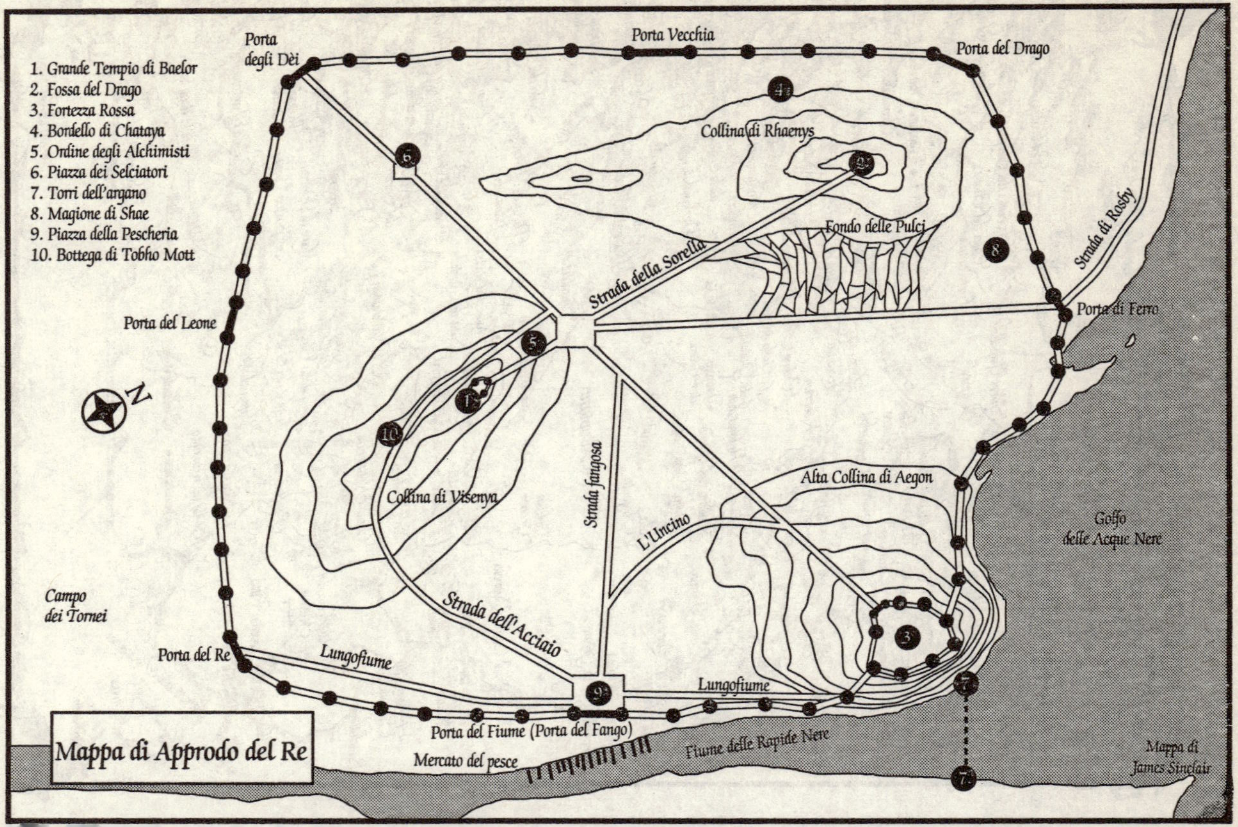
Mappa di Approdo del Re
1. Grande Tempio di Baelor
2. Fossa del Drago
3. Fortezza Rossa
4. Bordello di Chataya
5. Ordine degli Alchimisti
6. Piazza dei Selciatori
7. Torri dell'argano
8. Magione di Shae
9. Piazza della Pescheria
10. Bottega di Tobho Mott
Porta degli Dèi
Porta Vecchia
Porta del Drago
Porta del Leone
Porta del Re
Porta di Ferro
Porta del Fiume (Porta del Fango)
Collina di Rhaenys
Collina di Visenya
Alta Collina di Aegon
Fondo delle Pulci
Strada della Sorella
Strada di Rosby
Strada fangosa
Strada dell'Acciaio
L'Uncino
Lungofiume
Lungofiume
Campo dei Tornei
Mercato del pesce
Fiume delle Rapide Nere
Golfo delle Acque Nere
N
Mappa di James Sinclair

SANSA

«Più lo fai aspettare, peggio sarà per te» l'avvertì Sandor Clegane.

Sansa cercò di affrettarsi. Inutile: le sue dita continuarono a impigliarsi tra nodi e bottoni. Il Mastino parlava sempre in tono rude ma, questa volta, nel modo in cui lui la stava guardando, c'era qualcosa che la riempiva di terrore. Che Joffrey avesse scoperto del suo incontro segreto con ser Dontos? "No, per pietà... No!" invocò silenziosamente nello spazzolarsi i capelli. Ser Dontos era la sua unica speranza. "Devo essere graziosa. A Joff piace che io sia graziosa. E gli piace che indossi questo abito, e questo colore." Si passò le mani sul corpetto, spianandone le grinze. Il tessuto le fasciava stretto il busto.

Nel lasciare le sue stanze, Sansa si tenne alla sinistra del Mastino, lontano dalla metà sfigurata della sua faccia. «Dimmi che cosa ho fatto.»

«Non tu. Il tuo regale fratello.»

«Robb è un traditore» parole che Sansa ormai ripeteva senza nemmeno più pensare. «Qualsiasi cosa abbia fatto, io non ne ho alcuna parte.»

"Dei, aiutatemi, fate che non si tratti dello Sterminatore di Re." Se Robb aveva fatto del male a Jaime Lannister, Sansa sapeva che questo avrebbe significato la sua fine. Rivide ser Ilyn Payne, la Giustizia del re, rivide questi suoi terribili, spietati occhi lividi, fiammeggianti nello scarno volto butterato.

«Ti hanno ammaestrato proprio bene, uccellino» grugnì Sandor Clegane.

La condusse sul ponte coperto inferiore, dove una folla si era radunata lungo i merli degli arcieri. In molti si fecero da parte per lasciarli passare. Sansa udì lord Gyles tossire. Ragazzi di stalla sfaccendati le lanciarono occhiate insolenti. Per contro, ser Horas

Redwyne evitò di guardarla, e suo fratello, ser Hobber, fece addirittura finta di non vederla. A terra un gatto giallo stava morendo e miagolava dal dolore. Aveva un dardo di balestra conficcato tra le costole. Sansa aggirò il piccolo corpo scosso dagli ultimi spasmi sentendosi male.

Ser Dontos si avvicinò sul suo grottesco cavallo ricavato da un manico di scopa. Da quando era arrivato al torneo troppo ubriaco per montare in sella, re Joffrey aveva decretato che, da quel momento in poi, sarebbe stato *sempre* in sella.

«Sii forte» le bisbigliò, dandole una stretta al braccio.

Joffrey era in piedi al centro dell'assembramento. In pugno, stringeva una balestra istoriata. Ai suoi lati c'erano ser Boros e ser Meryn. Alla sola vista dei due cavalieri della Guardia reale, Sansa si sentì aggrovigliare le viscere. Si prostrò davanti al re.

«Maestà.»

«Inginocchiarti ormai non ti salverà» disse il re. «Alzati. Ti trovi qui per rispondere dell'ultimo tradimento perpetrato da tuo fratello.»

«Maestà, qualsiasi cosa abbia fatto mio fratello, il traditore, io non ho parte alcuna. Tu questo lo sai, t'imploro...»

«Fatela alzare!»

Il Mastino la rimise in piedi, non senza una certa gentilezza.

«Ser Lancel» abbaiò Joff «dille dell'ennesimo oltraggio.»

Sansa aveva sempre considerato Lancel Lannister un giovane attraente e di buone maniere. Ma nello sguardo che lui le lanciò non c'era né gentilezza né compassione.

«Servendosi di qualche turpe stregoneria, tuo fratello ha guidato un'orda di mostri all'attacco dell'esercito di ser Stafford Lannister, a nemmeno tre giorni di cavallo da Lannisport. Migliaia di validi uomini sono stati macellati nel sonno senza nemmeno la possibilità di alzare la spada. Dopo la strage, i barbari del Nord hanno banchettato con la carne dei caduti.»

Sansa sentì l'orrore stringerle la gola.

«Hai niente da dire?» chiese Joffrey.

«Maestà» mormorò ser Dontos «la povera piccola è sconvolta oltre ogni dire.»

«Silenzio, giullare!» Joffrey sollevò la balestra e la puntò dritto in faccia a Sansa. «Voi Stark siete innaturali quanto i vostri lupi. Non ho dimenticato come quel tuo mostro mi ha sbranato.»

«È stato il lupo di Arya, non il mio» rispose Sansa. «Lady non ti aveva mai fatto nulla di male. Ma tu l'hai uccisa lo stesso.»

«No, tuo padre l'ha uccisa. Io però ho ucciso lui. Vorrei averlo fatto con le mie mani. Ho ucciso un uomo anche più grosso di tuo padre, la notte scorsa. Sono venuti alle porte del castello gridando il mio nome, chiedendo pane... Nemmeno fossi un miserabile *fornaio*. Ma ho dato loro una bella lezione. Ho colpito quello che urlava più forte proprio alla gola.»

«Ed è morto?» con il rostro di ferro del dardo della balestra puntato in mezzo agli occhi, per Sansa fu difficile trovare qualcos'altro da dire.

«Ma certo che è morto. Gli ho piantato il mio dardo in gola. C'era una donna che lanciava pietre. Ho colpito anche lei, ma solo al braccio» la fronte aggrottata, Joffrey abbassò la balestra. «Dovrei piantare un dardo anche nella tua, di gola. Ma mia madre dice che se io lo facessi loro ucciderebbero mio zio Jaime. Invece, verrai punita. Dopo di che, faremo sapere a tuo fratello che cosa ti accadrà se lui non si arrende. Mastino, colpiscila.»

«No! Lasciate che lo faccia io!» Ser Dontos si fece avanti, con la corazza di latta che sbatacchiava.

Era armato di una *mazza ferrata,* la cui palla era un melone. "Caro Florian!" Sansa avrebbe voluto baciarlo, pur con la pelle chiazzata, le vene scoppiate e tutto il resto. Ser Dontos le girò intorno al galoppo, spronando il suo manico di scopa. «Traditrice!» urlava. «Traditrice!» La colpì sulla testa con il melone. Sansa si ritrasse, proteggendosi il capo con le mani. Al secondo colpo, aveva già tutti i capelli impiastricciati di succo. La gente rideva. Dontos continuò ad andare all'attacco. Il melone andò in pezzi. "Ridi, Joffrey" implorava mentre grumi di polpa viscida colavano giù per il viso e per la gola di Sansa, inzuppando il suo abito di seta. "Ridi e sii soddisfatto..."

Re Joffrey non rise. Non si concesse neppure lo spettro di un sorriso. «Boros. Meryn.»

Ser Meryn Trant prese Dontos per un braccio e lo scaraventò lontano. Il giullare finì a gambe levate con il manico di scopa, il melone spaccato e tutto il resto. Ser Boros afferrò Sansa.

«Non sulla faccia» precisò Joffrey. «Voglio che rimanga graziosa.»

Boros le affondò un pugno nel ventre, facendole uscire tutta l'aria che aveva in corpo. Sansa si piegò in avanti, come uno stelo reciso da una falce. Ser Boros la prese per i capelli, sguainò la spada. Per un momento spaventoso, Sansa fu certa che le avrebbe tagliato la gola. Boros la colpì alle cosce con il piatto della lama. Sansa ebbe l'impressione che le gambe le si spezzassero a metà per la violenza del colpo. Urlò. Gli occhi le si riempirono di lacrime. "Presto sarà finita." Ma poco dopo perse il conto dei colpi.

«Basta così» sentì che diceva la voce roca del Mastino.

«Dico io quando basta, cane» rispose il re. «Boros, denudala.»

La mano carnosa di Boros afferrò il bordo del corpetto e diede un brutale strattone. La seta si lacerò, esponendo il corpo di Sansa fino alla vita. Lei cercò di coprirsi i seni con le mani. Da qualche parte, chissà dove, vennero sghignazzate laide, crudeli.

«Picchiala *a sangue*! E poi vedremo se a suo fratello piace...»

«*Che cosa sta succedendo qui?*»

La voce del Folletto era sferzante come uno schioccare di frusta. Di colpo, Sansa fu libera. Cadde nuovamente in ginocchio, con le braccia raccolte al petto, il respiro mozzato.

«È questo il tuo concetto di cavalleria, ser Boros?» continuò Tyrion Lannister, inferocito. C'era il suo mercenario con lui, e anche uno dei suoi barbari delle montagne, quello con l'occhio bruciato. «Quale genere di cavaliere colpisce fanciulle indifese?»

«Quello che serve il suo re, Folletto.»

Ser Boros sollevò minacciosamente la spada e ser Meryn venne a fargli da spalla, estraendo la lama dal fodero.

«Fate attenzione con quelle» il mercenario del nano sembrava addirittura divertito. «Sarebbe un vero peccato sporcare di sangue tutti quei bei mantellini bianchi.»

«Date a questa ragazza qualcosa con cui coprirsi» ordinò il Folletto.

Sandor Clegane si tolse la cappa e la gettò a Sansa. Lei se la strinse al petto, i pugni contratti nella lana bianca. Le maglie erano larghe, la tessitura ruvida, eppure il mantello del Mastino le parve più soffice del velluto.

«La fanciulla diventerà la tua regina» disse il Folletto, rivolgendosi a Joffrey. «Non hai alcun rispetto per il suo onore?»

«La sto punendo.»

«Per quale crimine? Non ha combattuto con suo fratello.»

«Ha sangue di lupo nelle vene.»

«E tu hai il cervello di un'oca.»

«Non puoi parlarmi a questo modo. Il re fa come gli pare.»

«Davvero? Anche Aerys Targaryen ha fatto come gli pareva. Tua madre ti ha mai detto che cosa gli è successo?»

Ser Boros Blount emise un suono inarticolato. «Nessuno minaccia sua Grazia in presenza della Guardia reale!»

«Non sto affatto minacciando il re» rispose Tyrion Lannister inarcando un sopracciglio. «Sto educando mio nipote. Bronn, Timett: la prossima volta che ser Boros apre bocca... sgozzatelo.» Sogghignò. «Ecco, ser Boros, *questa* è una minaccia. Capito la differenza?»

La faccia di ser Boros diventò paonazza: «La regina verrà informata di tutto ciò!».

«Me lo auguro. Anzi, perché aspettare? Joffrey, mandiamo subito a chiamare tua madre, che ne dici?»

Il re arrossì.

«Maestà, non risponde?» insisté il Folletto. «Molto bene. Impara a usare di più le orecchie e meno la lingua. Altrimenti, il tuo regno sarà ancora più corto di me. Con la turpe brutalità non conquisterai mai l'amore della tua gente... Né quello della tua regina.»

«La paura è meglio dell'amore, dice la mamma. E *lei*» Joffrey indicò Sansa «ha paura di me.»

«Ma sicuro, come no» sospirò il Folletto. «Un vero peccato che Stannis e Renly non siano anche loro delle ragazzine di dodici anni. Bronn, Timett: la piccola viene con noi.»

Sansa si mosse come in un sogno. O forse come in un incubo. Aveva pensato che gli uomini del Folletto la riportassero nelle sue stanze, nel Fortino di Maegor. Invece la condussero nella Torre del Primo Cavaliere. Sansa non vi rimetteva piede dal giorno in cui suo padre era caduto in disgrazia. Tornare a salire quei gradini di pietra le diede le vertigini.

Alcune servette cominciarono a prendersi cura di lei, offrendo vuote parole di conforto nel tentativo di farla smettere di tremare. Una di loro rimosse quanto rimaneva del suo abito fatto a brandelli. Un'altra le preparò un bagno, togliendole dal viso e dai capelli il succo appiccicoso del melone. La ripulirono con il sapone, le versarono acqua calda sul capo. Ma tutto quello che Sansa continuò a vedere furono i volti sul ponte coperto. "I cavalieri giurano di difendere i deboli, di proteggere le donne, di combattere per la giustizia. Ma nessuno di loro ha alzato un dito." L'unico che aveva tentato di aiutarla era stato ser Dontos, e lui non era nemmeno più un cavaliere. Non più di quanto lo fosse il Folletto. Né il Mastino... Il Mastino odiava i cavalieri... "E anch'io li odio" pensò Sansa. "Non sono veri cavalieri, nessuno di loro."

Una volta che fu ripulita, maestro Frenken, grassoccio, e con i capelli perennemente arruffati, venne a visitarla. La fece stendere sul materasso, spalmò un unguento sulle piaghe che fiammeggiavano sul retro delle sue cosce.

Quindi le preparò un boccale di vino dei sogni, aggiungendo anche del miele per renderlo più gradevole. «Ora, piccola, cerca di dormire. Quando ti sveglierai, tutto questo ti sembrerà solo un brutto sogno.»

"No, stupido, stupido uomo. Non sarà affatto così" ma Sansa bevve ugualmente il vino dei sogni. E poi dormì.

Quando si risvegliò, erano calate le tenebre. Non sapeva bene dove si trovava, eppure il posto le sembrò comunque stranamente familiare. Fece per alzarsi ma fitte di dolore le attraversarono le gambe, risalendo lungo la schiena, e con esse tornò anche la memoria. Le si riempirono gli occhi di lacrime. Qualcuno aveva lasciato sul letto una vestaglia per lei. Sansa la indossò e andò ad aprire la porta. Fuori c'era una donna dal volto duro e la pelle scura come il cuoio, con tre collane avvolte attorno al collo esile e rugoso. Una collana era d'oro, un'altra d'argento. La terza era fatta di orecchie umane.

«Dove credi di andare te?» le chiese la donna, appoggiandosi a una lunga picca.

«Nel parco degli dei.» Sansa doveva trovare ser Dontos, a tutti i costi. Lo avrebbe implorato di portarla a casa *subito*, prima che fosse troppo tardi.

«Il Mezzo-uomo dice che tu non vai via» rispose la donna con la collana di orecchie mozzate. «Prega qui, che gli dei ti sentono lo stesso.»

Sansa abbassò lo sguardo e rientrò mestamente nella stanza. Di colpo, si rese conto del perché quel luogo le sembrava familiare. "Mi hanno messo in quella che un tempo è stata la camera di Arya, quando papà era Primo Cavaliere. Tutte le sue cose non ci sono più, i mobili sono stati spostati, ma è lo stesso posto..."

Più tardi, una delle servette le portò un piatto con pane, formaggio e olive, e una caraffa di acqua fresca. «Porta via» ordinò Sansa. Ma la ragazza lasciò tutto sul tavolo. Sansa si rese conto di avere sete. Si costrinse ad attraversare la stanza, nonostante le fitte di dolore lancinante alle cosce che sentiva a ogni passo. Bevve due coppe d'acqua l'una dopo l'altra. Stava prendendo un'oliva quando bussarono alla porta.

Piena d'ansia, si girò verso l'ingresso lisciandosi meccanicamente le pieghe del vestito. «Sì?»

La porta si aprì. Entrò Tyrion Lannister.

«Mia signora. Spero di non disturbarti.»

«Sono tua prigioniera?»

«Mia ospite» il Folletto indossava il simbolo del suo rango, una collana di piccole mani d'oro che andavano a intrecciarsi le une con le altre. «Credo che dovremmo parlare.»

«Come il mio signore comanda.»

Sansa trovò difficile non fissarlo. Il volto di Tyrion era talmente brutto da esercitare su di lei un certo fascino distorto.

«Il cibo e gli abiti sono di tuo gradimento?» riprese il Folletto. «Qualsiasi cosa desideri, non hai che da chiedere.»

«Sei estremamente gentile. E questa mattina... Ti sono grata per avermi aiutato.»

«Hai il diritto di sapere per quale ragione Joffrey si è comportato in modo tanto riprovevole. Sei notti fa, tuo fratello Robb ha lanciato un attacco di sorpresa contro mio zio Stafford Lannister, accampato con il suo esercito in un luogo chiamato Oxcross, a meno di tre giorni di cavallo da Castel Granito. I tuoi uomini del Nord hanno riportato una vittoria schiacciante. La notizia ci è giunta soltanto questa mattina.»

«È... È terribile, mio signore» ma dentro di sé, Sansa stava esultando. "Robb vi ucciderà! Vi ucciderà *tutti*!" «Mio fratello è un vile traditore.»

«In ogni caso, non è certo un pappamolle» il nano corrugò la fronte. «Lo ha dimostrato chiaramente.»

«Ser Lancel ha detto che Robb era alla testa di un'orda di mostri...»

«Ser Lancel è un guerriero da otre di vino» la risata del Folletto risuonò come un ringhio di puro disprezzo. «Non saprebbe distinguere un mostro da un mastro. Tuo fratello aveva con lui il suo meta-lupo, ma credo che la cosa cominci e finisca lì. Gli uomini del Nord si sono infiltrati nell'accampamento di mio zio e hanno reciso le funi dei cavalli. Poi lord Stark ha mandato tra loro il lupo. Perfino i destrieri addestrati al combattimento sono come impazziti. I cavalieri sono stati calpestati a morte mentre erano ancora all'interno delle loro tende. In quel caos, l'intero accampamento si è come sgretolato in preda al terrore. I soldati si sono dati alla fuga, gettando via le loro armi per scappare più in fretta. Ser Stafford è stato abbattuto mentre correva dietro al suo cavallo. Lord Rickard Karstark gli ha trafitto il petto con una lancia. Ser Rubert Brax è morto, e anche ser Lymond Vikary, lord Crakehall, lord Jast. Tutti morti. Una cinquantina di nobili sono stati presi prigionieri, tra cui i figli di Jast e mio nipote Martyn Lannister. Quelli che l'hanno scampata ora raccontano storie pazzesche, giurando che gli antichi dei del Nord marciano al fianco di tuo fratello.»

«Quindi... Non si è trattato di stregoneria?»

«La stregoneria è la salsa piccante che gli idioti spargono sui loro fallimenti cercando di soffocare il sapore della propria incompetenza» grugnì il Folletto. «Sembra che quella testa di caprone di mio zio non abbia neppure pensato a piazzare delle sentinelle. Il suo esercito era formato da reclute da niente... apprendisti, minatori, braccianti, pescatori... la feccia di Lannisport. L'unico vero mistero è come tuo fratello sia riuscito a piombargli addosso senza che nessuno se ne accorgesse. Le nostre forze continuano a tenere la Zanna Dorata, e giurano di non averlo avvistato.» Il nano scrollò le spalle con irritazione. «Bene, Robb Stark è il flagello di mio padre. Joffrey è il *mio* flagello. Per cui, dimmi, che cosa provi nei confronti del mio regale nipotino?»

«Lo amo con tutto il mio cuore» non ci fu nemmeno un'ombra di esitazione nella risposta di Sansa.

«Sul serio?» Tyrion non sembrava affatto convinto. «Anche adesso?»

«Il mio amore verso sua Grazia è più grande che mai.»

«Però. Ti hanno insegnato a mentire proprio bene» rise il Folletto. «Un giorno, bambina, sarai grata per questo. Perché tu sei *ancora* una bambina, non è vero? O forse hai già raggiunto la fertilità?»

Sansa arrossì. Era una domanda rude. Ma non era nulla in confronto all'essere stata denudata a forza davanti a tutta la Fortezza Rossa. «No, mio signore.»

«Molto meglio così. Se può darti conforto, non ho alcuna intenzione di darti in sposa a Joffrey. Dopo tutto quello che è successo, temo che nessun matrimonio potrà mai riconciliare gli Stark e i Lannister. Peccato, davvero. Questo matrimonio dinastico era una delle migliori idee che re Robert avesse avuto... Se solo Joffrey non avesse mandato tutto in malora.»

Sansa sapeva che avrebbe dovuto dire qualcosa, ma le parole le s'impigliarono in gola.

«Sei diventata improvvisamente silenziosa, Sansa» Tyrion Lannister la stava osservando. «Non è forse questo che vuoi? La rottura del fidanzamento?»

«Io, ecco...» di nuovo, Sansa si ritrovò senza sapere che cosa dire. "Sarà un tranello? Verrò punita ancora, se dico la verità?" Rimase a fissare la brutale, prominente arcata sopraccigliare del nano, il suo duro occhio nero, il suo astuto occhio verde, i denti storti, la barba ispida. «Io voglio solo essere leale.»

«Leale» ripeté il Folletto. «E lontana da tutti i Lannister. Non credo proprio di poterti biasimare per questo. Quando avevo la tua età, volevo anch'io stare lontano da tutti i Lannister.» Le sorrise. «Mi dicono che visiti il parco degli dei quasi ogni giorno. A che cosa innalzi le tue preghiere, Sansa?»

“Prego per la vittoria di Robb. E per la morte di Joffrey… E prego di tornare a casa. A Grande Inverno.” «Prego che la guerra possa avere fine.»

«Credo che verrai esaudita molto presto. Ci sarà un'altra battaglia, tra tuo fratello Robb e il lord mio padre. E questo risolverà la questione.»

“Robb lo batterà. Ha battuto tuo zio Stafford e tuo fratello Jaime. Batterà anche lord Tywin.”

Ma l'espressione di Sansa era come un libro aperto, tanta fu la facilità con cui il nano lesse le sue speranze.

«Non contare troppo su Oxcross, mia signora» le disse. «Una battaglia non è la guerra, e il lord mio padre di certo non è mio zio Stafford. La prossima volta che visiterai il parco degli dei, prega che tuo fratello abbia la saggezza di fare atto di sottomissione. Quando il Nord avrà fatto ritorno alla pace del re, ti manderò a casa.» Il Folletto scivolò giù dal davanzale della finestra dove si era seduto. «Puoi dormire qui, questa notte, se vuoi. Metterò i miei uomini a montare la guardia, qualora i Corvi di Pietra…»

«No» riuscì in qualche modo a gorgogliare Sansa. Se fosse rimasta là, chiusa nella Torre del Primo Cavaliere, sotto la sorveglianza degli uomini del nano, come avrebbe mai fatto ser Dontos a darle la libertà?

«Preferisci le Orecchie nere? Se una donna ti farà sentire più al sicuro, ti darò Chella.»

«Ti prego, mio signore, no. I barbari mi spaventano.»

«Spaventano anche me» sogghignò Tyrion. «Ma l'importante è che spaventano molto di più Joffrey e quel groviglio di serpenti velenosi e di cani sbavanti che lui chiama Guardia reale. Con Chella o Timett al tuo fianco, ti garantisco che nessuno oserà torcerti un capello.»

«Preferisco riposare nel mio letto.» E poi venne un'altra menzogna. Talmente naturale, talmente *giusta,* che Sansa la lasciò andare senza esitazione. «È stato in questa torre che vennero sterminati tutti gli uomini di mio padre. I loro spettri mi darebbero terribili incubi. E vedrei dappertutto il loro sangue…»

«So bene che cosa sono gli incubi, Sansa» Tyrion Lannister scrutò il suo viso. «Forse sei più saggia di quello che pensavo. Permettimi almeno di scortarti fino alle tue stanze.»

CATELYN

Le tenebre erano fitte quando raggiunsero il villaggio. Aveva un nome, quel luogo? Catelyn si trovò a domandarselo. Se così era, gli abitanti, fuggendo, lo avevano portato via con sé, insieme a tutti i loro beni, perfino le candele che illuminavano il piccolo tempio. Ser Wendel Manderly accese una torcia e le fece strada oltre la bassa porta.

All'interno, le sette pareti erano fessurate, deformate. "Dio è uno solo" le aveva insegnato septon Osmynd molto tempo prima, quando lei era ancora una bambina. "Con sette aspetti. Così come il tempio è un solo edificio, con sette pareti." I templi ricchi avevano statue dei Sette Dei e altari per ciascuno di loro. A Grande Inverno, septon Chayle aveva appeso maschere a ognuna delle pareti. In questo tempio abbandonato, Catelyn non trovò altro che rozze immagini tracciate a carbone. Ser Wendel sistemò la torcia in una nicchia vicino alla porta, poi se ne andò ad aspettare fuori assieme a ser Robar Royce.

Catelyn studiò i volti tracciati sulla pietra. Il Padre era barbuto, come sempre. La Madre sorrideva, dolce e protettiva. La spada del Guerriero era levata accanto al viso. Lo stesso valeva per il martello del Fabbro. La Vergine era bella, la Vecchia era rugosa e saggia. E poi c'era il settimo volto...

Lo Sconosciuto.

Non era né uomo né donna. E al tempo stesso era sia uomo che donna. Eterno straniero in terra straniera, viandante da luoghi remoti, meno umano e più umano, estraneo e inconoscibile. Qui, il settimo volto era un ovale nero, solamente un'ombra con le stelle per occhi. Catelyn si sentì a disagio. In *questo* tempio avrebbe avuto ben scarso conforto.

S'inginocchiò di fronte alla Madre. «Mia signora, rivolgi il tuo sguardo materno alla battaglia che si sta preparando. Sono tutti figli tuoi, qui. Risparmiali, se puoi. E risparmia anche i miei figli. Veglia su Robb, Bran e Rickon. Vorrei soltanto poter essere con loro.»

L'occhio sinistro della Madre era solcato da una crepa. Pareva che l'immagine stesse piangendo. All'esterno, Catelyn poteva udire la voce baritonale di ser Wendel, e le pacate risposte di ser Robar; i due parlavano della battaglia imminente. Per il resto, il silenzio della notte era assoluto. Neppure il canto di un grillo, neppure lo stormire di una foglia. Anche gli dei tacevano.

"Ti hanno mai risposto gli dei, Ned? Quando ti inginocchiavi davanti all'albero del cuore, ti hanno mai udito?" si chiedeva Catelyn.

La fiamma della torcia baluginò sui muri. Il gioco di luci e ombre diede ai volti una parvenza di vita, distorcendoli, mutandoli. Nei grandi templi delle città, le statue dei Sette Dei avevano le facce che gli scultori avevano dato loro. Ma qui dentro, le immagini tracciate con il carbone erano talmente primitive da essere pressoché prive di fattezze definibili. Avrebbero potuto essere chiunque. A Catelyn, il Padre fece tornare in mente il volto di suo padre, che giaceva nel letto di morte a Delta delle Acque. Il Guerriero avrebbe potuto essere Renly o Stannis, Robb o Robert, Jaime Lannister o Jon Snow. Per un istante, per un breve istante, credette addirittura di vedere il volto di Arya tra quelle linee scalene. Un improvviso colpo di vento irruppe dalla porta aperta, alimentando il fuoco della torcia. I volti dentro i volti svanirono, spazzati via in un'unica vampata arancione.

Il fumo le fece lacrimare gli occhi. Catelyn se li fregò usando la parte inferiore del palmo delle mani solcate dalle cicatrici. Tornò a guardare la Madre. E fu sua madre che vide. Lady Minisa Tully era morta di parto, tentando di dare a lord Hoster un secondo figlio maschio. Il bambino era morto con lei. Dopo di allora la vita sembrava aver abbandonato in parte anche Hoster. "Era sempre così calma" Catelyn ricordò le mani morbide di sua madre, il sorriso pieno di calore. "Quanto diverse sarebbero state le nostre vite... *Se* fosse vissuta." Si domandò che cosa lady Minisa avrebbe pensato di sua figlia maggiore, nel vederla inginocchiata in quel luogo, in quel momento. "Ho percorso mille e mille leghe... In nome di che cosa? Chi ho servito? Ho perduto le mie figlie, Robb non mi vuole accanto a sé, Bran e Rickon mi considerano senz'altro una madre distante, snaturata. Non sono stata nemmeno accanto a Ned quando è morto..."

Sentiva la testa fluttuare. Tutto attorno a lei, anche il tempio pareva oscillare. Le ombre continuavano a infrangersi, a ricomporsi, furtivi animali in corsa sui muri bianchi pieni di crepe. Catelyn non aveva mangiato niente tutto il giorno. Forse non era stata una cosa saggia. Aveva detto a se stessa che non c'era stato il tempo per mangiare. La verità era un'altra: in un mondo senza Ned, il cibo aveva perduto qualsiasi sapore. "Quando gli hanno staccato la testa, hanno ucciso anche me."

Alle sue spalle, la torcia crepitò. Adesso sembrava esserci sua sorella tra le ombre. I suoi occhi, però, erano molto più duri di quanto Catelyn ricordasse. No, non erano gli occhi di Lysa: erano quelli di Cersei Lannister. "Anche Cersei è una madre. Non ha importanza chi sia il padre di quei bambini. Anche lei li ha sentiti scalciare dentro di sé, li ha spinti in questo mondo nel dolore e nel sangue, li ha allattati al seno. E se davvero sono figli di Jaime..."

«Dimmi, mia signora» Catelyn tornò a rivolgersi alla Madre «anche Cersei t'innalza preghiere?»

C'erano i lineamenti orgogliosi, splendidi e alteri della regina Lannister sul muro. La fenditura li solcava. Forse anche Cersei era in grado di piangere per i suoi figli. "Ognuno dei Sette Dei li incarna tutti e sette" le aveva insegnato septon Osmynd. Nella Vecchia c'era la stessa bellezza che traspariva dalla Vergine, e la Madre poteva essere più implacabile del Cuerriero se i suoi figli fossero stati in pericolo. "Sì..."

A Grande Inverno aveva visto quel che bastava di Robert Baratheon per capire che il re non guardava a suo figlio Joffrey con troppo affetto. Se il ragazzo fosse stato effettivamente frutto del seme di Jaime, Robert lo avrebbe messo immediatamente a morte, e ben pochi lo avrebbero condannato per questo. I bastardi erano molto diffusi, ma l'incesto rimaneva un peccato mostruoso sia per gli dei di un tempo sia per quelli attuali. E i figli dell'incesto erano chiamati abominazioni tanto nei templi dei Sette Dei quanto nei parchi degli dei. I re del Drago si sposavano tra fratelli e sorelle, ma erano sangue dell'antica Valyria, dove simili usanze erano comuni e accettate. Come i loro draghi, i Targaryen non rispondevano né a uomini né a dei.

Ned doveva averlo saputo, e Jon Arryn prima di lui. Nessuna meraviglia se Cersei li aveva assassinati entrambi. "E io? Non avrei fatto lo stesso pur di salvare la mia progenie?" Catelyn intrecciò strettamente le dita. Sentì le escrescenze delle cicatrici lasciate dalla lama, quando aveva combattuto per proteggere suo figlio. «Anche Bran *sa*» sussurrò, chinando il capo. "Dei aiutatemi. Bran deve avere visto qualcosa, udito qualcosa. Per questo hanno cercato di ucciderlo nel suo letto."

Perduta, piena d'incertezza, Catelyn Stark si affidò agli dei. S'inginocchiò di fronte al Fabbro, che riparava le cose spezzate, e gli chiese di concedere al suo piccolo Bran la sua protezione. Andò dalla Vergine. La implorò di infondere coraggio in Arya e Sansa, di vegliare sulla loro innocenza. Al Padre, chiese giustizia, chiese la forza di cercarla e la saggezza di riconoscerla. Al Guerriero domandò fierezza per Robb, e di ripararlo dai pericoli nelle battaglie a venire. Infine, si prostrò davanti alla Vecchia, spesso raffigurata con una lampada in mano. «Guidami, saggia signora» pregò Catelyn. «Mostrami la via da seguire, non lasciarmi cadere nei luoghi oscuri che incontrerò.»

Poi udì dei passi alle sue spalle, rumori alla porta del tempio.

«Mia signora» disse ser Robar, con gentilezza. «Chiedo scusa, ma il nostro tempo è breve. Dobbiamo essere di ritorno all'accampamento prima del sorgere del sole.»

Catelyn si alzò rigidamente. Le ginocchia le dolevano e in quel momento avrebbe voluto un letto di piume e un cuscino. «Ti ringrazio, cavaliere. Sono pronta.»

Cavalcarono in silenzio, attraversando foreste diradate con i tronchi degli alberi inclinati dal vento incessante, simili a ubriachi che cercassero di allontanarsi dal mare. Fu il nitrire nervoso dei cavalli e il clangore dell'acciaio a guidarli al campo di Renly. Nelle tenebre, si allineavano lunghi ranghi di uomini pesantemente armati e di cavalli pesantemente corazzati. Figure nere, come se il Fabbro avesse tramutato in acciaio la notte stessa. Catelyn vide vessilli alla sua sinistra, vessilli alla sua destra, e altri vessilli ancora davanti a lei. Ma nella luminosità tetra prima dell'alba, non erano distinguibili né colori né emblemi. "Un esercito grigio... uomini grigi, in sella a cavalli grigi sotto grigi vessilli." Rimanevano a cavallo, in attesa. I cavalieri-ombra di Renly tenevano le punte delle loro lance rivolte verso l'alto. Catelyn si mosse così attraverso una foresta fatta di alberi esili, privi di foglie, privi di vita. Là dove sorgeva Capo Tempesta non si vedevano altro che tenebre impenetrabili, una muraglia di nero compatto sulla quale neppure le stelle erano in grado di splendere. Ma c'erano torce in movimento nei campi attorno alla posizione di lord Stannis.

Le candele all'interno del padiglione di Renly conferivano alla seta delle pareti una magica luminosità, tramutando la grande tenda in una specie di castello fatato, ravvivato da una luce smeraldo. Due membri della Guardia dell'arcobaleno montavano la guardia sulla porta del padiglione reale. La luce verde scintillava in modo arcano sulle prugne viola della tunica di ser Parmen, e dava una sfumatura malata ai girasoli che ricoprivano ogni centimetro quadrato della corazza smaltata di ser Emmon. Lunghi pennacchi di seta ondeggiavano dalla cuspide dei loro elmi, al di sopra delle cappe multicolori che drappeggiavano le spalle dei due cavalieri.

All'interno, Catelyn trovò Brienne intenta alla vestizione del re per la battaglia, mentre lord Tarly e lord Rowan discutevano di tattiche e schieramenti. Era piacevolmente caldo nella tenda, il calore si diffondeva dai carboni che ardevano in una dozzina di piccoli bracieri di ferro.

«Vostra Grazia, devo parlarti» per una volta, Catelyn concesse a Renly il titolo della regalità, purché lui l'ascoltasse.

«Solo un momento, lady Catelyn» rispose Renly.

Brienne agganciò la metà dorsale della corazza a quella frontale al di sopra della tunica imbottita. L'armatura del re era color verde scuro, il verde delle foglie di una foresta d'estate, talmente cupo che pareva divorare la luce delle candele. Ogni volta che Renly si muoveva, fregi d'oro scintillavano da fibbie e ganci, simili a fuochi lontani, dispersi in quella stessa foresta.

«Lord Mathis, ti prego, continua» esortò il re.

«Come stavo dicendo, vostra Grazia» Mathis Rowan lanciò a Catelyn uno sguardo in tralice. «Il nostro esercito è ormai schierato. Perché aspettare l'alba? Fa' suonare l'attacco.»

«Così poi dirà che ho vinto con l'inganno, con un attacco non cavalleresco! L'ora stabilita è l'alba.»

«Stabilita da Stannis» rincarò Randyll Tarly. «Ci ritroveremo ad andare alla carica con gli artigli del sole sorgente dritti negli occhi. Saremo mezzo accecati.»

«Soltanto fino al primo scontro» ribatté Renly, sicuro di sé. «Ser Loras sfonderà il loro schieramento. Dopo di che, sarà il caos.» Brienne diede una stretta alle cinghie di cuoio verde, chiudendo le fibbie dorate. «Quando mio fratello cadrà, fate sì che nessuno scempio venga fatto del suo corpo. Stannis è pur sempre sangue del mio sangue. Non permetterò che la sua testa venga esibita sulla punta di una picca.»

«E se invece dovesse arrendersi?» disse lord Tarly.

«Arrendersi?» lord Rowan rise. «Quando Mace Tyrell cinse d'assedio Capo Tempesta, Stannis mangiò ratti piuttosto che aprire le sue porte.»

«Non credere che me ne sia scordato, Mathis» Renly sollevò il mento, permettendo a Brienne di sistemargli la gorgiera. «Verso la fine dell'assedio, ser Gawen Wylde e tre dei suoi cavalieri cercarono di sgattaiolare fuori dal portale secondario, decisi ad arrendersi. Stannis però li prese. Visto che ci tenevano tanto a uscire dal castello, li fece lanciare oltre le mura con le catapulte. Vedo ancora la faccia di Gawen mentre lo legavano sul cucchiaio. Era il nostro maestro d'armi.»

«Nessuno venne lanciato oltre la mura, vostra Grazia» lord Rowan era perplesso. «Di certo ricorderei una cosa simile.»

«Maestro Cressen disse a Stannis che avremmo potuto essere costretti a mangiare i morti. Per cui, sbarazzarsi di ottima carne non era la migliore delle idee.» Renly si ravviò i capelli all'indietro. Brienne glieli legò a coda con un nastro di velluto. Poi gli sistemò sul capo un berretto, pure di velluto, e lo abbassò fino alle orecchie, in modo da attutire il peso dell'elmo. «Grazie al Cavaliere delle Cipolle, non fummo mai costretti ad abbassarci al cannibalismo. Ci andammo molto vicino però. Troppo vicino per ser Gawen, il quale morì nella sua cella.»

«Maestà» Catelyn aveva atteso con pazienza, ma adesso il tempo davvero stringeva «mi hai promesso un breve colloquio.»

Renly annuì. «Ai vostri posti di combattimento, miei lord... Oh, e se Barristan Selmy è con mio fratello, voglio che venga risparmiato.»

«Da quando Joffrey lo ha bandito,» obiettò lord Rowan «di ser Barristan non si è saputo più nulla.»

«Conosco bene il vecchio guerriero. Quello di cui ha bisogno è un re da proteggere. Eppure, non è mai venuto da me. E lady Catelyn dice che non è andato neppure da Robb Stark a Delta delle Acque. Per cui, da chi altri se non da Stannis?»

«Come comandi, Maestà. Nessun male verrà fatto a ser Barristan.» Entrambi i lord fecero un inchino e uscirono.

«Di' quanto hai da dire, lady Stark» Renly finalmente si rivolse a Catelyn. Brienne gli collocò il mantello sulle ampie spalle. Era pesante, intessuto d'oro, ornato con il cervo incoronato dei Baratheon a scaglie luccicanti.

«I Lannister hanno cercato di uccidere mio figlio Bran. Mille e mille volte mi sono domandata perché, tuo fratello mi ha fornito la risposta. Ci fu una caccia il giorno in cui il mio piccolo cadde dalla torre. Robert e Ned e la maggior parte degli uomini uscirono all'inseguimento di un cinghiale, ma Jaime Lannister rimase a Grande Inverno. E anche la regina.»

Renly fu tutt'altro che lento nell'intuire le implicazioni. «Per cui tu ritieni che il ragazzo li abbia sorpresi nel loro incesto...»

«Mio signore, ti supplico, permettimi di lasciare l'accampamento, di raggiungere tuo fratello Stannis e di parlargli di questo mio sospetto.»

«A quale scopo?»

«Robb rinuncerà alla sua corona se tu e tuo fratello farete lo stesso» disse Catelyn sperando che sarebbe stato vero. Robb comunque l'avrebbe ascoltata, perfino se i suoi lord si fossero opposti. «Convocate tutti e tre un gran concilio, come il reame non ha visto da cento anni. Manderò a prendere Bran a Grande Inverno, in modo che mio figlio possa riferire quello che ha visto, e così tutti gli uomini potranno vedere che i Lannister sono gli unici veri usurpatori. E a quel punto, sarà l'assemblea di tutti i lord dei Sette Regni a scegliere chi dovrà dominare.»

«Dimmi una cosa, mia signora» Renly rise. «I meta-lupi votano forse su chi deve guidare il branco?»

Brienne portò i guanti ferrati e l'elmo, su cui svettava un paio di corna di cervo dorate, che donava al re un buon mezzo metro di altezza in più. «Il tempo del dialogo si è concluso, lady Stark. Ora è il tempo di vedere chi è il più forte.»

Renly infilò sulla sinistra un guanto corazzato d'acciaio a lamelle. Brienne s'inginocchiò ad affibbiargli il cinturone, appesantito dalla spada lunga e da una daga.

«Renly, nel nome della Madre, ti imploro...» Catelyn s'interruppe di colpo.

Vento. Parve venire dal nulla, emergendo dalle tenebre sollevò i lembi della tenda all'ingresso del padiglione reale. Catelyn ebbe la vaga percezione di un movimento. Si girò di scatto. Niente, solamente un'ombra: l'ombra del re contro le pareti di seta. Udì Renly che cominciava a pronunciare una battuta scherzosa. Dietro di lui, la sua ombra si mosse. Sollevò la spada, nero contro verde, le fiamme delle candele che tremavano, che si estinguevano. Qualcosa non andava. Qualcosa era completamente, orribilmente sbagliato. La spada di Renly era ancora nel fodero. Mentre la spada dell'ombra...

«Freddo...» disse con voce incerta, esitante. In meno di un battito di ciglia, la sua gorgiera si squarciò. La lama fatta d'ombra, la lama che non sarebbe dovuta esistere, divise la placca in due come l'acciaio fosse stato uno straccio. Renly Baratheon ebbe appena il tempo per emettere un breve, distorto suono gorgogliante. Poi il sangue esplose come acqua da una fontana.

«Maestà... *No!*» gridò Brienne di Tarth, il Cavaliere blu della Guardia dell'arcobaleno, quando vide la scintillante eruzione rossa. Il suo urlo parve quello di una bimba spaventata dal buio. Il re le crollò tra le braccia. Il sangue dilagò sulla placca frontale della sua armatura, un'ondata rosso scuro che cancellò il verde, che annegò l'oro. Molte candele si spensero. Renly cercò di parlare. Non ci riuscì, era strangolato dal suo stesso sangue. Le gambe gli cedettero. Solamente la forza di Brienne impedì che cadesse. La donna guerriera alzò il viso e urlò di nuovo, un grido inarticolato, colmo di disperazione.

"Quell'ombra..." Era accaduto qualcosa di oscuro e malefico là dentro. Catelyn lo sapeva. Ma sapeva anche di non essere in grado di capire che cosa. "Non era l'ombra di Renly, non lo è mai stata. La morte è entrata con il vento a estinguere la sua vita con la stessa rapidità con cui il vento ha estinto le candele."

Emmon Cuy e Robar Royce irruppero nella tenda. Era passata solamente una manciata d'istanti dal momento in cui l'ombra aveva colpito, eppure parve che fosse trascorsa un'intera, lunghissima notte. Un paio di armigeri muniti di torce si affollarono dietro di loro. Videro Renly tra le braccia di Brienne. E videro Brienne fradicia del sangue del loro re.

«Maledetta donna!» ser Emmon, l'uomo dei girasoli d'acciaio, emise un ringhio di orrore, di furore. «Sta' lontana da lui, vile creatura!»

«Dei misericordiosi, Brienne... *Perché*?» ser Robar stentava a crederci.

Brienne sollevò lo sguardo dal corpo del re. La cappa dai colori dell'arcobaleno che aveva sulle spalle era diventata di un unico rosso cupo là dove il sangue di Renly aveva inzuppato il tessuto. «Io... Io...»

«Tu morirai per questo!» dalla catasta di armi presso l'ingresso della tenda, ser Emmon strappò un'ascia da battaglia dal lungo manico. «Pagherai per la vita del re con la tua vita!»

«*No!*» alla fine, Catelyn Stark aveva ritrovato la voce. Solo che ormai era tardi, troppo tardi. La follia del sangue si era impossessata di tutti quanti. I due cavalieri andarono all'assalto urlando, sordi alle implorazioni di Catelyn.

Brienne si mosse, molto più rapida di quanto Catelyn avrebbe mai ritenuto possibile. Non aveva la sua spada, per cui estrasse quella di Renly. Intercettò l'ascia di ser Emmon a metà del colpo calante. L'impatto, acciaio contro acciaio, fece sprizzare un nembo di scintille biancoazzurre. Brutalmente, Brienne scaraventò lontano il cadavere del re e si alzò di scatto. Ser Emmon cercò di accorciare la distanza, incespicando goffamente. La lama di Brienne troncò di netto l'impugnatura di legno della sua ascia. La testa della bipenne cadde roteando. Uno degli armigeri affondò il bulbo fiammeggiante della torcia nella schiena di Brienne. Ma il suo mantello arcobaleno era troppo imbevuto di sangue per prendere fuoco. Brienne roteò su se stessa la lama vorticante. La torcia volò via, la mano che la impugnava volò via con essa. Le fiamme si contorsero sui tappeti del padiglione, simili a tentacoli crepitanti. L'uomo mutilato cominciò a urlare, con il sangue che pompava dal moncone. Ser Emmon lasciò cadere il manico dell'ascia ormai inutile, cercando di snudare la spada. Il secondo armigero venne all'assalto, Brienne riuscì a parare l'affondo, le loro lame danzarono l'una contro l'altra. Anche Emmon Cuy andò di nuovo all'offensiva, costringendo Brienne alla ritirata. La donna guerriera riuscì comunque a tenere a bada entrambi gli avversari simultaneamente. A terra, la testa di Renly si rovesciò di lato. Un moto lento, orribile. Da una seconda bocca spalancata nella sua gola, il sangue continuava a sprizzare a fiotti sempre più lenti, sempre più stanchi.

Ancora pieno d'incertezza, ser Robar si era tenuto fuori dallo scontro. Ma adesso anche lui mise mano alla spada.

«Robar! No! Ascolta!...» Catelyn gli afferrò il braccio. «Brienne non c'entra, non è stata lei... *Non-è-stata-lei!* Aiutala, Robar: *aiutala*! È stato Stannis!» Il nome arrivò sulle sue labbra senza che Catelyn neppure se ne rendesse conto. Ma era la verità, e lei lo sapeva. «Te lo giuro, Robar. Tu mi conosci, non ti mentirei: è stato *Stannis* a uccidere suo fratello!»

Il giovane Cavaliere dell'arcobaleno rimase a fissare quella donna diventata come folle, con gli occhi accesi, pieni di terrore. «Stannis? Ma come... *Come*?»

«Non lo so come. Stregoneria, qualche magia nera. C'era un'ombra qui dentro... *Un'ombra.*» A Catelyn, la sua stessa voce risuonava folle e distorta. Ma le parole andarono avanti a riversarsi, mentre le spade continuavano a cozzare dietro di lei. «Un'ombra con una spada in pugno, te lo giuro, Robar, l'ho vista! Sei forse cieco? La ragazza *amava* Renly! *Aiutala*!»

Catelyn gettò uno sguardo alle proprie spalle. Vide il secondo armigero cadere, la spada che scivolava dalle sue dita prive di forza. Fuori, risuonavano delle urla. Da un istante all'altro, il padiglione regale sarebbe stato invaso da molti altri uomini inferociti.

«Brienne è innocente, Robar! Hai la mia parola... Te lo giuro sulla tomba di mio marito e sul mio onore di Stark!»

Questo fu sufficiente a convincerlo una volta per tutte. «Io li trattengo» disse Robar Royce. «Tu porta Brienne via di qui.» Poi si precipitò fuori.

L'incendio aveva raggiunto le pareti di seta. Dita incandescenti stavano risalendo verso il soffitto della tenda. Ser Emmon continuava a incalzare duramente Brienne, lui coperto d'acciaio smaltato giallo, lei con indosso solo abiti di lana e cuoio. Si era completamente dimenticato di Catelyn... fino al momento in cui lei prese uno dei bracieri e glielo schiantò sulla testa. Il colpo non lo ferì, protetto com'era dall'elmo, ma lo fece cadere in ginocchio. «Brienne!» comandò Catelyn. «Vieni con me!»

La donna guerriera non esitò. Un fendente e la seta della tenda si spalancò. Corsero fuori, nelle tenebre che andavano dissipandosi, nell'aria fredda prima dell'alba. Intanto forti grida continuavano a levarsi dalla parte opposta del padiglione.

«Per di qua» Catelyn fece strada. «Ma lentamente. Se ci mettiamo a correre, qualcuno vorrà sapere il perché. Cammina con calma, come se fosse tutto a posto.»

Brienne s'infilò la spada nel cinturone e seguì Catelyn. Nell'aria notturna c'era odore di pioggia. Dietro di loro, il padiglione di Renly era ormai un unico rogo, alte fiamme pulsanti contro il cielo scuro. Nessuno cercò di fermarle. Gli uomini stavano accorrendo da tutte le parti. Urlavano al fuoco, imprecavano all'assassinio, maledicevano la stregoneria. Altri invece rimanevano in disparte, raccolti a gruppi, parlando a voce bassa. Alcuni pregavano. Un giovane scudiero era in ginocchio, prostrato da un pianto dirotto.

La voce si sparse con la stessa rapidità delle fiamme e gli schieramenti di Renly cominciarono a disperdersi. I bivacchi erano ormai estinti. A est, l'immane struttura del maniero di Capo Tempesta cominciò a emergere dall'oscurità, come un sogno di pietra. Esili brume livide scivolavano sui campi della terra di nessuno, fuggendo lontano dal sole sorgente, cavalcando le ali del vento. "Spettri del mattino", era così che li chiamava la Vecchia Nan, ricordò Catelyn. Spiriti che facevano ritorno alle loro tombe. Renly era uno di loro, adesso. Svanito anche lui come suo fratello Robert, come il caro Ned.

«L'unica volta che ho potuto abbracciarlo è stato da morto» disse Brienne con voce incrinata, mentre continuava a seguire Catelyn nell'accampamento ormai in preda al caos. «Un momento prima stava ridendo, e poi... Sangue, sangue dovunque... Mia signora, io non comprendo. Anche tu hai visto?...»

«Ho visto un'ombra. Sulle prime, ho creduto che si trattasse dell'ombra di Renly. Invece era quella di suo fratello.»

«Lord Stannis?»

«L'ho sentito. Non ha alcun senso, lo so...»

Ma per Brienne, aveva perfettamente senso. «Lo ucciderò» dichiarò l'alta, schietta ragazza. «Con la spada del mio signore lo ucciderò. Lo giuro, lo giuro, *lo giuro*!»

Hallis Mollen e il resto della scorta del Nord le aspettavano vicino ai cavalli. Ser Wendel Manderly fremeva di sapere che cosa stava accadendo.

«Mia signora, l'intero accampamento è come impazzito» disse quando le due donne apparvero. «Lord Renly, è...» Si bloccò: aveva visto Brienne coperta di sangue.

«Morto, ma non per mano nostra.»

«La battaglia...» cominciò Hal Mollen.

«Non ci sarà nessuna battaglia.»

Catelyn montò in sella. La sua scorta si chiuse attorno a lei, ser Wendel alla sua sinistra, ser Perwyn Frey alla sua destra.

«Brienne, abbiamo portato due cavalli per ognuno di noi» Catelyn accennò ai destrieri. «Scegline uno e vieni con noi.»

«Ho il mio cavallo, mia signora. E anche la mia armatura.»

«Lascia perdere, l'uno e l'altra. Quando verrà loro in mente di cercarci, dovremo essere ben lontano. Eravamo con il re quando è stato ucciso, qualcosa che non verrà dimenticato.»

Senza una parola, Brienne fece quanto Catelyn le aveva detto.

«In marcia» ordinò Catelyn una volta che tutto il gruppo fu in sella «e abbattete chiunque cerchi di fermarci.»

Le lunghe dita dell'alba si allungarono sulla terra di nessuno. Lentamente, i colori tornarono a impossessarsi dell'universo. Là dove uomini grigi, armati di lance fantasma, erano in attesa su cavalli grigi, le punte di diecimila picche cominciarono a scintillare di una gelida sfumatura argentea. Nella miriade di vessilli che garrivano nel vento, Catelyn vide apparire i bagliori del rosso, del rosa, dell'arancione, vide lo sfarzo del blu e del marrone, lo splendore dell'oro e del giallo. Tutta la potenza militare di Capo Tempesta e di Alto Giardino, potenza che, fino a un'ora prima, era appartenuta a Renly.

"Appartiene a Stannis, adesso" si rese conto Catelyn. "Anche se questo loro ancora non lo sanno. Ma a chi altri potranno guardare, se non all'ultimo dei Baratheon? Un singolo, malefico affondo, e Stannis ha trionfato."

"Sono io il re di diritto" così Stannis aveva dichiarato solamente il giorno prima, la mascella serrata come una tenaglia di ferro. "E tuo figlio è un traditore, non meno di quanto lo sia mio fratello, qui. Verrà anche il suo giorno."

Un respiro gelido attraversò Catelyn Stark.

JON

La collina torreggiava al di sopra di un denso intrico di foresta. Era un acrocoro solitario e improvviso, la cui cima battuta dal vento era visibile da molti chilometri di distanza. Pugno dei primi uomini, era quello il nome che le avevano dato i bruti, dicevano i ranger. E *aveva* l'aspetto di un pugno, riconobbe Jon Snow. Un impeto di sollevamento dal sottosuolo che perforava la terra e le foreste, le aspre pendici marroni irte di pietre.

Jon cavalcò verso la sommità assieme a lord Mormont e agli altri ufficiali dei guardiani della notte, lasciando Spettro più in basso, tra gli alberi. Era la terza volta che il meta-lupo si allontanava, le prime due era tornato con riluttanza al fischio di richiamo di Jon. Alla terza, il lord comandante aveva perso la pazienza: «Lascialo perdere, Jon. Voglio arrivare in vetta prima del crepuscolo. Lo ritroverai più tardi, il tuo lupo».

Il sentiero in salita era ripido e sassoso, la cuspide del Pugno assediata da cumuli di rocce alte fino al petto di un uomo. Furono costretti ad aggirare quello sbarramento verso ovest prima di riuscire a trovare un varco abbastanza largo da consentire il passaggio dei cavalli.

«Questa è una buona posizione, Thoren» dichiarò il Vecchio Orso quando furono finalmente in cima. «Difficilmente ne troveremmo una migliore. Ci accamperemo qui ad aspettare il Monco.» Il lord comandante smontò di sella, togliendosi il corvo dalla spalla. Gracchiando proteste, l'uccello nero spiccò il volo.

Visti dalla vetta, i paesaggi attorno al Pugno dei primi uomini toglievano il fiato. Ma fu il bastione di roccia tutto attorno ad attrarre l'attenzione di Jon: una barriera di pietre grigie erose dagli elementi, cosparse dalle chiazze livide del lichene, ornate dalle escrescenze verdi del muschio. Si diceva che il Pugno fosse stato una grande fortezza dei primi uomini durante l'ormai remota Era dell'Alba.

«Un posto vecchio» dichiarò Thoren Smallwood. «E forte.»

«Vecchio» il corvo di Mormont svolazzò su di loro. «Vecchio vecchio vecchio.»

«Zitto» ringhiò Mormont. Il Vecchio Orso era troppo orgoglioso per ammettere una qualsiasi forma di debolezza, ma Jon non si fece trarre in inganno. L'anziano guerriero stava pagando un duro pedaggio per lo sforzo di aver tenuto il passo degli uomini più giovani.

«Queste cime sono facili da difendere, in caso di necessità» disse Thoren mentre camminava lungo l'anello di pietra trattenendo il suo cavallo per le redini. La cappa bordata d'ermellino che era stata di Jaremy Rykker ondeggiava nel vento freddo.

«Sì, qui andrà bene» il Vecchio Orso sollevò una mano nell'aria e il corvo venne a posarsi sul suo avambraccio, con gli artigli che grattavano contro la maglia di ferro nera.

«Come faremo per l'acqua, mio signore?» chiese Jon.

«Abbiamo attraversato un ruscello alla base della collina.»

«Una ben lunga scalata per bere un sorso» obiettò Jon. «E al di fuori dell'anello di pietre.»

«Troppo pigro per scalare una collina, ragazzo?» fece Thoren.

«Non troveremo un'altra piazzaforte come questa» concluse lord Mormont. «Quanto all'acqua, la trasporteremo. E faremo delle buone scorte.»

Jon sapeva quando era meglio non discutere, e questo era uno di quei casi. Così l'ordine venne dato e i confratelli dei guardiani della notte alzarono il loro campo all'interno del cerchio di pietre eretto un tempo dai primi uomini. Tende nere spuntarono come funghi dopo la pioggia, coperte e trapunte disseminarono il nudo terreno. Gli attendenti sistemarono i cavalli in lunghe file, procedendo a strigliarli e a dare loro da mangiare. Nella luce morente del pomeriggio inoltrato, i boscaioli presero le loro asce e si diressero verso gli alberi alle quote inferiori, in modo da procurare abbastanza legna per i falò della notte. Una falange di costruttori cominciò a darsi da fare sgombrando gli arbusti, scavando latrine, preparando i rostri di legno induriti alla fiamma. «Voglio che ogni varco nell'anello di pietre sia trincerato e sbarrato dai rostri prima del tramonto» aveva ordinato il Vecchio Orso.

Dopo aver eretto la tenda del lord comandante ed essersi occupato delle cavalcature, Jon Snow scese di nuovo la collina alla ricerca di Spettro. Questa volta, il silenzioso meta-lupo apparve immediatamente. Un momento prima Jon stava muovendosi sotto gli alberi, gridando e fischiando, da solo, nel verde profondo, con gli stivali che scricchiolavano sul manto di aghi di pino e di foglie cadute. Il momento dopo, il grande lupo albino era al suo fianco, pallido come le nebbie dell'alba.

Ma quando raggiunsero la barriera di pietre sulla sommità, Spettro esitò. Di nuovo. La belva raggiunse uno dei varchi nell'anello di rocce, annusando in modo cauto. Niente da fare: Spettro si ritirò. Decisamente, quanto aveva annusato non gli piaceva. Jon cercò di afferrarlo per la gualdrappa dietro il collo. L'idea era spingere dentro Spettro con la forza. Non era la più semplice delle imprese. Il meta-lupo pesava quanto lui ed era molto più forte.

«Spettro, ma che cosa c'è che non va, si può sapere?» Era molto strano che il meta-lupo fosse così riluttante. Alla fine, Jon fu costretto a rinunciare. «D'accordo» gli disse. «Va', forza. Va' a caccia.»

Gli occhi rossi del lupo rimasero fissi su di lui mentre Jon tornava all'interno del cerchio di pietre ricoperte di lichene.

Avrebbero dovuto essere al sicuro lassù. Dal Pugno si dominavano tutte le direzioni. I versanti nord e ovest erano pareti verticali pressoché inaccessibili, solo il lato est era leggermente meno ripido. Eppure, con il procedere del crepuscolo e l'avanzare delle tenebre tra gli alberi, Jon sentì crescere dentro di sé un oscuro senso di minaccia. "Siamo nel cuore della Foresta Stregata" ripeté a se stesso. "Forse qui ci sono dei fantasmi. Gli spiriti dei primi uomini. Questa, un tempo era la loro fortezza."

«Smettila di fare il ragazzino spaventato» si disse a voce alta.

Salì sulla sommità dell'anello di rocce, scrutando verso il sole al tramonto. Le ultime luci del giorno si riflettevano come oro lavorato sulla superficie del Fiumelatte, nella sua grande ansa incurvata a sud. A nord e a ovest dell'alto corso del fiume il terreno era più ostile, la fitta foresta si spezzava nei ranghi di alte, spoglie orografie pietrose. L'intero orizzonte era sbarrato dalle grandi ombre di montagne mastodontiche. Si dilatavano a perdita d'occhio, cordigliera dopo cordigliera, le loro cime di metallo ricoperte di nevi perenni. Perfino da quella distanza apparivano immense, fredde e inospitali.

Più vicino, erano gli alberi che dominavano. A sud e a est, la foresta si allargava a perdita d'occhio, un vasto labirinto di tronchi, radici e biforcazioni nelle infinite sfumature del verde. Un labirinto punteggiato qua e là da chiazze di rosso – dove gli alberi-diga, dai tronchi lividi e le foglie scarlatte, si aprivano la strada tra le conifere e gli alberi-sentinella – e da macchie gialle, nei punti in cui il fogliame stava assumendo il colore dell'autunno. Quando il vento soffiava, Jon poteva udire i lamenti e i cigolii di ramificazioni molto più vecchie di lui. Un miliardo di foglie si torceva in quel vento. Per un battito di ciglia, la Foresta Stregata parve un mare color verde scuro, gonfiato dalla tempesta, eterno e inconoscibile.

Spettro non sarebbe stato solo, là fuori, di questo Jon era certo. Sotto la superficie di quel mare poteva esserci qualsiasi cosa, strisciante nell'oscurità della foresta, celata tra gli alberi. Qualsiasi cosa poteva avanzare verso l'anello di roccia sulla cima del Pugno. *Qualsiasi cosa.* E loro non avrebbero avuto alcun modo di saperlo.

Jon Snow rimase là per molto tempo, fino a quando il sole non fu svanito dietro i remoti artigli rocciosi delle montagne, e le tenebre non ebbero avvolto la foresta.

«Jon?» chiamò qualcuno alle sue spalle.

«Mi pareva che fossi tu!» esclamò il giovane confratello di nome Samwell Tarly. «Come va?»

«Abbastanza bene» Jon saltò giù dal perimetro di roccia. «E a te come è andata quest'oggi?»

«Bene. Sul serio. Bene.»

L'ultima cosa che Jon avrebbe fatto in quel momento era allarmare il suo amico, soprattutto adesso che Sam Tarly stava finalmente cominciando a trovare un po' di coraggio.

«Il Vecchio Orso ha detto che intende rimanere qui ad aspettare Qhorin il Monco e gli uomini della Torre delle Ombre.»

«Si direbbe un posto saldo» concordò Sam. «Un fortino dei primi uomini. Pensi che ci siano state delle battaglie qui?»

«Senza dubbio. Meglio che tu vada a preparare uno dei corvi. Mormont vorrà mandare notizie alla Barriera.»

«Come vorrei farli volare via tutti quanti. Odiano stare in gabbia.»

«Anche tu lo odieresti, se avessi le ali.»

«Se avessi le ali, sarei al Castello Nero, a mangiare pasticcio di carne di maiale» fece Sam.

Jon gli diede una strizzata alla spalla con la mano ustionata. Ritornarono all'accampamento assieme. I bivacchi erano stati accesi tutto attorno a loro. Nel cielo, cominciavano ad ammiccare le stelle. La lunga chioma rossa della Torcia di Mormont scintillava con la stessa intensità della luna. Jon udì il gracchiare dei corvi messaggeri prima di vederli. Alcuni di loro stavano urlando il suo nome: «Snow! Snow!». Quegli uccelli erano tutt'altro che pavidi quando si trattava di fare baccano.

"Anche loro sentono qualcosa." «Meglio che vada a vedere il Vecchio Orso» disse Jon. «Anche lui fa baccano quando non mangia.»

Trovò Mormont nella sua tenda, immerso in una discussione con Thoren Smallwood e qualche altro ufficiale. «Ah, eccoti» disse ruvidamente l'anziano condottiero. «Portaci un po' di vino caldo, Jon. Fa freddo, questa notte.»

«Subito, mio lord.»

Jon accese il fuoco, andò a prelevare dai carri delle vettovaglie un otre del forte vino rosso preferito da Mormont e lo versò in una cuccuma. L'appese sulla fiamma mentre cercava il resto degli ingredienti. Il Vecchio Orso era estremamente esigente per quanto riguardava la speziatura del vino. Tanto di cannella, tanto di noce moscata, tanto di miele. Non una goccia di meno, non una di più. Uva passa, pinoli e bacche secche, ma niente limone, che Mormont considerava una sorta di eresia del Sud. Parecchio contraddittorio, visto che nella birra del mattino il limone lo metteva sempre. La mistura doveva essere calda abbastanza da riscaldare il bevitore al punto giusto, insisteva il lord comandante, ma mai e poi mai si doveva portare il vino all'ebollizione. Per cui, a quella cuccuma, Jon montò una rigorosa guardia.

Dall'interno della tenda, gli arrivarono all'orecchio le voci dei confratelli di alto grado. Jarmen Buckwell, capo degli scout, disse: «La via più facile per raggiungere gli Artigli del Gelo è risalire il corso del Fiumelatte fino alla sorgente. Ma se è quella la strada che seguiremo, Mance Rayder saprà che stiamo arrivando, sicuro com'è sicuro che domani sorgerà il sole».

«Un'alternativa è la Scala del Gigante» intervenne ser Mallador Locke. «O anche il Passo Skirling, se è aperto.»

Il vino stava fumando. Jon tolse la cuccuma dalla fiamma, riempì otto coppe e le portò dentro la tenda. Il Vecchio Orso stava studiando la mappa che Sam aveva abbozzato per lui la notte della sosta al Castello di Craster. Prese una coppa dal vassoio, bevve un sorso, annuì bruscamente in segno di approvazione.

«Grano» il suo corvo gli saltellò sul braccio. «Grano grano.»

Ser Ottyn Wythers respinse la bevanda con un cenno di diniego. «Io invece non m'inoltrerei affatto tra le montagne» la sua voce era esile, stanca. «Quella degli Artigli del Gelo è una zampata dura perfino in piena estate, e in questa stagione... Se finiamo per incappare in una tormenta...»

«Non ho intenzione di avventurarmi sugli Artigli del Gelo a meno che non ci sia altra scelta» ribatté Mormont. «I bruti non sanno reggersi sulla neve e sulla roccia più di quanto possiamo fare noi. Presto verranno giù dai monti. E per un esercito, grosso o piccolo che sia, l'unica via è seguire il Fiumelatte. Il Pugno dei primi uomini rimane la piazzaforte più adatta. Non passeranno inosservati.»

«Potrebbe non importargli» ser Mallador accettò una coppa da Jon. «Loro sono migliaia, e noi solamente trecento, anche dopo che il Monco ci avrà raggiunti.»

«Dovessimo affrontare una battaglia, non esiste terreno migliore di questo per combatterla» dichiarò Mormont. «Rafforzeremo le difese. Fossati e barriere di rostri, palle chiodate sparse su tutti i versanti, ogni varco nell'anello di roccia sigillato. Jarmen, voglio che tu disponga i tuoi uomini con la vista migliore come osservatori. Un altro anello, questa volta fatto di occhi, tutto attorno al Pugno e anche lungo il fiume, in modo da essere avvertiti di qualsiasi movimento. Falli nascondere sugli alberi. E sarà meglio che cominciamo a raccogliere acqua da subito, anche più di quella che ci serve. Scaveremo delle cisterne. Terrà occupati gli uomini e potrebbe rivelarsi decisivo in seguito.»

«I miei ranger...» cominciò Thoren Smallwood.

«I tuoi ranger limiteranno le loro escursioni a questa sponda del fiume, e questo fino a quando il Monco non ci avrà raggiunti. In un secondo tempo, vedremo. Non ho alcuna intenzione di perdere altri uomini.»

«Mance Rayder potrebbe stare ammassando il suo esercito a meno di un giorno di cavallo da qui» si lamentò Smallwood. «E noi nemmeno lo sapremmo.»

«Sappiamo dove i bruti si stanno ammassando» ribatté Mormont. «Ce lo ha detto Craster. Quell'uomo non mi piace, ma non penso che ci mentirebbe su una cosa simile.»

«Come vuoi tu» Smallwood si alzò e se ne andò con aria cupa. Gli altri finirono il loro vino e lasciarono a loro volta la tenda, meno cupamente.

«Posso portarti la cena, mio signore?» chiese Jon.

«Grano» insisté il corvo.

Mormont non rispose, non subito. «Ha cacciato qualcosa il tuo lupo?» chiese alla fine.

«Non è ancora tornato.»

«Un po' di carne fresca non mi dispiacerebbe affatto» il lord comandante affondò una mano in tasca e offrì al suo uccello nero un pugno di chicchi. «Pensi che stia commettendo un errore a tenere i ranger così vicini?»

«Non spetta a me commentare, mio lord.»

«Se ti viene chiesto, ti spetta.»

«Se i ranger devono rimanere in vista del Pugno» azzardò Jon «non vedo come potranno ritrovare mio zio Benjen.»

«In realtà, è impossibile.» Il corvo si mise a beccare nel palmo della mano dell'anziano guerriero. «Duecento uomini o diecimila... non fa nessuna differenza.» Il grano finì e Mormont ritirò la mano. «Questa terra è troppo vasta.»

«Intendi interrompere le ricerche?»

Mormont fece salire il corvo sulla sua spalla: «Maestro Aemon ritiene che tu abbia una bella testa». Il corvo inclinò leggermente il capo, osservando Jon con occhi scintillanti.

La risposta era lì, di fronte a lui. «Io credo... Ecco, credo sia più facile che un uomo solo trovi duecento uomini che per duecento uomini trovare un uomo solo.»

Il corvo lanciò un alto grido, quasi di approvazione. Tra la fitta barba grigia del Vecchio Orso si affacciò un sorriso: «Tutti questi uomini a cavallo si lasciano dietro una traccia che perfino Maestro Aemon, cieco com'è, sarebbe in grado di seguire. I fuochi che abbiamo acceso sulla cima di questa collina sono visibili fino dalle pendici degli Artigli del Gelo. Se Ben Stark è vivo e libero, sarà lui a venire da noi. Non ho alcun dubbio».

«Sì, però...» Jon esitò. «Ecco, che cosa succede se invece lui è...»

«... Morto?» concluse Mormont per lui, non senza un certo garbo.

«Morto» berciò il corvo. «Morto morto.»

«Potrebbe venire da noi comunque» disse il lord comandante. «Come Othor, come Jafer Flowers. Anche a me questa idea non dà requie, Jon, credimi. Ma comunque non possiamo ignorarla.»

«Morto» insisté il corvo, allargando le ali nere. La sua voce divenne più acuta, quasi raschiante. «Morto.»

Mormont diede una grattatina alle penne dell'uccello, poi soffocò uno sbadiglio con il dorso della mano. «Salterò la cena, questa sera. Credo che il riposo mi gioverà di più. Svegliami alle prime luci.»

«Dormi bene, mio signore.»

Jon raccolse le coppe vuote e uscì dalla tenda. Udì risate lontane e un suono di cornamuse. Un grande fuoco ardeva al centro dell'accampamento, nell'aria notturna aleggiava un odore di stufato. Il Vecchio Orso non aveva fame, Jon invece sì. E tanta anche. Si diresse verso le fiamme.

Dywen, un ranger veterano, stava tenendo banco, con il cucchiaio in mano: «Conosco queste foreste meglio di chiunque altro, e ve la canto chiara, proprio non me ne andrei in giro da solo questa notte. Non sentite il suo odore?».

Grenn lo stava osservando con gli occhi sbarrati. Fu Edd l'Addolorato a rimettere le cose in pari: «L'unico odore che sento è quello della merda di duecento cavalli. E di questo stufato. E, adesso che annuso un po' meglio, hanno un aroma simile».

«Sta qua il tuo *aroma simile*» Hake diede qualche colpetto al fodero del pugnale. Mugugnando, riempì la scodella di Jon.

Lo stufato era un misto di orzo, carote e cipolle, con qua e là qualche pezzo di manzo salato ammorbidito dalla cottura.

«Che odore senti, Dywen?» chiese Grenn.

Il confratello succhiò il suo cucchiaio per un momento. Si era tolto i denti di legno. La sua faccia era rugosa, la pelle dura come il cuoio e le mani nodose come vecchie radici.

«È un odore di... È come... l'odore del *freddo*.»

«Ahhh, palle. Dai denti, il legno t'è arrivato anche alla testa» lo liquidò Hake. «Il freddo non ha odore.»

"Ce l'ha invece." Nella memoria di Jon fiammeggiava il ricordo della notte maledetta nella Torre del lord comandante, quando i morti viventi erano venuti all'assalto. "Lo stesso odore della morte." E di colpo, non ebbe più fame. Diede la sua scodella a Grenn, il quale sembrava avere un gran bisogno di una razione extra per scaldarsi durante la notte.

Il vento era diventato più ostile. E più gelido.

Jon se ne rese conto quando si allontanò dal fuoco. Al mattino, il terreno sarebbe stato coperto di ghiaccio e le funi delle tende rigide, congelate. Erano rimasti pochi sorsi di vino speziato sul fondo della cuccuma preparata per Mormont. Jon aggiunse altra legna al fuoco e mise la pentola a scaldare. Esercitò le dita della mano bruciata, contraendole e serrandole fino a quando le articolazioni gli formicolarono. Gli uomini del primo turno di guardia avevano preso posizione lungo tutto il perimetro. Le torce ardevano sull'anello di roccia. Era una notte senza luna, il cielo punteggiato da migliaia di stelle.

Si udì un suono dalle tenebre. Un suono debole, remoto. E al tempo stesso, inconfondibile: l'ululato dei lupi. Le loro voci crescevano, tornavano a scemare, crescevano di nuovo. Un canto che parlava di infinita solitudine e di eterne paure. Jon sentì i capelli che gli si rizzavano in testa. Dall'oscurità oltre i fuochi, due occhi rossi lo stavano fissando. La luce delle fiamme li faceva splendere come la chioma della cometa.

«Spettro...» Jon era sorpreso. «Così hai deciso di venire dentro, eh?» Spesso, il meta-lupo albino rimaneva a cacciare tutta la notte. Non si era aspettato di rivederlo fino all'alba. «Che succede, non hai trovato niente? Spettro: qui. Da me.»

Il meta-lupo circolò attorno al fuoco, annusando Jon, annusando il vento. Era inquieto. E, in quel momento, non sembrava avere nessuna voglia di andare a caccia.

"Quando i morti emersero dalle tenebre, Spettro lo sapeva. Mi svegliò, mi mise in allarme." Jon si alzò in piedi preoccupato: «C'è qualcosa, là fuori? Spettro, hai trovato una pista?». "E Dywen ha detto di sentire l'odore del *freddo*..."

Il meta-lupo spiccò un balzo in direzione della barriera di pietre, si fermò, guardò indietro. "Vuole che lo segua." Jon sollevò il cappuccio della cappa e si allontanò dalle tende, dal calore dei fuochi, superando anche le file dei malconci destrieri dei confratelli. Uno dei cavalli ebbe un nitrito nervoso quando Spettro gli passò silenziosamente accanto. Jon calmò l'animale con qualche parola e una carezza sul muso. In prossimità dell'anello di roccia, il vento sibilava tra le crepe, mormorando negli anfratti. Una voce intimò il classico "Chi va là!".

«Jon Snow! Vado a prendere dell'acqua per il lord comandante!»

«D'accordo, vai» rimandò la sentinella. «Ma fa' in fretta.» Accucciato sotto il suo mantello nero, con il cappuccio sollevato per proteggersi dal vento, l'uomo nemmeno si prese la briga di vedere se Jon avesse un secchio oppure no.

Jon passò di traverso e scivolò tra due rostri acuminati, mentre Spettro strisciava sotto di essi. Una torcia era stata infilata in una fenditura, le fiamme sembravano vessilli infuocati a ogni soffio di vento. Mentre scivolava nel varco tra le pietre, Jon la prese. Spettro si precipitò giù per la china. Jon gli tenne dietro con cautela, con la torcia protesa avanti a sé per illuminare il cammino. Dietro di lui, i rumori dell'accampamento svanirono progressivamente. La notte era nera, la china ripida, pietrosa, piena di asperità. Un solo momento di disattenzione gli sarebbe costato una caviglia rotta... O anche l'osso del collo. "Ma che cosa sto facendo?" Eppure continuò a scendere.

Gli alberi si ergevano sotto di lui, simili a scuri guerrieri armati di foglie e corteccia, ranghi silenziosi in attesa dell'ordine di sferrare l'assalto al Pugno dei primi uomini. Sembravano neri come l'inchiostro... Fu solo quando l'alone luminoso della torcia arrivò a lambirli che Jon poté vedere un lampo di colore verde. Da qualche parte, nella notte, percepì il gorgogliare di acqua corrente tra le rocce. Spettro si fece inghiottire dal folto della boscaglia. Jon arrancò per stargli dietro, le orecchie tese al rumore del ruscello, al sussurro delle foglie al vento. Rami bassi continuavano a ghermire il suo mantello. Sopra di lui, le fronde s'intrecciavano fitte, oscurando la luce delle stelle.

Trovò Spettro che si abbeverava al torrente. «Spettro» chiamò Jon. «Qui da me. *Subito.*»

Il meta-lupo alzò il muso, occhi incendiati, acqua che colava dalle fauci come bava di ferocia. A vederlo così, c'era qualcosa di ferale in lui, di terribile. Un attimo dopo, Spettro balzò via, sfrecciando tra gli alberi.

«Spettro! No! A cuccia...»

La belva lo ignorò. La sua slanciata forma bianca venne nuovamente inghiottita dal buio. A quel punto, Jon aveva due possibilità: tornare sulla cima o continuare verso il basso.

Continuò verso il basso. Era furibondo. Non voleva andare ma andò lo stesso, la torcia tenuta quasi raso terra davanti a sé, per individuare le rocce che rischiavano di farlo cadere a ogni passo, per evitare le radici contorte pronte a mandarlo a rotolare chissà dove, per vedere le fenditure in cui avrebbe potuto rompersi una gamba. Ogni pochi passi, chiamava Spettro. Ma era una notte di vento, le sue parole si perdevano tra i turbini che soffiavano tra gli alberi scuri. "È una follia!" ma continuò comunque ad avanzare in profondità, sempre più in profondità, nella foresta che assediava le falde del Pugno. Basta, doveva tornare indietro... Un'ombra bianca scivolò avanti a lui, deviando a destra, verso la massa della collina. Jon la seguì, imprecando a denti stretti.

Tenne dietro al lupo per almeno un quarto trasversale del Pugno dei primi uomini prima di rendersi conto di averlo perduto di nuovo. Alla fine, Jon si fermò nel folto della boscaglia a riprendere fiato. Tutto attorno a lui c'erano altre radici contorte, altri rovi acuminati, altre pietre franate. E, appena al di là del cerchio di luce della torcia, le tenebre premevano da tutti i lati.

Un suono alle sue spalle, lieve, quasi discreto. Jon si voltò. Con cautela, riprese a muoversi tra i massi e i rovi. Spettro era dietro un albero caduto. Stava scavando la terra con rabbia, lanciando terriccio dietro di sé.

«Che cosa hai trovato?...» Jon abbassò ancora di più la torcia. Il fuoco illuminò un tumulo che sorgeva dal terreno aspro alla base della collina.

"Una tomba... Ma la tomba di *chi*?"

Jon s'inginocchiò, piantando il manico della torcia nella terra. Il suolo era sabbioso, cedevole. Jon riuscì a rimuoverlo a intere manciate. Non c'erano pietre, né radici. Chiunque giacesse là sotto, era stato sepolto di recente. Mezzo metro più in basso le sue dita incontrarono della stoffa. Si era aspettato un cadavere, aveva temuto un cadavere. Invece trovò qualcosa di diverso. Sotto il tessuto c'erano degli oggetti duri, dai bordi taglienti. Nessun odore di decomposizione, nessun segno di vermi. Spettro arretrò e sedette sulle zampe posteriori, a osservare.

Jon spostò altra terra. Mise a nudo un fagotto tondeggiante, lungo poco più di mezzo metro. Infilò a forza le dita sotto di esso e lo liberò dalla stretta del terreno. Qualsiasi cosa contenesse cambiò posizione, emettendo tintinnii soffocati. "Un tesoro?..." No, non poteva essere, quelle forme avvolte nella stoffa non potevano essere monete, e non avevano il suono del metallo.

Tratti di corda consunta tenevano assieme il fagotto. Jon sfoderò la daga, tagliò la fune, afferrò i lembi della stoffa e tirò. Il fagotto roteò e il suo contenuto cadde al suolo. Cose indefinite balenarono alla luce della torcia.

Erano una dozzina di coltelli, punte di lancia a forma di losanga, parecchie punte di freccia. Jon raccolse la lama di una daga, leggera come una piuma, di un nero lucido, senza impugnatura. Il pulsare della torcia disegnò una nitida linea arancione lungo il bordo, affilato come un rasoio. "Vetro di drago... Quello che i maestri della Cittadella chiamano ossidiana." Che Spettro avesse scoperto un'antica scorta appartenuta ai figli della foresta, rimasta sepolta per interi millenni? Il Pugno dei primi uomini era un luogo antichissimo, solo che...

C'era un vecchio corno da guerra sotto le lame di vetro di drago. Era ricavato dal corno di un uri, ornato di bande di bronzo. Jon rimosse il terriccio che lo ricopriva. Dal corno scivolò fuori una cascata di punte di freccia. Le lasciò cadere a terra, raccogliendo un lembo del drappo che aveva avvolto tutto quanto. Lo esaminò al tatto. "Buona lana spessa, a maglia doppia, umida ma non marcita." Non doveva essere stata sotterrata da molto tempo. E il suo colore era *scuro.* Accostò il tessuto alla torcia.

"No, non scuro: *nero.*"

Anche prima di rimettersi in piedi, dispiegando il drappo in tutta la sua lunghezza, Jon Snow riconobbe quella stoffa. Era il mantello nero di un confratello dei guardiani della notte.

BRAN

Alebelly lo trovò nella forgia, intento a pompare il mantice di Mikken. «Maestro Luwin ti vuole nella sua torretta, mio lord principe. È arrivato un uccello messaggero da parte del re.»

«Da parte di Robb?»

Eccitato, Bran non aspettò Hodor e volle che Alebelly lo trasportasse subito su per le scale. La guardia di Grande Inverno era un uomo grande e grosso, ma non quanto Hodor, e di certo molto meno forte. Quando raggiunsero la torretta del maestro, aveva la faccia rossa e il fiato corto. Rickon era già là, e anche i due Walder Frey.

Maestro Luwin congedò Alebelly e chiuse la porta. «Miei lord,» esordì con gravità «abbiamo ricevuto un messaggio da sua Grazia. Ci sono notizie buone e notizie cattive. Il re del Nord ha riportato una grande vittoria nell'ovest, distruggendo un intero esercito Lannister in un luogo chiamato Oxcross. Ha anche preso svariati castelli. Infatti ci scrive da Ashemark, che era stata la piazzaforte della Casa Marbrand.»

Rickon diede una tirata alla toga del maestro: «Vuol dire che Robb adesso torna a casa?».

«Non ancora, temo. Ha altre battaglie da combattere.»

«Lord Tywin è stato sconfitto?» chiese Bran.

«No» replicò l'anziano sapiente. «Era ser Stafford Lannister a comandare l'esercito avversario. È rimasto ucciso sul campo.»

Bran non aveva mai sentito parlare di ser Stafford Lannister. Fu costretto a trovarsi d'accordo con Grande Walder quando disse: «È lord Tywin l'unico che conta veramente».

«Di' a Robb che voglio che torni a casa» insisté Rickon. «Può anche portare il suo lupo, e la Mamma, e il Papà.»

Il più piccolo degli Stark era consapevole che lord Eddard era morto, ma a volte se ne scordava... *Voleva* scordarsene, sospettava Bran. Il suo fratellino era testardo come solo un bimbo di quattro anni può esserlo.

Bran era lieto per quella vittoria di Robb, ma la cosa lo inquietava anche. Continuava a ricordare quello che Osha aveva detto il giorno in cui suo fratello aveva guidato l'armata del Nord fuori da Grande Inverno. "Sta marciando dalla parte sbagliata" aveva dichiarato la donna dei bruti.

«È triste, ma ogni vittoria ha il suo prezzo» maestro Luwin si rivolse ai due Walder. «Miei lord, sono dolente di comunicarvi che vostro zio Stevron Frey è tra coloro che hanno perduto la vita a Oxcross. Era rimasto ferito nello scontro, scrive Robb. Non sembrava nulla di serio. Ma tre giorni dopo ser Stevron è trapassato nella sua tenda, nel sonno.»

«Era molto vecchio.» Grande Walder scrollò le spalle. «Sessantacinque anni, credo. Troppo vecchio per andare in battaglia. Diceva sempre di essere stanco.»

Piccolo Walder ululò: «Stanco di aspettare che il nonno finalmente tirasse le cuoia, vorrai dire. Questo significa che adesso è ser Emmon l'erede?».

«Non essere sciocco» ribatté suo cugino. «I figli del primogenito vengono *dopo* il secondogenito. Ser Ryman è il primo nella linea di successione, poi Edwyn e Walder il Nero e Petyr Foruncolo. E dopo Aegon e tutti i *suoi* figli.»

«Ryman è troppo vecchio» fece Piccolo Walder. «Quarant'anni, suonati, credo. E il suo ventre non va tanto bene. Pensi che sarà lui il lord?»

«Sarò *io* il lord. E non m'importa niente di lui.»

«Miei lord!» ammonì duramente maestro Luwin. «Non vi vergognate di simili discorsi? Che fine hanno fatto la vostra compassione, il vostro dolore? Vostro zio è morto.»

«Sì, siamo molto addolorati» disse Piccolo Walder.

Ma addolorati non lo erano affatto, invece. Bran sentì un improvviso crampo allo stomaco. "Questo è un piatto che i Walder digeriscono molto meglio di me." Chiese a maestro Luwin di scusarlo.

«Molto bene» il maestro suonò la campanella.

Hodor doveva essere impegnato da qualche altra parte. Apparve Osha, la quale era decisamente più forte di Alebelly e non ebbe alcuna difficoltà a sollevare Bran tra le braccia e trasportarlo giù per le scale.

«Osha» le chiese Bran mentre attraversavano il cortile. «Tu conosci la strada per andare verso nord? Alla Barriera... E anche oltre.»

«La strada è facile» disse Osha passando a ritroso per una porta, e cominciò a salire la scala a chiocciola. «Cerca nel cielo il Drago di Ghiaccio e poi segui la stella blu nell'occhio del suo cavaliere.»

«E ci sono ancora i giganti, lassù? E anche… gli altri… gli Estranei… i figli della foresta?»

«I giganti li ho visti. Dei figli della foresta ho sentito parlare. Dei vaganti bianchi… Che cosa vuoi sapere?»

«Hai mai visto un corvo con tre occhi?»

«No» la donna dei bruti rise. «E non vorrei proprio vederlo.»

Aprì con un calcio la porta della stanza di Bran e lo sistemò sul sedile vicino alla finestra, da dove lui poteva vedere il cortile sottostante.

Osha se ne andò. Pareva che fossero passati solo pochi attimi, quando la porta tornò ad aprirsi. Entrò Jojen Reed, senza essere stato chiamato e dietro di lui c'era sua sorella Meera.

«Hai sentito del corvo messaggero?» gli chiese Bran.

Il ragazzo delle terre paludose annuì.

«Non era per una cena, come avevi detto tu. Era una lettera di Robb, non l'abbiamo mangiata, ma…»

«A volte, i sogni dell'oltre prendono forme strane» ammise Jojen. «Le loro verità possono essere difficili da capire.»

«Parlami della cosa cattiva che hai sognato» disse Bran. «La cosa cattiva che sta venendo a Grande Inverno.»

«Ma questa volta mi ascolterà, il mio principe? Questa volta si fiderà delle mie parole, a dispetto di quanto strane possano suonare?»

Bran annuì.

«È il mare che sta venendo.»

«Il *mare*?»

«Ho sognato il mare che dilagava attorno a Grande Inverno. Ho visto onde nere abbattersi contro i portali e le torri. E alla fine, l'acqua salata ha superato le mura e ha riempito tutto il castello. Uomini annegati galleggiavano nel cortile. Quando feci il sogno la prima volta, alla Torre delle Acque Grigie, non conoscevo le facce di quegli uomini. Ma adesso le conosco. Uno è quella guardia, Alebelly. Un altro è il tuo septon. Un altro ancora è il fabbro.»

«Mikken?» Bran era confuso, e disperato. «Ma il mare si trova a centinaia e centinaia di leghe di distanza. E anche se l'acqua arrivasse, le mura di Grande Inverno sono talmente alte che non potrebbe superarle.»

«Nelle tenebre della notte l'acqua salata dilagherà all'interno di esse, Bran» non c'era alcuna incertezza in Jojen. «Ho visto i morti. Gonfi, annegati.»

«Dobbiamo dirglielo» affermò Bran. «Ad Alebelly, e a Mikken, e a septon Chayle. Dirgli di non annegare.»

«Questo non li salverà» rispose il ragazzo vestito di verde.

«Non ci crederanno, Bran» Meera si avvicinò alla finestra e gli mise una mano sulla spalla. «Nemmeno tu ci credevi.»

Jojen sedette sul letto: «Ora parlami del *tuo* sogno».

Bran aveva paura, perfino ora aveva paura. Ma aveva anche giurato di fidarsi di loro, e uno Stark di Grande Inverno mantiene sempre la parola data.

«Ci sono vari sogni» cominciò lentamente. «Ci sono i sogni di lupo, e quelli non sono brutti quanto gli altri. Corro a quattro zampe e vado a caccia e uccido scoiattoli. E poi ci sono i sogni del corvo con tre occhi che viene da me e mi dice di volare. Certe volte, c'è anche l'albero, in quei sogni...»

«L'albero nel parco degli dei, quello con il volto scolpito nel legno?»

«Sì, l'albero del cuore. E il volto nel legno chiama il mio nome. Ma i sogni peggiori di tutti sono quelli in cui cado» Bran spostò lo sguardo sul cortile, sentendosi malissimo. «Prima non ero mai caduto, *mai*. Davo la scalata alle torri. Andavo dappertutto: sui tetti, lungo le mura. Davo da mangiare ai corvi nella Torre Bruciata. Mia madre aveva paura che cadessi, ma io sapevo che non sarebbe successo. Ma poi è accaduto. E adesso, ogni volta che dormo, cado e cado e cado.»

Meera gli mise una mano sulla spalla: «E questo è tutto?».

«Credo di sì.»

«Mostro, metamorfo, deviante, così ti chiamerebbero se venissero a sapere dei tuoi sogni di lupo.»

Quei termini gli fecero tornare addosso il timore: «*Chi* mi chiamerebbe a quel modo?».

«La tua stessa gente, per paura. Certi ti odierebbero se sapessero chi sei. E altri cercherebbero addirittura di ucciderti.»

La Vecchia Nan a volte raccontava storie spaventose di metamorfi e di devianti. E in quelle storie, erano sempre creature malvage.

«Non sono un... *metamorfo*» si difese Bran. «No che non lo sono. Si tratta soltanto di sogni.»

«I sogni di lupo non sono veri sogni. Quando sei sveglio, hai il tuo terzo occhio ben chiuso. Ma nel momento in cui scivoli nel sonno, l'occhio si apre e il tuo spirito va alla ricerca dell'altra sua metà. Il potere è forte in te.»

«Non lo voglio, questo potere di cui parli. Io voglio essere un *cavaliere*.»

«Un cavaliere è quello che vuoi essere. Ma un metamorfo è quello che sei. Non puoi cambiare questa verità, Bran. Non puoi negarla, non puoi farla andare via.» Jojen si alzò e si avvicinò alla finestra. «Tu sei il lupo alato, ma non riuscirai mai a volare. A meno che...» unì due dita tese e gliele batté in mezzo alla fronte «... tu non apra *il tuo terzo occhio.*»

Bran si tastò dove Jojen lo aveva toccato. Sentì nient'altro che pelle liscia, priva di fessure. Non c'era proprio nessun terzo occhio in mezzo alla sua fronte, né chiuso né tantomeno aperto. «Ma come faccio ad aprirlo se non c'è?»

«Non troverai mai quell'occhio con le dita, Bran. È con il cuore che devi cercarlo» Jojen lo scrutò con quei suoi strani occhi verdi. «O hai paura?»

«Maestro Luwin dice che non c'è niente di cui aver paura nei sogni.»

«Invece sì» ribatté Jojen.

«Che cosa?»

«Il passato, il futuro, la verità.»

I due ragazzi delle Acque grigie se ne andarono, lasciandolo più confuso che mai.

Bran cercò di aprire il terzo occhio.

Solo che non sapeva come fare. Per quanto corrugasse la fronte, la esplorasse con le dita, non ci fu alcun mutamento nel modo in cui vedeva le cose. Nei giorni che seguirono, cercò di avvertire altri di quello che Jojen aveva visto. Ma le cose non andarono affatto come lui avrebbe voluto.

Mikken, il fabbro, trovò che la storia fosse divertente. «Il mare, dici? Ho sempre sperato di vederlo, il mare. Però non ci sono andato mai. E adesso sarebbe il mare che viene da me? Gli dei sono generosi, a prendersi tutto questo disturbo per un povero fabbro.»

«Saranno gli dei a decidere quando è giunta la mia ora» fu il pacato commento di septon Chayle. «Per quanto, Bran, dubito molto che finirò annegato. Lo sai? Sono cresciuto sulle rive del Coltello Bianco, e so nuotare piuttosto bene.»

L'unico che prestò qualche attenzione all'avvertimento fu Alebelly. Andò di persona a parlare con Jojen, dopo di che cessò di farsi il bagno e rifiutò di avvicinarsi al pozzo. Alla fine emanava un odore talmente infame che altre cinque o sei guardie lo cacciarono a forza in una vasca e gli diedero una solenne strigliata. Alebelly continuò a berciare che lo stavano annegando, proprio come aveva detto il ragazzo delle rane. E dopo, ogni volta che vedeva

Bran o Jojen in giro per il castello, Alebelly faceva la faccia feroce e mugugnava tra i denti.

Fu pochi giorni dopo quell'episodio che ser Rodrik fece ritorno a Grande Inverno con il suo prigioniero: un giovanotto grassoccio, dalle tumide labbra carnose e i capelli lunghi. Puzzava come una latrina. Puzzava addirittura peggio di Alebelly prima del bagno coatto.

«Reek, lo chiamano» disse Testa di Fieno quando Bran chiese chi fosse. «Non ho mai saputo il suo vero nome. Era al servizio del Bastardo di Bolton, e dicono che l'abbia aiutato ad assassinare lady Hornwood.»

Il Bastardo era morto, scoprì Bran quella sera a cena. Gli uomini di ser Rodrik lo avevano sorpreso sulle terre degli Hornwood intento a fare qualcosa di orribile. Bran non era certo di che cosa si trattasse, sembrava fosse una operazione che si compiva senza vestiti. Quando aveva cercato di fuggire a cavallo, lo avevano trafitto con le frecce. Ma era stato comunque troppo tardi per la sventurata lady Hornwood. Dopo il matrimonio forzato, il Bastardo di Bolton l'aveva rinchiusa in una torre senza darle più niente da mangiare. Bran udì gli uomini dire che, quando ser Rodrik aveva abbattuto la porta della cella, aveva trovato la nobildonna con la bocca coperta di sangue e le dita delle mani divorate.

«Quel mostro le ha messo attorno al collo un cappio di spine» disse l'anziano cavaliere a maestro Luwin. «Che ci piaccia o no, lady Hornwood *era* sua moglie. L'ha costretta a pronunciare le parole nuziali davanti a entrambi i septon e al cospetto dell'albero del cuore. Quella medesima notte, ha compiuto i suoi doveri coniugali di fronte a testimoni. La lady ha redatto un testamento in cui gli lascia tutto quanto, e vi ha apposto il suo sigillo.»

«I matrimoni celebrati con una spada puntata alla schiena non sono validi» argomentò il maestro.

«Roose Bolton potrebbe non essere affatto d'accordo. Non quando ci sono delle terre in gioco» ser Rodrik appariva molto infelice. «Non chiederei di meglio che prendere il maleodorante servo del Bastardo e staccargli la testa. Invece temo che sarò costretto a tenerlo in vita fino a quando Robb non avrà fatto ritorno dalla guerra. È l'unico testimone del peggior crimine commesso dal Bastardo. Forse, quando lord Bolton sentirà quello che ha da raccontare, cesserà di reclamare delle terre. Intanto, però, adesso abbiamo i cavalieri dei Manderly e gli uomini di Forte Terrore che si sgozzano a vicenda nelle foreste degli Hornwood. E io non ho forze sufficienti per fermarli.» Il vecchio guerriero si girò sulla sedia, lanciando a Bran uno sguardo severo. «E mentre sono via, mio principe, tu che cosa fai? Ordini alle nostre guardie di non lavarsi, giusto? A che scopo, perché puzzino peggio di Reek?»

«Il mare sta arrivando a Grande Inverno» insistette Bran. «Jojen lo ha visto in un sogno dell'oltre. Alebelly morirà annegato.»

«Il fatto è, ser Rodrik, che il giovane Reed crede di potere vedere il futuro in sogno» maestro Luwin tormentò la catena del suo ordine. «Io ho parlato a Bran dell'infondatezza di simili profezie ma, a dire il vero, ci sono effettivamente grossi problemi lungo la Costa Pietrosa. Predoni a bordo di navi lunghe calano a razziare i villaggi dei pescatori, stuprano e bruciano. Leobald Tallhart ha inviato suo figlio Benfred ad affrontarli, ma mi aspetto che si daranno alla fuga verso il mare al primo accenno dell'arrivo di uomini armati.»

«Sì, in modo da colpire da qualche altra parte. Che gli Estranei se li portino alla dannazione, questi maledetti codardi. Se il grosso delle nostre forze non si trovasse a mille leghe a sud di qui non oserebbero fare nulla, come il Bastardo di Bolton.» Ser Rodrik guardò nuovamente Bran. «Che altro ti ha detto il ragazzo delle Acque grigie?»

«Ha detto che l'acqua dilagherà dentro le nostre mura. Ha visto Alebelly annegato, e anche Mikken e septon Chayle.»

Ser Rodrik corrugò la fronte: «D'accordo, dovessi decidere di marciare anch'io contro questi predoni, Alebelly lo lascerò a casa. Non è che il ragazzo Reed ha visto anche me annegato, vero? No? Bene».

Bran si sentì un po' rincuorato. "Forse non annegheranno: basta che stiano lontano dal mare."

Anche Meera fu d'accordo con lui. Quella sera, lei e Jojen salirono nella stanza di Bran per una partita a domino triplo. Jojen però scosse la testa: «Le cose che vedo nei sogni dell'oltre non possono essere cambiate».

Questo fece arrabbiare sua sorella: «Ma allora per quale motivo gli dei vorrebbero mandarci un avvertimento se non possiamo evitare né cambiare niente delle cose future?».

«Non lo so» disse Jojen con aria triste.

«Se tu fossi Alebelly, probabilmente salteresti nel pozzo e la faresti finita!» Meera continuava a essere furiosa. «Invece Alebelly dovrebbe combattere. E anche Bran!»

«Io?» di colpo, Bran ebbe di nuovo paura. «Combattere chi? Finirò annegato anch'io?»

Meera lo guardò, piena di sensi di colpa: «Non... non avrei dovuto...».

Ma Bran si rese subito conto che la ragazza stava nascondendo qualcosa. «Hai visto anche me nel tuo sogno dell'oltre?» chiese nervosamente a Jojen. «Ero annegato?»

«No, non annegato» Jojen sembrava soffrire a ogni parola che diceva. «Ho sognato l'uomo che è venuto oggi, quello che chiamano Reek. Tu e tuo fratello giacevate morti ai suoi piedi. E lui vi stava scuoiando la faccia con una lunga lama rossa.»

«Posso piantargli la lancia dritta nel cuore» Meera si mise in piedi. «Basta che scenda nelle segrete. Da morto, come farebbe ad assassinare Bran?»

«I carcerieri ti fermerebbero» disse Jojen «e anche le guardie. E se tu dicessi loro perché lo vuoi morto, non ti crederebbero mai.»

«Ne ho anch'io, di guardie» ricordò loro Bran. «Alebelly e Tym il Foruncoloso e Testa di Fieno e tutti gli altri.»

«Nemmeno loro saranno in grado di fermarlo, Bran» gli occhi color muschio di Jojen erano pieni di compassione. «Non ho visto che cosa è accaduto, ma ho visto com'è andata a finire. Ho visto te e Rickon nelle vostre cripte, giù nelle tenebre, insieme a tutti i re morti e ai loro lupi di pietra.»

"No..." Bran strinse gli occhi. "No!" «Ma se andassi via... Alle Acque grigie, o dal corvo, in qualche luogo lontano dove loro non possano trovarmi...»

«Non avrebbe importanza. Era un sogno dell'oltre, Bran. E i sogni dell'oltre non mentono.»

TYRION

«A quanto pare, Renly Baratheon è stato assassinato in modo terribile proprio nel bel mezzo di tutto il suo esercito» Varys stava immobile davanti al braciere, riscaldando le sue mani delicate alle fiamme. «La gola tagliata da un orecchio all'altro da una lama che ha squarciato acciaio e ossa come burro.»

«Assassinato per mano di chi?» volle sapere Cersei.

«Hai mai considerato, mia graziosa regina, che troppe risposte equivalgono a nessuna risposta? I miei informatori non sempre si trovano così in alto come vorremmo. E quando un re muore, le voci spuntano come funghi nel buio. Uno stalliere dice che Renly è stato ucciso da uno dei suoi cavalieri della Guardia dell'arcobaleno. Secondo una lavandaia, è stato Stannis a penetrare fino al cuore dell'armata del fratello brandendo una spada magica. Parecchi armigeri, invece sono certi che sia stata una donna a sporcarsi le mani, ma non sono affatto d'accordo su *quale* donna. Una fanciulla cui Renly ha fatto un torto, dice uno. Una delle meretrici che seguono gli eserciti, portata nella sua tenda per dargli piacere alla vigilia della battaglia, dice un altro. Un altro ancora azzarda una colpevole ancora più inaspettata: lady Catelyn Stark.»

La regina non era soddisfatta: «Devi proprio sprecare il nostro tempo riferendo tutte queste voci più o meno insensate?».

«Mia graziosa regina, tu mi paghi generosamente proprio perché io mi occupi di tali voci.»

«Noi ti paghiamo perché tu ti occupi della verità, lord Varys. Cerca di ricordarlo. Altrimenti, questo concilio ristretto potrebbe restringersi ancora di più.»

Varys sfoderò un sorriso nervoso: «Di questo passo, tu e il tuo nobile fratello non avrete più nessun concilio, né largo né stretto».

«Oserei dire» Ditocorto s'inserì con uno dei suoi sorrisi al fiele «che il reame potrebbe tranquillamente sopravvivere anche con meno consiglieri.»

«Caro caro Petyr,» ribatté Varys «non pensi davvero che il prossimo nome a essere depennato dalla breve lista del nostro Primo Cavaliere potrebbe essere il tuo?»

«Prima del tuo, Varys? Mai me lo sognerei.»

«Chi può dirlo, caro Petyr» Varys ridacchiò. «Forse finiremo entrambi confratelli sulla Barriera.»

«E anche prima di quanto tu possa immaginare, eunuco, se le prossime parole che usciranno dalla tua bocca non saranno qualcosa di utile» dalla sua espressione, Cersei Lannister sembrava pronta a castrare Varys una seconda volta.

«Questa storia della morte di Renly» riprese Ditocorto «non potrebbe essere un trucco?»

«Un trucco che va oltre l'astuzia» replicò Varys. «Con me comunque non funziona.»

Tyrion decise di aver udito abbastanza. «Joffrey sarà molto deluso. Aveva preparato una picca speciale proprio per il cranio mozzato di Renly. In ogni caso, chiunque lo abbia fatto fuori, dobbiamo ipotizzare che dietro ci sia Stannis. Questo è chiaro.»

Quella notizia non gli era piaciuta. Aveva sperato che i due amorevoli fratelli Baratheon si scannassero l'un l'altro sul campo. Sentiva il gomito pulsare nel punto in cui la palla chiodata lo aveva colpito durante la battaglia sul Tridente. A volte accadeva, quando il clima diventava umido. Diede un'inutile stretta all'articolazione dolorante: «Che ne è dell'esercito di Renly?».

«La maggior parte della sua fanteria è rimasta a Ponteamaro» Varys abbandonò il braciere e si accomodò sul suo scranno. «Ma quasi tutti i lord che avevano raggiunto Capo Tempesta al fianco di Renly sono passati a Stannis con vessilli, spade e cavalleria.»

«E scommetto che i Florent erano in testa» commentò Ditocorto.

«Una scommessa che vinceresti, mio signore» disse Varys con un sorriso mellifluo. «Lord Alester è stato infatti il primo a compiere atto di sottomissione. Imitato da molti altri.»

«Molti,» intervenne Tyrion «non tutti?»

«No, non tutti,» annuì l'eunuco «non Loras Tyrell, non Randyll Tarly, non Mathis Rowan. E Capo Tempesta non si è ancora arresa. Ser Cortnay Penrose continua a tenere il castello nel nome di Renly. Non crede che il suo signore sia morto. Esige di vedere le sue spoglie prima di aprire le porte della fortezza. Sembra però che il cadavere di Renly sia misteriosamente svanito. Portato via, probabilmente. Piuttosto che sottomettersi a Stannis, un quinto dei cavalieri di Renly si è allontanato con ser Loras. Si dice che il Cavaliere di Fiori sia come impazzito alla vista del corpo privo di vita del suo re. Si dice anche che, nella sua esplosione di rabbia, abbia macellato tre delle Guardie dell'arcobaleno di Renly, tra cui Emmon Cuy e Robar Royce.»

"Peccato che si sia fermato solo a quota tre" pensò Tyrion.

«Ser Loras sta quasi certamente dirigendosi a Ponteamaro» continuò Varys. «Sua sorella Margaery, la regina di Renly, si trova là. Anche molti grandi guerrieri, improvvisamente senza re, si trovano là. Con chi si schiereranno? Una domanda quanto mai spinosa. Molti di loro servono i lord rimasti a Capo Tempesta. E ora quei lord appartengono a Stannis.»

«Secondo me c'è una possibilità» disse Tyrion protendendosi in avanti. «Se riuscissimo a portare Loras Tyrell dalla nostra, allora anche Mace Tyrell e i suoi alfieri potrebbero allearsi con noi. Hanno forse giurato fedeltà a Stannis, per il momento, ma è impossibile che abbiano dell'amore per quell'uomo, altrimenti si sarebbero schierati con lui fin dal principio.»

«L'amore che hanno per noi è forse più grande?» chiese Cersei.

«No, certo» rispose Tyrion. «Era Renly che volevano, questo è chiaro, ma ora Renly è stato ucciso. Forse possiamo dare loro delle valide ragioni per scegliere Joffrey invece che Stannis... *se* ci muoviamo in fretta.»

«E che genere di ragioni intendi dare loro?»

«Ragioni d'oro» suggerì subito Ditocorto.

Varys ebbe un moto di stizza: «Caro Petyr, certo non vorrai insinuare che questi alteri lord e i loro nobili cavalieri possano essere *comprati* come polli al mercato, vero?».

«Dev'essere un bel pezzo che non fai un giro nei nostri mercati, lord Varys» ribatté Ditocorto. «Scopriresti, oso dire, che è molto più facile comprare un nobiluomo che non un pollo. È vero che i lord beccano mangime con più orgoglio dei polli, e che se ne hanno anche a male se si offre loro la medesima moneta dei bottegai. Per contro, ben di rado si oppongono ad altri tipi di regali... onorificenze, terre, castelli...»

«La corruzione potrebbe anche funzionare con alcuni lord minori,» osservò Tyrion «mai però con Alto Giardino.»

«Vero» riconobbe Ditocorto. «È il Cavaliere di Fiori la chiave di volta. Mace Tyrell ha altri due figli, entrambi più grandi, ma il suo favorito è sempre stato Loras. Con lui dalla nostra, anche Alto Giardino sarà con noi.»

"È proprio così" pensò Tyrion. «Forse dovremmo imparare una

lezione dal compianto lord Renly. Lui ha portato i Tyrell dalla sua con un'alleanza dinastica. Noi possiamo fare lo stesso, con un matrimonio dinastico.»

Varys fu il primo a capire: «Intendi dare Margaery Tyrell in sposa a re Joffrey?»

«Esatto.»

Quell'idea era così dolce e allettante che Tyrion quasi ne sentiva il gusto. Se ben ricordava, la giovane regina di Renly non doveva avere più di quindici, forse sedici anni... Più vecchia di Joffrey, d'accordo, ma in fondo che cos'erano pochi anni di differenza?

«Joffrey è il promesso sposo di Sansa Stark» obiettò Cersei.

«I contratti di nozze possono essere rotti. Qual è il vantaggio di far sposare un re alla figlia di un traditore morto?»

«Possiamo far rilevare a sua Grazia che i Tyrell sono molto più ricchi degli Stark» aggiunse Ditocorto. «Inoltre si dice che Margaery sia adorabile... Nonché pronta per l'amore coniugale. In tutti i sensi.»

«Questo è un risvolto che a Joffrey dovrebbe piacere parecchio» concordò Tyrion.

«Mio figlio è troppo giovane per interessarsi a cose di questo genere.»

«Dici?» Tyrion inarcò un sopracciglio. «Ha tredici anni, Cersei. La stessa età in cui mi sposai io.»

«Tu svergognasti tutti noi con quello spiacevole episodio. Joffrey è di una stoffa ben più raffinata.»

«Raffinatissima, infatti. Soprattutto quando ha ordinato a ser Boros di strappare gli abiti di dosso a Sansa.»

«Era arrabbiato con la ragazza.»

«Era arrabbiato anche con quello sguattero che ieri sera gli ha versato addosso la zuppa, però lui non lo ha fatto mettere nudo, o sbaglio?»

«La situazione con Sansa era diversa, non si trattava di qualche goccia di brodo.»

"Poco ma sicuro: si trattava di un bel paio di tettine." Dopo il fattaccio nel cortile, Tyrion aveva fatto due chiacchiere con Varys. Oggetto: in che modo portare Joffrey a fare una visitina al bordello di Chataya. La speranza era che il gusto del miele femminile potesse in qualche modo addolcire il ragazzo. E forse, chissà, con l'aiuto degli dei, renderlo addirittura *riconoscente*. A Tyrion, un'ombra di gratitudine da parte del suo amato giovane sovrano non sarebbe andata affatto male. La cosa però andava gestita nel massimo segreto. L'impresa più difficile era separare Joffrey dal Mastino. «Il cane non molla mai di un passo il suo padrone» aveva fatto rilevare Tyrion a Varys. «Ma tutti gli uomini devono dormire, prima o poi. Devono anche giocare d'azzardo, darsi al vino e concedersi una puttana, di tanto in tanto.»

«E tutte queste cose il Mastino le fa,» aveva concordato Varys «se è questo che vuoi sapere.»

«La questione non è se le fa, è *quando* le fa.»

Varys si era premuto il polpastrello dell'indice contro la guancia, sorridendo in modo enigmatico: «Mio lord, un'indole sospettosa potrebbe supporre che tu voglia scoprire il momento in cui Sandor Clegane non protegge re Joffrey per arrecare danno al caro ragazzo».

«Varys, dovresti conoscermi abbastanza da sapere che non è il mio stile» aveva ribattuto Tyrion. «L'unica cosa che desidero è l'affetto di Joffrey.»

Varys aveva concluso dichiarando che si sarebbe occupato della faccenda. La guerra però stava facendo pagare un duro prezzo a tutti loro. L'iniziazione di Joffrey alla virilità poteva e doveva aspettare.

«Sono certo che tu conosci tuo figlio meglio di me» Tyrion si costrinse a dire a Cersei. «Comunque sia, c'è molto da guadagnare in un matrimonio con i Tyrell. In realtà, potrebbe essere l'unica soluzione per far sì che Joffrey viva abbastanza da arrivare alla sua notte di nozze.»

«La ragazzina Stark porta a Joffrey nient'altro che il suo corpo, per quanto dolce e attraente questo possa essere» aggiunse Ditocorto. «Margaery Tyrell porta cinquantamila spade e tutta la forza di Alto Giardino.»

«Non c'è dubbio» Varys pose la sua mano delicata sulla manica della regina. «È il cuore di una madre che parla attraverso le tue labbra, mia signora. E io so che sua Maestà ama la cara fanciulla. Eppure, i re devono imparare ad anteporre le necessità del reame ai loro desideri. Sostengo che l'offerta ai Tyrell debba essere fatta.»

«Nessuno di voi parlerebbe così se foste delle donne» Cersei si sottrasse al tocco dell'eunuco. «Dite pure tutto quello che volete, miei lord, ma Joffrey è troppo orgoglioso per accontentarsi dei resti del piatto di Renly Baratheon. Non darà mai il suo consenso.»

Tyrion scrollò le spalle: «Tra tre anni, quando il re avrà raggiunto l'età per regnare, potrà dare o non dare il suo consenso come gli pare e piace. Ma fino a quel tempo, tu sei la sua reggente e io sono il suo Primo Cavaliere. Per cui sposerà chiunque noi gli diremo di sposare, resti del piatto o no.»

«E sia, fate pure la vostra offerta» a quel punto, Cersei non aveva più frecce nella sua faretra. «Ma che gli dei vi aiutino se a Joffrey la ragazza non dovesse piacere.»

«Non sai quanto sono lieto che abbiamo raggiunto un accordo» fece Tyrion. «Quindi: chi di noi andrà a Ponteamaro? Dobbiamo raggiungere ser Loras e fargli la nostra offerta prima che il suo sangue si raffreddi.»

«Vuoi dire che intendi mandare un membro del concilio?»

«Dubito molto che il Cavaliere di Fiori possa accettare di trattare con Bronn o con Shagga, o no? I Tyrell sono gente orgogliosa.»

Cersei non perse tempo a cercare di volgere la situazione a proprio vantaggio: «Ser Jacelyn Bywater è di nobili natali. Manda lui».

Tyrion scosse il capo: «Vogliamo qualcuno in grado di fare di più che ripetere semplicemente le nostre parole e tornare con una risposta. Il nostro emissario dovrà parlare a nome del re e del concilio. E dovrà sistemare la faccenda rapidamente».

«È il Primo Cavaliere a parlare a nome del re» la luce delle candele sfavillava negli occhi verdi di Cersei come altofuoco. «Mandare te, Tyrion, sarà come se si presentasse Joffrey in persona, chi c'è di meglio? Tu impugni le parole con la medesima perizia con cui Jaime impugna la spada.»

"Sei davvero tanto ansiosa di sbattermi fuori da questa città, sorellina cara?" «Sei troppo gentile, Cersei. Tuttavia, mi sembra che la madre dello sposo possa arrangiare il matrimonio del figlio molto meglio di qualsiasi zio. Inoltre, tu hai il dono di trovare amici che io mai potrei sperare di conquistare.»

«Joff ha bisogno di me al suo fianco» gli occhi di Cersei si ridussero a due fessure.

«Vostra Grazia, mio lord Primo Cavaliere» intervenne Ditocorto. «Joff ha bisogno di entrambi voi al suo fianco. Mandate me, invece.»

«Tu?» Tyrion gli piantò gli occhi addosso. "Qual è il suo tornaconto?"

«Faccio parte del concilio del re» continuò Ditocorto. «Ma al tempo stesso, non sono di sangue reale, il che fa di me un ostaggio di scarso valore. Ho conosciuto ser Loras durante uno dei suoi passaggi a corte, e non credo di avergli mai dato alcuna ragione di nutrire dell'astio nei miei confronti. Che io sappia, nemmeno Mace Tyrell mi vuole male. Infine, peccando di presunzione, ritengo anche di essere un negoziatore tutt'altro che privo di doti.»

"Ci tiene in pugno." Tyrion non si fidava di Petyr Baelish, né voleva averlo troppo lontano dal suo controllo. Ma quale altra scelta avevano se non lui? Potevano andare solamente Tyrion o Ditocorto. Ma Tyrion era ben consapevole che, se avesse lasciato Approdo del Re anche solo per breve tempo, tutto quello che era riuscito a costruire si sarebbe disgregato.

«Si combatte tra qui e Ponteamaro» rilevò con cautela. «E puoi stare certo che Stannis avrà già mandato fuori i suoi pastori per radunare gli agnelli dispersi di suo fratello.»

«Non credo di aver mai avuto paura dei pastori» rimandò Ditocorto. «Sono le pecore che mi preoccupano. Credo che sia necessaria una scorta.»

«Posso concederti cento cappe dorate» disse il Folletto.

«Cinquecento.»

«Trecento.»

«Più quaranta» contrattò Ditocorto. «Venti cavalieri e i loro scudieri. Se arrivassi senza un codazzo di lignaggio, i Tyrell mi vedrebbero come roba da poco.»

Il che era vero. «Affare fatto» concluse Tyrion.

«Includerò anche Orrore e Fetore, rimandandoli al lord loro padre una volta che i negoziati saranno finiti. Come gesto di buona volontà. Paxter Redwyne ci serve: è il più vecchio amico di Mace Tyrell e a sua volta un uomo molto potente.»

«È anche un traditore» sottolineò la regina. «Anche Arbor si sarebbe schierato con Renly come tutti gli altri, solo che Paxter Redwyne sapeva perfettamente che i suoi cuccioli ne avrebbero pagato le conseguenze.»

«Ma adesso Renly è morto, Maestà» rilevò Ditocorto. «E né Stannis né lord Paxter hanno scordato come le galee dei Redwyne serrarono il blocco navale durante l'assedio di Capo Tempesta. Ridiamogli i gemelli e forse potremmo anche avere l'amore di Redwyne.»

«Che se lo portino gli Estranei alla dannazione, il suo amore» Cersei continuava a non essere convinta. «Quello che voglio sono le sue vele e le sue spade. Tenere i due gemelli ben stretti è il metodo più sicuro per ottenerle.»

Tyrion trovò subito la risposta: «Allora rimandiamo ad Arbor solo ser Hobber e teniamoci ser Horas. Lord Paxter dovrebbe avere sufficiente buonsenso da capire il significato del gesto, mi auguro».

Il suggerimento venne accolto senz'altre discussioni. Ma Ditocorto non aveva ancora finito: «Voglio dei cavalli. E che siano cavalli forti e veloci. A causa dei combattimenti, sarà difficile trovarne di freschi. Ci vorrà anche una certa quantità d'oro, per quei regali di cui abbiamo parlato prima».

«Prendi tutto l'oro che ti serve. Se la città cade, Stannis porterà via tutto comunque.»

«E voglio il mio incarico messo per iscritto. Un documento che non lasci a Mace Tyrell nessun dubbio sulla mia autorità. Un documento che mi garantisca pieni poteri per la combinazione di questo matrimonio e per qualsiasi altro accordo si riveli necessario. Devo essere autorizzato a concludere trattati in nome del re. Questa carta dev'essere firmata da Joffrey e da tutti i membri di questo concilio, nonché recare tutti i nostri sigilli.»

«Consideralo fatto» Tyrion si agitò sullo scranno, tutt'altro che rilassato. «È tutto, Petyr? Ti ricordo che è un lungo cammino quello che separa Approdo del Re da Ponteamaro.»

«Mi metterò in viaggio prima dell'alba» Ditocorto si alzò. «Confido che, al mio ritorno, il re farà sì che io venga debitamente ricompensato per il valido sforzo da me compiuto nel nome della sua causa.»

«Joffrey è un sovrano talmente generoso» ridacchiò Varys. «Sono certo, mio coraggioso e bravo lord, che non avrai di che lamentarti.»

La regina non perse tempo in giri di parole: «Quanto vuoi, Petyr?».

«Dovrò pensarci su un po'» Ditocorto lanciò a Tyrion un sorriso infido. «Ve lo farò sapere, contateci.» Si esibì in un elegante inchino e se ne andò, disinvolto come se fosse diretto a uno dei suoi bordelli.

Tyrion gettò uno sguardo fuori dalla finestra. La nebbia era talmente densa che le alte mura della Fortezza Rossa non erano neppure visibili. Poche luci vacue ammiccavano in quella barriera grigia e opaca. "Brutta giornata per mettersi in viaggio." Non invidiava affatto Petyr Baelish.

«È meglio che prepariamo quei documenti, e anche in fretta» disse il Folletto. «Varys, fa' portare pergamene e penne d'oca. Qualcuno dovrà anche andare a svegliare Joffrey.»

Il mondo era ancora grigio e buio quando l'incontro ebbe finalmente termine. Varys si dileguò da solo, le sue morbide pantofole frusciavano sul pavimento. Tyrion e Cersei si fermarono per qualche altro momento sulla soglia della sala del concilio.

«Come sta procedendo la tua catena, fratello?» chiese Cersei mentre ser Preston Greenfield, della Guardia reale, le poneva sulle spalle una cappa di fibra d'argento foderata d'ermellino.

«Cresce. Un anello dopo l'altro. Dovremmo ringraziare gli dei per aver fatto ser Cortnay Penrose così testardo. Mai e poi mai Stannis marcerà verso nord senza avere Capo Tempesta sotto controllo a sud.»

«Tyrion, tu e io non ci troviamo sempre d'accordo in politica, ma forse mi sono sbagliata sul tuo conto. Non sei così sciocco come avevo creduto. In verità, mi rendo conto di quale valido aiuto ci stai dando. Per questo, ti ringrazio. Devi perdonarmi se in passato mi sono rivolta a te con eccessiva rudezza.»

Tyrion scrollò le spalle, sorridendo. «Dolce sorella, ma tu non hai detto nulla che richieda di essere perdonato.»

«Vuoi dire... *Oggi*?» risero entrambi. Poi Cersei si protese verso di lui e depose sulla sua fronte un rapido, delicato bacio.

Troppo stupefatto per articolare una sola parola, Tyrion si limitò a guardarla allontanarsi regalmente lungo il corridoio, con ser Preston al suo fianco. Il Folletto attese che Cersei se ne fosse andata prima di rivolgersi a Bronn: «Sono uscito di senno, o mia sorella mi ha appena *baciato*?».

«Che cosa delicata.»

«Che cosa... inaspettata.» A dir poco. Ultimamente, Cersei si era comportata in modo strano. Era un fatto che Tyrion trovava quanto mai allarmante. «Sto cercando di ricordare quando è stata l'ultima volta che lo ha fatto. Non devo aver avuto più di sei, forse sette anni. Era stato Jaime a sfidarla a farlo.»

«La donna ha finalmente notato il tuo fascino.»

«Al contrario» ribatté Tyrion. «La donna sta nuovamente complottando qualcosa. Meglio scoprire che cosa, Bronn. E anche alla svelta. Tu sai quanto odio le sorprese.»

THEON

Theon si tolse lo sputo dalla faccia con il dorso della mano.

«Robb ti tirerà fuori le tue sporche budella, Greyjoy!» urlò Benfred Tallhart. «Darà il tuo cuore di traditore in pasto al suo lupo, pezzo di merda di capra che non sei altro!»

«Ora devi ucciderlo.» La voce di Aeron Capelli Bagnati tagliò gli insulti come una lama nel burro.

«Prima, ho delle domande da fargli» rispose Theon.

«Mettitele nel culo, le tue domande!» Benfred, coperto di sangue, senza scampo, era stretto tra Stygg e Werlag. «Ti ci puoi strangolare prima di avere una qualsiasi risposta da me, vigliacco. Traditore.»

«Se sputa su di te, sputa su tutti noi» zio Aeron era inesorabile. «Sputa sul Dio Abissale. Deve morire.»

«Mio padre ha dato *a me* il comando qui, zio.»

«E ha dato a me il compito di consigliarti.»

"Più quello di sorvegliarmi." Ma Theon non osò spingere eccessivamente il confronto. Il comando era suo, d'accordo, ma la fede dei suoi uomini era nel Dio Abissale, non in lui. E Aeron Capelli Bagnati aveva instillato in loro un sacro terrore. "Non che io possa dare loro torto."

«Ti taglieranno la testa per questo, Greyjoy. E i corvi ti mangeranno gli occhi» Benfred cercò di nuovo di sputargli in faccia, ma tutto quello che riuscì a tirare fuori fu un grumo di sangue. «Che se lo portino gli Estranei alla dannazione, il tuo dio bagnato.»

"Tallhart, hai appena sputato la tua vita" pensò Theon. «Stygg, fallo stare zitto» ordinò.

I due uomini di ferro costrinsero Benfred Tallhart a inginocchiarsi. Werlag strappò la pelle di lepre che Benfred portava alla cintura e gliela cacciò a forza tra i denti, soffocando le sue grida. Stygg mise mano all'ascia.

«No» lo fermò Capelli Bagnati. «Dev'essere immolato al dio. Secondo la Antica Via.»

"Ma che importa? La morte è morte." «E allora fate quello che dovete» concluse Theon.

«Devi venire anche tu. Sei tu in comando. L'offerta deve venire da te.»

Questo era molto più di quanto Theon fosse disposto a sopportare: «Sei tu il prete, zio. E il dio è affare tuo. Restituiscimi il favore: lascia che le battaglie siano affare mio».

Theon fece un gesto conclusivo. Stygg e Werlag trascinarono il prigioniero verso la spiaggia. Capelli Bagnati lanciò al nipote uno guardo pieno di rimprovero e li seguì. Andarono verso la costa sassosa, per annegare Benfred Tallhart in acqua di mare. Secondo la Antica Via.

"Forse gli fanno un favore" Theon cercò di dire a se stesso, allontanandosi nella direzione opposta. Stygg non era esattamente quello che si sarebbe definito un abile boia, e Benfred Tallhart aveva un collo taurino, tutto muscoli e carne. "Ricordo come lo prendevo in giro per quello, solo per vedere quanto s'infuriava." Quanto tempo era passato? Tre anni? Quando Ned Stark si era recato a Piazza di Thorren per incontrare ser Helman, Theon lo aveva accompagnato, trascorrendo un'intera settimana in compagnia di Benfred.

Dalla curva nella strada dove era stata combattuta la battaglia, continuavano a giungere grida e ovazioni di vittoria... Anche se *battaglia* non era la parola adatta. "È stato più come macellare pecore. Ammantate d'acciaio, certo, ma pur sempre pecore."

Theon salì su un tumulo di pietre e guardò in basso. Vide uomini morti e cavalli morenti. Ai cavalli era andata meglio. Tymor e i suoi fratelli avevano radunato gli animali usciti illesi dallo scontro. Urzen e Lorren il Nero avevano finito quelli troppo malridotti. Il resto degli uomini di Theon stava depredando i cadaveri dei soldati. Gevin Harlaw era inginocchiato accanto a uno dei corpi, mozzandogli un dito per prendere l'anello. "Pagare il prezzo in ferro. Il lord mio padre approverebbe." Theon fu tentato di andare alla ricerca dei due uomini che aveva abbattuto nel combattimento, giusto per vedere se avessero qualche monile che valeva la pena di prendere, ma il solo pensiero gli lasciò un senso di amaro in bocca. Poteva quasi udire il commento di Eddard Stark. E questo pensiero lo rese ancora più furioso. "Stark è morto e putrefatto, ed è sempre stato crudele con me."

Il Vecchio Botley, detto Baffi di pesce, stava seduto accanto al cumulo della sua razzia, con un'espressione truce. I suoi tre figli continuavano ad aggiungervi bottino. Uno di loro era impegnato in una lotta a spintoni con un grassone di nome Todric, il quale arretrava tra i cadaveri reggendo un corno di birra in una mano e un'ascia da guerra nell'altra, avvolto in una cappa di volpe bianca sporca del sangue del suo precedente proprietario.

"Ubriaco" concluse Theon guardando giù. Si diceva che, in battaglia, gli uomini di ferro dei vecchi tempi diventassero talmente ebbri di sangue da non sentire alcun dolore, da non temere alcun avversario. Todric andava contro la tradizione, era pieno di birra scadente, non di sangue.

«Wex, arco e faretra.» Il ragazzo muto corse a obbedire. Theon incoccò una freccia e tese l'arco mentre il corpulento Todric gettava a terra il giovane Botley e gli versava la birra negli occhi. Baffi di pesce balzò in piedi imprecando, pronto a intervenire. Theon lo batté sul tempo. La sua idea era un bel tiro preciso, per infilzare mano e corno di birra insieme. Uno di quei tiri di cui si parla per molto tempo, ma Todric, spostandosi di lato, rovinò tutto: la freccia sibilò a perforargli il ventre da parte a parte.

I saccheggiatori s'inchiodarono, con le mascelle spalancate.

«Ho detto: *niente ubriachi*» Theon abbassò l'arco. «E niente liti per il bottino.» Todric, in ginocchio nel suo stesso sangue, stava tirando le cuoia facendo un sacco di rumore. «Fallo smettere, Botley» impose Theon. Baffi di pesce e i suoi figli non se lo fecero ripetere. Andarono a tagliare la gola a Todric da un orecchio all'altro, mentre le sue gambe scalciavano debolmente. Quindi, senza nemmeno aspettare che fosse morto, gli presero la cappa, gli anelli e le armi.

"Ora sanno che faccio sul serio." Lord Balon aveva dato a lui il comando ma, dal modo in cui parecchi uomini lo guardavano, Theon sapeva che continuavano a considerarlo un ragazzino tenero delle terre verdi.

«C'è qualcun altro che ha sete?» minacciò Theon. Nessuna risposta. «Bene.»

Diede un calcio di disprezzo al vessillo caduto dei Tallhart, strappandolo allo scudiero morto che ancora lo impugnava. C'era una pelle di lepre legata poco sotto lo stendardo. "Pelli di lepre... Perché?" Avrebbe voluto chiederlo a Benfred. Solo che ricevere sputi in faccia gli aveva fatto perdere la concentrazione. Gettò l'arco a Wex e si allontanò, ripensando a come si era sentito inebriato dopo il Bosco dei Sussurri e chiedendosi come mai non era lo stesso qui. "Tallhart, razza d'idiota pieno d'orgoglio: non hai nemmeno mandato fuori uno scout."

Avevano scherzato, avevano addirittura cantato, mentre avanzavano e i tre alberi dei Tallhart garrivano sopra quelle stupide pelli di lepre legate alle punte delle loro lance. Gli arcieri di ferro appostati tra le rocce avevano guastato la festa con una grandinata di dardi. Theon in persona aveva guidato l'assalto successivo, finendo il lavoro del mattatoio con la spada, l'ascia e la mazza da guerra. L'unico che aveva dato ordine di risparmiare, in modo da interrogarlo, era stato il capo. Solo che non si era aspettato di trovarsi di fronte Benfred Tallhart.

Il suo corpo inerte stava venendo trascinato lontano dalla battigia quando Theon fece ritorno alla *Strega del mare*. Le alberature delle navi lunghe allineate lungo la spiaggia sassosa erano pinnacoli neri contro il cielo. Del villaggio di pescatori non rimanevano altro che ceneri fredde che quando pioveva emanavano un lezzo repellente. Pressoché tutti gli uomini erano stati passati a fil di spada. Theon ne aveva risparmiato soltanto un esiguo manipolo, in modo che corressero a portare la notizia della strage a Piazza di Thorren. Le mogli e le figlie dei pescatori erano state tramutate in mogli del sale, le donne vecchie e brutte erano state prima stuprate in gruppo e poi sgozzate oppure, se sembravano avere qualche abilità e non causare problemi, prese come serve.

Era stato Theon a pianificare l'attacco. Aveva portato le sue navi a ridosso della costa nel gelo e nelle tenebre che precedono l'alba. Era saltato per primo dalla prora del suo scafo, con l'ascia da guerra in pugno. Per primo aveva guidato gli uomini di ferro ad attaccare il villaggio ancora addormentato. Non gli era piaciuto farlo, ma aveva forse un'altra scelta?

In quello stesso momento, sua sorella Asha, quella puttana tre volte maledetta, stava facendo rotta ancora più a nord a bordo della sua *Vento nero,* decisa certo a prendersi un castello tutto suo. Lord Balon Greyjoy, il patriarca, non aveva lasciato trapelare nulla in merito allo spostamento dell'esercito dalle Isole di Ferro. Il massacro compiuto da Theon sulla Costa Pietrosa sarebbe stato visto come una semplice opera di predoni assetati di bottino. Gli uomini del Nord non si sarebbero resi conto del vero pericolo... fino a quando la mazza non si fosse abbattuta su Deepwood Motte e sul Moat Cailin. "E quando tutto sarà finito, con la vittoria i cantastorie narreranno le gesta di Asha, quella troia, mentre io sarò ignorato e dimenticato." Ma solo se lui lo avesse permesso.

Dagmer Mascella Spaccata era in piedi sull'alta prora scolpita della sua *Bevitrice di schiuma.* Theon gli aveva affidato il compito di fare la guardia alle navi. Altrimenti, quella sarebbe stata chiamata la vittoria di Dagmer, non la sua. Un diverso tipo d'individuo se la sarebbe presa a male, ma Mascella Spaccata ci aveva fatto sopra una risata.

«La giornata è nostra» disse Dagmer dalla prua. «Ma tu non stai sorridendo, ragazzo. Meglio che siano i vivi a sorridere, visto che i morti non possono farlo.» E si esibì in un sorriso, giusto per mostrare come si faceva. Fu una cosa orrenda a vedersi. Sotto una massa di capelli bianchi come la neve, Dagmer Mascella Spaccata esibiva la cicatrice più spaventosa che Theon avesse mai visto, retaggio dell'ascia lunga che per poco non lo aveva ucciso da ragazzo. Il colpo gli aveva spezzato la mandibola, sbriciolato i denti anteriori e creato quattro labbra dove gli altri uomini ne avevano due. Una barba ispida gli copriva le guance e il collo, ma i peli non crescevano sulla cicatrice. Così adesso un solco nella carne dai bordi lucidi, contorti, gli divideva la faccia come il crepaccio di un ghiacciaio.

«Li ho uditi cantare» disse il vecchio guerriero. «Una bella canzone, e loro la cantavano bene.»

«Cantavano meglio di come combattevano. Tanto valeva che impugnassero arpe, considerando quanto gli sono servite le lance.»

«Quanti uomini abbiamo perduto?»

«Dei nostri?» Theon alzò le spalle. «Solo Todric, e sono stato io a ucciderlo. Era ubriaco e stava litigando per il bottino.»

«Certi uomini sono nati per essere uccisi.» Un uomo più debole avrebbe avuto paura di esibire un sorriso sinistro come il suo, ma Dagmer Mascella Spaccata sogghignava molto più di frequente e con molta più convinzione di quanto lord Balon avesse mai fatto.

Nella sua bruttezza, quel sorriso fece riaffiorare una quantità di ricordi. Da ragazzo, nel saltare con il cavallo oltre un muretto coperto di muschio, o nel lanciare un'ascia contro un bersaglio, Theon lo aveva visto spesso. Lo aveva visto parando un fendente della spada di Dagmer, piantando una freccia nell'ala di un gabbiano alto in volo, prendendo in mano un timone e guidando una nave lunga attraverso le schiume infide nel passaggio tra rocce acuminate. "Dagmer mi ha sorriso più di mio padre e di Eddard Stark messi insieme." Perfino di Robb… Avrebbe dovuto meritare un suo sorriso il giorno in cui aveva salvato la vita di Bran uccidendo quel bruto, invece quello che aveva ottenuto era stata una sequela di improperi, neanche fosse stato un cuoco reo di aver fatto bruciare lo stufato.

«Tu e io dobbiamo parlare, zio» disse Theon.

In realtà, Dagmer non era un suo vero zio. Era solo un uomo che aveva giurato fedeltà al lord delle Isole di Ferro, con forse poche gocce del sangue dei Greyjoy, risalente a quattro o cinque generazioni passate. E quelle gocce provenivano dal lato sbagliato del letto. Ma Theon lo aveva chiamato zio sempre e comunque.

«E allora sali sulla mia tolda.» Non c'erano *milord* di sorta con Dagmer Mascella Spaccata, non quando si trovava sul ponte della sua nave. Nelle Isole di Ferro, a bordo della sua nave ogni capitano era re.

Con quattro ampie falcate, Theon fu sulla *Bevitrice di schiuma.* Dagmer gli fece strada fino all'angusta cabina di poppa. Si versò un corno di birra e ne offrì uno anche a Theon. Lui rifiutò.

«Non abbiamo catturato abbastanza cavalli. Alcuni, ma... Andrò avanti comunque. Meno uomini, più gloria.»

«Cavalli? A che ci servono i cavalli?» come tutti gli uomini di ferro, Dagmer preferiva combattere o a piedi o dalla tolda di una nave. «Non fanno altro che cacare sul ponte e stare in mezzo ai piedi.»

«Se riprendessimo il mare, sì» ammise Theon. «Io però ho un altro piano.»

Rimase a studiare Dagmer, per vedere come reagiva. Senza Mascella Spaccata, non aveva speranze di riuscire nell'impresa che aveva in mente. Anche avendo il comando, gli uomini non lo avrebbero mai seguito se sia Aeron sia Dagmer gli fossero stati contro. Portare dalla sua l'acido prete del Dio Abissale? Neanche a parlarne.

«Il lord tuo padre ci ha solo comandato di prendere la costa.» Occhi pallidi come schiuma di mare scrutarono Theon da sotto cespugliose sopracciglia livide. Ma che cos'era quel lampo che li stava attraversando, disapprovazione... o interesse? Il secondo, pensò, anzi *sperò,* Theon.

«Tu sei l'uomo di mio padre.»

«Sono sempre stato il migliore.»

"Orgoglio. Sì, Dagmer è un uomo orgoglioso. Ed è questa la chiave che devo usare con lui." «E nessun altro uomo delle Isole di Ferro regge il tuo confronto con la spada o con la lancia.»

«Sei stato lontano troppo a lungo, ragazzo. Quando te ne sei andato, era come tu dici, ma sono invecchiato al servizio di lord Balon. Adesso i cantastorie acclamano Andrik come il migliore. Andrik Senza sorriso, lo hanno soprannominato. Un gigante d'uomo. Serve lord Drumm di Vecchia Wyk. E Lorren il Nero e Qarl la Fanciulla sono quasi altrettanto letali.»

«Questo Andrik potrà anche essere un grande guerriero, ma gli uomini non lo temono quanto temono te.»

«Sì, questo è vero.»

Le dita di Dagmer si serrarono attorno al corno di birra. Erano zeppe di anelli, oro, argento e bronzo, incastonati di zaffiri, tormaline, vetro di drago. E per ognuno di essi, Theon questo lo sapeva, Dagmer Mascella Spaccata aveva pagato il prezzo in ferro.

«Se avessi un uomo come te al mio servizio, non gli farei perdere tempo a razziare e bruciare... Queste sono cose da ragazzini. Non cose degne del miglior uomo di lord Balon.»

L'orrido sorriso di Dagmer separò le sue quattro labbra mostrando i denti marroni scheggiati.

«E neanche del suo unico figlio maschio, non è così, ragazzo?» replicò Mascella Spaccata. «Ti conosco troppo bene, Theon. Ti ho visto fare i primi passi e tendere il primo arco. Qui non sono io quello che si sente sprecato.»

«Per diritto di primogenitura, dovrei avere il comando che è stato affidato a mia sorella» nel momento stesso in cui lo diceva, Theon fu consapevole di quanto suonassero stupidamente infantili quelle parole.

«La stai prendendo troppo di petto, ragazzo. Il lord tuo padre non ti conosce. Con entrambi i tuoi fratelli morti e tu portato via dai lupi, non ha avuto altro conforto che Asha. Ha imparato a fare conto su di lei. E lei non lo ha mai deluso.»

«Nemmeno io l'ho deluso. Gli Stark erano consapevoli del mio valore. Sono stato uno degli scout scelti personalmente da Brynden Tully, il Pesce Nero. Al Bosco dei Sussurri, sono andato all'assalto con la prima ondata. Sono stato così vicino, *così* vicino» Theon sollevò le mani a un palmo di distanza l'una dall'altra «dall'incrociare la mia spada con quella dello Sterminatore di Re. Daryn Hornwood si è messo tra lui e me... E adesso Daryn Hornwood è morto.»

«Per quale ragione mi stai dicendo tutto questo?» disse Dagmer. «Sono stato io a metterti la tua prima spada in pugno, so bene che non sei un codardo.»

«Lo sa anche mio padre?»

«È solo che...» l'espressione dell'anziano guerriero sembrò quella di un uomo che avesse appena ingoiato un rospo. «... Theon, il Ragazzo lupo è tuo amico. E questi Stark ti hanno tenuto per dieci anni.»

«Io non sono uno *Stark*.» "Ci ha pensato lord Eddard a impedire che lo diventassi." «Io sono un Greyjoy delle Isole di Ferro! E intendo essere l'erede di mio padre. Come credi che possa riuscirci se non compiendo una grande impresa?»

«Sei ancora giovane. Ci saranno altre guerre, e tu darai prova di te. Per adesso, i nostri ordini sono di assaltare la Costa Pietrosa.»

«Che sia mio zio Aeron a occuparsene. Gli darò sei navi. Tutte quelle che abbiamo tranne la *Bevitrice di schiuma* e la *Strega del mare*. Che bruci e anneghi tutto quello che vuole nel nome del suo dio.»

«Gli ordini sono stati dati a te, non ad Aeron Capelli Bagnati.»

«Se gli assalti sulla costa vengono compiuti, che differenza fa a chi sono stati dati gli ordini? Nessun prete potrà mai essere in grado di fare quello che io ho in mente, né quello che chiederò a te. Una missione che soltanto Dagmer Mascella Spaccata potrà compiere.»

Dagmer bevve una lunga sorsata: «Parla».

"È tentato" pensò Theon. "Questo lavoro da beccamorti non piace a lui più di quanto piaccia a me."

«Se mia sorella Asha può conquistare un castello, lo posso fare anch'io.»

«Tua sorella Asha ha quattro o cinque volte gli uomini che abbiamo noi.»

«Ma noi abbiamo quattro volte il suo cervello» Theon si concesse un sorriso mellifluo. «E cinque volte il suo coraggio.»

«Tuo padre...»

«... mi ringrazierà, quando gli offrirò il suo nuovo regno. Intendo compiere un'impresa che i menestrelli canteranno per i prossimi mille anni.»

A quel punto, seppe dare a Dagmer la giusta pausa di riflessione. Un menestrello aveva composto una canzone sull'ascia che gli aveva spaccato la faccia, e il vecchio adorava sentirla. Ogni volta che alzava un po' troppo il gomito, chiedeva a gran voce che fosse suonata quella canzone, una ballata roboante e tempestosa piena di eroi caduti e gesta d'imperituro valore. "Ha i capelli bianchi e i denti marci, ma il gusto per la gloria non lo ha ancora perduto."

«E io che parte avrei in questa impresa millenaria, ragazzo?» chiese Dagmer dopo una lunga pausa di silenzio.

E Theon Greyjoy seppe di avere vinto.

«Portare il terrore nel cuore del nemico, come solo il tuo nome può fare. Prenderai il grosso delle nostre forze e marcerai su Piazza di Thorren. Helman Tallhart ha guidato tutti i suoi uomini migliori nella guerra a sud. Mentre suo figlio Benfred e i loro figli sono morti qui, oggi. Rimane solo suo zio Leobald con una piccola guarnigione.» "E se solo avessi potuto interrogare Benfred, saprei anche *quanto* piccola." «Non rendere segreto il tuo arrivo. Canta pure tutte le canzoni eroiche che vuoi. Voglio che loro chiudano le porte.»

«Piazza di Thorren è un castello molto forte?»

«Forte abbastanza. Le mura sono di pietra, alte dieci metri, con torri quadrate, a loro volta fortificate, a ogni angolo.»

«Non si può incendiare la pietra. Come facciamo a prendere quella fortezza? Non abbiamo uomini sufficienti per attaccare nemmeno un castello piccolo.»

«Ti accamperai sotto le loro mura e ti metterai a costruire catapulte e macchine d'assedio.»

«Non è questa la Antica Via. O te ne sei scordato? Gli uomini di ferro combattono con la spada e la scure, non lanciando sassi. Non c'è gloria nel prendere un avversario per fame.»

«Ma questo, Leobald Tallhart non lo sa. Nel momento in cui vi vedrà erigere torri d'assedio, il suo sangue da vecchia avvizzita gli si gelerà nelle vene e si metterà a chiamare aiuto. Trattieni i tuoi arcieri, zio: che i corvi messaggeri spicchino pure il volo. Il castellano di Grande Inverno è un uomo valoroso, ma l'età gli ha inceppato anche il cervello, non solo le ossa. Nel momento in cui saprà che uno dei lord alfieri del suo re è stretto d'assedio dal temibile Dagmer Mascella Spaccata, chiamerà a raccolta le sue forze e correrà in aiuto di Tallhart. È suo dovere. E ser Rodrik Cassel ha un enorme senso del dovere.»

«Qualsiasi forza metterà assieme, sarà più grossa della mia» obiettò Dagmer. «E quei vecchi cavalieri sono molto più astuti di quanto tu pensi, altrimenti non sarebbero arrivati ad avere i capelli grigi. Stai prospettando una battaglia, Theon, in cui siamo già sconfitti. Questa Piazza di Thorren non cadrà mai.»

Theon sorrise: «Non è Piazza di Thorren che voglio far cadere».

ARYA

Il castello era pieno di confusione e di clangore. C'erano uomini in piedi sui carri, intenti a caricare otri di vino, sacchi di farina e fascine di frecce fabbricate da poco. I fabbri raddrizzavano spade, sistemavano le ammaccature delle corazze, ferravano cavalli e muli. Cotte di maglia venivano gettate prima dentro barili pieni di sabbia e quindi trascinate sull'ineguale superficie del Cortile di Granito fino a essere rimesse a nuovo. Le donne al servizio di Weese avevano venti cappe da rammendare e altre cento da lavare. Tutti quanti, dagli alti lord ai più umili soldati, si raccoglievano nel tempio a pregare. All'esterno delle mura, padiglioni e tende stavano venendo giù. Gli scudieri gettavano secchi d'acqua sui fuochi e i soldati tiravano fuori le pietre da affilatura, dando alle loro lame la passata conclusiva. Il rumore era come una marea montante: cavalli che soffiavano, che nitrivano, armigeri che si scambiavano imprecazioni, baldracche al seguito che berciavano.

Alla fine, lord Tywin Lannister aveva deciso: tornava alla guerra.

Dei suoi capitani, il primo a partire fu ser Addam Marbrand, con un giorno in anticipo su tutti gli altri. Mise su proprio un bello spettacolo, alto sulla sella di un rosso, irrequieto corsiero, con la lunga criniera fulva del medesimo colore ramato dei capelli che fluivano sulle spalle del cavaliere. Il cavallo era addobbato con una gualdrappa color bronzo, opportunamente sbiadita per raggiungere la stessa sfumatura del mantello di ser Addam, istoriato con l'albero in fiamme della sua nobile casa. Nel vederlo partire, alcune donne del castello scoppiarono in singhiozzi. Weese diceva che era un nobile cavaliere e un grande guerriero, ser Addam Marbrand, il più temerario tra i comandanti di lord Tywin.

"Spero che tu possa crepare, ser Addam." Anche Arya lo guardò uscire dal portale, mentre la corrente dei suoi uomini lo seguiva in doppia colonna. "Spero che tutti voi possiate crepare." Stavano andando a combattere Robb, Arya lo sapeva. Aveva ascoltato le voci che si erano intrecciate nei cortili, tra le torri della fortezza maledetta di Harrenhal: da qualche parte a occidente, Robb Stark aveva riportato una schiacciante vittoria. Aveva incendiato Lannisport, dicevano alcuni. No, aveva preso Castel Granito e passato tutti quanti a fil di spada. Niente affatto, stava cingendo d'assedio la Zanna Dorata... In ogni caso, qualcosa era accaduto, questo era certo.

Weese l'aveva costretta a correre avanti e indietro dall'alba al tramonto portando messaggi. Alcune consegne l'avevano addirittura condotta fuori dalle mura, nel fango e nel caos dell'accampamento. "Potrei fuggire..." Vide un carro passarle accanto. "Potrei saltare nel retro di uno dei carri e nascondermi. O forse anche unirmi alle baldracche. Non mi fermerebbe nessuno." Avrebbe potuto farlo, certo... Se non fosse stato per Weese. Perché Weese aveva detto a tutti, e anche più di una volta, che cosa avrebbe fatto a chiunque avesse cercato di scappare. «Niente botte, oh no. Non vi torcerò un capello. Vi risparmierò per quello che viene da Qohor. Già, vi consegnerò al Mutilatore. Si chiama Vargo Hoat, il capo dei Guitti sanguinari. E quando arriva, quello vi taglia via i piedi.» "Ma se Weese morisse..." Solo che questo Arya non lo pensava mai quando Weese era nelle vicinanze. Weese ti guardava e fiutava quello che pensavi, diceva sempre di poterlo fare.

Una cosa però Weese non aveva fiutato: Arya sapeva leggere. Per cui non si era mai preso la briga di sigillare i messaggi. Arya dava una sbirciatina a tutti, ma non erano mai niente d'interessante, solo cose stupide: manda quel carro a prendere granaglie, manda quell'altro carro all'arsenale. Uno era una richiesta di pagamento per un debito di gioco, ma il cavaliere cui Arya lo diede le disse di non saper leggere. Così lei gli spiegò che cosa diceva il messaggio. Lui cercò di colpirla. Arya lo schivò, gli strappò dalla sella un corno da birra con bande d'argento e se la diede a gambe. Il cavaliere le corse dietro. Arya s'infilò nello stretto spazio tra due carri, fendette una testuggine di arcieri e saltò al di là di un pozzo nero. Tra armatura e maglia di ferro, il cavaliere non riuscì ad acchiapparla. Diede il corno a Weese, e lui le disse che una furba, piccola donnola come lei meritava una ricompensa. «Ho messo l'occhio su un bel cappone da farci una zuppa. Stasera ce la dividiamo, tu e io. Ti piacerà, vedrai.»

Ma dovunque andasse, Arya cercava sempre Jaqen H'ghar. Voleva sussurrargli un altro nome prima che tutti quelli che lei odiava se ne andassero da Harrenhal. Ma in tutta quella confusione, del mercenario di Lorath non riuscì a trovare traccia. Jaqen le doveva ancora due morti, ma se anche lui fosse andato in battaglia con gli altri, Arya temeva che non sarebbe mai più stata in grado di riscuotere. Alla fine, trovò il coraggio di chiedere a uno degli uomini di guardia al portale se lo avesse visto uscire. «Uno degli uomini di Lorch, dici? No che non se ne va. Sua eccellenza lord Tywin ha nominato ser Amory castellano di Harrenhal. Tutto il suo gruppo rimane qui, a sorvegliare la fortezza. Anche i Guitti sanguinari restano, in modo da continuare le razzie. A quel caprone di Vargo Hoat finisce che gli viene la bile: lui e Lorch si sono sempre odiati a morte.»

La Montagna che cavalca però se ne sarebbe andato con lord Tywin. Avrebbe comandato l'avanguardia in battaglia. Se Arya non fosse riuscita a trovare Jaqen in tempo, in modo da fargli cancellare qualcun altro dei nomi dell'odio, anche Dunsen, Polliver, Raff Dolcecuore e Messer sottile le sarebbero scivolati via tra le dita.

«Donnola» le disse Weese quel pomeriggio «va' all'armeria e di' a Lucan che ser Lyonel si è rovinato la spada in allenamento e che ne vuole una nuova. Qui c'è la mia nota.» Le diede un pezzo di carta. «E fa' in fretta. Ser Lyonel parte con ser Kevan Lannister.»

Arya prese il pezzo di carta e corse via. L'armeria si trovava accanto all'officina del fabbro ferraio del castello. Era un basso edificio lungo e stretto come un tunnel, con venti forge costruite a ridosso di un muro e lunghe vasche piene d'acqua per temprare l'acciaio. Quando Arya entrò, almeno metà delle forge erano accese. Lo spazio echeggiava del rumore dei martelli. Uomini che indossavano grembiali di cuoio erano al lavoro su mantici e incudini, sudando copiosamente nel calore torrido. C'era Gendry tra loro, con il torace muscoloso lucido di sudore. Ma i suoi occhi azzurri, scintillanti sotto i folti capelli neri, conservavano il medesimo lampo di ostinazione che Arya ricordava. Era indecisa se parlargli oppure no. In fondo, era tutta colpa di Gendry se erano stati catturati in quel villaggio ridotto a un orrido mattatoio sulle sponde dell'Occhio degli Dèi. Alla fine, gli si avvicinò.

«Chi è Lucan?» gli tese il pezzo di carta. «Devo prendere una spada nuova per ser Lyonel.»

«Lascia perdere ser Lyonel» Gendry la prese per un braccio e la guidò lontano dalla forgia. «Ieri notte Frittella mi ha chiesto se anch'io ti avevo udita gridare "Grande Inverno", quando abbiamo combattuto in quel fortino.»

«Non ho mai gridato niente!»

«Certo che hai gridato. Ti ho sentita.»

«Tutti gridavano qualcosa» Arya era sulle difensive. «Frittella ha gridato "frittella". L'avrà gridato cento volte.»

«Conta quello che *tu* hai gridato. Ho detto a Frittella che faceva meglio a togliersi il cerume dalle orecchie. Che quello che avevi gridato era "grande inferno" e non "Grande Inverno". E se lui te lo chiede, farai meglio a dire lo stesso.»

«Va bene» Arya però pensava che "grande inferno" fosse proprio una cosa stupida da gridare in battaglia. Non aveva mai osato rivelare a Frittella chi lei era in realtà. "Forse dovrei sussurrare a Jaqen il suo nome."

«Ti vado a chiamare Lucan» concluse Gendry.

Lucan commentò il messaggio scritto con una specie di grugnito, secondo Arya non era capace di leggere, e tirò fuori una spada lunga. «Questa lama è fin troppo buona per quel muflone di ser Lyonel» le disse consegnandole la spada. «E tu digli che te l'ho detto io.»

«Ma certo che glielo dico» mentì Arya. Se mai avesse fatto una cosa simile, Weese l'avrebbe pestata a sangue. Se Lucan voleva insultare qualcuno, che lo insultasse di persona.

La spada lunga era più pesante di Ago, ma ad Arya piacque molto tenerla in pugno. Il peso dell'acciaio la fece sentire più forte. "Forse non sono ancora una danzatrice dell'acqua, ma non sono nemmeno un topo. Un topo non sa usare la spada. Io invece sì."

Le porte della fortezza erano aperte, i soldati andavano e venivano, i carri entravano vuoti e uscivano scricchiolando e ondeggiando sotto il peso del carico. Arya fu tentata di andare alle stalle e dire che ser Lyonel aveva bisogno anche di un nuovo cavallo. Aveva quel pezzo di carta, no? Gli stallieri non sarebbero stati di certo in grado di capire quello che c'era scritto meglio di quanto non ci fosse riuscito Lucan. "Potrei prendere la spada, il cavallo e andarmene. Se le guardie cercano di fermarmi, posso fargli vedere il messaggio e dire che sto portando tutto a ser Lyonel." Solo che non aveva idea di che faccia avesse ser Lyonel, né di dove fosse. Se le avessero fatto delle domande, avrebbero capito, e poi Weese... Weese...

Si morse il labbro inferiore, cercando di non pensare a come sarebbe stato ritrovarsi con i piedi mozzati. Un gruppo di arcieri, con tuniche di cuoio e mezzi elmi, la superò in marcia, gli archi lunghi di traverso sulla schiena.

«... giganti, proprio così. Ha fatto venire giù dalla Barriera giganti alti cinque metri che lo seguono come tanti cagnolini...»

«... non è naturale, piombargli addosso così, nel cuore della notte. È più lupo che uomo. Tutti gli Stark lo sono...»

«... ci caco sui vostri lupi e giganti. Quel ragazzino si piscia nei pantaloni quando sa che stiamo arrivando. Non è abbastanza uomo da marciare su Harrenhal, giusto o no? È sicuro che scappa se capisce la situazione.»

«Questo lo dici tu. Ma forse il ragazzino sa qualcosa che noialtri non sappiamo. Forse siamo noi che dovremmo scappare via e basta...»

"Sì... *è così*! Siete voi che dovete scappare. Voi e lord Tywin e la Montagna e ser Addam e ser Amory e questo idiota di ser Lyonel, chiunque lui sia. Scappate tutti prima che mio fratello vi tagli la gola. È uno Stark lui! Più lupo che uomo. E anch'io sono una Stark!..."

«*Donnola!*»

La voce di Weese. Più sferzante dello schioccare di una frusta. Non lo aveva nemmeno visto arrivare, ma in un battito di ciglia lui le stava di fronte.

«Dammi qua,» le strappò la spada dalle mani «che ci hai già messo fin troppo.» Le servì un secco manrovescio. «La prossima volta, fa' più in fretta.»

Per un istante, un breve istante, Arya si era nuovamente sentita come un lupo. Il colpo di Weese aveva distrutto tutto, lasciandole in bocca solo il sapore del suo sangue. Si era morsa la lingua quando lui l'aveva picchiata. E lei lo odiò per questo. «Ne vuoi un altro?» minacciò Weese. «Ne avrai un altro. Tanti altri. Non voglio più vedere quei tuoi occhi insolenti. Adesso va' giù alla birreria e di' a Tuffleberry che ho due dozzine di barili per lui. E che mandi su i suoi garzoni in fretta, se no trovo qualcun altro cui darli.»

Arya si mise in movimento. Ma non abbastanza in fretta per Weese.

«*Corri*, puttanella,» le urlò dietro «corri se questa sera vuoi mangiare.» Niente più promesse di zuppe di cappone per lei. «E non fare finta di perderti di nuovo. Se no, ti giuro, ti pesto a sangue, ti pesto!»

"Non lo farai, Weese" pensò Arya mettendosi a correre. "Tu non pesterai a sangue proprio più nessuno."

Forse gli antichi dei del Nord guidarono i suoi passi.

A metà strada, mentre passava sotto il ponte di pietra che collegava la Torre della Vedova con la Torre del Rogo del Re, Arya udì risate sbracate, raschianti. Rorge, il bruto dal naso mozzato, spuntò da dietro un angolo in compagnia di altri tre soldatacci. Tutti e quattro avevano lo stemma con la manticora, simbolo di ser Amory Lorch, cucito sul pettorale sinistro delle tuniche.

«Guarda guarda...» Rorge la riconobbe, si fermò e sogghignò. «La piccola troia di Yoren. Be', adesso sappiamo perché quel nero figlio di puttana ti voleva sulla Barriera, vero?»

Sghignazzò di nuovo, mettendo in mostra i suoi denti marci sotto il triangolo di cuoio che a volte usava per coprire il buco che aveva in faccia. Gli altri risero con lui.

«E dov'è il tuo bastone, adesso, piccola troia?» il sorriso distorto di Rorge svanì con la stessa rapidità con la quale era apparso. «Mi sembra di ricordare che ti ho promesso che te lo avrei messo nel culo.»

Fece un passo verso di lei. Arya arretrò.

«E allora, piccola troia, dov'è finito il tuo coraggio adesso che non sono più in catene?»

«Io ti ho *salvato.*» Arya tenne un buon metro di distanza tra loro, pronta a scappare rapida come un serpente se lui avesse cercato di afferrarla.

«Infatti. Per cui mi sa che devo ringraziarti con un'altra inculata. A proposito, dov'è che ti ha chiavato Yoren? Dentro la fighetta oppure ha preferito spaccarti quel tuo culo bello stretto?»

«Cerco Jaqen. Ho un messaggio per lui.»

Rorge s'inchiodò di colpo. C'era qualcosa di nuovo nel suo sguardo... paura di Jaqen H'ghar?

«Nei bagni» ringhiò. «Ora togliti dai piedi.»

Arya si voltò su se stessa e corse via, veloce come un cervo, con i piedi che volavano sull'acciottolato. Corse senza fermarsi fino ai bagni di Harrenhal.

Trovò Jaqen che se ne stava a mollo in una grande vasca, con il vapore che si sollevava dalla superficie, e una servetta che gli versava altra acqua calda sul capo. I suoi lunghi capelli, rossi da un lato, bianchi dall'altro, gli fluivano sulle spalle, bagnati e pesanti.

Arya si accostò, silenziosa come un'ombra.

«Cara ragazza» Jaqen H'ghar aprì gli occhi. «Scivoli su piccoli, silenziosi piedi di topo, ma quest'uomo può udire.»

"Ma come fa... come *può* sentirmi?" Jaqen sembrava udire perfino i suoi pensieri.

«Il cuoio che striscia sulla pietra ha un canto ancora più assordante del corno da guerra per l'uomo che sa tenere le orecchie aperte. Le ragazze furbe vanno a piedi scalzi.»

«Ho un messaggio.»

Arya guardò dubbiosa la servetta, che però non sembrava volesse andarsene. Così Arya si piegò su Jaqen, finché le sue labbra ancora sporche di sangue quasi toccarono l'orecchio di lui.

«Weese» sussurrò.

Jaqen H'ghar tornò a chiudere gli occhi, scivolando languidamente nel liquido abbraccio, quasi si fosse addormentato. Ma non stava affatto dormendo.

«Di' a sua eminenza il lord che quest'uomo rimane a sua disposizione.»

La mano di Jaqen si mosse all'improvviso, spruzzando acqua caldissima verso di lei e Arya fu costretta a balzare indietro per non ritrovarsi fradicia.

Quando riferì a Tuffleberry il messaggio di Weese, il birraio si mise a imprecare a pieni polmoni.

«E tu di' a Weese che i miei garzoni hanno di meglio da fare che non spezzarsi la schiena per lui. Digli anche che è un gran pezzo di merda. E che dovranno raggelarsi sette inferi prima che Weese abbia un'altra pinta della mia birra. Quei barili che ha, li voglio entro un'ora altrimenti... altrimenti lord Tywin lo verrà a sapere, parola mia.»

Arya lasciò fuori la parte riguardante il *gran pezzo di merda*, ma anche Weese si mise a imprecare a pieni polmoni quando lei gli riferì la risposta di Tuffleberry. Weese s'inferocì e minacciò e grugnì, ma alla fine radunò sei uomini e li mandò a prendere i barili e a portarli giù alla birreria.

La cena quella sera fu un'acquosa zuppa d'orzo, con cipolle, carote e mezza fetta di pane nero ammuffito. Una delle donne aveva cominciato a dormire nel letto di Weese. Lei si prese un abbondante pezzo di formaggio alle noci e un'ala di quel medesimo cappone di cui Weese aveva parlato la mattina. Il resto se lo mangiò lui. Il grasso gli colò in un lucido rigagnolo lungo le brutte vesciche che gli ribollivano all'angolo della bocca. L'aveva ingollato quasi tutto quando alzò lo sguardo dal piatto e notò Arya che l'osservava.

«Donnola, vieni qui.»

C'erano ancora pochi morsi di carne scura attaccati a una coscia. "Se n'era dimenticato" Arya si sentì in colpa. "Ma adesso si ricorda della promessa." E lei aveva detto a Jaqen di ucciderlo. Scese dalla panca e raggiunse l'estremità del tavolo.

«Ho visto che mi stavi guardando.» Si ripulì le dita unte sul davanti della tunica di Arya. Le serrò la gola in una morsa con una mano. Con l'altra mano le assestò un ceffone in piena faccia. «Allora non hai sentito quello che ti ho detto, non è così, puttanella?» Le assestò un altro ceffone, con il dorso della mano. «Devi tenerli bassi, quegli occhi» le diede uno spintone. «Se no la prossima volta te ne tiro fuori uno con un cucchiaio e lo do da mangiare alla mia cagna.»

Arya cadde a terra, un chiodo sporgente dalla vecchia panca andò a impigliarsi nella stoffa della sua tunica, squarciandola.

«E prima di andare a letto, puttanella» Weese staccò a morsi gli ultimi bocconi di carne dal cappone «rammendati quello straccio.»

Quando finalmente ebbe finito, si leccò le dita e gettò gli ossi alla sua brutta cagna maculata.

«Weese.» Un sussurro, meno di un sussurro. Arya lo ripeté alla luce della candela, chinandosi a rammendare lo strappo della tunica. «Dunsen, Polliver, Raff Dolcecuore» i nomi dell'odio ritornarono. «Messer Sottile e il Mastino» un nome dopo l'altro, uno per ogni foro d'ingresso dell'ago. «Ser Gregor, ser Amory, ser Ilyn, ser Meryn, re Joffrey, regina Cersei.»

Si chiese per quanto tempo avrebbe dovuto includere anche Weese nella sua filastrocca. Scivolò nel sonno con un ultimo pensiero; che al mattino lui sarebbe morto.

Ma al mattino, Weese non era affatto morto. La svegliò nel solito modo, con un calcio del suo stivale a punta aguzza.

Quel giorno, disse a tutti loro mentre rompevano il digiuno con biscotti d'avena, il grosso dell'esercito di lord Tywin avrebbe marciato.

«E che nessuno di voi creda che avrà vita facile una volta che il mio lord di Lannister se n'è andato» avvertì minacciosamente. «Il castello non diventa più piccolo, ve lo assicuro, solo che c'è meno gente a darsi da fare. E ora, voi cimici imparerete che cos'è il vero lavoro. Vi assicuro anche questo.»

"Il tempo delle tue promesse è finito, *milord* Weese" Arya continuò a sbocconcellare uno dei biscotti. Weese la guardò con la fronte aggrottata, quasi fiutasse il suo segreto. Rapidamente, Arya abbassò gli occhi sul cibo, senza osare più rialzarli.

La luce livida riempiva il cortile quando lord Tywin Lannister lasciò Harrenhal. Arya rimase a osservare da una finestra ad arco nella Torre dei Lamenti. Il destriero del lord era addobbato con una gualdrappa a scaglie color porpora, guarnita di crinolina e pelle di daino. Quanto a lord Tywin, era avvolto in uno spesso mantello d'ermellino. Suo fratello ser Kevan era quasi altrettanto fulgido. Li precedevano non meno di quattro alfieri, che innalzavano quattro stendardi purpurei sui quali campeggiava il leone dorato. Dietro i Lannister, venivano i loro alti lord e i capitani. I loro stendardi sbattevano nel vento, simili a fiamme multicolori: bue rosso e montagne dorate, unicorno viola e gallo cedrone, orso bruno e volpe maculata, giullare con berretto a sonagli e furetto argentato, pavone e pantera, doppio scudo e daga, cappuccio nero e scarabeo blu e freccia verde.

L'ultimo fu ser Gregor Clegane, chiuso nella sua armatura d'acciaio grigio, in sella a uno stallone dal carattere tanto infame quanto quello del cavaliere. Polliver gli cavalcava a fianco, con in pugno una mazza ferrata e sul capo l'elmo con le corna che aveva rubato a Gendry. Polliver era un uomo grande e grosso, ma all'ombra del suo signore e padrone sembrava un ragazzino cresciuto soltanto a metà.

Mentre Arya li guardava superare le grate e avviarsi sul ponte levatoio di Harrenhal, un brivido gelido le corse per la schiena. Di colpo *capì* l'enorme sbaglio che aveva commesso. "Stupida, stupida... *stupida*!" Weese contava meno di niente. Così come Chiswyck aveva contato meno di niente. Erano *quelli* gli uomini che contavano veramente, lord Tywin, ser Kevan, la Montagna... Erano *quelli* gli uomini da abbattere. La sera prima lei avrebbe potuto sussurrare uno qualunque dei loro nomi. Ma era troppo furibonda, troppo accecata dall'odio verso Weese per averla picchiata, per averle mentito sul cappone. "Lord Tywin... Perché non ho detto lord Tywin?"

Ma forse non era troppo tardi. Weese non era ancora morto. Se solo fosse riuscita a trovare Jaqen H'ghar, e dirgli...

Arya si precipitò giù per i gradini a spirale della torre, dimenticando tutto il lavoro che doveva fare. Udì lo sferragliare delle catene, il suono strisciante della grata d'acciaio che calava, il tonfo dei rostri inferiori che andavano a innestarsi nei fori nel granito. E poi udì un suono diverso. Un grido di dolore e paura.

C'era un gruppo di persone davanti a lei, ma nessuna di loro voleva avvicinarsi troppo. Arya s'intrufolò tra corpi e gambe, riuscì a raggiungere la prima fila. Weese giaceva sull'acciottolato, la gola squarciata, gli occhi vuoti a fissare le nubi grigie che scivolavano nel vento. Quella sua brutta cagna maculata si era accucciata sul suo petto, leccando il sangue che zampillava ritmicamente dal suo collo e ogni tanto strappava brandelli di carne dalla faccia del cadavere, ringhiando e sbavando.

Alla fine, qualcuno portò una balestra e colpì la cagna mentre era ancora occupata a divorare l'orecchio destro di Weese.

«Roba da matti» disse qualcuno. «Aveva quella cagna fin da quando era un cucciolo.»

«Questo posto è maledetto» l'uomo con la balestra scosse la testa.
«È lo spettro di Harren il Nero» dichiarò comare Amabel. «Io qua dentro non ci dormo più, lo giuro e lo spergiuro.»
Arya sollevò lo sguardo dall'uomo morto e dal cane morto. Jaqen H'ghar era appoggiato alla parete della Torre dei Lamenti. Vide che Arya lo stava guardando. Casualmente, quasi distrattamente, si passò due dita sulla guancia.

CATELYN

A due giorni di marcia da Delta delle Acque, uno degli esploratori li trovò che stavano abbeverando i cavalli sulla sponda di un torrente fangoso. Mai Catelyn Stark era stata più felice di vedere l'emblema con le torri gemelle della Casa Frey. Non esitò a chiedere allo scout di condurli da suo zio.

«Il Pesce Nero è andato all'ovest con il re, mia signora. Martyn Rivers ora comanda gli esploratori in sua vece.»

«Capisco.»

Catelyn aveva incontrato Martyn Rivers, figlio naturale di lord Walder Frey, fratellastro di ser Perwyn Frey, alle Torri Gemelle. Che Robb fosse andato a colpire il cuore del potere dei Lannister non la stupì affatto. Chiaramente, era questo che stava meditando quando l'aveva inviata a trattare con Renly.

«E ora Rivers dove si trova?»

«Il suo accampamento è a due ore di cavallo da qui, mia signora.»

«Portaci da lui» ordinò Catelyn. Brienne l'aiutò a montare in sella e tutto il gruppo riprese la marcia.

«Arrivi da Ponteamaro, mia signora?» s'informò lo scout.

«No.»

Con Renly morto, Catelyn non aveva osato rischiare un incontro con la sua giovane vedova e i di lei protettori. Aveva invece scelto di attraversare il centro stesso della guerra, passando per quelle che un tempo erano state fertili terre fluviali, tramutate in deserti anneriti, annientati dalla furia dei Lannister. Ogni notte, i suoi esploratori tornavano a riferire di cose che la facevano stare male.

«Renly è stato ucciso» aggiunse.

«Avevamo sperato che si trattasse di una menzogna dei Lannister...»

«Vorrei anch'io che lo fosse. È mio fratello a comandare Delta delle Acque?»

«Sì, mia signora. Sua Grazia Robb ha lasciato ser Edmure a difesa del castello e come retroguardia.»

"Che gli dei possano dare a Edmure la forza di farlo" pregò Catelyn. "E anche la saggezza." «Ci sono notizie di Robb da occidente?»

«Non hai saputo?» lo scout parve sorpreso. «Sua Maestà ha riportato una grandiosa vittoria a Oxcross. Ser Stafford Lannister è morto, il suo esercito disperso.»

Ser Wendel Manderly emise un ringhio di compiacimento. Catelyn si limitò ad annuire. Più che ai trionfi di ieri, pensava alle tribolazioni di domani.

Martyn Rivers aveva posto il suo accampamento all'interno di un fortino distrutto, tra una stalla con il tetto sprofondato e cento tombe scavate di fresco. Nel momento in cui Catelyn smontò da cavallo, Martyn pose un ginocchio a terra al suo cospetto.

«Lieto di rivederti, mia lady. Tuo fratello ci ha affidato il compito di tenere gli occhi aperti in attesa del tuo ritorno. Qualora ti avessimo incontrato, l'ordine è di scortarti con la massima celerità a Delta delle Acque.»

A Catelyn non suonò affatto bene: «Si tratta di mio padre?».

«No, mia signora. Non c'è stato alcun mutamento nelle condizioni di lord Hoster» Rivers era un uomo dai lineamenti duri, scarsamente somigliante ai suoi fratellastri. «Il nostro timore è solo di incontrare esploratori dei Lannister. Lord Tywin ha lasciato Harrenhal e ora sta marciando verso ovest con tutto il suo esercito.»

«Alzati, Martyn» gli disse Catelyn, con la fronte aggrottata. Presto anche Stannis Baratheon si sarebbe messo in marcia, e a quel punto non sarebbe rimasto che sperare negli dei. «Quanto tempo ci metterà lord Tywin ad arrivarci addosso?»

«Tre giorni, forse quattro. Difficile a dirsi. Abbiamo osservatori lungo tutte le strade, ma è meglio non attardarsi.»

Non lo fecero. Rivers fece togliere rapidamente il campo e montò in sella a fianco di Catelyn. Il gruppo, ormai forte di oltre cinquanta uomini, si rimise in marcia. Tre diversi vessilli, il metalupo degli Stark, le torri gemelle dei Frey e la trota in pieno salto dei Tully, garrivano al vento.

Gli uomini del Nord volevano saperne di più sulla vittoria di Robb a Oxcross, e Rivers non li deluse.

«Un menestrello è venuto a Delta delle Acque. Rymund della Rima si fa chiamare. Ha composto una canzone sulla battaglia. Non dubito che questa sera te la canterà, mia signora. *Il lupo della notte*, l'ha intitolata questo Rymund.»

Rivers proseguì raccontando che i resti dell'esercito di ser Stafford avevano ripiegato su Lannisport. Senza torri d'assedio e altre macchine da guerra, non c'era modo di prendere d'assalto Castel Granito, così il Giovane Lupo stava ripagando i Lannister della stessa moneta di devastazione che loro avevano scatenato sulle terre dei fiumi. Lord Karstark e lord Glover compivano incursioni lungo la costa. Lady Mormont aveva catturato un migliaio di capi di bestiame e ora li stava spingendo verso Delta delle Acque. Il Grande Jon si era impossessato delle miniere d'oro di Castamere, dell'Orrido di Nunn e delle colline di Pendric.

«Una bella minaccia al loro oro» rise ser Wendel. «L'argomento più convincente per far ritornare di corsa un Lannister da dove è venuto.»

«Come ha fatto il re a prendere la Zanna Dorata?» chiese ser Perwyn al fratellastro. «È una poderosa piazzaforte, che domina tutte le strade sottostanti.»

«Non l'ha mai preso» rispose Martyn Rivers. «L'ha circondato nel cuore della notte. Dicono che sia stato il suo lupo a mostrargli la strada, Vento Grigio. La belva ha fiutato l'odore di un sentiero di capre che scende lungo il fianco della montagna, passando sotto un costone di roccia. Una pista stretta e piena di sassi, ma larga abbastanza da permettere il transito di un uomo a cavallo. I Lannister sulle loro torri di guardia non hanno visto niente.» Rivers abbassò la voce. «C'è chi racconta che il re, dopo la battaglia, abbia strappato il cuore dal petto di Stafford Lannister per darlo da mangiare al suo lupo.»

«Io non credo a storie simili» ribatté Catelyn con asprezza. «Mio figlio non è un selvaggio.»

«È come tu dici, mia lady. In ogni caso, la belva se lo sarebbe meritato. Non è un lupo come gli altri, quello. C'è anche chi racconta di aver sentito il Grande Jon dire che sono stati gli antichi dei del Nord a inviare quei meta-lupi ai tuoi figli.»

Catelyn ricordava con limpida chiarezza il giorno in cui i suoi ragazzi avevano trovato i cuccioli di meta-lupo nella neve della tarda estate. Cinque cuccioli, tre maschi e due femmine, uno per ognuno dei cinque figli di casa Stark... più un sesto, albino nel pelo e rosso fuoco negli occhi, per Jon Snow, il figlio bastardo di Ned. "Non sono lupi come gli altri" ripeté a se stessa. "Decisamente no."

Quella notte, dopo che si furono accampati, Brienne venne nella sua tenda.

«Mia lady, ora che sei al sicuro tra i tuoi, e a un giorno di cavallo dal castello di tuo fratello, concedimi il permesso di andare.»

Non fu una sorpresa per Catelyn. Per tutta la durata del loro viaggio, la giovane donna guerriera era rimasta chiusa in se stessa. Aveva trascorso la maggior parte del tempo con i cavalli, spazzolando le tuniche del gruppo, rimuovendo pietre dalle suole dei loro stivali. Aveva aiutato Shadd a scuoiare e a cucinare la cacciagione. Non c'era voluto molto perché gli uomini del Nord scoprissero che Brienne era in grado di cacciare come e meglio di loro. Qualsiasi compito Catelyn le avesse affidato, Brienne lo aveva assolto egregiamente e senza mai lamentarsi. Quando le veniva rivolta la parola, rispondeva in modo cortese. Ma mai si era persa in chiacchiere, mai aveva pianto, mai aveva riso. Aveva cavalcato con loro ogni giorno, e dormito tra loro ogni notte, senza mai realmente diventare una di loro.

"È come quando era con Renly" si rese conto Catelyn. "Alle feste, durante la grande mischia, perfino nel padiglione di Renly insieme ai suoi confratelli della Guardia dell'arcobaleno. Le mura attorno a questa ragazza sono più alte di quelle di Grande Inverno."

«Ma se ci lasci, Brienne, dove andrai?»

«Indietro. A Capo Tempesta.»

«Da sola» quella di Catelyn era un'affermazione, non una domanda.

I lineamenti chiari di Brienne erano come una pozza d'acqua, nulla però traspariva di ciò che avrebbe potuto trovarsi nei suoi recessi. «Da sola.»

«Intendi uccidere Stannis.»

Un'altra affermazione. Le dita di Brienne, spesse, piene di calli, si serrarono attorno all'impugnatura della spada. La spada che era stata del suo re.

«Ho giurato. Tre volte ho giurato. Tu mi hai sentito.»

«Sì, ti ho sentito» fu costretta a confermare Catelyn.

Brienne aveva gettato via tutti i suoi abiti intrisi di sangue. Una cosa, però, aveva tenuto: la cappa blu della Guardia dell'arcobaleno. Tutto quello che le apparteneva aveva dovuto essere abbandonato all'accampamento. La donna guerriera era stata costretta a mettersi addosso la roba scompagnata di ser Wendel, l'unico degli uomini del Nord ad avere la medesima taglia imponente.

«E i giuramenti vanno onorati, sono d'accordo» riprese Catelyn. «Ma Stannis è circondato da un esercito enorme. E ha guardie che hanno giurato a loro volta di proteggerlo.»

«Non ho paura delle sue guardie» affermò Brienne. «Io valgo tanto quanto loro. Non avrei mai dovuto fuggire.»

«È questo che ti turba, che qualche idiota possa chiamarti vile?» Catelyn sospirò. «Non hai alcuna colpa per la morte di Renly. Lo hai servito con valore, ma tentando di seguirlo nel sottosuolo non servi a nessuno» tese una mano, per darle il conforto del contatto. «So quanto è difficile…»

Brienne ignorò il gesto: «Nessuno lo può sapere».

«Ti sbagli» il tono di Catelyn s'indurì. «Ogni mattina, a ogni risveglio, mi ricordo che Ned non c'è più. Non so maneggiare la spada, ma questo non significa che non sogni di andare ad Approdo del Re, mettere le mani attorno alla gola bianca di Cersei Lannister e stringere fino a quando la sua faccia diventa nera.»

«Se è questo che sogni» Brienne la Bella alzò gli occhi, l'unica parte del suo viso che fosse veramente bella «per quale motivo stai cercando di trattenermi? Forse perché Stannis era presente al tuo tentativo negoziale?»

"È davvero per questo?" Catelyn fece vagare lo sguardo sull'accampamento. Due uomini montavano la guardia, con le lance in pugno.

«Mi è stato insegnato che gli uomini del bene devono combattere il male in questo mondo» disse a Brienne. «E la morte di Renly è stata un atto compiuto in nome del male. Su questo non c'è dubbio. Ma mi è stato anche insegnato che sono gli dei a fare i re, non le spade degli uomini. Se Stannis è il nostro re di diritto…»

«Non lo è. Nemmeno Robert era re di diritto, perfino Renly lo disse. Il re di diritto era Aerys Targaryen, ma Jaime Lannister lo ha *assassinato*. Il suo erede di diritto era Rhaegar Targaryen, ma Robert Baratheon lo ha ucciso nella battaglia del Tridente. Dov'erano gli dei, lady Catelyn? Agli dei non importa dei re, così come ai re non importa dei sudditi.»

«A un buon re importa.»

«Lord Renly, lui… Sua Maestà… Lui sarebbe stato il *migliore* dei re, mia signora. Era così buono, era…»

«Renly è morto, Brienne» Catelyn parlò con tutta la gentilezza che poté. «Ora rimangono solamente Stannis e Joffrey… E mio figlio.»

«Lui non… Tu non faresti mai pace con Stannis, vero? Non faresti atto di sottomissione?…»

«Ti dirò la verità, Brienne. Non lo so. Mio figlio sarà anche re, ma io di certo non sono una regina... Sono semplicemente una madre che cerca di tenere al sicuro i propri figli, in tutti i modi possibili.»

«Io non sono fatta per essere madre. Io voglio *combattere.*»

«E allora combatti... Ma per i vivi, non per i morti. I nemici di Renly sono anche i nemici di Robb.»

Brienne guardò a terra, spostando il peso del corpo da un piede all'altro. «Non conosco tuo figlio, mia signora» tornò ad alzare gli occhi. «Ma potrei servire *te*. Se me lo permetterai.»

E per Catelyn Stark questa *fu* una sorpresa. «Perché proprio me?»

La domanda parve turbare Brienne. «Perché tu sei stata l'unica ad aiutarmi. Nel padiglione di Renly... Quando tutti avevano pensato che io... che io...»

«Eri innocente.»

«Ma non eri tenuta a schierarti per me. Avresti potuto lasciare che mi uccidessero. Io non significavo niente per te.»

"Forse non volevo essere la sola a conoscere l'oscura verità di quello che era accaduto là dentro." Un pensiero che Catelyn respinse. «Brienne, nel corso degli anni, ho avuto molte fanciulle di lignaggio al mio servizio, ma mai una come te. Non sono un comandante di soldati...»

«No, ma hai coraggio. Forse non il coraggio di un soldato, ma... non so... il coraggio che è proprio di una donna. Per questo penso che, quando il momento arriverà, tu non cercherai di trattenermi. Prometti, mia lady. Promettimi che non mi impedirai di andare contro Stannis.»

Nella memoria di Catelyn le parole di Stannis continuavano a riecheggiare: sarebbe venuto anche il turno di Robb. Era come un alito gelido lungo la schiena. «Quando il momento arriverà, non ti tratterrò.»

«E allora sono tua, mia lady.» Goffamente, la donna guerriera s'inginocchiò. Sfoderò la spada lunga di Renly e la collocò ai piedi di Catelyn. «Uomo d'arme che ti ha giurato fedeltà... o qualsiasi altra cosa tu vorrai che io sia. Io ti guarderò le spalle e vorrò il tuo consiglio e darò la mia vita per la tua, se sarà necessario. Lo giuro nel nome dei nuovi dei e di quelli antichi.»

«E io giuro che tu sempre avrai un posto presso il mio focolare, che sempre avrai carne e desco alla mia tavola e che mai t'imporrò un compito che possa arrecarti disonore. Lo giuro nel nome dei nuovi dei e di quelli antichi. Alzati, Brienne.»

Stringendo le mani della donna guerriera tra le sue, Catelyn non poté evitare di sorridere. "Quante volte ho visto Ned accettare giuramenti come questo?" Si domandò che cosa lui avrebbe pensato se avesse potuto vederla in quel momento.

Superarono la Forca Rossa del Tridente nel tardo pomeriggio del giorno dopo. Passarono a monte di Delta delle Acque, dove il corso del fiume faceva un'ampia curva, e la corrente era lenta e fangosa, il fondale basso. Il guado era sorvegliato da una schiera di arcieri e picchieri, tutti con lo stemma dell'aquila dei Mallister. Quando videro i vessilli di Catelyn, emersero da dietro le trincee irte di spuntoni e inviarono un uomo sulla sponda opposta perché li facesse attraversare.

«Piano e con attenzione, mia signora» avvertì il soldato, prendendo le briglie del suo cavallo. «Abbiamo piantato rostri di ferro nel fondale. E ci sono palle chiodate sparse un po' ovunque. Lo stesso vale anche per tutti gli altri guadi, ordine di tuo fratello.»

"Edmure pensa di combattere qui." Un'idea che a Catelyn fece attorcigliare le viscere. Ma evitò comunque di fare commenti.

Tra la Forca Rossa e il Tumblestone, si unirono a una lunga colonna di profughi che cercavano di raggiungere la salvezza a Delta delle Acque. Alcuni spingevano davanti a loro gli armenti. Altri trascinavano carretti pieni di masserizie. Quando la colonna di Catelyn li superò, venne accolta da grida e ovazioni: «Tully!», «Stark!». A meno di un chilometro dal castello, superarono un grosso accampamento. Sulla tenda del comandante sventolava lo stendardo scarlatto dei Blackwood. Fu qui che Lucas Blackwood si staccò dal gruppo, andando a ricongiungersi con suo padre, lord Tytos. Il resto continuò a muoversi.

Catelyn individuò un secondo accampamento che si allungava lungo la sponda nord del Tumblestone. Altri vessilli conosciuti garrivano nel vento: la fanciulla danzante di Marq Piper, l'uomo con l'aratro dei Darry, i serpenti intrecciati, uno rosso e l'altro bianco, dei Paege. Erano i lord del Tridente, alfieri del lord suo padre. La maggior parte di loro aveva lasciato Delta delle Acque prima di lei, decisi a difendere le loro terre. Ma adesso erano tornati. Poteva significare una sola cosa: Edmure li aveva richiamati. "Che gli dei ci aiutino. È vero... Edmure intende davvero affrontare lord Tywin in campo aperto."

Forme scure erano appese alle mura di Delta delle Acque. Da lontano, Catelyn non capì immediatamente che cosa fossero. Ma non le ci volle molto per rendersene conto. Corpi. Uomini impiccati ai merli della fortezza. Macabri pendagli appesi a lunghe funi, facce gonfie, annerite dalla morsa del nodo scorsoio. I corvi banchettavano da un pezzo, ma il color porpora delle cappe sulle spalle dei cadaveri era perfettamente riconoscibile contro lo sfondo grigio della pietra d'arenaria.

«Hanno impiccato un po' di Lannister» constatò Hallis Mollen.

«Niente male come spettacolo» si rallegrò ser Wendel Manderly.

«I nostri amici hanno cominciato il festino senza di noi» scherzò ser Perwyn Frey.

Gli altri risero. Tutti tranne Brienne. La donna guerriera si limitò a osservare la fila dei cadaveri appesi, senza parlare, senza sorridere.

"Se hanno ucciso lo Sterminatore di Re, allora anche per le mie figlie è la fine." Catelyn diede di speroni, portando il suo cavallo a un rapido trotto. Hal Mollen e Robin Flint la superarono al galoppo, gridando in direzione del corpo di guardia. Era certo che gli armati sulle mura avessero individuato i loro vessilli da un pezzo. La grata era già sollevata quando il gruppo di Catelyn arrivò.

Edmure Tully uscì ad accoglierli a cavallo. Lo circondavano tre degli uomini che avevano giurato fedeltà a lord Hoster: ser Desmond Grell, maestro d'armi dal ventre prominente, Utherydes Wayn, attendente di Delta delle Acque, e ser Robin Ryger, il grosso capitano calvo della guardia della fortezza. Uomini che avevano la stessa età di lord Hoster, che avevano passato tutta la loro vita al servizio del padre di Catelyn e di Edmure. "Uomini *vecchi*" pensò lei.

Edmure indossava una cappa a strisce rosse e blu su una tunica ornata di pesci argentati. Sembrava avesse cessato di radersi a partire dal giorno in cui Catelyn era andata a sud. La sua barba pareva un cespuglio in fiamme.

«Sono lieto che tu sia di nuovo qui con noi, Cat. Quando ci è pervenuta la notizia della morte di Renly, abbiamo temuto per la tua vita. Anche lord Tywin è in marcia.»

«Ne sono stata informata. Come sta nostro padre?»

«Un giorno sembra più in forze, il giorno dopo...» Edmure scosse il capo. «Ha chiesto di te. Non ho saputo che cosa dirgli.»

«Andrò presto da lui» dichiarò Catelyn. «Dopo la morte di Renly, hai avuto altre notizie da Capo Tempesta? O da Ponteamaro?»

Mentre erano in viaggio, nessun corvo messaggero le aveva raggiunte. Catelyn era ansiosa di conoscere eventuali sviluppi.

«Da Ponteamaro, nulla. Da Capo Tempesta, abbiamo ricevuto ben tre uccelli, tutti da ser Cortnay Penrose, il castellano, e tutti con la medesima richiesta. Stannis circonda la fortezza da mare e da terra. Ser Cortnay offre solenne alleanza a chiunque arrivi a spezzare l'assedio. Teme per il ragazzo, dice. Ma di quale ragazzo parla, tu lo sai?»

«Edric Storm» fu Brienne a fornire la risposta. «Figlio bastardo di Robert Baratheon.»

Edmure la guardò con curiosità: «Stannis garantisce che la guarnigione potrà andarsene, senza danni, a patto che si arrendano entro una settimana e che gli consegnino il ragazzo. Ser Cortnay però rifiuta di cedere».

"Sta rischiando *tutto* per un ragazzo bastardo che non è neppure del suo sangue" pensò Catelyn ammirata e spaventata. «Gli hai risposto, Edmure?»

«Rispondere cosa?» suo fratello scosse nuovamente il capo. «Se non abbiamo da offrire né aiuto né speranze. Inoltre, Stannis non è nostro nemico.»

«Mia signora» intervenne ser Robin Ryger. «Puoi dirci qualcosa sulle circostanze della morte di Renly? Le storie che continuiamo a udire sono molto strane.»

«Cat» aggiunse Edmure. «Alcuni dicono che sei stata *tu* a uccidere Renly. Altri che sia stata...» il suo sguardo si spostò su Brienne «una donna del Sud.»

«Il mio re è stato assassinato» disse quietamente la donna guerriera «ma non da lady Catelyn. Lo giuro sulla mia spada, e sugli dei nuovi e antichi.»

«Questa è Brienne di Tarth» disse Catelyn a tutti loro. «Figlia di lord Selwyn di Evenstar, che ha servito nella Guardia dell'arcobaleno. Brienne, ti presento mio fratello ser Edmure Tully, erede di Delta delle Acque. Il suo attendente, Utherydes Wayn. Ser Robin Ryger e ser Desmond Grell.»

«È un onore» disse ser Desmond. Gli altri si associarono. Brienne arrossì, imbarazzata perfino da questa semplice forma di cortesia. Se anche Edmure pensò che lei fosse uno strano tipo di donna, ebbe quanto meno la sensibilità di non dire niente.

«Brienne si trovava con Renly quando è stato ucciso» riprese Catelyn. «Lo stesso vale per me. Ma nessuna di noi due ha nulla a che fare con la sua morte.» Di fronte a tutti quegli uomini evitò di parlare dell'ombra venuta dal vento. Quindi cambiò argomento, accennando ai corpi che penzolavano dai merli della fortezza. «Chi è questa gente che avete impiccato?»

Edmure alzò lo sguardo a disagio: «Erano venuti al seguito di ser Cleos Frey, latore della risposta della regina Cersei alla nostra offerta di pace».

Catelyn stentò a crederlo: «Hai ucciso degli *emissari*?».

«*Falsi* emissari» chiarì Edmure. «Hanno garantito la missione di pace e hanno consegnato le armi. Così io permisi loro la libertà di muoversi nel castello. Per tre notti hanno mangiato la mia carne e bevuto il mio vino mentre parlavo con ser Cleos.»

«E la quarta notte?»

«Hanno cercato di liberare lo Sterminatore di Re» Edmure indicò uno dei corpi. «Quella specie di scimmione ha assassinato due delle nostre guardie a mani nude. Li ha presi per la gola e ha sfondato loro il cranio picchiando una testa contro l'altra. Questo mentre quell'altro più magro» indicò un secondo corpo «apriva la cella dello Sterminatore di Re con una specie di filo di ferro, che gli Estranei se lo portino alla dannazione. L'ultimo della fila era una specie di maledetto guitto. Ha imitato la mia voce e ha dato l'ordine di aprire il Portale del Fiume. Le guardie, Enger, Delp, Lew il Lungo, giurano tutte e tre di aver creduto che fossi proprio io. Io l'ho sentita la sua voce, e secondo me è del tutto diversa dalla mia. Eppure quei tre idioti stavano comunque sollevando la grata.»

Questa era opera del Folletto, Catelyn era pronta a scommetterci. Puzzava del medesimo genere d'inganno con cui Tyrion Lannister era riuscito a evadere dal Nido dell'Aquila. In passato, avrebbe detto che, tra tutti i Lannister, Tyrion era quello meno pericoloso. Ma adesso non ne era più tanto sicura.

«Come avete fatto a prenderli?»

«Be', ecco, proprio quella sera io non ero al castello» Edmure ebbe un'espressione contrita. «Ero per l'appunto andato dall'altra parte del Tumblestone... voglio dire...»

«Vuoi dire che eri andato a ubriacarti o a puttane» tagliò corto Catelyn. «D'accordo, sentiamo il resto.»

«Mancava poco meno di un'ora all'alba» le guance di Edmure erano diventate rosse come la sua barba. «Proprio allora io stavo rientrando. Lew il Lungo ha visto la mia barca e mi ha riconosciuto. Per cui ha cominciato a chiedersi chi fosse l'individuo nel cortile che stava berciando ordini con la mia voce. Così ha lanciato l'allarme.»

«Edmure, dimmi che lo avete ripreso.»

«Lo abbiamo ripreso, Catelyn» le assicurò Edmure. «Lo Sterminatore di Re è di nuovo in cella a Delta delle Acque. Ma non è stato facile. Jaime Lannister è riuscito a mettere mano a una spada. Ha abbattuto Poul Pemford e Myles, lo scudiero di ser Desmond. Ha ferito Delp in modo talmente grave che maestro Vyman dubita possa farcela. Lo ha ridotto a un pezzo di carne sanguinolenta. Nel momento in cui le lame si sono incrociate, altri mantelli porpora sono accorsi a dargli manforte, con o senza armi. Li ho impiccati a fianco di quelli che hanno cercato di liberarlo. Gli altri li ho fatti gettare nelle segrete. Anche Jaime. Da lui, non avremo più tentativi di fuga. Questa volta è giù al buio. Ai ceppi, mani e piedi incatenati alle pareti.»

«E Cleos Frey?»

«Giura e spergiura di essere completamente all'oscuro del complotto. Ma chi può dirlo? Quell'uomo è mezzo Lannister, mezzo Frey e tutto bugiardo. L'ho rinchiuso in quella che era stata la cella di Jaime nella torre.»

«Hai detto che ha portato una controproposta di Cersei.»

«Se proprio vogliamo chiamarla a quel modo... Dubito molto che a te piacerà più di quanto sia piaciuta a me, te l'assicuro.»

«Lady Stark» intervenne Utherydes Wayn, attendente di suo padre. «C'è qualche speranza di ricevere aiuto dal Sud? Quest'accusa d'incesto... Lord Tywin non è uomo da tollerare simili oltraggi. Vorrà lavare l'onta arrecata al nome di sua figlia con il sangue del suo accusatore. Lord Stannis deve essere consapevole di questo. E di non avere altra scelta se non fare causa comune con noi.»

"Stannis ha fatto causa comune con un potere molto più grande. Ed enormemente più oscuro." Catelyn si avviò al trotto verso il portale, lasciandosi alle spalle i sinistri pendagli Lannister: «Di tutto questo parleremo più tardi».

Edmure si mise al suo fianco. Mentre superavano il ponte levatoio principale di Delta delle Acque, un bambino nudo spuntò fuori da chissà dove e trotterellò davanti alle zampe del cavallo. Per evitarlo, Catelyn fu costretta a dare un brusco colpo di redini. Gettò sguardi tesi nel timore di aver colpito il piccolo. Non era accaduto. C'erano centinaia di popolani nel castello. Era stato anche permesso loro di erigere rozzi rifugi lungo tutto il perimetro interno delle mura. Bambini correvano da tutte le parti. Il cortile era anche zeppo di mucche, pecore, pollame.

«Ma chi è tutta questa gente?»

«La mia gente» rispose Edmure. «E ha paura.»

"Caro, dolce fratello. Solamente tu potevi ammassare tutte queste bocche inutili in un castello che presto potrebbe trovarsi sotto assedio." Catelyn era fin troppo consapevole di quanto tenero fosse il cuore di Edmure. Certe volte, pensava che il suo cervello fosse anche più tenero. Per questo, lo amava, certo. Eppure...

«Robb può essere raggiunto dai corvi messaggeri?»

«È sul campo, mia signora» rispose ser Desmond. «Gli uccelli non avrebbero modo di trovarlo.»

«Prima di partire, il giovane re...» Utherydes Wayn tossicchiò. «Ecco, lady Stark, sua Grazia Robb ci ha istruiti di inviarti alle Torri Gemelle, una volta che tu avessi fatto ritorno. Vorrebbe che tu conoscessi meglio le figlie di lord Walder Frey, in modo da consigliarlo nella scelta di quella che sarà la sua sposa, quando sarà giunto il momento.»

«Non ho alcuna intenzione di andarmene» disse Catelyn smontando da cavallo.

Non si sarebbe nuovamente allontanata da Delta delle Acque e da suo padre morente per andare a scegliere una moglie al posto di Robb. "Lui vuole che io sia al sicuro, lo capisco e non gliene voglio. Ma i suoi pretesti sono ridicoli."

«Ragazzo» chiamò Catelyn. Un garzone corse fuori dalle stalle e venne a prendere le redini del suo cavallo.

Anche Edmure saltò giù dalla sella. Superava Catelyn di tutta la testa, ma per lei sarebbe sempre rimasto il suo fratellino. «Cat» disse in tono infelice. «Lord Tywin sta arrivando...»

«Lord Tywin sta andando a occidente, a difendere le sue terre. Se chiudiamo le porte e rimaniano al sicuro dietro le mura, dovremo soltanto guardarlo passare.»

«Queste sono le terre dei Tully» s'inalberò Edmure. «Se Tywin Lannister s'illude di poterle attraversare indenne, intendo impartirgli una lezione che non scorderà facilmente.»

"La stessa lezione che hai impartito a suo figlio?" Edmure sapeva essere ostinato quanto la roccia nel mezzo di una rapida quando veniva punto nell'orgoglio. Non avrebbe mai dimenticato come Jaime Lannister aveva letteralmente fatto a pezzi il suo esercito e preso lui prigioniero. Ma questo, nemmeno Catelyn aveva la benché minima intenzione di dimenticarlo.

«Ad affrontare lord Tywin in campo aperto abbiamo tutto da perdere e nulla da guadagnare» obiettò con tatto.

«Non intendo discutere i miei piani di battaglia in un cortile.»

«Come credi. Dove vuoi che andiamo?»

L'espressione di Edmure si rabbuiò. Per un momento, Catelyn credette che suo fratello stesse per dare in escandescenze. «Nel parco degli dei, se proprio insisti» risolse lui in tono sferzante.

Gli tenne dietro lungo un ponte coperto, fino al portale del parco degli dei. La rabbia di Edmure assumeva sempre aspetti cupi, depressi. A Catelyn dispiaceva averlo ferito, ma la posta in gioco era troppo grossa per porsi problemi d'orgoglio ferito. Quando furono sotto gli alberi, Edmure si voltò verso di lei.

«Edmure» esordì Catelyn senza mezzi termini. «Non hai forze sufficienti per scontrarti con i Lannister.»

«Una volta che li avrò radunati tutti, dovrei poter contare su ottomila fanti e tremila cavalieri.»

«E lord Tywin ne avrà il doppio.»

«Robb ha vinto battaglie in condizioni numeriche addirittura peggiori» ribatté Edmure. «Inoltre, ho un piano. Tu dimentichi Roose Bolton. Lord Tywin lo ha sconfitto sulla Forca Verde del Tridente ma non lo ha inseguito. Quando lord Tywin si è asserragliato ad Harrenhal, Bolton ha occupato i guadi e gli incroci principali. Ha con sé diecimila uomini. Ho inviato Helman Tallhart a unirsi a lui insieme alla guarnigione che Robb aveva lasciato alle Torri Gemelle...»

«Edmure, quelle truppe Robb le aveva lasciate a *occupare* le Torri Gemelle, in modo da essere certi che lord Walder mantenesse i suoi patti con noi.»

«Li ha mantenuti, i patti!» si ostinò Edmure. «I Frey hanno combattuto con valore al Bosco dei Sussurri. Il vecchio ser Stevron è caduto a Oxcross, abbiamo saputo. Ser Ryman e Walder il Nero e gli altri sono con Robb nell'ovest. Martyn Rivers è stato di grandissimo aiuto con gli esploratori. Ser Perwyn ti ha scortato da Renly e ritorno. Per gli dei, Cat, di quante altre prove di fedeltà abbiamo bisogno? Robb è promesso sposo a una delle figlie di lord Walder, e Roose Bolton ne ha sposata un'altra, mi dicono. Tu stessa non hai forse preso due dei loro nipoti come tuoi protetti a Grande Inverno?»

«Un protetto può diventare molto facilmente un ostaggio, se la situazione lo richiede.» Catelyn non era al corrente della morte di ser Stevron, né del matrimonio di Bolton.

«E allora, Cat, visto che abbiamo questi due ostaggi pronti, non è forse questa un'ulteriore ragione per indurre lord Walder a non ingannarci? Bolton ha bisogno degli uomini di Frey. E lo stesso vale per ser Helman. Ho ordinato loro di prendere Harrenhal.»

«Sarà un bagno di sangue.»

«È vero, ma una volta che il castello sarà caduto, lord Tywin si ritroverà privo di una linea di ritirata. Le mie truppe difenderanno i guadi della Forca Rossa e gli impediranno di attraversare. Se anche cercasse di attaccare sulla sponda opposta del fiume, farà la stessa fine di Rhaegar quando cercò di superare il Tridente. Se invece vorrà tenere la posizione, si ritroverà preso tra Delta delle Acque e Harrenhal. E quando Robb sarà tornato dall'occidente, lo finiremo una volta per tutte.»

Il tono di suo fratello era pieno di dura determinazione. Catelyn però avrebbe preferito che Robb non avesse voluto con lui ser Brynden nella sua campagna a ovest. Il Pesce Nero era un veterano di mille battaglie, mentre Edmure ne aveva alle spalle solamente una. E quell'una l'aveva perduta.

«È una buona strategia, Cat» concluse suo fratello. «Lord Tytos è d'accordo. E anche lord Jonos. Quando mai i Blackwood e i Bracken sono stati d'accordo su qualcosa che non fosse assolutamente certo, me lo sai dire?»

«Mettiamo pure che sia così.» Di colpo, Catelyn fu piena di dubbi. Forse stava sbagliando a opporsi in quel modo. Forse quello di Edmure era davvero un ottimo piano, e le sue resistenze erano solo paure da donna. Quanto avrebbe voluto che con lei ci fosse stato Ned, o il Pesce Nero, o anche... «Ne hai parlato con nostro padre?»

«Catelyn, nostro padre non è in condizioni di esaminare strategie. Due giorni fa stava progettando il tuo matrimonio con *Brandon Stark*! Va' da lui tu stessa se non ci credi. Questo piano funzionerà, Cat. Vedrai!»

«Lo spero, Edmure» lo baciò rapidamente sulla guancia. Voleva fargli capire che parlava sul serio. «Lo spero proprio.»

Catelyn si congedò per andare da loro padre.

Lord Hoster era pressoché nello stesso stato in cui lo aveva lasciato: costretto a letto, consumato dal male, il colorito livido, malsano. La stanza odorava di malattia, una mescolanza composta in parti eguali da sudore stantio e medicamenti.

Nel momento in cui Catelyn scostò le tende, lord Hoster emise un basso lamento, sforzandosi di aprire gli occhi. La guardò come se non riuscisse a capire chi fosse o che cosa volesse.

«Padre» Catelyn si chinò a baciarlo. «Sono tornata.»

A quel punto, il vecchio parve riconoscerla: «Sei qui» disse in un soffio, le sue labbra si muovevano appena.

«Robb mi ha mandato a sud, ma sono venuta indietro di corsa.»

«Sud... dove... È a sud il Nido dell'Aquila, cara? Non lo ricordo... ho... ho temuto...» lacrime scivolarono sul viso dell'uomo morente. «... Hai potuto perdonarmi, piccola?»

«Non hai nulla da farti perdonare, padre» Catelyn gli passò una mano tra i capelli, accarezzandogli la fronte. Nonostante le pozioni del maestro guaritore, trovò la pelle del vecchio incendiata dalla febbre.

«È stato meglio così» sussurrò lord Hoster. «Jon è un bravo uomo, bravo... forte, gentile... si prende cura di te... lo farà... ti sposerai quando si sposerà anche Cat, sì, sì, farai così...»

"Pensa che io sia Lysa" si rese conto Catelyn. "Gli dei mi assistano, parla come se non fossi ancora sposata."

Le mani del vecchio, tremanti come due uccelli spaventati, artigliarono quelle di lei. «Quello sporco, malefico ragazzo... Non voglio nemmeno sentire il suo nome... I tuoi doveri... Tua madre, lei avrebbe...» lord Hoster urlò, sopraffatto da uno spasmo di sofferenza. «Ah, dei, perdonatemi, perdonatemi, *perdonate*... La mia medicina...»

E quando maestro Vyman fu là, accostando una coppa alle sue labbra, lord Hoster succhiò la densa pozione biancastra come un bambino che succhia il latte della madre. Catelyn vide la pace calare nuovamente su di lui.

«Ora dormirà, mia signora» disse il maestro una volta che la coppa fu vuota.

Attorno alle labbra di lord Hoster, il latte di papavero aveva lasciato uno spesso alone pallido. Maestro Vyman lo ripulì con la manica della sua tunica.

Catelyn non ebbe la forza di rimanere oltre. Hoster Tully era stato un uomo fiero, pieno di forza. Vederlo ridotto in quello stato la feriva profondamente. Uscì sulla terrazza. Il cortile sottostante era affollato di profughi, tramutato in un caos di rumori dissonanti. Ma al di là, oltre le mura di Delta delle Acque, i fiumi continuavano a scorrere puri e senza fine. "Questi sono i *suoi* fiumi. E presto, lui ritornerà a essi per il suo ultimo viaggio."

«Mia signora» maestro Vyman venne a fermarsi accanto a lei. «Non sarò in grado di posporre la fine per molto ancora» disse piano. «Sarebbe meglio inviare una staffetta sulle tracce di tuo zio. Ser Brynden vorrà essere al capezzale di suo fratello.»

«Sì» la voce di Catelyn era incrinata dal dolore.

«Non dovremmo avvertire anche lady Lysa?»

«Lysa non verrà.»

«Ma forse se fossi tu a scriverle...»

«Se per te è importante, maestro,» Catelyn inspirò profondamente «metterò qualche parola su un pezzo di carta...» Si chiedeva chi fosse "quello sporco, malefico ragazzo" con cui Lysa aveva avuto a che fare all'epoca. Qualche giovane scudiero, o anche un cavaliere... Ma lord Hoster continuava a essere pieno di veleno. Avrebbe anche potuto essere il figlio di un mercante, o un apprendista del volgo, o addirittura un cantastorie. Lysa aveva sempre avuto un debole per i cantastorie. "Non ho il diritto di biasimarla. Jon Arryn, nobile com'era, aveva vent'anni più di nostro padre."

La torre che suo fratello le aveva riservato era la stessa che lei e Lysa avevano condiviso da piccole. Catelyn era desiderosa di poter finalmente riposare su un materasso di piume, con un fuoco caldo acceso nel caminetto. Dopo un po' di riposo, il mondo le sarebbe apparso meno tetro…

Ma trovò Utherydes Wayn ad aspettarla fuori dalle sue stanze. Era insieme a due donne avvolte in lunghi abiti grigi, con la testa e il volto interamente coperti, tranne una fessura per gli occhi. Catelyn capì subito chi erano.

«Ned?…»

Le sorelle del silenzio, l'ordine ecclesiale che si occupava dei defunti, abbassarono lo sguardo.

«Ser Cleos lo ha riportato da Approdo del Re, mia signora» precisò Utherydes.

«Portatemi da lui.»

Lo avevano collocato su un tavolo a cavalletti. Era coperto da un vessillo, il vessillo bianco degli Stark con l'emblema del metalupo grigio.

«Voglio vederlo» disse Catelyn.

«Rimangono solo le sue ossa, mia signora.»

«Voglio vederlo.»

Una delle sorelle del silenzio scostò il vessillo.

"Ossa… No, questo non è Ned. Non è l'uomo che ho amato, il padre dei miei figli" pensò Catelyn.

Le sue mani erano intrecciate sul petto, dita scheletriche avvolte sull'elsa di una spada lunga. Ma non erano le mani di Ned Stark, così forti, così piene di vita. Avevano rivestito le ossa con quella che era stata la sua tunica, di pregiato velluto bianco, con lo stemma del meta-lupo in corrispondenza del cuore. Solo che nulla rimaneva della carne calda su cui Catelyn aveva appoggiato il capo per tante notti. Nulla rimaneva delle braccia muscolose che l'avevano stretta. La testa era stata riattaccata al corpo con un sottile filo d'argento. Ma un teschio era molto simile a qualsiasi altro teschio. Nelle vuote cavità orbitali, Catelyn non trovò traccia degli occhi grigi del suo uomo, occhi che potevano essere soffici come la nebbia o duri come il granito. "I suoi occhi li hanno dati in pasto ai corvi" ricordò.

Catelyn si voltò: «Quella non è la sua spada».

«Ghiaccio non ci è stata restituita, mia signora» disse Utherydes. «Qui ci sono soltanto le ossa di lord Eddard.»

«Immagino che io debba ringraziare la regina Cersei per tanta generosità.»

«Allora ringrazia il Folletto, mia signora. È stata una sua decisione.»

"Un giorno, li ringrazierò tutti quanti." «Vi sono grata per aver assolto questo compito, sorelle» Catelyn si rivolse alle due donne velate. «Ma temo di averne un altro da affidarvi. Lord Eddard era uno Stark, e le sue ossa devono riposare nelle cripte di Grande Inverno.»

"Scolpiranno una statua con le sue fattezze. Un simulacro di pietra seduto nelle tenebre, con un meta-lupo ai piedi e una spada di traverso sulle ginocchia."

«Che le sorelle abbiano cavalli freschi e qualsiasi altra cosa possano avere bisogno per il loro viaggio» disse a Utherydes Wayn. «Hallis Mollen le scorterà fino a Grande Inverno, è quello il suo posto quale capitano delle guardie.» Abbassò lo sguardo sullo scheletro, tutto quello che rimaneva del suo uomo, del suo amore. «Ora andate via tutte. Vorrei rimanere sola con Ned, questa notte.»

Le donne in grigio chinarono brevemente il capo. "Le sorelle del silenzio non dialogano con i vivi" ricordò Catelyn. "Ma alcuni credono che possano comunicare con i morti." Quanto le invidiava per questo...

DAENERYS

«Fate largo!» in sella al suo cavallo, Jhogo fece schioccare la frusta, urlando alla folla. «Fate passare la Madre dei Draghi!»

Le tende della portantina tenevano fuori la polvere e il calore delle strade, ma non riuscivano a isolare il disappunto. Daenerys salì con cautela, lieta di rifugiarsi lontano dagli avidi occhi della gente di Qarth.

Abbandonato su freschi cuscini di satin, Xaro Xhoan Daxos versò del vino color rosso rubino in una coppia di calici di giada istoriati d'oro. A dispetto dell'ondeggiare del palanchino, i suoi gesti erano precisi, senza sbavature.

«Vedo una profonda tristezza scritta nei tuoi lineamenti, mia luce dell'amore» le offrì un calice. «Si tratta forse della tristezza di un sogno infranto?»

«Un sogno ritardato, nulla di più.»

Dany sentiva lo stretto collare d'argento scavarle la pelle della gola. Ne fece scattare la fibbia e lo gettò di lato. Nel collare era incastonata un'ametista fatata che Xaro aveva giurato l'avrebbe protetta contro qualsiasi tipo di veleno. I Superni di Qarth erano famosi e famigerati per ammannire vino avvelenato a chiunque ritenevano rappresentasse un pericolo. A Daenerys però non avevano offerto neppure un tazza d'acqua. "Non mi hanno mai considerato come una regina" Dany era piena di amarezza. "Per loro non sono stata altro che il divertimento di un pomeriggio, una ragazzina mezza dothraki che si porta dietro un animale un po' strano."

Dany allungò un braccio per prendere il calice offerto da Xaro. Rhaegal sibilò, affondando i suoi artigli affilati nella spalla nuda di lei. Stringendo le palpebre per il dolore, Dany spostò il piccolo drago sull'altra spalla, dove poteva artigliare la stoffa e non la pelle. Per l'occasione, Daenerys si era abbigliata secondo la foggia di Qarth. Xaro l'aveva avvertita che i Superni non avrebbero mai dato ascolto a una dothraki. Dany aveva impiegato una cura particolare nel presentarsi a loro indossando un fluente abito verde che lasciava un seno scoperto, sandali argentati e una cintura di perle bianche e nere attorno alla vita. "Visto tutto l'aiuto che mi hanno offerto, tanto valeva che andassi nuda. Forse avrei dovuto farlo davvero." Bevve una lunga sorsata di vino.

Discendenti degli antichi re e delle antiche regine di Qarth, i Superni comandavano la Guardia civica e la flotta di galee riccamente ornate che dominava gli stretti tra i vari mari. Ed era precisamente quella flotta che Daenerys Targaryen voleva. O almeno una parte di essa, più alcuni dei loro soldati. Aveva compiuto il tradizionale sacrificio nel Tempio della Memoria, aveva offerto il tradizionale obolo di corruzione al Custode del Lungo Elenco, aveva mandato il tradizionale frutto kaki al Guardiano della Porta, infine aveva ricevuto le tradizionali pantofole blu di convocazione alla Sala dei Mille Troni.

I Superni avevano udito le sue richieste dai grandi scranni di legno dei loro antenati, collocati su piattaforme ricurve che li elevavano dal pavimento di marmo. Il soffitto della sala, a cupola a sesto acuto, era affrescato con scene raffiguranti la passata gloria di Qarth. Gli scranni erano immensi, splendidamente scolpiti, scintillanti d'istoriazioni in oro, tempestati d'ambra, onice, lapislazzuli e giada. Erano tutti diversi l'uno dall'altro, ognuno cercava di primeggiare in bellezza sull'altro. Per contro, gli uomini seduti su di essi apparivano talmente inerti e provati da sembrare immersi nel sonno.

"Hanno udito, ma non hanno ascoltato, e non gli importava nulla di ascoltare" Daenerys non ne dubitava. "Sono autentici Uomini di Latte. Non hanno mai avuto intenzione di aiutarmi. Sono venuti spinti unicamente dalla curiosità. E dalla noia... ed erano molto più interessati al drago che avevo sulla spalla che non a me."

«Dimmi le parole dei Superni» esortò Xaro Xhoan Daxos. «Dimmi che cosa hanno detto per rattristare la regina del mio cuore.»

«Hanno detto no» il vino aveva il gusto delle melegrane, dei caldi giorni dell'estate. «Oh, lo hanno detto con grande cortesia, questo è certo. Ma sotto tutte quelle parole delicate, c'era sempre un no.»

«Li hai adulati?»

«Vergognosamente.»

«Hai pianto?»

«Il sangue del drago non piange» rispose Daenerys con durezza.

Xaro sospirò: «Avresti dovuto farlo». La gente di Qarth piangeva spesso e facilmente: era considerato un segno di civilizzazione. «Gli uomini che abbiamo corrotto, che cosa hanno detto?»

«Matthos non ha detto nulla. Wendello ha lodato il modo in cui ho parlato. Lo Squisito ha detto anche lui no, ma poi si è messo a piangere.»

«Quale iattura che il popolo di Qarth debba essere così senza fede.» Xaro non era uno dei Superni, però aveva detto a Dany chi corrompere e quanto offrire. «Piangi, mia regina, piangi per la meschinità degli uomini.»

Ma se proprio doveva piangere per qualcosa, Daenerys avrebbe preferito farlo per l'oro sprecato. Con le offerte sottobanco che aveva elargito a Matthos Mallarawan, a Wendello Qar Deeth e a Egon Emeros, detto lo Squisito, avrebbe potuto comprarsi un'intera nave, o assoldare un'intera orda di mercenari. «Supponiamo che io mandi ser Jorah a esigere la restituzione dei miei doni?»

«Supponiamo che un Uomo del dispiacere penetri nel mio palazzo una notte e venga a ucciderti nel sonno» ribatté Xaro.

Quello degli Uomini del dispiacere era un antico ordine di assassini sacri. Il loro nome veniva dalla frase che bisbigliavano sempre alle loro vittime prima di ucciderle: "Sono molto dispiaciuto". Erano veramente bene educati, gli abitanti di Qarth.

«C'è un vecchio detto, mia regina» aggiunse Xaro. «È più facile mungere una Vacca di Pietra di Faros che ottenere dell'oro da un Superno.»

Dany non sapeva dove si trovasse questa Faros, comunque, Qarth le sembrava piena di vacche di pietra. I principi mercanti, che avevano accumulato enormi fortune con i commerci marittimi, erano divisi in tre gelose fazioni: l'Antico Ordine degli Speziali, la Fratellanza della Tormalina e i Tredici, cui apparteneva Xaro Xhoan Daxos. Ogni fazione era in perenne conflitto con le altre due per il predominio, e tutte e tre erano in perenne conflitto con i Superni. A incombere su tutto e su tutti c'erano gli stregoni, con le loro labbra blu e i loro sinistri poteri, negromanti visti poco ma temuti molto.

Senza Xaro, Dany sarebbe stata perduta. Era ben consapevole di questo. Tutto l'oro elargito con fin troppa opulenza per aprire le porte della Sala dei Mille Troni proveniva largamente dalla generosità e dall'abilità del mercante. Quanto più la voce della presenza dei draghi si spargeva per l'oriente, tanto più cresceva il numero di coloro i quali si rendevano conto che non si trattava affatto di una fola ma di una precisa realtà. Xaro Xhoan Daxos aveva fatto in modo che tutti, dai più facoltosi ai più umili, offrissero un obolo alla Madre dei Draghi.

Il rigagnolo si era rapidamente tramutato in un'inondazione. I capitani di mare avevano portato merletti da Myr, bauli di spezie da Yi Ti, ambra e vetro di drago da Asshai delle Ombre. I mercanti avevano offerto sacchi di monete, gli orafi anelli e collane d'argento. I flautisti avevano suonato e i giocolieri si erano esibiti per lei. I tintori e i sarti l'avevano rivestita di colori che Dany non aveva mai neppure immaginato potessero esistere. Una coppia proveniente dalla remota Jogos Nhai le aveva donato una delle loro zorze, una fiera a strisce bianche e nere. Una vedova le aveva offerto il cadavere mummificato del marito, ricoperto da uno strato di foglie argentate. Si diceva che simili reliquie fossero in possesso di grandi poteri, specialmente se il defunto, proprio come in questo caso, era stato uno stregone. La Fratellanza della Tormalina le aveva donato una corona lavorata a forma di drago a tre teste: la coda era fatta di oro giallo, le ali d'argento, gli artigli di giada, avorio e onice.

Tra tutte quelle mirabolanti offerte, la corona era stata l'unica che Daenerys aveva tenuto. Il resto era stato venduto, il profitto inutilmente dissipato con i Superni. Xaro era più che pronto a vendere anche la corona – i Tredici gliene avrebbero procurata una molto più raffinata, sosteneva – Dany però non glielo aveva concesso. «Viserys vendette la corona che era stata di mia madre e gli uomini lo chiamarono mendicante. Io invece questa corona la terrò, in modo che gli uomini possano chiamarmi regina.» E così aveva fatto, anche se il peso del monile le faceva dolere il collo.

"Ho una corona, certo, ma sono anch'io una mendicante. Forse la più fulgida mendicante del mondo, ma pur sempre una mendicante." Era una cosa che odiava, così come doveva averla odiata suo fratello. "Tutti quegli anni passati a fuggire di città in città, cercando di essere sempre un passo avanti alle lame assassine inviate dall'Usurpatore, invocando l'aiuto di maggiorenti, principi, magistri, comprando il cibo con la menzogna. Viserys *deve* essere stato consapevole di come tutti lo deridevano. Non c'è da sorprendersi che fosse diventato così pieno di rabbia e di amarezza." Al punto da uscire di senno. "E se non erigerò una barriera dentro di me, anch'io farò la stessa fine." Una parte di lei non chiedeva altro che fare ritorno con il suo esiguo *khalasar* a Vaes Tolorro, in modo da dare nuova vita a quell'antica città morta. "No, significherebbe la sconfitta. Io ho qualcosa che Viserys non ha mai avuto: i draghi, e questo fa tutta la differenza."

Accarezzò Rhaegal. Il drago verde serrò le zanne attorno alla carne della sua mano e morse con forza. All'esterno del palanchino, la grande città mormorava e rullava e sibilava. Le sue miriadi di voci si fondevano in un unico basso mormorio, simile all'innalzarsi del mare.

«Fate largo, Uomini di Latte!» la voce di Jhogo, lo schioccare della sua frusta. «Fate passare la Madre dei Draghi!»

E gli abitanti di Qarth in effetti si facevano da parte. Anche se questo doveva avere più a che fare con i due massicci buoi che trascinavano il palanchino che non con le grida e lo scudiscio del guerriero dothraki. Attraverso le tende che oscillavano, Dany lo vedeva per brevi tratti, in sella al suo stallone grigio. Di quando in quando, Jhogo incitava uno dei buoi con un colpo della frusta dall'impugnatura d'argento di cui lei gli aveva fatto dono. Aggo sorvegliava l'altro lato del carro. Rakharo, di retroguardia, scrutava senza sosta le facce attorno a loro, pronto a reagire al minimo segno di pericolo. Quel giorno, ser Jorah non l'accompagnava. Dany lo aveva lasciato a guardia degli altri draghi. Il cavaliere esiliato si era opposto a questa follia con i Superni fin dal primo momento. "Non si fida di nessuno" comprese Daenerys. "E forse ha ottime ragioni."

Sollevò il calice per bere un altro sorso. Rhaegal annusò e arretrò la testa di colpo, sibilando.

«Il tuo drago ha un eccellente olfatto» Xaro si asciugò le labbra. «Questo vino è di qualità scadente. Si dice che, al di là del Mare di Giada, esista una vendemmia talmente dorata che un unico sorso basta perché tutti gli altri vini sembrino aceto. Perché non prendiamo il mio scafo da diporto e andiamo a cercarla, mia regina, tu e io?»

«È Arbor a fare i migliori vini del mondo» dichiarò Daenerys. Ricordava che lord Redwyne aveva combattuto l'Usurpatore schierandosi a fianco di suo padre, uno dei pochi a rimanere fedeli fino all'ultimo. "Ma combatterà anche per me?" Dopo tanto tempo, era impossibile avere una risposta certa. «Vieni ad Arbor con me, Xaro, e avrai le annate migliori che tu abbia mai gustato. Ma dovremo andarci su una nave da guerra, non sul tuo scafo da diporto.»

«Non possiedo navi da guerra, mia regina. La guerra è il veleno del commercio. E molte volte ti ho detto che Xaro Xhoan Daxos è un uomo di pace.»

"Xaro Xhoan Daxos è un uomo dell'oro" ma questo, Daenerys non lo disse. "Ed è l'oro che mi comprerà tutte le navi e tutte le spade di cui ho bisogno." «Non ti ho chiesto d'impugnare una spada, Xaro, ma solo di prestarmi le tue navi.»

«Possiedo alcune navi mercantili, questo è vero» il principe mercante ebbe un sorriso di modestia. «Ma chi può dire quante, con certezza? In questo preciso momento, una di esse potrebbe star affondando in qualche angolo tempestoso del mare dell'Estate. E domani, forse un'altra potrebbe incappare in un'orda di corsari. E ancora, un giorno uno dei miei capitani potrebbe osservare la ricchezza contenuta nelle stive e pensare: "Tutto questo ora appartiene a me". Tali sono i pericoli del commercio. In realtà, più noi parliamo e meno navi è probabile che io abbia. Ogni istante che passa, il tuo Xaro diventa sempre più povero.»

«Dammi le navi, e ti farò di nuovo ricco.»

«Sposami, luce del mio giorno, e governa la nave del mio cuore. Le mie notti sono insonni al pensiero della tua bellezza.»

Daenerys sorrise. Le infiocchettate dichiarazioni di passione di Xaro la divertivano. Il suo atteggiamento però era in netto contrasto con le sue parole. Nell'aiutarla a salire sul palanchino, ser Jorah era riuscito a stento a non fissare il suo seno nudo. Per contro, e a dispetto dello spazio ristretto, Xaro pareva essere del tutto indifferente. Inoltre, Dany aveva visto il principe mercante circondarsi di leggiadri fanciulli, che svolazzavano per le sale del suo palazzo appena coperti da qualche lembo di seta pregiata.

«Parli con dolcezza, Xaro, ma dietro le tue parole io sento un altro "no".»

«Questo Trono di Spade di cui parli, mia regina, evoca immagini di un oggetto mostruoso. Qualcosa di duro, gelido, inospitale. Come posso tollerare l'idea della tua vellutata carnagione offesa da lame acuminate?» I gioielli che ornavano il naso di Xaro gli davano l'aspetto di uno strano uccello esotico. Le sue lunghe dita ben curate ebbero un cenno di diniego. «Lascia che questo diventi il tuo regno, più splendida delle regine, e lascia che io sia il tuo re. E quando Qarth comincerà a venirti a noia, potremo viaggiare fino a Yi Ti, alla ricerca della città sognata dai poeti, sorseggiando il vino della saggezza dal teschio di un uomo morto.»

«Io intendo tornare al Continente Occidentale e bere il vino della vendetta dal teschio dell'Usurpatore» disse Daenerys grattando Rhaegal dietro l'orecchio. Le ali di giada del giovane drago si aprirono per un momento, agitando l'aria del palanchino.

Una solitaria, perfetta lacrima scivolò lungo la gota di Xaro Xhoan Daxos. «Esiste qualcosa che possa distoglierti da questa follia?»

«No, niente» Daenerys sperò di essere determinata quanto quella risposta. «Se ognuno dei Tredici mi fornisse dieci navi...»

«Avresti centotrenta navi senza equipaggio. La tua causa è giusta, ma questo non significa nulla per le genti di Qarth. Per quale ragione ai miei marinai dovrebbe interessare chi siede sul trono di un remoto regno all'altro capo del mondo?»

«Li pagherò e se ne interesseranno.»

«Pagarli, fulgido astro del mio firmamento? E con quale pecunia?»

«Con l'oro che i miei cercatori porteranno.»

«Questo lo potrai fare, sì» concordò Xaro. «Ma sarà un alto prezzo. Dovrai elargire a quegli uomini ben più di quanto non faccia io. E tu sai che tutta Qarth ride della mia rovinosa generosità.»

«Se i Tredici non intendono aiutarmi, forse dovrei rivolgermi all'Ordine degli Speziali. O alla Fratellanza della Tromalina. Tu che ne dici, Xaro?»

«Dico che da loro avrai nient'altro che adulazioni e falsità» il principe mercante ebbe una languida scrollata di spalle. «Gli Speziali sono solo disfattisti e vanagloriosi. Quanto alla Fratellanza, è un coacervo di pirati.»

«In tal caso, sarò costretta a coinvolgere Pyat Pree e ad andare dagli stregoni.»

«Pyat Pree ha le labbra blu» Xaro Xhoan Daxos raddrizzò la schiena di colpo. «E si dice giustamente che dalle labbra blu escano solo menzogne. Abbi la saggezza di coinvolgere qualcuno che ti ama. Gli stregoni sono creature infide che si nutrono di polvere e bevono ombre. Non ti daranno nulla, perché non hanno nulla da dare.»

«Non sarei costretta a cercare aiuto presso simili infide creature se il mio amico Xaro Xhoan Daxos mi desse quello che chiedo.»

«Io ti ho dato la mia casa e il mio cuore. Forse non significano nulla per te queste cose? Ti ho dato profumi e melegrane, scimmie giocoliere e sibilanti serpenti, rotoli dell'antica Valyria, la testa di un idolo e il piede di una serpe. Ti ho dato questo palanchino d'ebano e oro, e un'appropriata coppia di buoi identici per trainarlo, uno bianco come l'avorio, l'altro nero come l'inchiostro, con le corna incastonate di gioielli.»

«Lo hai fatto,» non cedette Dany «ma erano navi e soldati che volevo.»

«Non ti ho forse dato anche un esercito, o più splendida delle donne? Mille cavalieri in armatura scintillante.»

Le armature erano fatte di giada e oro. I cavalieri di giada e berillio, onice e tormalina, ambra e opale, ametista... E ognuno di quei cavalieri era alto quanto il suo dito mignolo.

«Mille adorabili cavalieri, certo, Xaro. Ma da cui i miei nemici non hanno niente da temere. E i tuoi magnifici buoi uno bianco e l'altro nero non sono in grado di portarmi al di là del mare. Io... Perché ci stiamo fermando?» Il palanchino aveva decisamente rallentato.

«Khaleesi» Aggo si accostò, mentre il veicolo si fermava con un improvviso sussulto.

Daenerys si appoggiò a un gomito, protendendosi verso l'esterno. Erano ai margini del bazaar, la strada davanti era bloccata da una compatta muraglia di persone. «Che cosa stanno guardando?»

«Un mago del fuoco, khaleesi» anche Jhogo serrò i ranghi attorno alla carrozza.

«Voglio vedere.»

«Come comandi.»

Il guerriero dothraki le offrì la mano, e quando Dany la prese la issò sulla sella, sistemandola davanti a sé, in modo che potesse dominare al di sopra delle teste della folla. Il mago del fuoco aveva evocato nell'aria una scala, fatta di pure fiamme turbinanti, appoggiata al vuoto, che dal terreno del bazaar saliva fino a un alto tetto a traliccio.

Dany notò che la maggior parte degli spettatori non era gente di Qarth. Vide marinai delle navi cargo, mercanti delle carovane, uomini polverosi provenienti dalla desolazione rossa, soldati erranti, artigiani, mercanti di schiavi.

«Gli Uomini di Latte lo ignorano» Jhogo le circondò la vita con un braccio e si protese a parlarle all'orecchio. «Khaleesi, vedi quella ragazza con il cappello di feltro? Là, dietro quel prete grasso? Lei è...»

«... una tagliaborse» completò Daenerys. Era tutt'altro che un'ingenua signora da sete e velluti, cieca di fronte a situazioni simili. Aveva visto ladri e tagliaborse in abbondanza nelle strade delle Città Libere, nel corso degli anni passati insieme a suo fratello, fuggendo dalle lame mercenarie dell'Usurpatore.

Il mago continuava a fare ampi gesti con le braccia, imponendo alle fiamme di innalzarsi sempre più. Mentre gli spettatori allungavano il collo, rapiti dallo spettacolo, i tagliaborse entrarono in azione, infilandosi nella calca, con le corte lame nascoste tra le dita. Con una mano alleggerivano gli astanti delle loro monete, indicando verso il cielo con l'altra.

La scala di fiamma raggiunse un'altezza di quindici metri. A quel punto, il mago fece un balzo e cominciò a salirla. Andò su con la rapidità di una scimmia, una presa dopo l'altra. Ogni piolo che toccava si dissolveva appena dopo il suo passaggio, lasciandosi dietro solo un'esile spirale di fumo argentato. Quando fu sulla sommità, la scala era svanita del tutto. E anche il mago.

«Magnifico trucco» Jhogo era ammirato.

«Non c'è trucco, invece» disse una donna nella lingua comune.

Dany non si era resa conto della presenza di Quaithe, sacerdotessa delle Ombre, venuta fino a Vaes Tolorro alla ricerca di lei e dei draghi. E ora eccola lì, mescolata tra la folla, con gli occhi che lampeggiavano dietro l'imperscrutabile maschera laccata di rosso.

«Che cosa intendi dire, mia signora?» le chiese Dany.

«Fino a poco tempo fa, quell'uomo riusciva a stento a camminare sull'ossidiana arroventata. Aveva soltanto una minima abilità con le polveri magiche e l'altofuoco, quanto bastava per attrarre una folla mentre i suoi tagliaborse facevano incetta. Sapeva camminare sui carboni ardenti e far sbocciare rose nell'aria. Ma non poteva sperare di salire su una scala di fiamma più di quanto un comune pescatore possa sperare di prendere una piovra con la sua rete.»

Con un senso di disagio, Dany tornò a spostare lo sguardo là dove la scala di fuoco aveva preso forma. Anche il fumo era svanito. L'assembramento aveva cominciato a frazionarsi. Ben presto, sarebbero stati in parecchi ad accorgersi di avere le tasche vuote.

«Mentre adesso?»

«Adesso i suoi poteri crescono, khaleesi. E di questo la causa sei *tu*.»

«Io?» Dany rise. «E come può essere?»

La sacerdotessa mascherata fece un passo avanti e appoggiò due dita sul polso di Daenerys: «Non sei forse la Madre dei Draghi?».

«Lo è» Jhogo allontanò le dita di Quaithe con l'impugnatura della frusta. «E a nessun adoratore delle Ombre è permesso toccarla.»

«Devi lasciare questa città, Daenerys Targaryen» avvertì la donna mascherata, facendo un passo indietro. «E presto. Altrimenti, non ti sarà mai più consentito di farlo.»

Daenerys sentiva il polso formicolare nel punto in cui Quaithe l'aveva toccata. «E dove dovrei andare secondo te?»

«Per andare a nord, dovrai viaggiare a sud. Per raggiungere l'ovest, dovrai dirigerti a est. Per andare avanti, dovrai tornare indietro. E per toccare la luce, dovrai passare tra le ombre.»

"Asshai... vuole che vada ad Asshai delle Ombre" pensò Dany. «Asshai mi darà un esercito?» chiese. «Ci sarà oro per me ad Asshai? Ci saranno navi? Che cosa c'è ad Asshai che io non possa trovare a Qarth?»

«La verità.»

Disse l'enigmatica donna mascherata. Dopo di che fece un breve inchino e si dileguò nella folla.

Rakharo emise un grugnito di disgusto tra i baffoni spioventi.

«Khaleesi, un uomo fa meglio a inghiottire scorpioni piuttosto che fidarsi degli adoratori delle Ombre, che nemmeno osano mostrare il loro volto al sole. È risaputo.»

«È risaputo» fece eco Aggo.

Xaro Xhoan Daxos aveva seguito il tutto dai suoi soffici cuscini. «I tuoi selvaggi sono più saggi di quanto loro stessi non sappiano, mia regina» le disse, quando Daenerys tornò ad accomodarsi nel palanchino. «E dubito molto che le verità elargite dalla genia di Asshai possano portare il sorriso sulle tue delicate labbra.»

Dopo di che, le fece scivolare tra le dite un'altra coppa di vino e continuò a parlarle d'amore, lussuria e altre amenità consimili per tutta la strada fino alla sua magione.

Nella quiete delle sue stanze, Daenerys si tolse gli abiti da cerimonia e indossò un'ampia vestaglia di seta viola. I draghi avevano fame, per cui Dany tagliò a pezzi un serpente che fece poi arrostire su uno dei bracieri.

"Stanno crescendo" si rese conto, osservandoli schioccare mandibole e code nel contendersi la carne annerita. "Devono pesare almeno il doppio di quanto pesavano a Vaes Tolorro." Ma ci sarebbero comunque voluti anni perché diventassero grossi abbastanza da andare in guerra. "E devono anche essere addestrati nel modo giusto. Altrimenti, ridurranno il mio regno in cenere." Ma pur con tutto il suo sangue Targaryen, Dany non aveva idea di come addestrare un drago.

Al tramonto, ser Jorah Mormont venne da lei: «Per cui i Superni ti hanno respinto».

«Esattamente come tu avevi detto. Entra, siediti e dammi il tuo consiglio.»

Dany lo prese per mano e lo guidò fino ai cuscini accanto a lei. Jhiqui servì loro una zuppiera contenente olive viola e cipolle annegate nel vino.

«Non otterrai nessun aiuto da questa città, khaleesi» ser Jorah prese una cipolla con il pollice e l'indice. «Ogni giorno che passa ne sono sempre più convinto. I Superni non vedono un palmo al di là delle loro mura. Quanto a Xaro...»

«Mi ha di nuovo chiesto di sposarlo.»

«Per l'appunto» il cavaliere corrugò la fronte e le sue spesse sopracciglia nere si congiunsero sopra gli occhi profondamente infossati. «E io so anche il perché.»

«Sogna di me notte e giorno» rise Dany.

«Perdonami, mia regina, ma sono i tuoi draghi che sogna.»

«A Qarth, mi assicura Xaro, l'uomo e la donna mantengono ciascuno le loro proprietà anche dopo essere sposati. E i draghi appartengono a me.»

Daenerys sorrise quando Drogon, saltellando e sbattendo le ali, attraversò il pavimento di marmo e venne a sistemarsi accanto a lei.

«Xaro dice la verità quanto basta, c'è però una cosa che si è dimenticato di menzionare. Esiste una curiosa usanza matrimoniale qui a Qarth, mia regina. Il giorno della loro unione, la moglie può chiedere un pegno d'amore al marito. Qualsiasi cosa lei desideri tra i suoi possedimenti terreni, lui non può negargliela. E anche lui, può chiedere un pegno d'amore a lei. Può chiedere una cosa e una sola. Ma qualsiasi essa sia, alla moglie non è consentito dire no.»

«Una cosa sola» ripeté Dany. «E non può essere negata...»

«Con un drago, Xaro Xhoan Daxos diverrebbe il dominatore di Qarth. Ma con un'unica nave dubito molto che tu possa tornare sul Trono di Spade.»

Dany diede un leggero morso a una cipolla, mentre rifletteva sulla slealtà degli uomini.

«Rientrando dalla Sala dei Mille Troni» disse a ser Jorah «siamo passati dal bazaar. C'era anche Quaithe.» Gli parlò del mago, della scala di fiamma e di che cosa Quaithe le aveva detto.

«A dire il vero non mi dispiacerebbe lasciare questa città» replicò il cavaliere esiliato, quando lei ebbe finito. «Ma non per andare ad Asshai.»

«Per andare dove, allora?»

«A est.»

«Qui mi trovo già a mezzo mondo di distanza dal mio regno. Se dovessi spostarmi ancora più a est, potrei non ritrovare mai più la via di casa e dell'occidente.»

«Andando a occidente, mia regina, tu rischi la vita.»

«La Casa Targaryen ha amici nelle Città Libere» gli ricordò lei. «Amici ben più sinceri di Xaro o dei Superni.»

«È a Illyrio Mopatis che ti riferisci? Che sia chiara una cosa, mia regina: per il giusto prezzo in oro, Illyrio Mopatis non esiterebbe un istante a venderti come schiava.»

«Mio fratello e io siamo stati suoi ospiti per più di metà anno. Se avesse voluto venderci, perché non lo ha fatto allora?»

«Lo ha fatto, ti ha venduta» ser Jorah abbassò la voce. «A Khal Drogo.»

Dany arrossì. Aveva ragione lui, ma non le era piaciuta la durezza con cui lo aveva detto. «Illyrio ci ha protetto dalle spade inviate dall'Usurpatore. E credeva nella causa di mio fratello.»

«Illyrio crede in una sola causa: quella di Illyrio. I golosi sono avidi per natura. I magistri sono cospiratori per costituzione. Illyrio Mopatis è entrambe le cose. Che cosa sai veramente di lui, mia regina?»

«So che mi ha dato le mie uova di drago.»

«Se avesse saputo che potevano dischiudersi, si sarebbe messo lui di persona a covarle» grugnì ser Jorah.

«Oh, non ne dubito affatto, cavaliere» Daenerys non trattenne un sorriso. «Ma conosco Illyrio meglio di quanto tu non immagini. Ero una bambina quando ho lasciato la sua magione Pentos per andare in sposa al mio sole-e-stelle. Ma non ero né sorda né muta. E adesso non sono certo più una bambina.»

«Anche se Illyrio è davvero l'amico che tu pensi che sia» rispose il cavaliere con ostinazione «non è abbastanza potente da metterti sul trono, non più di quanto potesse farlo con tuo fratello.»

«È ricco, però. Non tanto quanto Xaro, forse, ma ricco abbastanza da comprare per me delle navi, e anche degli uomini.»

«I mercenari hanno la loro utilità, non lo nego» ammise ser Jorah. «Ma non riuscirai a riprenderti il trono di tuo padre con i residui delle Città Libere. Nulla rimette insieme un reame in pezzi tanto in fretta quanto un esercito d'invasione che arriva a invaderne la terra.

«Io sono la loro regina di diritto» asserì Daenerys.

«Tu sei una straniera che intende sbarcare sulle loro coste alla testa di un'armata di altri stranieri che non sanno neppure parlare la lingua comune. I lord dei Sette Regni non solo non ti conoscono, ma hanno tutte le ragioni per non fidarsi di te e per temerti. Prima di prendere il mare, sono loro che dovrai portare dalla tua parte.»

«E in che modo ci potrò mai riuscire se vado a est, come tu mi suggerisci?»

«Questo non lo so, Maestà» ser Jorah mangiò un'oliva e sputò il nocciolo nel palmo della mano. «So però che quanto più a lungo rimaniano nello stesso posto, tanto più facile sarà per i tuoi nemici trovarti. Il nome Targaryen continua a fare paura. Tanto che mandarono un uomo ad assassinarti quando vennero a sapere che eri in attesa di un figlio. Che cosa faranno nel momento in cui sapranno dei tuoi draghi?»

Drogon era acciambellato sotto il braccio di lei, il corpo rettiliano torrido come una pietra lasciata esposta tutto il giorno al sole. Rhaegal e Viserion si contendevano un pezzo di carne, colpendosi l'un l'altro con le ali ed emettendo fumo dalle narici. "I miei furiosi figli… Non deve essere fatto loro del male. A nessun costo."

«La cometa rossa mi ha guidato fino a Qarth per una ragione. Avevo sperato di trovare qui un esercito, ma ora questo non sembra possibile. Che altro resta, mi domando? Che altro…» "Ho paura" si rese conto Daenerys. "Ma devo comunque essere forte."

«Domani devi andare da Pyat Pree.»

TYRION

Non versò neppure una lacrima. Pur essendo così giovane, Myrcella Baratheon era una principessa nata. "Ed è anche una Lannister, nonostante il nome che porta" ricordò a se stesso il Folletto. "Sangue di Cersei... e di Jaime."

C'era ben più di un'ombra d'incertezza nel sorriso di Myrcella quando i suoi fratelli si congedarono da lei sul ponte della *Freccia del mare*. Ma la fanciulla sapeva cosa dire e lo disse con coraggio e dignità. E quando venne il momento della separazione, fu il principe Tommen a piangere e Myrcella a confortarlo.

Tyrion rimase a osservare il rito degli addii dal ponte superiore della *Martello di re Robert*, la grande galea da guerra da quattrocento remi. La *Martello di Rob*, come la chiamavano i suoi rematori, era la punta del cuneo formato dalle navi di scorta alla principessa. Completavano la squadra la *Stella del leone*, la *Vento impetuoso* e la *Lady Lyanna*.

Tyrion si sentiva più che a disagio nel distaccare una parte così consistente dalla già inadeguata flotta Lannister, duramente indebolita dalla perdita di tutti i vascelli che avevano salpato con lord Stannis per la Roccia del Drago e che non avevano più fatto ritorno. Cersei, però, non aveva voluto sentire ragioni. Forse aveva ragione lei. Se Myrcella fosse stata presa prigioniera prima di raggiungere Lancia del Sole, la primaria alleanza strategica con Dorne sarebbe crollata in mille pezzi.

Fino a quel momento, l'unico atto compiuto dal principe Doran Martell per onorare il patto era stato chiamare a raccolta i vessilli di guerra. Una volta che Myrcella fosse arrivata sana e salva alla Città Libera di Braavos, il signore di Dorne aveva giurato di spostare il suo esercito sugli alti passi montani. Questo avrebbe costituito una minaccia sufficiente per indurre parecchi lord delle

Terre Basse a riconsiderare a chi erano leali e a costringere Stannis a compiere una battuta d'arresto nella sua marcia verso nord. In realtà, quella mossa era una frode. I Martell non sarebbero scesi in campo direttamente a meno che la stessa Dorne non si fosse trovata sotto attacco. E in un momento simile, Stannis Baratheon non era così sciocco da rischiare uomini e mezzi per invadere la regione più meridionale del reame. "Per quanto, alcuni dei suoi alfieri potrebbero farlo" rimuginò Tyrion. "È qualcosa cui forse dovrei pensare."

Si schiarì la voce: «Conosci gli ordini, comandante».

«Li conosco, mio signore. Dobbiamo seguire la costa, rimanendo sempre in vista della terra, fino a raggiungere Capo Chela spezzata. Da là, faremo rotta per Braavos. Per nessuna ragione dobbiamo avvicinarci alla Roccia del Drago.»

«E se i nostri nemici ti attaccassero comunque?»

«Nel caso di una singola nave, dobbiamo metterla in fuga o affondarla. Nel caso di più di una nave, *Vento impetuoso* proteggerà la *Freccia del mare* mentre il resto della squadra darà battaglia.»

Tyrion assentì. Dovesse accadere il peggio, *Freccia del mare* era in grado di disimpegnarsi dallo scontro. Quella piccola nave, dotata di grandi vele, era lo scafo più veloce dell'intera flotta. O almeno così affermava il suo capitano. Raggiunta Braavos, Myrcella avrebbe dovuto trovarsi definitivamente al sicuro. Il Folletto inviava ser Arys Oakheart della Guardia reale quale suo protettore giurato, e aveva arruolato i guerrieri braavosiani per scortare la principessa nell'ultimo tratto, fino a Lancia del Sole. Perfino Stannis avrebbe esitato a scatenare la rabbia della più grande e potente delle Città Libere. Andare da Approdo del Re a Braavos e da là a Dorne non era quella che si sarebbe definita la via più lineare. Ma poteva essere la più sicura... O almeno era questa la speranza di Tyrion.

"Se lord Stannis venisse a sapere di questa crociera, riconoscerebbe che è il momento migliore per attaccarci con la sua flotta." Tyrion spostò lo sguardo sulla zona in cui il Fiume delle Rapide Nere andava a gettarsi nella baia delle Acque nere. Nessun segno di vele sul vasto orizzonte verde, il che lo fece sentire inevitabilmente meglio. Secondo l'ultimo rapporto, la flotta Baratheon era ancora alla fonda a Capo Tempesta, dove ser Cortnay Penrose continuava a reggere l'assedio in nome di Renly. Intanto, le torri dell'argano che Tyrion stava facendo costruire erano ormai complete per tre quarti. In quel medesimo momento, gli operai stavano sistemando i pesanti blocchi di pietra, maledicendolo, questo era poco ma sicuro, per averli costretti a lavorare nel periodo delle festività. Che lo maledicessero pure. "Soltanto un'altra settimana, Stannis. Non chiedo di più. Un'altra settimana e sarò pronto ad accoglierti."

Tyrion osservò la nipote inginocchiarsi al cospetto dell'Alto Septon, per ricevere la sua benedizione prima del viaggio. I raggi del sole illuminavano la corona di cristallo della principessa, soffondendo il suo viso rivolto al cielo dei colori dell'arcobaleno. Il rumore che saliva dalla riva del fiume rendeva impossibile udire la preghiera. Tyrion si augurò che gli dei avessero orecchi più fini dei suoi. L'Alto Septon era un grassone indegno, addirittura più pomposo e ampolloso di Pycelle. "Su, vecchio: dacci un taglio" Tyrion stava cominciando a scocciarsi. "Gli dei hanno di meglio da fare che starti a sentire. E anch'io."

Alla fine, il rombare e il borbottare del prelato si concluse. Tyrion si congedò dal capitano della *Martello di Rob*: «Porta mia nipote al sicuro a Braavos, e ci sarà un bel cavalierato ad aspettarti al tuo ritorno».

Nello scendere la ripida passerella che conduceva al molo, il Folletto poté sentire molti sguardi torvi piantarglisi addosso. La galea era percorsa da un lieve, inevitabile ondeggiare, il che mise a dura prova le sue gambette deformi, rendendo la sua camminata ancora più ridicola. "Ah, come vorrebbero ridacchiarmi in faccia." Ma nessuno osò farlo apertamente. Tutto quello che udì furono dei mormorii soffocati dallo sciabordare della corrente contro i piloni di sostegno. "Non mi amano" rimuginò Tyrion. "Non c'è da sorprendersi: io sono brutto e ben nutrito, mentre loro sono alla fame."

Bronn lo scortò tra la folla fino a raggiungere sua sorella e i suoi figli. Cersei semplicemente lo ignorò. Tutti gli smaglianti sorrisi della regina, tutto il lampeggiare dei suoi occhi verdi come gli smeraldi che le ornavano il collo scultoreo erano per il caro cuginetto ser Lancel. Tyrion sorrise tra sé e sé: "Conosco il tuo segreto, dolce Cersei". Negli ultimi tempi, sua sorella aveva spesso chiesto il conforto dell'Alto Septon, per cercare la benedizione degli dei in vista dello scontro prossimo venturo con Stannis... O almeno questo era quanto aveva cercato di fargli credere. In realtà, dopo una breve sosta al Grande Tempio di Baelor, la regina indossava un anonimo mantello con cappuccio e si recava in incognito a incontrare un certo cavaliere con l'improbabile nome di ser Osmund Kettleblack, "cuccuma nera", e i suoi due loschissimi fratelli, Osney e Osfryd. Il prode, fedelissimo Lancel aveva vuotato il sacco con Tyrion sull'intera faccenda: Cersei Lannister stava servendosi dei Kettleblack per mettere assieme una sua forza di soldati di ventura.

Magnifico. Che andasse pure avanti a divertirsi con i suoi complotti. Quando credeva di batterlo sul terreno della furberia, diventava decisamente più gentile con lui. I Kettleblack l'avrebbero adulata, avrebbero preso il suo denaro e le avrebbero promesso qualsiasi cosa lei gli avesse chiesto. E perché no, visto che Bronn aveva già una controfferta pronta, moneta per moneta? Simpatiche canaglie, i tre fratellini della "cuccuma nera" erano decisamente più abili nelle fanfaronate che nei lavori di sangue. Con tutti i suoi sotterfugi e tutto il suo oro, il meglio di cui Cersei era riuscita a combinare era stato assoldare tre tamburi vuoti. Avrebbero fatto tutti i rumori tonanti che voleva, ma dentro non c'era niente. Tyrion trovava la cosa infinitamente divertente.

Le trombe suonarono la fanfara, salutando la *Stella del leone* e *Lady Lyanna* che si staccavano dai moli. I due scafi si spostarono verso il centro del fiume in modo da lasciare spazio di manovra alla *Freccia del mare*. Qualche applauso si levò dalla folla assiepata lungo le rive, uomini e donne scarni e laceri come le nubi sfilacciate che il vento spingeva nel cielo. Dal ponte, Myrcella sorrise e fece cenni di saluto. Alle sue spalle torreggiava ser Arys Oakheart, con il mantello bianco che ondeggiava nella brezza. Il capitano diede ordine di mollare gli ormeggi. I remi spinsero la *Freccia del mare* nella poderosa corrente del Fiume delle Rapide Nere. Qualche momento dopo, le sue vele si aprirono nel vento. Comuni vele bianche, aveva insistito Tyrion, non la stoffa porpora dei Lannister. Il principe Tommen stava singhiozzando.

«Miagoli come un poppante» sibilò Joffrey. «I principi non piangono.»

«Il principe Aemon, Cavaliere del Drago, pianse il giorno in cui la principessa Naerys andò sposa a suo fratello Aegon» disse Sansa Stark. «E i gemelli ser Arryk e ser Erryk morirono con gli occhi pieni di lacrime dopo essersi vicendevolmente inflitti le ferite mortali.»

«Fa' silenzio!» ringhiò Joffrey alla sua promessa sposa. «Se non vuoi che ordini a ser Meryn di infliggere a *te* una ferita mortale.»

Tyrion scoccò un'occhiata a sua sorella. Inutile, Cersei stava ascoltando con estrema attenzione qualcosa che ser Balon Swann le stava dicendo. "Che davvero sia così cieca davanti a quel giovane mostro?"

Sul fiume, la *Vento impetuoso* dispiegò i remi e si avviò sulla scia della *Freccia del mare*. L'ultima a muoversi fu la *Martello di re Robert*, l'ammiraglia della flotta reale. O quanto meno della parte della flotta reale che l'anno prima non era andata alla Roccia del Drago insieme a Stannis. Tyrion aveva scelto quelle navi con cura, in modo da evitare – sulla base delle indiscrezioni di Varys – i capitani di dubbia lealtà. Un vero peccato che anche Varys fosse, a dir poco, di dubbia lealtà. Una dose di apprensione continuava inevitabilmente ad aleggiare. "Faccio troppo conto sul senzapalle" si accusò Tyrion. "Devo avere informatori esclusivamente miei. Non che mi fiderei di loro comunque." Di individui che si erano fidati erano piene le fosse.

E poi c'era sempre l'incognita Ditocorto. Dall'inizio del suo viaggio verso Ponteamaro, Petyr Baelish non aveva più dato notizie. Il che poteva non significare nulla... o tutto. Neppure Varys si sbilanciava. L'eunuco aveva ipotizzato che Baelish, lungo la strada, potesse essere incappato in qualche brutto guaio. Che potesse addirittura essere morto. «Se Ditocorto è morto» aveva grugnito Tyrion, pieno di derisione «allora io sono uno dei giganti del ghiaccio.» La spiegazione più sensata era che i Tyrell fossero indecisi sulla proposta del matrimonio tra Joffrey e Margaery. E Tyrion non poteva biasimarli. "Se io fossi Mace Tyrell, preferirei avere la testa di Joffrey piantata su una picca piuttosto che il suo cazzo piantato dentro mia figlia."

La piccola flotta si era inoltrata di molto nella baia quando Cersei fece cenno che era tempo di muoversi. Bronn portò il cavallo a Tyrion e lo aiutò a montare. Avrebbe dovuto essere compito di Podrick Payne, ma aveva preferito lasciare Podrick alla Fortezza Rossa. Lo scheletrico mercenario dai capelli neri come la notte era una presenza molto più rassicurante del timido scudiero.

Gli uomini della Guardia cittadina si allineavano lungo le strette strade di Approdo del Re, tenendo indietro la folla con le picche messe in orizzontale. Ser Jacelyn Bywater si spostò alla testa del corteo, guidando un cuneo di lancieri a cavallo in maglie di ferro nere e mantelli dorati. Dietro di loro, venivano ser Aron Santagar, maestro d'armi della Fortezza Rossa, e ser Balon Swann, il quale reggeva vessilli del re, il leone dei Lannister e il cervo incoronato dei Baratheon.

Quindi seguiva re Joffrey, in sella a un alto purosangue grigio, con la corona d'oro massiccio sui suoi riccioli biondi. Sansa Stark, su una puledra saura, cavalcava accanto a lui. Sansa si costringeva a tenere lo sguardo dritto davanti a sé. I folti capelli fulvi le fluivano sulle spalle, trattenuti da una reticella costellata di tormaline. La coppia era fiancheggiata da due spade bianche della Guardia reale: il Mastino alla destra del re, ser Mandon Moore alla sinistra di Sansa.

Poi veniva Tommen, il naso ancora rosso per il pianto, con ser

Preston Greenfield in armatura e mantello bianchi. Lo seguiva Cersei, accompagnata da ser Lancel e protetta da ser Boros Blount e ser Meryn Trant. Tyrion la seguiva da presso. Dietro di lui c'era l'Alto Septon, nella sua carrozza, e poi si dipanava il resto del corteo: ser Horas Redwyne, lady Tanda e le sue due figlie, Jalabhar Xho, il principe in esilio delle Isole dell'Estate, lord Gyles Rosby e molti altri. La retroguardia era formata da una doppia colonna di armigeri Lannister.

Da dietro le barriere delle picche impugnate dalle cappe dorate, i laceri, macilenti cittadini di Approdo del Re li guardarono passare con espressioni torve. "Questa proprio non mi piace" si disse Tyrion, continuando a cavalcare. "Ma neanche un po'." Bronn aveva disseminato tra la folla mercenari a volontà, con l'ordine di intervenire duramente al minimo accenno di tensione. Forse Cersei aveva fatto lo stesso con i Kettleblack. Per qualche ragione, Tyrion però dubitava molto che potessero essere di qualsiasi aiuto. Se la fiamma arde troppo calda, è difficile evitare che il pudding si bruci gettando una manciata di uva passa nella cuccuma.

Superarono la Piazza della Pescheria e imboccarono la Strada Fangosa, avvicinandosi alla stretta a gomito dell'Uncino prima d'iniziare la salita dell'alta collina di Aegon.

«Viva Joffrey! Viva Joffrey!» tentarono alcune voci al passaggio del giovane re. Ma per ognuno che si aggiungeva al grido, cento altri rimanevano in un cupo silenzio. I Lannister continuarono a muoversi in quella massa composta da uomini coperti di stracci e donne scavate dagli stenti, seguiti da molti, troppi occhi ostili. Poco avanti a Tyrion, Cersei stava ridendo a una battuta di Lancel, ma la sua risata suonava falsa. La regina era sempre stata una strenua sostenitrice della necessità di dare un'immagine di forza, ma non poteva non vedere il disastro tutto intorno a loro.

A circa metà della salita, una donna disperata riuscì a infilarsi tra due cappe dorate. Corse in mezzo alla strada, proprio davanti al re e al suo seguito. Sollevò alto sopra la testa il cadavere di un neonato. Era bluastro e rigonfio, assolutamente grottesco. Ma l'orrore maggiore erano gli occhi della madre. Per un momento, Joffrey parve sul punto di dare di speroni e schiacciarla sotto gli zoccoli. Sansa si protese a dirgli qualcosa. Il sovrano frugò goffamente nella sua bisaccia e gettò alla donna un cervo d'argento. La moneta rimbalzò contro il cadavere del bambino e rotolò sull'acciottolato, finendo tra le gambe degli armati e perdendosi nella folla, dove una dozzina di uomini si avventarono tutti assieme, lottando gli uni con gli altri come cani idrofobi. La madre non batté ciglio. Le sue braccia scarne tremavano per lo sforzo prolungato di sostenere il peso del piccolo corpo privo di vita.

«Lasciala, vostra Grazia» gridò Cersei al re. «Non può essere aiutata, povera infelice.»

In qualche modo, la voce della regina fece breccia nella mente ottenebrata della donna. Il suo viso lurido si deformò in un'espressione di viscerale disprezzo.

«Puttana!» un urlo distorto, lacerante. «Puttana dello Sterminatore di Re! Hai chiavato tuo fratello!»

Lasciò cadere il cadavere del bambino come fosse stato un sacco di stracci. Indicò Cersei con il braccio teso.

«*Hai chiavato tuo fratello! Hai chiavato tuo fratello! Hai chiavato tuo fratello!*»

Tyrion non vide chi gettò dello sterco. Udì solamente il gemito di Sansa e l'imprecazione di Joffrey. Si girò. Il suo re si stava togliendo la putrida melma marrone dalla guancia. Altra melma era andata a lordare la corona, schizzando l'abito di Sansa.

«Chi è stato?» ringhiò Joffrey. «Chi l'ha lanciata?...» Si passò le dita tra i capelli, con espressione inferocita, gettando via un intero pugno di sterco. «Voglio l'uomo che l'ha lanciata!» urlò. «Cento dragoni d'oro a chi me lo consegna!»

«Lassù! Era lassù!» gridò qualcuno nella folla.

Joffrey fece fare un giro al cavallo, mentre gli occhi frugavano i tetti, spiavano i balconi. Tutto attorno, la gente indicava, si spingeva, s'insultava. E imprecava contro il re.

«Maestà, ti prego» implorò Sansa. «Lascia perdere.»

Il re non la guardò nemmeno: «Portatemi l'uomo che ha osato gettare questo schifo!» ringhiò. «Me lo leccherà di dosso o avrò la sua testa. Mastino! Portamelo qui!»

Sempre pronto a obbedire, Sandor Clegane smontò dalla sella. Ma non c'era modo di aprirsi la strada nella barriera di corpi assiepati. Quanto a raggiungere i tetti, nemmeno a pensarci. Quelli più vicini a lui si misero a contorcersi, a spingere, cercando di allontanarsi dalla sua temibile figura. Ma gli altri, quelli più indietro, cominciarono a spingere per riuscire a vedere.

«Clegane! No!» Tyrion sentì la garrota del disastro incombente che si serrava. «Lascia stare! È scappato da un pezzo!...»

«Ho detto che lo *voglio*!» Joffrey indicò uno dei tetti. «Mastino, falli sgombrare con la spada! Voglio...»

Qualsiasi cosa volesse, il rombo della folla inghiottì le sue parole. Un ruggito fatto di ferocia, di disperazione, di odio primitivo esplose da tutti i lati. «Bastardo!» era contro Joffrey che stavano urlando. «Stronzo bastardo!» Poi venne il turno della regina: «Puttana!», «Fotti tuo fratello!». E toccò a Tyrion: «Mostro!», «Mezzo-uomo!». Ma c'erano anche altre grida mescolate con gli insulti: «Giustizia!», «Robb! Re Robb, Giovane Lupo!». E anche: «Stannis!». Addirittura: «Renly!».

Da entrambi i lati della strada, la folla si avventò contro le cappe dorate della Guardia cittadina, premendo sulle picche messe di traverso. Ebbe inizio un incessante bombardamento: pietre, sterco e peggio ancora.

«Dateci da mangiare!» urlò una donna. «Pane!» fece eco un uomo alle sue spalle. «Vogliamo pane, bastardo!» Tutti i vari re, Joffrey, Stannis, Renly, Robb, vennero dimenticati. In un battito di ciglia, fu quello il grido che divenne l'inno della folla. Rimase un solo, unico sovrano: *Re Pane*. «Pane!» urlava la massa. «Pane! Pane!»

Tyrion diede di speroni, riuscì a portarsi a fianco di sua sorella. «Via di qui! Al castello! *Subito*!» Cersei annuì in modo secco. Ser Lancel sfoderò la sua spada. In testa alla colonna, Jacelyn Bywater stava ringhiando ordini. I suoi cavalieri abbassarono le lance e avanzarono in formazione a cuneo. Il re continuava a far girare il cavallo in un cerchio di sussulti. Da dietro la barcollante linea delle cappe dorate, decine, centinaia di mani luride cercavano di ghermirlo. Una riuscì ad afferrarlo per una gamba, ma fu solo un istante. La lama di ser Mandon Moore calò sibilando. La mano venne staccata dal polso in un fiotto rosso.

«Via!» urlò Tyrion al nipote. «Al galoppo!» Assestò al cavallo del re un duro colpo sul didietro. Lo stallone nitrì, s'inalberò, partì come un ariete. La folla si divise davanti all'animale che caricava.

Tyrion volò a infilarsi nel varco aperto dal destriero del re. Bronn gli tenne dietro, con la spada in pugno. Un sasso frastagliato sibilò a un palmo dall'orecchio del Folletto. Un cavolo marcio andò a disintegrarsi contro lo scudo di ser Mandon. Alla loro sinistra, tre cappe dorate crollarono a terra sotto l'impeto della folla. Tutti e tre vennero calpestati a morte. Del Mastino, nessuna traccia. Il suo cavallo privo di cavaliere galoppò assieme agli altri. Tyrion vide Aron Santagar che veniva tirato giù di sella, il vessillo nero e oro dei Baratheon strappato via chissà dove. Ser Balon Swann abbandonò il leone dei Lannister per sguainare la spada lunga. I suoi fendenti si abbatterono a destra e a sinistra. La folla s'impossessò dello stendardo e lo fece a brandelli. Mille stracci purpurei volarono via nel nulla, come foglie secche prese in un mulinello di vento. In un momento, svanirono, inghiottiti dalla furia. Qualcuno barcollò davanti al cavallo del re. Un urlo, un tonfo distorto, uno schianto di ossa macellate. Joffrey non si fermò. Uomo? Donna? Bambino? Tyrion non fu in grado di dirlo. Joffrey continuò a cavalcare, terreo in viso, con ser Mandon Moore come uno spettro bianco dietro di lui.

E poi la follia svanì, come cancellata dall'universo. Si ritrovarono sull'acciottolato della piazza davanti alla Fortezza Rossa. Una linea di picchieri era schierata al portale. Ser Jacelyn fece voltare i suoi lancieri a cavallo, preparandosi a un'altra carica. Le lance si separarono, permettendo al gruppo del re di superare la grata d'acciaio nero. E, adesso, pallide mura rossastre si innalzavano da tutti i lati, invalicabili, rassicuranti e protette da dozzine di balestrieri pronti a scaricare una letale nube di dardi.

Tyrion non ricordò come scese da cavallo. Ser Mandon stava aiutando lo scosso sovrano a scivolare giù dalla sella quando Cersei, Tommen e Lancel guadagnarono a loro volta il castello, scortati da ser Meryn e ser Boros. La lama di Boros gocciolava sangue, la cappa bianca di Meryn era ridotta a uno straccio lacero. Arrivò ser Balon Swann, senza elmo. Il suo cavallo, coperto di schiuma acre, perdeva sangue dalla bocca. Arrivò ser Horas Redwyne, quasi trascinandosi dietro lady Tanda, come impazzita dalla disperazione perché, dopo essere stata disarcionata, sua figlia Lollys era rimasta indietro. Arrivò lord Gyles Rosby, tetro in viso come una pietra tombale. Raccontò una storia sinistra dell'Alto Septon strappato dalla sua carrozza, che berciava preghiere mentre la folla gli passava sopra come un'onda di marea. Arrivò anche Jalabhar Xho. Disse di aver visto ser Preston Greenfield della Guardia reale che tornava verso la carrozza rovesciata dell'Alto Septon, ma non poteva esserne certo.

Tyrion ebbe solo una vaga percezione di un maestro che gli chiedeva se fosse ferito. Si aprì la strada nel cortile della Fortezza Rossa. Puntò dritto verso il nipote sovrano, con la corona ancora sporca di merda messa tutta storta. «Traditori! Sono circondato da traditoriiii!» gorgogliava Joffrey, ancora pieno d'eccitazione. «Avrò le loro tes...»

Tyrion lo colpì in piena faccia, di dritto e di rovescio. La corona puzzolente rotolò via. «Stupido, maledetto idiota!» Gli diede un brutale spintone a due mani, mandando il re a ruzzolare sul selciato.

«Erano traditori» ragliò Joffrey, con il culo per terra. «Mi hanno insultato... Mi hanno *attaccato*!»

«*Tu gli hai aizzato contro il tuo cane bastardo!* Che cosa credevi che avrebbero fatto, che si sarebbero messi mestamente in ginocchio mentre il Mastino mozzava qualche braccio? Sei solo un povero ragazzino viziato!... Hai ucciso Clegane e gli dei solo sanno quanti altri, mentre *tu* ne esci senza un graffio. Maledetto... *Maledetto te!*»

Tyrion gli diede un calcio. Ah, quale meravigliosa sensazione. Stava per dargliene un altro. Ser Mandon Moore lo afferrò e lo tirò indietro, mentre Joffrey urlava. Intervenne Bronn a fare barriera. Cersei corse a inginocchiarsi accanto al figlio. Ser Balon Swann trattenne ser Lancel.

Tyrion si divincolò dalla presa di Bronn: «In quanti sono rimasti là fuori?» urlò a tutti, o forse a nessuno.

«Ser Preston non è rientrato» dichiarò ser Boros Blount. «E nemmeno ser Aron Santagar.»

«E neanche la Balia asciutta» disse ser Horas Redwyne. "Balia asciutta" era il nomignolo denigratorio appioppato a Tyrek Lannister, costretto a un ridicolo matrimonio dinastico con un'infante.

«Un momento, un momento...» Gli occhi asimmetrici di Tyrion esplorarono il cortile. «Dov'è Sansa Stark?»

Silenzio.

«Era accanto a me» azzardò alla fine re Joffrey. «Non so dove sia andata.»

Tyrion si premette le dita contro le tempie che sembravano sul punto di scoppiargli. Se a Sansa Stark era successo qualcosa, qualsiasi cosa, su Jaime potevano tirare una bella croce. «Ser Mandon, tu eri incaricato di proteggerla.»

«Quando la folla ha assalito il Mastino» ser Mandon non era minimamente turbato «è al re che ho pensato.»

«E giustamente» approvò Cersei. «Boros, Meryn, andate a cercare la ragazza.»

«E anche mia figlia» singhiozzò lady Tanda. «Vi prego, cavalieri...»

Ser Boros era tutt'altro che contento della prospettiva di lasciare la sicurezza del castello: «Maestà, la vista dei nostri mantelli bianchi potrebbe suscitare di nuovo l'ira del volgo».

«Che gli Estranei se li portino alla dannazione i vostri mantelli bianchi del cazzo!» Tyrion aveva raggiunto e superato il limite di quanto poteva sopportare. «Non lo vuoi avere addosso, quel tuo mantello di merda? E allora toglitelo, razza d'animale... *Ma trovami Sansa Stark!*... Altrimenti Shagga ti spaccherà quella brutta testa di cazzo in due, giusto per vedere se dentro c'è qualcosa di diverso dalla melma nera!»

«Brutto?!» Ser Boros divenne del medesimo porpora del vessillo dei Lannister. «*Tu* osi chiamare *me* brutto?» Cominciò a sollevare la spada incrostata di sangue che stringeva ancora nel pugno coperto di maglia di ferro.

Senza tanti complimenti, Bronn spinse Tyrion dietro di sé, facendogli da scudo, pronto a dare battaglia.

«*Basta così!*» sibilò Cersei. «Boros, tu farai quello che ti è stato ordinato. Altrimenti, troverò qualcun altro cui dare il tuo mantello bianco. Il tuo giuramento...»

«Eccola!» gridò Joffrey, indicando con il braccio teso.

Sandor Clegane, in sella al purosangue castano di Sansa, superò al rapido trotto il portale del castello. La ragazza era dietro di lui, con le braccia strette attorno al petto del guerriero sfigurato.

Tyrion fu il primo a reagire: «Lady Sansa, sei ferita?».

«Loro... gettavano cose... pietre e rifiuti, uova...» da una lacerazione al cuoio capelluto, il sangue le colava lungo la fronte. «Ho cercato di dire loro che non avevo pane. Un uomo mi ha trascinato giù di sella. Il Mastino lo ha ucciso, credo... Il braccio...» sbarrò gli occhi, coprendosi la bocca con una mano. «Gli ha tagliato il braccio.»

Clegane la sollevò dalla sella e la depose al suolo. Il suo mantello bianco era stracciato e chiazzato di rosso. Il sangue filtrava da uno squarcio frastagliato alla manica sinistra.

«L'uccellino sta sanguinando» disse. «Qualcuno la riporti nella sua gabbia e si occupi di lei.»

Maestro Frenken si precipitò a obbedire, conducendo via Sansa.

«Santagar non ce l'ha fatta» riprese Clegane. «In quattro lo hanno tenuto a terra e hanno fatto a turno a schiantargli il cranio con le pietre. Ne ho sventrato uno. Non che a ser Aron sia importato molto.»

Lady Tanda si accostò: «Mia figlia...».

«Non l'ho vista» il Mastino girò un'occhiata torva per il cortile. «Dov'è il mio cavallo? Se è successo qualcosa al mio cavallo qualcuno la pagherà cara.»

«È stato con noi per un certo tratto» disse Tyrion. «Ma dopo, non so che cosa gli sia successo.»

«*Al fuoco!*» gridò una voce dalla cima delle mura. Nel cortile della Fortezza Rossa, tutti si bloccarono. «Miei lord, c'è del fumo in città. Il Fondo delle Pulci sta bruciando!»

Tyrion sentiva di essere sul punto di crollare. Ma non poteva cedere, non *adesso*. «Bronn, prendi tutti gli uomini che ti servono e assicurati che i carri dell'acqua possano muoversi senza intralcio.»

“Dei siate misericordiosi: *l’altofuoco*! Se un incendio dovesse raggiungerlo...”

«Possiamo anche perdere tutto il Fondo delle Pulci, se necessario, ma per nessuna ragione l’incendio deve estendersi all’ordine degli Alchimisti, sono stato chiaro? *Per nessuna ragione!* Clegane, tu va’ con lui.»

Per meno di un battito di ciglia, Tyrion fu certo di aver visto un lampo di paura negli occhi scuri del Mastino. “Fuoco...” si rese conto. “Che gli Estranei m’inchiodino, certo che odia il fuoco: ne ha provato gli artigli.” Ma il lampo di paura svanì, rapido com’era apparso, sostituito dal suo feroce cipiglio.

«Ci vado» fece Clegane. «Ma non per *tuo* comando. Devo trovare quel dannato cavallo.»

Tyrion tornò a rivolgersi ai tre cavalieri rimasti della Guardia reale: «Ognuno di voi andrà di scorta a un araldo. Date ordine alla gente di fare ritorno alle loro case. Chiunque verrà trovato in strada dopo il tramonto sarà passato a fil di spada».

«Il nostro posto è a fianco del re» fece ser Meryn, con aria condiscendente.

«Il vostro posto è dove mio fratello dice che è!» la voce di Cersei parve il sibilare di una vipera. «Il Primo Cavaliere parla a nome del re, e la disobbedienza è tradimento.»

Boros e Meryn si scambiarono un’occhiata.

«Dovremmo indossare i nostri mantelli, Maestà?» chiese Boros.

«Andate anche nudi, per quello che m’importa. Potrebbe dimostrare alla gente di Approdo del Re che anche voi siete uomini. Probabilmente lo hanno dimenticato, dopo aver visto in che modo vi siete comportati nelle strade.»

Tyrion lasciò che sua sorella tirasse fuori tutto il veleno che voleva. La testa gli scoppiava. Pensò di sentire odore di bruciato, ma forse era solo l’odore dei suoi nervi che andavano in fumo.

C’erano due Corvi di Pietra a montare la guardia alla Torre del Primo Cavaliere.

«Trovatemi Timett, figlio di Timett.»

«I Corvi di Pietra non gracchiano dietro agli Uomini bruciati» lo informò con ostilità uno dei due barbari.

Per un momento, Tyrion aveva dimenticato con *chi* aveva a che fare: «Allora trovatemi Shagga, figlio di Dolf».

«Shagga figlio di Dolf dorme.»

Non mettersi a urlare fu un duro sforzo per il Folletto: «Sveglialo».

«Non è cosa facile svegliare Shagga figlio di Dolf» si lamentò il guerriero. «La sua rabbia è terribile.» Mugugnò ma andò comunque.

Il gigantesco barbaro alla fine si presentò, sbadigliando e grattandosi.

«Mezza città è in fiamme» fece Tyrion. «L'altra mezza è allo sfacelo, ma Shagga che fa?... russa alla grande.»

«Shagga non gli piace la vostra acqua di fango che avete qua. Shagga beve la vostra birra moscia e il vostro vino acido e poi la testa di Shagga gli fa male.»

«Sorprendente. Ho sistemato Shae in una magione vicino alla Porta del Ferro. Voglio che tu vada da lei e che la tenga al sicuro, qualsiasi cosa accada.»

Il colossale guerriero sorrise, denti giallastri simili a un crepaccio nella foresta incolta che era la sua barba: «Shagga la prende e la porta qua».

«No. Basta che non le venga fatto alcun male. Dille che andrò da lei al più presto. Anche questa notte, forse. Domattina per certo.»

Ma, al calar del sole, la città era ancora percorsa da tumulti.

Secondo il rapporto di Bronn, gli incendi erano sotto controllo e il grosso della folla inferocita era stato disperso. La situazione rimaneva comunque molto tesa. Tyrion non chiedeva di meglio che trovare conforto tra le braccia di Shae, ma era consapevole che quella notte non sarebbe andato proprio da nessuna parte.

Fu ser Jacelyn Bywater a presentare il conto della macelleria. Si presentò nel solarium del Primo Cavaliere al crepuscolo, mentre Tyrion cenava con del cappone freddo e pane nero. Fuori, stavano calando le ombre color indaco della notte. Quando i servi rientrarono per accendere le candele e attizzare il fuoco nel caminetto, Tyrion li mise in fuga con un'urlata. Era di umore nero come l'interno della torre. E quanto Bywater aveva da dire non contribuì per nulla a rischiararlo.

In cima alla lista del massacro c'era l'Alto Septon, fatto letteralmente a pezzi dalla folla mentre invocava la misericordia dei suoi dei. "La gente resa delirante dalla fame non è molto tollerante verso preti troppo grassi perfino per camminare" rifletté Tyrion.

C'era voluto del tempo per identificare il cadavere di ser Preston Greenfield. Le cappe dorate erano alla ricerca di un uomo con l'armatura bianca della Guardia reale. Ser Preston era stato accoltellato e accettato con tale ferocia da venire ridotto a una carcassa marrone e porpora dalla testa ai piedi.

Ser Aron Santagar, maestro d'armi della Fortezza Rossa, era stato trovato in un canale di cloaca, con la testa ridotta a una polpa sanguinolenta all'interno dell'elmo schiantato.

Lollys, la figlia di lady Tanda, aveva ceduto la propria virginale virtù a una cinquantina di dementi nel vicolo dietro il negozio di un tintore. Le cappe dorate l'avevano trovata che vagava, nuda, pesta e balbettante, nella Via dei Rammendi.

Tyrek Lannister, la Balia asciutta, era ancora dato per disperso. Nemmeno della corona di cristallo dell'Alto Septon si era trovata traccia. Nove uomini della Guardia cittadina avevano perso la vita, altre due dozzine erano rimasti feriti. Nessuno si era preso la briga di contare quanti fossero i morti tra la folla.

«Voglio che Tyrek venga trovato» ribatté seccamente Tyrion una volta che Bywater ebbe finito con il macabro elenco. «Vivo o morto. È poco più che un ragazzo. Figlio del mio defunto zio Tygett. Suo padre è sempre stato gentile con me."

«Lo troveremo. E anche la corona dell'Alto Septon.»

«Possono mangiarsela gli Estranei, quella fottuta corona, per quanto me ne importa.»

«Quando mi hai nominato comandante della Guardia cittadina, lord Tyrion, mi hai anche detto di volere da me la verità. Sempre.»

«Per quale ragione ho il sospetto che quello che stai per dire mi piacerà ancora meno di quanto ho udito?» fece Tyrion in tono cupo.

«Abbiamo tenuto la città... *oggi*. Ma per domani, mio lord, non faccio promesse. Il calderone è prossimo all'ebollizione. Ci sono talmente tanti ladri e assassini, là fuori, che nessuno è più al sicuro nella propria casa. Alla Piega del Piscio, l'acqua delle fogne scorre rossa per il sangue versato. Non c'è cibo da comprare, né con il rame né con l'argento. Prima, tutto quello che si udiva era il mugugno delle sentine. Ma adesso, nei mercati, negli ordini artigianali, si parla apertamente di tradimento.»

«Ti servono più uomini?»

«Non mi fido di metà degli uomini che ho ora. Janos Slynt aveva triplicato la forza della Guardia cittadina, ma ci vuole molto più di un semplice mantello dorato per fare un valido guardiano. Tra le nuove reclute, ci sono uomini duri e leali, è vero. Ma ci sono anche più bruti, farabutti, codardi e traditori di quanti tu possa immaginare. Gente addestrata male e disciplinata peggio. Se si dovesse arrivare alla battaglia, temo che non reggeranno.»

«Non mi sono mai aspettato che reggessero» ribatté Tyrion. «E nel momento in cui verrà fatta breccia nelle mura, saremo perduti. Lo abbiamo saputo fin dall'inizio.»

«La maggior parte dei miei uomini viene dal volgo. Camminano nelle stesse strade, bevono nelle stesse osterie, mandano giù minestra nelle stesse taverne. C'è ben scarso affetto verso i Lannister, qui ad Approdo del Re, il tuo eunuco deve avertelo detto. Molti ricordano ancora il saccheggio e i massacri perpetrati dalle truppe del lord tuo padre quando re Aerys il Folle aprì le porte della città all'esercito del leone. Ora sussurrano che gli dei ci stanno punendo per i peccati commessi dalla tua casa: l'assassinio di re Aerys per mano di tuo fratello Jaime, la strage dei figli di Rhaegar, la proditoria esecuzione di Eddard Stark, la turpitudine della cosiddetta "giustizia di Joffrey". Sono in molti a dichiarare che le cose andavano molto meglio quando Robert Baratheon era re. E che potrebbero tornare ad andare meglio con Stannis sul trono. Nelle botteghe, nelle taverne, nei bordelli, è questo che si sente dire... E anche nei baraccamenti e nei posti di guardia, credo.»

«Odiano la mia famiglia, non è questo che stai dicendo?»

«Sì... E si rivolteranno contro di essa, se verrà data loro l'opportunità.»

«Odiano anche me?»

«Chiedilo al tuo eunuco.»

«Lo chiedo a te.»

Gli occhi infossati di Bywater si fissarono in quelli asimmetrici di Tyrion, senza ammiccare. «Odiano te più di tutti gli altri, mio lord.»

«*Più di tutti gli altri?*» Questa ingiustizia lo soffocò come un nodo scorsoio. «È stato Joffrey a dire di mangiarsi i loro morti, è stato Joffrey a scatenare loro addosso il Mastino. Come possono dare la colpa a *me*?»

«Sua Grazia è soltanto un ragazzo. Nelle strade, si dice che sono i suoi consiglieri a essere malvagi. Notoriamente, la regina non è mai stata amica della gente comune, e non è certo in segno di affetto che lord Varys viene chiamato il Ragno... Ma sei tu il bersaglio del biasimo peggiore. Tua sorella e l'eunuco erano qui quando i tempi erano migliori, sotto re Robert. Tu invece non c'eri. Tu sei venuto *dopo*. Dicono che hai riempito la città di arroganti mercenari e di puzzolenti selvaggi, bruti che prendono quello che vogliono e che non seguono altra legge se non la propria. Dicono che hai esiliato Janos Slynt sulla Barriera perché era troppo diretto e onesto per i tuoi gusti. Dicono che hai gettato il saggio e gentile Pycelle nelle segrete per aver osato alzare la voce contro di te. C'è addirittura chi insinua che vorresti salire *tu* sul Trono di Spade.»

«Ma certo. E in più sono anche una mostruosità, un essere osceno, deforme, non te lo scordare questo, cavaliere.» Tyrion serrò un pugno. «Ho sentito abbastanza. Abbiamo entrambi da fare. Ora lasciami.»

"Se questo è il meglio che posso fare, forse il lord mio padre ha avuto ragione a disprezzarmi in tutti questi anni." Di nuovo solo, Tyrion rimase a fissare gli avanzi della sua cena, con le viscere attorcigliate alla vista del grasso che colava dal cappone. Pieno di disgusto, allontanò il piatto. Chiamò Podrick con un'altra urlata, gli ordinò di convocare Varys e Bronn. "I miei più fedeli consiglieri sono un eunuco e un mercenario. La mia donna è una baldracca da soldati. Questo la dice lunga, mi pare."

Bronn si lamentò dell'oscurità che regnava nella stanza e chiese che venisse acceso il fuoco. Le fiamme crepitavano quando anche Varys fece la propria comparsa.

«Dove sei stato?» esordì Tyrion senza preamboli.

«A occuparmi degli affari del re, mio dolce lord.»

«Ah, già: il nostro grazioso sovrano» il Folletto serrò la mascella. «Mio nipote non è nemmeno capace di stare sul cesso, figurarsi sul Trono di Spade.»

Varys scrollò le spalle: «A un apprendista il mestiere va insegnato».

«Metà degli apprendisti della Strada dei Macellai farebbero un lavoro migliore di questa specie di re.» Bronn sedette al tavolo e staccò un'ala del cappone.

Di solito, Tyrion si limitava a ignorare le insolenti iniziative del guerriero di ventura. Ma questa era la notte sbagliata per l'insolenza.

«Bronn, non mi risulta di averti dato il permesso di finire la mia cena.»

«Non si direbbe che tu voglia finirla» rumoreggiò Bronn a bocca piena. «La città è alla fame. Buttare via il cibo è un delitto. Vino ne hai?»

"Manca poco che mi chieda anche di versarglielo." «Stai tirando troppo la corda, mercenario» avvertì cupamente.

«E tu invece non la tiri abbastanza, la corda, nano.» Bronn gettò l'osso dell'ala sulla tovaglia. «Ti sei mai chiesto come sarebbe tutto più facile se fosse stato quell'altro a nascere per primo.»

«Quale *altro*?»

«Il piagnone» Bronn affondò le dita nel volatile, strappando via brandelli di carne dal petto. «Tommen. Sembra proprio il tipo che gli piace fare tutto quello che gli viene detto di fare. Proprio come ogni bravo reuccio.»

Tyrion sentì un rigagnolo glaciale scendergli lungo la schiena. Ora capiva a che cosa stava alludendo Bronn. "Se Tommen fosse re..."

Solo che c'era un unico modo per Tommen di diventare re. No, non poteva nemmeno pensarci. Joffrey rimaneva sangue del suo sangue. Il figlio di Cersei. Di Jaime.

«Potrei avere la tua testa su una picca per aver detto una cosa simile.»

Il mercenario sghignazzò.

«Amici, amici» Varys cercò di mediare. «Le dispute non serviranno la nostra causa. Vi prego entrambi, abbiate cuore.»

«Il cuore di *chi*?» rumoreggiò acidamente Tyrion.

In effetti, nella Fortezza Rossa, c'era solo l'imbarazzo della scelta.

DAVOS

Ser Cortnay Penrose non portava alcuna armatura. Era in sella a uno stallone nero e l'alfiere lo accompagnava su un destriero grigio. Alti su di loro sventolavano i vessilli con il cervo incoronato della Casa Baratheon e le penne d'oca incrociate dei Penrose, bianche su sfondo castano. Anche la barba appuntita di ser Cortnay era castana, mentre la sommità del cranio era pressoché calva. Se l'entità numerica e lo splendore del seguito del re lo stavano impressionando, dal suo volto scavato, indurito, non traspariva alcuna emozione.

Il gruppo di Stannis Baratheon avanzò verso di lui accompagnato da un tintinnare di corazze e dallo strisciare di maglie di ferro. Anche Davos indossava una maglia di ferro, per quanto continuasse a chiedersi il perché. Il peso in eccesso gli faceva dolere le spalle e la parte inferiore della schiena. Lo faceva anche sentire ingombrante e sciocco, spingendolo a chiedersi per l'ennesima volta come mai si trovasse là. "Non è compito mio mettere in discussione gli ordini del re, eppure..."

Ogni altro uomo del seguito reale era di lignaggio più alto e di rango più elevato di Davos Seaworth, grandi lord che parevano scintillare al sole del mattino. Le loro armature erano piene dei barbagli delle placcature d'argento e delle istoriazioni d'oro. Dai loro elmi da guerra svettava un caleidoscopio di pennacchi di seta e piumaggi esotici. Dalle loro corazze ammiccavano animali araldici dagli occhi di pietre preziose. Perfino Stannis pareva fuori posto in un simile ricco e sgargiante consesso. Come Davos, il re indossava lana grezza e cuoio. Il cerchio d'oro che gli cingeva la fronte era l'unico elemento a conferirgli una certa *grandeur*. Ogni volta che muoveva il capo, i raggi del sole incendiavano le punte della corona.

Negli otto giorni passati da quando la *Betha nera* era andata ad aggiungersi al resto della flotta di fronte a Capo Tempesta, questo era il primo momento in cui Davos si trovava a stretto contatto con il re. Appena un'ora dopo il suo arrivo, aveva chiesto udienza. Gli avevano risposto che il re era occupato. Il re era molto spesso occupato, apprese Davos da suo figlio Devan, uno degli scudieri di sua Maestà. Ora che Stannis Baratheon era assurto al potere, i signorotti gli ronzavano attorno come mosche su una carogna putrefatta. "E, per metà, anche lui sembra una carogna putrefatta, invecchiato di molti anni rispetto a come lo ricordo alla Roccia del Drago." Devan gli aveva anche detto che negli ultimi tempi il re dormiva a stento. «Dalla morte di lord Renly» gli aveva confidato il ragazzo «è afflitto da terribili incubi. Contro di essi, a nulla possono le pozioni del maestro. Lady Melisandre è l'unica che riesca a donargli il sonno.»

"È per questo che lei ora condivide il suo padiglione?" si chiese Davos. "Per pregare assieme a lui? O forse la Donna Rossa usa un diverso metodo per donargli il sonno?" Ma questa era la domanda sbagliata, che Davos non intendeva porre, nemmeno a suo figlio. Devan era un bravo ragazzo, ma sul petto portava con grande orgoglio il simbolo con il cuore fiammeggiante. Suo padre lo aveva visto spesso presso i fuochi della notte, che venivano accesi al tramonto, implorando il Signore della Luce di portare la prossima alba. "È lo scudiero del re. C'era da aspettarsi che avrebbe avuto lo stesso dio del suo re."

Davos aveva quasi dimenticato quanto massicce, quanto torreggianti fossero le mura della fortezza di Capo Tempesta. Re Stannis si fermò al loro cospetto, a qualche passo di distanza da ser Cortnay e dal suo alfiere.

«Cavaliere» esordì con asciutta cortesia. Non compì alcun gesto di scendere di sella.

«Mio signore» com'era prevedibile, c'era molta meno cortesia nel tono di ser Cortnay.

«È buona norma conferire al re l'appellativo di "Maestà"» intervenne lord Florent.

Dal pettorale sinistro della sua armatura, la volpe di oro rosso dei Florent protendeva il muso lucente, circondata da una corona di fiori fatta di lapislazzuli. Molto alto, molto cortigiano e molto ricco, il signore della Fortezza di Acquachiara era stato il primo tra i lord alfieri di Renly a schierarsi con Stannis. Era stato anche il primo a rinnegare i vecchi dei per adorare il Signore della Luce. Stannis aveva lasciato la sua regina alla Roccia del

Drago, insieme al di lei zio Axell. Ma gli uomini di lady Selyse erano più numerosi e potenti che mai, e lord Alester Florent era il più potente di tutti.

Ser Cortnay Penrose si limitò a ignorarlo, preferendo rivolgersi direttamente a Stannis: «Una compagnia non indifferente. I grandi lord Estermont, Errol e Varner. Ser Jon dei Fossoway della Mela Verde e ser Bryan della Mela Rossa. Lord Caron e ser Guyard della Guardia dell'arcobaleno di re Renly... E anche, perché no, l'affettato lord Alester Florent di Acquachiara. È il tuo Cavaliere delle Cipolle che vedo là dietro? Lieto d'incontrarti, ser Davos. Temo però di non conoscere la signora in rosso».

«Il mio nome, cavaliere, è Melisandre.» L'unica armatura indossata dalla sacerdotessa delle Ombre era il suo fluente abito rosso. Il grande rubino rosso alla gola pareva bere la luce del giorno. «Servo il tuo re, e il Signore della Luce.»

«I miei rispetti a entrambi, mia signora» rispose ser Cortnay. «Io però servo dei diversi, e un diverso re.»

«C'è un unico vero re» annunciò lord Florent. «E un unico vero dio.»

«Ci troviamo qui per discutere di teologia, miei lord? Lo avessi saputo, avrei portato con me un septon.»

«Sai benissimo perché ci troviamo qui» intervenne Stannis. «Hai avuto una settimana per considerare la mia offerta. Hai inviato i tuoi corvi messaggeri. Non hai avuto alcun aiuto. E nemmeno io. Capo Tempesta è sola, e io ho esaurito la mia pazienza. Per l'ultima volta, cavaliere, ti comando di aprire le tue porte e di consegnarmi ciò che è mio di diritto.»

«E le condizioni?» chiese ser Cortnay.

«Rimangono le stesse di prima» dichiarò Stannis. «Avrai il mio perdono per il tuo tradimento, così come lo hanno avuto i lord che vedi alle mie spalle. Gli uomini della tua guarnigione saranno liberi di scegliere se entrare al mio servizio o se invece fare ritorno senza danni alle loro case. Potrai tenere le tue armi e quanto materiale un uomo è in grado di portare. Richiedo però i tuoi cavalli e i tuoi animali da soma.»

«E che ne sarà di Edric Storm?»

«Il figlio bastardo di mio fratello Robert verrà consegnato a me.»

«E allora, mio lord, la mia risposta è ancora no.»

Il re contrasse la mascella, rimanendo in silenzio.

Fu Melisandre a parlare al suo posto: «Che il Signore della Luce ti protegga nella tua oscurità, ser Cortnay».

«Che se lo portino gli Estranei alla dannazione, il tuo Signore della Luce» sibilò Penrose in risposta. «E che gli puliscano il culo con quello straccio rosso che innalzi.»

«Attento a come parli, ser Cortnay» ammonì lord Florent, tossicchiando. «Sua Grazia non intende torcere un capello a quel ragazzo. Edric è sangue del suo sangue, e anche sangue del mio sangue. Sua madre è mia nipote Delena, questo è risaputo. Se non ti fidi del re, fidati di me. Tu mi conosci come uomo d'onore...»

«Io ti conosco come uomo d'ambizione» lo interruppe ser Cortnay. «Qualcuno che cambia re e dei con la stessa facilità con cui io mi cambio gli stivali. Lo stesso vale per tutti questi altri voltagabbana che vedo davanti a me.»

Un clamore irato si levò dagli uomini del re. "Non è poi così lontano dalla verità" ammise Davos tra sé e sé. Solo poco tempo prima, i Fossoway, i Guyard Morigen e i lord Caron, Verner, Errol ed Estermont avevano giurato fedeltà a Renly. Si erano seduti con lui nel suo padiglione, lo avevano aiutato a fare piani di battaglia, avevano complottato insieme come fare ad abbattere Stannis. E lord Florent era stato uno di loro. Sarà anche stato il fratello della regina Selyse, ma questo non gli aveva certo impedito di compiere atto di sottomissione a Renly quando la stella di Renly era in ascesa.

Bryce Caron portò il suo cavallo avanti di qualche passo, con la lunga cappa dei colori dell'arcobaleno che ondeggiava nel vento della baia. «Nessuno qui è un voltagabbana, ser. La mia fedeltà è a Capo Tempesta, e re Stannis ne è il lord di diritto... *e* il nostro vero re. È l'ultimo della Casa Baratheon, erede di Robert e di Renly.»

«Se le cose stanno così, allora perché il Cavaliere di Fiori non è con voi? E dove sono Mathis Rowan, Randyll Tarly, lady Oakheart? Per quale ragione non sono qui in vostra compagnia, loro che tanto amavano Renly? *E dov'è Brienne di Tarth, vi chiedo?*»

«Quella?» ser Guyard Morrigen rise storto. «È scappata. La mano che ha assassinato il re è la sua.»

«Menzogna» ribatté ser Cortnay. «Conosco Brienne fin dai tempi in cui era una ragazzina che giocava ai piedi di suo padre nella Sala di Evenfall. E l'ho conosciuta ancora meglio quando lord Evenstar l'ha mandata qui a Capo Tempesta. Ha amato Renly Baratheon dal momento stesso in cui ha posato lo sguardo su di lui. Perfino un cieco se ne sarebbe reso conto.»

«Pienamente d'accordo» rientrò lord Florent in tono fatuo. «E non sarebbe certo la prima fanciulla impazzita a uccidere l'uomo che l'ha respinta. Per quanto, la mia opinione è che sia stata lady Stark ad assassinare il re. Era venuta fino da Delta delle Acque alla ricerca di alleanza, ma Renly gliel'ha negata. Lei lo ha visto come un pericolo per suo figlio Robb e lo ha eliminato.»

«È stata Brienne» insisté lord Caron. «Ser Emmon Cuy lo ha giurato in punto di morte. E su questo, ser Cortnay, tu hai il mio giuramento.»

«E quanto vale, il tuo giuramento?» la voce di ser Cortnay Penrose grondava disprezzo. «Vedo tanti colori sul tuo mantello, lo stesso mantello che Renly ti ha dato quando tu hai *giurato* di proteggerlo. Ora lui è morto, perché tu invece non lo sei?» il disprezzo si spostò su Guyard Morrigen. «E a te potrei fare la stessa domanda, ser. Guyard il Verde, giusto? Della Guardia dell'arcobaleno, giusto? Che aveva giurato di dare la sua vita per quella del suo re, giusto? Se l'avessi io una cappa del genere, proverei vergogna a mettermela addosso.»

«Sii lieto che questo è soltanto un negoziato, Penrose» ribatté Morrigen, inferocito. «Se no ti strapperei la lingua per quello che hai detto.»

«Per farci cosa, gettarla nello stesso fuoco in cui hai gettato la tua virilità?»

«*Basta così!*» tuonò Stannis. «Il Signore della Luce ha decretato che mio fratello morisse per il suo tradimento. Chi ha compiuto l'atto non conta.»

«Non conta per *te*, forse» disse ser Cortnay. «Ho udito la tua proposta, lord Stannis. Ecco la mia...»

Si tolse un guanto e lo gettò in faccia al re.

«Uno contro uno. Tu e io in singolar tenzone. Spada, lancia, o qualsiasi altra arma tu preferisca. E, nel caso tu temessi di danneggiare la tua spada magica e la tua regale pelle contro un vecchio guerriero, stabilisci un tuo campione, e io farò lo stesso.» Scoccò a Morrigen e a Caron un'occhiata di derisione. «Credo che uno qualsiasi di questi guitti che ti porti dietro andrà bene.»

Ser Guyard Morrigen illividì di rabbia: «Sono pronto alla sfida, con la compiacenza del re».

«Anch'io sono pronto» Bryce Caron guardò Stannis.

Il re digrignò i denti: «No».

Ser Cortnay non parve minimamente sorpreso: «È della validità della tua causa che dubiti, mio lord, o della forza del tuo braccio? O forse hai paura che io pisci sulla tua spada fiammeggiante e che te la spenga?».

«Mi prendi per stupido, cavaliere?» chiese Stannis. «Ho con me ventimila uomini. Sei assediato dalla terra e dal mare. Per quale motivo dovrei accettare una singolar tenzone quando la mia vittoria è già certa?» il re gli puntò contro l'indice teso. «Ti do un chiaro avvertimento, Penrose. Se mi costringerai a riprendere il mio castello con la forza, non aspettarti nessuna pietà. Vi impiccherò tutti per tradimento, dal primo all'ultimo.»

«Sia fatta la volontà degli dei. Vieni pure a riprenderti il castello con la forza. Ma ricorda, se ancora riesci, il *nome* di questo castello.»

Ser Cortnay Penrose diede un colpo di redini e tornò verso il portale di Capo Tempesta.

Stannis non parlò. Fece voltare a sua volta il cavallo e puntò verso l'accampamento del suo esercito.

«Se andiamo all'assalto di queste mura, gli uomini moriranno a migliaia» si lamentò l'avvizzito lord Estermont, nonno del re da parte di madre. «Molto meglio rischiare una sola vita. La nostra causa è giusta, gli dei di sicuro concederanno la loro benedizione al nostro campione.»

"I nostri *dei*, vecchio?" Davos cavalcò in silenzio. "Dimentichi che adesso di dei ne abbiamo uno solo. Quello di Melisandre, il Signore della Luce."

«Accetterei volentieri io questa sfida» disse ser Jon Fossoway. «Per quanto le mie qualità con la spada sono di gran lunga inferiori a quelle di lord Caron o di ser Guyard. A Capo Tempesta, Renly non ha lasciato cavalieri di rilievo. Il presidio di una guarnigione è un compito per uomini anziani e ragazzi inesperti.»

«Una vittoria facile, nessun dubbio» fu d'accordo lord Caron. «E quale gloria: prendere Capo Tempesta in un unico scontro!»

«Sembrate tante zitelle, con questo vostro berciare privo di senso» Stannis li folgorò tutti quanti con un'occhiata. «Finitela.» Il suo sguardo si posò su Davos. «Ser, cavalca al mio fianco.»

Il re diede di speroni, allontanandosi dal resto del gruppo. Solo Melisandre rimase al passo con lui, reggendo il grande vessillo del cuore fiammeggiante con all'interno il cervo incoronato. "Come se fosse stato inghiottito in un solo boccone."

A Davos non sfuggirono gli sguardi che i nobili si scambiarono gli uni con gli altri mentre lui li superava per raggiungere il re. Non erano certo cavalieri di cipolle, questi. Erano uomini orgogliosi di casate i cui nomi godevano di un onore antico. Per qualche ragione, Davos era certo che Renly non li avesse mai trattati in quel modo. Il più giovane dei Baratheon aveva innata tutta l'abile cortesia che a suo fratello Stannis così tristemente mancava.

Portò il cavallo al trotto leggero nell'affiancarsi al destriero del re. «Maestà.»

Visto da vicino, l'aspetto di Stannis era decisamente peggiore di quanto apparisse a una certa distanza. Aveva il volto scavato e occhiaie scure sotto gli occhi.

«Un contrabbandiere può essere un valido giudice di uomini» disse il re. «Qual è la tua opinione su questo ser Cortnay Penrose?»

«Un uomo ostinato» replicò cautamente Davos.

«Un uomo che brama la morte, direi io. Mi getta in faccia la mia clemenza. Oh sì, e poi getta via anche la sua vita, più le vite di tutti gli uomini di quella guarnigione. *Singolar tenzone?*» il re ebbe un grugnito di derisione. «Mi sta scambiando per Robert, è chiaro.»

«Un gesto disperato. Quale altra possibilità può avere?»

«Nessuna. Il castello cadrà. Ma come riuscire a farlo cadere in fretta?» Stannis ci rimuginò sopra per alcuni momenti. Sotto il regolare scalpiccio degli zoccoli, Davos poteva udire il debole scricchiolio dei denti del re. «Lord Alester insiste che io porti qui il vecchio lord Penrose. Il padre di ser Cortnay. Tu lo conosci, credo.»

«Quando arrivai come tuo inviato, lord Penrose mi accolse con maggior cortesia di tanti altri» annuì Davos. «È un vecchio, sire. Malato, indebolito.»

«Florent vorrebbe che fosse indebolito in modo ben più visibile... Sotto lo sguardo del figlio, con un nodo scorsoio intorno al collo.»

Era pericoloso opporsi a uno degli uomini della regina, ma Davos aveva giurato di dire al suo re la verità, e nient'altro che la verità.

«Ritengo, Maestà, che sarebbe una pessima mossa. Ser Cortnay è comunque il tipo d'uomo da guardare suo padre morire piuttosto che tradirne la fiducia. Una mossa che non porterebbe a nulla, e che recherebbe disonore alla nostra causa.»

«Quale disonore?» rimandò Stannis. «Mi stai dicendo che dovrei risparmiare le vite dei traditori?»

«Hai risparmiato le vite di quelli che ora cavalcano alle tue spalle.»

«Mi stai forse biasimando per questo, contrabbandiere?»

«Non sta a me biasimarti» Davos temette di aver osato troppo.

Il re tornò alla carica: «Tu valuti questo Penrose più dei miei lord alfieri. Perché?».

«Perché mantiene la sua fedeltà.»

«La fedeltà sbagliata a un usurpatore morto.»

«È vero» fu costretto ad ammettere Davos. «Ma rimane pur sempre fedeltà.»

«All'opposto di quelli dietro di noi?»

«L'hanno scorso erano uomini di Robert» a questo punto, Davos si era spinto troppo oltre per tirarsi indietro. «Una settimana fa erano uomini di Renly. Oggi sono i tuoi uomini. E, domani, saranno gli uomini *di chi*?»

Stannis scoppiò a ridere. Una ventata improvvisa, dura e piena di scorno. «Visto, Melisandre?» disse alla Donna Rossa. «Il mio Cavaliere delle Cipolle mi dice sempre la verità.»

«Vedo, Maestà, che tu lo conosci bene.»

«Davos, mi sei mancato. E anche tanto» riprese il re. «Sì, mi ritrovo con un codazzo di traditori, il tuo naso non s'inganna. I miei lord alfieri sono incostanti perfino nei loro tradimenti. Io ho bisogno di loro, certo. Ma sappi anche che mi ripugna aver perdonato uomini simili, quando ho punito uomini molto migliori di loro per crimini di gran lunga inferiori. Hai tutti i diritti di biasimarmi, Davos.»

«Vostra Grazia, sei tu a biasimare te stesso molto più di quanto potrei mai fare io. Devi avere questi alti lord dalla tua per conquistare il trono…»

«Incluse tutte le loro dita, sembra» Stannis ebbe un sorriso tetro.

Inconsciamente, Davos sollevò la mano per stringere la sacca di cuoio che portava intorno al collo, con dentro le falangi delle sue dita mozzate. "Fortuna."

«Ci sono ancora, Cavaliere delle Cipolle?» al re quel gesto non sfuggì. «Non le hai perdute?»

«No.»

«Perché continui a tenerle? Me lo chiedo spesso.»

«Mi ricordano ciò che ero. Da dove sono venuto. Mi ricordano la tua giustizia, mio signore.»

«*È stata* giustizia» sottolineò Stannis. «Un'azione buona non cancella quella cattiva. Nello stesso modo in cui la cattiva non cancella quella buona. Per l'una dovrebbe esserci una ricompensa e per l'altra una sanzione. Tu sei stato un eroe *e* un contrabbandiere.» Gettò uno sguardo alle proprie spalle, a lord Florent e agli altri, Cavalieri dell'arcobaleno e voltagabbana, che li seguivano a una certa distanza. «Questi lord che hanno goduto del mio perdono farebbero meglio a rifletterci sopra. Bravi uomini e di solida volontà ora combattono per Joffrey, ritenendolo, a torto, il vero re. Un uomo del Nord probabilmente direbbe lo stesso di Robb Stark. Ma questi lord che sono andati ad accalcarsi attorno al vessillo di mio fratello *sapevano* che lui era un usurpatore. Hanno voltato le spalle al loro re di diritto solo per sogni di potere e di gloria, ma io li conosco bene. Clemenza? Certo. Perdonati, ma non per questo dimenticati.» Stannis fece una pausa, rimuginando sul suo concetto di giustizia. Poi, all'improvviso, disse: «Che cosa pensa il volgo della fine di Renly?».

«Lo piangono. Tuo fratello era molto amato.»

«Uno sciocco è sempre amato dagli sciocchi» grugnì Stannis. «Ma anch'io lo piango. Piango il ragazzo che fu, non l'uomo che era diventato» un'altra pausa cupa. «E come hanno preso la notizia dell'incesto di Cersei?»

«Quando eravamo in mezzo a loro, hanno inneggiato a re Stannis. Dopo che siamo salpati, non so dire.»

«Per cui tu non pensi che ci abbiano creduto.»

«Nei miei giorni di contrabbandiere, ho imparato che esistono uomini che credono a tutto e altri che non credono a niente. Abbiamo incontrato entrambi i generi. C'è anche un'altra storia che si sta diffondendo...»

«Lo so» Stannis quasi addentò le parole. «Selyse mi ha fatto cornuto, e ha appeso campanelle a ognuna delle corna. Mia figlia che ha per padre un giullare insano di mente! Una frottola tanto indegna quanto assurda. Renly me l'ha gettata in faccia quando c'incontrammo per parlamentare. Si deve essere pazzi come Macchia per crederci.»

«Sarà così, mio signore... Ma, che ci credano oppure no, godono comunque nel raccontarla, quella frottola.» E infatti l'aveva sentita in molti luoghi, a rovinare il terreno per la loro vera storia su Cersei Lannister.

«Robert poteva pisciare in una coppa e c'era gente che l'avrebbe chiamato vino. Io offro pura acqua di sorgente, e quegli stessi uomini ammiccano, pieni di sospetto, mugugnando gli uni con gli altri se ha uno strano sapore o no» Stannis digrignò i denti. «Se qualcuno dicesse che per magia mi sono trasformato in un cinghiale per uccidere Robert, crederebbero anche a quello.»

«Non puoi impedire loro di chiacchierare, mio signore» intervenne Davos. «Ma, nel momento in cui la tua vendetta si abbatterà sui veri assassini di tuo fratello, tutto il reame saprà che quelle storie non sono altro che menzogne.»

Stannis parve udirlo solo in parte: «Non ho alcun dubbio che Cersei sia complice della morte di mio fratello. Per lui, giustizia sarà fatta. Sì, e anche per Ned Stark e Jon Arryn».

«E per Renly?»

Le parole vennero fuori come per volontà propria, senza che Davos si fermasse a considerarle. Il re non parlò per molto tempo.

«Sogno la sua morte, a volte» la voce di Stannis era al limite dell'udibile. «Una tenda verde, candele, una donna che urla... e sangue.» Abbassò lo sguardo sulle sue mani. «Ero ancora nel mio letto quando lui è morto. Tuo figlio Devan può dirtelo. Ha cercato di svegliarmi. L'alba era vicina, e i miei lord aspettavano ansiosi. Avrei dovuto già essere in sella, con la mia armatura. Sapevo che Renly avrebbe attaccato alle prime luci. Devan dice che mi agitavo, che urlavo. Ma ora che importa più? Si trattava solo di un sogno. Ero nella mia tenda quando Renly è morto. Le mie mani sono... *pulite.*»

Ser Davos Seaworth percepì un formicolio alla mano mutilata. Le sue dita fantasma. "No, no... c'è qualcosa che non va" quel pensiero continuava rimbalzare nella mente dell'ex contrabbandiere.

«Capisco» si limitò a dire.

«Renly mi ha offerto una pesca, quando ci siamo incontrati a negoziare. Mi ha deriso, mi ha sfidato, mi ha minacciato, e mi ha offerto una pesca. Avevo pensato che stesse per sguainare la sua lama, così io afferrai la mia. Ma che cosa intendeva fare, dimostrare che avevo paura? O forse si trattava di un altro dei suoi stupidi scherzi? Quando ha parlato di quanto era succosa quella pesca, alludeva forse a un significato nascosto?»

Il re scosse violentemente la testa, come un cane che cerchi di spezzare il collo alla lepre che serra tra le zanne. «Renly era l'unico che avesse il potere di vessarmi a quel modo servendosi di uno stupido frutto. Con il suo tradimento, è stato lui l'artefice della propria distruzione... Eppure io lo amavo, Davos. Ora lo so, l'ho compreso. E, ti giuro, andrò nella tomba pensando alla pesca di mio fratello.»

Raggiunsero l'accampamento. Superarono file e file di tende, di vessilli al vento, di cataste di picche e di scudi.

L'aria era satura del tanfo pesante dello sterco dei cavalli, che si mescolava con l'aroma dei fuochi e della carne arrostita. Stannis rallentò solo il tempo necessario per latrare un secco congedo a lord Florent e agli altri, ordinando loro di raggiungerlo nella sua tenda entro un'ora, per tenere il consiglio di guerra. I nobili chinarono il capo e si dispersero, Davos e Melisandre seguirono il re nel suo padiglione.

Era uno spazio ampio. Doveva esserlo, in modo da ospitare tutti i lord alfieri quando questi si riunivano con il sovrano. Per contro, non c'era niente di grandioso nella tenda. Una comune tenda da soldati, il cotone pesante tinto di un giallo scuro che a volte poteva passare per oro. Solo il vessillo reale che svettava sulla sommità del palo centrale la distingueva dalle altre. Quello e l'abbondanza di guardie, uomini della regina, appoggiate a lunghe picche, con il cuore fiammeggiante cucito sulle loro tuniche.

Gli stallieri accorsero per aiutarli a smontare. Una delle guardie venne a prendere il pesante stendardo di Melisandre, conficcandone l'estremità inferiore nel terreno molle. Devan era in piedi a lato dell'ingresso, pronto a sollevare il lembo di stoffa per il passaggio del re. Accanto a lui, c'era uno scudiero più anziano.

«Acqua fredda, due coppe» Stannis si tolse la corona e la consegnò a Devan. «Davos, rimani. Mia signora, ti manderò a chiamare quando avrò bisogno di te.»

«Come il re comanda» Melisandre s'inchinò e si dileguò.

A contrasto della luminosità del mattino, l'interno del padiglione era immerso in una fresca penombra. Stannis sedette su un semplice sgabello di legno e fece cenno a Davos di sistemarsi su un altro.

«Un giorno ti farò lord, contrabbandiere. Se non altro per irritare Celtigar e Florent. Ma dubito che mi ringrazierai: dovrai sedere anche tu in questi concili, facendo finta di essere interessato al ragliare dei somari.»

«Perché li tieni, se non servono a niente?»

«Ai somari piace molto ascoltarsi ragliare, perché altro? E mi servono per tirare il mio carro. Oh, certo, una volta ogni luna nera forse qualche idea utile salta fuori. Ma non oggi. Credo che... Ah, ecco tuo figlio con l'acqua.»

Devan mise un vassoio tra loro e riempì due coppe d'argilla. Prima di bere, il re lasciò cadere una piccola presa di sale nella sua. Davos bevve e basta, anche se avrebbe preferito che fosse vino.

«Stavi parlando del concilio di oggi, mio signore.»

«Lascia che ti dica come andrà. Lord Velaryon insisterà per attaccare il castello allo spuntar dell'alba, rampini e scale contro frecce e olio bollente. I somari giovani saranno d'accordo che è una splendida idea. Estermont invece sarà per prendere la guarnigione con la fame, come Tyrell e Redwyne cercarono di fare con me. Potrebbe volerci un anno, ma i somari vecchi sono pazienti. Lord Caron e gli altri che invece vogliono menare le mani faranno pressioni perché la sfida di ser Cortnay venga accettata, giocando il tutto per tutto in singolar tenzone. Ognuno di loro immaginerà di essere *lui* il mio campione, meritando così imperitura fama.» Il re finì la sua acqua. «E tu, contrabbandiere? Tu che cosa vorresti che facessi?»

Davos ebbe una breve battuta d'arresto: «Attaccare senza indugio Approdo del Re».

Il re grugnì: «E lasciare Capo Tempesta senza averla presa?».

«Ser Cortnay non ha le forze per arrecarti danno. I Lannister invece sì. Un assedio richiederebbe troppo tempo, un duello sarebbe troppo rischioso, un assalto costerebbe troppe vite, migliaia di vite. E senza alcuna garanzia di successo. Non c'è bisogno di fare nessuna di queste cose. Una volta che avrai detronizzato Joffrey, anche Capo Tempesta dovrà esserti fedele come tutti gli altri castelli. La voce che gira per l'accampamento è che lord Tywin Lannister sta correndo verso ovest per salvare Lannisport dalla vendetta degli uomini del Nord...»

«Hai un padre molto astuto, Devan» disse il re al ragazzo in piedi accanto a lui. «Da farmi desiderare di avere più contrabbandieri come lui al mio servizio. E meno lord. Per quanto, Davos, su un punto ti sbagli. *C'è* bisogno. Se lasciassi Capo Tempesta inconquistata alle mie spalle, si dirà che qui io sono stato sconfitto. Non posso permetterlo. Gli uomini non mi amano come amavano i miei due defunti fratelli... E la sconfitta è la fine della paura. Capo Tempesta *deve* cadere» Stannis serrò le mascelle. «Oh sì, e in fretta, anche. Doran Martell ha chiamato a raccolta i vessilli e sta fortificando i passi montani di Dorne. I suoi uomini sono pronti a calare sulle Terre Basse. E Alto Giardino è ben lungi dall'essere fuori della mischia. Mio fratello ha lasciato il grosso delle sue truppe a Ponteamaro, quasi sessantamila soldati di fanteria. Ho mandato ser Errol, il fratello di mia moglie, e ser Parmen Crane a prenderli sotto il mio comando, ma non hanno ancora fatto ritorno. Temo che ser Loras Tyrell abbia raggiunto Ponteamaro prima di loro, trasformando quell'esercito nel *suo* esercito.»

«Ragione di più per prendere Approdo del Re al più presto. Salladhor Saan mi ha detto...»

«Salladhor Saan pensa a una cosa sola: l'oro!» esplose Stannis. «La sua testa è piena di sogni del tesoro nascosto sotto la Fortezza Rossa. Evita di menzionare Salladhor Saan. Il giorno in cui avrò bisogno di suggerimenti militari da un brigante lyseniano, sarà anche il giorno in cui butterò la mia corona ai rovi per prendere il nero dei guardiani della notte!» Il re serrò un pugno. «Sei qui per servirmi, contrabbandiere, o per vessarmi con le tue obiezioni?»

«Sono ai tuoi ordini» confermò Davos.

«E allora ascolta quanto ho da dire. Il secondo in comando di ser Cortnay è un cugino dei Fossoway, lord Meadows, un ragazzo inesperto di una ventina d'anni. Dovesse capitare qualcosa a Penrose, la responsabilità di Capo Tempesta passerebbe a questo giovanotto. I suoi cugini ritengono che lui sarebbe più pronto ad accettare le mie condizioni e ad arrendersi.»

«Ricordo un altro giovanotto cui venne affidata la responsabilità di Capo Tempesta. Nemmeno lui poteva avere più di vent'anni.»

«Lord Meadows non è neanche lontanamente ostinato quanto lo ero io.»

«Ostinato, codardo, che importanza ha? Da quanto ho visto, ser Cortnay Penrose sembra in ottima salute.»

«Anche mio fratello lo era, il giorno prima che tirasse le cuoia. La notte è oscura e piena di terrori, Davos.»

Davos Seaworth sentì i capelli che gli si rizzavano sulla nuca: «Mio signore, non credo di comprenderti».

«Non chiedo che tu mi comprenda. Chiedo solo i tuoi servigi. Entro un giorno, ser Cortnay Penrose sarà morto. Melisandre lo ha visto nelle fiamme del futuro. Ha visto la sua morte e le modalità della sua morte. E, nemmeno a dirlo, non è in un combattimento cavalleresco che morirà.» Stannis sollevò di nuova la coppa e Devan gliela riempì con l'acqua della caraffa. «Le fiamme di Melisandre non mentono» riprese il sovrano. «Aveva visto anche la fine di Renly. L'aveva vista alla Roccia del Drago e ne aveva parlato con Selyse. Lord Velaryon e il tuo amico Salladhor Saan volevano che io salpassi contro Joffrey, ma Melisandre mi disse che, se fossi andato a Capo Tempesta, il grosso della forza militare di Renly sarebbe stato mio. Aveva ragione lei.»

«Mio signore» non cedette Davos «lord Renly è venuto qui soltanto perché tu hai cinto la fortezza d'assedio. Prima, stava marciando verso Approdo del Re, contro i Lannister, e lui avrebbe...»

«Stava, avrebbe... che cosa importa più?» Stannis si agitò sullo sgabello, la fronte aggrottata. «Renly ha fatto quello che ha fatto. È venuto qui con i suoi vessilli e le sue pesche, certo, a incontrare la sua fine... E per me è un bene che sia andata così. Melisandre aveva visto anche un altro giorno nelle sue fiamme. Un mattino in cui Renly, nella sua armatura verde, risaliva da sud per distruggere il mio esercito sotto le mura di Approdo del Re. Se avessi incontrato là mio fratello, forse sarei stato io a morire e non lui.»

«O forse invece avreste unito le vostre forze per abbattere i Lannister» protestò Davos. «Perché questo non avrebbe potuto accadere? Melisandre ha visto due futuri diversi... Quindi non possono essere veri *entrambi*.»

«Ed è qui che sbagli, Cavaliere delle Cipolle» re Stannis gli puntò l'indice contro. «Certe luci proiettano più di una sola ombra. Mettiti in piedi davanti al fuoco di un bivacco notturno, e lo vedrai da te. Le fiamme danzano, mutano. Le fiamme non rimangono mai ferme. Le ombre si allungano e si accorciano, e ogni uomo è in grado di proiettare una dozzina di ombre diverse. Alcune sono più deboli di altre, ecco tutto. Ebbene, gli uomini proiettano le loro ombre anche sul futuro. Una sola ombra, o anche molte. Melisandre sa vederle *tutte.*» Poi aggiunse: «A te quella donna non piace. Io questo lo so, Davos. Non sono cieco. Non piace nemmeno ai miei lord. Estermont ritiene che il cuore fiammeggiante non sia un buon simbolo e vorrebbe combattere sotto il cervo incoronato di un tempo. Ser Guyard obietta che Melisandre non dovrebbe essere il mio alfiere. Altri sussurrano che non dovrebbe partecipare ai miei consigli di guerra, dovrei rimandarla ad Asshai, è peccaminoso che me la tenga nella mia tenda di notte. Oh sì, tutti loro sussurrano, certo… mentre lei serve».

«Serve… *come*?» Davos però temeva una risposta.

«Come è necessario» il re gli piantò gli occhi addosso. «E tu?»

«Io sono…» Davos si passò la lingua sulle labbra. «… Al tuo servizio. Che cosa vuoi che faccia?»

«Niente che tu non abbia già fatto in passato. Dovrai portare una barca sotto la fortezza, senza essere visto, nel cuore della notte. Puoi farlo, Davos?»

«Sì. Questa notte?»

Il re annuì in modo secco: «Ti servirà uno scafo piccolo, non la *Betha nera*. E nessuno, *nessuno,* deve sapere».

Davos avrebbe voluto protestare. Era un cavaliere, adesso. Non più un contrabbandiere. E certo non era mai stato un assassino. Aprì la bocca, ma non venne fuori alcun suono. Questo era Stannis Baratheon, il suo signore, il suo *giusto* signore, al quale lui doveva tutto ciò che era. E c'erano anche i suoi figli da considerare. "Dei aiutatemi, che cosa gli ha fatto *quella donna*?"

«Sei silenzioso» rilevò Stannis.

"E resterò silenzioso" Davos disse tra sé e sé. Invece non accadde. «Mio signore, devi avere la fortezza, ora lo capisco con chiarezza, ma ci possono essere anche altri modi per prenderla. Modi più… *puliti.* Lascia che ser Cortnay tenga il ragazzo bastardo e lui si arrenderà…»

«Devo avere quel ragazzo, Davos. C'è qualcos'altro che Melisandre ha visto nelle fiamme.»

Davos andò alla ricerca di un'altra risposta, qualsiasi altra risposta: «A Capo Tempesta non c'è un solo cavaliere in grado di prevalere su ser Guyard o su lord Caron, o di qualunque altro cavaliere delle centinaia al tuo servizio. Questo duello in singolar tenzone… Non potrebbe essere che ser Cortnay stia cercando un modo per arrendersi con onore? Perfino al prezzo della sua stessa vita?».

«Io invece dico che sta tramando qualcosa» un'espressione tetra scivolò sul volto del re, simile a una nube che passi davanti al sole. «Non ci sarà nessun duello, nessuno scontro tra campioni. Ser Cortnay era morto prima ancora di gettare il guanto della sfida. Le fiamme non mentono, Davos.»

"Non mentono, però chiedono che sia io a decretare la loro verità." Era molto tempo che ser Davos Seaworth non provava una simile tristezza.

Il passato ritornò. Davos Seaworth si trovò nuovamente ad attraversare il Golfo dei Naufragi nel cuore della notte, manovrando un piccolo scafo con una vela nera. Il cielo era uguale ad allora. Anche il mare era uguale ad allora. Lo stesso sapore di salmastro saturava l'aria. L'acqua sciabordava contro le murate esattamente come lui ricordava. Mille fuochi pulsavano attorno alla fortezza, nello stesso modo in cui i fuochi dei Tyrell e dei Redwyne avevano pulsato sedici anni prima. Ma tutto il resto era diverso.

"Sedici anni fa, era la vita che stavo portando a Capo Tempesta, sotto forma di cipolle. Questa volta sto portando la morte, sotto forma di Melisandre di Asshai."

Quella notte di sedici anni prima, le vele schioccavano e scricchiolavano a ogni più esile mutamento del vento. Davos le aveva fatte ammainare, continuando cautamente a remi. Il suo cuore pareva essere finito nella sentina. Dopo tanto tempo passato a sorvegliare acque vuote, gli uomini delle galee dei Redwyne avevano abbassato la guardia. Davos e il suo equipaggio erano scivolati tra le loro maglie silenziosi come satin nero. *Questa* notte le uniche navi nella baia appartenevano a Stannis, e le uniche sentinelle erano quelle sulle mura di Capo Tempesta. Ma Davos Seaworth era comunque teso come una corda d'arco.

Melisandre era raggomitolata vicino a uno dei banchi dei rematori. La sua figura quasi scompariva nelle pieghe della cappa rosso scuro che l'avvolgeva dalla testa ai piedi. Il suo viso era una chiazza livida sotto il cappuccio. Davos amava il mare. Dormiva sempre benissimo su una tolda ondeggiante. E il sibilare del vento nel sartiame era per lui un canto molto più dolce di qualsiasi arpeggio. Ma, *questa* notte, il mare non gli portava alcun conforto.

«Sento l'odore della tua paura, cavaliere» disse la Donna Rossa, in un sussurro.

«Tempo fa, qualcuno mi disse che la notte è oscura e piena di terrori» replicò Davos. «Questa notte, non sono un cavaliere. Questa notte, sono tornato a essere Davos il contrabbandiere. E come vorrei che tu fossi una cipolla.»

«È di me che hai paura?» rise Melisandre. «O di quello che stiamo facendo?»

«Di quello che *tu* stai facendo. Io non vi ho alcuna parte.»

«La tua mano ha rizzato le vele. La tua mano governa il timone.»

Davos mantenne la rotta, senza rispondere. La spiaggia era un cumulo di rocce, quindi stava incrociando attraverso il golfo. Avrebbe aspettato il montare della marea prima di avvicinarsi. Capo Tempesta si allontanò dietro di loro, ma la Donna Rossa non parve preoccuparsene.

«Sei un uomo buono, Davos Seaworth?»

"Quale uomo buono farebbe *questo*?" «Solo un uomo» rispose. «Sono gentile con mia moglie, ma ho conosciuto anche altre donne. Ho tentato di essere un padre con i miei figli, aiutandoli ad andare avanti nel mondo. *Eh sì*, ho infranto leggi, ma non mi sono mai sentito malvagio. Fino a questa notte. Direi che in me c'è una mescolanza, milady. Buono *e* cattivo.»

«Un uomo grigio» disse la Donna Rossa. «Né bianco né nero, ma un po' di entrambi. È questo che sei, Davos?»

«Se anche fosse? Mi sembra che la maggior parte degli uomini siano grigi.»

«Se metà di una cipolla è nera in quanto marcia, allora è una cipolla marcia. Un uomo o è buono o è cattivo.»

I fuochi dell'esercito dietro di loro si erano tramutati in un vago chiarore rossastro contro il cielo notturno. La terra era quasi fuori vista. Era ormai tempo.

«Attenta alla testa, mia signora.»

Davos diede un colpo secco alla barra del timone. Nella virata, la barca sollevò un lembo di acque nere. Melisandre, con una mano sul bordo della murata, calma come sempre, si abbassò sotto il boma in rotazione. Il fasciame scricchiolò, le vele schioccarono, l'acqua si levò alta. Parvero rumori assordanti, da svegliare l'intera fortezza. Davos però sapeva ciò che stava facendo. L'incessante rombo delle onde contro le rocce era l'unico suono in grado di penetrare le mastodontiche mura esterne di Capo Tempesta. E perfino quel suono non era altro che un vago mormorio. Tornarono verso la costa, mentre una scia ribollente si allungava a poppa.

«Tu parli di uomini e di cipolle» disse Davos a Melisandre. «Ma che cosa mi dici delle donne? Non è lo stesso anche per loro? Tu, mia signora, sei buona o cattiva?»

La domanda la fece ridacchiare: «Oh, buona, naturalmente. Sono anch'io una specie di cavaliere, mio dolce ser. Un araldo della luce e della vita».

«Tu intendi uccidere un uomo, questa notte. Così come hai ucciso maestro Cressen.»

«Maestro Cressen si è avvelenato da solo. Era me che intendeva avvelenare, solo che io ero protetta da un potere ben più grande, lui invece no.»

«E Renly Baratheon? Lui chi lo ha ucciso?»

Melisandre si voltò verso di lui. Sotto il cappuccio, i suoi occhi ardevano come candele rosso sangue: «Non io».

«Tu menti.» Davos adesso ne era certo.

Melisandre rise di nuovo: «E tu sei smarrito nelle tenebre della tua confusione, ser Davos».

«Questo è un bene» Davos accennò alle luci remote che ammiccavano sulle mura di Capo Tempesta. «Lo senti quanto è freddo il vento? Le guardie staranno vicino alle torce. Un po' di calore, un po' di luce... sono di conforto in una notte come questa. Ma quella luce li accecherà. Non ci vedranno passare.» "Almeno spero..." «Il dio delle tenebre ci protegge, mia signora. Perfino te.»

A queste parole le fiamme negli occhi di lei parvero bruciare ancora più intensamente. «Non pronunciare quel nome, cavaliere. Non vogliamo che il suo occhio oscuro si rivolga verso di noi. Egli non protegge nessuno, te lo garantisco. È nemico di tutto ciò che vive. Sono le torce a celare la nostra presenza, tu stesso lo hai detto. Il fuoco. Lo splendente dono del Signore della Luce.»

«Come ti pare.»

«No, come pare al Signore della Luce.»

Il vento stava cambiando direzione. Davos poteva sentirlo, poteva vederlo nel modo in cui il tessuto nero della vela si era messo a sbattere. Le sue mani afferrarono le scotte.

«Aiutami a raccogliere la vela» disse alla Donna Rossa. «Per l'ultimo tratto andremo a remi.»

Insieme, legarono la vela all'albero, mentre lo scafo oscillava a ogni loro movimento. Davos sistemò i remi e li affondò nelle inquiete acque nere. «Chi ti ha portato a remi fino da Renly?»

«Non è stato necessario farlo. Renly era privo di protezione. Ma questo...» lo sguardo rosso di Melisandre si spostò su Capo Tempesta «questo è un luogo antico. Gli incantesimi sono impressi nelle sue pietre. Mura tenebrose attraverso le quali nessun'ombra è in grado di passare... Cose ancestrali, dimenticate, ma ancora presenti.»

«Ombra...» Davos sentì la pelle d'oca. «Un'ombra è un'entità delle tenebre.»

«Sei più ignorante di un bambino, messer cavaliere. Non esistono ombre nelle tenebre. Le ombre sono serve della luce, sono figlie del fuoco. Ed è la fiamma più vivida a proiettare le ombre più oscure.»

Con la fronte corrugata, Davos le impose di tacere con un gesto. Stavano nuovamente avvicinandosi alla riva, le loro voci potevano essere udite a grande distanza. Continuò a remare in silenzio, il ritmo dei remi perduto nel suono delle onde. Il lato di Capo Tempesta rivolto al mare incombeva su un'alta scogliera livida, la pietra colore del gesso si elevava fino a quasi metà dell'immane muro perimetrale. C'era un'imboccatura nella scogliera e Davos puntò nella sua direzione. La stessa imboccatura verso la quale si era diretto sedici anni prima. Il tunnel conduceva in una caverna sotto il castello, dove i Lord della Tempesta dei tempi antichi avevano collocato il loro approdo.

Il passaggio era navigabile solamente con l'alta marea, ed era comunque insidioso. Davos Seaworth, però, conservava ancora intatto il suo istinto di contrabbandiere; trovò abilmente la strada tra le frastagliate rocce affioranti e le insidiose stalattiti della volta rocciosa, e lasciò che fossero le onde a portarli dentro. L'oceano sballottò lo scafo da una parte all'altra, infradiciando lui e Melisandre fino al midollo delle ossa. Un artiglio di roccia emerse come dal nulla in un vortice di spuma, pronto a ghermirli. Davos riuscì a evitare l'urto all'ultimo istante, puntellando un remo contro il fondale.

Poi furono oltre la zona del pericolo, avvolti dalle tenebre, mentre le acque si calmavano. La piccola imbarcazione rallentò, roteando su se stessa, e il suono dei loro respiri echeggiò contro la roccia, quasi avvolgendoli. Davos non si era aspettato una simile oscurità. Sedici anni prima, c'erano state torce accese per tutta la lunghezza del tunnel. Occhi di uomini stremati dalla fame scrutavano in basso dalle feritoie nel soffitto di pietra. La grata d'acciaio era da qualche parte davanti a loro, Davos questo lo sapeva. Lavorò di remi, rallentando ancora; la prua urtò quasi dolcemente contro le sbarre metalliche.

«Fine del viaggio» il sussurro di Davos si dilatò sull'acqua scura come uno zampettare di topi nel buio. «A meno che non ci sia qualcuno dall'altra parte a sollevare la grata.»

«Abbiamo superato le mura?»

«Sì. Siamo proprio sotto la fortezza. È impossibile proseguire. La grata cala fino al fondale, e le sbarre sono talmente vicine l'una all'altra che nemmeno un bambino riuscirebbe a infilarsi.»

Nessuna risposta, solo un lieve fruscio. Poi una luce accecante dilagò nelle tenebre.

Davos sollevò l'avambraccio a proteggersi gli occhi. Sentì il respiro che si fermava in gola. Melisandre di Asshai abbassò il cappuccio e scivolò fuori dal mantello; sotto era completamente nuda, e anche grottescamente gravida. I seni rigonfi cascavano pesanti sul suo petto, e il ventre sembrava sul punto di esplodere.

«*Gli dei ci aiutino…*» sussurrò Davos.

La Donna Rossa rispose con una risata gutturale, distorta. I suoi occhi erano braci fiammeggianti. Il sudore che copriva la sua pelle pareva dotato di una demoniaca luminescenza interna. Melisandre di Asshai *scintillava*.

Con il respiro pesante, la Donna Rossa sedette sui talloni e divaricò le gambe. Il sangue le stava ruscellando lungo le cosce, nero come inchiostro. L'urlo che le sfuggì dalle labbra poteva essere di sofferenza. O anche di estasi. O di tutte e due le cose insieme. Davos vide la sommità del cranio di un essere apparire dall'orifizio nel grembo di lei. Due mani emersero da dentro Melisandre insieme a un'altra cascata di sangue nero. Poi vennero le braccia, arti neri che si contorcevano alla ricerca di un appiglio. Alla fine, l'essere fu completamente fuori del suo corpo.

Un'ombra, nient'altro che un'ombra.

Torreggiò più alta di Davos, più alta del tunnel. Un'immane entità nera sopra lo scafo. L'ombra strisciò tra le sbarre della grata, svanendo sulla superficie dell'acqua. Fu solo un istante.

Ma Davos Seaworth conosceva quell'ombra.

E conosceva l'uomo cui apparteneva.

JON

L'allarme riecheggiò nel buio delle tenebre.

Jon Snow si sollevò appoggiandosi su un gomito, mentre la sua mano afferrava d'istinto l'impugnatura di Lungo artiglio. Anche l'accampamento attorno a lui cominciò ad agitarsi. "Il corno che risveglia i dormienti" pensò.

La lunga nota grave continuò, al limite dell'udibile. Le sentinelle lungo l'anello di roccia si bloccarono sui loro passi, con il fiato che si condensava nell'aria gelida, gli sguardi rivolti verso occidente. Il suono del corno svanì. Perfino il vento parve svanire. Gli uomini uscirono da sotto le loro coperte, afferrando spade e picche, muovendosi in silenzio, rimanendo in ascolto. Un cavallo nitrì, venne subito acquietato. Per un lungo momento, fu come se l'intera Foresta Stregata trattenesse il respiro. I guardiani della notte attesero il secondo richiamo del corno. Pregarono di non udirlo, temendo che lo avrebbero udito.

Silenzio.

Rimasero in attesa. Ancora silenzio. Un silenzio talmente dilatato, talmente ossessionante che alla fine gli uomini in nero seppero che non ci sarebbe stato nessun secondo richiamo. Sghignazzarono gli uni con gli altri, quasi cercando di negare con loro stessi di avere temuto quello che avevano temuto.

Jon gettò alcuni ceppi sul fuoco, si strinse il cinturone con la spada, infilò gli stivali, scosse il terriccio e la rugiada dal mantello e se lo sistemò sulle spalle. Le fiamme pulsavano accanto a lui. Sentì con piacere il calore sul suo volto mentre finiva di vestirsi. Poteva udire il lord comandante muoversi nella sua tenda.

Dopo qualche momento, Jeor Mormont sollevò il lembo dell'ingresso. C'era il corvo appollaiato sulla sua spalla, con le penne arruffate, tutt'altro che felice.

«Un solo suono?»

«Uno solo, mio lord» confermò Jon. «Confratelli che ritornano.»

«Il Monco» decise Mormont, avvicinandosi al fuoco. «È in ritardo, anche.» Il Vecchio Orso era diventato sempre più pigro ogni giorno che passava. Un altro po' di tempo e sarebbe stato pronto a entrare in letargo. «Provvedi che ci sia cibo per gli uomini e biada per i cavalli. Voglio vedere Qhorin immediatamente.»

«Sarà fatto, mio lord.»

Era da giorni che aspettavano l'arrivo degli uomini della Torre delle Ombre. Quando non li avevano visti, i confratelli insediati sul Pugno dei primi uomini avevano cominciato a preoccuparsi. Attorno ai focolari dell'accampamento, Jon aveva udito mugugni, e non solo quelli di Edd l'Addolorato. Ser Ottyn Wythers era favorevole a ritirarsi al Castello Nero il più presto possibile. Ser Mallador Locke proponeva di continuare verso la Torre delle Ombre, cercando di trovare le tracce di Qhorin e di scoprire che cosa gli fosse accaduto. Thoren Smallwood invece insisteva per avanzare in direzione delle montagne.

«Mance Rayder sa che dovrà dare battaglia alla confraternita» aveva detto Thoren. «Ma non penserà mai a cercarci così a nord. Se risaliamo fino al Fiumelatte, possiamo prenderlo di sorpresa e fare a pezzi lui e il suo esercito senza che nemmeno si rendano conto di che cosa gli è arrivato addosso.»

«I numeri sono contro di noi» aveva obiettato ser Ottyn. «Craster ha detto che Mance stava radunando un grande esercito. Molte migliaia di bruti. Senza Qhorin, noi siamo appena in duecento.»

«Tu manda duecento lupi contro diecimila pecore, e poi vedi quello che succede» aveva replicato Smallwood, sicuro di sé.

«Tra quelle pecore ci sono dei caproni belli grossi, Thoren» era venuto l'avvertimento di Jarmen Buckwell. «Oh sì, e forse anche qualche leone. Maglia di rame, Harma Testa di cane, Alfyn Ammazzacorvi...»

«Li conosco bene quanto te, Buckwell» Thoren Smallwood era stato inflessibile. «E voglio le loro teste, tutte quante. Qui stiamo parlando di *bruti*, non di soldati. Poche centinaia di guerrieri mescolati a una grande orda di donne, bambini e servi. Arriviamo loro addosso e li rimandiamo nelle loro tane.»

Erano andati avanti a discutere per molte ore, senza riuscire a raggiungere alcun accordo. Il Vecchio Orso era troppo testardo per ritirarsi, ma non era neppure temerario al punto da lanciarsi a testa bassa su per il Fiumelatte alla ricerca dello scontro frontale. Alla fine, nulla era stato deciso se non rimanere ad aspettare per alcuni giorni gli uomini della Torre delle Ombre. Se non si fossero fatti vivi, avrebbero affrontato nuovamente il problema.

Ma adesso si erano fatti vivi, e una decisione non poteva più essere rinviata. Quanto meno di questo, Jon era contento. Se dovevano dare battaglia a Mance Rayder, che fosse al più presto.

Trovò Edd l'Addolorato presso il fuoco, intento a lamentarsi di quanto fosse difficile dormire circondati da gente che continuava a far suonare corni nella foresta. Jon gli diede qualcosa di nuovo per cui lamentarsi. Insieme andarono a svegliare Hake, il quale accolse gli ordini del lord comandante con un fiume d'imprecazioni. Ma si alzò comunque, e ben presto lui e una dozzina di altri confratelli stavano raccogliendo tuberi per una zuppa.

Sam arrivò con il fiato grosso, e incrociò Jon che riattraversava l'accampamento. Sotto il cappuccio nero, la sua faccia era pallida e rotonda come la luna piena. «Ho sentito il corno. È tornato tuo zio?»

«Solo gli uomini della Torre delle Ombre.»

Stava diventando sempre più difficile tenere viva la speranza del ritorno di Benjen Stark. La cappa che Jon aveva trovato nel sottosuolo del Pugno dei primi uomini avrebbe potuto appartenere a Benjen oppure a uno dei suoi uomini. Perfino il Vecchio Orso si era ritrovato costretto ad ammetterlo. Ma per quale ragione la cappa fosse stata lasciata proprio là, ad avvolgere il piccolo arsenale di vetro di drago, nessuno poteva dire.

«Devo andare, Sam.»

Sull'anello perimetrale di pietre, Jon trovò le guardie che toglievano rostri dal terreno congelato in modo da aprire un varco nelle difese. Non ci volle molto perché il primo confratello della Torre delle Ombre facesse la sua comparsa dal sentiero in salita. Il gruppo era coperto di cuoio e di pellicce, acciaio e bronzo che scintillavano qua e là. Barbe folte, arruffate coprivano i loro volti asciutti, induriti. Barbe che li facevano apparire malridotti come i loro destrieri. Jon fu sorpreso nel vedere che alcuni di loro erano in due sullo stesso cavallo. Guardò meglio: c'erano parecchi feriti. "Brutti guai lungo la strada."

Non si erano mai incontrati, ma Jon seppe quale di loro era Qhorin il Monco nell'attimo stesso in cui lo vide. L'imponente ranger era una sorta di leggenda nella confraternita in nero. Uomo dalle poche parole e dall'azione fulminea, alto e dritto come una picca, dalle lunghe braccia e dal portamento solenne. A differenza dei suoi uomini, il suo volto era accuratamente rasato. Da sotto l'elmo, i suoi capelli emergevano raccolti in una spessa treccia striata dal gelo. Portava abiti neri talmente sbiaditi dal tempo e dall'uso da apparire quasi grigi. Della mano che reggeva le redini, rimanevano soltanto il pollice e l'indice. Le altre dite erano state mozzate dal colpo d'ascia del bruto che altrimenti gli avrebbe aperto il cranio. Si raccontava che Qhorin avesse colpito il nemico in piena faccia con la mano mutilata, accecandolo con il suo stesso sangue. Quindi aveva proceduto a tagliargli la gola da un orecchio all'altro. Da quel giorno in avanti, i bruti a nord della Barriera non avevano mai conosciuto avversario più implacabile di Qhorin il Monco.

Jon gli fece un cenno di saluto: «Il lord comandante Mormont desidera vederti al più presto. Ti conduco alla sua tenda».

«I miei uomini sono affamati» Qhorin smontò dalla sella. «E i nostri cavalli hanno bisogno di biada e striglia.»

«Stiamo già prendendoci cura di tutti loro.»

Il Monco affidò il destriero a uno dei suoi uomini e seguì Jon. «Tu sei Jon Snow. Hai i lineamenti di tuo padre.»

«Lo hai conosciuto, mio lord?»

«Non sono nessun lord. Sono solo un confratello dei guardiani della notte. Ho conosciuto lord Eddard, sì. E suo padre prima di lui.»

«Lord Rickard morì prima che io nascessi» Jon fu costretto ad accelerare per tenere il passo con le lunghe falcate di Qhorin.

«Era un amico della confraternita» il Monco gli lanciò un'occhiata. «Si dice che un meta-lupo corra al tuo fianco.»

«Spettro dovrebbe essere qui all'alba. Di notte va a caccia.»

Trovarono Edd l'Addolorato accanto al fuoco appena fuori dalla tenda del lord comandante. Era intento a friggere un pezzo di pancetta affumicata in una padella e a bollire una dozzina di uova in una cuccuma.

«Stavo cominciando a temere per te, Qhorin» Mormont sedeva sulla sua sedia da campo di legno e cuoio. «Ti sei trovato nei guai?»

«Ci siamo scontrati con Alfyn Ammazzacorvi. Mance lo aveva mandato in esplorazione lungo la Barriera, così lo abbiamo aspettato al varco.» Qhorin si tolse l'elmo. «Alfyn ha finito di dare problemi al reame, ma alcuni dei suoi compagni ci sono scappati. Abbiamo dato loro la caccia quanto più a lungo possibile, ma alcuni riusciranno comunque a guadagnare le montagne.»

«Le perdite?»

«Quattro confratelli caduti. Una dozzina di feriti. Il nemico ha avuto il triplo dei morti. E abbiamo preso dei prigionieri. Uno è morto quasi subito per le ferite, ma l'altro ha resistito abbastanza da essere interrogato.»

«Meglio parlare dentro» decise Mormont. «Jon ti porterà un corno di birra. O preferisci del vino caldo speziato?»

«Acqua calda andrà bene. Un uovo e un po' di pancetta.»

«Come vuoi» Mormont sollevò il lembo dell'ingresso alla tenda, Qhorin si chinò ed entrò.

«Io le invidio, queste uova» Edd continuò a rimescolare l'acqua con un mestolo di legno. «Nemmeno a me dispiacerebbe essere bollito un po'. Se questa cuccuma era un po' più grossa, ci potevo saltare dentro. Anche se preferisco la bollitura nel vino a quella nell'acqua. Ci sono modi peggiori di morire che ubriaco e al caldo. Ho conosciuto un confratello che si è annegato nel vino, tanto tempo fa. Non era una grande annata, però, e il suo cadavere non l'ha certo fatta diventare migliore.»

«Edd, non vorrai dirmi che quel vino te lo sei *bevuto*?»

«È una gran brutta cosa trovare un confratello morto» Edd diede un'altra rimescolata alla padella e aggiunse un pizzico di noce moscata. «E ti può anche far venire una gran voglia di bere, lord Snow.»

Inquieto, Jon sedette sui talloni vicino al fuoco e lo attizzò con un pezzo di legno. Da dentro la tenda, gli arrivavano la voce del Vecchio Orso, punteggiata dal gracchiare del suo corvo, e i toni più sommessi di Qhorin. Non era però in grado di distinguere le parole. "Alfyn Ammazzacorvi morto. E questo è un bene." Alfyn era stato uno dei più sanguinari tra i bruti impegnati nelle scorrerie, il suo soprannome veniva dai tanti confratelli che aveva ucciso. "Ma allora, perché dopo una simile vittoria Qhorin è così tetro?"

Jon aveva sperato che l'arrivo degli uomini della Torre delle Ombre risollevasse il morale dell'accampamento. Appena la notte prima, rientrando all'anello di pietre dopo essere andato a pisciare, aveva raccolto una conversazione tra cinque o sei uomini che parlavano a bassa voce raccolti attorno a uno dei fuochi. Quando aveva udito Chett dire che avrebbero dovuto tornare indietro già da un pezzo, si era fermato ad ascoltare.

«È una pazzia del vecchio» diceva Chett. «Tra quelle montagne là, ci troviamo solo le nostre fosse.»

«Ci sono giganti negli Artigli del Gelo, e mostri, e anche di peggio» aveva ribattuto Lark delle Sorelle.

«Io là non ci vado, promesso.»

«Credo che il Vecchio Orso ti dà una scelta, però.»

«Invece magari la scelta non gliela diamo noi a lui» aveva concluso Chett.

In quel momento, uno dei mastini aveva sollevato il muso, mettendosi a ringhiare. Per evitare di essere visto, Jon era stato costretto a dileguarsi in fretta. "Qualcosa che non avrei dovuto udire" di questo era certo. Pensò di parlarne con Mormont, ma alla fine non riuscì a fare il delatore dei confratelli, anche se si trattava di soggetti infami come Chett e Lark. "Non erano altro che chiacchiere" aveva detto a se stesso. "Hanno freddo e hanno paura, come tutti noi." Non era facile rimanere in attesa su quel cucuzzolo di pietra proteso sopra la Foresta Stregata, tormentandosi su che cosa avrebbe portato il domani. "Il nemico che non puoi vedere è sempre quello più temibile."

Jon estrasse dal fodero la sua nuova daga e seguì la danza delle fiamme sulla superficie della lama di levigato cristallo nero. Aveva costruito l'impugnatura con le sue mani, intrecciando e legando duri viticci che aveva trovato tra le pietre del Pugno dei primi uomini. Era una daga brutta, ma funzionale. Secondo Edd l'Addolorato, contro la corazza di un cavaliere le lame di vetro erano utili quanto dei capezzoli. Jon però non ne era poi così certo. Quella lama di vetro di drago, ossidiana, era fragile ma anche più affilata dell'acciaio.

"Le armi devono essere state sepolte qui per qualche ragione."

Jon aveva fatto una daga anche per Grenn, e un'altra per il lord comandante. Il corno da guerra lo aveva dato a Sam Tarly. A un esame più accurato, si vedeva un'incrinatura nel corno. Perfino dopo averlo ripulito dalle incrostazioni di terriccio, era stato impossibile trarne qualsiasi suono. Inoltre, il bordo era scheggiato, ma a Sam le cose vecchie piacevano, anche se erano prive di valore. «Ricavaci un corno per bere la birra» gli aveva detto Jon. «Ogni volta che lo userai, ti ricorderai della volta in cui uscisti di pattuglia a nord della Barriera, fino alla cima del Pugno dei primi uomini.» Aveva dato a Sam anche la punta di lancia e una dozzina di punte di freccia, distribuendo il resto delle armi d'ossidiana ai suoi amici come portafortuna.

Il Vecchio Orso era parso soddisfatto della daga, ma alla cintura preferiva portare una lama d'acciaio, aveva notato Jon. Mormont non fu in grado di fornire alcuna spiegazione su chi avesse seppellito la cappa con le armi o perché. "Forse Qhorin ha una risposta." Il Monco si era avventurato nelle terre selvagge del Nord più in profondità e più a lungo di qualsiasi altro uomo.

«Servi tu o lo faccio io?» la voce di Edd l'Addolorato interruppe i suoi pensieri.

«Ci penso io» Jon rinfoderò la daga d'ossidiana. Voleva sentire di che cosa Mormont e Qhorin stavano parlando.

Edd tagliò tre fette spesse da una forma di pane d'orzo indurito, le sistemò su un piatto di legno e le coprì di pancetta e sugo di pancetta, mettendo poi le uova bollite in una ciotola. Con il piatto in una mano, e la ciotola nell'altra, Jon arretrò nella tenda del lord comandante.

Qhorin sedeva sul pavimento a gambe incrociate, la schiena dritta come una lancia. La luce delle candele danzava sulle sue guance scavate.

«... Maglia di rame, l'Uomo piangente e tutti gli altri capi, grandi e piccoli» stava dicendo. «E hanno anche mostri, mammut e più forze di quante noi avremmo mai potuto sognare. O almeno questo è quanto ha detto. Non sarei pronto a giurare che sia la verità. Ebben ritiene che quel bruto stesse raccontandoci un mucchio di frottole solo per allungarsi la vita.»

«Vero o falso, la Barriera deve essere avvertita» disse il Vecchio Orso mentre Jon sistemava il piatto in mezzo a loro. «E anche il re.»

«Quale re?»

«Tutti. Quello vero e anche quelli finti. Vogliono il reame? Che vengano a difenderlo.»

Il Monco prese un uovo e ne spezzò il guscio contro il bordo della ciotola: «Difficile dire che cosa faranno questi re». Tolse il guscio. «Probabilmente ben poco. La nostra migliore speranza è Grande Inverno. Gli Stark devono venire al Nord.»

«Sì, questo è certo.»

Il Vecchio Orso dispiegò una mappa, la esaminò e corrugò la fronte. La gettò di lato, ne prese un'altra. Stava cercando d'intuire dove si sarebbe abbattuta la furia dei bruti, Jon lo vide con chiarezza. Un tempo, i guardiani della notte presidiavano tutti i diciassette fortini che si allineavano sulle centinaia e centinaia di leghe della Barriera. Ma, nei secoli, la confraternita in nero non aveva fatto altro che diminuire. L'uno dopo l'altro, i fortini erano stati abbandonati. Ormai, solamente tre erano sorvegliati. E Mance Rayder lo sapeva benissimo.

«Ser Alliser Thorne farà ritorno da Approdo del Re portando con sé nuove reclute» riprese il lord comandante. «O almeno così spero. Se controlliamo la Garitta Grigia dalla Torre delle Ombre e il Lungo Solco dal Forte Orientale...»

«La Garitta Grigia è completamente diroccata. Andrebbe meglio la Porta di Pietra... *Se* siamo in grado di trovare altri uomini. E lo stesso vale anche per il Segno di Ghiaccio e il Lago Profondo. Con pattugliamenti quotidiani tra le fortificazioni intermedie.»

«Pattugliamenti, *sì*. Due volte al giorno, se ce la facciamo. La Barriera rimane un ostacolo formidabile. Senza essere sorvegliata, non può fermarli, questo è vero, però può rallentarli. Quanto più grande è il loro esercito, tanto più tempo ci vorrà per farlo passare. Dal vuoto che si sono lasciati dietro, si stanno portando dietro le donne. E anche i giovani, e le bestie... Hai mai visto un caprone che sale una scala? O una fune? Saranno costretti a costruire una scalinata, o una grande rampa, e questo richiederà non meno di un intero ciclo di luna, forse anche di più. Mance sa che la soluzione migliore sarebbe passare sotto la Barriera. Attraverso uno dei tunnel, oppure...»

«Attraverso una breccia.»

La testa di Mormont si raddrizzò di scatto: «Che cosa?».

«Non hanno in mente di dare la scalata alla Barriera, mio lord» replicò il Monco. «Né di passare sotto di essa. Vogliono spezzarla.»

«Qhorin, la Barriera è alta duecentocinquanta metri. Alla sua base, è talmente spessa che ci vorrebbero centinaia di uomini muniti di asce e picconi per aprirsi un varco nel ghiaccio. Non ce la farebbero nemmeno in un anno.»

«Ma anche così...»

Mormont, la fronte aggrottata, si tormentò la barba: «Anche così cosa?».

«Stregoneria» Qhorin addentò l'uovo. «Per quale altra ragione Mance avrebbe radunato una forza di questa entità su negli Artigli del Gelo? È un luogo aspro, e duro, e molto lontano dalla Barriera.»

«Avevo sperato che avesse scelto gli Artigli per celare le sue truppe agli occhi dei miei ranger.»

«Forse» Qhorin finì l'uovo. «Ma c'è anche dell'altro, io credo. Mance Rayder sta cercando qualcosa in quei luoghi gelidi. Qualcosa di cui ha bisogno.»

«*Qualcosa?*» gracchiò il corvo, sollevando il capo. Nello spazio angusto della tenda, il grido parve più affilato di un coltello.

«Qualche potere. Che cosa esattamente, il nostro prigioniero non è stato in grado di dirlo. Le domande, gliele abbiamo fatte forse un po' troppo duramente, ed è morto con troppe cose lasciate non dette. Dubito però che lo sapesse.»

All'esterno, Jon poteva udire il vento che soffiava: un concerto inquietante di sibili tra le pietre dell'anello perimetrale e le funi della tenda.

«Qualche potere» Mormont si passò una mano sulle labbra con fare pensieroso. «Devo sapere.»

«E allora devi mandare degli esploratori su tra gli Artigli del Gelo.»

«Sono riluttante a rischiare altri uomini.»

«Noi siamo qui per morire, lord Mormont. Per quale altra ragione porteremmo questi abiti neri se non per morire dentro di essi in difesa del reame? Io invierei quindici uomini, tre squadre di cinque. Una lungo il Fiumelatte, un'altra sul Passo Skirling, la terza ad affrontare la Scala del Gigante. Jarmen Buckwell, Thoren Smallwood e me al comando. In modo da scoprire che cosa ci attende tra quelle cime.»

«Attende» urlò il corvo. «Attende.»

«Temo di non vedere altra soluzione» il lord comandante emise un profondo sospiro. «Ma se non doveste tornare…»

«Qualcosa tornerà dagli Artigli del Gelo, mio signore» rispose il Monco. «Se saremo noi, allora tutto sarà a posto. Se no, sarà Mance Rayder. E tu ti trovi proprio nel mezzo del suo cammino. Mance non può marciare a sud e lasciarti indietro, in modo che tu possa inseguirlo e prenderlo alle spalle. Deve attaccare. E il Pugno dei primi uomini è una postazione forte.»

«Non tanto forte» obiettò Mormont.

«Quasi certamente tutti noi moriremo. Ma la nostra morte farà guadagnare tempo ai confratelli sulla Barriera. Tempo per ricostituire le guarnigioni nei fortini abbandonati, per chiamare in aiuto i re e i lord, per affilare le asce e riparare le catapulte. La nostra morte sarà una moneta ben spesa.»

«Morte» il corvo si spostò sull'altra spalla di Mormont. «Morte morte morte.»

Il Vecchio Orso rimase immobile, silenzioso, ripiegato su se stesso, come se il peso di quelle parole fosse intollerabile.

«Che gli dei mi perdonino» risolse alla fine il lord comandante dei guardiani della notte. «Scegli gli uomini.»

«Molto bene.» Qhorin il Monco si guardò intorno. I suoi occhi incontrarono quelli di Jon. Un lungo contatto di sguardi tra loro. «Scelgo Jon Snow.»

«È poco più che un ragazzo» Mormont lo guardò di sottecchi. «E anche il mio attendente. Non è nemmeno un ranger.»

«Tollett può occuparsi di te altrettanto bene, mio signore» Qhorin sollevò le due dita della mano mutilata. «Gli antichi dei sono ancora forti a nord della Barriera. Gli dei dei primi uomini… e degli Stark.»

Mormont osservò Jon: «Qual è la tua volontà, ragazzo?».

«Voglio andare» rispose senza alcuna esitazione.

Il vecchio guerriero sorrise tristemente: «Sapevo quello che avresti deciso».

La luce dell'alba era apparsa sul Pugno dei primi uomini quando Jon uscì dalla tenda a fianco di Qhorin il Monco. Il vento soffiava, agitando i loro mantelli neri, sollevando turbini di braci rosse che pulsavano nell'aria gelida.

«Partiamo a mezzogiorno» disse Qhorin. «È meglio che tu vada a cercare quel tuo meta-lupo.»

TYRION

«La regina intende allontanare il principe Tommen.»

Erano inginocchiati l'uno accanto all'altro nella silenziosa penombra del tempio, circondati dal baluginare delle candele, assediati dalle ombre. La voce di Lancel Lannister era un sussurro appena percettibile.

«Lord Gyles lo porterà con sé a Rosby, celandolo sotto le spoglie di un paggio. Gli tingeranno i capelli e diranno a tutti che è il figlio di qualche cavaliere.»

«È la folla che lei teme... o *me*?»

«Entrambi.»

«Ah» Tyrion non aveva avuto sentore di questo nuovo complotto. Che gli uccelletti di Varys, per una volta tanto, avessero fallito? Perfino i ragni tessitori potevano sbagliare una tela... O forse il gioco dell'eunuco era molto più sottile, molto più in profondità di quanto lui potesse immaginare? «I miei ringraziamenti, cavaliere.»

«Mi concederai quanto ti ho chiesto?»

«Forse.»

Quello che Lancel aveva chiesto era un comando di truppe nella battaglia a venire. Proprio uno splendido modo per crepare ancora prima di essersi fatto crescere del tutto quei bei baffetti biondi. Ma i giovani cavalieri pensano sempre di essere invincibili.

Tyrion si attardò nel luoco sacro anche dopo che suo cugino si fu discretamente ritirato. All'altare del Guerriero, usò una candela per accenderne un'altra. "Veglia su mio fratello, razza di dannato bastardo. Jaime è uno di voi." Accese una seconda candela, allo Sconosciuto. L'accese per se stesso.

Quella notte, quando la Fortezza Rossa fu immersa nelle tenebre, Bronn si presentò a lui. Tyrion era intento ad apporre il sigillo del Primo Cavaliere a una lettera: «Porta questa a ser Jacelyn Bywater». Il Folletto finì di far colare lacca dorata sulla pergamena.

«Che cosa dice?» Bronn non sapeva leggere, il che lo portava a porre domande impudenti.

«Che deve raggruppare cinquanta delle sue migliori spade e andare in esplorazione sulla Strada delle Rose» Tyrion impresse il sigillo nella cera che stava raffreddandosi.

«È più probabile che Stannis avanzi dalla Strada del Re.»

«Lo so bene. Ed è per questo, infatti, che dirai a Bywater d'ignorare il contenuto della lettera e quelle cinquanta spade invece di portarle a nord. Il loro compito è preparare un'imboscata sulla strada di Rosby. Tra un giorno o due, lord Gyles lascerà il castello con una dozzina di armati, alcuni servi e mio nipote. Il principe Tommen potrebbe essere vestito come un paggio.»

«E tu vuoi che lo riportino indietro, è così?»

«Al contrario. Io voglio che lo portino al castello di Rosby sotto ancora maggiore scorta.»

Togliere il ragazzo da Approdo del Re era stata una delle migliori idee di sua sorella, aveva deciso Tyrion. A Rosby, non solo Tommen sarebbe stato al sicuro dalle folle inferocite, ma anche lontano da Joffrey, il che avrebbe creato un ulteriore problema a Stannis. Se anche il lord della Roccia del Drago fosse riuscito a prendere Approdo del Re e a decapitare Joffrey, sarebbe stato comunque costretto a fare i conti con un altro legittimo erede Lannister al Trono di Spade.

«Lord Gyles è troppo malato per scappare e troppo codardo per combattere» riprese Tyrion. «Darà ordine al suo castellano di aprire le porte. Una volta dentro, le cappe dorate di Bywater dovranno espellere la guarnigione e proteggere Tommen a ogni costo. Ah, e chiedigli anche se gli piace come suona *lord* Bywater.»

«Lord Bronn suonerebbe molto meglio» ribatté il mercenario. «Potrei prenderlo io il ragazzo. Per il titolo, me lo tengo sulle ginocchia e gli canto perfino la ninna-nanna.»

«Tu mi servi qui» tagliò corto Tyrion. "E certo non mi fido a consegnarti mio nipote" pensò tra sé e sé. Se Joffrey fosse finito male, la pretesa dei Lannister al Trono di Spade sarebbe ricaduta interamente sulle giovanissime spalle di Tommen. Gli uomini di ser Jacelyn avrebbero difeso il ragazzo fino allo stremo, mentre le spade a cottimo di Bronn sarebbero state più che pronte a svenderlo ai suoi nemici.

«E il nuovo lord Bywater che cosa dovrebbe fare con il vecchio lord Gyles?»

«Quello che gli pare. Basta che si ricordi di dargli da mangiare. Non voglio che Rosby muoia» Tyrion si scostò dal tavolo. «È certo che mia sorella distaccherà un cavaliere della Guardia reale a custodia del principe.»

Bronn non parve preoccupato: «Il Mastino è il cane di Joffrey, quindi non si staccherà da lui. Le cappe dorate di Mano di ferro saranno in grado di sistemare gli altri senza troppi problemi».

«Se si dovesse arrivare a delle uccisioni, di' a ser Jacelyn che vorrei non avvenissero di fronte a Tommen» il Folletto indossò una cappa di pesante lana marrone. «Mio nipote ha il cuore tenero.»

«Sei proprio certo che sia un vero Lannister?»

«Sono certo solo dell'inverno e della guerra. Ora vieni con me, Bronn. Facciamo un pezzo di strada insieme.»

«Chataya?»

«Mi conosci troppo bene.»

Se ne andarono per una delle garitte nelle mura nord.

Tyrion diede di speroni e fece scendere il cavallo lungo l'acciottolato della Strada delle Ombre nere. Allo scalpiccio degli zoccoli, alcune sagome furtive cercarono riparo negli androni e nei vicoli trasversali. Nessuno osò avvicinarsi. Il concilio ristretto aveva esteso il coprifuoco imposto da Tyrion, e la pena per chiunque fosse stato trovato nelle strade dopo i rintocchi delle campane del tramonto era la morte immediata. Il provvedimento aveva riportato una sorta di pace ad Approdo del Re, riducendo di molto il numero di cadaveri che si rinvenivano sul selciato ogni alba. Varys però insisteva che la popolazione malediceva quel nuovo ordine. "Invece dovrebbero essere grati di avere ancora il fiato per maledire qualcosa." Nella Via dei Ramaioli, due cappe dorate intimarono loro di fermarsi, ma poi, quando si resero conto con chi avevano a che fare, implorarono la clemenza del Primo Cavaliere e li lasciarono passare. Bronn svoltò verso sud, in direzione della Porta del Fango. Fu là che le loro strade si divisero.

Tyrion si diresse al bordello di Chataya. D'improvviso, la sua pazienza ebbe fine. Si girò sulla sella, esplorando con lo sguardo la strada alle sue spalle. Nessuna traccia di eventuali pedinatori. Tutte le finestre erano buie, o sprangate. L'unico suono era il mormorio del vento nelle strade vuote. "Se Cersei mi ha mandato dietro qualcuno, deve trattarsi di un ratto sotto mentite spoglie."

«Alla malora» Tyrion aveva la nausea della pazienza. Ma soprattutto della cautela. Diede duramente di speroni, partendo al galoppo. "Qualcuno mi segue? E allora vediamo se cavalca bene."

Volò lungo le strade illuminate dalla luna, con gli zoccoli che pestavano sull'acciottolato, affrontando strade ripide e curve insidiose. Stava galoppando per raggiungere la donna che amava.

Mentre bussava con forza alla porta della magione, udì della musica che oltrepassava la barriera delle mura di pietra irte di rostri. Fu uno dei tagliagole del Porto di Ibben a farlo entrare.

Tyrion gli consegnò il cavallo. «E quello chi è?» chiese.

Le finestre della sala lunga all'interno, con i vetri a losanga, erano soffuse di un chiarore giallastro. Qualcuno stava cantando.

«Un cantante panciuto» rispose l'ibbenese scrollando le spalle.

Nel tragitto dalle stalle alla casa, la melodia crebbe d'intensità. A Tyrion Lannister, i cantastorie non erano mai andati a genio. E senza nemmeno averlo visto, questo cantastorie in particolare gli andava ancora meno a genio della sommossa del pane. Quando aprì la porta, l'uomo s'interruppe.

«Mio lord, Primo Cavaliere» il cantante, un pelato dal ventre prominente, s'inginocchiò, con fare servile. «Un onore, un onore.»

«Milord» Shae sorrise nel vederlo.

A Tyrion piacque quel suo sorriso, piacque il modo naturale, affatto premeditato, con cui era apparso sul bel viso di lei. Shae indossava un abito di seta viola, stretto in vita da una cintura di fili d'argento intrecciati: due colori che mettevano in risalto la sua pelle liscia, perfetta, e i suoi capelli scuri.

«Dolcezza» fece Tyrion. «E questo sarebbe?...»

«Mi chiamo Symon Lingua d'argento, mio signore» il cantastorie sollevò lo sguardo. «Fantasista, cantante, affabulatore...»

«E idiota totale» completò Tyrion. «Com'è che mi hai chiamato quando sono entrato qui?»

«Chiamato? Io ho solo...» di colpo, l'argento della lingua di Symon Lingua d'argento sembrava essersi tramutato in piombo. «Mio lord Primo Cavaliere, ho detto, un onore...»

«Un uomo più saggio avrebbe fatto finta di non conoscermi. Non che saresti riuscito a farmi fesso, ma avresti dovuto fare comunque il tentativo. E adesso che ne faccio di te? Sai della mia dolce Shae, sai dove vive, e sai che io vengo a farle visita di notte. Da solo.»

«Non lo dirò a nessuno! Lo giuro!...»

«Almeno su questo punto ci troviamo perfettamente d'accordo» Tyrion guidò Shae su per le scale. «Buonanotte e addio.»

«Potrebbe non essere più in grado di cantare» scherzò Shae. «Gli hai fatto talmente paura da fargli perdere la voce.»

«Io invece dico che un po' di sana paura lo aiuterà a raggiungere le note alte.»

La ragazza chiuse la porta della loro stanza da letto: «Non gli farai del male, vero?». Accese una candela aromatica e si chinò a togliergli gli stivali. «Le sue canzoni allietano le notti in cui tu non ci sei.»

«Vorrei poter stare con te ogni notte, credimi» rispose il Folletto, mentre Shae gli massaggiava i piedi nudi. «Canta bene?»

«Meglio di alcuni. Ma non bene quanto altri.»

Tyrion le aprì la vestaglia e affondò la faccia tra i suoi seni. C'era sempre un buon odore su Shae, perfino nel lezzo costante che ammorbava la città.

«Puoi averlo, il tuo menestrello. Ma che non faccia scherzi. Non permetterò che se ne vada in giro per la città a raccontare certe storie nelle taverne.»

«Lui non farà…»

Tyrion le coprì la bocca con la sua. Avevano parlato abbastanza. Quello che voleva adesso era la semplicità del piacere che trovava tra le gambe di Shae. Un luogo, forse l'unico, in cui lui era benvenuto, desiderato.

Più tardi, fece scivolare le braccia da sotto la testa di lei, indossò la tunica e scese in giardino. La mezza luna scintillava tra le foglie degli alberi da frutta, riflettendosi sulla superficie dello stagno dalle pareti di pietra in cui era possibile bagnarsi. Tyrion sedette vicino all'acqua. Da qualche parte, un grillo cantava. Un suono stranamente tranquillizzante. "C'è così tanta pace qui… Ma quanto durerà?"

Una zaffata puzzolente gli fece voltare la testa. Shae era in piedi sulla soglia della porta alle sue spalle. Indossava la vestaglia di tessuto argenteo che lui le aveva regalato. "Ho amato una fanciulla bianca come l'inverno, con il chiaro di luna tra i capelli." Dietro di lei c'era uno dei confratelli della Misericordia, un uomo corpulento, sulla cinquantina, con indosso un saio malamente rattoppato. Appesa al collo con una stringa di cuoio, là dove un septon avrebbe avuto un cristallo dei Sette Dei, il confratello portava una ciotola di legno. La puzza che emanava avrebbe fatto vomitare un topo di fogna.

«Lord Varys è venuto a trovarti» annunciò Shae.

Il confratello della Misericordia ammiccò, stupefatto dalla rivelazione.

«In effetti» rise Tyrion. «Come fai a sapere che è lui? Io non ci sarei mai arrivato.»

«È lui, è lui» Shae si strinse nelle spalle. «È solo vestito diversamente.»

«Aspetto diverso, odore diverso, modo di camminare diverso» Tyrion corrugò la fronte. «Molti uomini sarebbero stati tratti in inganno.»

«E anche molte donne. Ma non le puttane. Una puttana impara a vedere l'uomo, non i suoi abiti. Se no finisce sgozzata in un vicolo buio.»

Varys aveva un'aria sofferente. E non a causa delle piaghe finte ai piedi.

«Shae, ci porteresti del vino?» sogghignò Tyrion. Era certo di aver bisogno di qualcosa da bere: quale che fosse il motivo che aveva portato l'eunuco fino là, nel cuore della notte, non poteva trattarsi di buone notizie.

«Ho quasi paura a dirti perché mi trovo qui, mio signore» esordì Varys, una volta che Shae se ne fu andata. «Sono latore di cupe nuove.»

«Avresti dovuto vestirti di piume nere, Varys. Sei un uccellaccio del malaugurio proprio come i corvi messaggeri.» Tyrion si mise goffamente in piedi. Aveva quasi paura a porre la domanda successiva. «Si tratta di Jaime?» "Se gli hanno fatto del male, nulla potrà salvarli."

«No, mio signore. Tutt'altra storia. Ser Cortnay Penrose è morto. Capo Tempesta ha aperto le porte a Stannis Baratheon.»

Nella mente di Tyrion, la rabbia cancellò qualsiasi altro pensiero. Shae tornò con il vino. Lui bevve appena un sorso, poi lanciò la coppa facendola esplodere contro l'esterno della casa. Sollevò un braccio per ripararsi dalla pioggia di schegge di creta. Il vino, completamente nero al chiarore della luna, ruscellò come dita sinuose tra le pietre del muro.

«Maledetto! Maledetto lui!...»

«Chi, mio lord?» Varys sorrise, scoprendo una chiostra di denti marci, finti anche quelli. «Ser Cortnay o lord Stannis?»

«Tutti e due.»

Capo Tempesta era forte. Avrebbe potuto reggere per sei mesi, o anche di più, dando a lui il tempo di chiudere i conti con Robb Stark. Ma adesso...

«Cos'è accaduto?»

«Mio lord» Varys scoccò un'occhiata a Shae. «Perché turbare i sonni della tua delicata signora con tetri, sanguinosi dettagli?»

«Una signora ne avrebbe paura» ribatté Shae. «Ma io non sono una signora.»

«Dovresti esserlo» replicò Tyrion. «Con la caduta di Capo Tempesta, è ad Approdo del Re che Stannis rivolgerà presto la sua attenzione.» Adesso rimpiangeva di aver sprecato tutto quel vino.

«Lord Varys, concedici qualche momento. Poi tu e io faremo ritorno alla Fortezza Rossa.»

«Ti attenderò vicino alle stalle» l'eunuco fece un breve inchino e si congedò.

Tyrion attirò Shae a sé: «Non sei più al sicuro qui».

«Ho queste mura. Ho le guardie che tu mi hai dato.»

«Mercenari» insisté Tyrion. «Il mio oro piace loro quanto basta. Ma sono pronti a morire per esso? Quanto alle mura, è sufficiente che un uomo salga sulle spalle di un altro ed è al di qua in un attimo. Durante le sommosse del pane, una magione proprio come questa è stata ridotta in cenere. Hanno ucciso l'orafo che ne era il proprietario solo perché aveva la dispensa piena. Così come hanno fatto a pezzi l'Alto Septon, stuprato Lollys Tanda in cinquanta e sfondato il cranio a ser Aron Santagar. Che cosa pensi che farebbero alla lady del Primo Cavaliere se riuscissero a metterle le mani addosso?»

«Vuoi dire la *puttana* del Primo Cavaliere» Shae lo guardò con quei suoi occhi grandi, decisi. «Anche se io vorrei essere la tua lady, certo. Mi vestirei con tutte le belle cose che tu mi hai dato, la seta e il satin e il tessuto dorato. Indosserei i tuoi gioielli e terrei la tua mano e siederei con te alle feste. Potrei darti dei figli, so che potrei... e giuro che non porterei mai vergogna al tuo nome.»

"Il mio amore per te basta e avanza a portare vergogna al mio nome." «Un sogno dolce, Shae. Ma adesso, ti prego, mettilo da parte. Non potrà mai esistere.»

«A causa della regina? Non ho paura nemmeno di lei.»

«Io sì.»

«E allora uccidila, e che sia finita. Non c'è mai stato un grande affetto tra voi.»

«Cersei rimane mia sorella» sospirò Tyrion. «E chi uccide il sangue del suo sangue è maledetto per sempre agli occhi degli uomini e degli dei. Inoltre, qualsiasi cosa tu possa pensare di Cersei, è molto cara a mio padre e a mio fratello. Posso tessere inganni contro qualsiasi uomo dei Sette Regni, ma gli dei non mi hanno concesso gli strumenti per affrontare Jaime con una spada in pugno.»

«Anche il Giovane Lupo e lord Stannis hanno delle spade. Loro però non ti fanno paura.»

"Quanto poco sai, piccola mia." «Contro di loro, ho tutta la forza della Casa Lannister. Contro Jaime o mio padre, le uniche armi che ho sono una schiena contorta e un paio di gambette deformi.»

«Hai me.»

Shae lo baciò, facendogli scivolare le braccia attorno al collo, premendo il corpo contro il suo. Quel bacio fece risorgere in Tyrion il desiderio, come sempre accadeva. Ma questa volta il Folletto si costrinse a staccarsi da lei.

«Non adesso. Cara, ascolta, io ho... diciamo che ho un abbozzo di piano. Credo di riuscire a portarti nelle cucine del castello.»

Il viso di Shae perse qualsiasi espressione: «Le cucine?».

«Esatto. Se mi muovo con l'aiuto di Varys, andrà tutto bene.»

«Mio lord, finirei con l'avvelenarti» ridacchiò Shae. «Tutti quelli che hanno assaggiato le mie ricette hanno detto che sono molto meglio come puttana.»

«La Fortezza Rossa ne ha più che a sufficienza, di cuochi. Lo stesso vale per i macellai e i fornai. Basterà che tu finga di essere una sguattera.»

«Una ragazza delle pentole sporche» rilevò Shae. «Con addosso una tunica di stoffa grezza. È così che milord vuole vedermi?»

«Milord vuole vederti viva» rispose Tyrion. «Inoltre, dubito molto che tu possa lavare pentole indossando satin e tessuti d'argento.»

«Milord si è forse stancato di me?» Shae gli infilò la mano sotto la tunica e trovò il suo cazzo. Un paio di rapide passate, e glielo fece venire duro. «No, mi vuole ancora.» Fece una risatina. «Che ne diresti di scopare la tua servetta di cucina, milord? Puoi coprirmi di farina e succhiare sugo dalle mie tette se...»

«Falla finita.» Il modo in cui si stava comportando gli ricordò quell'altra puttanella nel bordello di Chataya, Dancy. E gli ricordò come ce l'avesse messa tutta per guadagnarsi la sua tariffa. «Non è questo il momento per la ginnastica da camera, Shae.» Allontanò la sua mano, evitando ulteriori giochetti.

«Se ho arrecato dispiacere a milord» il sorriso di lei adesso era svanito «non è mai stata questa la mia intenzione. È che... non puoi lasciarmi qui e darmi più guardie?»

Tyrion esalò a fondo. "Ricorda quanto è giovane, questa ragazza." Le prese una mano tra le sue: «Le gemme possono essere sostituite, di abiti è possibile averne di nuovi, molto più belli dei vecchi. Ma tra queste mura, sei tu la cosa che mi è più preziosa. La Fortezza Rossa non è molto sicura, ma lo è certamente più di questo posto. È là che ti voglio, Shae».

«Nelle cucine» la voce di lei era atona. «A grattare padelle.»

«Solo per breve tempo.»

«Anche mio padre mi mandò nelle cucine» la bocca di Shae si distorse. «Per questo scappai via.»

«Mi avevi detto di essere scappata perché tuo padre aveva fatto di te la sua puttana.»

«Anche quello. Ma grattare padelle non mi piaceva più di quanto mi piacesse avere il suo cazzo dentro di me» lei scosse il capo da una parte all'altra. «Perché non mi puoi tenere nella tua torre? Metà dei lord del castello ha chi gli tiene caldo il letto.»

«Mi è stato espressamente proibito di portarti a corte.»

«Da quel tuo stupido padre» Shae fece la bocca a culo di gallina. «Sei abbastanza vecchio da avere tutte le puttane che vuoi. Per chi ti prende, per un ragazzino imberbe? Che cosa potrebbe fare, sculacciarti?»

Tyrion le diede una sberla. Non tanto forte, ma quanto bastava. «Maledetta. Mai, mai più, prenderti gioco di me. Non *tu*.»

Per un lungo momento, Shae non parlò. L'unico suono tra loro veniva da un grillo che continuava a cantare indifferente, incessante.

«Chiedo perdono, milord» disse lei alla fine, con la voce greve. «Non volevo essere impudente.»

"Non intendevo colpirti. Per gli dei, sto forse diventando come Cersei?"

«È stato brutto» riprese Tyrion. «Da parte di entrambi. Shae, tu non capisci...» E poi, parole che lui mai avrebbe voluto pronunciare dilagarono come un fiume in piena da un argine spezzato. «Avevo tredici anni, e sposai la figlia di un contadino. O almeno, questo è quanto pensai. Ero cieco d'amore per lei, ed ero certo che anche lei lo fosse per me. Ma poi mio padre mi sbatté in faccia la verità. La mia amata sposa era solamente una puttana. Una baldracca che mio fratello Jaime aveva pagato perché io potessi avere il primo assaggio di donna.» "Solo che io ci credetti, idiota com'ero." «E perché la imparassi proprio tutta, la dura lezione, lord Tywin diede mia moglie in pasto a un intero baraccamento dei suoi soldati. E mi costrinse a *guardare*.» "Mi costrinse anche a scoparla, dopo che tutti gli altri avevano finito. Un'ultima volta, senza una sola traccia di amore o di tenerezza. 'In modo che tu possa ricordare che cosa lei è veramente' questo mi disse. Avrei dovuto oppormi, ma il mio cazzo mi tradì. E io feci quello che lui voleva che facessi." «Quando fu finita, mio padre fece annullare il matrimonio. Come se non fosse mai esistito, dissero i septon.» Tyrion strinse la mano di lei. «Ti prego, non voglio più parlare della Torre del Primo Cavaliere. Starai nelle cucine solo per poco tempo. E una volta che avrò sistemato Stannis, avrai un'altra magione. E avrai sete soffici quanto le tue mani.»

Gli occhi di Shae si erano fatti più grandi. Ma Tyrion non fu in grado di leggervi dentro.

«Le mie mani non saranno soffici dopo che pulirò forni e gratterò pentole tutto il giorno. Vorrai davvero che ti tocchino, tutte rosse e scorticate dall'acqua bollente e dal sapone grezzo?»

«Più che mai lo vorrò. Ogni volta che le guarderò, mi tornerà in mente come sei stata coraggiosa.»

Non fu in grado di capire se lei gli credesse davvero. Shae abbassò gli occhi: «Come milord comanda».

Per quella notte, era il massimo dell'accondiscendenza che lei fosse in grado di dimostrargli, Tyrion lo comprese con fin troppa chiarezza. Le baciò la guancia nel punto in cui l'aveva colpita, come per togliere un po' di bruciore.

«Ti manderò a prendere» concluse il Folletto.

Varys lo stava aspettando nelle stalle, come d'accordo. Il suo cavallo appariva mezzo morto quanto il suo cavaliere. Tyrion montò in sella. Uno dei mercenari aprì le porte. Il nano e l'eunuco si avviarono in silenzio.

"Gli dei mi aiutino, perché le ho detto di Tysha?" Di colpo, Tyrion ebbe paura. Esistevano segreti che mai avrebbero dovuto essere rivelati. Esistevano vergogne che un uomo doveva portare con sé fino alla tomba. Ma che cosa cercava da lei, perdono, forse? Il perdono di una puttana? E quel suo sguardo, che cosa significava? Odiava davvero tanto l'idea di grattare padelle, o era stata la confessione che lui le aveva fatto? "Come ho potuto dirle quelle cose credendo che lei potesse continuare ad amarmi?" Fu una metà di lui a porre la domanda. Ma l'altra metà di lui lo derise: "Amarti? Idiota di un nano... Le uniche cose che una puttana ama sono l'oro e i gioielli".

Il suo gomito ferito si era messo a pulsare, provocando fitte di dolore ogni volta che uno zoccolo del cavallo picchiava a terra. Certe volte, aveva addirittura la sensazione che le ossa sfregassero le une contro le altre. Forse avrebbe dovuto vedere un maestro, farsi dare una pozione per combattere il dolore... Ma da quando Pycelle si era rivelato per quello che era, Tyrion aveva sviluppato una completa avversione verso i sapienti della Cittadella. Lo sapevano gli dei in che genere di cospirazioni fossero coinvolti, o che cosa realmente mescolavano in quelle loro pozioni dal gusto ignobile.

«Varys,» disse il Folletto «voglio portare Shae al castello senza che Cersei lo venga a sapere.» Poi procedette a illustrare quanto aveva in mente con le cucine.

«Farò come il mio signore comanda, naturalmente. Ma devo metterti in guardia...» il Ragno Tessitore emise un suono gracchiante, vagamente divertito. «Le cucine sono piene di occhi e di orecchie. Perfino se sulla ragazza non grava nulla di sospetto, sarà comunque sottoposta a mille domande. Dov'è nata, chi sono i suoi genitori, come ha fatto ad arrivare ad Approdo del Re... La verità non può e non deve emergere, per cui la fanciulla sarà costretta a mentire, a mentire e a mentire ancora.» Varys lanciò a Tyrion un'occhiata dall'alto in basso. «Inoltre, una così graziosa servetta susciterà non soltanto curiosità, ma anche lussuria. Verrà pizzicata, toccata, palpeggiata, titillata. Gli altri sguatteri andranno a infilarsi sotto le sue coperte la notte. Qualche cuoco dal cervello corto si metterà in testa di sposarla. I fornai le accarezzeranno i seni con mani bianche di farina.»

«Sempre meglio che essere accoltellata a morte» ribatté Tyrion.

«Ma forse c'è un'altra strada» aggiunse Varys dopo qualche passo. «Guarda caso, la servetta che si occupa della figlia di lady Tanda ha allungato le mani sui gioielli della padrona. Dovessi informarne lady Tanda, la nobildonna non avrebbe altra scelta che allontanare la ragazza sull'istante. Per cui la figlia avrà bisogno di una nuova servetta.»

«Già.»

A Tyrion, gli aspetti positivi di quell'alternativa non sfuggirono. La servetta di una lady indossava di certo abiti migliori di una sguattera, arrivava addirittura a portare qualche piccolo monile. Shae non poteva non essere soddisfatta. Per di più, Cersei riteneva che lady Tanda fosse noiosa e isterica e considerava sua figlia Lollys nient'altro che una stupida mucca. Ben difficilmente la regina avrebbe perso tempo in visite di cortesia.

«Lollys è timida e si fida facilmente» continuò Varys. «Accetterà qualsiasi storiella le venga propinata. Da quando la folla l'ha così brutalmente privata della sua virtù, ha paura anche solo di lasciare le sue stanze, per cui Shae sarà fuori vista... ma anche convenientemente vicina, qualora tu, mio lord, avessi necessità di conforto.»

«La Torre del Primo Cavaliere è costantemente osservata, tu lo sai bene quanto me. Cersei diventerebbe subito molto curiosa nell'apprendere che la servetta di Lollys viene a farmi visita.»

«Ritengo di essere in grado di far sgusciare la piccola nelle tue stanze senza essere vista. Il bordello di Chataya non è l'unico luogo dotato di passaggi segreti.»

«Un passaggio segreto nei *miei* appartamenti?» più che sorpreso, Tyrion era seccato. Ma in fondo, perché Maegor il Crudele aveva fatto sterminare tutti coloro i quali avevano lavorato alla costruzione della Fortezza Rossa, se non per preservare simili segreti? «Sì, suppongo che qualcosa del genere esista. E dove la trovo, questa porta nascosta? Nel solarium? Nella stanza da letto?»

«Amico mio, non vorrai certo costringermi a rivelare *tutti* i miei piccoli segreti, vero?»

«Da questo momento in poi, Varys, consideriamoli i *nostri* piccoli segreti» Tyrion lanciò uno sguardo all'eunuco, avvolto in quella sua mascherata puzzolente. «Sempre che tu sia dalla mia parte...»

«Ne puoi forse dubitare?»

«No, certo. Mi sono fidato implicitamente di te fino dal primo istante» l'acida risata del Folletto andò a echeggiare contro le finestre sprangate. «In verità, mi fido di te come di qualcuno che appartenga al mio stesso sangue Lannister. Ora torniamo a ser Cortnay Penrose. Com'è morto?»

«Pare che si sia gettato dall'alto di una torre.»

«*Suicidio*? Ma chi ci crede?»

«Le sue guardie non hanno visto nessuno penetrare nelle stanze di ser Cortnay. E non hanno trovato nessuno nemmeno dopo la sua morte.»

«L'assassino sarà entrato prima, nascondendosi sotto il letto» suggerì Tyrion. «O forse si è calato dal tetto lungo una fune. Forse le guardie mentono. Che cosa ci vieta di credere che siano state proprio loro a ucciderlo?»

«Indubbiamente hai ragione, mio lord.»

Ma il tono saccente dell'eunuco diceva il contrario. «Tu però non ci credi, giusto? E allora, com'è stato commesso il delitto?»

Per un lungo istante, Varys non parlò. L'unico suono tra loro fu il ritmo degli zoccoli ferrati sull'acciottolato.

«Mio lord» disse il Ragno alla fine, dopo essersi schiarito la voce. «Tu credi negli antichi poteri?»

«Vuoi dire se credo nella magia?» ribatté Tyrion con impazienza. «Incantesimi di sangue, maledizioni, metamorfosi, cose di quel genere?» ebbe un grugnito. «Stai suggerendo che ser Cortnay è stato ammazzato con qualche stregoneria?»

«La mattina del giorno in cui è morto, ser Cortnay aveva sfidato lord Stannis in singolar tenzone. Io ti chiedo, è davvero questo l'atto di un uomo travolto dalla disperazione? E non dimentichiamo l'ancora misterioso e quanto fortuito assassinio di lord Renly... avvenuto proprio mentre lui stava formando le linee di battaglia per spazzare via le magre forze di suo fratello.» L'eunuco fece una pausa. «Mio lord, una volta tu mi chiedesti come avvenne che io venni castrato.»

«Lo ricordo. E ricordo che tu non ne hai voluto parlare.»

«Non vorrei farlo neppure ora, ma...» lord Varys si concesse una pausa ancora più lunga. E quando riprese a parlare, c'era qualcosa di diverso nella sua voce. «Ero un ragazzino orfano. Lavoravo come apprendista in una piccola compagnia di guitti viaggiante. Il nostro padrone era proprietario di una modesta imbarcazione e noi navigavamo su e giù per il Mare Stretto esibendoci in tutte le Città Libere, a volte spingendoci addirittura a Vecchia Città e ad Approdo del Re.

«Un giorno, a Myr, un certo individuo venne a vedere il nostro spettacolo, al termine del quale fece al nostro padrone la classica offerta che non si può rifiutare. L'offerta riguardava *me*. Ero terrorizzato. Temevo che quell'uomo volesse usarmi come avevo udito gli uomini usano i ragazzini. In realtà, l'unica parte di me di cui aveva bisogno era la mia virilità. Mi somministrò una pozione che mi rese incapace di muovermi e di parlare... ma che non ebbe alcun effetto narcotico sui miei sensi. Così fui costretto a osservare, muto e paralizzato, mentre l'uomo procedeva a tagliarmi con una lunga lama munita di uncino all'estremità. Mutilò tutto quello che c'era da mutilare, frutti e stelo, fino alla radice. E nel farlo, continuò a canticchiare. Poi, l'osservai bruciare le mie parti virili in un braciere; le fiamme divennero blu. Dopo di che udii una voce rispondere alla sua invocazione. Una voce, sì... ma non capii in quale linguaggio parlò.

«I guitti avevano ripreso il mare una volta che lui ebbe finito con me. Visto che avevo esaurito il mio scopo, l'uomo non aveva più il benché minimo interesse nei miei confronti. Così mi liberò. Gli chiesi che cosa secondo lui avrei dovuto fare, mi rispose che la cosa migliore per me sarebbe stato morire. Giusto per sfidarlo, rifiutai di morire. E decisi di vivere. Feci la questua, rubai, vendetti le parti del mio corpo che ancora mi rimanevano. Non ci misi molto a diventare uno dei più abili ladri della Città Libera di Myr. In seguito, passati gli anni, appresi che spesso il contenuto dei documenti di un uomo è molto più importante di quello della sua borsa.

«Eppure, mio lord Lannister, ancora oggi sogno quella notte terribile, in cui tutto cambiò. Ma non sogno quell'uomo, lo stregone. Non sogno la sua lama uncinata, e nemmeno il modo in cui la mia virilità si contorse, divorata dal fuoco. No, io sogno la voce che venne dalle fiamme azzurre. Apparteneva forse a un dio? Oppure a un demone? O forse era il trucco di un evocatore di spiriti? Ancora oggi, io che conosco *tutti* i trucchi, non so spiegarlo. La sola cosa che so per certo è che quell'uomo chiamò, e la voce rispose. È da quel giorno che odio la magia e tutti gli uomini che la praticano. Se lord Stannis è uno di quegli uomini, allora voglio vederlo morto.»

Varys aveva finito il suo racconto. Cavalcarono in silenzio per un lungo tratto.

«Una storia agghiacciante» risolse Tyrion. «Sono dispiaciuto di questo tuo destino, Varys.»

«Ne sei dispiaciuto» l'eunuco sospirò. «Ma non mi credi. No, mio lord, non c'è ragione che tu ti scusi. Ero drogato e in preda a grandi sofferenze, ed è accaduto molto tempo fa, in un luogo remoto al di là del mare. Devo averla sognata, quella voce. Così ho ripetuto mille e mille volte a me stesso.»

«Io credo nelle lame d'acciaio, nelle monete d'oro e nell'astuzia degli uomini» aggiunse Tyrion. «E credo che siano esistiti i draghi, un tempo. In fin dei conti, ho visto i loro teschi.»

«E allora, mio lord, auguriamoci che sia stata quella la cosa peggiore che tu debba mai vedere.»

«Qui siamo d'accordo» sorrise Tyrion. «Quanto alla morte di ser Cortnay, ebbene, sappiamo che Stannis ha assoldato pirati delle Città Libere. Forse ha assoldato anche un abile assassino.»

«Un assassino *molto* abile.»

«Ne esistono. Un tempo sognavo di essere abbastanza ricco per poter mandare uno degli Uomini senza faccia a sistemare la mia cara sorellina.»

«Ormai fa poca differenza com'è morto ser Cortnay» rilevò Varys. «La realtà è che è morto, che Capo Tempesta è caduta, e che ora Stannis Baratheon può marciare contro di noi.»

«C'è qualche possibilità di convincere i dorniani a calare sulle Terre Basse?»

«Nessuna.»

«Peccato. Forse basterà comunque quella minaccia a far restare i lord delle Terre Basse vicino ai loro castelli. Che notizie ci sono di mio padre?»

«Se anche lord Tywin è riuscito a superare la Forca Rossa del Tridente, a me non è ancora giunta nessuna nuova in tal senso. Ma se non fa in fretta, potrebbe ritrovarsi stretto tra i suoi avversari. La foglia di quercia degli Oakheart e l'albero dei Rowan sono stati visti a nord del fiume Mander.»

«Nessuna notizia nemmeno di Ditocorto?»

«Forse non è mai arrivato a Ponteamaro. O forse ci è arrivato ed è morto. Lord Randyll Tarly ha raggiunto alcuni degli alleati di Renly e ne ha passati molti a fil di spada. Primo di tutti Florent. Lord Caswell si è barricato nel suo castello.»

Tyrion rovesciò la testa indietro ed esplose in una fragorosa risata.

Varys gli si accostò con un colpo di redini, stupefatto: «Mio lord?».

«Andiamo, Varys, non dirmi che non vedi il lato divertente in tutto questo» Tyrion fece un cenno, indicando le strade vuote, le finestre sbarrate di Approdo del Re. «Capo Tempesta è caduta. Stannis Baratheon ci sta arrivando addosso con il ferro, il fuoco e gli dei solo sanno quali altri oscuri poteri. Ma tutta questa brava gente non ha Jaime a proteggerli. Così come non ha Robert, né Renly, né Rhaegar. Non ha nemmeno il suo prezioso Cavaliere di Fiori e fiorellini. Hanno solo me, quello che odiano.» Tyrion rise di nuovo. «Il nano, il malvagio consigliere, il piccolo, distorto demonescimmia. Sono *io* l'unica cosa rimasta tra loro e il caos!»

CATELYN

«Di' a nostro padre che sarà orgoglioso di me!» Ser Edmure Tully balzò in sella al suo cavallo, lord fino al midollo nella sua scintillante maglia di ferro e nel fluente mantello dalle tinte liquide. Una trota argentata, identica a quella dipinta al centro dello scudo, ornava la cresta del suo elmo da battaglia.

«È sempre orgoglioso di te, Edmure. E ti ama con tutta la sua forza. Ti prego di crederlo.»

«Intendo dargli una ragione più valida che non il semplice diritto di nascita.»

L'erede di Delta delle Acque spronò il suo destriero da guerra e sollevò una mano. Le trombe suonarono, un tamburo iniziò a battere ritmicamente, il ponte levatoio calò a sussulti. Ser Edmure Tully guidò i suoi uomini fuori dalla fortezza dei fiumi in un tripudio di lance levate e di vessilli al vento.

"Il mio esercito è molto più numeroso del tuo, fratello" fu il pensiero che attraversò la mente di Catelyn Stark nell'osservare Edmure tornare in guerra. "Un esercito fatto di dubbi, di paure."

Accanto a lei c'era Brienne di Tarth, la sua tristezza era quasi tangibile. Catelyn aveva dato ordine che le fossero preparati vestiti della misura adatta, splendidi abiti degni del suo lignaggio e del suo sesso. La donna guerriera però continuava a preferire le cotte di maglia e le tuniche di cuoio, e alla vita il cinturone di una spada lunga. Avrebbe voluto cavalcare con le truppe di Edmure, nessun dubbio. Ma anche la forte, possente Delta delle Acque aveva bisogno di spade che potessero difenderla. Edmure stava portando ai guadi del Tridente pressoché ogni uomo valido. Dietro, lasciava solo ser Desmond Grell, al comando di una guarnigione composta di feriti, vecchi e malati, con il debole appoggio di pochi scudieri e di alcuni ragazzi delle campagne privi di addestramento, e che non avevano ancora raggiunto la virilità.

Una volta che l'ultimo soldato di fanteria ebbe superato il grande portale, Brienne finalmente chiese: «Che cosa faremo adesso, mia signora?».

«Il nostro dovere.»

Il volto di Catelyn era duro, quando s'incamminò nel cortile. "Ho sempre fatto il mio dovere." Forse per questo era sempre stata la favorita del lord suo padre. I suoi due fratelli maggiori erano periti entrambi in tenera età, così, fino alla nascita di Edmure, per lord Hoster lei era stata figlio e figlia insieme. Poi anche sua madre era morta, dando alla luce Lysa. A quel punto lord Hoster le aveva detto che spettava a lei essere la lady di Delta delle Acque. Catelyn aveva fatto anche questo. E quando lord Hoster l'aveva promessa in sposa a Brandon Stark, lei lo aveva ringraziato per quella splendida scelta.

"Diedi a Brandon il mio pegno d'amore perché potesse portarlo con sé. E mai, nemmeno una volta, confortai Petyr Baelish dopo che venne ferito in duello. Né andai a dirgli addio quando il lord mio padre lo allontanò. Quando Brandon fu assassinato da re Aerys il Folle e mio padre mi disse che avrei sposato Ned Stark, lo feci a cuor contento, seppure, fino al giorno del nostro matrimonio, non sapessi neppure che faccia avesse Ned. Concessi la mia verginità a questo solenne giovane sconosciuto e lo mandai alla guerra e al suo re e alla donna che generò il suo figlio bastardo... perché ho *sempre* fatto il mio dovere!"

I suoi passi la condussero fino al tempio, un edificio di arenaria a base ottagonale al centro di quelli che erano stati i giardini di sua madre, in cui si diffondevano i colori dell'arcobaleno. Quando lei e Brienne entrarono, lo trovarono affollato, Catelyn non era la sola a sentire il bisogno di pregare. Si inginocchiò al cospetto del simulacro di marmo dipinto che rappresentava il Guerriero. Accese una candela aromatica per Edmure e un'altra per Robb, che combatteva oltre le colline a occidente. "Preservali e aiutali a vincere" pregò. "Porta la pace alle anime dei caduti e il conforto a coloro che essi si lasciano dietro."

Il septon entrò con il suo aspersorio e il cristallo sacro mentre Catelyn stava ancora pregando, così decise di rimanere per la funzione. Non conosceva questo septon, un giovane serio dell'età di Edmure. Eseguì il proprio ufficio abbastanza bene. Nell'innalzare il canto ai Sette Dei, la sua voce era piena e gradevole. Catelyn però si ritrovò a rimpiangere gli esili toni malfermi di septon Osmynd, morto ormai da lungo tempo. Osmynd avrebbe ascoltato con pazienza la strana storia di ciò che lei aveva visto e percepito nel padiglione di Renly. Forse avrebbe avuto una spiegazione per quanto era accaduto. Forse sarebbe stato anche in grado di dirle che cosa fare per dare la pace alle ombre che continuavano a turbare i suoi sonni. "Osmynd, mio padre, zio Brynden, il vecchio maestro Kym... Loro sembravano sapere sempre tutto. Adesso rimango solamente io, e mi sembra di non sapere niente, nemmeno qual è il mio dovere. Come posso fare il mio dovere se non so quale sia?"

Catelyn aveva le ginocchia irrigidite quando finalmente si rimise in piedi. Ma non sentiva di aver avuto alcuna risposta. Forse, quella notte sarebbe andata nel parco degli dei, a pregare anche gli dei di Ned, entità più antiche dei Sette Dei.

Fuori, c'era una canzone molto diversa. Rymund della Rima sedeva di fronte alla birreria, al centro di un cerchio di ascoltatori, e la sua voce profonda modulava le strofe di *Lord Daremond e il Pascolo Insanguinato.*

E colà rimase, con la spada in pugno,
l'ultimo dei dieci di Darry...

Brienne si fermò ad ascoltare per qualche momento, con le larghe spalle incurvate, le braccia robuste incrociate sul petto. Un gruppo di ragazzini stracciati corse accanto a lei, urlando e colpendosi a vicenda con dei rami. "Perché ai ragazzi piace così tanto giocare alla guerra?" Catelyn si domandò se Rymund conoscesse quella risposta. La voce del cantastorie crebbe nel raggiungere la fine della ballata.

E rossa fu l'erba sotto i suoi piedi,
e rossi brillarono i suoi vessilli,
e rosso fu il sole al tramonto
che nella sua luce lo avvolse.

«Vieni da me, vieni da me» il grande lord chiamò,
«ancora fame ha la mia spada.»
E con un urlo di selvaggio furore,
tra gli steli si avventarono...

«Combattere è meglio che attendere» disse Brienne. «Non ti senti così inutile, quando combatti. Hai una spada e un cavallo, a volte anche un'ascia. E se indossi una corazza, è difficile che qualcuno possa farti del male.»

«I cavalieri muoiono in battaglia» le ricordò Catelyn.

«E le nobili signore muoiono di parto» Brienne la fissò con quei suoi splendidi occhi azzurri «ma nessuno compone canzoni su di *loro.*»

«Anche i figli sono una battaglia, di un genere diverso» disse Catelyn avviandosi nel cortile. «Una battaglia senza vessilli o corni da guerra, ma non per questo meno feroce. Avere un bambino, portarlo in questo mondo… Tua madre ti avrà parlato del dolore…»

«Non l'ho mai conosciuta, mia madre» disse Brienne. «Mio padre aveva delle signore… una diversa ogni anno…»

«Quelle non erano signore» Catelyn scosse il capo. «Per quanto duro possa essere un parto, Brienne, ciò che viene dopo è ancora più duro. Certe volte, mi sento come se venissi dilaniata in pezzi. Vorrei essere cinque persone, una per ognuno dei miei figli, in modo da poterli tenere tutti al sicuro.»

«E chi terrà *te* al sicuro, mia signora?»

«Gli uomini della mia nobile casa» il sorriso di Catelyn era vacuo, stanco. «O almeno, questo m'insegnò mia madre. Il lord mio padre, mio fratello, mio zio, mio marito, tutti loro mi terranno al sicuro… Ma mentre loro sono lontani, credo che toccherà farlo a te, Brienne.»

Brienne chinò leggermente il capo: «Ci proverò, mia signora».

Maestro Vyman venne più tardi, portando una lettera. Catelyn sperava fossero notizie di Robb, o di ser Rodrik da Grande Inverno. Il messaggio invece proveniva da un certo lord Meadows, che si definiva castellano di Capo Tempesta. Era indirizzato al padre di Catelyn, o a suo fratello, o a suo figlio… "A chiunque controlli Delta delle Acque." Ser Cortnay Penrose era morto, scriveva lord Meadows, e Capo Tempesta aveva aperto le sue porte a Stannis Baratheon, erede di sangue e di diritto. Come un sol uomo, la guarnigione della fortezza aveva prestato giuramento di fedeltà alla sua causa, a nessuno di loro era stato fatto del male.

«Eccetto che a Cortnay Penrose» mormorò Catelyn. Non aveva mai incontrato l'anziano cavaliere, eppure si sentì rattristata dalla sua scomparsa. «Robb dev'essere informato immediatamente» disse a maestro Vyman. «Tu sai dove si trova?»

«L'ultima volta che ha dato sue notizie, stava marciando verso il Crag, sede dalla Casa Westerling» rispose il sapiente. «Se inviassi un corvo ad Ashemark, forse potrebbero mandare una staffetta a cavallo a raggiungerlo.»

«Allora fallo.»

Quando il maestro si fu allontanato, Catelyn lesse nuovamente la lettera.

«Lord Meadows non fa alcuna menzione di Edric Storm, il figlio bastardo di Robert» confidò a Brienne. «Immagino che abbia tenuto anche il ragazzo. Per quanto, davvero non riesco a capire per quale ragione Stannis lo voglia a tutti i costi.»

«Forse teme una sua eventuale pretesa al trono.»

«La pretesa di un bastardo? No, si tratta di qualcosa d'altro... Che aspetto ha questo ragazzo?»

«Sette, otto anni, grazioso, capelli neri e vividi occhi azzurri. I visitatori spesso credevano fosse figlio di Renly.»

«E Renly assomigliava molto a Robert» Catelyn cominciò a intravedere una spiegazione. «Stannis intende mostrare Edric a tutto il reame, in modo che la gente possa vedere in lui il volto di Robert, domandandosi quindi perché Joffrey non abbia alcun punto di contatto con lui.»

«E questo significherebbe davvero tanto?»

«Chi appoggia Stannis dirà che si tratta di una prova inconfutabile dell'incesto di Cersei» Catelyn scosse il capo. «Chi appoggia Joffrey dirà che non significa assolutamente niente.»

In effetti, i suoi stessi figli avevano molto più dei Tully che non degli Stark. Arya era l'unica che conservasse i lineamenti di Ned. "E anche Jon Snow, ma lui non è mio figlio." La mente di Catelyn tornò alla madre di Jon, il misterioso amore segreto di cui suo marito si era sempre rifiutato di parlare. "Piange anche lei Ned quanto lo piango io? O forse lo odia per aver preferito il mio talamo al suo? Prega anche lei per suo figlio come io prego per i miei?"

Pensieri che la mettevano a disagio. E anche pensieri futili. Se, come alcuni bisbigliavano, la madre di Jon era Ashara Dayne, lady di Stelle al Tramonto, sorella di ser Arthur Dayne, la Spada dell'alba, leggendario cavaliere della Guardia reale del vecchio re Aerys, la donna era morta da molto tempo. Se invece non era Ashara, Catelyn non aveva idea chi altri potesse essere. Ora nemmeno Ned c'era più. Tutti i suoi amori, tutti i suoi segreti giacevano con lui nella tomba.

Pur con tutto questo, Catelyn continuava a rimanere stupefatta del modo in cui gli uomini si comportavano verso i loro figli bastardi. Ned aveva sempre protetto Jon fino all'estremo e oltre. Ser Cortnay Penrose aveva dato la propria vita per Edric Storm. Mentre per Roose Bolton, a giudicare dall'obliquo, glaciale messaggio che egli aveva inviato a Edmure nemmeno tre giorni prima, il figlio bastardo Ramsay significava meno di uno dei suoi cani. Il lord di Forte Terrore aveva varcato il Tridente e adesso, come ordinato, stava marciando su Harrenhal. "Un forte castello, e fortemente difeso, ma sua Grazia Robb lo avrà. Anche a costo di dover sterminare ogni anima vivente all'interno di esso." Bolton sperava che questo suo proposito compensasse agli occhi di sua Maestà i crimini commessi dal suo figlio bastardo, che ser Rodrik Cassel aveva messo a morte. "Un destino che senza alcun dubbio si è meritato" scriveva Bolton. "Il sangue infetto è il sangue del tradimento, e la natura di Ramsay era infida, rapace e crudele. Io stesso sono lieto di essermi sbarazzato di lui. Se fosse vissuto, i figli di sangue puro che mia moglie mi aveva promesso non sarebbero mai stati al sicuro."

Il suono di passi affrettati allontanò questi tetri pensieri dalla mente di Catelyn.

«Mia signora...» Lo scudiero di ser Desmond Grell quasi fece irruzione nella stanza, mettendo subito un ginocchio a terra davanti a lei. «I Lannister... dall'altra parte del fiume...»

«Fa' un bel respiro, ragazzo e parla più lentamente.»

«Una colonna di uomini in armatura» disse lo scudiero dopo aver ripreso fiato. «Al di là della Forca Rossa. Sui loro vessilli, al di sotto del leone di Lannister, c'è un unicorno viola.»

"Uno dei figli di lord Brax" intuì Catelyn. Brax era venuto a Delta delle Acque molto tempo prima, quando lei era ancora una bambina, proponendo di far sposare uno dei suoi figli a lei o a Lysa. Si chiese se ora quello stesso figlio fosse tornato, per guidare l'assalto.

I Lannister erano arrivati da sud est sotto una foresta di vessilli, le disse ser Desmond quando Catelyn salì fino alle fortificazioni sulla sommità delle mura.

«Poche punte avanzate, non di più» la rassicurò l'anziano guerriero. «Il grosso dell'esercito di lord Tywin è molto più a sud. Non siamo in pericolo.»

A sud della Forca Rossa del Tridente, il terreno si dilatava in ampi spazi pianeggianti. Dalla torre di guardia, Catelyn era in grado di dominare il paesaggio per interi chilometri. Ma perfino da quel punto dominante, era visibile solamente il guado più vicino. Edmure ne aveva affidato la difesa, insieme a quella degli altri tre guadi più a monte, a Jason Mallister, lord di Seagard. I cavalieri Lannister si aggiravano sull'altra sponda, incerti sul da farsi, con i vessilli ocra e argento che sventolavano sopra di loro.

«Non più di una cinquantina di uomini, mia signora» precisò ser Desmond.

Catelyn rimase a osservare. I cavalieri si disposero su una lunga linea. Gli uomini di lord Jason rimasero ad attenderli sull'altra sponda, coperti dalle rocce e dai rilievi delle basse colline. Uno squillo di trombe mandò i cavalieri ad affrontare la corrente, gli zoccoli sollevavano fontane di spruzzi. Per alcuni momenti le armature scintillanti, gli stendardi al vento e il sole che si rifletteva sulle punte delle lance crearono uno spettacolo di temeraria audacia.

«*Adesso*» Brienne sentì sussurrare.

Fu difficile definire che cosa accadde, ma dopo l'improvvisa, letale grandinata di frecce, dopo lo schianto dell'acciaio contro altro acciaio, il nitrire dei cavalli parve assordante, perfino a quella distanza. Uno dei vessilli svanì, inghiottito dai flutti insieme al suo alfiere. Pochi momenti dopo, il primo morto scivolò sotto le mura della fortezza, trascinato dalla corrente. A quel punto, l'avanguardia di Lannister si era ritirata in disordine sulla sponda opposta. Catelyn li osservò formare nuovamente i ranghi, conferire brevemente e infine tornare al galoppo da dove erano venuti. Gli uomini sulle mura lanciarono dietro di loro urla di scherno, ma gli avversari erano già troppo lontani per poterle udire.

«Come vorrei che lord Hoster avesse potuto vederlo» disse ser Desmond dandosi una pacca sul ventre. «Gli avrebbe fatto venire voglia di danzare.»

«Temo che per mio padre il tempo delle danze sia finito, ser Desmond» commentò Catelyn. «E questa battaglia è appena cominciata. I Lannister torneranno, e lord Tywin ha il doppio delle forze di mio fratello.»

«Lord Tywin potrebbe avere dieci volte le forze di tuo fratello, mia signora, e non farebbe comunque alcuna differenza» dichiarò ser Desmond Grell. «La sponda occidentale della Forca Rossa è più alta di quella orientale, ed è ricoperta da un fitto bosco. I nostri arcieri hanno non solo un'ottima copertura, ma anche campo aperto per tirare... E qualora il nemico riuscisse a far breccia, Edmure tiene la sua migliore cavalleria come riserva, pronta a intervenire al galoppo dove fosse necessario. Il fiume li fermerà.»

«Prego che tu possa avere ragione, cavaliere» disse Catelyn gravemente.

Quella notte, tornarono.

Catelyn aveva dato ordine di essere svegliata nel momento in cui le ostilità fossero riprese. Passata da un pezzo la mezzanotte, una servetta venne a scuoterla gentilmente per la spalla.

«Che cosa c'è?» Catelyn si rizzò a sedere sul letto.

«Il guado, mia signora. Di nuovo.»

Con indosso una vestaglia da camera, Catelyn salì fino al tetto del castello. Da lassù poteva vedere oltre le mura, fino al fiume illuminato dalla luna, dove la battaglia stava infuriando. I difensori avevano acceso una lunga teoria di fuochi su tutta la riva ovest. Forse i Lannister avevano creduto di poterli sorprendere stanchi e distratti, ma avevano fatto male i loro conti. Quanto meno, l'oscurità era un alleato molto incerto. Gli uomini della fanteria cercarono di guadare con l'acqua che arrivava loro al torace. Alcuni incapparono nelle buche del fondale e affondarono annaspando. Altri inciamparono nei sassi. Altri ancora finirono per dilaniarsi i piedi nelle tagliole e sulle palle chiodate in agguato sotto la superficie. Gli arcieri Mallister scatenarono una sibilante tempesta di frecce incendiarie verso il lato opposto del fiume. A vederlo dall'alto e da lontano, fu uno spettacolo di fantasmagorica, terribile bellezza. Uno dei soldati avversari, colpito almeno una dozzina di volte e ridotto a una torcia umana, si agitò in una danza demente nell'acqua fino alle ginocchia. Quando la corrente trascinò il suo corpo oltre la fortezza, le fiamme si erano estinte. Anche la sua vita si era estinta.

"Una piccola vittoria." Catelyn fu testimone della fine dello scontro, mentre i nemici superstiti tornavano a farsi inghiottire dalla notte. "Ma è pur sempre una vittoria."

Nel discendere assieme a Brienne la scala a chiocciola della torre, Catelyn le chiese che cosa pensasse.

«Per ora lord Tywin ci ha solo sfiorato con la punta delle dita, mia signora» rispose la donna guerriera. «Sta esplorando. Sta andando alla ricerca di un punto debole, di un varco non difeso. Se non riuscirà a trovarlo, le dita si chiuderanno in un pugno d'acciaio e cercheranno di aprirlo, un varco» le spalle di Brienne si incurvarono. «Così farei io, se fossi in lui.» La sua mano raggiunse l'elsa della spada, dandole un colpetto, quasi ad accertarsi che fosse ancora al suo fianco.

"E che gli dei ci aiutino se e quando accadrà." Ma Catelyn sapeva che non c'era nulla che lei potesse fare per impedirlo. Là fuori, sul fiume, era la battaglia di Edmure. La sua, doveva essere combattuta all'interno del castello.

La mattina dopo, mentre faceva colazione, Catelyn mandò a chiamare Utherydes Wayn, l'anziano attendente di suo padre.

«Che a ser Cleos Frey venga portata una caraffa di vino. Intendo interrogarlo, e voglio che abbia la lingua sciolta.»

«Come comandi, mia signora.»

Poco tempo dopo, si presentò a lei una staffetta a cavallo con cucito sulla tunica l'emblema dell'aquila dei Mallister. Riferì di un'altra schermaglia, e di un'altra vittoria. Ser Flement Brax aveva cercato di forzare un altro guado, sei chilometri più a sud. Questa volta, i Lannister avevano accorciato le loro lance e avevano azzardato l'attraversamento a piedi servendosi della tattica della testuggine, con gli scudi tenuti in orizzontale sopra la testa. Gli arcieri Mallister erano ricorsi al tiro con traiettoria ad arco, facendo piovere nugoli di frecce sulla fanteria. Le catapulte sistemate da Edmure sulla riva avevano lanciato pesanti massi a scompaginare la formazione d'attacco.

«Hanno lasciato nel fiume dozzine di morti» continuò a riferire la staffetta. «Solamente due di loro sono riusciti a raggiungere i fondali bassi, per poi essere rapidamente abbattuti.»

C'erano stati scontri anche a monte, ma lord Karyl Vance aveva tenuto tutti i guadi.

«Assalti troppo distanziati l'uno dall'altro, che sono costati perdite pesanti al nemico.»

"Forse Edmure è più saggio di quanto io stessa non pensassi" non poté fare a meno di rimuginare Catelyn. "Tutti i suoi lord hanno visto la logica della sua strategia... Ma per quale motivo io sono stata così cieca? Mio fratello ha cessato di essere il ragazzino che ricordo. Così come ha cessato di esserlo anche Robb."

Attese fino a sera, prima di andare ad affrontare ser Cleos. Verosimilmente, quanto più lei avesse ritardato quell'incontro, tanto più ubriaco sarebbe stato. Quando Catelyn apparve nella sua cella, ser Cleos si prostrò ai suoi piedi.

«Mia signora, io ero completamente all'oscuro di qualsiasi tentativo di fuga dello Sterminatore di Re. Il Folletto aveva detto che un Lannister ha bisogno di una scorta Lannister, sul mio onore di cavaliere...»

«Alzati, ser Cleos» Catelyn si sedette a sua volta. «Non riesco a immaginare uno dei figli di lord Walder come uno spergiuro.» "A meno che questo non serva i suoi propositi." «Hai portato condizioni di pace, mi dice mio fratello.»

«È così» ser Cleos balzò in piedi. Catelyn fu ben lieta di vedere quanto fosse malfermo sulle gambe.

«Ti ascolto.»

Una volta che il cavaliere ebbe finito, Catelyn rimase seduta in silenzio, con la fronte aggrottata. Edmure aveva avuto ragione anche su questo: non si trattava affatto di condizioni di pace, a meno che... «Tyrion Lannister scambierà Arya e Sansa per suo fratello?»

«Sì. Lo ha giurato, stando seduto sul Trono di Spade.»

«Di fronte a testimoni?»

«Di fronte alla corte al completo, mia signora. E anche di fronte agli dei. Io ho riferito così a ser Edmure, ma lui mi ha detto che un siffatto scambio non è possibile. Che sua Grazia Robb non acconsentirebbe mai.»

«Ti ha detto la verità.» E Catelyn non poteva neppure dire che Robb avesse torto. Arya e Sansa erano due bambine. Lo Sterminatore di Re, vivo e libero, rimaneva uno degli uomini più pericolosi dell'intero reame. Quella strada conduceva solo verso il nulla. «Hai visto le mie figlie, ser Cleos? Sono trattate bene?»

«Io, ecco...» ser Cleos esitò. «Sì... loro sembravano...»

"Sta cercando una menzogna" capì Catelyn. "Ma il vino gli annebbia la mente."

«Ser Cleos» disse freddamente. «Nel momento in cui gli uomini della tua cosiddetta... *scorta Lannister* hanno cercato d'ingannarci, tu hai rinunciato alla protezione dei vessilli di pace. Prova a mentirmi, e finirai appeso alle mura insieme a loro, puoi starne certo. Te lo chiedo di nuovo: *hai visto le mie figlie*?»

«Ho visto Sansa a corte, il giorno in cui Tyrion mi ha dettato le condizioni» la fronte di ser Cleos era madida di sudore. «Era molto bella, mia signora. Forse, un po' distante... remota, oserei dire.»

"Ha visto Sansa, ma non Arya." Il che poteva significare tutto o niente. Arya era sempre stata difficile da domare. Forse Cersei era riluttante a metterla in mostra a corte nel timore di ciò che lei avrebbe potuto dire o fare. Forse la tenevano al sicuro ma sotto chiave. "O forse invece l'hanno uccisa." Catelyn s'impose di allontanare il pensiero.

«Hai parlato delle condizioni dettate da Tyrion... ma la regina reggente è Cersei.»

«Tyrion ha parlato a nome di entrambi. La regina non era presente. Quel giorno era indisposta, così mi è stato detto.»

«Curioso.»

Catelyn ripensò alla terribile traversata delle Montagne della Luna. E il modo in cui Tyrion Lannister era riuscito a convincere quel mercenario dai capelli neri, il suo nome era qualcosa come Brock, o Bronn, a passare dalla sua parte. "È astuto, il nano. Molto astuto." Continuava a essere difficile capire come fosse sopravvissuto alle mortali insidie della strada alta dopo che Lysa gli aveva concesso di lasciare la Valle di Arryn, ma Catelyn non era sorpresa che ce l'avesse fatta. "Ma almeno so che non ha avuto alcuna parte nell'assassinio di Ned. Inoltre, è venuto in mia difesa quando i barbari dei clan ci hanno attaccati. Se solo potessi fidarmi della sua parola..."

Catelyn abbassò lo sguardo sulle cicatrici che la daga d'acciaio di Valyria aveva scavato nelle sue dita. "I segni della sua daga" ricordò a se stessa. "La *sua* daga, nel pugno dell'assassino che lui pagò per tagliare la gola a Bran." Ma questo il Folletto lo aveva sempre negato con veemenza. Lysa lo aveva gettato in una di quelle sinistre celle a cielo aperto sul baratro del Nido dell'Aquila. Lysa aveva minacciato di *farlo volare* dalla Porta della Luna. Ma Tyrion Lannister non aveva mai cessato di negare.

«Ha mentito» risolse Catelyn, alzandosi all'improvviso. «Tutti i Lannister non fanno altro che mentire. E di loro, il bugiardo peggiore è proprio il Folletto. È stato lui ad armare con la sua daga la mano dell'assassino.»

Ser Cleos la fissò: «Daga? Io non so niente di...».

«Esatto, ser Cleos» disse Catelyn uscendo fuori dalla cella. «Tu non sai niente.»

Brienne la seguì, senza dire una sola parola. "Per lei, è tutto più semplice." Brienne era come un uomo, in quello. Per gli uomini, la risposta era sempre la stessa, e mai più distante della prima spada a portata di mano. Per una donna, una madre, la strada della verità era molto più rocciosa, molto più aspra.

Cenò tardi, nella Sala Grande, con il resto della guarnigione, in modo da dare ai suoi soldati tutto l'incoraggiamento possibile. Rymund della Rima cantò a ogni portata, risparmiandole di dover prendere la parola. Concluse con la canzone che aveva composto sulla vittoria di Robb a Oxcross, *E le stelle della notte furono gli occhi dei suoi lupi, e il vento stesso fu il loro canto.*

Tra una strofa e l'altra, Rymund gettava indietro la testa e ululava. Alla fine della cena, metà della Sala Grande di Delta delle Acque stava ululando insieme a lui, anche ser Desmond Grell, che non aveva certo lesinato sul bere. Le loro voci s'innalzarono fino ai merli.

"Che cantino pure" pensò Catelyn, giocherellando con il proprio calice d'argento "se questo può dare loro coraggio."

«C'era sempre un cantante nella Sala di Evenfall, quando ero bambina» disse Brienne a bassa voce. «Avevo imparato tutte le canzoni a memoria.»

«Anche Sansa ha fatto lo stesso, per quanto sono sempre stati pochi i menestrelli che si sono spinti nel Nord fino a Grande Inverno.» "Io però le dissi che ci sarebbero stati menestrelli alla corte del re. Le dissi che avrebbe sentito musiche di tutti i tipi, che suo padre le avrebbe trovato un maestro d'arpa. Dei, perdonatemi..."

«Ricordo una donna» riprese Brienne. «Veniva da qualche luogo al di là del Mare Stretto. Non sarei neppure in grado di dire in quale lingua cantasse, ma la sua voce era splendida. Aveva occhi colore delle prugne, e la vita talmente sottile che mio padre era in grado di circondarla con le mani» la donna guerriera serrò le lunghe dita spesse, tentando di nasconderle. «Lui aveva mani grandi quasi quanto le mie.»

«E tu cantavi per tuo padre?» le chiese Catelyn.

Brienne scosse il capo, fissando il piatto, come a cercare risposte negli avanzi di cibo.

«E per lord Renly?»

«Mai...» la ragazza arrossì. «A volte, il suo giullare faceva battute crudeli, e io...»

«Un giorno canterai per me, che ne dici?»

«Io non... non ho il dono della voce» Brienne spinse indietro la sedia e si alzò. «Perdonami, mia signora. Con tua licenza...»

Catelyn annuì. L'alta, sgraziata donna guerriera lasciò la sala. Nella confusione e negli ululati, nessuno la notò andare via. Catelyn posò lo sguardo sulla coppa vuota. "Che gli dei siano al suo fianco."

Il pugno d'acciaio che Brienne di Tarth aveva profetizzato colpì tre giorni dopo. Ma dovettero passare altri cinque giorni perché la notizia raggiungesse Delta delle Acque.

Catelyn era seduta al capezzale del padre quando arrivò il messaggero di Edmure. L'armatura del soldato era ammaccata, gli stivali ricoperti di polvere, c'era un foro slabbrato nella sua tunica. Ma quando s'inginocchiò, l'espressione sul suo volto rivelò subito che portava buone nuove.

«Vittoria, mia signora.»

Consegnò a Catelyn la lettera di Edmure. Nell'aprirla, le sue mani tremavano.

Lord Tywin aveva cercato di passare in una dozzina di guadi diversi, scriveva suo fratello, ma era sempre stato respinto. Lord Lefford era annegato. Il cavaliere Crakehall, chiamato Fortemano, era stato preso prigioniero. Ser Addam Marbrand era stato costretto alla ritirata... Ma la battaglia più cruenta di tutte aveva avuto luogo al Mulino di Pietra, dove ser Gregor Clegane aveva guidato l'assalto. Erano caduti così tanti dei suoi uomini che le carcasse dei loro cavalli avevano quasi sbarrato la corrente del fiume. Alla fine, la Montagna che cavalca e un pugno dei suoi guerrieri migliori erano riusciti a raggiungere la sponda occidentale. Edmure aveva scatenato su di loro la sua cavalleria di riserva. Il cuneo di Clegane era andato in pezzi e i guerrieri si erano ritirati pesti e laceri. Ser Gregor, senza più cavallo, aveva attraversato barcollando la Forca Rossa, sanguinando da una mezza dozzina di ferite, sotto l'incessante grandinata di frecce e massi.

"Non passeranno, Cat" diceva la sussultante calligrafia di Edmure. "Ora lord Tywin sta ripiegando verso sud est. Forse è una manovra diversiva, forse una vera e propria ritirata. Non ha importanza... *non passeranno*!"

Ser Desmond Grell esultò. «Se solo avessi potuto essere con lui» proruppe l'anziano cavaliere quando Catelyn gli lesse la lettera. «Ma dov'è quel guitto di Rymund? C'è da farci sopra una canzone, per gli dei! Una che perfino Edmure vorrà ascoltare. *Il mulino che ha macinato la Montagna*... Me le inventerei io, le parole, se solo avessi il dono del cantastorie!»

«Non intendo sentire nessuna canzone fino a quando i combattimenti non si saranno conclusi» Catelyn parlò forse con eccessiva asprezza.

Ma permise comunque a ser Desmond di far girare la voce, e fu anche d'accordo nell'aprire alcuni otri di vino in onore del Mulino di Pietra. A Delta delle Acque, il morale era stato teso e cupo, e tutti quanti sarebbero stati meglio dopo un po' di vino. E con un po' più di speranza.

«Delta delle Acque!...»

Quella notte, la fortezza echeggiò delle grida di giubilo del popolino che vi aveva trovato rifugio.

«Tully! Tully!...»

Erano venuti spaventati e indifesi, ma Edmure li aveva accolti quando la maggior parte dei lord avrebbero sollevato il ponte levatoio. Le loro voci dilagarono dalle alte finestre, scivolando sotto le spesse porte di legno d'acero. Rymund suonò la sua arpa, accompagnato da un paio di suonatori di tamburo e da un ragazzo con il flauto. Catelyn ascoltò le risate delle fanciulle, le chiacchiere eccitate dei ragazzi che suo fratello aveva lasciato a difendere il castello. Suoni buoni... eppure non riuscirono a commuoverla.

C'era uno spesso libro di mappe, rilegato in pelle, nel solarium di suo padre. Catelyn lo aprì dove c'erano le rappresentazioni delle terre dei fiumi. Il suo sguardo trovò il percorso della Forca Rossa del Tridente. Al vacuo chiarore della candela, lo seguì con il dito. "Lord Tywin sta ripiegando verso sud est." A quel punto, doveva ormai aver raggiunto le sorgenti del Fiume delle Rapide Nere.

Richiuse il libro; dentro di lei, le ombre dell'incertezza si erano addensate ancora di più. Gli dei avevano concesso loro vittoria dopo vittoria: il Mulino di Pietra, Oxcross, la Battaglia degli Accampamenti, il Bosco dei Sussurri...

"Ma se stiamo vincendo... perché ho così tanta paura?"

BRAN

Clink!

Nient'altro che un flebile tintinnio, acciaio che urta contro la pietra. Sollevò il muso dalle zampe, rimanendo in ascolto, annusando la notte.

La pioggia della sera aveva risvegliato centinaia di odori assopiti, rendendoli nuovamente pieni, forti. Erba e spine, more schiacciate sul terreno, fango, vermi, foglie putrescenti, un ratto che striscia tra i cespugli. Percepì l'odore aspro del manto nero di suo fratello, e il sentore metallico del sangue dello scoiattolo che aveva appena ucciso. Sopra di lui, altri scoiattoli si muovevano tra i rami. Sapevano di pelo bagnato e di paura, i loro piccoli artigli grattavano la corteccia. Il suono che aveva udito assomigliava a quel grattare.

Lo sentì di nuovo, *clink*, e poi qualcosa che raschiava. Si levò sulle quattro zampe. Drizzò le orecchie, sollevando la coda. Lanciò un ululato lungo e vibrante, un urlo che voleva risvegliare i dormienti. Ma i cumuli di roccia-uomo rimasero oscuri, morti. Era una notte umida e immota, una notte che spingeva gli uomini a rintanarsi nei loro buchi. La pioggia era cessata, ma gli uomini continuavano a nascondersi dall'umidità, raccogliendosi intorno al fuoco nelle loro caverne fatte di mucchi di pietre.

Suo fratello apparve tra gli alberi. Si muoveva quasi nello stesso modo silenzioso di un altro loro fratello, che lui ricordava molto bene. Quello bianco, con gli occhi rosso sangue. Gli occhi di questo fratello, invece, erano pozze di tenebre, ma la pelliccia sul suo collo era ritta. Anche lui aveva udito i suoni. E anche lui sapeva che significavano pericolo.

Questa volta, il tintinnio e il raschiare vennero seguiti dal fruscio rapido, soffice, di piedi nudi contro la roccia. Il vento portò l'odore quasi impercettibile di una presenza-uomo ignota. *Estraneo. Pericolo. Morte.*

Si avventò verso la fonte del suono e suo fratello correva con lui. Le pietre si sollevavano davanti a loro, muraglie viscide e bagnate. Denudò le zanne, ma la roccia-uomo rimase indifferente. Una grata incombeva poco più oltre, un nero rettile di ferro avviluppato strettamente attorno a sbarre e a pali. Si lanciò contro di essa. Impattò. Il rettile di ferro sussultò, cigolò. Ma non cedette. Oltre le sbarre, poteva vedere in basso, verso il fondo del lungo fossato di pietra che correva tra i muri, linea di divisione con la pietraia al di là. Non c'era modo di superare quella barriera. Era in grado di spingere tra le sbarre solo parte del muso affilato, ma niente di più. Molte e molte volte suo fratello aveva tentato di rompere con i denti le ossa nere della grata. Nulla da fare, impossibile spezzarle. Avevano anche cercato di scavare al di sotto della grata. Niente da fare nemmeno così: c'erano grandi pietre piatte parzialmente coperte dal terriccio e dalle foglie trascinate dal vento.

Ringhiando, si mosse avanti e indietro di fronte alla grata. Si lanciò contro di essa ancora una volta. Il metallo si spostò di poco e lo rigettò indietro. "Sbarrata" sentì sussurrare. "Incatenata." Era la voce che lui non udiva, la traccia priva di odore. Anche tutte le altre aperture erano sbarrate, là dove le porte interrompevano la muraglia della roccia-uomo. Porte di legno spesso e robusto. No, nessuna possibilità.

"Invece una possibilità esiste." Di nuovo il sussurro. Ebbe come l'impressione di vedere l'ombra di un grande albero ricoperto di aghi. Emergeva dalla terra scura, stranamente inclinato, alto più di dieci uomini. Si guardò attorno. Nessun albero. Non c'era e basta. "L'altro lato del parco degli dei, l'albero-sentinella. Presto... fa' presto!"

Da qualche parte nell'oscurità della notte venne un grido soffocato, immediatamente troncato.

In fretta, molto in fretta, girò su se stesso e corse di nuovo tra gli alberi. Le foglie bagnate frusciarono sotto le sue zampe. I rami frustarono il suo corpo asciutto, lanciato nella corsa. Poteva udire suo fratello seguirlo da vicino. Arrivarono come arieti sotto l'albero del cuore, sul margine dello stagno dalle acque fredde. Superarono cespugli di more, passarono sotto un groviglio di rami di quercia, di ceneri di rovi. Furono dalla parte opposta del giardino invaso dalle tenebre...

"Eccolo!"

L'oggetto che non era stato in grado di vedere, simile a un'ombra obliqua, che puntava verso i tetti della roccia-uomo. "Albero-sentinella" tornò a dirgli il sussurro.

Tornò anche una diversa memoria: quella di come si faceva a scalarlo. Gli aghi da tutte le parti, che gli graffiavano la faccia scoperta, che scivolavano lungo il suo dorso. Le mani appiccicose di resina, l'acre odore di pino che emanava da essa. Il sentinella, così inclinato, contorto com'era, i rami talmente ravvicinati l'uno all'altro da formare una specie di scala naturale verso il bordo del tetto, era un albero facile da scalare per un ragazzo.

Ringhiando, annusò attorno alla base dell'albero. Sollevò una gamba e lo segnò con un getto di urina. Un ramo basso gli sfiorò il muso. Lui l'addentò, contorcendo il muso, mentre il ramo si spezzava, e veniva strappato via. Aveva le fauci piene di aghi di pino, del gusto acre della resina. Scosse il capo e ringhiò di nuovo.

Suo fratello era seduto sulle zampe posteriori. Sollevò il muso ed emise un lungo ululato, carico di nera sofferenza. Non poteva essere; loro non erano scoiattoli e non erano cuccioli di uomo. Non erano in grado di salire su per i tronchi degli alberi, aggrappandosi con soffici zampe rosate e goffi piedi. Loro erano corridori, cacciatori, predatori.

Da qualche parte nella notte, oltre la pietra che li circondava, i cani si svegliarono e iniziarono ad abbaiare. Uno, e poi un altro, e poi un altro ancora, e poi tutti quanti. Un concerto assordante. E anche loro, intrappolati nel parco degli dei lo sentirono: l'odore del nemico, e della paura.

Una furia disperata dilagò dentro di lui, torrida come la fame. Corse via dalle mura, allontanandosi tra gli alberi, con le ombre dei rami e delle chiome che danzavano sulla sua pelliccia... Si girò, corse nuovamente indietro. Le sue zampe volarono sul terreno, sollevando getti di foglie bagnate e aghi di pino. Per un breve momento fu un cacciatore, e un grande cervo stava fuggendo davanti a lui. Per un breve momento, poté quasi vedere la sua preda, percepirne l'odore. Il ritmo della sua corsa crebbe. Divenne possente, imperioso. L'odore della paura stava facendo martellare il suo cuore. La bava ribolliva nelle sue fauci. Raggiunse l'albero-sentinella, spiccò un balzo. Cominciò a scalare il tronco, gli artigli affondavano nella corteccia alla ricerca di appigli. Continuò a salire. Uno, due, tre balzi ascendenti, senza rallentare fino a quando giunse alle ramificazioni inferiori. Poi rami più sottili s'impigliarono tra le sue zampe, altri lo frustarono sul muso, negli occhi. Aghi di colore grigioverde si dispersero mentre lui si apriva la strada tra di essi, e le sue spalle spezzavano altri rami. Fu costretto a rallentare ancora di più. Qualcosa si attorcigliò intorno a una delle sue zampe posteriori. Lui si divincolò con un strappo, ringhiando di ferocia. Sotto di lui, il tronco si restrinse. La salita adesso era ripida, quasi verticale e viscida di pioggia. Nell'artigliare la corteccia, la vide rompersi come fragile pelle d'animale. Era a un terzo della strada, a metà strada. Il tetto era vicino, molto vicino. Mise giù una zampa, la sentì scivolare all'improvviso sulla curva umida del tronco... E di colpo si ritrovò a scivolare indietro, annaspando. Ululò di paura e ululò di furore. Continuò a cadere, a *cadere*! Il terreno salì verso di lui, come per spezzarlo in due...

Brandon Stark si contorse nel letto, tornando brutalmente alla coscienza. Era attorcigliato in un groviglio di coperte, aveva il respiro affannoso.

«Estate» chiamò ad alta voce. «Estate!...»

Aveva male a una spalla, come se l'avesse picchiata cadendo. Ma sapeva che si trattava dell'eco spettrale di ciò che il lupo stava percependo. "Jojen ha detto la verità. Per metà io sono una belva." Da fuori, continuava ad arrivare il debole abbaiare dei cani. "Il mare è arrivato a Grande Inverno. Sta dilagando oltre le mura, proprio come Jojen ha visto."

Bran si afferrò alla sbarra di metallo sopra il letto e si tirò su, chiamando per ottenere aiuto. Non venne nessuno. E, dopo un momento, ricordò che nessuno sarebbe venuto. L'uomo di guardia fuori della sua porta non c'era più, ser Rodrik aveva preso tutti gli uomini validi su cui era riuscito a mettere le mani. A Grande Inverno era rimasta solo una guarnigione simbolica.

Tutti gli altri se ne erano andati otto giorni prima, seicento uomini da Grande Inverno e dai fortini circostanti. Cley Cerwyn stava guidando altri trecento uomini a incontrarli lungo la strada, e maestro Luwin aveva inviato molti corvi messaggeri per radunare altre truppe provenienti da Porto Bianco, dalla terra delle tombe dei primi uomini, addirittura da luoghi sperduti nel cuore della Foresta del Lupo. Piazza di Thorren era stata attaccata da un mostruoso signore della guerra chiamato Dagmer Mascella Spaccata. La Vecchia Nan diceva che non poteva essere ucciso. Una volta un avversario gli aveva diviso il cranio in due con un colpo d'ascia, ma Dagmer era un essere talmente rude da aver premuto insieme le due metà e averle tenute una contro l'altra fino a quando non si erano rinsaldate. "Che Dagmer abbia vinto?" Piazza di Thorren era a molti giorni di cavallo da Grande Inverno, eppure...

Bran si sollevò dal letto, muovendosi da una barra all'altra fino a raggiungere la finestra. Le sue dita annasparono un po' mentre spalancava le imposte. Il cortile del castello era vuoto, tutte le finestre oscurate. Grande Inverno dormiva.

«Hodor!» gridò verso il basso, con quanto fiato aveva in corpo. Hodor dormiva sopra le stalle, ma forse, se lui avesse urlato abbastanza forte, avrebbe sentito. E se non Hodor, *qualcun altro.* «Hodor! Vieni, presto! Osha! Meera, Jojen! Qualcuno!...» Bran si portò entrambe le mani ai lati della bocca. «*Hoooooooodoooooor!*»

La porta alle sue spalle si aprì di schianto. *Qualcun altro* entrò. Solo che non si trattava di nessuno che Bran conoscesse. L'individuo indossava un corpetto di cuoio su cui era cucita una specie di corazza fatta di dischi di ferro sovrapposti. In mano stringeva un pugnale, e di traverso sulla schiena aveva un'ascia da guerra.

«Che cosa vuoi?» di colpo, Bran ebbe paura. «Questa è la mia stanza. Vattene fuori di qui.»

Theon Greyjoy irruppe nella stanza alle spalle del primo guerriero: «Non vogliamo farti del male, Bran».

«Theon?» il sollievo quasi diede a Bran le vertigini. «È Robb che ti manda? È qui anche lui?»

«*Principe* Theon. Adesso, Bran, siamo principi tutti e due, tu e io. Chi lo avrebbe mai immaginato, eh?» «Immaginato cosa?»

«Che io prendessi il tuo castello, mio principe.»

«Prendere... Grande Inverno?» Bran scosse il capo. «Non... Non puoi averlo fatto.»

«Lasciaci soli, Werlag» ordinò Theon. L'uomo con il pugnale e la corazza con i dischi di ferro si ritirò. Theon si sedette sul letto. «Ho mandato quattro dei miei uomini a scalare le mura con rampini e funi. Sono stati loro ad aprire la porta della garitta per far entrare gli altri. I miei guerrieri adesso stanno finendo la battaglia contro la tua guarnigione. Hai la mia parola: Grande Inverno adesso è *mia*!»

Bran non riusciva a comprendere: «Ma tu sei il *protetto* di mio padre».

«Ora tu e tuo fratello siete i *miei* protetti. Quando i combattimenti saranno finiti, i miei uomini raduneranno la tua gente nella Sala Grande. Tu e io parleremo davanti a tutti. Tu dirai che ti sei arreso a me, e che Grande Inverno è mia. Ordinerai di servirmi e obbedirmi come loro nuovo lord.»

«No, non lo farò» rispose Bran. «Ti combatteremo e ti sbatteremo fuori, invece. Non mi arrenderò mai. E tu non potrai farmi dire che l'ho fatto.»

«Questo non è un gioco, Bran, per cui non fare il ragazzino con me. Non ho intenzione di tollerarlo. Il castello è mio, ma questa gente è ancora tua. E se il principe vuole che a loro non venga fatto del male, allora il principe farà quanto gli viene ordinato.» Theon si alzò e andò alla porta. «Qualcuno verrà a vestirti e a portarti nella Sala Grande. Pensa bene a quello che dirai, Bran.»

L'attesa che seguì rese Bran ancora più agitato. Rimase sul sedile vicino alla finestra, osservando le torri oscure, le mura nere come ombre. A un certo punto, credette di udire delle grida levarsi da dietro il corpo di guardia, e forse un suono che avrebbe potuto essere un cozzare di spade. Solo che non aveva le orecchie di Estate, né il suo olfatto. "Da sveglio, sono ancora diviso. Ma dormendo, quando sono Estate, posso sentire odore e udire suoni, correre e combattere."

La porta si aprì di nuovo. Bran si era aspettato di vedere Hodor o una delle servette. Invece si trattava di maestro Luwin, che reggeva una candela.

«Bran... Sai quello che è accaduto? Ti è stato detto?»

Aveva un'escoriazione sopra l'occhio sinistro. Il sangue gli scorreva lungo il volto.

«È venuto Theon. Ha detto che Grande Inverno adesso è sua.»

«Hanno attraversato a nuoto il fossato» il maestro posò la candela e cercò di togliersi il sangue dalla guancia. «Hanno scalato le mura con funi e uncini. Hanno attaccato con l'acciaio in pugno, nudi e gocciolanti.» Sedette su una sedia presso la porta, mentre il sangue fresco riprendeva a scorrere. «C'era Alebelly sul portale. Lo hanno sorpreso nella garitta e lo hanno ucciso. Testa di Fieno è ferito. Ho avuto appena il tempo d'inviare due corvi messaggeri prima che sfondassero la porta del mio studio. L'uccello per Porto Bianco è passato, ma l'altro lo hanno colpito con le frecce.» L'anziano sapiente fissò il letto sfatto. «Ser Rodrik ha portato via troppi dei nostri uomini, troppi... Ma io ho sbagliato tanto quanto lui. Non mi sono reso conto del pericolo incombente, non mi sono reso conto...»

"Jojen lo aveva previsto." Questo, Bran lo sapeva. «È meglio che mi aiuti a vestirmi...»

«Sì, va bene.» Nel pesante baule con bande d'acciaio ai piedi del letto, il maestro trovò biancheria, brache e una tunica. «Tu sei lo Stark di Grande Inverno e l'erede di Robb. Devi apparire come un principe.» Insieme, riuscirono a vestire Bran come si confaceva a un lord.

«Theon vuole che io gli consegni il castello» disse Bran mentre il maestro sistemava il fermaglio della cappa, quello a forma di testa di lupo, d'argento e lacca nera, che a Bran piaceva così tanto.

«Non c'è disonore in questo. Un lord deve proteggere la sua gente. Luoghi crudeli generano esseri crudeli, Bran. Voglio che tu te ne ricordi nell'affrontare questi uomini di ferro. Il lord tuo padre fece quanto poté per ingentilire Theon, ma temo sia stato troppo poco e troppo tardi.»

L'uomo di ferro che venne a prenderli era un individuo dalla corporatura tozza, con una barba nera come il carbone che gli arrivava fino a metà del petto. Trasportò Bran con relativa facilità, per quanto non apparisse troppo soddisfatto di quell'incarico. La stanza di Rickon si trovava a metà delle scale a chiocciola.

«Voglio la mamma» il bimbo di quattro anni faceva i capricci per essere stato svegliato. «La *voglio.* E anche Cagnaccio.»

«Tua madre è lontana, mio principe» maestro Luwin gli infilò una vestaglia. «Ma ci sono qui io, e c'è anche Bran.» Prese Rickon per mano e lo condusse giù per le scale.

Più in basso, incontrarono Meera e Jojen, che venivano spinti fuori dalla loro stanza da un uomo di ferro calvo, la cui picca era più alta di lui di un metro. Quando incrociò lo sguardo di Bran, gli occhi color muschio di Jojen erano due verdi pozze di dolore. Altri uomini di ferro avevano preso i Frey.

«Tuo fratello ha perso il suo regno» disse Piccolo Walder a Bran. «Adesso non sei più un principe, sei solamente un ostaggio.»

«Lo stesso vale per te» ribatté Jojen. «E per me, e per tutti noi.»

«Non stavo parlando con te, mangiaranocchie.»

Uno degli uomini di ferro fece strada reggendo una torcia. La pioggia aveva ripreso a cadere. In breve la fiamma si spense. Nell'attraversare di corsa il cortile, poterono udire i lupi ululare nel parco degli dei. "Spero proprio che Estate non si sia fatto male cadendo da quell'albero."

Theon Greyjoy sedeva sull'alto scranno degli Stark.

Si era tolto il mantello. Sopra la spessa cotta di maglia, indossava una tunica nera con l'emblema della piovra dorata della sua casa. Teneva le mani appoggiate sulle teste di lupo scolpite alla fine degli ampi braccioli di pietra.

«Theon si è messo sulla sedia di Robb» rilevò Rickon.

«Zitto, Rickon.»

Suo fratello era troppo piccolo per capire, ma Bran poteva sentire che pendeva su di loro la minaccia. Erano state accese altre torce, e un fuoco ardeva nel grande focolare, ma la maggior parte della sala restava immersa nell'oscurità. Le panche erano state ammassate contro le pareti, per cui non c'era posto dove sedere. La gente del castello rimaneva in piedi a piccoli gruppi, senza osare parlare. Bran vide la Vecchia Nan, con la sua bocca sdentata che si apriva e si chiudeva. Testa di Fieno, con la benda insanguinata intorno al torace nudo, venne portato dentro da due altre guardie. Tym il Foruncoloso piangeva disperatamente. Anche Beth Cassel piangeva, ma di paura.

«E questi chi sarebbero?» Theon accennò ai Reed e ai Frey.

«I protetti di lady Catelyn, si chiamano entrambi Walder Frey» spiegò maestro Luwin. «Gli altri sono Meera Reed e suo fratello Jojen, figli di Howland Reed, della Torre delle Acque Grigie. Sono venuti a rinnovare il loro giuramento di fedeltà a Grande Inverno.»

«Tempismo scadente, direbbe qualcuno» commentò Theon. «Ma non io. Qui siete e qui resterete» si alzò dallo scranno. «Lorren, porta il principe.»

L'uomo di ferro dalla fitta barba nera scaricò Bran sul trono come se fosse stato un sacco di granaglie.

Altra gente continuava a venire ammassata nella Sala Grande, spinta dentro con grida di minaccia e pungolata dalle lance. Gage e Osha arrivarono dalle cucine, con gli abiti ancora chiazzati di farina. Mikken il fabbro venne spinto dentro che imprecava. Farlen il mastro dei cani entrò zoppicando, cercando di sorreggere sua figlia Palla. L'abito della ragazza era stato stracciato in due. Palla lo reggeva con i pugni contratti, avanzando come se ogni passo fosse un tormento. Septon Chayle si fece avanti per aiutarla. Uno degli uomini di ferro lo buttò a terra con un calcio.

L'ultimo a entrare fu Reek, il prigioniero, preceduto dall'olezzo repellente che emanava. Bran si sentì rivoltare lo stomaco dal disgusto.

«Questo qua lo abbiamo trovato in una delle celle della torre» annunciò l'uomo di ferro che lo scortava, un giovane dai capelli rossicci e gli abiti fradici. Doveva essere uno di quelli che avevano attraversato il fossato a nuoto. Dice che lo chiamano Reek.»

«Reek, il puzzone» sogghignò Theon. «Chissà perché. Puzzi sempre così, oppure hai appena finito di fottere una scrofa?»

«Da quando mi hanno preso non fotto più nessuno, mio lord. Il mio vero nome è Hake. Ero al servizio del Bastardo di Forte Terrore, finché gli Stark non gli hanno piantato una freccia nella schiena come regalo di nozze.»

Theon trovò il dettaglio divertente: «E chi aveva sposato?».

«La vedova dell'Hornwood, mio lord.»

«Quell'arpia? Ma cos'era, cieco? Ha delle tette che sembrano otri di vino vuote, secche e cascanti.»

«Non l'ha sposata per le tette, mio lord.»

Gli uomini di ferro chiusero di schianto le porte della sala. Dall'alto scranno, Bran ne contò almeno una ventina. "Theon deve aver lasciato delle guardie alla grata e all'armeria." Ma anche in quel caso, non potevano essere più di trenta guerrieri in tutto.

Theon sollevò una mano, per ottenere il silenzio: «Voi tutti mi conoscete...».

«Oh sì! Sei un sacco di merda fumante!...» urlò Mikken prima che l'uomo di ferro pelato lo colpisse al ventre con la punta della lancia, e poi con l'asta in piena faccia. Il fabbro crollò in ginocchio, sputando un dente.

«Mikken, stai in silenzio» Bran cercò di darsi un tono e apparire come un vero lord. Ma la voce lo tradì. Le parole gli vennero fuori in uno stridulo squittio.

«Meglio che tu dia retta al tuo signorino, Mikken» avvertì Theon. «Ha molto più buonsenso di te.»

"Un lord deve proteggere la sua gente" ricordò Bran a se stesso. «Ho ceduto Grande Inverno a Theon.»

«Più forte, Bran. E chiamami *principe*.»

Bran alzò la voce: «Ho ceduto Grande Inverno al principe Theon. Ognuno di voi obbedirà ai suoi ordini».

«Maledetto me se lo faccio» ringhiò Mikken.

Theon si limitò a ignorarlo. «Lord Balon Greyjoy mio padre ha indossato nuovamente la sua antica corona di sale e di roccia. E si è proclamato re delle Isole di Ferro. Il Nord è suo per diritto di conquista. Tutti voi adesso siete suoi sudditi.»

«In culo!» Mikken si tolse il sangue dalla bocca. «Io servo gli Stark! Non un pesce marcio traditore... aaah!» L'impugnatura della picca lo centrò alla testa, scaraventandolo nuovamente sul pavimento di pietra.

«I fabbri hanno braccia forti e teste deboli» rilevò Theon. «Ma se tutti voi mi servirete con la stessa lealtà con cui avete servito Ned Stark, scoprirete che sono il lord più generoso che potete desiderare.»

Mikken, ancora carponi, sputò una boccata di sangue. Bran cercò di fargli un cenno: "Mikken, no, ti prego...". Inutile.

«Se credi di impossessarti del Nord con questa massa di straccioni...»

L'uomo pelato affondò la punta della lancia nel retro del collo del fabbro. L'acciaio si aprì la strada nella carne, uscì dalla gola in una fontana di sangue. Una donna urlò. Meera coprì con le sue braccia Rickon.

"Nel sangue" Bran aveva la risposta, adesso. Gliel'avevano data i sogni dell'oltre. "È nel suo stesso sangue che sta *annegando*..."

«Qualcun altro ha qualcosa da dire?» chiese Theon Greyjoy.

«Hodor Hodor Hodor Hodor» urlò il ragazzo dalla mente semplice, con gli occhi sbarrati.

«Per favore, fate tacere quell'idiota.»

Due uomini di ferro si misero a picchiare Hodor con le aste delle lance. Il ragazzo cadde a terra, cercando di proteggersi dai colpi con le mani.

«Sarò un lord molto migliore di Eddard Stark» riprese Theon a voce più alta, in modo da farsi udire al di sopra dei tonfi del legno contro la carne. «Ma se oserete tradirmi, vi pentirete di averlo fatto. E non crediate che gli uomini che vedete qui siano tutta la mia forza. Presto, anche Piazza di Thorren e Deepwood Motte saranno mie. E mio zio sta navigando lungo il fiume del Sale per prendere il Moat Cailin. Se Robb Stark riuscirà a battere i Lannister, che regni pure come re del Tridente. Ma per adesso, è la Casa Greyjoy che tiene il Nord.»

«I lord degli Stark ti vinceranno» gridò Reek. «Quel maiale rigonfio a Porto Bianco per primo. E anche gli Umber e i Karstark. A te servono uomini. Se mi liberi, io sono uno di quegli uomini.»

Theon ci pensò sopra per un momento: «Sei più furbo di quanto puzzi, ma non credo di riuscire a sopportare il tuo tanfo».

«Bene» fece Reek. «Mi lavo un po', se sono libero.»

«Uomo di raro buonsenso» sorrise Theon. «Sottomettiti.»

Uno degli uomini di ferro diede a Reek una spada. Lui la pose ai piedi di Theon e giurò obbedienza alla Casa Greyjoy e a lord Balon. Bran non poté guardare. Il sogno dell'oltre... Tutto vero.

«Milord Greyjoy!» Osha si fece avanti a sua volta, scavalcando il cadavere di Mikken. «Anch'io sono stata portata qui come prigioniera. Tu c'eri il giorno in cui è successo.»

"Io pensavo tu fossi nostra amica" pensò Bran con dispiacere.

«Sono guerrieri che voglio» disse Theon. «Non puttane da cucina.»

«È stato Robb Stark a mettermi nelle cucine. Per più di un anno mi hanno lasciato a grattare pentole, a lavare via grasso e a tenere caldo il pagliericcio di questo qua» Osha lanciò uno sguardo duro a Gage. «Non ne posso più. Metti di nuovo una picca nel mio pugno.»

«Ce l'ho qua io, la picca per te» sghignazzando, il pelato che aveva ucciso Mikken si afferrò lo scroto.

Osha gli assestò una solenne ginocchiata tra le gambe.

«Quella te la puoi anche tenere» gli strappò la lancia dalle mani e lo colpì con l'asta. «Io preferisco il legno e il ferro.»

Il pelato crollò sul pavimento, mentre il resto dei predoni esplose in una fragorosa risata.

«Tu mi stai bene» anche Theon rise con loro. «Tienila pure, quella picca. Stygg può trovarne un'altra. Ora sottomettiti e giura.»

Nessun altro si fece avanti per mettersi al suo servizio, quindi Theon rimandò tutti a casa, ordinando che continuassero a fare il loro lavoro senza causare altri guai. Hodor riportò Bran nella sua stanza da letto. La sua faccia era deformata dalle botte, un occhio chiuso, il naso gonfio.

Sollevò Bran tra le braccia coperte di sangue: «Hodor» singhiozzò tra le labbra spaccate.

Il giovane dalla mente semplice e il ragazzo spezzato si allontanarono nelle tenebre e nella pioggia.

ARYA

«Ci sono i fantasmi, qui. Io lo so che ci sono» Frittella, le braccia imbiancate di farina fino ai gomiti, stava preparando delle trecce di pane. «Pia ha visto qualcosa nella dispensa, ieri notte.»

Arya commentò con un suono volgare. Pia vedeva sempre *cose* nella dispensa. Di solito, si trattava di uomini.

«Me la daresti una pasta?» chiese a Frittella. «Ne hai fatto un intero vassoio.»

«Mi serve tutto. Ser Amory Lorch ne è ghiotto.»

Arya lo odiava, ser Amory Lorch. Era stato lui a comandare quelli che li avevano attaccati nel fortino abbandonato, uccidendo Yoren e tutti gli altri.

«Sputiamoci sopra» propose.

Frittella si guardò intorno nervosamente. Le cucine erano piene di ombre pesanti, piene di echi. Tutti gli altri cuochi e gli sguatteri stavano dormendo negli spazi cavernosi sopra i forni.

«Se ne accorgerà.»

«No invece» insisté Arya. «Non puoi sentire il *sapore* dello sputo.»

«Ma se lo sente, è a me che mi frustano» Frittella fece una pausa. «Tu non devi nemmeno essere qui. È notte fonda.»

Lo era, ma ad Arya non importava. Perfino nel cuore della notte, c'era sempre attività nelle cucine di Harrenhal. C'era sempre qualcuno che preparava la pasta per il pane della mattina dopo, che rimestava in un pentolone con un lungo mestolo di legno, che macellava un maiale per la pancetta della colazione di ser Amory. Quella notte, quel qualcuno era Frittella.

«Se Occhio moscio si sveglia e scopre che tu non ci sei...»

«Occhio moscio non si sveglia mai» ribatté Arya. Il suo vero nome era Mebble ma, visto che i suoi occhi lacrimavano in continuazione, tutti lo chiamavano Occhio moscio. «Non una volta che è partito.»

Ogni mattina, Mebble Occhio Moscio faceva colazione a base di birra. E ogni sera dopo cena crollava in un sonno da ubriaco, con la bava color del vino che gli colava lungo il mento. Arya aspettava di udirlo russare, poi, a piedi nudi, saliva la scala della servitù, senza fare più rumore del piccolo topo che era stata. Non aveva bisogno né di candele né di torce. Un tempo, Syrio Forel le aveva detto che l'oscurità poteva essere sua amica. Aveva ragione. Ad Arya bastavano il chiarore della luna o la luce delle stelle per muoversi.

«Scommetto che potremmo anche scappare» disse a Frittella «e Occhio moscio nemmeno si accorgerebbe che ce ne siamo andati.»

«Io non ho nessuna voglia di scappare. È molto meglio qua che in quei dannati boschi. Io non li voglio più mangiare i vermi. Qui, dammi una mano, spargi un po' di farina sulla...»

«Aspetta...» Arya inclinò il capo di lato. «Che cos'è stato?»

«Cosa? Io non...»

«Ascolta con le orecchie, non con la bocca. Era il suono di un corno da guerra. Due volte, non lo hai sentito? Ecco, ecco... Queste erano le catene della grata del portale: qualcuno sta entrando. O sta uscendo. Vieni a vedere?»

Era dalla mattina in cui lord Tywin era tornato in guerra con il suo esercito che le porte di Harrenhal non venivano più aperte.

«Sto facendo il pane per domattina» si lamentò Frittella. «E poi a me non piace quando è tutto buio, te l'ho già detto.»

«Io ci vado. Ti dico dopo. Me la dai una pasta o no?»

«No.»

Ma Arya ne prese una comunque. Se la mangiò uscendo dalle cucine. Era ripiena di nocciole tritate e frutta e formaggio, la crosta croccante ancora tiepida dal forno. Mangiare una delle paste di ser Amory la fece sentire temeraria. "Piede nudo, piede sicuro, piede leggero" canticchiò sottovoce. "Sono io il fantasma di Harrenhal."

Il suono del corno da guerra aveva strappato la fortezza al suo sonno. Erano molti gli uomini che scendevano nel cortile per capire che cosa stesse accadendo. Arya si mescolò tra loro. Una colonna di carri trascinati da buoi stava scorrendo sotto la grata. "Razziatori" si rese subito conto Arya. I cavalieri che scortavano i carri parlavano troppe lingue strane. Sotto i raggi della luna, le loro armature apparivano livide. Arya notò due di quegli strani cavalli a strisce bianche e nere. "I Guitti sanguinari!..." D'istinto, si ritirò dove le tenebre erano più fitte. Rimase a osservare mentre veniva trasportato dentro anche un gigantesco orso nero, chiuso in una gabbia d'acciaio nel retro di uno dei carri. Altri carri erano carichi di argenteria, armi, scudi, sacchi di farina, stie di maiali urlanti, cani macilenti, polli. Arya stava cercando di ricordare da quanti secoli non assaggiava più una fetta di arrosto di maiale quando apparvero i primi prigionieri.

Dal modo orgoglioso e fiero in cui teneva la testa alta, l'uomo che apriva la marcia doveva essere un lord. La sua maglia di ferro scintillava sotto la tunica lacera di colore rosso. Arya credette che fosse un Lannister, ma poi l'uomo entrò nell'alone di una torcia. Il suo emblema era un pugno d'argento, non un leone. Aveva i polsi strettamente legati. Una fune annodata alla caviglia lo univa all'uomo dietro di lui, e questi a sua volta a quello dopo, e a quello dopo ancora. L'intera colonna era costretta ad arrancare a uno strano passo sussultorio. Molti dei prigionieri erano feriti. Se uno di loro si fermava, un cavaliere arrivava al trotto ad assestargli un secco colpo di frusta per farlo muovere di nuovo. Arya cercò di farsi un'idea di quanti fossero quei prigionieri, ma a cinquanta perse il conto. Dovevano essere per lo meno il doppio. I loro abiti erano incrostati di fango e sangue. Nella luce baluginante delle torce, era difficile distinguere emblemi e sigilli. Arya però ne riconobbe alcuni: torri gemelle, vampata solare, uomo insanguinato, ascia da guerra. "L'ascia da guerra è dei Cerwyn, e il sole bianco su sfondo nero è dei Karstark. Questi sono uomini del Nord. Uomini di mio padre... e di Robb." Non volle pensare a che cosa questo potesse significare.

I Guitti sanguinari cominciarono a smontare. Ragazzi di stalla assonnati si trascinarono fuori dai loro letti di paglia per andare a occuparsi dei loro cavalli coperti di schiuma. Uno dei mercenari chiedeva birra a gran voce. Tutti quei rumori portarono anche ser Amory Lorch a fare la sua comparsa sul ponte coperto al di sopra del cortile. Ai suoi lati, c'erano due uomini che reggevano delle torce.

Vargo Hoat, il capo dei Guitti sanguinari, con l'elmo a testa di caprone, fece fermare il cavallo sotto la galleria: «Mio lord caschtellano.» Il mercenario parlava in modo strascicato, distorto, come se avesse la lingua troppo grossa per stargli tutta quanta in bocca.

«Che cosa accade, Hoat?» chiese ser Amory con la fronte aggrottata.

«Prischogneri. Roosh Bolton pensava di attraversare il fiume, ma i miei Bravi Camerati gli hanno tagliato la sua avanguardia in pesschi. Uccisi tanti e poi Bolton schcappa. Queschto qua è il loro lord comandante, Glover. E quello dietro è scher Aenysch Frey.»

Gli occhietti porcini di ser Amory esaminarono la fila dei prigionieri. Ad Arya, non parve che lui fosse compiaciuto. Tutti al castello di Harrenhal sapevano che Lorch e Hoat si odiavano a morte.

«Molto bene» disse alla fine ser Amory. «Ser Cadwyn, porta questi uomini nelle segrete.»

L'uomo con il simbolo del pugno argenteo sulla tunica alzò lo sguardo: «Ci era stato promesso di essere trattati in modo onorevole...».

«*Schilenschio!*» sputacchiò Vargo Hoat.

«Qualsiasi cosa Hoat vi abbia promesso, non significa nulla per me» berciò ser Amory dall'alto. «Lord Tywin ha nominato *me* castellano di Harrenhal, e io farò come mi pare e piace.» Fece un cenno alle guardie. «La cella grande sotto la Torre della Vedova dovrebbe bastare a contenerli tutti. Chiunque di voi non voglia andarci, si ritenga libero di crepare qui fuori.»

Gli uomini di Lorch condussero via i prigionieri, spingendoli con le punte delle lance. Arya vide Occhio moscio apparire alla base della scala, ammiccando nel chiarore delle torce. Se avesse scoperto che lei se n'era andata in giro, le avrebbe gridato dietro, minacciando di spellarle la schiena a frustate. Arya però non aveva paura. Occhio moscio non era Weese. Stava sempre a sbraitare e a minacciare di spellare la schiena a frustate a questo e a quello, ma lei non lo aveva mai visto colpire nessuno. In ogni caso, era meglio che lui non la vedesse. Arya diede un'occhiata in giro. I finimenti stavano venendo rimossi dai buoi, i carri scaricati, mentre i Bravi Camerati di Vargo Hoat chiedevano da bere. Parecchi curiosi si erano radunati attorno alla gabbia con dentro l'orso. In tutta quella confusione, non le fu difficile sgattaiolare via. Rientrò nella fortezza per la stessa strada che aveva percorso all'andata, cercando di restare fuori vista, per evitare che qualcuno la notasse e le desse qualche lavoro da fare.

Lontano dalle porte e dalle stalle, Harrenhal era per la maggior parte deserta. I suoni si affievolirono dietro di lei. Il vento soffiava rabbioso, traendo strani ululati dalle crepe nella Torre dei Lamenti. Dagli alberi del parco degli dei avevano cominciato a cadere le foglie. Arya poteva udire il loro fruscio mentre scivolavano lungo il selciato dei vari cortili interni. Adesso che la fortezza maledetta era nuovamente vuota, il suono giocava strani scherzi. A volte, le pietre stesse sembravano inghiottire qualsiasi rumore, immergendo Harrenhal in un sudario di silenzio. Altre volte, gli echi parevano acquistare una vita propria. Così ogni passo si tramutava nel ritmo di marcia di un esercito fantasma, e ogni voce remota diventava un cantico di spettri. Tutte cose che a Frittella facevano paura, ma non ad Arya Stark.

Silenziosa come un'ombra, scivolò lungo il ponte di mezzo, attorno alla Torre del Terrore. Superò grandi uccelliere dove, secondo alcuni, gli spiriti dei falconi morti agitavano l'aria con le loro ali fantasma. Arya poteva andare dove voleva. La guarnigione era composta da un centinaio di uomini al massimo, talmente pochi da perdersi nella vastità della fortezza. La Sala dei Cento Focolari era stata chiusa. Lo stesso valeva per parecchi altri edifici secondari, inclusa la Torre dei Lamenti. Ser Amory Lorch stava nella residenza del castellano, situata nella Torre del Rogo del Re, spaziosa quanto quella di un lord. Arya e gli altri servi erano stati trasferiti nelle cantine sottostanti, in modo da essere opportunamente a disposizione. Quando lord Tywin aveva abitato ad Harrenhal, c'era sempre qualcuno armato che voleva sapere chi eri e dove andavi. Ma ora, con solo un centinaio di uomini lasciati a sorvegliare più di mille porte, nessuno sembrava sapere chi dovesse trovarsi dove. Né sembrava importare granché.

Nel superare l'armeria, Arya udì il pestare ritmico di un martello. Una luce arancione scuro pulsava da dietro le alte finestre. Arya scalò fino al tetto e diede una sbirciata. Gendry stava rifinendo una corazza pettorale. Quando lavorava, per lui non esisteva altro se non il metallo, il mantice e la fiamma. Il martello era come un'estensione del suo braccio. Arya rimase a fissare il gioco dei muscoli che guizzavano sotto la pelle del suo poderoso torace, ascoltando il canto dell'acciaio. "È forte" non poté fare a meno di pensare. Gendry si munì di un paio di pinze dal manico lungo per immergere la corazza nel bagno di tempera. Arya s'infilò dalla finestra e saltò giù, atterrando accanto a lui.

Gendry non parve affatto sorpreso di vederla: «Dovresti essere a letto, ragazzina». La corazza immersa nell'acqua soffiò come una gatta infuriata. «Che cos'era tutto quel baccano?»

«Vargo Hoat è tornato portando dei prigionieri. Ho visto i loro emblemi. C'è un Glover di Deepwood Motte. È uno degli uomini di mio padre. Anche gli altri, per la maggior parte.» E di colpo, Arya seppe per quale ragione i suoi piedi l'avevano portata fino là. «Devi aiutarmi a farli scappare.»

Gendry rise: «Davvero? E come?».

«Ser Amory li ha mandati in una delle segrete. Quella sotto la Torre della Vedova, che è un'unica grande cella. Tu potresti spaccare la serratura a martellate...»

«Giusto. Mentre le guardie stanno a guardare, scommettendo su quanti colpi mi ci vogliono per farla fuori?»

Arya si morsicò il labbro inferiore: «Le guardie... le dobbiamo uccidere».

«E come pensi di riuscirci?»

«Forse non ce ne sono tante.»

«Se anche sono solo due, per te e me sono due di troppo. Tu proprio non hai imparato niente in quel villaggio sull'Occhio degli Dèi, eh? Tu solo provaci...» Gendry impugnò di nuovo le pinze «e Vargo Hoat ti taglia le mani e i piedi, come fa sempre con quelli che lo infastidiscono.»

«Hai *paura*.»

«Lasciami perdere, ragazzina.»

«Gendry ci sono almeno *cento* uomini del Nord là sotto. Forse anche di più, non li ho contati tutti. Tanti quanti ne ha ser Amory, be'... senza contare i Guitti sanguinari. Dobbiamo solo farli uscire. Poi c'impossessiamo della fortezza e scappiamo.»

«Non riuscirai a farli uscire. Così come non sei riuscita a salvare Lommy Maniverdi» Gendry sollevò la corazza con le pinze e la esaminò da vicino. «E se anche riusciamo a scappare, poi dove andiamo?»

«A Grande Inverno» rispose Arya senza esitazione. «Dirò alla lady mia madre che tu mi hai aiutato. Potresti rimanere con noi...»

«E milady me lo permetterebbe? Potrei ferrare i tuoi cavalli e fare le spade per i lord tuoi fratellini?»

Certe volte, Gendry la mandava proprio fuori dai gangheri: «Smettila!».

«Perché dovrei giocarmi i piedi per poter sudare a Grande Inverno invece che sudare ad Harrenhal? Tu conosci il vecchio Ben Pollice nero? Era il fabbro di lady Whent. E prima di lui, di suo padre. E prima ancora, del padre di suo padre. Era addirittura il fabbro di lord Lothson, che aveva Harrenhal prima che arrivassero i Whent. Adesso è uno dei fabbri di lord Tywin. Lo sai quello che dice? Una spada è una spada e un elmo è un elmo. E se metti la mano nel fuoco, te la ritrovi bruciata, chiunque tu servi. Lucan non è male come mastro armiere. Io resto qua.»

«Allora la regina finirà per catturarti. A Ben Pollice nero non ha certo mandato delle cappe dorate!»

«Mi sa che non era nemmeno me che volevano.»

«Invece sì, e tu lo sai bene. Tu sei *qualcuno*.»

«Io sono un apprendista fabbro. Un giorno potrei anche diventare mastro armiere... ma solo se non scappo e non finisco con i piedi mozzati e non mi faccio uccidere.»

Gendry le voltò le spalle, riprese il martello e cominciò a picchiare di nuovo.

Piena di rabbia impotente, Arya serrò entrambi i pugni: «Il prossimo elmo che fai, invece delle corna di toro, mettici sopra delle orecchie da somaro!».

Corse via dalla forgia. Doveva farlo, altrimenti si sarebbe messa a colpirlo. "Ma anche se lo facessi, forte com'è probabilmente non sentirebbe niente. Quando scopriranno chi è, gli taglieranno quella sua stupida testa da somaro, e allora sì che gli dispiacerà di non avermi aiutato."

In ogni caso, era meglio andare avanti senza di lui. Era stato per colpa sua che li avevano catturati, in quel villaggio maledetto sulle rive dell'Occhio degli Dèi.

Ma ripensare al villaggio le fece tornare in mente la marcia della morte, e la stalla dov'era stata tenuta prigioniera insieme agli altri, e Messer sottile. Rivide il bambino cui avevano sfondato il cranio con una mazza ferrata e quel vecchio sciocco Tutto per Joffrey e Lommy Maniverdi. "Ero una pecora, e poi sono stata un topo, e la sola cosa che ho potuto fare è stata nascondermi." Arya si morse nuovamente il labbro inferiore, cercando di ricordare quando il coraggio le era tornato. "Jaqen mi ha ridato la fierezza. Lui mi ha tramutato in uno spettro, invece di essere un topo."

Era dalla morte di Weese che evitava l'uomo misterioso di Lorath. Con Chiswyck era stato facile, chiunque poteva spingere qualcuno giù da un camminamento sulle mura. Weese, invece, quella sua brutta cagna maculata l'aveva avuta fino da quando era un cucciolo. Soltanto qualche oscura magia poteva aver fatto sì che il cane gli si rivoltasse contro. "Yoren aveva trovato Jaqen H'ghar in una delle celle buie della Fortezza Rossa, la stessa di Rorge e di Mordente. Jaqen aveva commesso un crimine spaventoso e Yoren sapeva quale. Per questo lo teneva ai ceppi." E se il lorathiano era una specie di stregone, allora forse Rorge e Mordente non erano uomini, ma demoni evocati dagli inferi.

Jaqen le doveva ancora una morte. Nelle storie che la Vecchia Nan raccontava degli uomini cui gli elfi avevano concesso poteri magici, il terzo desiderio era quello cui bisognava stare più attenti. Proprio perché era l'ultimo. Chiswyck e Weese non erano stati importanti. "Ma la terza morte *deve* contare." Era questo che Arya bisbigliava a se stessa ogni notte, ripetendo i nomi dell'odio. Dunsen, Polliver, Raff Dolcecuore, Messer Sottile e il Mastino. Ser Gregor, ser Amory, ser Ilyn, ser Meryn, re Joffrey, regina Cersei. Solo che ora aveva cominciato a chiedersi se fosse davvero quella l'unica ragione per cui continuava a esitare. Sapeva uccidere con un sussurro. Non avrebbe dovuto avere paura di nulla... Ma nel momento in cui avesse decretato l'ultima morte, sarebbe tornata a essere un topo.

Adesso che Occhio moscio era sveglio, Arya non osava tornare al suo paglericcio. Non sapendo dove nascondersi, andò nel parco degli dei. Le piaceva l'odore penetrante dei pini e degli alberi-sentinella, la sensazione dell'erba e del terriccio sotto le piante dei piedi, il suono del vento tra le foglie. C'era un torrente, piccolo e lento, che si snodava tra gli alberi. E c'era un punto, in prossimità del tronco di un albero caduto, in cui la corrente aveva scavato il terreno.

Là, sotto del legno marcio e contorti rami spezzati, Arya trovò la sua spada nascosta.

Gendry era troppo testardo per forgiargliene una, così Arya se l'era fatta da sola togliendo le setole a una scopa. La lama era troppo leggera, e mancava una vera l'impugnatura, ma ad Arya la punta scheggiata piaceva lo stesso. Ogni volta che aveva un'ora libera, andava a rifugiarsi nel parco degli dei di Harrenhal per addestrarsi nelle cose che Syrio le aveva insegnato. Si muoveva a piedi nudi sulle foglie cadute, falciando i rami, staccando altre foglie. A volte, scalava uno dei tronchi e danzava sulle biforcazioni superiori, con le dita dei piedi che si chiudevano sul ramo mentre lei si spostava avanti e indietro, barcollando ogni volta sempre di meno, man mano che riacquistava il suo senso dell'equilibrio. La notte era il momento migliore. Nessuno allora veniva a disturbarla.

Arya salì su uno degli alberi. Là, nel regno delle foglie, sfoderò la spada e riuscì a dimenticare tutti, almeno per breve tempo. Dimenticò ser Amory e i Guitti sanguinari e anche gli uomini del Nord. Si perse nel legno ruvido che sentiva sotto i piedi e nel sibilo della lama che fendeva l'aria. Un ramo spezzato divenne Joffrey. Arya lo colpì e lo colpì fino a quando non volò via in pezzi. La regina e ser Ilyn e ser Meryn e il Mastino non erano altro che foglie, ma lei li uccise tutti lo stesso, riducendoli a una poltiglia verde.

Quando il suo braccio fu stanco, Arya sedette a cavalcioni su uno dei rami alti, per riprendere fiato nell'aria fredda e oscura, ascoltando lo squittire dei pipistrelli a caccia di prede. Oltre l'intrico del fogliame, poteva vedere il legno dell'albero del cuore, bianco come vecchie ossa. "Visto da quassù, sembra proprio il parco degli dei di Grande Inverno." Come avrebbe voluto che lo fosse veramente... Perché nel ridiscendere, sarebbe stata a casa. E forse avrebbe trovato suo padre, seduto come sempre sotto l'albero-diga.

S'infilò la spada nella cintura. Passò da un ramo all'altro fino a quando non fu nuovamente a terra. La luce della luna conferiva al tronco dell'albero-diga un colore argenteo. Andò verso di esso. Le foglie, però, le rosse foglie a cinque punte, apparivano completamente nere. Arya scrutò il volto scavato nel legno. Era una maschera terribile, la bocca distorta, gli occhi fiammeggianti pieni d'odio. Erano così i volti degli dei? E potevano soffrire, gli dei, nello stesso modo in cui soffrivano gli uomini? "Dovrei pregare..." Il pensiero la colse all'improvviso.

Arya si mise in ginocchio. Non sapeva bene come cominciare. Intrecciò le mani. "Aiutatemi, antichi dei" pregò silenziosamente. "Aiutatemi a far uscire gli uomini del Nord dalla segreta, in modo che possiamo uccidere ser Amory, in modo che io possa tornare a casa a Grande Inverno. Fate di me una danzatrice dell'acqua e un lupo. Fate che non abbia più paura, mai più."

Che potesse bastare? Forse, se voleva che gli antichi dei la udissero, avrebbe dovuto pregare a voce alta. O forse pregare più a lungo. Ricordava di aver visto suo padre pregare per molto tempo. Ma gli antichi dei non lo avevano mai aiutato.

«Avresti dovuto salvarlo» disse con rabbia al livido volto nell'albero. «Pregava sempre, lui. Be', non m'importa se non mi aiuterai. Non sono certa che potresti farlo, nemmeno se lo volessi.»

«Gli dei non s'ingannano, ragazza.»

Una voce, alle sue spalle. Arya schizzò in piedi, con la spada di legno in pugno. Immobile come uno degli alberi del parco degli dei, c'era un'ombra più profonda delle tenebre. Jaqen H'ghar.

«Quest'uomo viene per udire un nome. Uno, due e dopo c'è il tre. Quest'uomo poi avrà finito.»

Arya abbassò la punta scheggiata verso terra: «Come sapevi che ero qui?».

«Quest'uomo vede. Quest'uomo sente. Quest'uomo *sa*.»

Arya lo studiò con sospetto. Erano stati gli dei a mandarlo? «Come hai fatto a costringere il cane a uccidere Weese? E Rorge e Mordente... li hai evocati dagli inferi? Jaqen H'ghar è il tuo vero nome?»

«Alcuni uomini hanno molti nomi. Donnola. Arry. *Arya*.»

Lei fece un passo indietro. Alla fine, si ritrovò con la schiena contro l'albero del cuore: «È stato Gendry? Te lo ha detto lui?».

«Quest'uomo sa» ripeté Jaqen. «Mia lady di Stark.»

«Devi aiutarmi a fare uscire quegli uomini dalle segrete.» Forse gli dei lo avevano *veramente* mandato da lei, rispondendo alle sue preghiere. «Quel Glover e gli altri uomini del Nord, tutti quanti. Dobbiamo uccidere la guardie e aprire la cella in qualche modo...»

«La ragazza dimentica» rispose Jaqen quietamente. «Due la ragazza ha avuto, tre erano dovuti. Se una guardia deve morire, la ragazza deve pronunciare il suo nome.»

«Ma *una sola* guardia non basterà! Bisogna ucciderle tutte se vogliamo aprire la cella» per fermare le lacrime, Arya si morse duramente il labbro. «Voglio che tu salvi gli uomini del Nord come io ho salvato te.»

«Tre vite sono state strappate a un dio» lo sguardo di Jaqen era impietoso. «Tre vite devono essere ripagate.» La sua voce era seta, e acciaio. «Gli dei non s'ingannano.»

«Non li ho mai ingannati.» Arya pensò per un lungo momento. «Il nome... il nome della terza morte. Posso sussurrare *qualsiasi* nome voglio? E tu lo ucciderai?»

Jaqen H'ghar inclinò il capo: «Quest'uomo ha parlato».

«Qualsiasi nome?» insisté Arya. «Un uomo, una donna, un bambino... oppure lord Tywin, o l'Alto Septon, o tuo padre?»

«Il sire di quest'uomo è morto da molto tempo. Ma se egli fosse vissuto, e se tu conoscessi il suo nome, dietro tuo comando lui morirebbe.»

«Giura, Jaqen. Giuralo sugli dei.»

«Nel nome di tutti gli dei del mare e dell'aria, nel nome del dio del fuoco, lo giuro» Jaqen H'ghar posò una mano sulla bocca del volto mostruoso scolpito nel legno livido. «Nel nome dei Sette Dei nuovi, e degli innumerevoli dei antichi, lo giuro.»

"Ha giurato!" «Perfino se pronunciassi il nome del re...»

«Pronuncia il nome, e la morte verrà. Domattina, al ciclo della luna, un anno da questo giorno, la morte verrà. Quest'uomo non vola come un uccello, ma muove un piede e poi l'altro. E un giorno quest'uomo è là. E un re muore.» Jaqen pose un ginocchio a terra di fronte a lei. «La ragazza sussurra se teme di dirlo a voce alta.» Erano faccia a faccia. «Sussurra. Ora. È... *Joffrey*?»

Arya si protese verso il suo orecchio, le labbra quasi a contatto. Sussurrò il nome della terza morte. «*Jaqen H'ghar.*»

Nemmeno nella stalla che bruciava, incatenato davanti alla ruggente muraglia di fiamme, Jaqen H'ghar era apparso così sconvolto come appariva in quel momento.

«La ragazza... fa uno scherzo.»

«Tu hai *giurato*! Gli dei ti hanno udito.»

«Gli dei hanno udito.» E di colpo, c'era un pugnale nella sua mano, la lama sottile quanto il mignolo di un bambino. Arya non fu in grado di dire *chi* di loro due quella lama avrebbe colpito. «La ragazza piangerà. La ragazza perde il suo solo amico.»

«Tu non sei mio amico. Un *vero* amico mi aiuterebbe.» Arretrò da lui, in equilibrio sulle punte dei piedi, pronta a scattare via se Jaqen avesse lanciato il pugnale. «Io non ucciderei *mai* un amico.»

Un sorriso, lo spettro di un sorriso, apparve sul viso di Jaqen H'ghar: «La ragazza potrebbe... sussurrare un diverso nome, se l'amico aiuta?».

«La ragazza potrebbe» confermò Arya. «*Se* l'amico aiuta.»

Il coltello svanì: «Vieni».

«Vuoi dire... *adesso*?» Non avrebbe mai pensato che lui avrebbe agito tanto in fretta.

«Quest'uomo ode il mormorio della sabbia che scende attraverso il cristallo. Quest'uomo non dorme fino a quando la ragazza sussurra un diverso nome. Sì, *adesso*, bambina malvagia.»

"Non sono una bambina malvagia. Sono un meta-lupo. E sono lo spettro di Harrenhal." Arya ripose nel suo nascondiglio la spada di legno e seguì Jaqen H'ghar fuori dal parco degli dei.

Era notte fonda, ma ad Harrenhal ferveva l'attività.

La venuta di Vargo Hoat aveva sovvertito tutti i ritmi. Carri, buoi e cavalli erano spariti dal cortile, ma la gabbia con dentro l'orso era ancora là. Era stata appesa al centro dell'arcata del ponte tra il blocco esterno e quello intermedio della fortezza, e penzolava a circa un metro da terra. Un anello di torce gettava riflessi baluginanti sull'acciottolato. Alcuni ragazzi delle stalle lanciavano sassi contro l'orso per sentirlo ruggire. Dalla parte opposta del cortile, un alone di luce si diffondeva dai baraccamenti delle truppe. Si udiva il cozzare dei boccali e i Guitti sanguinari che reclamavano altro vino. Una mezza dozzina di voci diedero il via a una canzone in una strana lingua gutturale che ad Arya suonò del tutto sconosciuta.

"Mangiano e bevono prima di andare a dormire. Occhio moscio mi avrà di sicuro cercata. Ora sa che non sono a letto." A quanto pareva, doveva avere il suo daffare a versare vino e birra per gli uomini di Hoat e per le guardie di ser Amory che si erano messi a gozzovigliare con loro. Tutto quel rumore sarebbe stata un'ottima distrazione.

«Gli dei affamati stanotte faranno festa con il sangue, se quest'uomo agisce» disse Jaqen. «Dolce ragazza, delicata e gentile. Sussurra un nome diverso e getta lontano questo folle sogno.»

«La delicata ragazza non lo fa.»

«E sia» Jaqen parve rassegnato. «La cosa verrà consumata, ma la ragazza deve obbedire. Quest'uomo non ha tempo per le parole.»

«La ragazza obbedirà» confermò Arya. «Che cosa devo fare?»

«Cento uomini hanno fame, devono essere nutriti. Il lord comanda brodo caldo. La ragazza deve correre nelle cucine e dirlo al ragazzino delle frittelle.»

«Brodo» ripeté lei. «E tu intanto dove sarai?»

«La ragazza aiuterà a fare il brodo caldo. E poi aspetterà nelle cucine fino a quando quest'uomo non viene a cercarla. Va'. Corri.»

Frittella era intento a tirare fuori dal forno le forme di pane quando Arya fece irruzione. Ma non era più solo nelle cucine. I cuochi erano stati svegliati per nutrire Vargo Hoat e i suoi Guitti sanguinari. Servitori andavano e venivano, portando via i vassoi con il pane e le paste preparati da Frittella. Ragazzi addetti alla cottura facevano girare sulle fiamme conigli infilzati in lunghi spiedi, mentre le sguattere li pennellavano con il miele. Altre donne affettavano cipolle e carote.

Il capocuoco, intento a tagliare grosse fette di prosciutto, vide Arya: «Che vuoi Donnola?».

«Brodo» annunciò lei. «Il mio lord vuole brodo.»

«Quello che cosa pensi che sia?» Con un gesto rabbioso, il cuoco puntò il coltello verso i calderoni neri appesi sul fuoco. «Anche se mi piacerebbe pisciarci dentro piuttosto che darlo a quel caprone. Nemmeno dormire in pace, si può.» Sputò con disprezzo. «Be', non ci pensare, va' dal caprone e digli che non si può cuocere più in fretta.»

«Devo aspettare qui fino a quando è pronto.»

«Allora sta' fuori dai piedi. Anzi, renditi utile. Fai una corsa fino alla dispensa. Il lord caprone vorrà anche burro e formaggio. Sveglia Pia e dille che fa meglio a muoversi, se vuole tenerseli attaccati alle gambe, i suoi piedi.»

Arya corse a perdifiato. Pia era già sveglia nel piano della servitù. Sveglia e mugolante con le gambe aperte sotto il peso di uno dei Guitti. Ma quando udì il richiamo di Arya, si rivestì in tutta fretta. Riempì sei ceste di vimini con blocchi di burro e fette di formaggio dall'odore acre.

«Dammi una mano con queste, Donnola.»

«Adesso no. Ma è meglio che ti sbrighi, se no Vargo Hoat ti taglia via i piedi.»

Arya schizzò via prima che Pia potesse afferrarla. Nel correre indietro, si domandò come mai a nessuno dei prigionieri fossero stati mozzati mani e piedi. Forse Vargo Hoat aveva paura della rabbia di Robb. Per quanto, non sembrava proprio tipo da avere paura di qualcosa o di qualcuno.

Rientrando nelle cucine, Arya trovò Frittella impegnato a rimescolare nei calderoni con un lungo mestolo di legno. Prese un secondo mestolo e si mise ad aiutarlo. Per un momento, pensò se non fosse il caso di dirgli quello che stava per succedere. Poi, però, le tornò in mente quanto era accaduto nel villaggio e decise di tenere la bocca chiusa. "Frittella si arrenderebbe ancora e basta."

«Cuoco!»

Arya conosceva quella brutta voce raschiante. Apparteneva a Rorge, il brutale tagliagole dal naso mozzato. Lasciò andare il mestolo, sentendosi di colpo piena d'angoscia. "Non avevo detto a Jaqen di portare anche loro..."

«Lo prendiamo noi il tuo fottuto brodo.»

Rorge indossava il suo mezzo elmo di ferro munito della protezione nasale che nascondeva in qualche modo la mutilazione. Dietro di lui venivano Jaqen H'ghar e Mordente.

«Il fottuto brodo non è ancora fottutamente pronto» ribatté il cuoco. «Deve diventare ben denso. Le cipolle gliele abbiamo messe dentro solo da poco...»

«Chiudi quella fogna, se no ti pianto uno di quegli spiedi dentro il culo e ti do un paio di giri a fuoco lento. Voglio il brodo e lo voglio adesso.»

Emettendo uno di quei suoi suoni sibilanti, Mordente strappò dallo spiedo un coniglio cotto a metà e lo addentò con le sue zanne appuntite, e il miele fumante gli colò tra le dita.

«E allora prenditelo, il tuo fottuto brodo» cedette il cuoco. «Ma se poi il lord caprone vuol sapere perché è così acquoso, glielo dici tu.»

Mordente si leccò le dita impiastricciate mentre Jaqen H'ghar si faceva scivolare sulle mani un paio di grossi guanti imbottiti. Ne diede un secondo paio ad Arya: «La Donnola aiuterà».

Il brodo era una mistura gorgogliante, ribollente. I calderoni erano pesanti. Jaqen e Arya ne sollevarono uno in due. Rorge ne prese uno e Mordente addirittura due, sibilando di dolore nello scottarsi le mani sui manici roventi. In ogni caso, non li lasciò cadere. Trasportarono i calderoni fuori dalle cucine e attraverso il cortile. C'erano due guardie a sorvegliare la porta della Torre della Vedova.

«E questo cosa sarebbe?» una di loro apostrofò Rorge.

«Un bel pentolone di piscio bollente, ne vuoi un po'?»

Jaqen si esibì in un sorriso disarmante: «Un prigioniero deve mangiare anche lui, sì?».

«Nessuno ci ha detto di...»

«È per loro, non per te» lo interruppe Arya.

La seconda guardia fece cenno di passare: «Forza. Portateli di sotto».

C'era una scala a chiocciola che scendeva nelle segrete. Rorge fece strada, Jaqen e Arya lo seguirono. «La ragazza si terrà in disparte» avvertì Jaqen.

I gradini di pietra sfociavano in un'umida cripta di pietra. Uno spazio allungato, tetro e privo di finestre. Alcune torce ardevano nelle loro nicchie verso il fondo della segreta, dove un gruppo di uomini di ser Amory sedevano attorno a un malridotto tavolo di legno, parlando e giocando a domino. Spesse sbarre di ferro li separavano dai prigionieri, ammassati nel buio. L'odore del brodo caldo spinse molti di loro verso le sbarre. Arya contò otto guardie. Anche loro sentirono l'odore del brodo.

«Mai vista una serva più brutta» il capitano sghignazzò all'indirizzo di Rorge. «Che cosa c'è lì dentro?»

«Il tuo cazzo e i tuoi coglioni. Vuoi mangiare o no?»

Una delle guardie passeggiava avanti e indietro, un'altra era in piedi vicino alle sbarre, una terza sedeva a terra con la schiena alla parete. Ma l'idea del cibo li portò tutti attorno al tavolo.

«Era tempo che ci davano da mangiare.»

«Cos'è, cipolle?»

«E il pane? Dov'è?»

«Merda, ci servono ciotole, cucchiai...»

«Non vi serve proprio un cazzo, invece.»

Rorge scaraventò l'intero contenuto del calderone oltre il tavolo, dritto in faccia al gruppo. Jaqen H'ghar fece lo stesso. Mordente lanciò anche le pentole, mandando brodo incandescente a piovere per metà della segreta. Uno dei calderoni colpì il capitano alla tempia mentre cercava di tirarsi su da terra. Crollò di nuovo e rimase immobile, come un sacco di stracci. Gli altri urlavano per le ustioni, pregando, cercando di strisciare via.

Arya si schiacciò con la schiena contro la parete mentre Rorge cominciava a tagliare gole. Mordente, invece, preferì prendere gli uomini da dietro e spezzare loro il collo con una secca torsione delle sue enormi mani pallide. Una delle guardie riuscì a sfoderare la spada. Jaqen H'ghar schivò il fendente, snudando la sua lama. In un vortice di colpi, costrinse il soldato in un angolo. Lo finì con un singolo affondo al cuore. L'uomo di Lorath si avvicinò ad Arya, con la spada ancora gocciolante. «Anche la delicata ragazza si sporca di sangue» disse ripulendo la lama sulla tunica di lei. «Questo chiede, questo riceve.»

La chiave della cella era appesa a un uncino sul muro, al di sopra del tavolo. Rorge la prese e aprì la porta a sbarre.

«Ben fatto» il primo uomo a uscire fu il lord con l'emblema del pugno coperto di maglia di ferro sulla tunica. «Sono Robett Glover.»

«Mio lord» Jaqen fece un perfetto inchino.

Una volta liberi, i prigionieri tolsero alle guardie morte le armi e si precipitarono su per le scale, con l'acciaio in pugno. I loro compagni si ammassarono dietro di loro, a mani nude. Si mossero in fretta, quasi senza dire una parola. E adesso, nessuno di loro sembrava più così seriamente ferito come quando Vargo Hoat li aveva condotti attraverso il portale di Harrenhal.

«Questa del brodo» stava dicendo l'uomo di nome Glover. «Una mossa astuta. Non me l'ero aspettata. Idea di lord Hoat?»

Rorge scoppiò a ridere. Una risata talmente sbracata che grumi di muco fetido schizzarono fuori dalla voragine che aveva in mezzo alla faccia. Mordente sedette su uno dei cadaveri, sollevò la mano del morto e l'addentò. Scricchiolio di ossa, il sangue gli colò sul mento.

«Ma voi chi siete?» Era apparsa una ruga profonda sulla fronte di lord Glover. «Non eravate con Hoat quando ha attaccato il campo di lord Bolton. Siete con i Bravi Camerati?»

Rorge si pulì il muco dal mento con il dorso della mano: «Lo siamo adesso».

«Quest'uomo ha l'onore di essere Jaqen H'ghar, della Libera Città di Lorath. Gli scortesi compagni di quest'uomo si chiamano Rorge e Mordente. Il mio lord già sa qual è Mordente.» Jaqen fece un cenno verso Arya. «E qui c'è...»

«Donnola» esclamò Arya, bloccandolo prima che Jaqen rivelasse *chi* era lei in realtà. Non voleva che il suo nome fosse pronunciato qui, dove Rorge poteva udirlo, e anche Mordente, e tutti quegli altri che lei non conosceva. Vide Glover che si limitava a ignorarla.

«Molto bene» disse il lord. «Ora poniamo fine a questa sanguinosa questione.»

Tornarono su nel cortile. Le due guardie giacevano sulla soglia della Torre della Vedova, in una pozza del loro stesso sangue. I guerrieri del Nord correvano attraverso il cortile. Arya udì delle grida. La porta dei baraccamenti si aprì di schianto e un uomo ferito si trascinò fuori barcollando. Altri tre uomini gli furono addosso e lo ridussero al silenzio con le spade e le lance. Stavano combattendo anche attorno al corpo di guardia. Rorge e Mordente corsero via insieme a Glover, gettandosi a loro volta nella mischia.

Jaqen H'ghar mise un ginocchio a terra di fronte ad Arya: «La ragazza riesce a comprendere?».

«Sì, comprende» anche se invece *non* comprendeva, non completamente.

Jaqen glielo lesse in faccia: «Non c'è lealtà in un caprone nero. Presto, un vessillo di lupo sventola su Harrenhal. Ma prima, quest'uomo vuole udire che un certo nome viene cancellato.»

«Il nome è cancellato» Arya si morse il labbro. «Ho ancora la terza morte?»

«La ragazza è avida.» Jaqen toccò uno dei corpi e le mostrò la punta del dito coperta di sangue. «Questo è il tre, quello il quattro, altri otto giacciono nelle segrete. Il debito è pagato.»

«Il debito è pagato» ammise Arya con riluttanza. E adesso si sentiva triste. Perché adesso, lei non era più lo spettro di Harrenhal. Era tornata a essere un topo.

«Un dio ha avuto ciò che al dio era dovuto. E ora…» un sorriso enigmatico affiorò sulle labbra di Jaqen H'ghar. «Quest'uomo deve morire.»

«*Morire?*» esclamò confusa. Ma che cosa stava dicendo Jaqen? «Ma io l'ho cancellato, il nome. Non devi più morire!»

«Il mio tempo è concluso.»

Jaqen H'ghar si passò una mano sul volto, dalla fronte scivolando fino al mento. E dove quella mano passò, ogni cosa subì un mutamento. Le gote si fecero più rotonde, gli occhi più ravvicinati, il naso divenne a uncino, una cicatrice apparve sulla guancia destra, là dove nessuna cicatrice era mai esistita. E quando l'uomo di Lorath scosse il capo, i suoi lunghi capelli lisci, metà rossi e metà bianchi, si dissolsero. Al loro posto, apparvero corti riccioli, neri come l'inchiostro.

«Ma tu chi *sei*?» Arya era a bocca aperta, troppo stupefatta perfino per avere paura. «Come hai fatto? È difficile?»

«Non più difficile che cambiare nome» lui sorrise, rivelando uno scintillante dente d'oro. Anche la sua voce, il suo modo di parlare, erano mutati. «Basta sapere come fare.»

«Insegnami!… Voglio farlo anch'io.»

«Se vuoi imparare, dovrai venire con me.»

Arya esitò: «Dove?».

«Molto lontano, al di là del Mare Stretto.»

«Non posso. Devo tornare a casa, a Grande Inverno.»

«Allora le nostre strade si dividono. Anch'io ho dei doveri.» Le prese una mano e premette nel palmo una piccola moneta. «Ecco, prendi.»

«Che cos'è?»

«Una moneta di grande valore.»

Arya vi diede un morso. Era talmente dura che avrebbe potuto essere ferro. «Vale abbastanza da comprarci un cavallo?»

«Il suo scopo non è comprare cavalli.»

«E allora a che cosa serve?»

«Tanto vale che tu chieda a che cosa serve la vita di un uomo. O la morte. Se mai verrà il giorno in cui le nostre strade torneranno a incontrarsi, da' questa moneta a qualsiasi uomo della Città Libera di Braavos, e pronuncia queste parole: *valar morghulis.*»

«*Valar morghulis*» ripeté Arya. Non era difficile. Serrò le dita attorno alla moneta. Dall'altra parte del cortile, poteva udire altri uomini morire. «Ti prego, Jaqen, non andare.»

«Jaqen è morto, come Arry» disse lui con tristezza «e io ho delle promesse da mantenere. *Valar morghulis,* Arya Stark. Ripetilo ancora.»

«*Valar morghulis.*»

Lo sconosciuto che si era chiamato Jaqen H'ghar, che ancora indossava gli abiti di Jaqen H'ghar anche se aveva cessato di esserlo, fu inghiottito dalle tenebre, con il mantello che turbinava nel vento freddo. Arya rimase sola, insieme agli uomini morti. Le tornarono alla mente Yoren e Koss e tutti quelli che ser Amory aveva ucciso nel fortino sul lago. "Meritavate di morire."

Le celle sotto la Torre del Rogo del Re erano vuote. Arya tornò al suo paglіericcio. Contro il cuscino, sussurrò i nomi dell'odio: «Dunsen, Polliver, Raff Dolcecuore, Messer sottile e il Mastino, ser Gregor, ser Amory, ser Ilyn, ser Meryn, re Joffrey, regina Cersei». E quando li ebbe pronunciati tutti, aggiunse: «*Valar morghulis*».

Lo disse in un bisbiglio appena percettibile, chiedendosi che cosa significasse.

Occhio moscio e gli altri tornarono alle prime luci. Tornarono tutti tranne un ragazzo delle cucine rimasto ucciso nei combattimenti per nessuna ragione comprensibile. Occhio moscio salì nel cortile, da solo, in modo da rendersi conto di quale fosse la situazione alla luce del giorno, lamentandosi di quanto le sue vecchie ossa scricchiolavano su tutti quei gradini di pietra. Quando tornò, disse che Harrenhal era stata presa.

«I Guitti sanguinari hanno ucciso molti degli uomini di ser Amory nei loro letti. Il resto, li hanno sgozzati attorno alla tavola, quand'erano ubriachi. Il nuovo lord sarà qua prima del tramonto, e con tutto il suo esercito. È uno di lassù nel Nord, dove ci sta quella Barriera, e dicono che sia uno duro. Questo lord, quel lord, c'è sempre lavoro da fare uguale. Voi fate qualche schiocchezza, e io vi strappo la pelle dalla schiena a frustate.»

Guardò fisso Arya nel pronunciare quella sua minaccia che non metteva mai in atto, ma non le chiese dove era stata la notte prima.

Per tutta la giornata Arya rimase a guardare i Guitti sanguinari che spogliavano i caduti dei loro averi e delle loro armi, trascinando poi i cadaveri su una pira eretta nel Cortile di Granito, sulla quale sarebbero stati bruciati.

Shagwell il Giullare mozzò la testa a due dei cavalieri morti e saltellò da tutte le parti della fortezza facendole ballonzolare per i capelli e facendo finta che si parlassero. «Ehi, tu di che cosa sei crepato?» chiese una delle teste mozzate. «Zuppa calda di donnola» rispose la seconda testa.

Ad Arya venne dato il compito di lavare via il sangue rappreso. Nessuno le disse una parola di più del solito, ma ogni tanto si rendeva conto che erano in parecchi a guardarla in modo strano. Robett Glover e gli altri uomini del Nord che lei aveva liberato dovevano aver detto qualcosa di quanto era accaduto nelle segrete sotto la Torre della Vedova. E poi Shagwell e le sue maledette teste mozzate avevano cominciato con quella storia balorda della zuppa di donnola. Avrebbe proprio voluto dirgli di piantarla, ma aveva paura a farlo. Il Giullare era mezzo matto e lei aveva sentito dire che una volta aveva ucciso uno che non aveva riso a uno dei suoi scherzi. "Farà meglio a chiudere quella sua maledetta bocca" rimuginò mentre continuava a raschiare via chiazze purpuree. "Se no metto anche lui nella mia lista."

Stava calando la sera quando il nuovo padrone di Harrenhal finalmente arrivò. Aveva una faccia qualsiasi, senza barba, con i lineamenti ordinari. C'era un'unica cosa che si notava in lui: gli occhi, così stranamente pallidi. Non era né grasso, né magro, né muscoloso. Indossava una cotta di maglia nera con sopra una tunica rosa a macchie. L'emblema della sua casa era un uomo che sembrava essere stato immerso nel sangue.

«In ginocchio davanti al lord di Forte Terrore!»

A urlarlo fu il suo scudiero, un ragazzino che non poteva essere più vecchio di Arya.

E Harrenhal andò in ginocchio.

Vargo Hoat si fece avanti: «Mio lord, Harrenhal è voschtra».

Il lord rispose qualcosa, ma a voce troppo bassa perché Arya potesse udirla, Robett Glover e ser Aenys Frey, lavati, ripuliti e con indosso farsetti e mantelli nuovi, andarono a prendere i loro posti presso il padrone. Dopo un breve colloquio, ser Aenys condusse il gruppo da Rorge e Mordente. Arya fu sorpresa di vederli ancora al castello. Per qualche ragione, si era aspettata che fossero svaniti anche loro insieme a Jaqen H'ghar. La voce raschiante di Rorge parlò, ma ancora una volta Arya non riuscì a udire quello che disse. Poi, Shagwell le piombò addosso, trascinandola al centro del cortile.

«Mio lord, mio lord, mio lord» saltellò continuando a tirarla per il polso. «Eccola qua, la donnola che ha fatto la zuppa!»

«Lasciami andare!» Arya cercò di divincolarsi.

Il lord la osservò. Soltanto i suoi occhi si mossero. Erano stranamente lividi, dello stesso colore del ghiaccio. «Quanti anni hai, piccola?»

Arya fu costretta a pensarci su un momento per ricordare: «Dieci».

«Dieci... *mio signore*» le ricordò il lord. «Ti piacciono gli animali?»

«Alcuni sì, mio signore.»

«Ma non i leoni, si direbbe» un esile sorriso increspò le sue labbra sottili. «E nemmeno le manticore.»

Arya non sapeva che cosa dire, così non disse nulla.

«Mi hanno detto che ti chiamano Donnola. Non va bene. Quale nome hai avuto da tua madre?»

Arya si morse il labbro, andando disperatamente alla ricerca di un altro nome. Lommy l'aveva chiamata Bitorzolo, Sansa preferiva Faccia-di-cavallo, gli uomini di suo padre scherzavano con Piedolce. Ma nessuno di quei nomi poteva andare bene per il lord.

«Nymeria» disse alla fine. «Ma lei mi chiamava Nan.»

«Tu ti rivolgerai a me chiamandomi "mio signore", Nan» disse il lord quietamente. «Sei troppo giovane per diventare uno dei Guitti sanguinari, penso, e anche del sesso sbagliato. Hai paura delle sanguisughe, piccola?»

«Sono soltanto delle sanguisughe, mio signore.»

«Avresti qualcosa da insegnare al mio scudiero, si direbbe. Salassi frequenti sono il segreto di una vita lunga. Un uomo deve purgarsi del sangue cattivo. Tu andrai bene, credo. Per il tempo che rimarrò ad Harrenhal, Nan, tu sarai la mia coppiera. Mi servirai al mio desco e nei miei alloggi.»

Arya aveva imparato la lezione: questa volta, si guardò bene dal dire che avrebbe preferito lavorare nelle stalle. «Sì, vostro signore. Voglio dire, *mio* signore.»

Il lord fece un gesto vago: «Rendetela presentabile» disse a nessuno in particolare. «E siate certi che sia in grado di versare del vino senza sprecarlo.» Si girò, indicando qualcosa in alto. «Lord Hoat, provvedi tu a quegli stendardi sulla torre del ponte levatoio.»

Quattro Bravi Camerati andarono ad arrampicarsi sui merli e tirarono giù il leone dei Lannister e la manticora nera di ser Amory. Al loro posto, innalzarono i vessilli con l'uomo scuoiato di Forte Terrore e con il meta-lupo degli Stark.

Quella sera, un paggio di nome Nan versò vino per Roose Bolton e per Vargo Hoat mentre stavano sul ponte coperto, intenti a osservare i Guitti sanguinari che spingevano ser Amory Lorch, nudo come un verme, nel cortile intermedio. Ser Amory implorò e singhiozzò e si aggrappò alle gambe dei mercenari. Sforzi patetici, sforzi sprecati. Rorge tagliò i lacci e Shagwell il Giullare delle teste mozzate sbatté con un calcio ser Amory Lorch nella fossa dell'orso.

"È tutto nero, quell'orso" pensò Arya. "Tutto nero come Yoren."

E riempì la coppa di Roose Bolton senza farne traboccare neppure una goccia.

DAENERYS

In quella città di grandiosi splendori, Daenerys Targaryen si era aspettata che la Casa degli Eterni fosse la dimora più splendida di tutte. Invece, ciò che si trovò di fronte emergendo dal palanchino fu un'antica rovina grigiastra.

La struttura bassa e allungata, priva di torri, priva di finestre, si contorceva come un serpente di pietra in mezzo a un bosco di alberi dalla corteccia nera. Dalle loro foglie blu inchiostro veniva ricavata la bevanda magica che gli abitanti di Qarth chiamavano "Ombra della Sera". Non c'era nessun altro edificio vicino al palazzo. Il tetto era coperto da tegole, nere anch'esse, molte cadute, molte altre spezzate. L'intonaco tra le pietre esterne era secco, crepato. Ora Dany capiva per quale ragione Xaro Xhoan Daxos lo chiamava il Palazzo di Polvere. Alla sua vista, perfino Drogon sembrava inquieto. Il drago nero sibilò, emettendo fumo tra i denti acuminati.

«Sangue del mio sangue» le disse Jhogo in lingua dothraki. «È un luogo malvagio, questo. Un groviglio di sortilegi e *maegi*. Vedi come beve la luce del giorno? Andiamocene prima che beva anche noi.»

Ser Jorah Mormont si avvicinò a loro: «Ma quanto potere possono mai avere se vivono in un posto simile?».

«Ascolta la saggezza di coloro che più ti amano, mia dolce regina» aggiunse Xaro Xhoan Daxos, mollemente sdraiato nel palanchino. «Gli stregoni sono aspre creature, che mangiano polvere e bevono ombre. Nulla ti daranno. Perché nulla hanno da dare.»

Aggo spostò la mano sull'impugnatura del suo arakh : «Khaleesi, è risaputo che molti entrano nel Palazzo di Polvere, ma pochi ne escono».

«È risaputo» fece eco Jhogo.

«Noi siamo sangue del tuo sangue» riprese Aggo. «Abbiamo giurato di vivere e di morire con te. Lasciaci camminare al tuo fianco in questo luogo oscuro, in modo da tenerti al sicuro dal pericolo.»

«Ci sono luoghi nei quali perfino un khal deve camminare da solo» obiettò Daenerys.

«Allora prendi me» insisté ser Jorah. «Il rischio...»

«La regina Daenerys deve entrare da sola» Pyat Pree, lo stregone, emerse dagli alberi scuri. «O non entrare affatto.» "Sarà sempre stato qui?" non poté fare a meno di chiedersi Dany.

«Dovesse voltare le spalle ora» riprese Pyat Pree «per lei le porte della saggezza si chiuderanno per sempre.»

«Mia regina, il mio scafo da diporto ti attende a ogni istante» proclamò Xaro Xhoan Daxos. «Rinuncia a questa follia, mia troppo ostinata splendida sovrana. Ho flautisti che allieteranno la tua anima tanto turbata con suadenti melodie. E una giovane fanciulla la cui lingua sapiente ti farà sospirare e commuovere.»

Ser Jorah Mormont lanciò al mellifluo principe-mercante nel palanchino un'occhiata astiosa: «Mia regina, ricordati di Mirri Maz Duur».

«La ricordo bene.» Daenerys non avrebbe mai dimenticato la *maegi* degli uomini agnello che aveva causato la morte di Khal Drogo. «Ricordo che aveva conoscenza. E che era soltanto una *maegi*.»

Pyat Pree fece un tenue sorriso. «La bambina parla con la saggezze delle anziane. Prendi il mio braccio e permettimi di guidarti.»

«Non sono una bambina» precisò Daenerys. Ma accettò comunque il suo braccio.

Era più scuro di quanto non avrebbe dovuto essere sotto le chiome degli alberi neri. E la via era più lunga. Il sentiero sembrava svilupparsi in linea retta dalla strada fino alla porta del palazzo, ma Pyat Pree fece una deviazione laterale. Dany volle sapere il perché.

«L'ingresso anteriore conduce all'interno» si limitò a dire lo stregone. «Ma mai nuovamente all'esterno. Ascolta le mie parole, mia regina. La Casa degli Eterni non venne eretta per i comuni mortali. Se hai cara la tua anima, abbi cura di essa e fa' esattamente quanto ti dico.»

«Farò quanto mi dirai» promise Daenerys.

«Entrando, ti ritroverai in una stanza con quattro porte, quella da cui sei passata più altre tre. Prendi la porta alla tua destra. E continua a prendere sempre le porte alla tua destra anche in seguito. Se dovessi incontrare una scala, sali lungo di essa. Non andare mai verso il basso. E non varcare mai nessuna porta che non sia la prima porta alla tua destra.»

«La porta alla mia destra» ripeté Dany. «Ho capito. E quando me ne vado, la porta opposta?»

«Per nessuna ragione» rispose Pyat Pree. «Andare e venire sono la stessa cosa. Sempre verso l'alto. Sempre la porta a destra. Altre porte potrebbero aprirsi per te. Oltre di esse, potresti trovare visioni che ti turberebbero. Visioni di dolcezza e visioni di orrore, di meraviglia e di terrore. Immagini e suoni di giorni svaniti, di giorni a venire e di giorni che mai saranno. Abitatori e servitori del palazzo forse ti rivolgeranno la parola. Rispondi o ignorali come preferisci, ma non entrare in nessuna stanza fino a quando non avrai raggiunto la Sala delle Udienze.»

«Ho capito.»

«Quando sarai nella Sala degli Eterni, sii paziente. Per loro, le nostre insignificanti vite sono nulla più del battito d'ali di una falena. Ascolta bene, e annota ogni parola nel tuo cuore.»

Arrivarono all'ingresso, dove un'ampia bocca ovale si apriva in una parete scolpita come un viso umano. Ad aspettarla sulla soglia, c'era il nano più piccolo che Dany avesse mai visto. Le arrivava a stento al ginocchio, aveva la faccia spigolosa, il naso prominente. Indossava una delicata livrea nei colori viola e blu, e tra le piccole mani rosate reggeva un vassoio d'argento. C'era un unico calice di cristallo su di esso, pieno di denso liquido blu: Ombra della Sera, il vino degli stregoni.

«Bevi» disse Pyat Pree.

«Farà diventare blu le mie labbra?»

«Questo calice servirà soltanto ad aprire le tue orecchie e a dissolvere la cortina davanti ai tuoi occhi, in modo che tu possa udire e vedere le verità che ti saranno offerte.»

Dany si portò il bicchiere alle labbra. Il primo sorso fu atroce. Ombra della Sera sapeva d'inchiostro e di carne avariata. Eppure, man mano che la bevanda scendeva dentro di lei, parve acquistare una vita segreta. Daenerys sentì viticci invisibili dilatarsi nel suo petto, simili a tentacoli di fuoco intorno al cuore. E ora sulla sua lingua c'era il gusto del miele, dell'anice, della panna. Le parve il latte della madre e il seme di Drogo. Le sembrò carne succulenta e sangue caldo e oro fuso. Era tutti i sapori che Daenerys aveva conosciuto. E al tempo stesso non era nessuno di essi... e poi, il calice fu vuoto.

«Ora puoi entrare» concesse lo stregone.

Daenerys posò il calice sul vassoio d'argento e varcò la soglia del Palazzo di Polvere.

Era come Pyat Pree le aveva descritto: un vestibolo di pietra con quattro porte, una su ogni parete. Senza neppure un attimo di esitazione, Daenerys si diresse verso la prima porta alla sua destra e la superò. La stanza successiva era identica alla prima. Di nuovo, scelse la prima porta a destra. L'aprì, la varcò. Fu in un vestibolo più piccolo, con di nuovo altre quattro porte. "Sono in presenza di una stregoneria."

La quarta stanza era di forma ovale invece che quadrata, con le pareti di legno corroso dai vermi. In essa, si aprivano sei passaggi e non più quattro. Dany imboccò quello alla sua destra. Oltre la soglia, si dipanava un lungo corridoio dal soffitto alto, immerso nella penombra. Lungo la parete di destra, pulsava una fila di torce. E questa volta, tutte le porte si trovavano a sinistra. Drogon dispiegò le ampie ali nere e andò alla conquista dell'aria immobile. Il giovane drago riuscì a rimanere librato forse per una decina di metri prima di stramazzare goffamente a terra. Dany avanzò a sua volta.

Un tempo, il tappeto sotto i suoi piedi, ora divorato dall'umidità, doveva aver avuto colori splendidi. Tra chiazze di grigio smorto e tentacoli di verde corroso si intravedevano ancora ricami dorati ormai sfilacciati. Quel resto di tappeto fu comunque in grado di attutire i suoi passi, il che non era necessariamente una buona cosa. Da dietro le pareti venivano deboli suoni raschianti. Dany pensò a topi, ratti, intenti a correre nel buio. Anche Drogon li udì. La sua testa si spostava seguendo i rumori. Nel momento in cui cessarono, il drago lanciò un grido di rabbia. Altri suoni, addirittura più inquietanti, provenivano da dietro alcune delle porte chiuse. Una di esse si stava scuotendo, percossa da colpi all'interno, come se qualcuno stesse tentando di sfondarla. Da un'altra porta ancora veniva un suono distorto di strumenti a fiato. Drogon reagì, facendo schioccare violentemente la coda da una parte all'altra. Dany passò oltre in fretta.

Non tutte le porte erano chiuse. "Non guarderò" Daenerys impose a se stessa. "Non voglio farlo..." Ma alla fine, la tentazione fu troppo forte.

In una delle stanze, una bellissima donna giaceva nuda sul pavimento, e quattro piccolissimi uomini le stavano addosso da tutte le parti. Avevano faccette allungate, simili al muso di un topo, e minuscole mani rosa. Assomigliavano al servitore che le aveva offerto l'Ombra della Sera. Uno dei nanetti stava pompando la donna in mezzo alle gambe. Un altro le dilaniava i seni, la sua bocca rossa e gocciolante mordeva i capezzoli, addentando, lacerando.

Più oltre, Daenerys si ritrovò davanti a un'orribile carneficina. Cadaveri a mucchi giacevano gli uni sugli altri tra tavoli e sedie distrutti, in mezzo a laghi di sangue che andava raggrumandosi. Molti corpi erano mutilati, niente più arti, niente più teste. Mani mozzate si ostinavano a stringere coppe lorde di sangue, mestoli di legno, carne arrostita, fette di pane. Un sontuoso banchetto tramutato in un orrido mattatoio. Su un trono in posizione elevata sedeva un uomo morto. La sua testa era la testa di un lupo. Portava una corona di ferro. In pugno stringeva un cosciotto d'agnello, grottesca distorsione di un vero scettro. Gli occhi del re-lupo seguirono Dany in una muta, disperata invocazione.

Daenerys corse via da tutti quei cadaveri, ma arrivò soltanto fino alla porta aperta successiva. "Conosco questo luogo..." Ricordava bene i grandi architravi di legno, e le teste di animale scolpite che li ornavano. E fuori dalla finestra, c'era un albero di limoni! "È la casa con la porta rossa, la casa di Braavos!" .

«Eccoti qui, mia principessa» ser Willem Darry, l'anziano cavaliere che li aveva temerariamente portati via dalla Roccia del Drago, entrò nella stanza, appoggiandosi al suo bastone. «Vieni con me, piccola mia» la sua voce era ruvida ma anche piena di gentilezza. «Sei al sicuro, adesso. Sei a casa.»

Una delle sue grandi mani rugose si protese verso di lei, morbida come cuoio vecchio. Dany avrebbe voluto stringerla tra le sue, baciarla. Desiderò farlo più di qualsiasi altra cosa. Fece un passo verso di lui... "No, no... È morto, il dolce vecchio orso è morto da molto, moltissimo tempo." Daenerys girò su se stessa e corse via.

Quel corridoio sembrava non avere fine, a sinistra soltanto porte, a destra soltanto torce. Superò di corsa molte altre porte, fino a perdere il conto. Porte chiuse e porte aperte; porte di ferro, di legno, istoriate, anonime; porte munite di maniglie, di lucchetti, di battacchi. Drogon era appollaiato sulla sua schiena, frustandola con la coda, spingendola a non fermarsi. Daenerys corse e corse e corse. Alla fine, non ci fu più nessun posto dove correre.

Una doppia porta di bronzo era apparsa alla sua sinistra, molto più grandiosa, molto più imponente di tutte le altre. Quando lei si avvicinò, le due metà si spalancarono. Dany si fermò a osservare.

Oltre le porte di bronzo si apriva una cavernosa sala di pietra, la più grande che lei avesse mai visto. Dalle pareti incombevano teschi di draghi morti. Su un torreggiante trono irto di protuberanze acuminate, sedeva un vecchio riccamente vestito, dagli occhi neri e dai lunghi capelli grigio argentei.

«Lascia che diventi il re di ossa carbonizzate e di carne bruciata» disse l'uomo sul trono a un altro uomo più in basso. «Lascia che diventi il re delle ceneri.»

Drogon emise un urlo stridulo, i suoi artigli scavavano nella seta e nella pelle. Il re sul frastagliato scranno di metallo non parve udire. Dany avanzò verso di lui.

Viserys. Fu quello il suo primo pensiero. Ma non era così. L'uomo sul trono di lame d'acciaio aveva gli stessi capelli di suo fratello, ma i suoi occhi erano indaco, non violetti.

«Aegon» disse il sovrano rivolto alla donna che stava allattando un neonato su un grande letto di legno. «Quale nome migliore di questo per un re?»

«Comporrai una canzone per lui?» chiese la donna.

«Ha già una canzone» rispose il re. «È il principe che venne promesso, e il suo canto è il canto del ghiaccio e del fuoco.»

Sollevò lo sguardo. I suoi occhi incontrarono quelli di Daenerys. Per un fugace momento, parve vederla, là in piedi oltre le porte di bronzo.

«Deve essercene un altro» fu impossibile dire a chi l'uomo sul trono di lame stesse rivolgendosi, se alla donna con il bimbo in braccio o a Dany. «Il drago ha tre teste.»

L'uomo si alzò, raggiunse il sedile vicino alla finestra, prese un'arpa e fece scivolare le dita sulle corde argentee dello strumento. Una delicata tristezza riempì la sala mentre le figure dell'uomo, della donna e del bimbo si dissolvevano nelle brume del mattino. Soltanto il suono dell'arpa rimase a guidare Dany mentre proseguiva.

Non aveva idea di quanto a lungo avesse camminato. Forse un'ora, forse più. Il corridoio finiva in una ripida scala di pietra, che sprofondava verso un'impenetrabile oscurità. Ogni porta, chiusa o aperta, rimaneva alla sua sinistra. Daenerys guardò dietro di se. "Le torce… le torce si stanno spegnendo!" Ormai, solo una ventina continuava a bruciare. Trenta al massimo. Un'altra si estinse con un fruscio. Le tenebre avanzarono ancora, strisciando verso di lei. Dany rimase in ascolto, sentendo il morso della paura. Qualcosa stava procedendo nel buio che dilagava, qualcosa che sembrava trascinarsi barcollando sul tappeto consunto. E adesso, in lei la paura era diventata terrore. Non voleva tornare da dove era venuta, e nemmeno poteva rimanere là. Da che parte? Da che parte? Non c'era nessuna porta alla sua destra. E la scala portava verso il basso, non verso l'alto.

Un'altra torcia si spense. E i suoni striscianti emessi da quella cosa che avanzava si fecero più vicini. Drogon allungò il collo sottile, spalancando la bocca per urlare, il fumo usciva tra le sue zanne. "Anche lui ha sentito." Dany si girò nuovamente verso la parete di fondo. Ma non c'era niente. "Forse una porta segreta che non riesco a vedere?" Un'altra torcia si smorzò. E un'altra. "La prima porta a destra, ha detto Pyat Pree, sempre la prima porta a destra... La prima. A destra..."

La risposta emerse di colpo... "È l'ultima porta a sinistra!"

Daenerys si precipitò oltre la soglia. Fu in un'ennesima stanza quadrata con quattro porte. Andò a destra, e poi di nuovo a destra, e a destra, e a destra, e ancora a destra. Si ritrovò barcollante e senza fiato.

Si fermò. Era in un umido locale di pietra. Questa volta, la porta a destra era un'apertura tondeggiante, con la forma di una bocca aperta. E fuori, c'era Pyat Pree ad aspettarla, in piedi sull'erba, all'ombra degli alberi neri.

«Com'è possibile che gli Eterni ti abbiano lasciato andare così in fretta?» lo stregone era incredulo.

«Così in fretta?» Dany era più incredula di lui. «Ho camminato per ore, senza trovarne traccia.»

«Hai fatto una curva sbagliata» Pyat Pree tese una mano verso di lei. «Vieni, ti guiderò io.»

Dany esitò. C'era una porta alla sua destra, ancora chiusa...

«Non in quella direzione» dichiarò Pyat Pree con fermezza, le labbra blu serrate in segno di disapprovazione. «E gli Eterni non aspetteranno in eterno.»

«Per loro, le nostre vite insignificanti non sono nulla più del battito d'ali di una falena» ricordò Daenerys.

«Bambina testarda. Ti perderai, e non sarai più ritrovata.»

Dany si staccò da lui. E andò verso la porta a destra.

«No!» urlò Pyat Pree. «No: a me... a meeeeeeeee!»

Il volto dello stregone cominciò a mutare. Divenne qualcosa di pallido, di viscido, di brulicante.

Daenerys lasciò l'essere alle spalle, aprì la porta a destra e raggiunse la rampa di scale al di là. Cominciò a salire. Non ci volle molto perché i ripidi gradini di pietra le facessero dolere le gambe. Vista dall'esterno, la Casa degli Eterni sembrava priva di torri.

Finalmente la scala arrivò al piano superiore. Alla sua destra, larghe porte di legno erano spalancate. Erano fatte di ebano e acero, con venature bianche e nere che si attorcigliavano, si compenetravano le une nelle altre seguendo percorsi sconosciuti. Linee labirintiche, belle ma che mettevano paura. "Il sangue del drago non può avere paura." Daenerys innalzò una rapida preghiera, implorando il Guerriero dei Sette Dei di darle coraggio e il dio-cavallo dei dothraki di darle forza. Si impose di proseguire.

Oltre la fila di porte, c'era un'immensa sala e una fantasmagoria di stregoni. Alcuni di loro indossavano sontuose cappe di ermellino, di velluto scarlatto, di tessuto dorato. Altri avevano preferito elaborate armature costellate di gemme, altri ancora avevano in capo il cappello conico disseminato di astri. C'erano anche donne tra loro, avvolte in abiti di prodigioso splendore. Lame di luce solare penetravano in obliquo da finestre con i vetri colorati, l'aria vibrava della melodia più dolce che Dany avesse mai udito.

«Daenerys della nobile Casa Targaryen, che tu sia la benvenuta.» Nel vederla entrare, un uomo dall'aspetto regale, con indosso una ricca vestaglia, si alzò dal suo scranno e le sorrise. «Vieni e dividi il cibo per sempre con noi. Siamo gli Eterni di Qarth.»

«Ti attendiamo da lungo tempo» disse la donna accanto a lui, avvolta di rosa e di argento. Il seno lasciato scoperto, secondo la foggia di Qarth, era quanto di più prossimo alla perfezione assoluta.

«Sapevamo che saresti venuta da noi» riprese il re-mago. «Da mille anni lo sappiamo, e per tutto questo tempo noi siamo rimasti ad attenderti. È per mostrarti la strada che abbiamo inviato la cometa.»

«Vogliamo condividere con te le nostre conoscenze» intervenne un guerriero in una scintillante armatura color smeraldo «e darti armi magiche. Hai superato ogni prova. Ora, tutte le tue domande troveranno risposta.»

Dany fece un passo avanti. Drogon spiccò il volo dalla sua spalla e andò ad appollaiarsi sopra una delle porte di ebano e acero. Rimase là, cominciando a mordere il legno finemente lavorato.

«Animale temerario» rise un giovane di bell'aspetto. «Vuoi che t'insegniamo il linguaggio segreto dei draghi? Vieni, vieni.»

Daenerys sentì crescere dentro di sé il dubbio. La grande porta in fondo alla sala era talmente pesante che ci volle tutta la sua forza per smuoverla. Al di là, c'era una seconda porta, nascosta. Delle assi di vecchio legno fessurato, privo di qualsiasi ornamento... ma si trovava proprio a destra della porta dalla quale era appena entrata. Gli stregoni continuavano a farle cenno di seguirla, tentandola con voci suadenti. Dany corse lontano da loro, con Drogon che volava sopra la sua testa. Superò la stretta porta, penetrando in un locale immerso nella penombra.

Un lungo tavolo di pietra occupava quasi tutta la stanza. Su di esso, fluttuava un cuore umano, rigonfio, violaceo per la putrescenza. Eppure ancora vivo. Il cuore pulsava e ogni battito assomigliava al rombo di tamburi fantasma. Ogni battito emanava un lampo di luce color indaco. C'erano delle figure attorno al tavolo, nient'altro che ombre bluastre. Daenerys si accostò alla sedia vuota all'estremità del tavolo, ma le figure non si mossero, non parlarono, non si volsero verso di lei. Non c'era altro suono se non il lento, profondo pulsare di quel cuore in decomposizione.

"... Madre dei Draghi..."

Da qualche parte veniva una voce, in parte sussurro, in parte mugolio.

"... draghi... draghi... draghi..."

Altre voci fecero eco nella semioscurità. Voci di uomini e voci di donne. Una parlava con il timbro di un bambino. Il cuore fluttuante continuava a battere: luce, ombra, luce, ombra. Non fu semplice trovare la forza di parlare, e pronunciare le parole che tanto intensamente aveva imparato.

«Sono Daenerys Nata dalla Tempesta, della nobile Casa Targaryen, regina dei Sette Regni del Continente Occidentale.»

"Ma riescono a sentirmi? Perché non si muovono?" Dany sedette sulla sedia vuota, mani intrecciate in grembo.

«Concedetemi il vostro consiglio. Parlatemi con la saggezza di coloro i quali hanno trionfato sulla morte.»

Nella penombra bluastra, Daenerys riusciva a distinguere i lineamenti incartapecoriti dell'Eterno alla sua destra. Un vecchio tutto rughe, privo di capelli. La sua carnagione aveva una profonda sfumatura violacea, le labbra e le unghie erano anch'esse blu, talmente scure da apparire quasi nere. Perfino il bianco dei suoi occhi era blu. L'Eterno fissava senza vederla l'anziana donna seduta dalla parte opposta del tavolo, il cui abito di seta le era marcito addosso. Nella foggia di Qarth, anche lei aveva un seno esposto, mostrando il capezzolo blu duro come cuoio.

"Non respira." Nella sala piena di ombre, il silenzio era assoluto. "Nessuno di loro respira. Nessuno di loro si muove. Nulla vedono i loro occhi. E se gli Eterni fossero eterni in quanto morti?..."

La risposta fu un sussurro, esile come le vibrisse di un topo: "... noi siamo vivi... vivi... vivi...". Una miriade di echi si perse nelle tenebre. "E noi sappiamo... sappiamo... sappiamo..."

«Sono venuta da voi per il dono della verità. In quel lungo corridoio, quello che ho visto... erano visioni di verità, o erano menzogne? Cose passate, o cose a venire? Qual è il loro significato?»

"... la forma delle ombre... giorni che ancora non esistono... bevi dalla coppa del ghiaccio... bevi dalla coppa del fuoco..."

"... Madre dei Draghi... figlia di tre..."

«Tre?» Dany non comprendeva.

"... tre teste ha il drago..."

Il coro spettrale le martellava nella mente, senza che nessuna bocca si muovesse, senza che nessun respiro agitasse l'aria immobile.

"... Madre dei Draghi... figlia della tempesta..."

Il sussurro divenne un cantico vorticoso.

"... tre fuochi dovrai accendere... uno per la vita, uno per la morte e uno per l'amore..."

E adesso, il suo stesso cuore batteva all'unisono con quello fluttuante, blu e corrotto.

"... tre destrieri dovrai cavalcare... uno per il piacere, uno per il terrore e uno per l'amore..."

Le voci si erano fatte più forti. Daenerys se ne rese conto. Mentre il suo cuore sembrava rallentare, come anche il suo respiro.

"... tre tradimenti dovrai conoscere... uno per il sangue, uno per l'oro e uno per l'amore..."

«Io non...» la sua voce era poco più che un bisbiglio, esile quasi quanto le loro. Che cosa le stava accadendo? «Io non capisco» disse, a voce più alta. Perché parlare qui dentro era tanto difficile? «Aiutatemi. Mostratemi.»

"... aiutatela..." la derisero i sussurri "... mostratele..."

Poi, fantasmi, immagini d'indaco, si agitarono tra le ombre.

Viserys che urla, oro liquefatto scorre giù lungo le sue guance, allagandogli la gola. Un lord dalla pelle bronzea e dai lunghi capelli argentei è in piedi a fianco del vessillo di uno stallone di fuoco, con una città in fiamme dietro di lui. Rubini schizzano via come gocce di sangue dal petto di un principe morente che si accascia nell'acqua, mormorando il nome di una donna.

"... Madre dei Draghi, figlia della morte..."

Scintillante come il tramonto, una spada rossa si solleva nel pugno di un re dagli occhi azzurri che non proietta alcuna ombra. Un vessillo rappresentante un drago garrisce nel vento davanti a folle giubilanti. Da una torre fumante, una grande bestia di pietra dispiega le ali, respirando fiamme di tenebra.

"... Madre dei Draghi, sterminatrice della menzogna..."

La sua cavalla argentea avanza al trotto nell'erba alta, dirigendosi verso un limpido torrente, al cospetto di una prodigiosa volta stellata. Un cadavere in piedi sulla prora di una nave, occhi che brillano nel volto livido, un sorriso triste sulle labbra grigie. Un fiore azzurro nasce da una cavità in una muraglia di ghiaccio, l'aria è piena di fragranza...

"... Madre dei Draghi, sposa del fuoco..."

Rapide, sempre più rapide vennero le visioni, l'una dopo l'altra, l'una dentro l'altra, fino a quando l'aria stessa parve diventare un'entità viva. Ombre che vorticano, che danzano all'interno di una tenda, prive di scheletro, evocatrici di qualcosa di terribile. Una bambina corre a piedi nudi verso una grande casa dalla porta rossa. Mirri Maz Duur urla avvolta dalle fiamme, e un drago esce dalla sua fronte. Un cavallo argenteo trascina il cadavere di un uomo nudo, ridotto a un cumulo di piaghe. Un leone bianco in corsa nell'erba, gli steli alti più di un uomo. Al cospetto della Madre della montagna, una fila di anziane nude esce dal grande lago e s'inginocchia davanti a lei, corpi tremanti, teste chinate. Diecimila schiavi innalzano mani lorde di sangue, Daenerys che galoppa davanti a loro come il vento. «Madre!» urlano. «Madre!» Cercano di afferrarla. La toccano, tirano la sua tunica, il bordo della gonna, il piede, la gamba, il seno. La vogliono. Hanno bisogno di lei, del suo fuoco, della sua vita. Daenerys spalanca le braccia per accoglierli, per nutrirli tutti...

Poi ali nere agitarono l'aria sopra la sua testa e un urlo di furore si aprì la strada nell'atmosfera color indaco. Le visioni andarono in mille pezzi. L'ansito di Dany si tramutò in un grido di orrore.

Gli Eterni erano tutti intorno a lei. Un assedio pallido e bluastro, un freddo ribollire di sussurri mentre cercavano di prenderla, tirarla, accarezzarla, aggrapparsi ai suoi abiti. Le loro mani gelide, avvizzite, su di lei, le loro dita scheletriche nei suoi capelli. Qualsiasi forza era come svanita dalle sue membra. Daenerys non poteva muoversi, perfino il suo cuore aveva cessato di battere. Sentì una mano afferrarle il seno esposto, torcendole il capezzolo. Denti trovarono la pelle morbida della sua gola. Una bocca calò su uno dei suoi occhi, leccando, succhiando. La bocca cominciò a mordere...

L'indaco divenne arancione, e i sussurri si trasformarono in urla. Il suo cuore si era messo a martellare, le mani, le bocche degli Eterni erano svanite. Un'ondata di calore percorse la sua pelle. Dany ammiccò nella luce improvvisa. Planando su di lei, il drago nero spalancò le ali rettiliane e volò ad artigliare l'orribile cuore corrotto. Le unghie di Drogon ne sventrarono la carne oscura. La sua testa appuntita schizzò in avanti, scaricando dalle fauci spalancate un torrente di fuoco vivido, torrido.

All'improvviso, lo spazio intorno a lei fu pieno delle urla degli Eterni che bruciavano, alte voci frantumate, emesse da corde vocali ormai morte da troppo tempo. La loro carne era pergamena che si dissolveva, le loro ossa disseccate come legno imbevuto nel sego. Si contorsero mentre le fiamme continuavano a divorarli. Barcollarono e sussultarono e rotearono, sollevando le mani incendiate, le dita scintillanti come torce.

Daenerys si costrinse a rialzarsi in piedi, ad aprirsi la strada tra i corpi avvolti dal fuoco. Erano esseri leggeri come l'aria, nient'altro che ceneri aggregate a stento, che si dissolvevano al tocco. Dany fu sulla porta. Alle sue spalle, tutta la stanza era un ruggente inferno.

«Drogon!»

Il drago nero emerse dal turbine di fuoco, volando fino a lei. Fuori dalla Sala degli Eterni, un lungo passaggio in penombra si snodava come un serpente, mentre l'alone dell'incendio baluginava dal fondo. Daenerys si mise a correre, cercando una porta, a destra, a sinistra, qualsiasi porta. Ma non esisteva nessuna porta, solo pareti di pietra convesse e un pavimento che sembrava muoversi sotto i suoi piedi come sabbia mobile, quasi cercando di farla cadere. Dany riuscì a rimanere in equilibrio e continuò a correre. All'improvviso, eccola, la porta. Proprio davanti a lei, come una bocca spalancata.

Emerse nella vampata della luce solare, il chiarore improvviso le diede le vertigini. Pyat Pree stava berciando in una lingua sconosciuta, saltellando da un piede all'altro. Dany gettò una rapida occhiata alle proprie spalle. Esili viticci di fumo filtravano dalle crepe negli ancestrali muri di pietra del Palazzo di Polvere. Altro fumo si levava tra le tegole nere del tetto.

Pyat Pree ululò chissà quale maledizione, estrasse un pugnale e si lanciò contro di lei. Drogon gli volò in faccia, sputando altro fuoco.

Crack!

Lo schioccare secco della frusta di Jhogo. Mai Dany aveva udito suono più dolce. Il coltello volò via dalla presa dello stregone. Un istante dopo, Rakharo scaraventò Pyat Pree a terra. Ser Jorah Mormont si inginocchiò sull'erba fresca accanto a Daenerys e le mise un braccio intorno alle spalle.

TYRION

«Crepate da idioti, e le vostre carcasse le darò da mangiare ai caproni» minacciò Tyrion Lannister, mentre il primo gruppo di Corvi di Pietra si preparava a staccarsi dal molo.

«Mezzo uomo non ha nessun caprone» rise Shagga figlio di Dolf. «Me li procurerò apposta per voi.»

Erano le prime luci dell'alba. Pallide increspature di luce danzavano sulla superficie del fiume, spezzandosi attorno ai pali di spinta dell'imbarcazione, e poi tornando a formarsi dietro la scia del traghetto. Timett figlio di Timett aveva guidato gli Uomini bruciati nei boschi del re due giorni prima. Ieri era toccata alle Orecchie nere e ai Fratelli della Luna. Oggi era il turno dei Corvi di Pietra.

«Qualsiasi cosa facciate, non provate nemmeno a iniziare una battaglia» riprese Tyrion. «Attaccate i loro accampamenti e razziate le loro carovane di vettovaglie. Tendete imboscate ai loro esploratori e appendete i cadaveri agli alberi sulla loro linea di marcia. Passate dietro di loro e fate a pezzi i ritardatari. Voglio attacchi notturni, così tanti e così improvvisi da mettere loro addosso il terrore di andare a dormire...»

Shagga pose una delle sue mani colossali sulla testa di Tyrion: «Questo l'ho imparato da Dolf figlio di Holger anche prima che mi crescesse la barba. Questa è la via della guerra delle Montagne della Luna».

«Certo, certo. Ma i boschi del re non sono le Montagne della Luna. E questa volta non vi scontrerete con i Serpenti di Latte o i Cani Dipinti. E ascoltate bene le guide che mando con voi: loro conoscono questi boschi come voi conoscete le montagne. Date retta ai loro consigli e ne trarrete grossi vantaggi.»

«Shagga ascolterà i cuccioli di Mezzo uomo» promise solennemente il barbaro. Poi venne il momento di portare anche il suo destriero a bordo del traghetto.

Tyrion rimase a osservare mentre i guerrieri dei monti ci davano dentro con i pali, spingendo lo scafo verso il centro del Fiume delle Rapide Nere. Nel guardare Shagga che veniva inghiottito dalle brume del mattino, sentì un tetro senso di vuoto alla bocca dello stomaco. Senza i suoi barbari, si sarebbe sentito davvero nudo.

Aveva ancora i mercenari assoldati da Bronn, ma i mercenari, era fin troppo noto, erano gente volubile. Tyrion aveva fatto tutto il possibile per comprare la loro lealtà, promettendo a Bronn e a una dozzina dei suoi uomini migliori terre e titoli una volta che la battaglia fosse stata vinta. Loro avevano bevuto il suo vino e riso alle sue battute, chiamandosi ser l'uno con l'altro fino a quando non avevano cominciato a barcollare... tutti tranne Bronn. Il quale, finita la festa, si era limitato a uno dei suoi tetri, insolenti sorrisi: «Uccideranno per il titolo di cavaliere, questo sì, ma dubito molto che si faranno uccidere per averlo».

Su questo, nemmeno Tyrion si faceva illusioni.

Le cappe dorate erano un'arma altrettanto incerta. Seimila uomini nella Guardia cittadina, grazie a Cersei, ma solamente un quarto su cui poter realmente contare. «Ci sono alcuni traditori evidenti» aveva avvertito ser Jacelyn Bywater. «Ma ce ne sono anche altri, che nemmeno il tuo Ragno Tessitore è riuscito a scoprire. Poi abbiamo altre centinaia di uomini che sono più inesperti dell'erba di primavera, gente che si è arruolata per il pane, la birra e la sicurezza. Nessuno vuole apparire codardo davanti ai compagni, per cui, almeno all'inizio, quando tutto è ancora corni da guerra e vessilli al vento, combatteranno con sufficiente coraggio. Ma se la battaglia dovesse mettersi male, andranno in pezzi. E andranno in pezzi nel modo peggiore. Il primo uomo che butterà via la sua picca e si metterà a correre ne avrà altri mille sulla sua scia.»

Per certo, rimanevano i veterani della Guardia cittadina, lo zoccolo duro di quelli che la cappa dorata l'avevano avuta da Robert Baratheon, non da Cersei Lannister. Ma anche quelli... Un membro della Guardia non era un vero soldato, diceva sempre lord Tywin. Tra cavalieri, scudieri e armigeri, Tyrion non ne aveva più di trecento. Molto presto, avrebbe messo alla prova anche un'altra delle massime di suo padre: "Un solo uomo in cima alle mura ne vale dieci sotto le mura".

Bronn e il resto della scorta erano in attesa all'inizio del molo, circondati da sciami di mendicanti, puttane e pescivendole che offrivano la loro mercanzia. Erano le pescivendole a fare più affari di tutti gli altri messi assieme. I compratori si ammassavano tra barili e bancarelle, contrattando su crostacei, mitili e orate di fiume. Non arrivava quasi più cibo in città, così il prezzo del pesce era dieci volte più alto di quello di prima della guerra, e continuava a crescere. Chi aveva ancora denaro arrivava sul fiume ogni mattina e ogni sera, nella speranza di portarsi a casa un'anguilla o una cesta di granchi rossi. Chi invece aveva le tasche vuote sgusciava tra le bancarelle cercando di rubare qualcosa, oppure rimaneva in piedi vicino alle mura, pallido e macilento.

Le cappe dorate aprirono un varco nella calca, costringendo la gente a spostarsi con le aste delle lance. Tyrion cercò di ignorare le imprecazioni mugugnate a denti stretti. Un pesce, un brutto coso marcio e puzzolente, volò sopra le teste della folla. Cadde sui ciottoli proprio davanti al Folletto, riducendosi in pezzi gocciolanti. Tyrion lo scavalcò e montò cupamente in sella. Bambini dal ventre gonfio per la fame si avventarono a contendersi la carne putrescente.

Una volta a cavallo, Tyrion fece scorrere lo sguardo lungo la riva del fiume. Il riecheggiare dei martelli riempiva l'aria del mattino: i carpentieri erano al lavoro sulla Porta del Fango, per estendere i rostri di legno delle fortificazioni. Almeno quelle procedevano bene. Tyrion, però, era molto meno soddisfatto dell'intrico di strutture fatiscenti sorte dietro i moli, che finivano per attaccarsi all'esterno delle mura come bubboni infetti. Baracchini di esche e di verdura, depositi, negozietti di mercanti, birrerie cadenti, quei cubicoli lerci dove le puttane da poco prezzo allargavano le gambe per i clienti. "Quello schifo deve andarsene" pensò il Folletto. "Tutto quanto." Altrimenti, Stannis non avrebbe nemmeno avuto bisogno di scale per assaltare le mura di Approdo del Re.

Chiamò Bronn al suo fianco: «Raduna cento uomini e brucia tutto quello che vedi tra l'acqua e le mura della città». Tyrion fece un cenno con le dita tozze, indicando la vastità dello squallore. «Voglio che tutto diventi cenere, Bronn. Mi sono spiegato?»

Il guerriero dai capelli scuri si girò a dare un'occhiata, valutando la situazione: «Mi sa che ai proprietari non piacerà».

«Non ho mai pensato che potesse piacergli. Peggio per loro, diamogli pure un altro motivo per maledire la malvagia scimmia della Fortezza Rossa.»

«Alcuni combatteranno.»

«Fa' in modo che perdano.»

«E di quelli che vivono qui che ne facciamo?»

«Da' loro un tempo ragionevole per mettere assieme i loro stracci e poi falli sloggiare. Cercate di non tagliare la gola a nessuno, non sono il loro nemico. E niente più stupri! Tienili in linea, i tuoi uomini, dannazione.»

«Sono mercenari, non septon» Bronn si strinse nelle spalle. «La prossima volta mi dirai che li vuoi sobri.»

«Certo non guasterebbe.»

Tyrion avrebbe desiderato rendere le mura della città alte il doppio e spesse il triplo. Ma forse non avrebbe fatto nessuna differenza comunque. Mura gigantesche e torri alte fino al cielo non avevano salvato né Capo Tempesta né Harrenhal. E neppure Grande Inverno.

Nella sua memoria, la fortezza del remoto Nord era ancora un'immagine molto vivida. Non grottescamente immane come Harrenhal, né solida e imprendibile come Capo Tempesta, eppure in quelle antiche pietre c'era una grande forza. Davano la sensazione che ci si poteva sentire al sicuro dietro quelle mura. La notizia della caduta del castello del Nord lo aveva sconvolto. «Gli dei, con una mano danno e con l'altra prendono» aveva commentato a bassa voce quando Varys lo aveva informato. Gli dei avevano dato Harrenhal agli Stark, ma si erano presi Grande Inverno, uno scambio infame.

Avrebbe dovuto gioire per questo. Ora Robb Stark sarebbe stato costretto a tornare oltre l'Incollatura. Se non sapeva difendere la sua casa e il suo focolare, che razza di re era? Avrebbe significato un allentamento della pressione sull'ovest, sulla Casa Lannister, eppure...

Della sua visita agli Stark, Tyrion aveva solo un ricordo molto sbiadito di Theon Greyjoy. Un giovane robusto, un po' troppo sorridente, forse, abile nel tiro con l'arco. Era difficile figurarselo come lord di Grande Inverno. Il lord di Grande Inverno doveva sempre essere uno Stark.

Ricordava perfettamente il loro parco degli dei, gli alti alberi-sentinella coperti da fitti aghi di pino grigio verdi, le grandi querce, le tante specie di abeti. E al centro di tutto questo, l'albero del cuore, simile a un gigante pallido congelato per l'eternità. Poteva quasi percepire gli odori di quel luogo sacro, della terra, del trascorrere dei secoli. Ricordava anche quanto il legno fosse scuro, perfino di giorno. "Quel parco era Grande Inverno. Era il Nord. Non mi sono mai sentito così fuori posto come in quel luogo... Ero un intruso, tutt'altro che benvenuto." Si chiese se anche Greyjoy si sarebbe sentito a quel modo. Il castello adesso poteva anche essere loro, ma non il parco degli dei. Il parco degli dei non sarebbe mai stato suo. Non in un anno, non in dieci, non in cinquanta.

Lentamente, Tyrion Lannister condusse il suo cavallo verso la Porta del Fango. "Grande Inverno non significa nulla per te" ricordò a se stesso. "Sii contento che la fortezza è caduta, e pensa alle tue mura."

La Porta del Fango era aperta. Tre colossali catapulte torreggiavano sulla piazza del mercato, sporgendo al di là delle mura come incombenti uccelli da preda. I bracci che terminavano nei cucchiai di lancio erano composti da tronchi di vecchie querce, serrati da ampi anelli di ferro per evitare che si spezzassero. Le cappe dorate avevano chiamato le macchine da guerra le Tre puttane, in quanto avrebbero dato a Stannis Baratheon un laido benvenuto. "O almeno è questa la nostra speranza."

Tyrion diede di speroni e varcò la Porta del Fango, avanzando contro la compatta corrente umana. Superate le Tre puttane, la calca si fece meno densa e la strada davanti a lui fu sgombra. La cavalcata fino alla Fortezza Rossa fu priva d'incidenti.

Gli incidenti però lo stavano aspettando alla Torre del Primo Cavaliere. Una dozzina di capitani mercantili erano ammassati nella Sala delle Udienze, inferociti per il sequestro delle loro navi. Tyrion offrì le sue più sincere scuse e promise loro un risarcimento a guerra finita. Ma scuse e promesse servirono a ben poco.

«E che succede in caso di tua sconfitta, mio lord?» chiese un comandant- braavosiano.

«Le vostre richieste di risarcimento le farete a re Stannis.»

Quando finalmente riuscì a sbarazzarsi di loro, le campane stavano suonando. Tyrion capì che sarebbe arrivato tardi all'investitura. Arrancò sulle sue gambette arcuate, attraversando di corsa il cortile per raggiungere la parte posteriore del tempio del castello. Re Joffrey stava già appoggiando i mantelli di seta bianca sulle spalle dei due membri più recenti della Guardia reale. La funzione sembrava richiedere che tutti rimanessero in piedi, così quello che Tyrion riuscì a vedere fu solo una parata di culi nobiliari. Il che non era del tutto negativo. Una volta che il nuovo Alto Septon avesse finito di recitare con i due cavalieri le loro solenni promesse, segnandoli con l'unguento rituale nel nome dei Sette Dei, il Folletto sarebbe stato in ottima posizione per schizzare fuori dalla porta per primo.

Tyrion approvava la scelta di sua sorella di mettere ser Balon Swann al posto di ser Preston Greenfield, linciato dalla folla durante la sommossa del pane. Gli Swann erano lord delle Terre Basse, orgogliosi, potenti e cauti. Dichiarando di essere ammalato, lord Gulian Swann non aveva preso parte alcuna alla guerra. In compenso, suo figlio maggiore aveva giurato fedeltà prima a Renly e ora a Stannis. Mentre Balon, il secondogenito, continuava a servire Approdo del Re. Se lord Gulian avesse avuto un terzo figlio, era pressoché certo che sarebbe andato con Robb Stark. Come linea di condotta, forse non era la più onorevole, però mostrava buonsenso: chiunque fosse salito sul Trono di Spade, gli Swann intendevano sopravvivere. Oltre a essere di nobile lignaggio, ser Balon era valente, di ottime maniere e abile con le armi: esperto con la lancia, ancora meglio con la mazza ferrata, imbattibile con l'arco. Si sarebbe comportato con onore e coraggio.

Per contro, Tyrion non avrebbe mai detto lo stesso riguardo alla seconda scelta di Cersei. Ser Osmund Kettleblack era certo formidabile, all'apparenza. Un metro e novanta di statura, quasi tutto di muscoli duri. Il naso a uncino, le sopracciglia cespugliose e la barba castana affilata conferivano alla sua faccia un piglio quanto mai fiero, bastava che non sorridesse. Di bassi natali, nulla più di un cavaliere indipendente, era a Cersei che Kettleblack doveva ogni gradino della sua ascesa. Senza dubbio, era per questa ragione che lei lo aveva scelto. «Ser Osmund è tanto leale quanto prode» aveva detto a Joffrey nel perorarne la candidatura. Il che, malauguratamente, era verissimo. Il prode ser Osmund, infatti, aveva cominciato a vendere a Bronn i segreti della regina a partire dal giorno stesso in cui lei lo aveva assoldato. Un vero peccato che Tyrion non potesse dirlo alla cara sorellina.

Non che il Folletto avesse da lamentarsi. L'investitura bianca di Kettleblack gli forniva un ulteriore orecchio in prossimità del re senza che Cersei lo sapesse. E se anche ser Osmund si fosse rivelato un completo codardo, non sarebbe stato comunque peggio di ser Boros Blount, che attualmente risiedeva in una segreta al castello di Rosby. Aveva fatto parte della scorta giurata del giovane principe Tommen e di lord Gyles, ma quando ser Jacelyn Bywater e le sue cappe dorate li avevano sorpresi si era arreso con un'alacrità ignominiosa. Un atto di sbracata vigliaccheria che avrebbe mandato su tutte le furie il vecchio, valoroso ser Barristan Selmy addirittura più di quanto aveva inferocito Cersei: ogni cavaliere della Guardia reale giurava di morire difendendo il re e la famiglia regnante. Sua sorella aveva insistito che Joffrey togliesse a Blount il mantello bianco per il suo tradimento e la sua codardia. "E adesso lo rimpiazza con un individuo altrettanto insignificante."

Le preghiere, i giuramenti e gli unguenti parvero andare avanti per la maggior parte della mattinata. Non ci volle molto perché a Tyrion cominciassero a fare male le gambe. Inquieto, spostò il peso del corpo da un piede all'altro. Lady Tanda si trovava svariate file più avanti, sua figlia però non c'era. Tyrion aveva accarezzato una mezza speranza di riuscire a vedere Shae anche solo per qualche attimo. Secondo Varys, la ragazza se la stava cavando bene, ma Tyrion avrebbe preferito constatare di persona.

«Molto meglio fare la servetta di una lady che la sguattera» era stata la reazione di Shae quando lui le aveva esposto il piano dell'eunuco. «Posso portare con me la cintura di fiori d'argento e la collana d'oro con i diamanti neri che tu dici sembrano i miei occhi? Se però non vuoi, non li indosso.»

Tyrion detestava darle una delusione, ma fu costretto a dirle che perfino una donna tutt'altro che acuta come lady Tanda avrebbe potuto domandarsi come mai la nuova servetta di sua figlia sembrava possedere più gioielli della padrona.

«Scegli due vestiti, al massimo tre» aveva ordinato a Shae. «Lana buona, ma niente seta, niente satin e niente ermellino. Il resto lo terrò io nei miei alloggi per quando verrai a farmi visita.»

Non era certo la risposta che Shae voleva udire. Ma almeno la ragazza sarebbe stata più al sicuro.

L'investitura finalmente si concluse. Joffrey uscì dal tempio affiancato da ser Balon e ser Osmund nei loro nuovi mantelli bianchi. Tyrion si attardò a scambiare qualche parola con il nuovo Alto Septon. Lui era una sua scelta, un tipo abbastanza furbo da sapere chi aveva versato il miele sul suo pane.

«Voglio gli dei dalla nostra parte» gli disse Tyrion senza mezzi termini. «Di' loro che Stannis ha giurato di dare alle fiamme il Grande Tempio di Baelor.»

«Ma mio signore, è vero questo?» il prelato era un ometto asciutto e furbo, dalla rada barba bianca e la faccia rugosa.

«Perché no?» Tyrion si strinse nelle spalle. «Stannis ha dato alle fiamme il parco degli dei di Capo Tempesta come offerta al Signore della Luce. Visto che ha offeso gli antichi dei, per quale ragione dovrebbe riservare sorte diversa ai nuovi? Tu diglielo. Di' loro che chiunque pensi di dare aiuto all'usurpatore tradisce non solo gli dei ma anche il re di diritto.»

«Lo farò, mio signore. E comanderò di pregare per la salute del re e del Primo Cavaliere.»

C'era sua Saggezza Hallyne il Piromante ad aspettarlo quando Tyrion fece ritorno nel suo solarium nella Torre del Primo Cavaliere. Maestro Frenken, il sostituto di Pycelle, aveva portato gli ultimi messaggi.

Il Folletto lasciò che l'alchimista aspettasse ancora un po' mentre lui leggeva quanto avevano portato i corvi. C'era una vecchia lettera da parte di Doran Martell, principe di Dorne, che lo avvertiva della caduta di Capo Tempesta. La pergamena di lord Balon Greyjoy da Pyke, il quale ora si proclamava re delle Isole e del Nord, era decisamente più interessante. Invitava re Joffrey a mandare un emissario alle Isole di Ferro per definire i confini dei loro due regni e per discutere una possibile alleanza.

Tyrion lesse la lettera tre volte e poi la mise da parte. Le navi lunghe di lord Balon sarebbero state di grande aiuto contro la flotta che stava salpando da Capo Tempesta. Purtroppo, nel mezzo c'erano migliaia di leghe d'oceano e l'intero Continente Occidentale. Inoltre, Tyrion non era affatto certo di voler dare metà del reame a quel figuro del vecchio Greyjoy. "Forse dovrei passare la rogna a Cersei, oppure portarla di fronte al concilio."

Alla fine si decise ad ammettere Hallyne, latore delle ultime storie stravaganti degli alchimisti.

«Non può essere» Tyrion stentò a credere quanto leggeva nei rapporti. «Quasi tredicimila ampolle? Mi prendi forse per uno sciocco? Ti avverto, Hallyne: non ho alcuna intenzione di sprecare l'oro del re per contenitori vuoti e anfore piene di liquido di fogna sigillate con la ceralacca.»

«No, no» berciò Hallyne. «Le cifre sono accurate, lo giuro. Noi siamo stati, hmmm, quanto mai fortunati, mio lord Primo Cavaliere. È stata trovata un'ulteriore scorta di lord Rossart. Oltre trecento ampolle. Addirittura sotto la Fossa del Drago! Certe puttane si servivano delle rovine per intrattenere i loro clienti. Uno di loro è incappato in una zona cedevole del pavimento, cadendo nella cantina sottostante. Nel ritrovarsi tra le ampolle, ha creduto che fossero piene di vino. Ha spezzato il sigillo di una di esse e quindi ha, hmmm, bevuto il contenuto.»

«Ma guarda. Un certo principe Targaryen ha avuto la stessa brillante idea, un po' di tempo fa» commentò Tyrion seccamente. «Non mi sembra di aver visto nessun drago svolazzare sulla città. Per cui dobbiamo dedurre che la cosa non abbia funzionato nemmeno questa volta.»

La Fossa del Drago, sulla sommità della Collina di Rhaenys, era abbandonata da oltre un secolo e mezzo. Tyrion rifletté che, come nascondiglio per l'altofuoco, andava bene come un altro, forse addirittura meglio. Sarebbe solo bastato che il defunto lord Rossart l'avesse detto a qualcuno.

«Trecento ampolle, dici? I conti ancora non tornano. Ci sono parecchie migliaia di ampolle in più rispetto alle stime che mi avevi fornito al nostro ultimo incontro.»

«Sì, sì, è così» Hallyne si passò la manica della tunica a strisce nere e scarlatte sulla fronte sudata. «Abbiamo lavorato duramente all'ordine degli Alchimisti, mio lord. Hmmm, molto duramente.»

«Il che senza dubbio spiegherebbe una tale opulenza di altofuoco» sorridendo, Tyrion piantò addosso al Piromante i suoi occhi asimmetrici. «Mentre invece non spiega perché abbiate aspettato fino a ora per mettervi a lavorare tanto duramente.»

«Mio lord Primo Cavaliere, te lo garantisco» Hallyne aveva la stessa carnagione di un fungo. Eppure, riuscì comunque a impallidire. «I miei confratelli alchimisti e io abbiamo lavorato indefessamente fin dal principio. È solo che, hmmm, abbiamo fabbricato la sostanza in tali quantità che, hmmm, siamo diventati più esperti, sì. E inoltre...» l'alchimista si agitò, ancora più a disagio. «... ecco, hmmm, certi incantesimi, certi segreti del nostro ordine, sono procedure molto delicate, molto complesse, ma necessarie perché la sostanza, hmmm, venga come deve essere...»

«Va bene, va bene, ho capito» Tyrion stava diventando sempre più impaziente. Ormai, ser Jacelyn Bywater doveva essere tornato ad Approdo del Re. E Mano di ferro non era esattamente il tipo d'uomo cui piacesse aspettare. «Sì, avete i vostri segreti. Splendido, fantastico. Veniamo al punto, Hallyne.»

«Il punto, giustamente. Ecco, hmmm, siffatti sortilegi sembrano aver avuto più successo del previsto» il Piromante ebbe un sorriso evanescente. «Mio lord Primo Cavaliere, tu non ritieni che ci sia qualche drago nelle immediate vicinanze, vero?»

«Drago? No, a meno che voi non ne abbiate trovato uno nascosto nella Fossa del Drago. Perché questa domanda?»

«Oh, chiedo venia, stavo semplicemente ricordando qualcosa che sua Saggezza Pollitor mi disse una volta, quando ero ancora uno degli accoliti. Gli avevo chiesto per quale ragione così tanti dei nostri incantesimi, ecco, hmmm, non risultavano efficaci quanto le antiche pergamene volevano farci credere. Lui rispose che la magia aveva cominciato a sparire dal mondo con la morte dell'ultimo dei draghi Targaryen.»

«Spiacente di deluderti, Saggezza Hallyne, ma, come ti ho detto, non ho notato nessun drago in circolazione. Chi invece ho visto in agguato tra le ombre è ser Payne, la Giustizia del re. E qualora anche solo uno dei magici frutti del tuo nobile ordine dovesse contenere una sostanza diversa dall'altofuoco, sta' pure certo che anche tu lo vedrai.»

Sua Saggezza Hallyne si dileguò con una tale rapidità che per poco non abbatté ser Jacelyn Bywater... anzi lord Jacelyn Bywater, era meglio che Tyrion se ne ricordasse, che stava entrando nel solarium. Mano di ferro fu crudamente diretto, come suo solito. Era appena rientrato da Rosby, portando con sé un nuovo gruppo di lancieri reclutati dalle terre di lord Gyles, ed era pronto a riprendere il suo posto al comando della Guardia cittadina.

«E il mio nipotino come se la passa?» volle sapere Tyrion quando Bywater ebbe finito il suo rapporto.

«Il principe Tommen è felice e contento, mio lord. Ha adottato il cerbiatto che alcuni dei miei uomini avevano portato al castello al termine di una caccia. Il principe ne aveva avuto un altro in precedenza, ma ci ha detto che suo fratello Joffrey lo aveva scuoiato per farsi un gilè. Chiede della madre, a volte. E spesso si mette a scrivere lettere alla principessa Myrcella, anche se non sembra portarne a termine mai nessuna. Per contro, sembra che suo fratello, sua Grazia il re, non gli manchi affatto.»

«Hai allestito opportunamente le cose per lui, qualora la battaglia dovesse essere perduta?»

«I miei uomini hanno i loro ordini.»

«Vale a dire?»

«Mi hai comandato di non parlarne con nessuno, mio lord.»

Una risposta che portò a Tyrion il sorriso sulle labbra: «Lieto che te ne ricordi».

Se Approdo del Re fosse caduta, lui avrebbe potuto essere preso vivo. Molto meglio che nemmeno lui sapesse dove poteva trovarsi l'erede di Joffrey.

«Quali creature prive di fede sono gli uomini» esordì Varys, apparso poco dopo che lord Jacelyn se n'era andato.

Tyrion sospirò: «Chi abbiamo come traditore, quest'oggi?».

L'eunuco gli consegnò una pergamena: «Una simile viltà è un evidente segno degli oscuri tempi che stiamo attraversando. Che l'onore sia davvero defunto con i nostri padri?».

«Mio padre non è ancora defunto» Tyrion diede una scorsa alla lista. «Conosco alcuni di questi nomi. È gente ricca. Commercianti, mercanti, artigiani. Perché vorrebbero cospirare contro di noi?»

«A quanto pare, credono che lord Stannis sarà il vincitore, e vogliono partecipare alla sua vittoria. Chiamano la loro compagine gli Uomini Cervo, ispirandosi all'animale raffigurato nell'emblema dei Baratheon.»

«Qualcuno dovrebbe far loro presente che Stannis ha cambiato emblema. In modo che possano diventare i Cuori Caldi.»

Solo che non era assolutamente il momento di scherzare. Stando al rapporto di Varys, gli Uomini Cervo avevano armato svariate centinaia di seguaci. La loro strategia era impossessarsi della Porta Vecchia quando la battaglia avesse avuto inizio, facendo quindi penetrare il nemico dentro la città. Uno dei nomi era quello di Salloreon, il mastro armiere.

«Un vero peccato» Tyrion scribacchiò la sua firma sull'ordine di arresto. «Mi sa che non avrò mai quel temibile elmo con i corni da demone.»

THEON

Si svegliò di colpo, Kyra era raggomitolata contro di lui, un braccio appoggiato mollemente sul suo, i seni che gli sfioravano la schiena. Theon poteva sentire il suo respiro lento, regolare. Le lenzuola erano attorcigliate attorno ai loro corpi. Era notte fonda. La stanza da letto era immersa nell'oscurità, nel silenzio.

"Che cos'è stato? Ho sentito qualcosa? Qualcuno?"

Il vento sussurrava debolmente contro le imposte. Da qualche parte, molto lontano, arrivò il miagolare di una gatta in calore. Nient'altro. "Dormi, Greyjoy. Il castello è calmo, e hai messo le guardie: alla tua porta, al ponte levatoio, all'armeria."

Forse era stato solo un brutto sogno, ma non ricordava di stare sognando. Kyra lo aveva sfinito. Fino al momento in cui Theon l'aveva mandata a chiamare, la ragazza aveva passato tutti i diciotto anni della sua vita nella città dell'inverno, senza mai mettere piede nelle mura della fortezza. Era venuta da lui già umida, pronta, scattante come una donnola. E c'era stato un innegabile, acido compiacimento nel fottere una comune servetta da taverna nel talamo di lord Eddard Stark.

Theon si sciolse dal suo abbraccio e si mise in piedi, Kyra mugolava nel sonno. Poche braci continuavano a pulsare nel caminetto. Wex, il suo giovane scudiero, dormiva ai piedi del letto, avvolto nella sua cappa, in pieno oblio. Nulla si muoveva. Theon andò alla finestra e spalancò le imposte. Le dita fredde della notte scivolarono sul suo torace nudo, facendogli venire la pelle d'oca. Appoggiò le braccia tese contro la pietra del davanzale. Scrutò le torri oscure, i cortili vuoti, il cielo nero, e molte più stelle di quelle che un uomo sarebbe mai riuscito a contare se anche fosse vissuto fino a cento anni. Una mezza luna fluttuava sopra la Torre della Campana, gettando riflessi sui tetti dei giardini di vetro. Non udì nulla, nessuna voce, nemmeno un fruscio di passi.

"È tutto a posto, Greyjoy. Non senti che quiete? Dovresti essere ebbro di gioia. Hai conquistato Grande Inverno con meno di trenta uomini. Un'impresa che verrà celebrata dai cantastorie."

Theon si avviò nuovamente verso il letto. Avrebbe rovesciato Kyra sulla schiena e l'avrebbe scopata di nuovo, in modo da mettere in fuga i fantasmi. Gli ansiti, i gridolini di piacere di lei sarebbero stati una piacevole distrazione in tutto quel silenzio.

Si fermò di colpo. Si era talmente abituato all'ululato dei metalupi che ormai non ci faceva più caso. Ma una parte di lui, l'istinto della caccia, percepì... l'*assenza* di quell'ululato.

C'era Urzen fuori della porta, un individuo muscoloso, con uno scudo rotondo di traverso sulla schiena.

«I lupi sono silenziosi» gli disse Theon. «Va' a vedere che cosa stanno facendo e torna qui subito.»

L'idea delle belve che correvano in libertà gli diede un senso di vuoto allo stomaco. Ricordò quel giorno nella foresta, quando i bruti avevano assalito Bran. E ricordò come Estate e Vento Grigio li avevano fatti a pezzi.

Scosse Wex con la punta del piede. Il ragazzo si svegliò, e si mise seduto, fregandosi gli occhi. «Assicurati che Bran Stark e il suo fratellino siano nei loro letti. E fa' in fretta.»

«Milord?...» la voce sonnacchiosa di Kyra.

«Torna a dormire. Nulla che ti riguardi.»

Theon si versò una coppa di vino e la scolò d'un fiato. Continuò a restare in ascolto, sperando di udire di nuovo gli ululati. Niente. "Troppi pochi uomini" si disse amaramente. "Se Asha non dovesse arrivare..."

Wex rientrò per primo, scuotendo la testa. Imprecando, Theon raccolse dal pavimento le brache e la tunica, che aveva gettato a terra alla rinfusa nella sua brama di avventarsi su Kyra. Sopra la tunica, indossò un corpetto di cuoio borchiato. Poi si affibbiò il cinturone con la spada lunga e la daga. I suoi capelli parevano un cespuglio arruffato dal vento, ma in quel momento, aveva cose più gravi di cui preoccuparsi.

Urzen rientrò a sua volta: «I lupi sono spariti».

Sì, cose *molto* più gravi. Theon impose a se stesso di essere freddo e deliberato come lo era stato lord Eddard.

«Rastrellate il castello» ordinò. «Raccogliete tutti nel cortile, tutti quanti. Vedremo chi manca. Che Lorren faccia il giro delle porte. Wex, con me.»

Si chiese se Stygg avesse già raggiunto Deepwood Motte. Non era affatto l'abile cavaliere che voleva far credere di essere, nessun uomo di ferro lo era, ma di tempo ne aveva avuto in abbondanza. E forse anche Asha stava arrivando. "Ma se scopre che mi sono lasciato sfuggire i due Stark..." Non volle nemmeno pensarci.

La stanza di Bran Stark era vuota, e anche quella di Rickon, mezzo giro di scala a chiocciola più sotto.

Theon maledì se stesso. Avrebbe dovuto mettere guardie anche davanti alle loro porte, ma aveva ritenuto più importante collocare uomini sui camminamenti delle mura a proteggere le porte della fortezza che non metterli a fare da balia asciutta a due ragazzini, uno dei quali storpio.

Dall'esterno, arrivarono i lamenti della gente del castello, strappata ai propri letti e trascinata nel cortile. "Gliela darò io una ragione per lamentarsi. Li ho trattati con gentilezza, e questo è il modo in cui mi ripagano." Aveva addirittura fatto frustare a sangue i suoi due uomini che avevano stuprato la ragazzina dei canili, in modo da mostrare che sapeva essere giusto. "Ma continuano a incolparmi dello stupro, e anche di tutto il resto." Gli sembrò una cosa ingiusta. Mikken si era ucciso da solo, con quella sua stupida bocca troppo larga. Lo stesso valeva per Benfred Tallhart. Quando a Chayle, il septon, doveva pur dare *qualcuno* al Dio Abissale, no? I suoi uomini si aspettavano che lo facesse. «Non ho nulla contro di te» aveva detto al septon prima di farlo gettare nella cisterna. «Semplicemente, né tu né i tuoi dei avete più posto qui.» Gli altri avrebbero dovuto essergli grati per non aver scelto uno di loro, invece no. E adesso, quanti di loro stavano tramando contro di lui?

Urzen tornò, accompagnato da Lorren il Nero. «La Porta dei Cacciatori» disse Lorren. «È meglio che vieni a dare un'occhiata.»

La Porta dei Cacciatori era opportunamente situata vicino ai canili e alle cucine. Si apriva direttamente sui campi e sui boschi, consentendo ai cavalieri di andare e venire senza dover passare attraverso la città dell'inverno. Per questo i cacciatori la preferivano.

«Chi montava la guardia?» chiese Theon.

«Drennan e Squint.»

Drennan era uno di quelli che avevano stuprato Palla, la ragazzina dei canili. «Se si sono fatti scappare i due ragazzi, questa volta la pagheranno con ben più di qualche frustata, lo giuro.»

«Non ce n'è bisogno» ribatté seccamente Lorren il Nero.

No, proprio nessun bisogno. Squint galleggiava nel fossato a faccia in giù, trascinandosi dietro le sue viscere come un groviglio di lividi serpenti. Drennan si trovava nell'angusto locale che conteneva gli ingranaggi del ponte levatoio. Era mezzo nudo, con la gola aperta da un orecchio all'altro. Indossava ancora una tunica sbrindellata, che nascondeva a stento i segni delle frustate che aveva sulla schiena, ma si era tolto gli stivali e aveva le brache calate alle caviglie. C'era del formaggio su un piccolo tavolo vicino alla porta, con accanto una caraffa di vino. E due coppe.

Theon ne sollevò una, annusò i residui del vino: «Squint era sul camminamento, no?».

«Sì» confermò Lorren.

Theon gettò la coppa nel caminetto: «Da come la vedo io, Drennan si stava tirando giù i calzoni per piantarlo dentro alla donna che invece lo ha piantato dentro a lui. Direi che lo ha sgozzato usando il suo coltello da formaggio. Qualcuno vada a prendere una picca. Ripescate l'altro coglione dal fossato.»

L'altro coglione era in condizioni molto peggiori di Drennan. Quando Lorren lo trascinò fuori dall'acqua, videro che aveva un braccio pressoché sradicato all'altezza del gomito. Gli mancava anche metà del collo. Al posto della sua virilità, c'era una specie di cratere purpureo. Durante il recupero, l'uncino della picca gli maciullò ancora di più le viscere. Il tanfo era repellente.

«I meta-lupi» rilevò Theon. «Tutti e due.»

Disgustato, tornò al ponte levatoio. Grande Inverno era circondata da due massicce cinte di mura, con un ampio fossato tra l'una e l'altra. Il muro esterno raggiungeva un'altezza di venticinque metri, quello interno superava i quaranta metri. Data la scarsità di uomini, Theon era stato costretto ad abbandonare le difese esterne, piazzando le sue sentinelle sulla sommità del muro interno. Non aveva osato correre il rischio di averli dalla parte sbagliata del fossato, qualora il castello si fosse ribellato.

"Devono essere stati almeno in due, se non di più" rimuginò. "Mentre la donna faceva il servizio a Drennan, gli altri liberavano i lupi."

Theon si fece portare una torcia e precedette Urzen e Lorren su per la scalinata che conduceva al camminamento. Mosse la fiamma ad arco davanti a sé, cercando... *là, quello.* Era sull'interno della fortificazione, nell'apertura tra due merli.

«Sangue» riconobbe Theon. «Ripulito alla meglio. Per cui, la donna ha sgozzato Drennan e ha abbassato il ponte. Squint sente lo sferragliare delle catene, viene a vedere e qui si ferma. Hanno gettato il cadavere nel fossato in modo che non fosse trovato da un'altra sentinella.»

«Le altre torrette di guardia non sono lontane» Urzen guardò lungo le mura. «Vedo le torce...»

«Le torce, certo, ma non le guardie» disse Theon con rabbia. «Grande Inverno ha molte torrette e non pochi uomini.»

«Quattro dei nostri alla porta principale» intervenne Lorren il Nero. «Altri cinque sui camminamenti, oltre a Squint.»

Urzen scosse il capo: «Se solo avesse suonato il corno...».

"Idioti. Sono circondato da idioti." «Prova a immaginarti di essere quassù, Urzen. È buio, fa freddo. Fai la guardia da ore, non vuoi altro che il turno finisca. Poi senti un rumore, vieni avanti verso la porta, e di colpo vedi... *Occhi!* Occhi verdi, scintillanti come oro fuso nella luce della torcia. Due ombre ti arrivano addosso, più rapide di quanto tu possa immaginare. Hai appena la fugace visione di zanne. Cerchi di abbassare la picca, niente da fare. Le ombre ti balzano addosso e ti aprono il ventre, squarciando cuoio e borchie come se fossero stracci.» Diede a Urzen uno spintone. «E adesso sei a terra, sulla schiena, con le budella che ti escono. Con le zanne che ti affondano nella gola. Per cui, omino di ferro, dimmi a che punto di tutto questo...» Theon afferrò il collo scarno dell'uomo, strinse in una morsa, sorridendo «... tu ti metti a suonare il tuo corno del cazzo?»

Diede a Urzen un altro spintone, molto più brutale del primo, mandandolo a sbattere la schiena contro uno dei merli. Urzen non disse nulla, massaggiandosi il collo dove Theon aveva stretto.

"Avrei dovuto far abbattere quelle due belve il giorno stesso in cui abbiamo preso il castello" Theon era inferocito con se stesso. "Avrei dovuto ucciderli... Lo *sapevo* quanto sono pericolosi."

«Dobbiamo andargli dietro» disse Lorren il Nero.

«Non con il buio» Theon non aveva nessuna intenzione di inseguire dei meta-lupi nella foresta, in piena notte. I cacciatori potevano fin troppo facilmente diventare le prede. «Aspetteremo la luce del giorno. Prima di allora, è meglio che vada a fare due chiacchiere con i miei leali sudditi.»

Giù nel cortile, la folla spaventata formata da uomini, donne e bambini era stata spinta contro il muro. Molti di loro non avevano neppure avuto il tempo di vestirsi, erano avvolti in coperte di lana o si stringevano addosso mantelli e vestaglie. Li sorvegliavano una dozzina di uomini di ferro, con la torcia in una mano, e l'arma nell'altra. Il vento freddo soffiava a raffiche, e la luce tremolante delle torce danzava sul metallo scuro degli elmi, sulle barbe fitte, sugli occhi privi di sorriso.

Theon camminò avanti e indietro lungo la fila dei prigionieri, studiando le loro facce. Avevano *tutti* un'aria colpevole.

«Quanti ne mancano?»

«Sei.» Reek arrivò alle sue spalle. Il putrido servo del Bastardo di Bolton adesso sapeva di sapone, i suoi lunghi capelli ondeggiavano al vento. «I due Stark, il ragazzo delle paludi e la sorella, lo scemo delle stalle e la donna dei bruti.»

"Osha, certo." Aveva sospettato di lei nel preciso momento in cui aveva visto la seconda coppa di vino. "Non avrei mai dovuto fidarmi. È disumana come Asha. Perfino i loro nomi sono quasi uguali."

«Avete controllato le stalle?»

«Aggar dice che cavalli non ne mancano.»

«Danzatrice è ancora nel suo scomparto?»

«Danzatrice?» Reek corrugò la fronte. «Aggar dice che i cavalli ci sono tutti. Lo scemo è l'unico che non c'è.»

"Per cui sono scappati a piedi." Era la migliore notizia che aveva ricevuto da quando si era svegliato. Bran doveva trovarsi nella cesta sulle spalle di Hodor, nessun dubbio. Quanto a Rickon, Osha sarebbe stata costretta a trasportarlo. Le sue gambette da ragazzino di quattro anni non erano certo in grado di fargli fare troppa strada. Ben presto, Theon li avrebbe avuti di nuovo in pugno, ne era sicuro.

«Bran e Rickon sono fuggiti» annunciò alla gente del castello, osservando i loro occhi. «Non avrebbero potuto farlo senza aiuto. O senza cibo, abiti, armi.»

Aveva messo sotto chiave tutte le spade, e le asce di Grande Inverno. Ma era chiaro che alcune armi gli erano state comunque nascoste.

«Io scoprirò chi di voi ha aiutato gli Stark. E anche chi di voi ha guardato apposta dall'altra parte.» L'unico suono nel cortile buio fu il vento. «Alle prime luci, li riporterò indietro.» S'infilò entrambi i pollici nel cinturone. «Ho bisogno di cacciatori. Chi di voi vuole una bella pelliccia di meta-lupo, che gli tenga caldo per tutto l'inverno? Gage?»

Il cuoco gli aveva sempre dato un caldo benvenuto quando lui rientrava dalla caccia, chiedendogli se avesse portato qualche buona selvaggina per la tavola. Ma adesso taceva. Theon passeggiò nuovamente avanti e indietro, continuando a esplorare le loro espressioni, alla ricerca di una traccia di colpevole complicità.

«La foresta non è un posto adatto a uno storpio. E Rickon, piccolo com'è, quanto credete che durerà, là fuori? Nan, pensa quanto dev'essere spaventato.»

Per dieci anni, l'anziana donna gli era stata vicina, raccontandogli tante e tante storie. Adesso lo guardava come se fosse un estraneo, mai visto, né conosciuto.

«Avrei potuto uccidere tutti gli uomini e dare le donne ai miei soldati per spassarsela. Invece vi ho protetto. È così che mi ringraziate?»

Joseth aveva strigliato i suoi cavalli. Farlen gli aveva insegnato tutto sui cani. Barth, la moglie del birraio, era stata la sua prima donna... Nessuno di loro incontrò i suoi occhi. "Mi odiano" capì Theon. "A morte."

Reek gli si avvicinò. «Strappagli via la pelle» disse con le labbra carnose che luccicavano. «Lord Bolton dice che un uomo nudo ha pochi segreti. Ma un uomo senza pelle non ne ha nessuno.»

L'uomo scuoiato era il simbolo della Casa Bolton, Theon questo lo sapeva bene. Nelle ere passate, c'erano stati dei lord di Forte Terrore che indossavano cappe ricavate dalla pelle dei nemici morti. Anche parecchi Stark avevano fatto quella fine. Tutto questo era cessato ormai da mille anni, quando i Bolton avevano compiuto atto di sottomissione a Grande Inverno. "O almeno, così dicono. Ma le vecchie leggi sono dure a morire... io ne so qualcosa."

«Nessuno verrà scuoiato nel Nord fino a quando io dominerò Grande Inverno» proclamò Theon a voce alta. "Sono io la vostra unica difesa contro animali come questo", così avrebbe voluto urlare loro. Ma non poteva essere tanto ovvio. Forse, alcuni avrebbero comunque capito quello che c'era da capire.

Sulle mura del castello, il cielo stava virando al grigio. L'alba non era lontana.

«Joseth, metti la sella a Sorriso e prendi anche tu un cavallo. Murch, Gariss, Tym il Foruncoloso, anche voi verrete con me.» Murch e Gariss erano ottimi cacciatori, quanto a Tym il Foruncoloso, come arciere era eccellente. «Aggar, Nasorosso, Gelmarr, Reek, Wex» voleva i suoi uomini a coprirgli le spalle. «Farlen, voglio dei cani. E voglio te a guidarli.»

L'anziano mastro dei canili incrociò le braccia: «Per quale ragione dovrei dare la caccia ai miei lord di diritto, che oltretutto sono ancora dei bambini?».

«Adesso sono io il tuo lord di diritto» Theon lo affrontò faccia a faccia. «E sono anche l'uomo che tiene tua figlia Palla al sicuro.»

Nello sguardo di Farlen, la sfida si dissolse: «*Sì*, milord».

Theon fece un passo indietro, decidendo chi altri portarsi dietro. «Maestro Luwin».

«Io non so nulla di caccia.»

"No, ma non mi fido a lasciarti al castello in mia assenza." «È ora che impari.»

«Lascia venire anche me» un ragazzino si fece avanti. «Io la voglio, quella pelle di lupo.»

Non poteva essere più vecchio di Bran. Theon impiegò qualche momento per rendersi conto di chi fosse.

«Sono andato a caccia un mucchio di volte» insisté Walder Frey. «Cervo rosso e alce... perfino cinghiale.»

Suo cugino, un altro Walder Frey, gli rise in faccia: «Ha partecipato a una caccia al cinghiale con suo padre. Ma dal cinghiale lo hanno tenuto ben lontano».

Theon scoccò al ragazzo un'occhiata dubbiosa: «Vieni pure, se ci tieni tanto. Ma non aspettarti che ti faccia da balia». Tornò a rivolgersi a Lorren il Nero. «Grande Inverno è tua in mia assenza. Se non dovessi ritornare, fa' quello che vuoi.»

"Questo dovrebbe indurvi a pregare per il mio successo, razza di codardi."

Si radunarono alla Porta dei Cacciatori, il fiato di uomini e cavalli si condensava nell'aria gelida del mattino. I primi, pallidi raggi del sole avevano fatto la loro comparsa oltre la Torre della Campana.

Gelmarr si era munito di un'ascia dal manico lungo, che gli avrebbe permesso di colpire prima che i meta-lupi potessero arrivargli addosso. Un solo colpo della pesante lama sarebbe bastato a uccidere. Aggar indossava gambali d'acciaio. Reek arrivò portando una lancia da cinghiale e un sacco da lavandaia pieno zeppo di chissà che cosa. Theon aveva il suo arco, non gli serviva nient'altro. Un tempo, con una freccia aveva salvato la vita di Bran. Si augurò di non essere costretto a togliergliela, quella stessa vita, con un'altra freccia. Ma se fosse stato costretto non avrebbe esitato a farlo.

Undici uomini, due ragazzi e una dozzina di cani varcarono il fossato. Oltre le mura esterne, le tracce erano facili da vedere sul terreno soffice. Le impronte dei lupi, quelle grandi e profonde di Hodor, quelle più lievi dei due ragazzi Reed. Raggiunti gli alberi, le foglie cadute e il suolo sassoso resero più arduo seguire la pista, ma la cagna rossa di Farlen conosceva l'odore delle prede. Gli altri cani venivano poco più indietro, i segugi annusavano e abbaiavano, e due mostruosi mastini facevano da retroguardia. In dimensioni e ferocia, quelle bestie avrebbero potuto competere perfino con i meta-lupi.

Theon aveva pensato che Osha si sarebbe diretta a sud, verso ser Rodrik. Invece le tracce puntavano a nord, passando per nord ovest. Puntavano nel cuore stesso della Foresta del Lupo, cosa che a Theon non piacque affatto. Sarebbe stata un'amara ironia se gli Stark fossero riusciti a raggiungere Deepwood Motte, finendo così dritti in bocca ad Asha. "In quel caso, meglio averli morti" rimuginò cupamente. "Meglio apparire crudele che sciocco."

Tentacoli di nebbia livida si contorcevano tra gli alberi. Pini sentinella e altre conifere crescevano fitti. E non c'era nulla di più tenebroso, di più minaccioso di una foresta di sempreverdi. Il terreno era ineguale e pieno di rocce affioranti. Gli aghi caduti formavano uno strato ingannevole, rendendo difficile l'avanzata dei cavalli. Il gruppo fu costretto a procedere con lentezza. "Ma non con tanta lentezza quanto un uomo che trasporta uno storpio, o un'ossuta megera con un ragazzino di quattro anni sulle spalle." Theon s'impose di essere paziente. Li avrebbe riavuti in pugno prima del tramonto.

Maestro Luwin venne a trottargli al fianco mentre risalivano una pista di selvaggina che s'inerpicava su per un canalone.

«Finora, mio lord, andare a caccia non è molto diverso dall'andare a cavallo nei boschi.»

«Ci sono delle rassomiglianze» rispose Theon sorridendo. «Ma a caccia, si finisce con del sangue.»

«Deve proprio essere così? Questa fuga è una grande follia, ma perché non puoi essere clemente? Sono pur sempre i tuoi fratellastri che stiamo cercando.»

«L'unico Stark a comportarsi in modo fraterno con me è stato Robb, comunque Bran e Rickon per me valgono di più vivi che morti.»

«Lo stesso vale per i Reed. Il Moat Cailin si trova proprio sul margine dell'Incollatura. Lord Howland è in grado di trasformare l'occupazione delle paludi da parte di tuo zio in una visita agli inferi. Ma finché tu avrai i suoi eredi, sarà costretto a contenersi.»

Questo, Theon non lo aveva considerato. In realtà, ai due ragazzi Reed aveva pensato a stento, limitandosi a occhieggiare Meera un paio di volte, domandandosi se fosse ancora vergine.

«Potresti avere ragione. Li risparmieremo, se possibile.»

«E anche Hodor, spero. Il ragazzo ha la mente semplice, lo sai. Fa quello che gli si dice e basta. Quante volte ha strigliato il tuo cavallo, lavato la tua sella, pulito la tua maglia di ferro?»

Hodor non significava niente per lui. «Se non ci combatterà, lasceremo vivere anche lui.» Theon puntò un minaccioso dito indice. «Ma tu provati a sprecare anche solo una parola per la donna dei bruti, e morirai con lei. Prima presta giuramento, e poi ci piscia sopra.»

«Non ho scuse per i traditori» maestro Luwin inclinò la testa di lato. «Fa' ciò che devi. Ti sono riconoscente per la tua clemenza.»

"Clemenza, certo" Theon evitò di guardare Luwin, lasciandolo indietro. "Bella trappola del cazzo: troppa clemenza, e sei un molle; troppo poca, e sei un mostro." Tuttavia il maestro gli aveva dato un valido consiglio. Lord Balon suo padre pensava unicamente in termini di conquista, ma a che serve un regno se poi non si è in grado di tenerlo? Forza e paura funzionavano, ma solo fino a un certo punto. Peccato che Ned Stark avesse portato le sue due figlie al Sud con sé, altrimenti Theon avrebbe potuto serrare la presa su Grande Inverno sposando una di loro. Sansa non era affatto male, e ormai doveva essere pronta per il letto. Ma era migliaia di leghe lontano, stretta tra gli artigli dei Lannister. Già, un vero peccato.

La foresta divenne sempre più ostile. Enormi querce scure presero il posto di pini e alberi-sentinella. Grovigli di rovi celavano pericolose fenditure e crepacci. Colline irte di pietre si susseguivano senza sosta. Superarono un villaggio di pastori, deserto e invaso dalle erbacce. Aggirarono una cava allagata, la cui acqua conservava una sfumatura grigioacciaio. I cani cominciarono ad abbaiare. I fuggiaschi!... Ormai dovevano essere vicini. Diede di speroni a Sorriso, seguendo la direzione dei segugi. Ma tutto quello che trovò fu la carcassa di un giovane alce. O meglio, i resti della carcassa.

Theon smontò di sella per dare un'occhiata più da vicino. L'animale era stato ucciso da poco, e chiaramente sbranato da lupi. I cani annusarono tutto intorno all'animale morto. Uno dei grossi mastini si mise a divorare una coscia fino a quando Farlen non lo richiamò. "Non è stato scuoiato" si rese conto Theon. "I lupi hanno mangiato, ma non gli uomini." Anche se Osha non voleva arrischiarsi ad accendere il fuoco, avrebbe per lo meno dovuto staccare qualche bistecca. Che senso c'era nel lasciare tanta buona carne a marcire?

«Farlen, sei certo che stiamo seguendo la traccia giusta?» Theon era sempre più perplesso, e sempre più infuriato. «Non sarà che i tuoi cani corrono dietro ai lupi sbagliati?»

«La mia capomuta conosce bene l'odore di Estate e Cagnaccio.»

«Lo spero, per te.»

Meno di un'ora più tardi, la pista scendeva verso un torrente fangoso, ingrossato dalle piogge recenti. Fu là che i cani persero la traccia. Farlen e Wex guadarono fino all'altra sponda insieme ai cani, ma tornarono scuotendo il capo, mentre gli animali si aggiravano lungo la riva opposta, annusando a vuoto.

«Sono passati di qui, milord» disse il mastro del canile. «Ma non vedo dove sono usciti.»

Theon smontò di sella e mise un ginocchio al suolo accanto al torrente. Vi tuffò una mano. L'acqua era gelida. «Non possono essere rimasti immersi troppo a lungo» dichiarò. «Prendi metà dei cani e portali a valle, io andrò...»

Wex batté le mani l'una contro l'altra.

«Che c'è?» disse Theon.

Il ragazzo muto indicò.

Il terreno vicino alla riva era fangoso e fradicio. Le impronte lasciate dai lupi erano chiaramente visibili. «Orme di lupo, d'accordo. E allora?»

Wex spinse il tacco dello stivale nel fango, ruotando il piede da una parte e dall'altra, scavando in profondità.

«Un uomo grosso come Hodor avrebbe lasciato un'impronta profonda in questo fango molle» fu Joseth a capire. «Ancora più profonda se ha un ragazzo sulle spalle. Invece, guarda: le uniche impronte di stivali sono le tue, milord.»

Sconcertato, Theon si rese conto che era proprio così. Solo i meta-lupi erano entrati in quella densa acqua marrone. «Osha deve averci aggirati e poi è tornata indietro. Prima di quell'alce morto, è chiaro. Ha mandato avanti i lupi nella speranza che noi corressimo dietro a loro.» Chiamò a raccolta tutto il gruppo. «E se voi due mi avete ingannato...»

«C'èra una sola pista, milord, te lo giuro» rispose Gariss, sulle difensive. «E i meta-lupi non si sarebbero allontanati da quei due ragazzi. Non a lungo, comunque.»

"Difatti" anche Theon lo sapeva, questo. Estate e Cagnaccio potevano anche essere andati a caccia, ma presto o tardi avrebbero fatto ritorno da Bran e Rickon.

«Gariss, Murch: prendete quattro cani e tornate indietro seguendo la stessa pista. Scoprite in quale punto li abbiamo perduti. Aggar, tu li sorvegli. Non voglio trucchi. Farlen e io continueremo a seguire i meta-lupi. Suonate il corno una volta se ritrovate la traccia. Suonate due volte se vedete le belve. Quando le avremo trovate, ci porteranno dai loro padroni.»

Theon prese con sé Wex, il ragazzo Frey e Gynir Nasorosso per continuare la ricerca a monte. Lui e Wex si tennero su una riva, Walder Frey e Nasorosso si incamminarono su quella opposta, ogni squadra con una coppia di cani. I lupi potevano essere usciti sull'una o sull'altra sponda. Tennero gli occhi bene aperti alla ricerca di orme, fango smosso, arbusti spezzati, di qualsiasi cosa che potesse indicare il passaggio dei meta-lupi. Theon riconobbe facilmente le orme lasciati dai cervi, dalle alci e dai furetti. Wex sorprese una volpe intenta ad abbeverarsi. Walder Frey snidò tre conigli da sotto un cespuglio e riuscì a colpirne uno con una freccia. Notarono solchi scavati da artigli là dove un orso aveva strappato la corteccia a un alto acero. Ma dei meta-lupi nessuna traccia.

"Un altro po'" ripeté Theon a se stesso per l'ennesima volta. "Oltre quella quercia sull'altura, al di là della prossima ansa del torrente… Là troveremo qualcosa." Continuò ad avanzare anche molto dopo essersi reso conto che era inutile, sentendo un invisibile macigno aguzzo che gli pesava nel ventre. Era mezzogiorno quando diede un rabbioso strappo alle redini, che fece voltare Sorriso, e abbandonò la ricerca.

In qualche modo, Osha e quei maledetti ragazzi gli stavano sfuggendo. Non sembrava possibile, non a piedi, con il fardello di uno storpio e un bimbo piccolo. Eppure stava accadendo. E ogni ora che passava, le possibilità che la loro fuga avesse successo si moltiplicavano. "E se raggiungono un villaggio…" Le genti del Nord non si sarebbero mai tirate indietro di fronte ai figli di Ned Stark, ai fratelli di Robb Stark. Avrebbero dato loro cavalli veloci e cibo. Gli uomini avrebbero combattuto per l'onore di proteggerli. L'intero dannato Nord si sarebbe schierato per loro. E contro di *lui.*

"I meta-lupi sono andati a valle, tutto qui" Theon si aggrappò a quel pensiero. "La cagna rossa di Farlen ritroverà le tracce e noi gli saremo nuovamente addosso."

Tornarono a ricongiungersi con il gruppo di Farlen. Ma a Theon bastò una sola occhiata all'espressione del mastro dei cani perché tutte le sue speranze andassero in briciole. «Queste bestiacce sono buone per una sola cosa: esca per orsi» ringhiò. «E quanto vorrei averlo, un dannato orso.»

«Non è colpa dei cani» Farlen s'inginocchiò tra uno dei mastini e la sua preziosa cagna rossa, una mano sul capo di entrambi. «L'acqua corrente non conserva le tracce, milord.»

«Da qualche parte, i lupi *devono* essere usciti dal torrente!»

«Senza dubbio. A monte o a valle. Se continuiamo, troveremo quel punto. Ma continuare da che parte?»

«Io non l'ho mai sentito che un lupo corre in un torrente per chilometri» intervenne Reek. «Un uomo, forse. Se sa che gli danno la caccia, forse. Ma un lupo?»

Ma Theon continuò a essere perplesso. Quelle belve non erano lupi comuni. "Scuoiarli subito, avrei dovuto!"

Quando si ricongiunsero con Gariss, Murch e Aggar, fu lo stesso. I cacciatori avevano seguito il percorso a ritroso fino oltre metà strada con Grande Inverno. Risultato: niente di niente. Nessun segno di dove gli Stark si erano separati dai meta-lupi. I segugi di Farlen sembravano frustrati tanto quanto i loro padroni, annusavano cupamente gli alberi e le pietre, digrignavano rabbiosamente i denti gli uni con gli altri.

«Torniamo al torrente» Theon rifiutava di ammettere la sconfitta. «Ricominciamo a cercare. E questa volta, non ci fermiamo.»

«Non li troveremo» dichiarò all'improvviso il ragazzo Frey. «Non fino a quando con loro ci sono i mangiaranocchie. La gente del fango conosce tutti i trucchi. Non combattono in modo leale: si nascondono e usano frecce avvelenate. Tu non li vedi mai, ma loro ti vedono sempre. Quelli che entrano nelle paludi dell'Incollatura per inseguirli non tornano fuori più. Le loro case *si muovono*, perfino i castelli come la Torre delle Acque Grigie.» Gettò un'occhiata nervosa alla vegetazione che li assediava da tutte le parti. «Potrebbero essere qui intorno anche adesso, ascoltando tutto quello che diciamo.»

Farlen si fece una risata, a commento di quell'ultima frase: «I miei cani possono sentirne l'odore. Gli saltano addosso prima ancora che tu scorreggi, ragazzino».

«I mangiaranocchie non hanno l'odore degli altri uomini» insisté Walder Frey. «Hanno addosso il puzzo delle paludi, come le rane e gli alberi e l'acqua schifosa. Invece dei peli, sotto le ascelle a loro cresce il muschio. E per vivere, possono mangiare fango e bere acqua di palude.»

Theon stava per dirgli dove poteva mettersele, tutte quelle cretinate che gli aveva raccontato la sua balia asciutta, quando intervenne maestro Luwin.

«Gli antichi testi dicono che gli uomini delle paludi erano prossimi ai figli della foresta, nelle ere remote in cui gli osservatori dell'oltre scesero in guerra nelle paludi dell'Incollatura. Può darsi che abbiano conoscenze segrete.»

E di colpo, la foresta parve molto più tenebrosa, come se una nube fosse passata davanti al sole. Un conto era un ragazzino che raccontava assurdità, tutt'altro conto erano le parole di un saggio maestro della Cittadella.

«I soli figli di cui m'importa in questo momento sono Bran e Rickon» affermò Theon. «Si torna al torrente. Adesso.»

Per un momento, dubitò che avrebbero obbedito. Alla fine, però, le vecchie abitudini presero il sopravvento. Lo seguirono, tetramente, ma lo seguirono. Il ragazzino Frey era spaurito come quei coniglietti che aveva fatto scappare prima. Theon mise uomini su entrambe le sponde e seguì la corrente. Cavalcarono per chilometri, lentamente, attentamente, smontando di sella per condurre i cavalli al passo nei punti in cui il terreno si faceva insidioso, lasciando che i segugi esca-per-orsi annusassero ogni cespuglio, ogni roccia. Dove un albero caduto aveva bloccato la corrente, i cacciatori furono costretti ad aggirare ampie pozze d'acqua verdastra. Ma lo stesso dovevano aver fatto i meta-lupi, *se* lo avevano fatto. Perché non trovarono niente, nessuna impronta, nessuna traccia. Le belve dovevano aver nuotato, a quanto pareva.

"Quando li avremo presi, nuoteranno fino ad avere la nausea. Le consegnerò entrambe al Dio Abissale, quelle bestiacce malefiche."

Al calare delle ombre della sera, Theon Greyjoy seppe di essere stato battuto. O gli uomini delle paludi conoscevano veramente la magia dei figli della foresta, oppure Osha aveva usato chissà quale trucco dei bruti. Theon li costrinse a continuare anche nel crepuscolo. Ma quando l'ultima luce del giorno fu svanita, Joseth finalmente trovò il coraggio: «Mio lord, è inutile. Finiremo con l'azzoppare un cavallo, e romperci una gamba».

«Joseth parla giustamente» concordò maestro Luwin. «Brancolare nella foresta alla luce delle torce non porterà a nulla.»

Theon sentiva in bocca il sapore acre della bile. Nel suo stomaco si agitava un groviglio di serpenti che si contorcevano e si addentavano l'un con l'altro. Se fosse tornato a Grande Inverno a mani vuote, tanto valeva che si vestisse come il giullare di corte, berretto a sonagli e tutto: sarebbe diventato lo zimbello di tutto il Nord. "E quando mio padre lo verrà a sapere, e Asha..."

«Mio lord principe» Reek spronò il cavallo, portandosi accanto a lui. «Forse gli Stark di qua non ci sono mai passati. Al loro posto sarei andato a nord e a est, magari, dagli Umber. Loro sono bravi uomini Stark. Ma le loro terre stanno lontano. I ragazzi si sono nascosti da qualche parte più vicino. E io forse so dove.»

Theon lo guardò con sospetto: «Parla».

«Tu lo conosci quel vecchio mulino, che sta tutto solo sul fiume Acorn? Ci siamo fermati quando mi trascinavano a Grande Inverno con i ceppi. La moglie del mugnaio ci ha venduto la biada per i cavalli mentre quel vecchio cavaliere faceva da chioccia ai suoi marmocchi. Forse gli Stark si nascondono là.»

Theon conosceva quel mulino. Aveva anche scopato la moglie del mugnaio, una volta o due. Non c'era niente di speciale né nel mulino né nella donna. «Perché proprio là? Ci sono almeno una dozzina di altri villaggi e fortini anche più vicino.»

«Perché, dici?» un lampo di divertimento passò negli occhi glauchi di Reek. «Questo non lo so. Ma loro sono là, me lo sento.»

Theon stava cominciando ad avere la nausea di quelle sue risposte oblique. "Le sue labbra sembrano due vermi che scopano." «Ma che cosa stai dicendo? Se c'è qualcosa che non mi hai detto…»

«Mio lord principe?» Reek smontò da cavallo, facendo cenno a Theon di fare altrettanto. Quando entrambi furono a terra, Reek aprì la sacca che aveva portato con sé da Grande Inverno. «Da' un'occhiata qua.»

Stava diventando difficile vedere. Theon infilò una mano nella sacca, frugò tra morbide pellicce e lana grezza. La sua mano incontrò una punta acuminata, le dita si chiusero attorno a un oggetto duro, freddo. Estrasse dalla sacca un fermaglio a forma di testa di lupo, d'argento e lacca nera. Di colpo, Theon Greyjoy *capì*. Serrò il pugno intorno al fermaglio.

«Gelmarr» ordinò, chiedendosi di chi potesse realmente fidarsi. "Di nessuno." «Aggar, Nasorosso. Con me e Reek. Il resto di voi può fare ritorno a Grande Inverno con i cani. Non mi servite più. Adesso so dove Bran e Rickon si nascondono.»

«Principe Theon» intervenne di nuovo maestro Luwin. «Ricordi la tua promessa, non è vero? Clemenza, hai detto.»

«La clemenza andava bene questa mattina» ribatté Theon. "Meglio essere temuti che derisi." «Prima che mi facessero infuriare.»

JON

Potevano vedere il fuoco ardere nelle tenebre della notte. Scintillava sul fianco della montagna, simile a una stella caduta sulla terra. Bruciava più rosso delle stelle, però, e non tremolava. A tratti, le fiamme pulsavano più vivide, tornando poi ad affievolirsi fino a una tenue scintilla, debole e remota.

"Un chilometro più avanti, ottocento metri più in alto" valutò Jon. "Una posizione perfetta per individuare qualsiasi cosa si muova sul passo."

«Sentinelle sul Passo Skirling» ipotizzò il più anziano del gruppo. Nella primavera della sua gioventù, era stato lo scudiero di un qualche re. I confratelli in nero lo chiamavano ancora Scudiero Dalbridge. «Di che cosa ha paura Mance Rayder, questo mi chiedo.»

«Se sa che hanno acceso un fuoco, li scuoia, quei poveri bastardi» commentò Ebben, tozzo, calvo, con la muscolatura dura come la pietra.

«Il fuoco è vita quassù» disse Qhorin il Monco. «Ma può anche trasformarsi in morte.»

Da quando si erano inoltrati tra le montagne, Qhorin aveva dato ordine preciso di evitare qualsiasi fuoco. Mangiavano manzo salato freddo, pane duro, formaggio ancora più duro. Dormivano vestiti, sotto mucchi di mantelli e di pellicce, grati di condividere il calore che emanava dai loro corpi. Jon ricordava le gelide notti di molto tempo prima, a Grande Inverno, quando dormiva nello stesso letto con i suoi fratelli. Anche questi uomini erano fratelli, per quanto il loro letto adesso era la dura terra.

«Avranno un corno» disse Stonesnake.

«Che non dovranno suonare» affermò il Monco.

«È una lunga salita da farsi di notte» Ebben continuava a scrutare il fuoco lontano attraverso una spaccatura nella roccia dietro cui si erano riparati.

Il cielo era privo di nubi. Le montagne frastagliate si alzavano di un nero compatto, monolitico. Le loro cime assediate dalla neve e dal ghiaccio scintillavano livide sotto la luce della luna.

«E una caduta ancora più lunga» disse Qhorin. «Due uomini, penso. E lassù, a fare i turni di guardia, ce ne saranno altri due.»

«Vado io.» Il ranger chiamato Stonesnake, serpente di pietra, aveva già dato prova di essere il miglior scalatore del gruppo. *Doveva* essere lui a farlo.

«Anch'io» si offrì Jon Snow.

Qhorin il Monco lo osservò. Jon poteva udire sibilare il vento tra le formazioni rocciose alle quote più elevate del passo sopra di loro. Uno dei cavalli nitrì, percuotendo con lo zoccolo il suolo sassoso della nicchia in cui avevano trovato rifugio.

«Il tuo lupo resterà con noi» decise il Monco. «La sua pelliccia bianca è troppo visibile di notte.» Si girò verso Stonesnake. «Quando avrete finito, gettate in basso un legno in fiamme. Quando lo avremo visto cadere, verremo.»

«Il momento migliore per muoversi è adesso» annuì Stonesnake.

Lui e Jon si munirono entrambi di un lungo rotolo di fune. Stonesnake portava anche una sacca di pioli di ferro e una piccola mazza, con la testa di metallo avvolta in uno spesso panno di feltro. Indietro lasciarono destrieri, elmi, maglie di ferro. E Spettro. Jon mise un ginocchio a terra e lasciò che il meta-lupo albino strofinasse il naso contro il suo volto. «Tu resta» gli ordinò. «Tornerò a prenderti.»

Stonesnake aprì il cammino. Era un uomo segaligno e basso di statura, sulla cinquantina, con la barba grigia. Ma era più forte di quanto apparisse, e di notte i suoi occhi ci vedevano meglio di quelli di chiunque altro Jon avesse mai conosciuto. Quella notte, tutti e due ne avrebbero avuto molto bisogno. Durante il giorno, le montagne erano blu e grigie, spruzzate di ghiaccio, ma quando il sole svaniva dietro l'orizzonte, tutto diventava nero. Adesso, la luna sorgente ammantava i picchi di bianco e d'argento.

I due confratelli neri salirono tra le ombre nere al di là di rocce nere, procedendo lungo un sentiero ripido e contorto, il loro respiro si condensava nell'aria nera. Senza maglia di ferro, Jon si sentiva nudo, ma certo non sentiva la mancanza del peso di tutto quel metallo. Era una marcia dura, lenta. Fare più in fretta significava rischiare di spezzarsi una caviglia, o anche peggio. Stonesnake sembrava sapere dove mettere i piedi come per istinto, ma su quel terreno roccioso, diseguale, Jon era costretto a muoversi con maggiore cautela.

In realtà, il Passo Skirling non era uno ma una serie di passi. Un lungo, contorto percorso che si snodava attorno a una successione di picchi congelati e scavati dal vento, di gole nascoste nelle cui profondità la luce del sole era quasi sconosciuta. Lasciata la foresta dopo che si erano inoltrati tra le cordigliere, Jon non aveva visto altro segno di vita all'infuori dei suoi compagni. Gli dei avevano creato pochi luoghi crudeli e ostili all'uomo quanto gli Artigli del Gelo. Di giorno, il vento tagliava come una lama. Di notte, urlava come una madre che piange la morte violenta dei suoi figli. Quei pochi alberi che incontrarono erano creature mutilate e grottesche, che spuntavano in obliquo da crepacci e fenditure. Spesso, sulla pista si protendevano cornicioni e speroni di roccia irti di stalattiti di ghiaccio. A distanza, parevano zanne livide.

Eppure, Jon non si pentì di essere là. Non c'erano solo pericoli, tra gli Artigli del Gelo, ma anche meraviglie. Aveva visto la luce del sole scintillare su esili cascate d'acqua gelida che scendevano da pareti verticali di roccia. Aveva ammirato un alpeggio alto pieno di fiori selvatici d'autunno, bocche di lupo azzurre e scarlatti gigli di fuoco che punteggiavano prati di erba spesso ocra e oro. Aveva scrutato nel ventre oscuro di crepacci talmente profondi da sembrare voragini aperte direttamente sugli inferi. Era passato su un ponte naturale di pietra con nient'altro che il cielo da entrambi i lati. A quelle altezze le aquile facevano i loro nidi, da lì calavano a cacciare nelle valli, roteando senza sforzo sulle ampie ali grigie e azzurre, quasi facessero esse stesse parte del cielo. Aveva osservato una pantera-ombra tendere un agguato a un ariete, scivolando giù per il fianco della montagna come del fumo liquido, fino a quando non era venuto il momento di balzare all'attacco.

"Adesso è il *nostro* momento di attaccare."

Jon Snow avrebbe voluto potersi muovere sicuro e silenzioso come una pantera-ombra, e saper uccidere con la stessa rapidità. Portava Lungo artiglio nel fodero di traverso sulla schiena, ma forse non ci sarebbe stato spazio sufficiente per maneggiarla. Aveva con sé anche il pugnale e la daga, qualora lo scontro si fosse verificato a distanza ravvicinata. "Anche loro saranno armati, e io sono senza corazza." Si domandò chi sarebbe stato la pantera-ombra e chi l'ariete, quando quella notte fosse finita.

Percorsero il sentiero molto a lungo, seguendone ogni svolta, ogni contorsione nel suo sviluppo serpentino sul fianco della montagna. In alto, sempre più in alto. A tratti, la montagna si ripiegava su se stessa, facendo perdere loro di vista il fuoco. In ogni caso, prima o poi, le fiamme riapparivano sempre. Nessun cavallo ce l'avrebbe mai fatta a inerpicarsi sulla pista che Stonesnake aveva scelto. In certi punti, Jon fu costretto a schiacciarsi con la schiena contro la parete rocciosa, avanzando di lato, centimetro dopo centimetro, come un granchio. Perfino là dove il sentiero era più largo, il pericolo restava presente, incombente. C'erano fenditure ampie abbastanza da inghiottire tutta la gamba di un uomo. C'erano avvallamenti pieni d'acqua che di notte si tramutavano in placche di duro ghiaccio. "Un passo. Un altro passo" ripeté Jon a se stesso "e non cadrai."

Non si radeva da quando aveva lasciato il Pugno dei primi uomini insieme a Qhorin e agli altri confratelli della Torre delle Ombre. In breve, la peluria sul suo labbro superiore si era incrostata di ghiaccio. Dopo due ore di scalata, il vento aumentò brutalmente d'intensità, al punto che Jon poté solo aggrapparsi alla roccia e pregare di non essere spazzato via nel nulla. "Un passo. Un altro passo." La violenza dell'aria si calmò e lui riprese a muoversi. "Un passo. Un altro passo, e non cadrai."

Presto, furono così in alto che era meglio non guardare in basso. Sotto di loro si spalancava solo un baratro di tenebre. E sopra di loro, non c'era nient'altro se non la luna e le stelle. «La montagna è tua madre» gli aveva detto Stonesnake durante una facile ascesa alcuni giorni prima. «Aggrappati a lei, premi la faccia contro le sue tette, e lei non ti lascerà cadere.» Inevitabilmente, Jon ci aveva riso sopra: si era sempre domandato chi fosse sua madre, ma non avrebbe mai immaginato di trovarla tra gli Artigli del Gelo. Solo che adesso quella battuta non sembrava più così divertente. "Un passo. Un altro passo." Continuò a salire, stringendosi alla roccia.

L'esile sentiero terminava di colpo. Un enorme contrafforte di granito nero si protendeva dal fianco della montagna. In contrasto con il vivido chiarore della luna, l'improvvisa ombra era talmente nera da dare l'impressione di essere finiti all'interno di una caverna.

«Andiamo su dritti per di qua» annunciò tranquillamente il ranger veterano. «Vogliamo arrivargli sopra.» Si tolse i guanti e li infilò nel cinturone. Si legò un capo della fune, annodando l'altro capo attorno alla cintola di Jon. «Quando la corda si tende, seguimi.»

Stonesnake non attese una risposta e partì verso l'alto. Una danza di piedi, mani, dita lo portò a salire con una rapidità che Jon non avrebbe mai creduto possibile. La lunga fune continuò a svolgersi, giro dopo giro. Jon seguì ogni mossa di Stonesnake, prese nota di ogni appiglio, di ogni appoggio. L'ultimo giro di fune si esaurì, Jon si tolse a sua volta i guanti e cominciò a salire, molto più lentamente.

Stonesnake aveva fatto passare la fune attorno al liscio sperone di roccia sul quale era in attesa, quando Jon lo raggiunse liberò la corda e riprese la scalata. Questa volta, non trovò nessun punto d'appoggio adatto alla fine della seconda tratta. Così estrasse la mazza avvolta nel feltro. Con una serie di lievi battiti, picchiò uno dei pioli d'acciaio in profondità in una fenditura. Erano colpi soffici, quasi impercettibili. Eppure, i loro echi contro la parete di roccia parvero altrettanti tuoni. Jon strinse gli occhi a ognuno di quei suoni, certo che anche i bruti li udissero. Conficcato il piolo, Stonesnake vi assicurò la fune e Jon cominciò a salire. "Succhia la tetta della montagna. Non guardare in basso." Continuava a ripeterlo a se stesso. "Tieni il peso staccato dai piedi. Non guardare in basso. Guarda solo la roccia davanti a te. Lì, c'è un valido appiglio, quello. Non guardare in basso. Puoi riprendere fiato su quel cornicione là sopra. Tutto quello che devi fare è arrivarci. Non guardare in basso."

Il piede gli scivolò sotto il peso. Per un momento, il suo cuore cessò di battere. No, gli dei erano dalla sua: non cadde. Sentiva il freddo della roccia penetrare nelle dita, ma non osò indossare i guanti. Potevano scivolare, i guanti, per quanto stretti apparissero. C'era sempre un certo spazio vuoto tra il tessuto e la pelliccia, tra le dita e la pietra, e lassù, lo spazio vuoto uccideva. La mano ustionata cominciò a irrigidirsi. Non ci volle molto perché cominciasse a fargli male. Si spezzò l'unghia del pollice, strisciandola contro chissà che cosa nel buio. E dopo, a ogni nuova presa, cominciò a lasciarsi dietro una traccia di sangue. Si augurò di averle ancora tutte e dieci, le dita, al termine di quella scalata.

Salirono e salirono e salirono ancora. Ombre nere contro il volto della montagna illuminato dalla luna. Chiunque giù a fondovalle li avrebbe individuati in un attimo, ma era la montagna stessa a celarli dai bruti sulla cima, raccolti attorno al loro fuoco. E adesso erano vicini, Jon poteva percepirlo. Eppure non gli riuscì di pensare al nemico ignaro, in attesa. La sua mente tornò a Grande Inverno, a suo fratello. "Bran amava scalare. Vorrei avere un decimo del suo coraggio."

Furono a due terzi della salita. La parete era spaccata da una fenditura irregolare nella pietra gelida. Stonesnake tese una mano per aiutare Jon a superare un masso sporgente. Il ranger aveva indossato nuovamente i guanti. Jon fece lo stesso. Stonesnake indicò a sinistra. Lui e Jon strisciarono lungo la fenditura per oltre trecento metri. Alla fine, poterono vedere l'alone delle fiamme balugi-nare oltre il margine del granito.

I bruti avevano acceso il fuoco in una depressione al di sopra del punto più stretto del passo. Di fronte a loro c'era il vuoto, dietro di loro le rocce li proteggevano dal morso del vento. Fu quella stessa barriera contro il vento a permettere ai due confratelli in nero di giungere a pochi metri da loro. Stonesnake e Jon continuarono a muoversi strisciando sul ventre, finché furono sopra gli uomini che erano venuti per uccidere.

Uno dei bruti stava dormendo, raggomitolato su se stesso, sepolto sotto un grosso mucchio di pelli. Di lui, Jon fu in grado di vedere soltanto i capelli, di un rosso intenso nella luce delle fiamme. Il secondo sedeva vicino al fuoco, che alimentava con rami e piccoli ciocchi di legno, lamentandosi del vento con voce querula. Il terzo sorvegliava il passo. Non c'era molto da vedere là sotto, soltanto una grande distesa di tenebre circondata dai picchi innevati delle montagne. Era lui, il terzo uomo, ad avere il corno.

"Tre." Per un momento, Jon fu pieno d'incertezza. "Dovevano essere solo in due." Ma dei tre, uno dormiva. E in ogni caso, due, tre o venti, non faceva nessuna differenza: Jon Snow avrebbe fatto quello che doveva fare. Stonesnake gli toccò una spalla, indicando l'uomo con il corno. Jon accennò a quello vicino al fuoco. Che cosa strana, scegliere l'uomo che devi uccidere. Aveva passato metà della sua vita con in pugno una spada e uno scudo, addestrandosi proprio per questo momento. Adesso il momento era arrivato. "Anche Robb si sarà sentito così alla vigilia della sua prima battaglia?" Non ci fu il tempo per trovare una risposta.

Stonesnake si mosse, rapido come un rettile. Calò sui bruti insieme a una pioggia di pietrisco. Jon estrasse Lungo artiglio e si avventò a sua volta.

Tutto parve accadere in un battito di ciglia. In seguito, Jon avrebbe provato rispetto per il coraggio del bruto che sull'orlo della voragine cercò di sollevare il corno, prima della spada. Riuscì addirittura a portarselo alle labbra. Stonesnake glielo strappò dalle mani con un fendente della spada corta.

Il secondo bruto schizzò in piedi, tendendo un tizzone ardente verso la faccia di Jon. Lui sentì il calore delle fiamme, mentre saltò indietro. Un movimento ai margini del suo campo visivo: il terzo bruto si era svegliato. Ora Jon doveva finire il suo uomo in fretta. Il bruto mulinò nuovamente la torcia improvvisata. Temerariamente, Jon Snow si chinò sotto l'arco del colpo, mulinando la lama con entrambe le mani. L'acciaio di Valyria squarciò cuoio, pellicciа, lana e carne. Il bruto crollò, il suo corpo si contorceva nella caduta, strappando la spada dalla presa di Jon. Il terzo bruto si rizzò a sedere sulle pellicce. Jon snudò il pugnale, afferrò l'uomo per i capelli, puntò la punta della sua lama sotto l'arcata mandibolare di... di *lei*!

«Una ragazza...» Jon congelò la mano, bloccando l'affondo conclusivo.

«È una sentinella» intimò Stonesnake. «Una bruta. Uccidila.»

Jon vide il terrore negli occhi della ragazza, vide il sangue che le ruscellava lungo la gola, dal punto in cui l'acciaio aveva intaccato la pelle. "Una spinta, una sola, e sarà finita." I loro volti erano talmente vicini che Jon percepì il suo alito. Sapeva di cipolla. "Non può avere più della mia età." Qualcosa in lei le ricordò Arya, anche se tra loro non esisteva nessuna rassomiglianza.

«Ti arrendi?» Jon impresse alla lama un mezzo giro. "E se non lo fa?"

«Mi arrendo.» Parole come vapore nell'aria gelida.

«Allora sei nostra prigioniera.» Jon allontanò il pugnale dalla pelle morbida del suo collo.

«Qhorin non ha detto di prendere prigionieri» disse Stonesnake.

«Non ha detto nemmeno di non prenderne.»

Jon abbandonò la presa ai capelli della ragazza. Lei strisciò indietro, allontanandosi da loro.

«È una donna guerriera» Stonesnake indicò l'ascia dal manico lungo a terra, vicino alle pellicce. «Era quella che cercava di prendere quando l'hai bloccata. Tu dalle solo l'occasione, e te la pianta in mezzo agli occhi.»

«Non le darò l'occasione» Jon diede un calcio all'ascia, mandandola a perdersi nel buio. «Ce l'hai un nome?»

«Ygritte» si passò la mano sulla gola, ritirandola coperta di sangue. Fissò l'umidità purpurea.

Jon rinfoderò il pugnale, poi andò a svellere Lungo artiglio dal corpo dell'uomo che aveva ucciso. «Sei mia prigioniera, Ygritte.»

«Io il mio nome te l'ho detto.»

«Mi chiamo Jon Snow.»

«Un nome malvagio» Ygritte strinse gli occhi.

«Un nome bastardo» rispose lui. «Mio padre era lord Eddard Stark di Grande Inverno.»

La ragazza lo osservò con aria guardinga.

Stonesnake sghignazzò acidamente: «Sono i prigionieri quelli che devono parlare, ricordi, Snow?». Affondò un lungo ramo tra le fiamme. «Non che lei ti dirà niente comunque. Mi hanno detto che i bruti preferiscono ingoiarsi la lingua piuttosto che rispondere a una domanda.»

Il ranger veterano attese che l'estremità del ramo bruciasse, poi fece due passi verso l'orlo della voragine e lo lanciò nel vuoto. Il legno infuocato vorticò verso il basso fino a essere inghiottito dal buio.

«Dovreste bruciare quelli che avete ucciso» disse Ygritte.

«Ci vuole un fuoco più grosso per bruciarli. E i fuochi grossi fanno più luce.» Stonesnake si girò a scrutare l'orizzonte oscuro, alla ricerca di altre tracce di fuoco. «Ci sono altri bruti da queste parti, vero?»

«Bruciali» ripeté la ragazza con ostinazione. «Se no finisce che quelle spade le dovete usare di nuovo.»

Jon ricordò Othor, il morto che camminava, e le sue gelide mani nere. «Forse è meglio fare come dice lei.»

«Ci sono anche altri modi.»

Stonesnake mise un ginocchio a terra accanto all'uomo che aveva ucciso. Gli tolse la cappa, gli stivali, il cinturone, il gilè. Poi si issò il cadavere di traverso su una spalla e lo portò fino all'abisso. Con un grugnito, lo gettò nel vuoto. Qualche momento dopo, da molto più in basso, arrivò un forte tonfo. Stonesnake spogliò anche il secondo cadavere, e lo prese per le braccia. Jon lo aiutò sollevando i piedi. Insieme, lo scaraventarono nell'oscurità della notte.

Ygritte si limitò a osservare in silenzio. Era più vecchia di quanto Jon avesse pensato all'inizio. Forse vent'anni, ma di bassa statura per la sua età, con le gambe arcuate, il viso rotondo, le mani piccole, il naso tozzo. I suoi capelli rossi arruffati andavano in tutte le direzioni. Appariva grassoccia, così accucciata, ma forse erano i vari strati di pelli, cuoio e lana. Sotto tutta quella roba, avrebbe potuto essere magrolina quanto Arya.

«Vi hanno mandato quassù a sorvegliarci?» le chiese Jon.

«Non solo voi. Anche altri.»

Stonesnake si riscaldò le mani sulle fiamme: «Chi aspetta oltre il passo Skirling?».

«Il popolo libero.»

«Quanti sono?»

«Centinaia e migliaia. Più di quanti tu ne hai mai visti, corvo» Ygritte sorrise. Aveva denti storti, ma bianchissimi.

"Non lo sa quanti." «Perché siete venuti quassù?» le domandò Jon.

Ygritte non rispose.

«Che cosa c'è negli Artigli del Gelo che il vostro re vuole? Non potere restare qui, non c'è cibo.»

Lei evitò di guardarlo.

«Intendete marciare sulla Barriera? Quando?»

Ygritte fissò il fuoco, come se nemmeno lo avesse udito.

«Sai niente di mio zio, Benjen Stark?»

Nessuna risposta.

«Se sputa fuori la lingua» rise Stonesnake «non dirmi che non ti avevo avvertito.»

Un basso ruggito echeggiò tra le rocce. "Una pantera-ombra" Jon non ebbe alcun dubbio. Si alzò. Ci fu un secondo ruggito, più vicino. Jon sfoderò la spada e si girò, rimanendo in ascolto.

«Non ci daranno noia» era Ygritte. «È per i morti che sono venute. Sentono l'odore del sangue a otto chilometri di distanza. Staranno vicino a quei corpi fino a quando non avranno divorato ogni frustolo di carne, rosicchiato ogni osso fino al midollo.»

Jon poté udire i bramiti del pasto ferale rimbalzare contro il granito. Suoni che lo misero a disagio. Il calore del fuoco gli fece capire quanto fosse stremato, ma non osava dormire. Aveva una prigioniera, ed era compito suo sorvegliarla.

«Erano del tuo sangue?» le chiese a bassa voce. «I due che abbiamo ucciso, voglio dire?»

«Non più di quanto lo sei tu.»

«Io?» Jon corrugò la fronte. «Che cosa intendi dire?»

«Hai detto che sei il bastardo di Grande Inverno.»

«Sì è così.»

«Chi era tua madre?»

«Una donna. La maggior parte delle madri lo sono.» Questo glielo aveva detto qualcuno. Jon non ricordava né chi né quando.

Ygritte sorrise di nuovo, un lampo di denti bianchi: «E non ti ha mai cantato la canzone della rosa d'inverno?».

«Non l'ho mai conosciuta, mia madre. Né quella canzone.»

«Bael il Bardo l'ha composta» rispose Ygritte. «Era lui il Re oltre la Barriera tanto tempo fa. Tutti quelli del popolo libero conoscono le sue canzoni, ma mi sa che voi al Sud non le cantate.»

«Grande Inverno non è al Sud» obiettò Jon.

«Sì che lo è. Tutto quello che sta sotto la Barriera è al Sud.»

In effetti, Jon non l'aveva mai vista a quel modo: «Immagino che tutto dipenda da che parte ti trovi».

«Sì» concordò Ygritte. «È sempre così.»

«Dimmi, allora» la esortò Jon. Ci sarebbero volute ore prima che Qhorin arrivasse, e una storia sarebbe riuscito a tenerlo sveglio. «Voglio sentire questo tuo racconto.»

«Magari, però, non ti piace.»

«Lo sentirò lo stesso.»

«Prode corvo nero» lo prese in giro Ygritte. «Prima di essere re del popolo libero, Bael era un grande avventuriero.»

Stonesnake emise un grugnito: «Assassino, predone e stupratore, se è questo che vuoi dire».

«Tutto dipende da che parte ti trovi» ribatté Ygritte. «Lo Stark di Grande Inverno voleva la testa di Bael, ma non riusciva mai a prenderla, e il gusto di quel fallimento era troppo amaro. Un giorno, era così pieno di veleno che chiama Bael un codardo che ruba solo ai deboli. Quando quella cosa arriva alle sue orecchie, Bael giura di dare al lord una lezione. Così scala la Barriera, percorre la Strada del Re e una notte d'inverno entra a Grande Inverno con un'arpa in mano, e si fa chiamare Sygerrik di Skagos. Nell'antico linguaggio, quello che parlavano i primi uomini, e che i giganti parlano ancora, *sygerrik* vuol dire uno che inganna.

«Nord o sud, i cantastorie sono sempre i benvenuti, così Bael mangia alla tavola del lord di Stark, e suona l'arpa per il lord nel suo alto scranno fino a che metà della notte se n'è andata. Suona le antiche canzoni, e di nuove che ha fatto lui. E suona e canta così bene che quando ha finito il lord gli chiede di dirgli qual è la sua ricompensa. "Tutto quello che chiedo è un fiore" risponde Bael. "Il più bel fiore sbocciato nei giardini di Grande Inverno."

«Ora, le rose d'inverno erano gli unici fiori a sbocciare, e non c'è fiore più raro e più prezioso. Per cui lo Stark manda qualcuno nei giardini vetrati e comanda che la più bella delle rose d'inverno deve essere colta come pagamento del cantastorie. E così viene fatto. Ma quando il nuovo mattino viene, il cantante è sparito... E anche la figlia vergine di lord Brandon è svanita. Sul letto vuoto c'è la pallida rosa blu che Bael ha lasciato sul cuscino dove riposava la sua testa.»

«E di quale Brandon staremmo parlando?» Jon non l'aveva mai sentita, una storia simile. «Brandon il Costruttore visse durante l'età degli Eroi, migliaia di anni prima di Bael. Poi c'erano Brandon l'Incendiario e suo padre, Brandon il Navigatore, ma...»

«Questo era Brandon il Senzafiglia» disse Ygritte in tono sferzante. «La vuoi sentire la storia o no?»

«Va' avanti» grugnì Jon.

«Lord Brandon non aveva altri figli. Per suo volere, i corvi neri volano a centinaia dai loro castelli neri, ma non trovano traccia di Bael né della fanciulla. Per quasi un anno loro cercano, fino a quando il lord ha il crepacuore e giace nel suo letto e sembra che la linea degli Stark sia alla fine. Ma poi una notte, quando ormai sta per morire, lord Brandon sente il pianto di un bambino. Segue il suono e trova la figlia nella sua stanza da letto, che dorme con un infante al seno.»

«Bael l'aveva riportata indietro?»

«No. Loro erano stati a Grande Inverno tutto il tempo, nascosti con i defunti nelle cripte. La fanciulla amava Bael così tanto da dargli un figlio, dice la canzone... ma in verità, nelle canzoni che lui ha scritto, tutte le fanciulle amano Bael. Comunque sia, quello che è certo è che Bael lascia il bambino come pagamento per la rosa che ha colto senza permesso. E il ragazzo è cresciuto per diventare il prossimo lord Stark. Per cui, ecco qua: anche tu hai il sangue di Bael nelle vene, e anch'io.»

«Nulla di tutto questo è mai accaduto» dichiarò Jon.

«Può essere accaduto oppure no» Ygritte si strinse nelle spalle. «Comunque sia, è una bella canzone. Mia madre me la cantava sempre. Anche lei era una donna, Jon Snow. Proprio come tua madre.» Ygritte si massaggiò la gola, nel punto in cui la punta del pugnale di Jon le aveva lasciato il segno. «La canzone finisce con loro che trovano l'infante, ma la storia ha una fine più oscura. Trent'anni dopo, quando Bael è Re oltre la Barriera e guida a sud il popolo libero, il giovane lord Stark lo affronta sul Guado Congelato... e lo uccide. Perché Bael non poteva fare del male a suo figlio quando le loro spade s'incrociano.»

«Per cui fu il figlio a uccidere il padre» disse Jon.

«Sì» confermò Ygritte. «Ma gli dei odiano quelli che uccidono il sangue del loro sangue, anche quando uccidono senza sapere. Quando lord Stark è ritornato dalla battaglia e sua madre ha visto la testa di Bael infilzata sulla punta di una lancia, si è gettata dalla torre per il dolore. Suo figlio non è vissuto molto più di lei. Uno dei suoi lord gli ha strappato via la pelle e l'ha indossata come mantello.»

«Il tuo Bael era un mentitore» adesso Jon ne era certo.

«No, ma la verità di un bardo è diversa dalla tua o la mia. Comunque, tu hai voluto sentire la storia, e così io te l'ho raccontata.»

E con questo, Ygritte gli voltò le spalle, chiuse gli occhi e parve addormentarsi.

L'alba e Qhorin il Monco arrivarono insieme.

Le rocce nere erano diventate grigie e il cielo a oriente aveva assunto una tinta indaco quando Stonesnake individuò i ranger che salivano verso di loro. Jon svegliò la sua prigioniera e la trattenne per un braccio mentre andavano incontro ai confratelli neri. Fortunatamente, c'era anche un'altra strada per discendere dalla montagna verso nord e ovest, seguendo sentieri molto più agevoli di quello che aveva portato Stonesnake e Jon sulla sommità. Rimasero in attesa su uno stretto cornicione fino a quando i ranger apparvero in sella ai loro destrieri. Spettro corse avanti non appena fiutò l'odore conosciuto. Jon sedette sui talloni, lasciando che il meta-lupo albino gli serrasse un polso tra le zanne, agitandogli il braccio da una parte all'altra. Era un loro gioco. Ma quando Jon tornò ad alzare lo sguardo, vide Ygritte che fissava lui e Spettro con occhi sbarrati, grandi come uova di gallina.

Qhorin il Monco non fece alcun commento nel vedere la prigioniera.

«Erano in tre» gli riferì Stonesnake, senza aggiungere nient'altro.

«Ne abbiamo incontrati due» disse Ebben «o meglio quello che di loro hanno lasciato le pantere-ombra» scrutò la ragazza con espressione piena di sospetto.

«Si è arresa» non poté fare a meno di dire Jon.

La faccia di Qhorin rimase impassibile: «Sai chi sono?» le chiese.

«Qhorin il Monco» davanti a lui, Ygritte appariva poco più di una bambina, ma lo affrontò con coraggio.

«Dimmi la verità: se fossi io a cadere nelle mani della tua gente e mi arrendessi, che cosa otterrei?»

«Solo una morte più lenta.»

«Non abbiamo cibo per nutrirla» disse l'impaziente ranger rivolto a Jon. «E nemmeno un uomo per sorvegliarla.»

«La strada che ci aspetta è già fin troppo pericolosa, ragazzo» aggiunse Scudiero Dalbridge. «Un grido, uno solo, quando ci serve silenzio, e per noi tutti è la fine.»

Ebben snudò la sua daga: «Il bacio dell'acciaio la terrà tranquilla».

Jon si sentiva la gola rovente. Passò uno sguardo privo di speranza dall'uno all'altro dei confratelli. «Si è arresa a me.»

«E allora, dovrai essere tu a fare ciò che va fatto» disse Qhorin il Monco. «Sei sangue di Grande Inverno e un guardiano della notte.» Guardò il resto dei ranger. «Andiamo, fratelli. Lasciamolo solo. Per lui sarà più facile se non lo osserviamo.»

Li guidò a riprendere la salita su per la pista serpeggiante, verso il chiarore rosa pallido del sole che appariva tra due picchi. Ben presto, Jon e Spettro furono soli con la ragazza dei bruti.

Jon credette che Ygritte avrebbe cercato di fuggire. Invece lei rimase là, immobile, in attesa, a guardarlo.

«Non hai mai ucciso una donna, vero?»

Lui scosse il capo.

«Moriamo come gli uomini. Ma non c'è bisogno che mi uccidi. Mance ti prenderebbe con lui. Io lo so. Ci sono strade segrete. I corvi neri non ci prenderanno mai.»

«Io sono un corvo nero come loro» rispose Jon.

Ygritte annuì, rassegnata: «Mi bruci, dopo?».

«Non posso. Il fumo si può vedere.»

«È vero» lei scrollò le spalle. «Be' ci sono posti peggiori dove finire che nella pancia di una pantera-ombra.»

Jon estrasse Lungo artiglio dal fodero sulla schiena: «Non hai paura?».

«Ieri notte avevo paura» ammise lei. «Ma adesso è sorto il sole.» Spinse i capelli di lato, esponendo il collo. S'inginocchiò davanti a lui. «Colpisci bene, corvo, e colpisci forte. Altrimenti tornerò a tormentarti.»

Lungo artiglio non era pesante come Ghiaccio, la spada di lord Eddard, ma era anch'essa di acciaio di Valyria. Jon toccò la lama, segnando il punto d'impatto del fendente.

«Fa freddo» Ygritte rabbrividì «Avanti, fai presto.»

Jon sollevò Lungo artiglio sopra la testa, impugnandola a due mani. "Un unico colpo, caricando tutto il peso." Per lo meno, le avrebbe dato una morte rapida, pulita. Era pur sempre il figlio di suo padre. Non era forse così? *Non era forse così?*

«Fallo» esortò Ygritte dopo un momento. «Bastardo. *Fallo!* Non resto coraggiosa per sempre.»

La lama non calò. Ygritte sollevò il viso, incontrando gli occhi di lui.

Jon abbassò la spada: «Vattene».

Ygritte continuò a fissarlo.

«Vai adesso... Prima che il mio buonsenso ritorni. *Vattene!*»

Lei se ne andò.

SANSA

Il cielo a meridione era nero, invaso dal fumo che si sollevava da un centinaio di fuochi lontani, le sue dita fuligginose inghiottivano le stelle. Oltre il Fiume delle Rapide Nere, una linea di fuoco pulsava nella notte, estesa da un capo all'altro dell'orizzonte. Sulla riva di Approdo del Re, il Folletto aveva fatto incendiare l'intera sponda: moli, magazzini, case, bordelli, qualsiasi cosa si trovasse all'esterno delle mura.

Perfino dentro la Fortezza Rossa l'aria era impregnata dell'odore della cenere. Sansa incontrò ser Dontos nel parco degli dei. Lui le chiese perché avesse pianto.

«È colpa del fumo» mentì lei. «Sembra quasi che metà della foresta del re stia bruciando.»

«Lord Stannis usa il fumo per costringere allo scoperto i selvaggi del Folletto.» Parlando, Dontos barcollava. Era costretto a tenersi appoggiato al tronco di un castagno. Una chiazza di vino aveva scolorito le pezze rosse e gialle del suo costume da giullare. «I barbari delle Montagne della Luna uccidono i suoi esploratori e razziano le sue carovane. Anche loro hanno appiccato incendi. Il Folletto ha detto alla regina che Stannis farà meglio a insegnare ai suoi cavalli a mangiare cenere, perché non troverà un solo filo d'erba. L'ho sentito io che glielo diceva. Adesso che sono un giullare, sento cose che da cavaliere nemmeno mi sarei immaginato di sapere. Parlano come se non fossi neppure là, e...» si protese verso di lei, alitandole in faccia il suo fiato puzzolente di vino. «Il Ragno Tessitore paga in oro ogni più piccola informazione. Credo che Ragazzo di luna sia da anni uno dei suoi.»

"È ubriaco di nuovo, il mio povero Florian, per chiamarlo come fa lui stesso. Eppure non ho altri che lui." «È vero che lord Stannis ha bruciato la foresta del re a Capo Tempesta?»

Dontos annuì: «Ha dato fuoco agli alberi ammucchiati in una grande pira come offerta al suo nuovo dio, il Signore della Luce. È la sacerdotessa rossa che lo ha spinto a farlo. Dicono che adesso è lei a dominarlo, corpo e anima. Stannis ha anche giurato di bruciare il Grande Tempio di Baelor, se riuscirà a prendere la città».

«Faccia pure.» Quando Sansa aveva visto per la prima volta il Grande Tempio di Baelor, con le sue pareti di marmo e le sue sette torri di cristallo, aveva pensato che fosse la cosa più splendida al mondo. Ma questo era stato prima che Joffrey facesse decapitare suo padre sui gradini del luogo sacro. «Io voglio che venga ridotto in cenere.»

«Zitta, piccola, gli dei ti udiranno.»

«E perché dovrebbero? Non ascoltano mai le mie preghiere.»

«Sì, invece. Mi hanno mandato da te, non è forse così?»

Sansa staccò piccoli pezzi di corteccia da un albero. Sentiva la testa vuota, come se avesse la febbre. «Ti hanno mandato da me, ma tu che cosa hai fatto? Hai promesso di portarmi a casa, però sono ancora qui.»

Dontos le diede alcuni amichevoli colpetti sul braccio: «Ho parlato con un uomo che conosco, un buon amico mio… e anche amico tuo, mia lady. Avrà una nave veloce per portarci in salvo, al momento giusto».

«Il momento giusto è adesso» insisté Sansa. «Prima che abbiano inizio i combattimenti. Loro si sono dimenticati di me. Io so che potremmo scappare, se solo ci provassimo.»

«Piccola, piccola mia» Dontos scosse il capo. «Scappare dal castello? Sì, potremmo riuscirci, ma le porte della città adesso sono sorvegliate più che mai, e il Folletto ha addirittura bloccato qualsiasi accesso al fiume.»

Era vero. Sansa non aveva mai visto il Fiume delle Rapide Nere tanto sinistramente vuoto. Tutti i traghetti erano stati ritirati sulla sponda settentrionale. Quanto alle galee mercantili, o erano fuggite o erano state requisite dal Folletto per essere trasformate in scafi da guerra. Le uniche navi in vista erano le galee da battaglia del re. Si spostavano a remi avanti e indietro, senza sosta, tenendosi nelle acque profonde al centro del fiume, scambiando nugoli di frecce con gli arcieri di Stannis sulla riva sud.

Quanto a lord Stannis, lui era ancora in marcia. Ma due notti prima, con la luna nera, le sue avanguardie avevano fatto la loro comparsa. Approdo del Re si era risvegliata alla vista delle loro tende e dei loro stendardi. Cinquemila uomini, aveva sentito dire Sansa, quasi quanti gli uomini delle cappe dorate della Guardia cittadina. Innalzavano le mele verdi o rosse dei Fossoway, la tartaruga degli Estermont, la volpe circondata di fiori dei Florent. Al comando c'era ser Guyard Morrigen, un celebre cavaliere del Sud che adesso gli uomini chiamavano Guyard il Verde. Sul suo vessillo svettava un corvo in volo, con le ali nere aperte contro un cielo verde tempesta. Ma tra tutti, quelli che più preoccupavano la città erano i vessilli giallo pallido. Lunghe code frastagliate si agitavano su di essi come tentacoli di fuoco, e al posto dell'emblema di lord Baratheon, avevano il segno di un dio: il cuore incendiato del Signore della Luce.

«Quando anche Stannis sarà arrivato, il suo esercito sarà dieci volte più numeroso di quello di Joffrey, lo dicono tutti.»

«Non importa quanto è numeroso il suo esercito, piccola» Dontos le diede una piccola pacca sulla spalla. «Basta che rimanga dall'altra parte del fiume. Senza navi, Stannis non può attraversarlo.»

«Ma ha navi. Più di Joffrey.»

«È una lunga rotta da Capo Tempesta. La sua flotta sarà costretta ad aggirare l'Uncino di Massey, superare lo stretto e infine entrare nell'estuario delle Rapide nere. Forse gli dei manderanno loro una tempesta che li spazzerà via dai mari.» Dontos azzardò un sorriso speranzoso. «Non è facile per te, lo so. Ma devi essere paziente, piccola mia. Quando il mio amico sarà rientrato in città, avremo la nostra nave. Abbi fede nel tuo Florian, e cerca di non avere paura.»

Sansa affondò le dita nel palmo della mano. Sentiva la paura che le artigliava il ventre, era sempre peggio ogni giorno che passava. Incubi di quando la principessa Myrcella era salpata per Dorne continuavano a turbare le sue notti. Sogni oscuri, strangolanti, dai quali si svegliava di soprassalto nel cuore della notte, con il fiato mozzo. Udiva gente che urlava contro di lei, grida prive di parole intellegibili, come quelle degli animali. La circondavano da tutti i lati, gettandole rifiuti addosso, cercando di trascinarla giù dal cavallo. Avrebbero fatto ben di peggio se il Mastino non fosse intervenuto, aprendosi la strada fino a lei a colpi di spada. La folla aveva fatto a pezzi l'Alto Septon, aveva sfondato il cranio a ser Aron Santagar a colpi di pietra. "Cerca di non avere paura!"

L'intera città aveva paura, Sansa poteva vederlo dalle mura del castello. Il popolino si nascondeva dietro imposte chiuse e porte sbarrate, come se queste potessero realmente metterli al sicuro. L'ultima volta che Approdo del Re era caduta, alla fine della dinastia Targaryen, i soldati dei Lannister avevano saccheggiato e stuprato a piacimento, passando centinaia di persone a fil di spada a dispetto del fatto che la capitale avesse aperto loro le porte.

Questa volta, il Folletto era deciso a combattere. E la città sapeva di non potersi aspettare nessuna clemenza.

«Se fossi ancora un cavaliere» continuò a berciare Dontos «dovrei indossare un'armatura e andare sulle mura insieme agli altri. Forse dovrei baciare i piedi di re Joffrey e ringraziarlo con tutto il cuore.»

«Se tu lo ringraziassi per averti trasformato in un giullare ti farebbe nuovamente cavaliere» disse Sansa in tono sferzante.

Dontos ridacchiò: «La mia Jonquil è una ragazza astuta, non è vero?».

«Joffrey e sua madre dicono che sono stupida.»

«E tu lasciali dire. Sei più al sicuro così, cara. La regina Cersei e il Folletto e lord Varys e tutti quelli come loro non fanno altro che sorvegliarsi gli uni con gli altri come falchi predatori, pagano questo o quell'altro per spiarsi a vicenda... Mentre nessuno dà troppo peso alla figlia di lady Tanda, o sbaglio?» Dontos si portò una mano alla bocca, soffocando un rutto. «Che gli dei possano preservarti, mia piccola Jonquil.» Gli stavano venendo le lacrime agli occhi, per effetto del vino. «E adesso da' un bacetto al tuo Florian. Per buona fortuna.»

Barcollando, Dontos avanzò verso di lei. Sansa evitò le sue labbra umide protese in avanti, e lo baciò in fretta sulla guancia ispida. Gli augurò la buonanotte e si dileguò. Dovette fare ricorso a tutte le sue forze per non piangere. Aveva pianto troppo, negli ultimi tempi. Era poco signorile, lo sapeva, ma non le riusciva di controllarsi. Le lacrime scorrevano e basta, spesso per un nonnulla, e non c'era nulla che lei potesse fare per fermarle.

Il ponte levatoio che conduceva al Fortino di Maegor non era sorvegliato. Il Folletto aveva spostato la maggior parte delle cappe dorate sulle mura della città. Quanto ai cavalieri bianchi della Guardia reale, avevano doveri più importanti che starle addosso. Sansa poteva andare da qualsiasi parte volesse, a patto che non cercasse di lasciare il castello. Solo che non c'era nessuna parte dove volesse andare.

Superò il fossato asciutto, irto di crudeli rostri di ferro, e salì la stretta scala a chiocciola. Ma quando fu davanti alla porta della sua stanza, non riuscì a trovare la forza di entrare. Le sole pareti di quella camera bastavano a farla sentire in trappola. Perfino con la finestra spalancata aveva la sensazione di non riuscire a respirare.

Sansa continuò a salire. Il fumo degli incendi celava l'esile falce di luna crescente e nascondeva le stelle. Il tetto era buio e pieno d'ombre pesanti. Eppure, da lassù si riusciva comunque a vedere ogni cosa: le alte torri e i poderosi masti agli angoli della Fortezza Rossa, il labirinto di strade che si stendeva al di là, il nero corso del fiume a sud e a ovest, la baia a oriente, le colonne di fumo e di ceneri. E poi i fuochi, fuochi dappertutto. I soldati brulicavano sulle mura di Approdo del Re simili a formiche munite di torce, ammassandosi attorno alle barriere di rostri che ora sporgevano dai bastioni. Verso la Porta del Fango, stagliate contro le volute del fumo, Sansa individuò le forme vaghe di tre enormi catapulte, le più gigantesche che si fossero mai viste, le quali torreggiavano al di sopra delle mura di almeno dieci metri. Eppure, nessuna di quelle difese contribuì a diminuire la paura che provava. Un'improvvisa fitta la folgorò da parte a parte, talmente tormentosa che Sansa si afferrò il ventre, singhiozzando. Stava per accasciarsi a terra... Un'ombra si mosse. Dita forti l'afferrarono, la tennero in piedi.

Sansa si aggrappò a uno dei merli, le mani artigliavano la pietra scabra. «Lasciami andare!» gridò. «Lasciami andare!...»

«L'uccellino pensa di avere le ali, non è così? O forse hai intenzione di ridurti a una piccola storpia, come quel tuo fratello a Grande Inverno?»

Sansa si contorse nella stretta micidiale: «Non stavo per cadere. È che... mi hai colto alla sprovvista, ecco tutto».

«Vorrai dire che ti ho fatto paura. Che ti faccio ancora paura.»

Sansa fece un respiro profondo, cercando di calmarsi: «Ho pensato di essere sola, quassù. Io...» distolse lo sguardo.

«L'uccellino proprio non sopporta di guardarmi in faccia, non è vero?» Il Mastino la lasciò andare. «Però la mia faccia sei stata contenta di vederla quando quella folla ti ha preso, o forse non ti ricordi?»

Sansa ricordava anche troppo bene. Ricordava il modo in cui urlavano, il calore del sangue che scorreva sulla sua guancia quando un sasso l'aveva colpita, il fiato puzzolente d'aglio dell'uomo che aveva cercato di strapparla di sella. Poteva ancora sentire la morsa delle dita luride attorno al suo polso, quando aveva perso l'equilibrio, cominciando a cadere.

Era stata certa di stare per morire, ma poi le dita si erano aperte, tutte e cinque simultaneamente, e l'uomo aveva urlato come un cavallo ferito. Una mano diversa, più poderosa, l'aveva spinta nuovamente sulla sella. L'uomo dall'alito puzzolente d'aglio si contorceva a terra, con il sangue che pompava ritmicamente dal braccio mozzato di netto. Ma ce n'erano altri tutto attorno, alcuni armati di bastoni. Il Mastino era andato all'assalto, mulinando la spada, lasciandosi dietro una scia purpurea. Alla fine, il gruppo si era disperso urlando. Lui aveva riso, e per un momento il suo terribile volto ustionato si era come trasfigurato.

Sansa si costrinse a guardarlo, a guardarlo veramente. Era cortesia, e una lady non deve mai dimenticare la cortesia. "Le cicatrici non sono la cosa peggiore, e nemmeno il modo in cui la sua bocca si contorce. Sono i suoi *occhi*." Non aveva mai visto occhi così pieni di furore.

«Io... ecco, avrei dovuto venire da...» disse esitando. «A ringraziarti per... per avermi salvata... Sei stato così valoroso.»

«Valoroso?» La sua risata era una specie di ringhio. «Un cane non ha bisogno di coraggio per mettere in fuga dei ratti. Erano trenta contro uno, ma nessuno di loro ha osato affrontarmi.»

Sansa odiava quel suo modo di parlare, sempre tanto brutale, feroce. «Ti dà gioia fare paura alla gente?»

«No, mi dà gioia uccidere la gente» la bocca del Mastino si contorse. «Fa' pure tutte le smorfie che vuoi, ma risparmiami il falso pietismo. Tu sei di una cucciolata nobile. Non dirmi che lord Eddard Stark di Grande Inverno non ha mai ucciso nessuno.»

«Era suo dovere. Non gli è mai piaciuto uccidere.»

«Questo ti ha detto?» Sandor Clegane rise di nuovo. «Tuo padre ha mentito. Uccidere è la cosa più piacevole che esista.» Sfoderò la sua spada lunga. «Eccola qui, la tua verità. Il tuo prezioso padre l'ha scoperta sui gradini di Baelor. Lord di Grande Inverno, Primo Cavaliere del re, Protettore del Nord, il possente Eddard Stark, di una dinastia vecchia di ottomila anni... Ma la lama di Ilyn Payne si è aperta la strada nel suo collo comunque, o no? Ricordi quel balletto che si è fatto quando la sua testa si è staccata dalle spalle?»

Sansa si strinse le braccia attorno al petto, colta da un freddo improvviso: «Perché sei sempre così pieno d'odio? Io ti stavo *ringraziando...*».

«Ma certo, proprio come uno di quei *veri* cavalieri che ti piacciono tanto. Dimmi, ragazzina, a che cosa pensi che serva un cavaliere? Magari ad accettare il favore delle nobili signore, a fare bella figura in una corazza placcata d'oro? Un cavaliere serve per *uccidere*!»

Sandor Clegane appoggiò la lama contro il collo di lei, appena sotto l'orecchio. Sansa percepì il gelido filo dell'acciaio.

«Ho ucciso il mio primo uomo a dodici anni. Ho perso il conto di quanti altri ne ho uccisi dopo quel momento. Alti lord dai nomi antichi, grassi uomini ricchi vestiti di velluto, cavalieri gonfi d'onori come otri di vino, donne, bambini, sì, anche loro... Carne, nient'altro che carne, e io sono il macellaio. Che si tengano pure le loro terre e i loro dei e il loro oro. Che si tengano anche i loro *ser.*» Clegane sputò a terra davanti a lei, per spiegarle qual era la sua opinione dei *ser.* «Fino a quando io stringerò questa nel pugno» tolse la lama dalla gola di Sansa «non c'è uomo sulla terra di cui io abbia paura.»

"Eccetto tuo fratello." Ma questo, Sansa ebbe il buonsenso di non dirlo ad alta voce. "Sei davvero un mastino, Sandor, proprio come dici anche tu. Un cane rabbioso selvaggio a metà, che morde qualsiasi mano cerchi di accarezzarlo. E che al tempo stesso sbranerà chiunque cerchi di fare del male ai suoi padroni."

«Nemmeno degli uomini al di là del fiume hai paura?»

Lo sguardo di Sandor Clegane si spostò sui fuochi lontani: «Tutte quelle cose che bruciano...». Rinfoderò la spada. «Solamente i codardi combattono con il fuoco.»

«Lord Stannis non è un codardo.»

«Non è nemmeno l'uomo che era suo fratello. Robert Baratheon non si sarebbe mai fermato davanti a un fiume.»

«E tu? Che cosa farai quando Stannis lo attraverserà?»

«Combattere. Uccidere. Morire, forse.»

«Non hai paura? Gli dei potrebbero sprofondarti in chissà quali terribili inferi per tutto il male che hai fatto.»

«Quale male?» rise il Mastino. «Quali dei?»

«Gli dei che hanno creato tutti noi.»

«Tutti noi?» la schernì lui. «Dimmi qualcos'altro, uccellino, che razza di dio crea un mostriciattolo come il Folletto, o una povera mentecatta come la figlia di lady Tanda? Se gli dei esistono, per quale motivo hanno creato le pecore che vengono divorate dai lupi? Per quale motivo hanno creato i deboli con cui i forti si trastullano?»

«I veri cavalieri proteggono i deboli.»

Clegane grugnì: «Non esistono veri cavalieri, così come non esistono dei. Se non sei in grado di proteggerti da solo, allora muori e cedi il passo a quelli che ci riescono. Duro acciaio e braccia forti, ecco quello che domina il mondo. E farai meglio a non credere a nulla di diverso».

Sansa arretrò da lui: «Sei crudele».

«Sono onesto. È il mondo a essere crudele. Ora volatene via, uccellino. Mi sono stancato dei tuoi sguardi.»

Sansa scappò lontano, senza dire una parola. Aveva paura di Sandor Clegane... eppure una parte di lei desiderava che ser Dontos avesse un po' della ferocia del Mastino.

"Gli dei esistono" ripeté a se stessa. "E anche i veri cavalieri esistono. Tutto questo *non può* essere una menzogna."

Quella notte, gli incubi tornarono.

La folla l'assaliva da tutte le parti, urlando, come una belva furibonda dai mille volti. In qualsiasi direzione lei si girasse, non vedeva altro che facce distorte in maschere inumane, mostruose. Sansa pianse, disse loro di non aver commesso nulla di male. Inutile, la trascinarono ugualmente giù dal cavallo. «No, vi prego!» Li implorò. «Non fatelo! Non fatelo!» Nessuno le prestò alcuna attenzione. Chiamò in aiuto ser Dontos, chiamò i suoi fratelli, chiamò il suo defunto padre, chiamò la sua lupa, morta anche lei. Chiamò il galante ser Loras Tyrell, che al torneo le aveva offerto una rosa rossa. Ma nessuno di loro venne. Allora chiese aiuto agli eroi delle canzoni, Florian e ser Ryam Redwyne e il principe Aemon Targaryen, Cavaliere del Drago. Nessuno di loro la udì. Donne inferocite le furono addosso come un'orda famelica, graffiandole le gambe, prendendola a calci nello stomaco. Qualcuno la colpì in piena faccia e Sansa sentì i denti andare in pezzi. Poi vide qualcosa d'altro: il gelido lampeggiare dell'acciaio. La lama le affondò nel ventre. Si mise a dilaniare, a squarciare, finché di lei rimasero solo rossi brandelli gocciolanti...

Quando si risvegliò la pallida luce del mattino filtrava dalla finestra. Si sentiva stremata e dolorante, come se non fosse riuscita a chiudere occhio. C'era qualcosa di appiccicoso sulle sue cosce. Sansa gettò di lato le coperte. Sangue. Sulle lenzuola, sulla camicia da notte. L'unico pensiero che le attraversò la mente fu che in qualche modo l'incubo si era tramutato in realtà. Ricordò le lame dentro di lei, che si torcevano, che laceravano. Piena di orrore scalciò via le lenzuola e rotolò a terra. Aveva il respiro affannato. Era nuda, insanguinata, terrorizzata.

Ma mentre rimaneva là, carponi sulle pietre del pavimento, cominciò a comprendere. «No, per pietà» la voce di Sansa era un mugolio disperato. «Per pietà...» Non voleva che le accadesse *questo,* non adesso, non qui. Non adesso, non adesso, non adesso, non *adesso.*

La follia s'impossessò di lei. Si mise in piedi aggrappandosi alla testata del letto, corse a lavarsi le cosce nel bacile, fregando via gli appiccicosi aloni rossastri. Alla fine, l'acqua era rosa del sangue diluito. Ma quando le serve fossero arrivate, avrebbero visto, avrebbero capito. Poi si ricordò delle lenzuola. Tornò di corsa al letto, fissò con orrore l'ampia chiazza rossa, segno d'inequivocabile chiarezza. Doveva sbarazzarsene, Sansa non riusciva a pensare ad altro, altrimenti tutti avrebbero saputo. Non poteva permettere che accadesse. L'avrebbero costretta a sposare Joffrey, a giacere con lui.

Sansa impugnò il coltello e si avventò sul lenzuolo, tagliando via la parte di stoffa con la macchia. "Ma se mi chiedono del buco, che cosa gli dirò?" Le lacrime ruscellarono sul suo viso. "Devo bruciarle, queste lenzuola." Fece un fagotto del tessuto incriminante, lo cacciò nel caminetto, lo irrorò con l'olio della lanterna, vi appiccò il fuoco. Ma nemmeno quello bastò: il sangue era filtrato fino al materasso di piume. Così Sansa cercò di arrotolare anche quello, ma era grosso, ingombrante, difficile da muovere. Riuscì a comprimerne soltanto metà nel caminetto. Si mise in ginocchio, spingendo freneticamente il materasso nel fuoco, mentre spesso fumo grigio si gonfiava attorno a lei, invadendo la stanza. La porta venne aperta di schianto, Sansa udì il grido strozzato della sua cameriera.

Ci vollero tre di loro per strapparla al principio d'incendio. Ed era stato tutto per niente. Le lenzuola erano bruciate, ma quando le donne la trascinarono lontano dal materasso, le sue cosce erano nuovamente viscide di sangue. Il suo stesso corpo l'aveva tradita, dispiegando un vessillo nel porpora dei Lannister, in modo che l'intero universo potesse vedere.

Spente le fiamme, portarono via il materasso bruciacchiato, fecero uscire quasi tutto il fumo e prepararono una vasca. Donne andarono e venirono, mugugnando a bassa voce, guardandola in modo strano. Riempirono la vasca d'acqua bollente, le fecero il bagno, le lavarono i capelli e infine le diedero una pezzuola di stoffa da mettersi tra le gambe. A quel punto, Sansa aveva riacquistato la calma, ed era piena di vergogna per essersi comportata in quella maniera folle. Il fumo aveva rovinato la maggior parte dei suoi vestiti. Una delle donne andò a prendere una tunica di lana verde che era quasi della sua taglia. «Non è graziosa come le tue cose, ma andrà bene comunque» disse quando ebbe aiutato Sansa a infilarla. «Le tue scarpe non sono bruciate, almeno non sarai costretta ad andarci a piedi nudi dalla regina.»

Cersei Lannister stava facendo colazione quando Sansa venne introdotta nel suo solarium.

«Puoi accomodarti» esortò graziosamente la regina. «Hai fame?» Accennò alla tavola. Era imbandita con porridge, latte, uova bollite, croccante pesce fritto.

La sola vista del cibo diede a Sansa la nausea. Aveva lo stomaco attorcigliato. «No, grazie, Maestà.»

«Non ti do torto. Tra Tyrion e lord Stannis, tutto quello che mangio sa di cenere. E ora, anche tu ti sei messa ad appiccare incendi. Che cosa pensavi di fare?»

Sansa chinò il capo: «Il sangue mi ha spaventata».

«Il sangue è il sigillo del tuo essere diventata donna. Lady Catelyn ti avrà pur preparata per questo momento. Hai avuto il tuo primo sboccio, nulla di più.»

Sansa non si era mai sentita meno simile a un fiore: «La lady mia madre mi ha parlato. Io però… avevo pensato che sarebbe stato diverso».

«Diverso come?»

«Non so. Meno… pasticciato. Più magico.»

La regina Cersei rise: «Aspetta solo di avere un figlio, Sansa. La vita di una donna è per nove decimi un pasticcio e magia per il decimo che rimane. Qualcosa che non ci metterai molto a imparare… e i decimi che sembrano magici, alla fine si rivelano i più pasticciati di tutti». Bevve un sorso di latte. «Così ora sei una donna. Hai idea di che cosa significa?»

«Significa che ora sono in condizioni di essere sposata e portata a letto» rispose Sansa. «Per dare figli al mio re.»

La regina le concesse un pallido sorriso: «Prospettiva che ora non trovi più seducente come un tempo, posso vederlo con chiarezza. Non posso biasimarti. Joffrey è sempre stato difficile. Perfino alla sua nascita… sopportai un giorno e una notte di doglie per portarlo in questo mondo. Nemmeno puoi immaginare il dolore, Sansa. Urlai talmente forte da pensare che Robert mi avrebbe udito fino nella foresta del re».

«Sua Grazia non era con te?»

«Robert? Oh, Robert era a caccia. Era quella la sua abitudine. Ogni volta che il mio tempo si avvicinava, il mio regale marito se ne scappava tra gli alberi in compagnia dei suoi cacciatori e dei suoi segugi. Al suo ritorno, mi offriva qualche pernice e una testa di cervo. E io gli offrivo un bambino.

«Non che io *volessi* che lui ci fosse, siamo chiari. Avevo con me il Gran maestro Pycelle e un esercito di levatrici. E avevo con me mio fratello. Quando dissero a Jaime che non poteva essere presente al parto, lui sorrise. Poi volle sapere chi di loro avrebbe tentato di tenerlo fuori.

«Dubito molto però che Joffrey darebbe prova di una simile devozione nei tuoi confronti. Potresti ringraziare tua sorella per questo, se non fosse morta. Joffrey non ha mai potuto dimenticare quel giorno sul Tridente, quando tu fosti testimone della vergogna che Arya gli inflisse. Così ora quella vergogna lui la infligge a te. Ma sei più forte di quanto sembri. Immagino che tu sopravviverai a un po' di umiliazioni. Io l'ho fatto. Potrai anche non amare il tuo re, ma di sicuro amerai i suoi figli.»

«Io amo sua Grazia con tutto il cuore.»

«Farai meglio a imparare alcune nuove menzogne, e anche in fretta» la regina sospirò. «Questa in particolare a lord Stannis non piacerà, te lo garantisco.»

«Il nuovo Alto Septon ha detto che gli dei non permetteranno mai a lord Stannis di vincere, perché è Joffrey il re di diritto.»

«Primogenito ed erede di Robert» un mezzo sorriso apparve sul viso della regina. «Però, ogni volta che Robert lo prendeva in braccio, Joffrey si metteva a piangere. Questo a Sua Grazia non piaceva. I suoi bastardi gli hanno sempre fatto una gran festa, succhiandogli il dito quando lui lo infilava nelle loro piccole bocche di bastardi. Robert voleva sorrisi e applausi, sempre. Per cui andò là dove poteva trovarli: dai suoi amici e dalle sue baldracche. Robert voleva essere amato. Mio fratello Tyrion è afflitto dalla stessa malattia. E tu, Sansa? Anche tu vuoi essere amata?»

«Ognuno di noi vuole essere amato.»

«Vedo che il tuo primo sboccio non ti ha reso affatto più intelligente» rispose Cersei. «Sansa, lascia che condivida con te, in questo giorno così speciale, un briciolo di saggezza femminile. L'amore è veleno. Un dolce veleno, certo, ma che comunque uccide.»

JON

Dominava l'oscurità sul passo Skirling. I grandi fianchi di pietra della montagna celavano il sole per la maggior parte del giorno. Così i confratelli neri cavalcarono nelle ombre, con il fiato degli uomini e dei cavalli che si condensava nell'aria gelida. Dai manti nevosi in quota, gli esili rivoli d'acqua del disgelo colavano ad alimentare piccole pozze dalla superficie congelata, la cui crosta s'incrinava e si spezzava sotto gli zoccoli dei destrieri. Qua e là, i guardiani della notte vedevano alcuni rovi cercare di aprirsi la strada tra le fenditure, e rade chiazze di lichene aggrappate al granito. Ma non c'era erba, e ormai si trovavano ben al di sopra degli alberi.

Il sentiero era ripido e si snodava sempre in salita. Nei punti in cui il passo si stringeva permettendo l'avanzata di una persona per volta, era Scudiero Dalbridge ad aprire il cammino, esplorando con lo sguardo i picchi incombenti, con l'arco lungo a portata di mano. Dicevano che avesse gli occhi più acuti dell'intera confraternita dei guardiani della notte.

Spettro si muoveva senza sosta a fianco di Jon. Di tanto in tanto, si fermava e tornava indietro, le orecchie dritte, come se udisse qualcosa alle loro spalle. Jon non pensava che le pantere-ombra si mettessero ad attaccare degli uomini vivi, a meno che non fossero stremate dalla fame. Tolse comunque il cinghietto al fodero di Lungo artiglio.

Il punto più alto del passo era segnato da un arco di pietra grigia scavata dal vento. Al di là, la pista si allargava e cominciava a scendere verso la valle del Fiumelatte. Qhorin decise che si sarebbero fermati là finché le ombre non avessero ricominciato ad allungarsi. «Le ombre sono amiche degli uomini in nero» dichiarò.

Jon ne vedeva la logica. Sarebbe stato piacevole poter cavalcare un po' alla luce del giorno, in modo che il sole d'alta montagna filtrasse attraverso i loro abiti e scacciasse il freddo che avevano nelle ossa, ma non osavano farlo. Dove c'erano tre sentinelle dei bruti, potevano essercene anche altre, pronte a dare l'allarme.

Stonesnake si raggomitolò nella sua sdrucita cappa di pelliccia e si addormentò immediatamente. Jon condivise la sua carne salata con Spettro ed Ebben, Scudiero Dalbridge diede da mangiare ai cavalli. Qhorin il Monco sedette con la schiena appoggiata contro una roccia, affilando la sua spada lunga con passate lente, precise. Jon rimase a osservarlo per alcuni momenti, alla fine chiamò a raccolta il coraggio e andò da lui.

«Mio lord, non mi hai chiesto com'è andata. Con quella ragazza, intendo.»

«Non sono un lord, Jon Snow» la mano mutilata di Qhorin continuò a far scivolare la pietra sul taglio della spada.

«Mi ha detto che Mance Rayder mi avrebbe accolto tra i suoi, se fossi scappato con lei.»

«Ti ha detto il vero.»

«Ha addirittura suggerito che avremmo potuto essere dello stesso sangue. Mi ha raccontato una storia…»

«… Bael il Bardo e la rosa di Grande Inverno. Stonesnake me lo ha riferito. La conosco anch'io, quella storia. Mance era solito cantarla, molto tempo fa, rientrando dalle pattuglie. Aveva una passione per la musica dei bruti. *Già,* e anche per le loro donne.»

«Tu lo conoscevi?»

«Tutti noi lo conoscevamo» c'era un velo di tristezza nella voce di Qhorin.

"Erano amici oltre che confratelli neri" si rese conto Jon. "E adesso sono nemici giurati." «Come mai disertò?»

«Per una donna, dicono alcuni. Per la corona, secondo altri» Qhorin tastò il filo della spada con il polpastrello del pollice. «A Mance piacevano le donne, è vero. E non era un uomo da sottomettersi facilmente, anche questo è vero. Ma non basta. Amava le terre selvagge più della Barriera. Le terre selvagge erano nel suo sangue. Era un figlio dei bruti, preso da piccolo quando alcuni predoni vennero passati a fil di spada. Quando disertò la Torre delle Ombre, stava semplicemente tornando a casa.»

«Era un bravo ranger?»

«Mance Rayder era il migliore di tutti noi» rispose il Monco «e anche il peggiore. Sono solo gli stolti come Thoren Smallwood che disprezzano i bruti. Sono valorosi quanto noi, Jon, e altrettanto forti, rapidi, astuti. Una cosa però non hanno: la disciplina. Chiamano se stessi il popolo libero, e ognuno di loro crede di essere buono come un re e più saggio di un maestro della Cittadella. Anche Mance la pensava così. Non ha mai imparato a obbedire.»

«Nemmeno io l'ho imparato» confessò Jon a voce bassa.

Gli intelligenti occhi grigi di Qhorin parvero leggere ogni cosa dentro di lui: «Quindi l'hai lasciata andare?». Non sembrava minimamente sorpreso.

«Lo sapevi?»

«Lo so adesso. Dimmi, per quale ragione l'hai risparmiata?»

«Mio padre non ha mai fatto ricorso al boia» per Jon fu difficile trovare le parole adatte. «Sosteneva che chi toglie la vita a un altro uomo ha il dovere di guardarlo negli occhi e di udire le sue ultime parole. E quando ho guardato Ygritte negli occhi, io...» Jon fissò le proprie mani, sconfitto. «Sapevo che era un nemico, ma non c'era malvagità in lei.»

«Non più di quanta ce ne fosse stata negli altri due.»

«Erano le loro vite o le nostre» rispose Jon. «Se ci avessero visto, se avessero suonato quel corno...»

«I bruti ci avrebbero dato la caccia per ucciderci, è vero.»

«Ora è Stonesnake ad avere il corno. Abbiamo preso anche l'ascia e il coltello di Ygritte. Lei è dietro di noi, a piedi, disarmata...»

«Ed è difficile che rappresenti una minaccia» concordò Qhorin. «Se l'avessi voluta morta, l'avrei lasciata con Ebben, o l'avrei uccisa io stesso.»

«E allora perché hai dato a me quell'ordine?»

«Io non ti ho dato nessun ordine. Ti ho solo detto di fare quanto andava fatto, lasciando a te la decisione.» Qhorin si alzò, infilando la spada nel fodero. «Quando voglio che qualcuno scali una montagna, chiamo Stonesnake. Se è necessario piantare una freccia nell'occhio di un nemico dalla parte opposta di un campo di battaglia battuto dal vento, lo dico a Scudiero Dalbridge. Ebben sa come strappare segreti a chiunque. Per comandare degli uomini, Jon Snow, quegli stessi uomini li devi conoscere. Adesso, io conosco te meglio di quanto non ti conoscessi questa mattina.»

«E se l'avessi uccisa?»

«Lei sarebbe morta, e io comunque ti conoscerei meglio di prima. Abbiamo parlato abbastanza. Ora cerca di dormire. Abbiamo molte leghe da percorrere e pericoli da affrontare. Ti servirà tutta la tua forza.»

Jon dubitava che il sonno sarebbe venuto facilmente, ma sapeva anche che il Monco aveva ragione. Trovò un punto riparato dal vento, al di sotto di un grande sperone di roccia. Si tolse la cappa in modo da usarla come coperta.

«Spettro» chiamò. «Qui. Da me.»

Jon dormiva sempre meglio con il grande lupo albino accanto a sé. C'era qualcosa di confortante nel suo odore ferale, nel calore che emanava dal suo bianco pelo arruffato. Ma questa volta, Spettro si limitò a dargli una rapida occhiata. Poi si voltò, aggirò il gruppo dei cavalli e svanì chissà dove. "Vuole cacciare" si disse Jon. Potevano esserci delle capre su quelle montagne. Le pantere-ombra dovevano pure nutrirsi di qualcosa.

«Cerca solo di non prendertela con uno di quei gatti» borbottò Jon. Un simile confronto sarebbe stato pericoloso perfino per un meta-lupo. Jon si raccolse nel mantello e si sistemò sotto la roccia.

Sognò un sogno di lupi.

Erano cinque, mentre avrebbero dovuto essere sei. Ed erano sparpagliati, lontani l'uno dall'altro. Percepì un vuoto profondo, un senso di cupa incompletezza. La foresta era enorme e fredda, e loro erano così piccoli, così sperduti. I suoi fratelli si trovavano da qualche parte là fuori, e anche sua sorella, ma lui aveva smarrito il loro odore. Sedette sulle zampe posteriori, sollevando il muso al cielo che imbruniva. Il suo ululato echeggiò nella foresta, solitario, lamentoso. Mentre gli echi del richiamo svanivano, drizzò le orecchie, rimanendo in attesa di una risposta. Ma l'unica risposta fu il sospiro della neve vorticosa.

"Jon?"

Arrivò da dietro di lui, più impercettibile di un sussurro, eppure forte. Può un urlo essere silenzioso? Voltò il capo, alla ricerca di suo fratello, della fugace visione di una scattante forma grigia in movimento nella foresta. Ma non c'era niente, soltanto...

Un albero-diga.

Pareva crescere dalla solida roccia, le radici pallide salivano a contorcersi da una miriade di fenditure, di crepe esili come tagli. Era snello rispetto ad altri alberi-diga che aveva visto, poco più di un germoglio. Ma mentre l'osservava, la pianta continuava a crescere, i rami s'ingrossavano, protendendosi verso il cielo. Cautamente, aggirò il tronco finché non si trovò di fronte al volto scolpito. Degli occhi rossi lo fissavano. Occhi pieni di dura fierezza, eppure lieti di vederlo. Il volto nell'albero-diga era il volto di suo fratello. Ma suo fratello li aveva sempre avuti quei *tre occhi*?

"Non sempre", il grido silenzioso tornò. "Non prima del corvo."

Annusò la corteccia livida. Sentì odore di lupo e d'albero e di ragazzo. Ma dietro di loro c'erano anche altri odori. Quello ricco, scuro della terra calda, e la ruvida presenza grigia della pietra. E poi qualcosa d'altro. Un odore nero, terribile. Morte, stava percependo l'odore della morte. Arretrò di colpo, con il pelo che gli si rizzava sulla schiena, scoprendo le zanne.

"Non avere paura. Mi piace il buio. Loro non possono vederti, ma tu puoi vedere loro. Prima, però, devi aprire gli occhi. Vedi? Così..."

L'albero si protese verso di lui e lo toccò.

Di colpo, fu di nuovo in cima alla montagna. Le sue zampe affondarono in un cumulo di neve. Era immobile sull'orlo di una voragine. Davanti a lui, il passo Skirling si spalancava su un vuoto pieno di vento. Più in basso, simile a una trapunta colorata, si apriva una lunga valle a V, immersa nei colori di un pomeriggio d'autunno.

L'estremo più lontano della valle era sbarrato da una parete bianco azzurra, che premeva contro le montagne come se le avesse appena spinte da parte a forza. Per un momento, credette di essere tornato al Castello Nero, alla Barriera. Ma quella non era la Barriera, era un fiume di ghiaccio alto forse migliaia di metri. Sotto l'immane parete gelida si allargava un grande lago, le acque blu cobalto riflettevano i picchi incappucciati di neve tutto attorno. C'erano degli uomini sul fondo della valle, adesso poteva vederli. Molti uomini, migliaia, un gigantesco esercito. Alcuni di loro stavano scavando enormi buchi nella terra semicongelata, altri si addestravano alla guerra. Guardò una brulicante massa di cavalieri, in sella a cavalli non più grandi di formiche, andare all'assalto di un muro di sbarramento. I rumori della battaglia erano come un fruscio di foglie d'acciaio che stormivano debolmente nel vento. Non c'era alcuna costruzione nell'accampamento, né trincee, né barriere di rostri, né precise linee di cavalli. Rozzi rifugi di terra e tende di pelli crescevano da tutte le parti in modo caotico, simili a vesciche che punteggiavano la faccia della terra. Individuò mucchi di fieno, sentì odore di capre e di pecore, di cavalli e di maiali, di un gran numero di cani. Tentacoli di fumo scuro si levavano da migliaia di bivacchi.

"Questo non è un esercito, e neanche una città. Questa è l'adunata di un intero popolo."

Dall'altra parte del lago, uno dei cumuli si mosse. Osservò con più attenzione. Non si trattava di terra, era qualcosa di vivo. Una bestia colossale, coperta di una folta pelliccia marrone, con il naso che pareva un grosso serpente e le zanne addirittura più imponenti di quelle del cinghiale più grande mai esistito. Anche la creatura che c'era sopra era colossale, e la sua forma era tutta sbagliata, le gambe troppo tozze, i fianchi troppo larghi per essere un uomo.

Una raffica di vento gelido gli sollevò il pelo. Nell'aria si sentì un forte sbattere di ali. Alzò gli occhi sulle incombenti montagne coperte di ghiaccio. Un urlo lacerante parve squarciare il cielo. Penne blu e grigie, sempre più grandi, oscurarono il sole...

«*Spettro!*» urlò Jon rizzandosi a sedere. Poteva sentire gli artigli, il *dolore*. «Spettro, da me!»

«Zitto!» Ebben corse ad afferrarlo, a scuoterlo. «Vuoi tirarci addosso i bruti? Ma che ti prende, ragazzo?»

«Un sogno» disse Jon flebilmente. «Ero Spettro. Ero sulla cima della montagna e guardavo in basso, verso un fiume gelato. Poi qualcosa mi ha attaccato. Un uccello... un'aquila, credo...»

Scudiero Dalbridge sorrise: «Ci sono sempre delle donne graziose nei miei sogni. Vorrei sognare più spesso».

Anche Qhorin si avvicinò a Jon: «Un fiume gelato, dici?».

«Il Fiumelatte nasce da un grande lago ai piedi di un ghiacciaio» aggiunse Stonesnake.

«C'era un albero con la faccia di mio fratello» riprese Jon. «E i bruti... erano *migliaia*, più di quanti avrei mai creduto ne potessero esistere. E c'erano giganti che cavalcavano dei mammut.»

La luce era mutata. Jon valutò di aver dormito quattro, forse cinque ore. La testa gli doleva e il collo, là dove gli artigli avevano scavato, era in fiamme. "Ma questo è stato nel sogno..."

«Dimmi quello che ricordi» insisté Qhorin il Monco. «Dal principio alla fine.»

Jon era confuso: «Ma era soltanto un sogno...».

«Un sogno di lupo» disse il Monco. «Craster ha detto al lord comandante Mormont che i bruti si stanno raccogliendo alle sorgenti del Fiumelatte. Forse è per questo che hai sognato. O forse hai visto quello che ci aspetta, a poche ore di marcia da qui. Raccontami, Jon.»

Continuò a sentirsi uno sciocco nel dire quello che disse a Qhorin e agli altri ranger, ma obbedì all'ordine. Nessuno dei confratelli neri rise di lui. E quando ebbe finito, anche Scudiero Dalbridge aveva smesso di sorridere.

«Metamorfo?» disse Ebben cupamente, guardando Qhorin.

"Parla dell'aquila?" si chiese Jon "o di *me*?" I metamorfi e i morti viventi appartenevano alle storie della Vecchia Nan, non al modo in cui aveva trascorso tutta la sua vita. Ma qui, in queste strane e tetre terre selvagge fatte di roccia e di ghiaccio, forse non era poi così difficile accettare che potessero esistere.

«I venti gelidi si stanno levando» disse Qhorin. «Questo, Mormont lo temeva. E anche Benjen Stark lo aveva percepito. Gli uomini morti camminano e gli alberi hanno nuovamente occhi. Perché non dovremmo credere ai mostri e ai giganti?»

«Significa che anche i miei sogni sono veri?» chiese Scudiero Dalbridge. «Che lord Snow se li tenga pure, i suoi mammut. Io mi tengo le mie donne.»

«Servo nella confraternita da quando ero ragazzo, e mi sono avventurato molto lontano» disse Ebben. «Ho visto scheletri di giganti, e ho sentito molte strane storie, ma nulla di più. Se i giganti esistono, voglio vederli con questi occhi.»

«Sta' attento che loro non vedano te, Ebben» disse Stonesnake.

Spettro non riapparve, così i ranger si rimisero in marcia. Le ombre, ormai, avevano invaso tutto il passo. Il sole stava svanendo rapidamente dietro i due frastagliati picchi gemelli della titanica montagna che i confratelli chiamavano Punta di Forca. "Se il sogno era vero..." al solo pensiero, Jon ebbe paura. E se l'aquila aveva davvero attaccato Spettro, se l'aveva spinto nel baratro? Di colpo, l'aria si fece più fredda. Avevano cessato di salire. In realtà, il terreno aveva cominciato a scendere, anche dolcemente. La pista era disseminata di crepe, massi spaccati, mucchi di rocce frantumate. "Tra poco sarà buio, e ancora nessuna traccia di Spettro." Jon aveva il cuore il gola, ma non osava rischiare di richiamare il meta-lupo ad alta voce come avrebbe voluto. In ascolto, poteva esserci anche *qualcun* altro.

«Qhorin» esclamò Scudiero Dalbridge a bassa voce. «Lassù. Guarda.»

L'aquila era appollaiata su una dorsale rocciosa sopra di loro, una forma di un nero compatto contro il cielo sempre più scuro. "Abbiamo visto anche altre aquile" pensò Jon tra sé e sé. "Quello potrebbe non essere affatto il rapace del sogno."

Ebben sollevò il proprio arco.

«È fuori tiro» lo fermò Scudiero Dalbridge.

«Non mi piace che ci stia osservando.»

«Neanche a me, ma non riusciremo ad abbatterla» lo scudiero si strinse nelle spalle. «Butteresti via una buona freccia e basta.»

Qhorin rimase immobile sulla sua sella, studiando l'aquila per un lungo momento. «Andiamo avanti» decise alla fine. I ranger ripresero nuovamente a scendere.

"Spettro..." Jon dovette fare un sforzo per non mettersi a urlare. "Dove sei?"

Fece per seguire Qhorin e gli altri quando notò una chiazza bianca tra due massi. "Nient'altro che un cumulo di neve vecchia..." Il cumulo si mosse. In un lampo, Jon saltò giù da cavallo. Corse a inginocchiarsi vicino alla forma bianca. Spettro sollevò il muso a guardarlo, con il dorso rosso e scintillante. Il meta-lupo albino non emise alcun suono quando Jon si tolse un guanto e lo toccò. Gli artigli dell'aquila avevano scavato sentieri sanguinosi nel pelo bianco e nella carne di Spettro. Il predatore alato però non era riuscito a spezzargli il collo.

Qhorin fu in piedi alle spalle di Jon: «Quanto è grave?».

Quasi a rispondergli, Spettro arrancò e si mise in piedi.

«È un lupo forte» disse il Monco. «Ebben: dell'acqua. Stonesnake: il tuo otre di vino. Jon: tienilo fermo.»

Insieme, lavarono via il sangue che incrostava il pelo del meta-lupo. Spettro si divincolò ed espose minacciosamente le zanne quando Qhorin versò del vino sui solchi arrossati scavati dall'aquila. Jon avvolse le braccia intorno a lui e gli bisbigliò all'orecchio, riuscendo a calmarlo. Infine, strapparono una striscia di lana dal mantello di Jon e la usarono per fasciare le ferite. Ormai era calata la notte. Solamente una manciata di stelle remote permetteva di distinguere il nero del cielo dal nero della roccia.

«Andiamo avanti ancora?» chiese Stonesnake.

«No» rispose Qhorin montando sul suo destriero. «Torniamo indietro.»

«Indietro?» Jon rimase sorpreso.

«Le aquile hanno occhi più acuti degli uomini. Siamo stati avvistati.» Il Monco si avvolse una lunga sciarpa nera attorno al volto. «Ci ritiriamo.»

Gli altri ranger si scambiarono delle occhiate, ma nessuno di loro si mise a discutere. A uno a uno, montarono in sella e girarono i cavalli verso casa.

«Spettro» chiamò Jon. «Vieni.»

Il meta-lupo lo seguì, un'ombra pallida in movimento nelle tenebre.

Cavalcarono tutta la notte seguendo nuovamente i meandri del passo, evitando le insidie del terreno fratturato. Il vento si fece più forte. In certi punti, l'oscurità era talmente fitta da costringerli a smontare e proseguire a piedi, tirandosi dietro i cavalli. Ebben arrivò a suggerire di accendere qualche torcia. «Niente fuoco» sentenziò Qhorin, il che pose fine a quella conversazione.

Raggiunsero l'arco di pietra nel punto più alto dello Skirling e ripresero a discendere dalla parte opposta. Chissà dove, nel buio, una pantera-ombra ringhiò di furore, e il ruggito rimbalzò sui contrafforti aspri, tramutandosi in un coro di predatori fantasma. Jon credette anche di vedere un paio di occhi brillare su un cornicione sopra di loro, grandi come le lune della notte del raccolto.

Nell'ora tenebrosa che precede l'alba, si fermarono ad abbeverare i cavalli, dando loro qualche manciata di avena e di biada.

«Non siamo lontani dal punto in cui i bruti sono morti» disse Qhorin. «Da qui, un uomo è in grado di fermarne cento. Se è l'uomo adatto.»

Il suo sguardo si spostò su Scudiero Dalbridge.

Il ranger chinò il capo: «Lasciatemi quante più frecce potete, fratelli». Passò la mano sul suo arco lungo. «E date una mela al mio cavallo quando rientrate. Se l'è guadagnata, povera bestia.»

"Rimane qui a morire" si rese conto Jon.

Qhorin serrò una mano guantata sull'avambraccio di Scudiero Dalbridge: «Se quell'aquila torna a guardare giù...».

«... le spunteranno delle nuove penne.»

Scudiero Dalbridge cominciò a salire su per l'angusto sentiero che portava alla sommità. Fu l'ultima volta che Jon Snow lo vide.

Un'alba gelida, in un cielo privo di nubi. Jon individuò un punto nero muoversi nell'immensità color blu profondo. Anche Ebben lo vide, imprecò.

Qhorin impose il silenzio: «Ascoltate».

Jon trattenne il fiato. E udì. Molto lontano dietro di loro, il richiamo di un corno da caccia echeggiò sulla cordigliera.

«Eccoli che arrivano» disse Qhorin il Monco.

TYRION

Podrick Payne procedette a vestirlo per la prova che lo aspettava, aiutandolo a indossare una tunica di velluto nel colore porpora dei Lannister. Gli portò anche la catena del suo imperio. Tyrion, però, preferì lasciarla sul tavolino accanto al letto. A Cersei non piaceva le venisse rammentato che era il Primo Cavaliere del re, e il Folletto non aveva alcuna intenzione di esacerbare ulteriormente i loro rapporti.

Varys lo raggiunse mentre stava attraversando il cortile. «Mio lord» esordì l'eunuco, un po' a corto di fiato. «È meglio che tu legga questo immediatamente.» C'era una pergamena in una delle sue mani candide e delicate. «Un rapporto dal Nord.»

«Buone notizie» chiese Tyrion «o cattive?»

«Questo non spetta a me giudicarlo.»

Tyrion dispiegò il documento. Fu costretto a stringere le palpebre per riuscire a leggere il testo alla luce sanguigna delle torce che illuminavano il cortile della Fortezza Rossa.

«Dei misericordiosi...» disse in un soffio. «Tutti e due?»

«Temo di sì, mio lord. È così triste. Così terribilmente triste. Così giovani, così innocenti...»

Tyrion ricordò il modo in cui i meta-lupi avevano ululato quando il giovane Stark era caduto dalla torre. "E ora? Staranno ululando di nuovo?" «Ne hai fatto parola con qualcuno?»

«Non ancora. Anche se, naturalmente, dovrò farlo.»

Tyrion riavvolse la pergamena: «Lo dirò io a mia sorella».

Voleva vedere come avrebbe preso la notizia. Voleva *veramente* vederlo.

Cersei Lannister appariva particolarmente bella, quella notte. Indossava un abito molto scollato di un velluto color verde scuro che esaltava il verde dei suoi occhi. I suoi capelli dorati le ricadevano sulle spalle nude. Stretta attorno alla vita aveva una cintura intrecciata cosparsa di smeraldi. Prima di tenderle la lettera, Tyrion si accomodò e si fece servire una coppa di vino. Non disse una sola parola. Cersei ammiccò con aria innocente e prese la pergamena dalla tozza mano di lui.

«Spero che tu sia soddisfatta» disse Tyrion mentre lei leggeva. «Il giovane Stark lo volevi morto, se non sbaglio.»

«È stato Jaime a gettarlo dalla finestra di quella torre, non io» Cersei ebbe un'espressione acida. «Per amore, così disse, come se la cosa mi potesse fare piacere. Fu un gesto stupido, e pericoloso. Ma quando mai il nostro caro fratello si è soffermato a pensare ai suoi gesti?»

«Il ragazzo vi vide» commentò Tyrion.

«Era solo un bambino. Sarei stata in grado di spaventarlo abbastanza da fargli tenere la bocca chiusa» la regina osservò pensosamente la pergamena. «Per quale motivo, ogni volta che uno Stark si spezza un'unghia, devo sempre ritrovarmi sotto accusa? Questa è opera di Theon Greyjoy. Io non sono affatto coinvolta.»

«Auguriamoci che anche lady Catelyn Stark sia dello stesso avviso.»

Cersei spalancò gli occhi: «Non crederai che possa...».

«... uccidere Jaime? Perché no? *Tu* che cosa faresti se Joffrey e Tommen venissero assassinati?»

«Io continuo ad avere Sansa!» replicò la regina.

«*Noi* continuiamo ad avere Sansa» la corresse Tyrion. «E di lei faremo bene a prenderci la miglior cura. Dopo di che, dolce sorella, dove sarebbe questa cena che mi avevi promesso?»

Cersei sedeva a una tavola riccamente imbandita, non si poteva negarlo. Cominciarono con un cremosa zuppa di castagne, crostini di pane abbrustolito e verdura condita con salsa di mele e pinoli. Poi venne sformato di lampreda, prosciutto al miele, carote al burro, fagioli bianchi e pancetta affumicata, cigno arrosto con ripieno di funghi e ostriche. Tyrion fu meravigliosamente cortese: offrì alla sorella le migliori porzioni di ogni singola portata, e fu attento nel mangiare le stesse cose che mangiò lei. Non che pensasse realmente che lei lo avrebbe avvelenato, ma la prudenza non era mai troppa. La notizia sugli Stark, però, aveva messo Cersei di pessimo umore, al Folletto questo non sfuggì.

«Notizie da Ponteamaro?» chiese la regina in tono ansioso mentre spalmava un po' di salsa di mele su un crostino, mangiando poi a morsi piccoli, delicati.

«Nessuna.»

«Non mi sono mai fidata di Ditocorto. Per il giusto prezzo, si metterebbe con Stannis in un baleno.»

«Stannis Baratheon è troppo maledettamente integerrimo per comprare qualcuno. Né sarebbe un signore facile per un soggetto come Petyr Baelish. Questa guerra continua a creare strane coppie, siamo d'accordo, ma proprio quei due?» Tyrion tagliò alcune fette di prosciutto. «Non penso davvero.»

«È lady Tanda che dobbiamo ringraziare per il maiale.»

«Un pegno del suo amore per noi?»

«Un tentativo di corruzione» precisò Cersei. «Non la smette d'implorare che le venga concesso di fare ritorno al suo castello. È una decisione che spetta a entrambi. Ritengo che abbia paura che tu la faccia arrestare lungo la strada, come hai fatto con lord Gyles.»

«Intende forse scappare con l'erede al trono?» Tyrion servì una fetta di prosciutto alla sorella e ne prese un'altra per sé. «Ma sarebbe meglio che restasse. Se vuole sentirsi più al sicuro, dille che faccia pure venire la sua guarnigione da Stokeworth, tutti gli uomini che ha.»

«Se siamo tanto a corto di uomini, perché hai mandato via i tuoi selvaggi?» nel tono di Cersei affiorò una punta polemica.

«Per l'oro che ci costano, era l'uso migliore» replicò lui con sincerità. «Sono feroci guerrieri, ma non soldati. In una battaglia campale classica, più del coraggio quello che conta è la disciplina. Là fuori, nella foresta del re, hanno già fatto molto più di quanto non avrebbero potuto fare sulle mura della città.»

Mentre veniva servito il cigno ripieno, Cersei gli chiese del complotto ordito dagli Uomini Cervo. Più che spaventata, sembrava irritata. «Per quale motivo siamo afflitti da tali e tanti tradimenti? Quale offesa ha arrecato la Casa Lannister a questi infami?»

«Nessuna» disse il Folletto. «È solo che credono di stare dalla parte del vincitore… Il che significa che, oltre che dei traditori, sono anche degli idioti.»

«Sei certo di averli scoperti tutti?»

«Così dice Varys.» Tyrion trovò che quel cigno fosse troppo elaborato per i suoi gusti.

Una singola ruga verticale apparve sull'alta fronte pallida di Cersei, proprio tra quei suoi splendidi occhi. «Tu ti fidi troppo di quell'eunuco.»

«Continua a servirmi molto bene.»

«O forse te lo sta soltanto facendo credere. Pensi davvero di essere il solo cui sussurra segreti? Varys dà a ciascuno di noi quanto basta per convincerci che senza di lui saremmo perduti. Ha giocato lo stesso gioco anche con me, agli inizi del mio matrimonio con Robert. Per anni sono stata certa di non avere a corte amico più fidato di lui, ma adesso...» Cersei lo scrutò con espressione inquisitrice. «Dice che intendi togliere al Mastino il compito di proteggere Joffrey.»

"Ah, Varys... dannato senzapalle!" «Ho progetti più importanti per Sandor Clegane.»

«Nulla è più importante della vita del re.»

«La vita del re non è in pericolo. Joff avrà il valoroso ser Osmund Kettleblack a sorvergliarlo. E anche Meryn Trant.» "Il massimo di cui sono capaci quei due buffoni." «Balon Swann e il Mastino mi servono per fare delle sortite, in modo che Stannis non possa stabilire nessuna testa di ponte dal nostro lato delle Rapide nere.»

«Jaime le avrebbe condotte di persona, queste sortite.»

«Da una segreta di Delta delle Acque? Niente male, come sortita.»

«Joff è solo un ragazzo.»

«Un ragazzo che vuole far parte della battaglia, e che, tanto per cambiare, sta dando prova di un certo buonsenso. Non intendo affatto gettarlo sulle prime linee, ma è importante che la sua presenza venga notata. Gli uomini combattono più ferocemente per un re che condivide il pericolo con loro, senza nascondersi dietro le sottane di sua madre.»

«Tyrion, ha *tredici* anni!»

«Te lo ricordi Jaime a tredici anni? Se vuoi che quel ragazzo sia il figlio di suo padre, lasciagli fare quella parte. Joff indosserà la migliore e più costosa armatura sulla piazza, e attorno a lui avrà sempre almeno una dozzina di cappe dorate. Al minimo cenno che la città possa cadere, lo farò scortare immediatamente alla Fortezza Rossa.»

Aveva sperato che tutto questo l'avrebbe rassicurata. Ma non vide alcuna luce di soddisfazione negli occhi verdi di lei. «E *potrebbe* cadere?»

«No.» "Ma se così non fosse, preghiamo gli dei di riuscire a tenere la Fortezza Rossa abbastanza a lungo da dare al lord nostro padre il tempo di venire in nostro aiuto."

«Tu mi hai già mentito altre volte, Tyrion.»

«Ma sempre per valide ragioni, dolce sorella. Voglio che tra noi ci sia amicizia, esattamente come lo vuoi tu. Ho deciso di rilasciare lord Gyles.» Lo aveva tenuto in pugno proprio in vista di questa mossa. «Puoi anche riavere ser Boros Blount.»

«Che ser Boros Blount continui pure a marcire a Rosby» le labbra di Cersei si serrarono. «Ma Tommen…»

«… starà là dove si trova. È molto più al sicuro sotto la protezione di lord Jacelyn Bywater di quanto avrebbe mai potuto esserlo sotto quella di lord Gyles.»

I servi portarono via il cigno, appena toccato. Cersei fece cenno che venissero serviti i dolci: «Spero che le paste ai mirtilli ti piacciano».

«Mi piacciono tutti i generi di dolcezze.»

«Sì, lo so da parecchio tempo. Lo sai che cosa rende Varys tanto pericoloso?»

«Giochiamo agli indovinelli, adesso? No, non lo so.»

«È che non ha il cazzo.»

«Nemmeno tu ce l'hai.» "E ciò ti manda in bestia, vero o no, Cersei?"

«Forse però anch'io sono pericolosa. Mentre tu invece, tu sei un perfetto imbecille proprio come tutti i maschi. È con quel vermiciattolo appeso tra le gambe che pensi.»

Tyrion si leccò le briciole dalla punta delle dita. Il sorriso venuto ad aleggiare sulle labbra di sua sorella non gli piaceva affatto. «E in questo momento, quel vermiciattolo sta pensando che è ora di andare.»

«Qualcosa che non va, fratellino?» Cersei si protese in avanti, offrendogli la vista della convessità del suo seno. «All'improvviso, sembri congestionato.»

«Congestionato, dici?» Tyrion lanciò un'occhiata alla porta. Aveva forse udito dei rumori? Stava cominciando a pentirsi di essere venuto solo. «Non avevi mai dimostrato un simile interesse nei confronti del mio cazzo.»

«Non è tanto il tuo cazzo che m'interessa, quanto dove lo pianti dentro. A differenza di te, io non faccio conto sull'eunuco per tutto. Ho i miei metodi per scoprire certe cose… specialmente quelle che certa gente non vorrebbe che io sapessi.»

«Che cosa staresti cercando di dire?»

«Solo questo… *ho in pugno la tua puttanella*!»

Tyrion prese la coppa di vino, guadagnando qualche attimo per riordinare i pensieri: «E io che pensavo preferissi i maschi».

«Sei un tale nanerottolo ingenuo. E dimmi, l'hai già sposata, questa?» Nessuna risposta. Cersei gli rise in faccia. «Quanto sarà sollevato il nostro caro padre.»

Tyrion aveva l'impressione che un groviglio di anguille stesse contorcendosi nel suo stomaco. Come aveva fatto a sapere di

Shae? Che Varys lo avesse tradito? O forse invece tutte le sue precauzioni erano andate in pezzi la notte in cui era andato direttamente da lei? «Perché dovrebbe importarti di chi scelgo per riscaldare il mio letto?»

«Un Lannister paga sempre i propri debiti» rispose la regina. «Tu complotti contro di me dal momento stesso in cui hai messo piede ad Approdo del Re. Hai venduto Myrcella ai dorniani, hai sequestrato Tommen e adesso stai cospirando per assassinare Joffrey. Lo vuoi morto... in modo da poter essere *tu* a dominare al posto di Tommen!»

"In effetti, non posso negare che non sia una prospettiva alquanto allettante." «Questa è pura follia, Cersei, Stannis sarà qui tra pochi giorni. Tu hai bisogno di me.»

«Per che cosa? Per il tuo grandioso valore in battaglia, forse?»

«I mercenari di Bronn non combatteranno senza di me» mentì Tyrion.

«Oh, io invece credo che lo faranno. È il tuo oro che amano, non le tue astuzie da Folletto. Non temere però, non resteranno senza di te. Non posso certo dire di non aver pensato di farti tagliare la gola da un orecchio all'altro, ma se lo facessi, Jaime non me lo perdonerebbe mai.»

«E la puttana?» Tyrion non osò chiamarla per nome. "Se riesco a convincerla che Shae non significa nulla per me, forse..."

«Sarà trattata bene, fino a quando non accadrà nulla a mio figlio. Ma se Joff dovesse essere ucciso, se Tommen dovesse cadere nelle grinfie dei nostri nemici, la tua piccola pompinara morirà in un modo così atroce da sconfiggere persino la tua più ardita immaginazione.»

"Crede veramente che io intenda uccidere mio nipote." «I ragazzi sono al sicuro» promise Tyrion con cautela. «Dei misericordiosi, Cersei, tu sei sangue del mio sangue! Che razza di uomo credi che io sia?»

«Un uomo piccolo e contorto.»

Tyrion fissò le tracce di vino sul fondo della coppa. "Che cosa farebbe Jaime al mio posto?" Con molta probabilità, l'avrebbe sgozzata sull'istante, questa troia, preoccupandosi dopo delle conseguenze. Tyrion però non aveva la spada d'oro di Jaime, né la tecnica per servirsene. Amava la temeraria furia di suo fratello, ma era il lord loro padre che doveva cercare di emulare. "Di pietra. Devo essere di pietra. Devo essere Castel Granito, duro, inamovibile. Se fallisco questa prova, avrò davvero un posto assicurato sul carro dei fenomeni viventi."

«Per quanto ne so,» disse freddamente il Folletto «potresti già averla uccisa.»

«Ti piacerebbe vederla? Non credere che non ci abbia pensato.» Cersei si alzò e andò ad aprire una pesante porta di quercia. «Portate dentro la puttana di mio fratello.»

Osney e Osfryd, i fratelli del nuovo cavaliere ser Osmund Kettleblack, sembravano usciti dal medesimo stampo: stessa altezza, stesso nasone adunco, stessi capelli scuri, stesso sorriso crudele. Lei era schiacciata in mezzo a loro, con gli occhi sbarrati e lividi nel viso dalla pelle d'ebano. Il sangue le colava da un labbro spaccato, e c'erano i segni delle percosse sotto i suoi abiti strappati. Aveva le mani legate dietro la schiena, un bavaglio tra i denti per farla stare zitta.

«Avevi detto che non le sarebbe stato fatto del male.»

«Ha lottato.» A differenza dei suoi fratelli, Osney Kettleblack era accuratamente rasato. Sulle sue guance lisce, le tracce delle unghiate erano fin troppo visibili. «Questa ha gli artigli come una pantera-ombra.»

«I lividi guariscono» sentenziò Cersei in tono annoiato. «La puttana vivrà… finché Joffrey vivrà.»

Tyrion avrebbe voluto riderle in faccia. Sarebbe stato così piacevole, così incredibilmente liberatorio. Ma se lo avesse fatto avrebbe scoperto tutto il suo gioco. "Hai perduto, Cersei. E questi tuoi due scimmioni, sono degli idioti ancora più grossi di quanto Bronn mi avesse detto." Gli sarebbe bastato dirle, quelle parole.

Invece non le disse, si limitò a guardare la ragazza in viso: «Ho la tua parola che la rilascerai a battaglia finita?».

«Solo se ho la tua parola che rilascerai Tommen.»

«E allora tienila» Tyrion si alzò dallo scranno. «Ma tienila al sicuro. *Molto* al sicuro. Se questi tuoi animali pensano di potersi divertire con lei… Bene, sorellina cara, lascia che richiami la tua attenzione sul fatto che una bilancia può pendere da una parte ma anche dall'altra.» Il Folletto parlò con calma, in tono distaccato. Fu la voce di suo padre che andò a cercare. E che trovò. «Qualsiasi cosa accadrà a lei, accadrà anche a Tommen. Il che include i pestaggi. E gli stupri.» "Mi considera un mostro, no? Tanto vale che io interpreti la parte del mostro fino in fondo."

Cersei fu colta alla sprovvista: «Non oserai».

«Osare?» Tyrion si costrinse a sorridere, lentamente, freddamente. Un occhio verde, l'altro nero: entrambi che la deridevano. «Me ne occuperò *di persona*.»

La mano di Cersei scattò in direzione della sua faccia. Tyrion la intercettò a metà del gesto, le torse il polso fino a quando lei non emise uno strozzato grido di dolore. Osfryd si mosse per correre in suo aiuto.

«Un altro passo e le spezzo il braccio» intimò il Folletto. Osfryd s'inchiodò. «Ricordi quando ti dissi che non mi avresti mai più colpito, Cersei?» La scaraventò a terra con uno spintone e si voltò verso i Kettleblack. «Slegatela e toglietele il bavaglio.»

La corda attorno ai polsi della ragazza era stata stretta al punto da bloccarle la circolazione. Lei lasciò andare un gemito di dolore quando questa riprese. Delicatamente, Tyrion le massaggiò le dita fino a quando ebbero ripreso sensibilità.

«Cara,» le disse «devi essere coraggiosa. Mi dispiace che ti abbiano fatto del male.»

«So che mi libererai, mio signore.»

«Lo farò» le promise.

Alayaya, figlia di Chataya, si chinò a baciarlo. Le sue labbra gli lasciarono sulla fronte una traccia di sangue. "Cersei ha preso la ragazza *sbagliata*. E un bacio insanguinato è ben più di quanto mi meriti. È colpa mia se l'hanno fatta soffrire."

Quel sangue lo marchiava ancora quando Tyrion tornò a rivolgersi alla regina. «Non mi sei mai piaciuta, Cersei ma rimani pur sempre mia sorella, per questo non ti ho mai fatto del male. Ora le cose sono cambiate, tu hai posto una fine, perché io ti farò del male, Cersei. Non so ancora quando, né come, ma dammi solo un po' di tempo. Verrà il giorno in cui sarai convinta di essere al sicuro, di essere felice, ma di colpo la tua gioia si tramuterà in cenere. E allora *saprai* che il debito sarà stato pagato.»

In guerra, gli aveva detto una volta suo padre, la battaglia finisce nel momento in cui uno degli eserciti va in pezzi e si dà alla fuga. Non ha nessuna importanza se quell'esercito è numeroso quanto lo era un momento prima, se è ancora altrettanto armato e corazzato. Una volta che fuggono davanti a te, non riprenderanno a combattere. La stessa cosa valse per Cersei Lannister. «Vattene!» Fu tutto quello che riuscì a dire. «Togliti dalla mia vista!»

«Buonanotte, allora» Tyrion fece un mezzo inchino. «E sogni d'oro.»

Rientrò alla Torre del Primo Cavaliere sentendo migliaia di piedi corazzati che gli marciavano dentro il cranio. "Avrei dovuto aspettarmelo fino dalla prima volta che mi sono intrufolato nel finto armadio del bordello di Chataya." Ma forse non aveva *voluto* vedere. Quando ebbe finito la salita dei gradini di pietra, le sue gambette arcuate erano tutte doloranti. Mandò Podrick a prendergli una caraffa di vino e si trascinò in camera da letto.

C'era Shae ad aspettarlo, seduta con le gambe incrociate sul letto a baldacchino. Era tutta nuda… tranne la catena d'oro di Primo Cavaliere drappeggiata attorno al collo e ai seni perfetti. Una catena d'oro formata da una serie di mani d'oro che si stringevano l'una all'altra.

Tyrion non si era aspettato di vederla: «Che cosa ci fai qui?».

«Avevo voglia di mani sulle mie tettine» ridendo, Shae accarezzò la catena. «Ma queste d'oro sono troppo fredde.»

Per un momento, Tyrion non seppe che cosa rispondere. Come faceva a spiegarle che un'altra donna era stata picchiata a sangue al posto suo? E che sarebbe anche morta al suo posto se le tetre incertezze della battaglia avessero spazzato via Joffrey? Con il palmo della mano rimosse dalla fronte il sangue di Alayaya.

«Lady Lollys…» cominciò.

«… dorme» tagliò corto Shae. «Dorme sempre, quella specie di mucca. Dorme e mangia. Certe volte dorme addirittura mentre mangia. Il cibo cade sotto le coperte e finisce che lei ci si *rotola* dentro e che tocca a me pulire.» Fece un'espressione disgustata. «In fondo, tutto quello che hanno fatto è stato *scoparla.*»

«Sua madre dice che è malata.»

«Ha un bimbo nella pancia, niente di più.»

«Come hai fatto a entrare?» Tyrion girò lo sguardo nella stanza. Ogni cosa era più o meno come lui l'aveva lasciata. «Mostrami la porta nascosta.»

Lei scrollò le spalle: «Lord Varys mi ha fatto mettere un cappuccio. Non ho visto nulla, tranne che… a un certo punto ho dato uno sguardo al pavimento da sotto il cappuccio. Era tutto a piastrelle piccole, hai presente quelle che fanno un disegno?».

«Un mosaico?»

Shae annuì: «Erano rosse e nere. Credo che il disegno era un drago. Per il resto, era tutto buio. Poi siamo andati giù per una scala e abbiamo camminato a lungo, finché mi è girata la testa. Ci siamo fermati e lui ha aperto una porta di ferro, l'ho sfiorata passando. Dall'altra parte c'era il drago. Poi siamo andati su per un'altra scala, e in cima c'era un tunnel. Lì ho dovuto chinare la testa. E credo che lord Varys è strisciato per passare».

Tyrion fece un giro esplorativo per la stanza. Uno dei pannelli alle pareti sembrava allentato. Lui si issò sulle punte dei piedi e lo spinse. Il pannello ruotò lentamente, strisciando contro il muro retrostante. Quando fu girato completamente in giù, cadde fuori un mozzicone di candela. Nient'altro. Le tende non sembravano essere state spostate. «Milord non vuole venire a letto con me?»

«Un momento solo.»

Tyrion aprì l'armadio, scostò gli abiti appesi, premette contro il pannello di fondo. Ciò che funzionava in un bordello poteva funzionare nello stesso modo anche in un castello… No, il legno era solido, immobile. La sua attenzione fu attratta da una delle pietre vicino al sedile sul davanzale della finestra. Ma tutto il suo spingere, tutto il suo premere non portò a niente. Non poté fare altro che tornare a letto, frustrato e irritato.

Shae slacciò la stringa delle sue brache e gli passò le braccia intorno al collo. «Le spalle le hai dure come la roccia» bisbigliò. «Fa' presto… ho voglia di sentirti dentro di me.»

L'attimo stesso in cui le gambe di lei si strinsero attorno alla sua vita, Tyrion Lannister sentì la sua virilità abbandonarlo. Quando sentì il membro diventare molle, Shae glielo prese in bocca e si diede da fare. Neppure quello ebbe alcun risultato.

Dopo qualche momento, Tyrion la fermò.

«Ma che cosa c'è?» Sembrava esserci tutta la delicata innocenza del mondo dipinta sui lineamenti del giovane viso di Shae.

"Innocenza? Idiota: è una puttana! Cersei ha ragione, pensi con il cazzo. Idiota. Idiota!"

«Cerca di dormire, tesoro» le disse, accarezzandole i capelli.

Ma, anche molto tempo dopo che Shae aveva accolto il suo consiglio, Tyrion continuò a giacere completamente sveglio, con una mano appoggiata su uno dei suoi piccoli seni, ascoltando il suo respiro.

CATELYN

La Sala Grande di Delta delle Acque era un luogo solitario per la cena di due persone solamente. Le pareti erano avvolte da ombre profonde; una delle torce si era spenta, lasciandone solo tre. Catelyn fissò il fondo del proprio calice. Il vino le era sembrato avere un gusto aspro, sgradevole. Brienne sedeva di fronte a lei. Tra loro, l'alto scranno di lord Hoster Tully era vuoto come il resto della sala. Perfino i servi erano assenti, Catelyn aveva dato loro il permesso di partecipare alle celebrazioni per la vittoria su lord Tywin.

Le mura della fortezza erano spesse, ma si riuscivano comunque a udire le grida di giubilo provenienti dal cortile. Ser Desmond aveva fatto portare dalle cantine venti botti ben colme. Il popolino dei fiumi stava festeggiando l'imminente ritorno di Edmure e la conquista del Crag da parte di Robb con una cacofonia di suoni di corno e con fiumi di birra.

"Non posso biasimarli" pensò Catelyn. "Loro non sanno. E se anche sapessero, perché dovrebbe importargliene? Non hanno mai conosciuto i miei figli. Non hanno mai guardato Bran che dava la scalata alle torri e sentiva il cuore in gola, con orgoglio e terrore talmente mescolati l'uno nell'altro da divenire un'unica cosa. Non hanno mai udito la sua risata. Né hanno mai guardato Rickon tentare così fieramente di emulare i suoi fratelli più grandi."

Spostò lo sguardo sulla cena davanti a lei: trota avvolta in pancetta affumicata, insalata di rape verdi, finocchio rosso e rucola, piselli e cipolle e pane abbrustolito. Brienne mangiava in modo metodico, come se la cena fosse un altro dovere marziale da assolvere.

"Sono diventata una donna acida" si disse Catelyn. "Non provo più alcuna gioia nel desco, i canti e le risate sono diventate cose estranee, da prendere con diffidenza. Sono una creatura di dolore, di polvere e di ricordi amari. Là dove un tempo c'era il mio cuore, adesso c'è soltanto uno spazio vuoto."

Trovò intollerabili i suoni che l'altra donna faceva mangiando. «Brienne, non me la sento di avere compagnia. Unisciti anche tu ai festeggiamenti, se credi. Bevi un corno di birra, fatti un ballo sulle note dell'arpa di Rymund.»

«Non vado bene per celebrare, mia lady» le sue grandi mani spezzarono una fetta di pane nero. Brienne osservò le due metà come se avesse dimenticato dove si trovavano in quel momento. «Ma se tu così comandi...»

Catelyn percepì il suo disagio: «Ho solo pensato che tu potessi preferire una compagnia più lieta della mia».

«Sto bene qui, mia signora.» La donna guerriera intinse il pane nell'olio di pancetta che condiva la trota.

«È arrivato un altro corvo messaggero, questa mattina» Catelyn non capì perché avesse deciso di dirglielo. «Il maestro è venuto immediatamente a svegliarmi. Ha fatto il suo dovere, ma non è stato gentile a farlo. Non è stato affatto gentile.»

Non intendeva parlarne con Brienne. Nessun altro sapeva eccetto lei e maestro Vyman, ed era stata sua intenzione lasciare tutto nel silenzio fino... fino...

"Fino a *quando*? Sciocca donna, ti illudi forse che celare il segreto nel tuo cuore possa dissipare la verità? Se non lo dirai mai, se non ne parlerai mai, credi forse che potrà diventare un sogno, meno di un sogno, oppure un incubo già quasi dimenticato? Oh, se solo gli dei fossero tanto misericordiosi..."

«Notizie da Approdo del Re?» chiese Brienne.

«Avrei voluto che lo fossero. Il corvo proveniva dalla Fortezza Cerwyn, nel nord, da parte di ser Rodrik, il mio castellano.» "Ali oscure, parole oscure." «Ha chiamato a raccolta quante più forze ha potuto e sta marciando su Grande Inverno, per riconquistare il castello.» Quanto privo d'importanza suonava ora tutto questo. «Ma ser Rodrik ha detto... lui ha scritto... mi ha detto che... che...»

«Mia signora, di che cosa si tratta? Dei tuoi figli, forse?»

Una domanda estremamente semplice. E la risposta non poteva che essere altrettanto semplice. Catelyn cercò di parlare, ma le parole le s'impigliarono in gola.

«Non ho più figli tranne Robb.»

Ecco, aveva pronunciato quelle parole terribili senza singhiozzare. Di tanto, per lo meno, era lieta.

Brienne la guardò, piena di orrore. «Mia signora?...»

«Bran e Rickon avevano cercato di fuggire, ma sono stati catturati vicino a un mulino sul fiume Acorn. Theon Greyjoy ha esposto le loro teste sulle mura di Grande Inverno. Theon Greyjoy, che ha mangiato alla mia tavola fin da quando era un ragazzino di dieci anni.»

"L'ho detto. Dei, perdonatemi. L'ho detto... e l'ho fatto diventare *reale.*"

Il viso di Brienne era un'indistinta macchia liquida. Tese una mano verso Catelyn, ma si fermò a metà del gesto, come se temesse che il suo tocco non sarebbe stato gradito. «Io... le parole falliscono, mia signora... mia lady. I tuoi figli... loro... loro sono a fianco degli dei adesso.»

«Davvero lo sono?» La voce di Catelyn era sferzante. «Quali dei avrebbero permesso che una cosa simile potesse accadere? Rickon era un infante. Come ha potuto meritare una morte simile? E Bran... Quando lasciai il Nord, non aveva ancora riaperto gli occhi, dopo la sua caduta. Fui costretta ad andare via prima che si svegliasse. Ora non potrò mai più tornare da lui, né udrò più la sua risata.» Mostrò a Brienne le palme delle mani e le dita. «Queste cicatrici... Mandarono un uomo a tagliargli la gola nel sonno. Sarebbe morto, e io sarei morta con lui... ma fu il meta-lupo di Bran a strappare la gola a quell'uomo.» Fece un breve momento di pausa. «Immagino che Theon abbia ucciso anche i lupi. Deve averlo fatto, altrimenti... Ero certa che i ragazzi sarebbero stati al sicuro fino a quando avessero avuto i loro meta-lupi. Come Robb con il suo Vento Grigio. Ma le mie figlie adesso non hanno più i loro lupi.»

Quell'improvviso mutamento di direzione nel dialogo lasciò Brienne disorientata: «Le tue figlie...».

«A tre anni, Sansa era già una lady. Sempre così delicata, così desiderosa di compiacere. Più di ogni altra cosa, amava le storie di valore cavalleresco. Gli uomini dicevano che mi somigliava, ma diventerà una donna molto più bella di quanto io sia mai stata, è evidente. Spesso, mandavo via la sua cameriera per poterle spazzolare io stessa i capelli. Aveva capelli ramati, più chiari dei miei, ma così folti, così vaporosi... Alla luce delle torce, la loro tonalità rossa splendeva come rame.

«E Arya, poi... chi veniva a fare visita a Ned spesso la scambiava per un ragazzo di stalla se entrava nel cortile senza essere annunciata. Arya era difficile, questo va detto. Per metà ragazzo e per l'altra metà cucciolo di lupo. Tutte le cose proibite diventavano desideri nel suo cuore. Aveva la faccia allungata di Ned, e capelli castani sempre così arruffati da sembrare il nido di qualche uccello. Avevo rinunciato all'idea di farne una lady. Collezionava lividi come le altre bambine collezionano bambole, e diceva sempre quello che pensava. Credo che anche lei sia morta.» Nel dire questo, Catelyn ebbe come l'impressione che la mano di un gigante le stesse serrando il petto. «Li voglio morti, Brienne. Tutti quanti. Theon Greyjoy per primo. E poi Jaime Lannister, Cersei, il Folletto, ognuno di loro, ognuno di loro. Ma le mie bambine... le mie bambine potranno...»

«La regina... ha anche lei una bambina» disse Brienne goffamente. «E dei figli, della stessa età dei tuoi. Quando avrà la notizia, forse lei... proverà compassione, e...»

«... mi rimanderà le mie figlie sane e salve?» completò Catelyn con un sorriso triste. «C'è una dolce innocenza in te, piccola. Vorrei poter desiderare questo... ma no. Robb vendicherà i suoi fratelli. Il ghiaccio può essere altrettanto letale quanto il fuoco. Ghiaccio era il nome della grande spada di Ned. Acciaio di Valyria, increspato da migliaia di ripiegature, talmente affilato che avevo paura a toccarlo. Ma temo che per lui non sarà comunque facile prendere la testa di Theon. Gli Stark non usano boia. Ned diceva sempre che l'uomo che approva la sentenza deve essere anche l'uomo che fa calare la lama, sebbene non abbia mai provato alcuna gioia nel compiere quel dovere. Io, invece, proverei gioia. Molta.» Abbassò di nuovo lo sguardo sulle mani segnate dalle cicatrici. Lentamente, tornò a sollevare gli occhi. «Gli ho mandato del vino.»

«Vino?» Brienne era perduta. «A Robb? O a... Theon Greyjoy?»

«Allo Sterminatore di Re.» Una tattica che con Cleos Frey aveva funzionato. "Spero che tu abbia sete, Jaime. Spero che la tua gola sia secca, contratta." «Vorrei che tu venissi con me.»

«Ai tuoi ordini, mia lady.»

«Bene.» Catelyn si alzò all'improvviso. «Resta, finisci la tua cena in pace. Ti manderò a chiamare più tardi. A mezzanotte.»

«Così tardi, mia lady?»

«Le segrete sono senza finestre. Là sotto, non c'è differenza tra un'ora o l'altra. E per me, tutte le ore sono mezzanotte.»

Nel lasciare la sala, i suoi passi echeggiarono cupamente.

«Tully!»

«Una coppa! Una coppa per il valoroso giovane lord!»

Catelyn udì le voci che continuavano a gridare mentre saliva i gradini di pietra che conducevano al solarium di lord Hoster. "Mio padre non è ancora morto!" Questo avrebbe voluto urlare in risposta. "I miei figli sono morti, ma mio padre vive, maledetti tutti voi. Ed è ancora lui il vostro lord!"

Lord Hoster Tully era immerso in un sonno profondo.

«Ha bevuto una coppa di vino dei sogni non molto tempo fa, mia signora» le spiegò maestro Vyman. «Per il dolore. Non saprà che ti trovi qui.»

«Non ha importanza» replicò Catelyn. "È più morto che vivo. Eppure è più vivo lui dei miei poveri, cari figli."

«Mia signora, c'è nulla che io possa fare per te? Una pozione rilassante, forse?»

«Grazie, maestro, ma preferisco di no. Non posso cancellare il mio dolore dormendo. Bran e Rickon meritano di più da parte mia. Va' pure a festeggiare anche tu. Io rimarrò qui con mio padre per qualche tempo.»

«Come desideri, mia signora» Vyman fece un breve inchino e se ne andò.

Lord Hoster giaceva supino, con la bocca aperta, il respiro appena un lieve rantolo sibilante. Aveva una mano in bilico sul bordo del materasso, pallida e scarna eppure calda quando Catelyn la toccò. Fece scivolare le dita tra quelle del padre e strinse. "Non importa quanto cerchi di trattenerlo, non sarai in grado di farlo restare qui" pensò tristemente. "Lascialo andare." Ma non riuscì ad aprire le dita, proprio non riuscì.

«Non ho nessuno con cui parlare, padre. Innalzo preghiere, ma gli dei non mi rispondono.»

Baciò delicatamente la mano del vecchio. La pelle era calda, vene blu ramificate come fiumi sotto la pallida epidermide traslucida. Fuori, scorrevano i grandi fiumi, la Forca Rossa del Tridente e il Tumblestone. Avrebbero continuato a scorrere per l'eternità. Non così sarebbe stato per i fiumi nella mano di suo padre.

«Sai, ieri notte ho fatto un sogno. Ho sognato di quella volta in cui Lysa e io finimmo con il perderci rientrando a cavallo da Seagard. Ti ricordi? Scese quella strana nebbia, e noi rimanemmo indietro rispetto al resto del gruppo. Tutto quanto era grigio, e io non riuscivo a vedere un palmo oltre il muso del mio cavallo. Avevamo smarrito la strada. I rami degli alberi sembravano lunghe braccia scheletriche che cercavano di afferrarci mentre avanzavamo. Lysa cominciò a piangere. E quando io mi misi a gridare, la nebbia parve inghiottire la mia voce. Petyr Baelish, però, sapeva dov'eravamo, tornò indietro e ci trovò... Ma adesso non c'è nessuno in grado di raggiungermi, non è vero? Questa volta, spetta a me trovare la strada. Ed è così difficile, così difficile...

«Continuo a ricordare le parole degli Stark. L'inverno è arrivato, padre. Per me, è arrivato. Adesso, oltre ai Lannister, Robb deve combattere anche i Greyjoy. E per che cosa? Per un copricapo d'oro e una sedia di ferro? La terra ha sanguinato abbastanza, questo è certo. Voglio le mie figlie, voglio che Robb deponga la spada e scelga una delle figlie di Walder Frey, una brava ragazza che possa farlo felice e dargli dei figli. Voglio Bran e Rickon, voglio...» Catelyn si afferrò la fronte. «*Voglio.*»

Lo disse ancora una volta. Poi le parole svanirono.

Più tardi, la candela sgocciolò un'ultima volta e infine si esaurì. La luce della luna scivolò tra le fessure delle imposte, disegnando pallide linee oblique sul volto di suo padre. Catelyn poteva udire il lento, difficile ritmo del respiro di lord Hoster, l'eterno scorrere dei grandi fiumi, i deboli accordi di una canzone d'amore salire dal cortile della fortezza. Note dolci, tristi. "Ho amato una fanciulla rossa come l'autunno" cantava Rymund della Rima "con il tramonto nei capelli."

Catelyn non si rese nemmeno conto che i canti avevano avuto fine. Erano passate molte ore, eppure parvero niente più che un battito di ciglia quando Brienne venne a bussare alla porta.

«Mia lady,» annunciò la donna guerriera «la mezzanotte è qui.»

"La mezzanotte è qui, padre" Catelyn lasciò andare la sua mano. "E io devo fare il mio dovere."

Il carceriere era un piccolo uomo furtivo, con il naso costellato di vene e capillari scoppiati. Lo trovarono ingobbito su un boccale di birra e sui resti di uno sformato di piccione, ben più che alticcio. Lo guardò di traverso con espressione sospettosa.

«Chiedo il tuo perdono, milady, ma lord Edmure dice che non lo deve vedere nessuno lo Sterminatore di Re senza permesso scritto, con tanto di sigillo.»

«*Lord* Edmure? Mio padre è morto e qualcuno si è dimenticato di dirmelo?»

«No, milady» il carceriere si passò la lingua sulle labbra. «Non che mi risulta.»

«Tu aprirai questa cella. Oppure verrai con me fino al solarium di lord Hoster e gli dirai che hai ritenuto opportuno respingermi.»

Gli occhi dell'uomo si abbassarono: «Come milady comanda».

Le chiavi erano appese alla cintura di cuoio borchiato che aveva attorno alla vita. Continuò a mugugnare a denti stretti nel selezionare quella che apriva la porta della cella dello Sterminatore di Re.

«Torna alla tua birra e sparisci» ordinò Catelyn. C'era una lanterna appesa al basso soffitto. Lei la prese e alzò la fiamma. «Brienne, che nessuno venga a disturbarci.»

Brienne annuì, prendendo posizione appena fuori della cella, con la mano sul pomello dell'elsa della spada. «Qualsiasi cosa tu abbia bisogno, mia lady, non hai che da chiamare.»

Catelyn superò la pesante porta di legno rinforzata di ferro e penetrò nelle fetide tenebre. Queste erano le viscere nere di Delta delle Acque, e come tali puzzavano. Paglia secca scricchiolò sotto i suoi piedi. Chiazze di salnitro coloravano le pareti. Da dietro la pietra, veniva il debole fruscio della corrente del Tumblestone. In un angolo della cella, l'alone della lampada rivelò un secchio traboccante di feci. E nell'angolo opposto, una forma raggomitolata su se stessa. La caraffa di vino si trovava ancora vicino alla porta, intonsa. "Questa volta il mio trucco non ha fatto molta strada. Forse dovrei essere grata che non se lo sia bevuto il carceriere, il mio vino."

In un tintinnio di catene, Jaime Lannister sollevò le mani a coprirsi il volto. «Lady Stark» la sua voce, usata a stento, era una specie di rantolo. «Temo di non essere in condizioni di riceverti.»

«Guardami, cavaliere.»

«La luce mi fa male agli occhi. Un momento, cortesemente.»

Era dalla sua cattura al Bosco dei Sussurri che a Jaime Lannister non veniva concesso l'uso del rasoio. Una barba arruffata copriva il suo volto, un tempo così simile a quello della regina Cersei. Scintillando come oro nella luce della lanterna, barba e baffi incolti lo facevano apparire come una sorta di belva bionda, splendida anche se incatenata. I capelli lerci gli ricadevano sulle spalle in un groviglio attorcigliato. Gli abiti gli si erano sbrindellati addosso. Il suo viso era pallido, scavato... Ma anche così, la poderosa bellezza di quell'uomo rimaneva innegabile.

«Vedo che non hai gradito il vino che ti ho inviato.»

«Una simile improvvisa generosità non può che apparire sospetta.»

«Posso avere la tua testa in qualsiasi momento lo desideri. Perché dovrei avvelenarti?»

«La morte per avvelenamento può apparire come un fatto naturale. Mentre sarebbe un po' più difficile dichiarare che la testa mi si è semplicemente staccata dalle spalle» Jaime la osservò dal pavimento lurido, i suoi occhi verdi, da felino, lentamente si abituavano alla luce. «Ti inviterei ad accomodarti, ma tuo fratello si è dimenticato di fornirmi una sedia.»

«Non ho problemi a rimanere in piedi.»

«Sul serio? Hai un aspetto terribile, devo dire. Ma forse è solo a causa della luce qui dentro.» Era incatenato ai polsi e alle caviglie, i bracciali uniti gli uni agli altri. Stare in piedi o stare sdraiato gli era difficile, sgradevole. Le catene alle caviglie erano imbullonate a una parete. «Che te ne pare dei miei braccialetti? Forse vuoi aggiungerne altri? O forse vuoi che li faccia tintinnare un altro po'?»

«Sei tu l'unico responsabile di questo trattamento» gli ricordò Catelyn. «Ti avevamo concesso il privilegio di una cella in una torre, un luogo consono al tuo stato nobiliare. Tu ci hai ripagato cercando di fuggire.»

«Una cella è una cella. Ce ne sono alcune, nei sotterranei di Castel Granito, che fanno apparire questa come un giardino soleggiato. Chissà, forse un giorno riuscirò a mostrartele.»

"Se ha paura, lo nasconde molto bene." «Un uomo incatenato mani e piedi farebbe bene a usare un linguaggio più cortese, cavaliere. Non sono venuta qui per essere minacciata.»

«No? Allora forse è per trarre piacere da me. Si dice che le vedove si stanchino dei loro letti vuoti, dopo qualche tempo. Noi della Guardia reale giuriamo solennemente di non sposarci mai. Immagino, però, di essere in grado di renderti il servizio di cui necessiti. Perché non versi un po' di quel buon vino, lady Catelyn, e poi scivoli fuori dal tuo bel vestito? Vediamo se me la sento.»

Catelyn lo guardò, piena di ribrezzo. "È mai esistito un uomo più bello e al tempo stesso più infame di questo?" «Se tu ripetessi queste parole in presenza di mio figlio, non esiterebbe a ucciderti.»

«Solo se portassi queste» Jaime fece stridere le catene. «Sappiamo entrambi che il tuo ragazzo ha paura di affrontarmi in duello.»

«Mio figlio è giovane, certo, ma se credi che sia anche uno sciocco, commetti un grosso sbaglio. Inoltre... non sei stato troppo pronto alla sfida quando avevi alle costole l'esercito che ti ha sconfitto.»

«Dimmi una cosa, anche gli antichi re dell'inverno si sono nascosti dietro le sottane delle loro madri come sta facendo Robb Stark?»

«Mi stai tediando, cavaliere. Ci sono cose che devo sapere.»

«E perché io dovrei dirtele?»

«Per salvarti la vita.»

«Pensi davvero che io tema la morte?» Un'idea che sembrò divertirlo.

«Dovresti temerla. I tuoi crimini ti hanno assicurato un posto tra i tormenti nella fossa più profonda dei sette inferi, se gli dei sono giusti.»

«Di quali dei staremmo parlando, lady Catelyn? Gli alberi con le facce cui pregava tuo marito? Quanto aiuto gli hanno dato quando mia sorella gli ha staccato la testa?» Jaime sogghignò. «Se gli dei esistono, come mai il mondo è così pieno di sofferenza, d'ingiustizia?»

«A causa di uomini come te.»

«Non ci sono uomini come me. Ci sono io e basta.»

"Arroganza e orgoglio, nient'altro. Più il vuoto coraggio di un demente. Sto sprecando fiato con quest'individuo. Se mai è esistita una scintilla di onore in lui, si è estinta da molto tempo." «Non vuoi parlarmi, Lannister? È una scelta tua. Bevi quel vino, pisciaci dentro, per me non fa nessuna differenza.»

La voce dello Sterminatore di Re la raggiunse mentre la sua mano era sulla maniglia della porta.

«Lady Stark...»

Lei si voltò in attesa.

«Molte cose si coprono di ruggine con questa umidità» riprese Jaime Lannister. «Perfino le buone maniere. Rimani, e avrai le risposte che cerchi... ma a una condizione.»

"Nessuna vergogna in lui." «I prigionieri non dettano condizioni.»

«Oh, vedrai che la mia è cosa di poco conto. Il tuo carceriere mi dice solo vili menzogne. E nemmeno se le ricorda bene. Un giorno, Cersei è stata scuoiata. Il giorno dopo, mio padre è stato decapitato. Tu rispondi alle mie domande, e io risponderò alle tue.»

«Secondo verità?»

«Ah, è proprio la verità che vuoi? Fa' attenzione, mia lady. Tyrion dice che la gente fin troppo spesso dichiara di volere la verità, ma ben di rado apprezza il suo gusto quando viene servita.»

«Sono abbastanza forte per ascoltare qualsiasi cosa tu abbia da dire.»

«Come vuoi. Ma prima, se vuoi essere così gentile... il vino. Ho la gola secca.»

Catelyn appese la lampada alla maniglia della porta e spostò la caraffa e la coppa più vicino al prigioniero. Jaime trattenne il vino in bocca per un lungo momento prima di mandarlo giù.

«Acido e fetido» dichiarò. «Ma sempre meglio di niente.» Tornò ad addossare la schiena alla parete, le ginocchia raccolte al petto. «La tua prima domanda, lady Stark?»

Catelyn non sapeva quanto a lungo quel gioco sarebbe durato, così non sprecò tempo. «Sei tu il padre di Joffrey?»

«Non lo chiederesti se non conoscessi già la risposta.»

«Voglio sentirlo dalle tue labbra.»

Jaime scrollò le spalle: «Joffrey è mio figlio. Lo stesso vale per l'intera progenie di Cersei, immagino».

«Quindi ammetti di aver giaciuto con tua sorella.»

«Ho sempre amato mia sorella. E ora tu mi devi due risposte. Tutti i membri della mia famiglia sono ancora in vita?»

«Ser Stafford Lannister è caduto a Oxcross, mi è stato detto.»

Jaime non parve particolarmente commosso: «Zio Balordo, lo chiamava mia sorella. Sono Cersei e Tyrion che mi preoccupano. E il lord mio padre».

«Vivono. Tutti e tre.» "Ma non per molto, se gli dei sono misericordiosi."

Jaime bevve dell'altro vino: «Di nuovo il tuo turno».

Catelyn si chiese se lui avrebbe risposto alla prossima domanda con qualsiasi altra cosa che non fosse una menzogna. «Mio figlio Bran... com'è caduto?»

«L'ho gettato io dalla finestra della torre.»

L'assoluta naturalezza con cui l'aveva detto le fece quasi mancare il fiato. "Se avessi una lama, lo ucciderei. Qui, ora." Ma poi si ricordò delle sue figlie. Catelyn aveva la gola contratta quando riprese a parlare. «Tu eri un cavaliere. Avevi giurato di difendere i deboli e gli innocenti.»

«Bran era debole, questo sì, ma forse non altrettanto innocente. Ci stava spiando.»

«Bran non spiava nessuno.»

«E allora biasima i tuoi preziosi dei, i quali hanno portato il tuo ragazzino alla nostra finestra e gli hanno mostrato qualcosa che non avrebbe mai dovuto vedere.»

«Biasimare *gli dei*?» Catelyn stentava a credere a tanta temerarietà. «La mano che lo ha spinto nel vuoto era la tua. Tu volevi che morisse».

Le catene di Jaime tintinnarono debolmente: «Di solito, non getto bambini dalla finestra per migliorare il loro stato di salute. Certo: volevo che morisse».

«Ma lui non è morto. Tu hai capito di essere in estremo pericolo, così hai dato una borsa d'argento a un tuo sicario per essere certo che Bran non si risvegliasse mai più.»

«Davvero ho fatto questo?» Jaime sollevò la coppa e bevve una lunga sorsata. «Cersei e io ne abbiamo parlato, non lo nego. Ma tu stavi con il ragazzo giorno e notte. Il tuo maestro e lord Eddard lo visitavano spesso. Poi c'erano le guardie, e quei maledetti meta-lupi... Avrei dovuto aprirmi la strada combattendo con metà Grande Inverno. Perché darsi tutti quei pensieri? Il ragazzo sembrava comunque in punto di morte.»

«Se mi menti, Lannister, questa conversazione è già finita.» Catelyn tese le mani verso di lui, mostrandogli i palmi e le dita. «Fu l'uomo che venne a ucciderlo a lasciarmi queste cicatrici. Tu giuri di non avere avuto parte alcuna nel mandarlo a uccidere mio figlio?»

«Sul mio onore di Lannister.»

«Il tuo onore di Lannister vale meno di *questo*!»

Con un calcio, Catelyn rovesciò il secchio degli escrementi. Liquame putrescente e marrone si sparse sul pavimento della cella oscura, inzuppando la paglia.

Jaime Lannister si ritrasse fino a quando le catene non lo bloccarono. «Avrò anche merda al posto dell'onore, d'accordo. Ma non ho mai pagato nessuno per uccidere al mio posto. Credi pure quello che vuoi, lady Stark, ma se avessi voluto Bran morto, sarei andato a sgozzarlo di persona.»

"Dei abbiate pietà... dice il *vero*!" «Se non sei stato tu a mandare l'assassino, allora è stata tua sorella.»

«Se lo avesse fatto, lo saprei. Cersei non ha segreti per me.»

«Allora il Folletto.»

«Tyrion è innocente quanto il tuo Bran. *Lui* non se ne andava in giro a scalare torri, né a spiare dalle finestre.»

«E allora perché l'assassino aveva la sua daga?»

«Di quale daga stiamo parlando, con esattezza?»

«Era lunga così» Catelyn glielo mostrò distanziando le mani. «Liscia ma accuratamente forgiata, lama di acciaio di Valyria e impugnatura d'osso di drago. Tuo fratello la vinse in una scommessa a lord Baelish nel torneo per il compleanno del principe Joffrey.»

Jaime Lannister versò altro vino, lo bevve e rimase a fissare il fondo della coppa. «Il tuo vino sembra diventare sempre meglio a ogni sorsata. Da non credere. Adesso che me ne parli, credo di ricordare quella daga. L'ha vinta, tu dici? E come?»

«Scommettendo su di te quando sfidasti alla lancia il Cavaliere di Fiori.» Eppure, nel momento stesso in cui finì di dirlo, Catelyn seppe che qualcosa non andava. «No... forse era il contrario.»

«Nei tornei, Tyrion scommetteva *sempre* su di me» affermò Jaime. «Ma quel giorno, ser Loras mi disarcionò. Fu un imprevisto. L'avevo sottovalutato, quel ragazzo. Ma ora questo non ha più importanza. Qualsiasi cosa mio fratello abbia scommesso, la perse... Ma quella daga in effetti cambiò proprietario, adesso lo ricordo. Robert me la mostrò, quella stessa sera, al banchetto. Sua Grazia godeva nel versare sale sulle mie ferite, specialmente quando era ubriaco. E quando mai non era ubriaco?»

Tyrion Lannister aveva detto esattamente la stessa cosa mentre attraversavano le Montagne della Luna, Catelyn lo ricordava con chiarezza. Ma lei si era rifiutata di credergli. E poi Petyr Baelish aveva giurato il contrario. Petyr che era stato quasi un fratello per lei e Lysa. Petyr che l'aveva amata al punto da affrontare Brandon

Stark in duello... Ma se Jaime e Tyrion concordavano sulla medesima versione, che cosa poteva significare? Da quando avevano lasciato Grande Inverno, oltre un anno prima, i due fratelli non si erano più incontrati. Da qualche parte, doveva esserci una trappola.

«Stai cercando d'ingannarmi, Lannister?»

«Lady Stark, ho appena ammesso di aver gettato il tuo prezioso ragazzino giù dalla finestra. Per quale ragione dovrei mentirti su quella daga?» Jaime ingollò un'altra coppa di vino. «Credi pure quello che vuoi credere. È da un pezzo che ho smesso di preoccuparmi di quello che la gente pensa di me. E adesso è il mio turno. Sono scesi in campo i fratelli di Robert?»

«Lo hanno fatto.»

«Ecco una risposta da quattro soldi. Dimmi qualcosa di più, se non vuoi che la tua prossima risposta sia da due soldi.»

«Stannis sta marciando su Approdo del Re» replicò controvoglia Catelyn. «Renly invece è morto. È stato assassinato da suo fratello a Ponteamaro con qualche oscuro sortilegio che non comprendo.»

«Un peccato» Jaime corrugò la fronte. «Renly non mi dispiaceva, mentre Stannis... lui è tutt'altra faccenda. I Tyrell da che parte stanno?»

«Da quella di Renly, al principio. Ma ora, non so dire.»

«Il tuo ragazzo deve sentirsi molto solo.»

«Robb ha compiuto sedici anni pochi giorni fa... È un uomo fatto. Ed è un re. Ha vinto tutte le battaglie che ha combattuto. Dai suoi ultimi messaggi, ha preso il Crag dai Westerling.»

«Ma non ha ancora affrontato mio padre, o sbaglio?»

«Quando lo affronterà, lo sconfiggerà. Così come ha sconfitto te.»

«Mi ha colto di sorpresa. Un trucco da codardi.»

«Non osare parlarmi di trucchi. Tuo fratello Tyrion ha mandato qui dei tagliagole sotto le spoglie di emissari, protetti da vessilli di pace.»

«Se ci fosse uno dei tuoi figli in questa cella, non credi che i suoi fratelli farebbero lo stesso pur di liberarlo?»

"Mio figlio non ha più fratelli." Ma Catelyn rifiutò di condividere il proprio dolore con un essere come quello.

Jaime bevve altro vino. «Ma in fondo, che cos'è la vita di un fratello quando c'è in gioco l'onore?» Un altro sorso. «Tyrion è stato abbastanza astuto da capire che tuo figlio non avrebbe mai acconsentito a scambiarmi per un riscatto.»

Questo, Catelyn non poté negarlo: «Gli alfieri di Robb non chiedono di meglio che vederti morto. Rickard Karstark in particolare. Al Bosco dei Sussurri hai abbattuto due dei suoi figli».

«I due con l'emblema del raggio solare, giusto?» Jaime scrollò nuovamente le spalle. «A dire il vero, era tuo figlio che stavo cercando di abbattere, gli altri si sono messi in mezzo. Li ho uccisi in regolare duello, nel cuore della mischia. Qualsiasi altro cavaliere avrebbe fatto lo stesso.»

«Come puoi continuare a definire te stesso un cavaliere, quando hai infranto ogni singolo giuramento?»

«Quanti, *quanti* giuramenti...» Jaime afferrò la caraffa per riempirsi nuovamente la coppa. «Difendere il re. Obbedire al re. Mantenere i suoi segreti. Fare quello che lui ti dice. La tua vita per la sua. E poi obbedire a tuo padre. Amare tua sorella. Proteggere gli innocenti. Difendere i deboli. Rispettare gli dei. Obbedire alle leggi. Troppo, decisamente troppo. Qualsiasi cosa tu faccia, finirai comunque per infrangere un giuramento o un altro.» Mandò giù una robusta sorsata, poi chiuse gli occhi per un momento, appoggiando la nuca a una delle chiazze di salnitro sulla parete della cella. «Fui l'uomo più giovane ad avere mai indossato il mantello bianco.»

«E l'uomo più giovane a tradire ogni cosa quel mantello significhi, Sterminatore di Re.»

«Sterminatore di Re» Jaime Lannister ripeté attentamente quelle parole. «E quale splendido re lui era!» Sollevò la coppa. «Brindo ad Aerys Targaryen, secondo nel suo nome, signore dei Sette Regni e *Protettore* del Reame. E brindo alla spada che gli ha aperto la gola. Una spada dorata, lo sapevi, lady Stark? Il suo sangue è corso giù lungo la lama. Rosso e oro. I colori dei Lannister.»

Jaime rise. Catelyn capì che il vino aveva ottenuto l'effetto voluto: lo Sterminatore di Re aveva bevuto la maggior parte della caraffa e adesso era ubriaco. «Solo un uomo come te sarebbe orgoglioso di un simile atto.»

«Te l'ho già detto: non ci sono uomini come me. Dimmi questo, lady Stark: il tuo Ned ti ha mai parlato di come è morto suo padre? O suo fratello?»

«Hanno strangolato Brandon sotto gli occhi di lord Rickard. E poi hanno ucciso anche lui.» Una brutta storia, vecchia di sedici anni. Per quale ragione Jaime voleva parlarne proprio adesso?

«Uccisi, certo. Ma *come*?»

«Corda e ascia, immagino.»

«Non dubito che Ned abbia voluto risparmiarti la verità» Jaime bevve un altro sorso, passandosi il dorso della mano sulle labbra. «La sua dolce giovane sposa, per quanto non vergine. Bene, volevi la verità. Chiedi. Abbiamo un accordo, no? Non posso negarti nulla. Chiedi.»

«La morte è morte.» "E io non voglio sapere..."

«Brandon era diverso da suo fratello, non è forse così? Nelle vene, aveva sangue, non acqua fredda. Era più simile a me.»

«Brandon non era affatto simile a te.»

«Se lo dici tu. Tu e lui dovevate sposarvi.»

«Stava raggiungendo Delta delle Acque quando...» strano come rievocare quella storia le facesse venire la gola arida, perfino dopo sedici anni «... quando venne a sapere di Lyanna. Così cambiò strada e andò ad Approdo del Re. Fu un atto impulsivo.» Ricordava anche come lord Hoster fosse andato su tutte le furie quando la notizia era giunta a Delta delle Acque. "Quel valoroso imbecille", così aveva definito Brandon.

Jaime si versò l'ultima mezza coppa di vino. «Entrò a cavallo nella Fortezza Rossa insieme a pochi compagni, gridando a gran voce che il principe Rhaegar venisse fuori ad affrontarlo. Ma Rhaegar non c'era. Aerys mandò le sue guardie ad arrestarli tutti con l'accusa di complottare l'assassinio di suo figlio. Anche gli altri erano figli di lord, mi sembra.»

«Ethan Glover era lo scudiero di Brandon» precisò Catelyn. «Fu lui l'unico che sopravvisse. Gli altri erano Jeffory Mallister, Kyle Royce ed Elbert Arryn, nipote ed erede di Jon Arryn.» Ricordava ancora i loro nomi dopo tanti anni, anche questo era strano. «Aerys li accusò di tradimento e convocò a corte i loro padri per rispondere di quell'accusa, tenendo i figli come ostaggi. E quando loro vennero, li fece sterminare tutti senza processo. Padri... e figli.»

«Ci furono delle specie di processi» precisò Jaime. «Lord Rickard chiese un processo per duello, e il re accolse la sua richiesta. Il vecchio Stark si preparò allo scontro, pensando di schierarsi contro uno della Guardia reale. Me, forse. Invece lo portarono nella Sala del Trono e lo appesero alle travature del soffitto. Sotto di lui, due dei piromanti di Aerys accesero un bel fuoco. Il re gli disse che il campione della Casa Targaryen era il *fuoco*. Per cui, tutto quello che lord Rickard Stark doveva fare per provare la sua innocenza era... non bruciare vivo.

«Mentre le fiamme ardevano, venne portato dentro anche Brandon. Gli avevano incatenato le mani dietro la schiena. Attorno al collo, aveva una correggia di cuoio bagnata, attaccata a un apparato che Aerys aveva portato dalla Città Libera di Tyrosh. Gli lasciarono libere le gambe e sistemarono la sua spada lunga appena fuori dalla sua portata.

«I piromanti si lavorarono lord Rickard molto lentamente, facendo vento e occupandosi di quel loro bel falò in modo da ottenere un calore preciso e costante. La prima ad andare in fiamme fu la sua cappa. Poi la tunica. Ben presto, Stark non ebbe addosso altro che metallo e ceneri. Nella fase successiva sarebbe stato arrostito, garantì Aerys... A meno che il figlio non fosse riuscito a liberarlo. Brandon tentò, ma quanto più lui lottava contro le catene, tanto più il cuoio che aveva attorno alla gola stringeva. Alla fine, strangolò se stesso.

«Quanto a lord Rickard, prima che anche lui morisse, l'acciaio della sua corazza pettorale era diventato rosso ciliegia. L'oro dei suoi speroni si era disciolto, gocciolando sulle fiamme. In tutto questo, io stavo ai piedi del Trono di Spade, nella mia armatura bianca, nel mio mantello bianco, cercando di riempirmi la testa del pensiero di Cersei. Più tardi, Gerold Hightower, comandante della Guardia reale, mi prese da parte e mi disse: "Il tuo giuramento è proteggere il re, non giudicarlo". Era il grande Toro bianco a parlare, leale fino alla fine e di certo uomo migliore di me, non c'è dubbio.»

«Aerys...» Catelyn aveva la bocca piena di fiele. Quella storia era talmente orrida che *doveva* essere vera «... era pazzo, l'intero reame lo sapeva. Ma se tu intendi farmi credere di aver ucciso il re per vendicare Brandon Stark...»

«Non intendo farti credere nulla di simile. Gli Stark non rappresentavano niente per me. Quale ironia che io venga amato da qualcuno per un gesto di gentilezza che non ho mai compiuto, e disprezzato da tanti altri per quello che è stato il mio atto più bello: tagliare la gola a quel demente. All'incoronazione di Robert, venni fatto inginocchiare ai piedi del trono a fianco del Gran maestro Pycelle e di Varys l'eunuco, in modo che il nuovo re potesse *perdonarci* per i nostri crimini e accoglierci al suo servizio. Quanto al tuo Ned, invece di baciare la mano che aveva sgozzato Aerys, preferì inveire contro il culo che trovò seduto sul trono destinato a Robert. Penso che Ned Stark abbia amato Robert Baratheon molto più di quanto non abbia amato suo fratello o sua sorella... o anche te, mia lady. Verso Robert, lui non è mai stato infedele, o sbaglio?» Jaime ebbe una risata da ubriaco. «Andiamo, lady Stark, non dirmi che non trovi tutto questo incredibilmente divertente.»

«Non trovo nulla di divertente in te, Sterminatore di Re.»

«Di nuovo quel nome. Non penso che ti scoperò, dopotutto. Ditocorto ti ha avuta per primo, non è vero? E io non mangio nel piatto di un altro. Inoltre, non sei neppure lontanamente bella quanto mia sorella.» Il suo sorriso era una lama. «Non ho mai giaciuto con un'altra donna all'infuori di Cersei. A mio modo, sono fedele come il tuo Ned non è mai stato. Povero, vecchio, defunto Ned.

Per cui, ti chiedo, chi è adesso quello il cui onore è merda? Com'è che fa di nome il ragazzo bastardo che lui ha generato?»

Catelyn fece un passo indietro: «*Brienne!*».

«No, non è quello.» Jaime Lannister bevve direttamente dalla caraffa. Un ultimo rigagnolo di vino gli corse lungo la faccia, rosso come sangue. «Snow, ecco come si chiama. Un nome così *bianco*... Proprio come quei bei mantelli che ci danno alla Guardia reale dopo che abbiamo fatto quei bei giuramenti.»

Brienne aprì la porta e avanzò nella cella: «Hai chiamato, mia lady?».

Catelyn tese la destra: «Dammi la tua spada».

THEON

Il cielo era una cappa di nubi incombenti, le foreste morte, congelate. Stava correndo, radici affioranti cercavano di afferrarlo alle caviglie, rami bassi lo frustavano in faccia, lasciando tracce rosse sulle sue guance. Continuò a lanciarsi in avanti, senza direzione, senza fiato, sollevando piogge di ghiaccio davanti a lui. "Pietà" implorò. Gettò un'occhiata alle proprie spalle. Eccoli arrivare, lupi grossi come cavalli, con teste di bambino al posto del muso. "Pietà! Pietà!" Il sangue colava dalle loro fauci, nero come l'inchiostro, scavando buchi fumanti nella coltre nevosa. Ogni balzo portava le belve più vicine a lui. Theon Greyjoy cercò di correre più svelto, ma le sue gambe si rifiutavano di obbedire. Tutti gli alberi avevano facce e stavano ridendo di lui, ridendo. Di nuovo udì l'ululato. Poteva sentire l'alito caldo dei lupi, una zaffata carica del calore degli inferi, satura del lezzo della decomposizione. "Sono morti, morti! Li ho fatti uccidere!" Cercò di urlare. "Ho fatto immergere le loro teste mozzate nel catrame." Ma quando aprì la bocca, uscì solo una specie di mugolio. Qualcosa lo toccò. Lui roteò su se stesso, urlando…

… annaspando alla ricerca della daga che teneva di fianco al letto. Riuscì solo a farla cadere a terra. Wex fece un balzo allontanandosi da lui. C'era Reek in piedi alle spalle del ragazzo muto, la faccia illuminata dal basso dalla fiamma della candela che reggeva.

«Che cosa?» urlò Theon. "Pietà!" «Che cosa volete da me? Perché siete nella mia camera da letto? *Perché?…*»

«Mio lord principe» disse Reek. «Tua sorella è a Grande Inverno. Hai chiesto di essere informato subito quando arrivava.»

«Era ora» mugugnò Theon, passandosi le dita tra i capelli. Aveva cominciato a temere che Asha lo abbandonasse al suo destino.

"Pietà." Gettò uno sguardo fuori dalla finestra. Le prime, vaghe luci dell'alba schiarivano il cielo dietro le torri di Grande Inverno. «Dov'è?»

«Lorren ha portato lei e i suoi uomini nella Sala Grande a fare colazione. La vedi adesso?»

«Sì, adesso.» Theon spinse le coperte di lato. Del fuoco non rimanevano che braci. «Wex, acqua calda.» Non poteva permettere che Asha lo vedesse in quello stato, fradicio di sudore, scarmigliato. "Lupi con teste di bambini..." Ebbe un tremito. «Chiudi le imposte.» La stanza era gelida come la foresta dell'incubo.

Negli ultimi tempi, tutti i suoi sogni erano stati pieni di freddo, e uno più orrendo dell'altro. Due notti prima, aveva sognato di nuovo di essere al mulino sul fiume Acorn, in ginocchio, intento a vestire i cadaveri. Le membra si stavano già irrigidendo. I corpi parevano opporre un'opaca resistenza mentre lui armeggiava su di loro con le dita mezzo congelate, tirando su brache, cercando di annodare stringhe, infilando stivali su piedi bloccati, affibbiando cinture di cuoio borchiato attorno a vite che poteva circondare con le mani. «Non ho mai voluto che si arrivasse a questo» aveva detto ai corpi. «Ma non mi hanno dato scelta.» I cadaveri non avevano risposto. Erano solo diventati più freddi, più pesanti.

E la notte prima, era stata la moglie del mugnaio. Theon aveva dimenticato il suo nome. Ricordava però il suo corpo: seni morbidi come cuscini, smagliature sul ventre, il modo in cui gli piantava le unghie nella schiena mentre lui la scopava. Nel sogno, Theon era di nuovo a letto con lei, ma questa volta lei aveva denti sopra e *sotto.* Gli aveva squarciato la gola e strappato via la virilità. Pura follia. Aveva visto morire anche lei. Gelmarr l'aveva abbattuta con un singolo colpo d'ascia mentre implorava Theon di avere misericordia. "Lasciami, donna. È stato lui a ucciderti, non io. E anche lui è morto." Per lo meno, Gelmarr non tornava a tormentarlo in sogno.

La memoria degli incubi si era sfilacciata quando Wex aveva fatto ritorno con l'acqua calda. Theon si tolse di dosso il sudore e gli umori della notte, vestendosi poi con tutta calma. Asha lo aveva fatto aspettare fin troppo, adesso era il suo turno di aspettare. Scelse una tunica di satin a strisce oro e nere e un elegante corpetto di cuoio con borchie d'argento... rendendosi conto solo in quel momento che per sua sorella le lame erano molto più importanti della bellezza. Imprecando, si tolse quegli abiti e ne indossò altri: lana nera e maglia di ferro. Attorno alla vita si affibbiò il cinturone con la spada e la daga, ricordando la notte in cui Asha lo aveva umiliato davanti a tutti al tavolo del loro padre. "Il suo caro pargoletto, certo. Ebbene, ho anch'io un coltello. E so come usarlo."

Infine si mise in capo la corona, un anello di gelido ferro, sottile come il dito di un uomo, con incastonati spessi bulbi di diamanti neri e pepite d'oro. Era brutta, distorta, ma non c'era niente da fare. Mikken giaceva sepolto oltre il fossato, e il nuovo fabbro se la cavava a stento con chiodi e ferri di cavallo. In fondo, quella era soltanto la corona di un principe, si consolò Theon. Una volta che fosse stato re, ne avrebbe portata una molto più bella.

Reek era in attesa fuori della porta, insieme a Urzen e a Kromm. Theon si mise in mezzo a loro. Negli ultimi tempi, si portava dietro le guardie dovunque andasse, perfino al cesso. Grande Inverno lo voleva morto. La notte stessa in cui erano rientrati dal fiume Acorn, Gelmarr il Tetro era caduto da certe scale di pietra e si era spezzato la schiena. Il giorno dopo, Aggar era stato trovato con la gola squarciata da un orecchio all'altro. Gynir Nasorosso era teso al punto da evitare il vino e dormire in maglia di ferro, elmo e corazza. Si teneva anche vicino il cane più rumoroso del canile, in modo da essere svegliato all'istante se qualcuno si avvicinava troppo a dove dormiva. Un giorno, l'intero castello si era destato al suono del suo abbaiare isterico. Il cagnolino fetente correva su e giù intorno alla cisterna. Nasorosso galleggiava a faccia in sotto dentro di essa, morto da un pezzo.

Theon non poteva permettere che quei delitti rimanessero impuniti. Farlen, il mastro dei canili, era sospettabile come chiunque altro. Così Theon allestì una specie di tribunale, giudicò Farlen colpevole e lo condannò a morte. Ma perfino quello andò storto. «Lord Eddard le eseguiva sempre lui, le sentenze» disse il mastro nel mettere la testa sul ceppo. Theon fu costretto a occuparsene di persona, altrimenti sarebbe apparso un debole. Solo che aveva le mani sudate e la presa sull'impugnatura della spada gli scivolò a metà del colpo. La lama cadde tra le spalle di Farlen, ci vollero tre altri fendenti perché si aprisse la strada tra muscoli, tendini e ossa, staccando finalmente la testa dal corpo. Più tardi, ricordando tutte le volte che lui e Farlen si erano seduti insieme davanti a una coppa di vino a parlare di cani e di caccia, Theon si era sentito male. "Non ho avuto scelta" avrebbe voluto urlare al cadavere decapitato. "Gli uomini di ferro non sanno tenere i segreti, alcuni di noi sono morti e qualcuno doveva pagare." Avrebbe solo voluto ucciderlo in modo più pulito. Ned Stark non aveva mai avuto bisogno di più d'un colpo per decapitare un uomo.

Dopo la morte di Farlen, le uccisioni erano cessate, ma i suoi uomini continuavano comunque a rimanere tetri e ansiosi. «Non temono nessun avversario in campo aperto» gli aveva detto Lorren il Nero. «Ma vivere in mezzo a nemici è un'altra cosa. Non sai mai se la lavandaia vuole baciarti o ucciderti. Non sai mai se il ragazzino delle cucine ti versa vino o veleno. Dobbiamo andare via da questo posto.»

«Io sono il principe di Grande Inverno!» gli aveva gridato Theon. «Questo è il mio scranno, e nessun uomo mi farà mai rinunciare a esso. Né alcuna donna!»

"Asha. È lei a scavarmi la fossa. La mia cara sorellina... che gli Estranei possano fottersela con una spada." Asha lo voleva morto, era chiaro, in modo da poter prendere il suo posto quale erede di loro padre. Per questo lo aveva lasciato lì a languire, ignorando tutti quegli ordini urgenti che lui le aveva inviato.

La trovò sbracata nell'alto scranno degli Stark, che strappava pezzi di cappone con le mani. La sala riecheggiava delle voci dei suoi uomini, intenti a scambiarsi storie di guerra con gli uomini di Theon, tutti mezzi ubriachi. Il caos era talmente assordante che il suo ingresso venne ignorato.

«Dove sono gli altri?» domandò a Reek. Non c'erano più di cinquanta uomini a ingozzarsi seduti dietro i tavoli a cavalletto. La Sala Grande di Grande Inverno poteva ospitarne dieci volte tanti.

«La compagnia è tutta qua, milord.»

«*Tutta* qua?... ma quanti uomini ha portato Asha?»

«Venti, se conto bene.»

Theon Greyjoy marciò fino a sua sorella. Asha stava ridendo alla battuta di uno dei guerrieri. Si interruppe nel vederlo avanzare.

«Guarda un po' chi c'è» gettò un osso a uno dei cani che si aggiravano per la sala. «Il principe di Grande Inverno...» sotto il gran naso da uccello da preda, le sue labbra carnose si distorsero in un sogghigno di scherno «o forse è il principe degli idioti?»

«L'invidia peggiore si fa donna.»

Asha si leccò le dita unte di grasso. Una ciocca di capelli neri le ricadde sugli occhi. I suoi uomini stavano urlando, chiedendo pane e pancetta. Erano in pochi, ma facevano un baccano d'inferno.

«Invidia, Theon?»

«Come altro vorresti chiamarla? Con trenta uomini, ho catturato Grande Inverno in una sola notte. A te ne sono serviti mille e un intero ciclo di luna per prendere Deepwood Motte.»

«Sai com'è, fratello, non sono certo il grande guerriero che sei tu.» Mandò giù un mezzo corno di birra e si pulì le labbra con il dorso della mano. «Ho visto le teste mozzate sul portale. Dài, dimmi la verità, quale dei due ha combattuto con maggior ferocia… lo storpio o l'infante?»

Theon Greyjoy sentì il sangue andargli alla testa. Non provava alcuna gioia per quelle teste, non più di quanta ne avesse provata sventolando i cadaveri decapitati dei bambini davanti a tutto il castello. La Vecchia Nan era rimasta come impietrita, la sua bocca sdentata si apriva e si chiudeva senza suono. Farlen gli si era gettato addosso ringhiando come uno dei suoi mastini. Urzen e Cadwyl lo avevano pestato fino a fargli perdere i sensi con le aste delle loro lance. "Come si è potuto arrivare a questo?…" Aveva pensato mentre stava immobile davanti ai due piccoli corpi tempestati dalle mosche.

Maestro Luwin era stato l'unico con abbastanza stomaco da avvicinarsi. Il volto di pietra, il piccolo uomo grigio lo aveva implorato di lasciargli ricucire le teste mozzate sui cadaveri dei due ragazzini, in modo che potessero riposare nelle cripte, insieme a tutti gli altri Stark defunti.

«No» aveva risposto Theon. «Non nelle cripte.»

«Ma perché no, mio signore? Adesso, certo non possono farti più del male. È là che devono stare. Tutte le ossa degli Stark…»

«Ho detto *no.*»

Aveva bisogno che le teste restassero sulle mura, ma quello stesso giorno aveva bruciato i piccoli corpi decapitati, vestiti di tutto punto. Dopo di che, si era inginocchiato tra le ceneri, recuperando un'informe massa di argento e di smalto nero liquefatta dal calore. Tutto quello che restava del fermaglio a forma di testa di lupo che un tempo era appartenuto a Bran. Ancora lo conservava.

«Sono stato generoso verso Bran e Rickon» disse ad Asha. «Hanno deciso loro d'incontrare quel destino.»

«Tutti noi decidiamo quale destino incontrare, fratellino.»

La sua pazienza si era esaurita: «Come ti aspetti che io possa tenere Grande Inverno con venti uomini?».

«Con dieci uomini» corresse Asha. «Gli altri ritornano con me. Tu certo non vorrai che la tua povera sorellina affronti i pericoli della foresta senza un'adeguata scorta, non è vero? Ci sono meta-lupi in agguato nell'oscurità.» Si alzò dal grande scranno di pietra e si mise in piedi. «Forza, andiamo da qualche parte dove parlare in privato.»

Aveva ragione, ma lo irritò che fosse stata lei a proporlo. "Non avrei mai dovuto presentarmi in questa sala" si accusò Theon con rabbia. "Avrei dovuto far venire lei da me." Solo che adesso era troppo tardi.

Non ebbe altra scelta se non precedere Asha nel solarium che era stato di Ned Stark. Fu là, davanti alle ceneri di un fuoco ormai estinto, che cominciò a raccontare precipitosamente «Dagmer Mascella Spaccata è stato sconfitto a Piazza di Thorren...»

«Lo so» disse Asha con calma. «Il vecchio castellano ha fatto breccia nelle sue barriere fortificate. Che cos'altro ti aspettavi? Questo ser Rodrik Cassel conosce perfettamente il terreno, mentre Mascella Spaccata non lo conosceva affatto. Molti degli uomini del Nord erano a cavallo. Gli uomini di ferro non hanno la disciplina per reggere una carica di cavalleria pesante. Dagmer vive, e di tanto sii grato. Sta guidando i superstiti verso la Costa Pietrosa.»

"Sa ben più di quanto non sappia io" capì Theon. Il che lo fece infuriare ancora di più. «La vittoria ha dato a Leobald Tallhart il coraggio di uscire da dietro le mura per unirsi a ser Rodrik. Ho anche rapporti che dicono che lord Manderly di Porto Bianco ha mandato su per il fiume una dozzina di chiatte cariche di cavalieri, cavalli da battaglia e macchine da guerra. Oltre l'Ultimo Fiume, anche gli Umber si stanno preparando allo scontro. Alla prossima luna, ci sarà un intero esercito sotto le mie mura... e tu mi porti *dieci uomini*?»

«E sono anche troppi.»

«Io ti ho ordinato...»

«*Nostro padre* mi ha ordinato di prendere Deepwood Motte» sibilò Asha. «Non ha mai parlato di andare a salvare il mio fratellino.»

«All'inferno Deepwood Motte» ribatté Theon. «È una latrina di legno sulla sommità di una collina. Il cuore della terra è Grande Inverno, ma come credi che riuscirò a tenerla senza una guarnigione?»

«A questo avresti dovuto pensare prima di prenderla. Oh, è stata un'impresa abile, lo riconosco. Se solo tu avessi avuto il buonsenso di radere il castello al suolo e di portare i due principini a Pyke come ostaggi, avresti vinto la guerra con un solo colpo di mano.»

«E ti sarebbe piaciuto, giusto? Vedere il mio trofeo ridotto a rovine e cenere.»

«Questo tuo trofeo sarà la tua catastrofe. Le piovre sorgono dal *mare*, Theon, o forse te ne sei dimenticato, con tutti gli anni che hai passato in mezzo ai lupi? La nostra forza sono le nostre navi lunghe. La mia latrina di legno si trova abbastanza vicina al mare da consentirmi di essere rifornita di vettovaglie e di uomini ogni volta che ne ho bisogno. Mentre Grande Inverno è centinaia di chilometri nell'entroterra, circondata da foreste, da colline, da fortini e castelli ostili. E non farti illusioni, Theon: adesso ogni uomo in quelle centinaia di chilometri è tuo nemico. È diventata una certezza nel momento in cui hai infilato quelle due teste sulle picche.» Asha scosse il capo. «Come hai potuto essere così cieco, così idiota? Due *bambini*!...»

«*Mi avevano sfidato*!» Theon le urlò in faccia. «E poi, sangue chiama sangue, due figli di Eddard Stark contro Rodrik e Maron Greyjoy.» La parole gli vennero fuori quasi senza pensare, ma Theon fu certo che suo padre avrebbe approvato. «Ho dato pace agli spiriti dei miei fratelli.»

«Dei *nostri* fratelli» ma il sorriso che aleggiava sulle labbra di Asha gli fece capire quanto lei non fosse per niente convinta di quel discorso sulla vendetta. «Te li sei portati dietro fino da Pyke, i loro spiriti, fratellino? E io che pensavo fosse solo nostro padre che loro continuavano a tormentare.»

«Quando mai una donna ha potuto capire il bisogno di vendetta di un uomo?» Se anche lord Balon non apprezzava il dono rappresentato da Grande Inverno, *doveva* approvare la volontà di Theon di vendicare i suoi fratelli!

Asha ebbe una risata gorgogliante: «Questo ser Rodrik potrebbe avere lo stesso virile bisogno, ci hai pensato? Qualsiasi cosa tu sia diventato, Theon, rimani pur sempre sangue del mio sangue. Nel nome della madre che ci ha dato la vita, ti chiedo di tornare con me a Deepwood Motte. Da' fuoco a Grande Inverno e ritirati... finché sei ancora in tempo».

«No.» Theon si aggiustò la corona. «Ho preso questo castello e intendo tenerlo.»

Sua sorella rimase a fissarlo per un lungo momento. «E allora tienitelo pure... per il resto della tua vita.» Asha sospirò. «Io dico che è follia, ma che potrà mai saperne di queste cose una timida fanciulla?» Sulla soglia, gli fece un sorriso di scherno. «A proposito, quella è la corona più brutta che abbia mai visto. Te la sei fatta tu?»

Se ne andò, lasciandolo furibondo.

Asha Greyjoy rimase a Grande Inverno solo il tempo necessario per nutrire e abbeverare i cavalli. Proprio come aveva minacciato, metà dei suoi uomini vennero via con lei. Uscirono da quella stessa Porta dei Cacciatori che Bran e Rickon avevano usato per scappare.

Theon li osservò andarsene dalla sommità delle mura. Dopo che sua sorella fu svanita nelle brume della Foresta del Lupo, la domanda, inevitabilmente, affiorò: perché non l'aveva ascoltata e non era andato via con lei?

«Andata, sì?»

C'era Reek alle sue spalle. Theon non l'aveva udito avvicinarsi.

Né aveva percepito il suo lezzo. Era l'ultima persona che avrebbe voluto vedere. Gli metteva freddo l'idea che quell'individuo continuasse a respirare considerando quanto sapeva. "Dopo che lui aveva sistemato gli altri, avrei dovuto ucciderlo." Ma la cosa lo rendeva nervoso. Inaspettatamente, Reek sapeva leggere e scrivere e astuto com'era poteva aver nascosto da qualche parte un documento che rivelava ciò che loro avevano fatto.

«Milord principe, chiedo perdono per dirlo, ma non è giusto che lei ti abbandoni. E dieci uomini, quelli non sono nemmeno lontanamente abbastanza.»

«Sono ben consapevole di questo» rispose Theon. "Così come lo era Asha."

«Forse posso aiutarti» continuò Reek. «Dammi un cavallo e un sacco di monete, e io ti trovo uomini bravi.»

Gli occhi di Theon si strinsero: «Quanti?».

«Cento, magari. Duecento. Forse di più.» Sorrise, occhi pallidi che mandavano lampi. «Io qua nel Nord ci sono nato. Ne conosco tanti, di uomini, e tanti uomini conoscono Reek.»

Duecento uomini non erano certo un esercito, ma non gliene servivano migliaia per tenere una fortezza poderosa come Grande Inverno. Bastava che fossero in grado d'imparare da quale parte s'impugna una lancia, e potevano cambiare le cose.

«Tu fa' quello che dici di poter fare» disse Theon. «E scoprirai che non sono affatto un ingrato.»

«Bene, milord, è da quando ero con lord Ramsay che non vedo una donna» rispose Reek. «Ho messo gli occhi su Palla, e so che è già stata presa...»

Theon si era spinto troppo oltre con Reek per tornare indietro adesso: «Duecento uomini e lei è tua. Un solo uomo in meno, e puoi tornartene a fottere scrofe».

Reek si dileguò prima del tramonto, portando con sé una bisaccia d'argento degli Stark e le ultime speranze di Theon Greyjoy. "Questo pezzo di sterco non lo rivedrò mai più" rimuginò acidamente Theon. "È pressoché certo." Ma era un rischio che doveva correre.

Quella notte, ebbe un ennesimo incubo.

Sognò il banchetto che Ned Stark aveva dato in onore di re Robert in occasione della sua visita a Grande Inverno. Fuori, i venti freddi soffiavano sempre più forti, ma la Sala Grande era piena di musica e di risate. Al principio, c'erano vino e carne arrostita, Theon faceva battute e occhieggiava le servette e si divertiva... fino a quando notò che la sala stava diventando sempre più buia. La musica non sembrava allegra come prima. Udì delle stecche, strani silenzi, note che parevano come sanguinare nell'aria. Di colpo, il vino che aveva in bocca divenne amaro. E quando alzò lo sguardo, stava banchettando con i morti.

Re Robert, il ventre squarciato, sedeva con le viscere sparse sul tavolo. Eddard Stark era accanto a lui, senza testa. Cadaveri si allineavano sulle panche. Putrida carne grigiastra che si disfaceva dalle loro ossa mentre sollevavano le coppe. Viscidi torrenti di vermi si contorcevano dentro e fuori dalle loro cavità orbitali svuotate. Lui li conosceva, tutti quanti: Jory Cassel e Tom il Grasso, Porther e Cayn e Hullen mastro dei cavalli, e tutti gli altri che erano andati a sud, ad Approdo del Re, per non fare più ritorno. Mikken il fabbro e Chayle il septon sedevano insieme, l'uno grondante sangue, l'altro acqua. Benfred Tallhart e le sue Lepri selvagge occupavano un tavolo tutto loro. C'era anche la moglie del mugnaio, e Farlen, e addirittura il bruto che Theon aveva abbattuto con una freccia nella Foresta del Lupo quando aveva salvato la vita a Bran.

C'erano anche facce che non aveva mai visto in vita, ma solo scolpite nella pietra. La fanciulla snella e triste, con la corona di pallide rose blu e l'abito inzuppato di sangue, non poteva essere che Lyanna. Suo fratello Brandon era in piedi accanto a lei, il lord loro padre, Rickard Stark, dietro di loro. Lungo i muri, figure indistinte si muovevano tra le ombre, spettri lividi dai lunghi volti tetri. La loro vista fece affondare la lama della paura nel cuore di Theon. Le grandi porte si spalancarono con un boato, il vento gelido soffiò nella sala. Dalle tenebre della notte, emerse Robb Stark. Vento Grigio camminava accanto a lui, gli occhi in fiamme. Uomo e lupo entrambi sanguinavano da cento orribili ferite.

Theon si svegliò urlando. Wex si spaventò al punto da scappare fuori dalla stanza, nudo come un verme. Le sue guardie fecero irruzione, con le spade sguainate. Lui ordinò loro di far venire il maestro. Quando Luwin si presentò, arruffato e assonnato, una coppa di vino era riuscita a ridurre il tremito che scuoteva le mani di Theon, e lui si vergognava del panico che aveva provato.

«Un sogno» mugugnò. «Solo quello. Non significa nulla.»

«Nulla» concordò solennemente Luwin.

Il sapiente gli lasciò una pozione per dormire, ma Theon la versò nella latrina un momento dopo che il maestro se ne fu andato. Luwin era un maestro, ma era anche un uomo e l'uomo non aveva alcun amore per lui. "Vuole che dorma, certo... che dorma e che non mi svegli più. Lo vorrebbe quanto lo vuole Asha."

Mandò a chiamare Kyra, chiuse la porta con un calcio, le si mise sopra e scopò la ragazzina con una furia che nemmeno sapeva potesse esistere dentro di sé. Quando ebbe finito, Kyra stava singhiozzando, la gola e i seni coperti di lividi e tracce di morsi. Theon la scaraventò fuori dal letto e le gettò una coperta.

«Vattene.»

Ma nemmeno allora fu in grado di dormire.

All'alba, si vestì e uscì all'esterno, sul camminamento delle mura. Un duro vento autunnale soffiava tra le fortificazioni. Gli arrossò le guance, gli fece lacrimare gli occhi. Osservò la foresta sotto di lui passare dal grigio al verde mentre la luce del giorno dilagava sugli alberi silenziosi. Alla sua sinistra, le cime delle torri si levavano oltre le mura esterne, mentre i tetti erano illuminati dal sole sorgente. Le foglie rosse dell'albero-diga parevano un vortice di fiamme nel verde del parco degli dei. "Il bosco degli Stark, il castello degli Stark, la spada degli Stark, gli dei degli Stark. Questo è il loro luogo, non il mio. Io sono un Greyjoy di Pyke delle Isole di Ferro, nato per dipingere una piovra sul mio scudo e per navigare il grande mare salato. Avrei dovuto andare con Asha."

Sui rostri di ferro sopra il corpo di guardia, le teste mozzate aspettavano.

Theon le osservò in silenzio, mentre il vento gli afferrava il mantello con piccole mani fantasma. I figli del mugnaio avevano la stessa età di Bran e Rickon, la stessa corporatura, lo stesso colorito. Una volta che Reek aveva scuoiato le facce e immerso le teste nel catrame, non era stato difficile credere di riconoscere lineamenti noti in quei distorti grumi di carne putrefatta. La gente era così idiota...

"Se avessi detto loro che erano teste d'ariete, avrebbero visto le corna."

SANSA

Era tutta la mattina che cantavano nel tempio, fin da quando la notizia dell'avvistamento delle vele di Stannis aveva raggiunto la Fortezza Rossa. Il suono delle voci si andava a mescolare con il nitrire dei cavalli, il clangore dell'acciaio, lo stridere delle cerniere delle grandi porte di bronzo, generando un concerto strano e sinistro. "Nel tempio, invocano la misericordia della Madre, ma sulle mura è il Guerriero che pregano, e lo pregano in silenzio." Sansa ricordò quello che diceva septa Mordane: il Guerriero e la Madre non erano altro che due volti del medesimo grande dio. "Ma se ce n'è soltanto uno, quali preghiere verranno ascoltate?"

Ser Meryn Trant tratteneva il purosangue di Joffrey, in modo da permettere al re di montare in sella. Sia il ragazzo sia il suo destriero erano protetti da una maglia di ferro dorata e da un'armatura smaltata color porpora, mentre teste di leone ornavano gli elmi di entrambi. Ogni volta che Joffrey si muoveva, la pallida luce del sole creava barbagli dorati e purpurei. "Fulgido, splendente e vuoto" non poté fare a meno di pensare Sansa.

Il Folletto montava uno stallone fulvo, bardato per la battaglia in modo più sobrio di quello del re. Sembrava un bambino con indosso gli abiti del padre, ma nell'ascia da battaglia sotto lo scudo non c'era nulla di fanciullesco. Al suo fianco c'era ser Mandon Moore, l'acciaio bianco della sua armatura mandava scintillii glaciali. Quando Tyrion si accorse di Sansa fece voltare il cavallo.

«Mia lady» apostrofò. «Sono certo che mia sorella ti ha chiesto di unirti alle altre nobili signore nel Fortino di Maegor.»

«Lo ha fatto, mio lord, ma re Joffrey ha voluto che io lo guardassi partire. Intendo comunque visitare anch'io il tempio, per pregare.»

«Eviterò di chiederti per chi.» La bocca di Tyrion assunse una piega distorta. Se si trattava di un sorriso, era il sorriso più strano che Sansa avesse mai visto. «Questa giornata potrebbe cambiare ogni cosa. Sia per te sia per la Casa Lannister. Ora che ci penso, avrei dovuto mandarti via insieme a Tommen. Per quanto, sarai al sicuro anche nel Fortino di Maegor, anche se non...»

«*Sansa!*» Joffrey l'aveva vista, il suo richiamo quasi infantile risuonò nella piazza d'armi. «Sansa, qui!»

"Mi chiama come se fossi un cane."

«Sua Maestà ha bisogno di te» osservò Tyrion. «Riprenderemo la conversazione dopo la battaglia, se gli dei lo permetteranno.»

Sansa si destreggiò tra le file di lancieri in mantelli dorati, mentre Joffrey le faceva cenno di avvicinarsi.

«Presto sarà battaglia» affermò il re. «Lo dicono tutti.»

«Che gli dei abbiano misericordia di tutti noi.»

«È mio zio Stannis quello che ha bisogno di misericordia, ma da me non ne avrà alcuna.» Joffrey sfoderò la spada. Il pomo dell'elsa era un rubino a forma di cuore stretto tra le fauci di un leone. C'erano tre profonde scanalature incise nell'acciaio. «Il mio nuovo acciaio: Divoratrice di cuori.»

Un tempo, Joffrey aveva avuto una spada chiamata Dente di leone. Arya gliel'aveva strappata di mano e l'aveva gettata nel fiume. "Spero che Stannis faccia fare la stessa fine anche a questa." «Splendidamente istoriata, Maestà.»

«Benedici la mia lama con un bacio» tese Divoratrice di cuori verso di lei. «Avanti, baciala.»

A sentirlo, sembrava proprio uno stupido ragazzino. Sansa sfiorò il metallo con le labbra. Avrebbe baciato un'infinità di spade, piuttosto che baciare Joffrey. Quel gesto, comunque, parve soddisfarlo.

«Al mio ritorno, la bacerai di nuovo» disse rinfoderando la lama con un gesto esagerato «e gusterai il sangue di mio zio.»

"Solo se uno della Guardia reale lo ucciderà per te." Tre cavalieri delle spade bianche avrebbero accompagnato Joffrey e Tyrion: ser Meryn, ser Mandon e ser Osmund Kettleblack. «Sarai tu a guidare i tuoi cavalieri in battaglia?» chiese Sansa, piena di speranza.

«Lo farei, ma mio zio il Folletto dice che mio zio Stannis non riuscirà mai ad attraversare il fiume. Comanderò le Tre Puttane, però, e mi occuperò personalmente dei traditori.»

La prospettiva fece sorridere Joffrey. Le sue labbra carnose gli davano sempre un'aria leziosa. Un tempo, a Sansa piaceva. Adesso ne provava soltanto ribrezzo.

«Dicono che mio fratello Robb va sempre dove il combattimento è più duro» disse lei temerariamente. «Anche se è più vecchio di sua Maestà, certo. Un uomo fatto, ormai.»

Joffrey corrugò la fronte: «Mi occuperò di lui una volta che avrò sbaragliato quel traditore di mio zio Stannis. Sventrerò Robb con la Divoratrice di cuori, vedrai».

Fece voltare il cavallo e diede di speroni, dirigendosi verso il portale. Ser Meryn e ser Osmund si affiancarono a lui, l'uno a destra l'altro a sinistra, e le cappe dorate s'incolonnarono per quattro sulla loro scia. Il Folletto e ser Mandon andarono di retroguardia. Le guardie del castello diedero loro l'incoraggiamento d'addio con grida e applausi. Quando l'ultimo uomo d'arme fu andato, un'improvvisa immobilità calò sul cortile della Fortezza Rossa.

Era la quiete prima della tempesta.

In quella quiete, le arrivò il canto. Sansa si girò e si diresse verso il tempio. Due dei ragazzi di stalla la seguirono, e anche una delle guardie che aveva completato il turno. Altri li imitarono.

Sansa non aveva mai visto il tempio tanto affollato, né tanto illuminato. Grandi lame di luce solare nei colori dell'arcobaleno penetravano in obliquo dalle vetrate delle alte finestre. Dovunque brillavano candele, le loro fiammelle simili a stelle remote. Gli altari della Madre e del Guerriero erano avvolti dalla luce, ma anche il Fabbro, la Vecchia, la Vergine e il Padre avevano i loro adoratori. Alcune fiammelle ardevano perfino sotto il volto in parte umano dello Sconosciuto... E in fondo chi era Stannis Baratheon se non uno Sconosciuto, venuto a giudicare tutti loro?

Sansa visitò ciascuno dei Sette Dei, accendendo una candela a ogni altare. Alla fine, trovò un posto a sedere su una panca, tra una rugosa lavandaia e un ragazzino della stessa età di Rickon, che indossava la raffinata tunica di lino del figlio di qualche cavaliere. La mano dell'anziana donna era ossuta, indurita dai calli, quella del bimbo piccola e delicata, comunque era piacevole avere qualcosa da stringere. L'aria era calda, pesante, impregnata dell'odore dell'incenso e del sudore, piena dei riflessi dei cristalli e dello scintillio delle candele. Un'atmosfera che a Sansa faceva venire le vertigini.

Conosceva l'inno sacro, era stata la lady sua madre a insegnarglielo, molto tempo prima, a Grande Inverno. La sua voce si unì alle altre voci.

Dolce Madre, fonte di pietà,
risparmia i nostri figli dalla guerra, noi ti preghiamo,
ferma le spade e ferma le frecce,
lascia che abbiano giorni migliori.

Dolce Madre, forza delle donne,
aiuta le nostre figlie in questa tribolazione,
calma il furore e lenisci la furia,
insegna a tutte noi una via più gentile.

All'estremo opposto della città, erano andati a migliaia ad ammassarsi nel Grande Tempio di Baelor, sulla cima della collina di Visenya. Anche loro cantavano, le loro voci che si disperdevano su Approdo del Re, oltre il fiume, fino al più alto dei cieli. "Gli dei devono ascoltarci, è certo." Di questo, Sansa era convinta.

Conosceva la maggior parte degli inni. Quelli che invece non ricordava, li seguì come meglio poté. Cantò insieme a vecchi servi avvizziti e giovani mogli ansiose, servette e soldati, cuochi e falconieri, cavalieri e furfanti, scudieri e sguatteri e balie. Cantò con chi era dentro il castello e con chi era fuori, cantò con tutta la città. Chiese misericordia per i vivi e per i morti, per Bran e Rickon e Robb, per sua sorella Arya e per il loro fratello bastardo Jon Snow, così lontano sulla Barriera. Cantò per sua madre e suo padre, per suo nonno lord Hoster e suo zio Edmure Tully, per la sua amica Jeyne Poole, per il vecchio ubriacone re Robert, per septa Mordane e ser Dontos e Jory Cassel e maestro Luwin. Cantò per tutti i valorosi soldati e cavalieri che quel giorno sarebbero morti, per i figli e le mogli che li avrebbero pianti. E verso la fine, cantò addirittura per Tyrion il Folletto e per Sandor Clegane il Mastino. "Non è un vero cavaliere ma mi ha salvato lo stesso" disse alla Madre. "Salvalo, se puoi, e placa la furia dentro di lui."

Ma quando il septon salì sul pulpito, quando invocò gli dei perché proteggessero il loro vero e nobile re, Sansa balzò in piedi. I corridoi del tempio erano pieni di gente. Per andarsene, fu costretta a farsi largo a spallate. Dietro di lei, il septon stava chiedendo al Fabbro di dare forza alla spada e allo scudo di Joffrey, al Guerriero di infondergli coraggio, al Padre di difenderlo nel momento del bisogno. "Che la sua spada si spezzi e il suo scudo si schianti" quel pensiero folgorò la mente di Sansa mentre continuava a lottare per raggiungere la porta. "Che il suo coraggio svanisca e che tutti gli voltino le spalle."

Tranne poche guardie di pattuglia sui camminamenti delle mura, il castello appariva vuoto. Sansa si fermò, rimanendo in ascolto. Da lontano, le arrivarono i rumori della battaglia. I canti sacri riuscivano quasi a sommergerli, ma quei rumori erano là, bastava avere orecchie per udirli: il profondo lamento dei corni da guerra, gli scricchiolii e gli schianti delle catapulte che lanciavano pietre, i tonfi nell'acqua e lo spezzarsi del legno, il crepitio dei fuochi accesi sotto le caldare, il ringhio degli scorpioni che proiettavano dardi lunghi un metro con punte d'acciaio. E sotto tutto questo... le urla degli uomini che morivano.

Era un canto diverso, quello, un canto terribile. Sansa sollevò il cappuccio del mantello per coprirsi le orecchie e corse verso il Fortino di Maegor, la fortezza dentro la fortezza nella quale la regina aveva promesso che tutti loro sarebbero stati al sicuro. All'imboccatura del ponte levatoio, Sansa incontrò lady Tanda e le sue due figlie. Falyse era arrivata il giorno prima dal Castello di Stokeworth insieme a un piccolo drappello di soldati. Stava cercando di spingere sua sorella sul ponte. Lollys, in lacrime, si ostinava ad aggrapparsi alla sua cameriera: «Non voglio, non voglio, non voglio».

«La battaglia è cominciata» disse lady Tanda con la sua voce querula.

«Non voglio, non voglio.»

Non c'era modo di evitarle. Sansa le apostrofò con cortesia: «Come posso esservi d'aiuto?».

«Non credo tu possa, mia signora» lady Tanda arrossì di vergogna. «Ma ti ringraziamo caldamente. Devi perdonare mia figlia, non è stata bene.»

«Non voglio.» Lollys continuò a tenersi alla cameriera, una ragazza snella e graziosa, con i capelli scuri tagliati corti. A giudicare dalla sua espressione, non avrebbe chiesto di meglio che gettare la sua padrona nel fossato asciutto, a infilzarsi su uno di quei maligni rostri di ferro.

«Vi prego, vi prego, non voglio.»

«Saremo ben protette all'interno» le disse Sansa gentilmente. «E ci saranno anche cibo, bevande e canzoni.»

Lollys la fissò a bocca aperta. I suoi slavati occhi castani sembravano perennemente umidi di lacrime. «Non voglio.»

«*Devi*» disse sua sorella Falyse con durezza. «E che sia finita qui. Shae, aiutami.»

Ciascuna di loro prese Lollys per un gomito. Insieme, un po' la spinsero un po' la trasportarono attraverso il ponte levatoio.

«È stata malata» ripeté lady Tanda.

"Se proprio un bambino in grembo vogliamo chiamarlo malattia" pensò Sansa. Ormai era una chiacchiera diffusa che Lollys fosse incinta.

Le due guardie alla porta indossavano elmi a cresta di leone e i mantelli porpora della Casa Lannister, Sansa però sapeva bene che erano soltanto mercenari addobbati per l'occasione. Ce n'era un altro seduto alla base delle scale. Una *vera* guardia sarebbe stata in piedi, non sbracata sui gradini con l'alabarda di traverso sulle ginocchia. Quando le vide, si alzò e aprì la porta per lasciarle entrare.

La Sala da Ballo della regina non era ampia nemmeno un decimo della Sala Grande del castello, ed era la metà della Sala Piccola nella Torre del Primo Cavaliere. In ogni caso, poteva ospitare cento persone, e la sua raffinatezza compensava le scarse dimensioni. Tutte le nicchie erano occupate da specchi istoriati in argento, che raddoppiavano così la luce delle torce. Le pareti erano rivestite con pannelli di legno finemente lavorato. Sul pavimento erano stese stuoie profumate. Dalla galleria superiore, scendevano soavi melodie di archi e fiati. Una fila di finestre a sesto acuto si apriva nel muro sud, le aperture chiuse da pesanti tendaggi. Gli spessi velluti non permettevano il passaggio di alcuna luce, assorbendo i suoni sia degli inni sia della guerra. "Non serve a niente" sapeva Sansa. "La guerra è con noi lo stesso."

Quasi tutte le donne d'alto lignaggio della città erano sedute ai lunghi tavoli a cavalletto insieme a un pugno di uomini molto vecchi e di ragazzi molto giovani. Donne che erano madri, mogli, figlie, sorelle. I loro uomini erano andati a combattere lord Stannis, e molti di loro non avrebbero fatto ritorno. Questa consapevolezza rendeva l'atmosfera pesante. Quale promessa sposa di Joffrey, a Sansa spettò il posto d'onore alla destra della regina. Nel salire i pochi gradini della piattaforma regale, notò un uomo in piedi tra le ombre che incombevano sulla parete al fondo della sala. Indossava una lunga cotta di maglia nera, aveva la spada in pugno: era Ghiaccio, la grande spada di lord Eddard, alta quasi quanto quell'uomo. La teneva con la punta appoggiata a terra, le dure dita ossute avvolte sulla guardia ai lati dell'impugnatura. Sansa sentì il respiro rimanerle impigliato in gola. Ser Ilyn Payne parve percepire il suo sguardo. Voltò verso di lei il suo volto scarno e butterato.

«E lui che cosa ci fa qui?» domandò Sansa a Osfryd Kettleblack, capitano delle nuove guardie porpora della regina.

Osfryd sogghignò: «Sua Maestà ritiene di aver bisogno di lui prima che la serata si sia conclusa».

Ser Ilyn Payne era la Giustizia del re. Ed esisteva un unico genere di servizio che lui espletava. "Quale testa vuole?"

«Che tutti si alzino per sua Maestà» annunciò l'attendente reale. «Cersei della Casa Lannister, regina reggente e protettrice del reame.»

L'abito di Cersei era di lino, bianco come la neve, bianco come le cappe della Guardia reale. Sulle lunghe maniche tagliate a losanga scintillava una fodera di satin dorato. Masse di splendidi capelli biondi le ricadevano in spessi boccoli sulle spalle nude. Attorno al collo scultoreo, portava una collana di diamanti e smeraldi. Il bianco la faceva apparire stranamente innocente, quasi virginale, c'erano però tracce di colore sulle sue guance.

«Accomodatevi» disse la regina dopo essere ascesa alla piattaforma reale. «E siate i benvenuti.»

Osfryd Kettleblack si occupò del suo scranno, aiutandola a sedersi. Un paggio fece lo stesso per Sansa.

«Ti trovo pallida, Sansa» osservò Cersei. «Il tuo fiore rosso sta ancora sbocciando?»

«Sì.»

«Risvolto consono alla situazione. Uomini sanguinano là fuori, tu sanguini qui dentro.» La regina fece cenno che venisse servita la prima portata.

«Perché ser Ilyn è qui?» chiese Sansa.

«Per occuparsi dei traditori» la regina lanciò una breve occhiata al boia muto «e per proteggerci in caso di necessità. Prima di diventare boia, era cavaliere.» Con il cucchiaio, indicò le alte porte di legno in fondo alla sala, chiuse e sbarrate. «Quando le asce le sfonderanno, sarai grata della sua presenza.»

"Sarei più grata se si trattasse del Mastino." Brutale come era, Sansa non credeva che Sandor Clegane avrebbe mai permesso che le venisse fatto alcun male. «Le tue guardie non ci proteggeranno?»

«E chi proteggerà noi dalle mie guardie?» La regina scoccò a Osfryd un'occhiata obliqua. «I mercenari leali sono rari quanto le puttane vergini. Se la battaglia dovesse essere perduta, le mie guardie finiranno con l'inciampare nei loro mantelli cremisi, tanto avranno fretta di strapparseli di dosso. Dopo di che ruberanno tutto quello su cui riusciranno a mettere le mani e si daranno alla fuga. E con loro i servi, le lavandaie e gli stallieri, tutti desiderosi solo di salvare la loro inutile pelle. Hai una sia pure vaga idea di che cosa accade quando una città viene saccheggiata, Sansa? No, vero? Tutto quello che sai della vita, lo hai imparato dai cantastorie, e le canzoni sui saccheggi sono molto poche.»

«I veri cavalieri non farebbero mai del male a donne e bambini.» Parole che a Sansa suonarono prive di senso nel momento stesso in cui le pronunciava.

«I veri cavalieri» la regina parve trovare quell'espressione molto divertente. «Hai ragione, non c'è dubbio. Allora, perché non mangi il tuo brodo da brava bambina, e resti ad aspettare che Symeon Occhi di stella e il principe Aemon, Cavaliere del Drago, vengano a salvarti, dolcezza? Sono certa che ormai non ci vorrà molto.»

DAVOS

La baia delle Acque nere era agitata e ostile, la superficie mossa ovunque da creste di spuma bianca. La *Betha nera* avanzò con l'alta marea, le vele che schioccavano a ogni giro di vento tendendo il sartiame. *Fantasma* e *Lady Marya* navigavano accanto a essa, con meno di venti metri tra uno scafo e l'altro. I suoi figli sapevano come procedere allineati, il che riempì Davos d'orgoglio.

Da un lato all'altro del mare, corni da guerra continuavano a tuonare. Lamenti gutturali e profondi, simili ai richiami di mostruosi serpenti, ripetuti da una nave all'altra.

«Ammainare le vele» comandò Davos. «Giù il boma. Rematori: tenetevi pronti.»

Matthos, suo figlio, ripeté gli ordini. Il ponte della *Betha nera* parve entrare in ebollizione mentre gli uomini correvano ai loro posti, facendosi largo tra i soldati che, ovunque si trovassero, sembravano essere sempre nel mezzo. Per evitare di esporre le vele al tiro degli sputafuoco e degli scorpioni di Approdo del Re, ser Imry aveva deciso che sarebbero entrati nel fiume spinti solo dai remi.

Molto spostata a sud est, Davos vedeva chiaramente la *Furia*, le cui vele mandavano barbagli dorati mentre venivano ammainate, con il cervo incoronato dei Baratheon impresso nella tela. Era dai suoi ponti che, sedici anni prima, Stannis Baratheon aveva ordinato l'attacco alla Roccia del Drago. Questa volta, invece, aveva scelto di trovarsi alla testa del suo esercito, lasciando la *Furia* e il comando della flotta a ser Imry, fratello di sua moglie, che a Capo Tempesta aveva deciso di sposare la causa del Signore della Luce insieme a lord Alester e a tutti gli altri Florent.

Davos conosceva la *Furia* bene quanto le sue altre navi. Sopra i trecento remi, si allargava una tolda interamente occupata da scorpioni e munita, a prua e a poppa, da catapulte abbastanza grosse da scaraventare interi barili di pece incendiata. Una nave formidabile, e molto rapida, anche se i cavalieri con le loro armature e i soldati che ser Imry aveva ammassato lungo tutto il ponte erano d'inevitabile detrimento alla sua velocità.

I corni da guerra suonarono di nuovo, altri ordini provenienti dalla *Furia*. Davos percepì un formicolio alle dita fantasma. «Fuori i remi!» gridò. «Allineare!»

La *Orgoglio di Driftmark*, lo scafo argenteo di lord Velaryon, venne a posizionarsi a babordo della *Fantasma*. Anche la *Balda risata* stava piazzandosi. I remi della *Harridan* invece erano appena entrati in acqua, e la *Cavallo di mare* aveva dei problemi a calare il boma. Davos guardò a poppa. Sì, laggiù, molto spostata a sud; quella poteva essere solamente la *Pescespada*, come al solito di coda. Era uno scafo da duecento remi, dotato del più grosso ariete di sfondamento dell'intera flotta, Davos però continuava a nutrire seri dubbi sul suo capitano.

Poteva udire i soldati che si scambiavano grida d'incoraggiamento da una nave all'altra. Da quando la flotta era salpata da Capo Tempesta, erano stati poco più che una zavorra. Adesso erano ansiosi di assaltare il nemico, certi della vittoria. Una certezza condivisa anche dal loro ammiraglio, l'Alto lord comandante ser Imry Florent.

Tre giorni prima, ser Imry aveva chiamato a raccolta tutti i suoi capitani per un concilio di guerra a bordo della *Furia*, ancorata alla foce del Wendwater, in modo da dare le direttive strategiche. A Davos e ai suoi figli era stato assegnato un posto nella seconda linea di battaglia, sul pericoloso lato di babordo. «Un posto d'onore» aveva commentato Allard, grato che gli fosse data la possibilità di provare il suo valore. «Un posto di pericolo» aveva controbattuto Davos. Ma tutti i suoi figli, perfino il giovane Maric, gli avevano lanciato occhiate di compatimento. "Il Cavaliere delle Cipolle è diventato una donnicciola" Davos poteva quasi percepire i loro pensieri. "In cuor suo, si sente ancora un contrabbandiere."

Ebbene, quella *era* una verità, di cui lui non si sarebbe affatto scusato. Seaworth, degno del mare, aveva un suono giustamente nobiliare, ma giù nel profondo lui era ancora Davos del Fondo delle Pulci, che ora stava facendo ritorno alla sua città sulle tre alte colline. Si intendeva di navi, vele e approdi forse più di qualsiasi altro uomo dei Sette Regni, e aveva affrontato tanti, troppi disperati combattimenti alla spada su tolde viscide. Ma una battaglia di *questo* genere lo trovava vergine, pieno di nervosismo, di paura. I contrabbandieri non suonano corni, non innalzano vessilli. Quando sentono odore di pericolo, issano le vele al vento e fuggono più veloci del vento.

Se lui fosse stato l'ammiraglio, avrebbe fatto tutto diversamente. Per cominciare, invece di caricare a testa bassa con il grosso della flotta, avrebbe inviato alcune navi più veloci a esplorare il fiume a monte, cercando d'individuare che cosa li aspettava. Lo aveva suggerito a ser Imry, ma dal lord ammiraglio aveva ottenuto solo un cortese ringraziamento, e uno sguardo niente affatto cortese. "Chi sarebbe questo codardo del volgo?" dicevano i suoi occhi. "Non sarà forse quello che si è comprato il cavalierato con una cipolla?"

Avendo a disposizione il quadruplo delle navi del re ragazzino, ser Imry non vedeva alcuna necessità di essere cauto né di adottare tattiche diversive. Aveva suddiviso la flotta in dieci linee di battaglia, ognuna formata da venti navi. Le prime due linee avrebbero risalito il fiume, ingaggiando un combattimento e quindi distruggendo la piccola flotta di Joffrey – i "giocattoli del bamboccio", li aveva definiti ser Imry – grazie alla perizia dei suoi nobili capitani. Le navi a seguire avrebbero sbarcato compagnie di arcieri e picchieri proprio sotto le mura della città, e solo a quel punto sarebbero andate a gettarsi nella mischia sul fiume. Dopo di che, le navi più piccole e più lente, di retroguardia, avrebbero traghettato il grosso dell'esercito di Stannis fino alla riva nord sotto la protezione della squadra di Salladhor Saan. Quindi, Saan e i suoi pirati lyseniani sarebbero rimasti a incrociare nella baia qualora i Lannister avessero altre navi celate lungo la costa, pronte ad attaccarli alle spalle.

In realtà, la fretta di ser Imry aveva una sua ragione d'essere. Nella traversata da Capo Tempesta, i venti non erano stati favorevoli. Avevano perduto due chiatte sulle rocce della baia dei Naufragi lo stesso giorno in cui erano salpati, pessimo inizio. Poi, una delle galee di Myr era andata a incagliarsi nei Passaggi di Tarth. Nell'entrare nel Condotto, una tempesta si era abbattuta su di loro, disseminando la flotta per metà del Mare Stretto. Tranne una dozzina di navi, tutte le altre erano riuscite a raggrupparsi al riparo delle conformazioni rocciose dell'Uncino di Mass, nelle correnti più tranquille della baia delle Acque nere, ma molto tempo era comunque andato perduto.

Stannis aveva raggiunto il Fiume delle Rapide Nere giorni prima. La Strada del Re si sviluppava da Capo Tempesta ad Approdo del Re pressoché in linea retta, la via di terra era molto più breve di quella del mare. Inoltre, il suo esercito era quasi tutto a cavallo: circa ventimila tra cavalieri, cavalleggeri e mercenari, involontario retaggio che Renly aveva lasciato al fratello. Stannis aveva fatto in fretta, certo, ma destrieri pesantemente corazzati e lance da quattro metri potevano comunque ben poco contro le acque profonde del Fiume delle Rapide Nere e le alte mura di pietra della città. Ora Stannis era accampato con i suoi lord sulla riva sud, senza dubbio fremendo d'impazienza, chiedendosi che fine avessero fatto ser Imry e la sua flotta.

Due giorni prima, al largo della Rocca di Merlig, avevano avvistato una mezza dozzina di pescherecci. Alla vista della squadra navale, i pescatori avevano cercato di fuggire, ma non erano andati lontano: erano stati intercettati l'uno dopo l'altro e abbordati. «Un piccolo assaggio di vittoria è quello che ci vuole per stuzzicare l'appetito prima della battaglia.» Aveva dichiarato ser Imry. A Davos, invece, interessava molto di più quello che i prigionieri avevano da dire riguardo alle difese di Approdo del Re. Il Folletto si era dato da fare per costruire uno sbarramento per chiudere la foce del fiume, i pescatori però avevano fornito informazioni contrastanti riguardo al fatto che il lavoro fosse stato completato o meno. Davos si ritrovò a desiderare che lo fosse. Se il fiume fosse stato inaccessibile, allora ser Imry non avrebbe avuto altra scelta se non aspettare e ricorrere a un piano alternativo.

Il mare continuava a essere una cacofonia di suoni: grida e richiami, corni da guerra e rulli di tamburi e squilli di tromba, i tonfi del legno sull'acqua mentre migliaia di remi si sollevavano e tornavano a immergersi.

«State allineati!» urlò Davos.

Una raffica di vento premette contro il suo vecchio mantello verde. La tunica di cuoio e il mezzo elmo ai suoi piedi costituivano tutta la sua armatura. In mare, credeva fermamente Davos, l'acciaio pesante poteva salvare la vita di un uomo ma poteva anche distruggerla. Una prospettiva che ser Imry e i suoi capitani d'alto lignaggio non condividevano: quando percorrevano le rispettive tolde, le loro figure scintillavano.

Anche la *Harridan* e *Cavallo di mare* erano arrivate in posizione, con la *Artiglio rosso* di lord Celtigar dietro di loro. A babordo della *Lady Marya* di Allard, c'erano le tre galee che Stannis aveva sequestrato allo sfortunato lord Sunglass, la *Pietà*, la *Preghiera* e la *Devozione*, con i loro ponti brulicanti di arcieri. Perfino la *Pescespada* stava avvicinandosi, beccheggiando e rollando sui marosi sotto la spinta combinata delle vele e dei remi. "Uno scafo con così tanti remi dovrebbe essere molto più veloce" rifletté Davos, pieno di disapprovazione. "È quell'ariete di prora... troppo pesante. Altera tutto l'assetto della nave."

Il vento soffiava a raffiche da sud, ma navigando a remi, questo non aveva importanza. Loro entravano con l'alta marea mentre i Lannister avevano la corrente del fiume dalla loro. Là dove andava a gettarsi nel mare, il Fiume delle Rapide Nere fluiva rapido e possente. Il primo urto sarebbe stato a favore dell'avversario, nessun dubbio. "Siamo degli idioti ad affrontarli sulle Rapide nere" Davos ne era convinto. In mare aperto, le loro navi allineate sarebbero state in grado di circondare la flotta nemica da ambo i lati, chiudendola in una morsa letale, mentre negli spazi ristretti del fiume, il numero e la potenza delle navi di ser Imry avrebbero contato di meno. Non avrebbero potuto schierare più di venti navi affiancate, perché c'era il rischio che i remi finissero per urtarsi gli uni contro gli altri e gli scafi entrassero in collisione.

Oltre la linea delle navi da guerra, profili neri contro il cielo giallastro, Davos poteva vedere la Fortezza Rossa sulla sommità dell'alta collina di Aegon, la foce del Fiume delle Rapide Nere che si apriva sotto di essa. Dall'altra parte, la sponda meridionale era nera di uomini e di cavalli, brulicanti formiche guerriere rese ancora più feroci dalla vista delle navi che si avvicinavano. Stannis li avrebbe tenuti occupati facendo costruire zattere e impennare frecce, ma per quegli uomini sarebbe stata comunque una dura attesa. Trombe suonavano in vari punti dell'esercito, esili e temerarie, le loro note venivano immediatamente inghiottite dal rombo delle urla dei guerrieri. Davos serrò la mano monca attorno al sacchetto che conteneva i resti delle sue dita, elevando una silenziosa preghiera di buona sorte.

La *Furia* era al centro della prima linea d'assalto, fiancheggiata dalla *Lord Steffon* e dalla *Cervo del mare*, duecento remi ognuna. A babordo e a tribordo venivano altre centinaia di remi: *Lady Harra, Pesce d'argento, Lord che ride, Demone del mare, Onore cornuto, Jenna degli stracci, Terzo tridente, Spada veloce, Principessa Rhaenys, Naso di cane, Scettro, Fedele, Corvo rosso, Regina Alysanne, Gatta, Coraggiosa, Veleno di drago*. Su ogni poppa sventolava il cuore infuocato del Signore della Luce, rosso, giallo e arancione. Dietro a Davos e ai suoi figli veniva un altro schieramento comandato da cavalieri e lord capitani. Ancora più indietro c'era il più piccolo, più lento contingente di Myr, nessuno dei cui scafi superava gli ottanta remi. Seguivano le navi a vela, le corvette e i grandi pontoni cargo. Ultimo di tutti, Salladhor Saan sulla orgogliosa *Valyriana*, un torreggiante vascello da trecento remi, con sulla scia il resto delle sue galee dagli sgargianti scafi a strisce. L'eccentrico principe-pirata lyseniano non era affatto soddisfatto che gli fosse stata assegnata la retroguardia, ma era chiaro che ser Imry non si fidava di lui più di quanto si fidasse Stannis. "Troppe lamentele e troppe discussioni riguardo all'oro che gli spettava." Davos, però, era dispiaciuto comunque; Salladhor Saan era un vecchio pirata pieno di risorse, e i suoi uomini erano non solo marinai nati ma anche guerrieri valorosi.

«*Ahoooooooooooooooooooooooo.*» Dal castello di prora della *Furia*, il richiamo del corno rimbalzò sui marosi e sul ritmico martellare dei remi: ser Imry aveva suonato il segnale di attacco. «*Ahoooooooooooooooooooooooo. Ahoooooooooooooooooooooooo.*»

Per quanto avesse ancora le vele alzate, la *Pescespada* ce l'aveva finalmente fatta a raggiungere la linea di battaglia.

«Andatura veloce» abbaiò Davos.

Il tamburo che scandiva il ritmo di remata si mise a battere più rapidamente. La vogata accelerò, i remi che fendevano l'acqua: *splash-woosh, splash-woosh.* Sulla tolda, i soldati iniziarono a picchiare le spade contro gli scudi, mentre gli arcieri estrassero silenziosamente la prima freccia dalla faretra alla cintura e incoccarono. Le galee della prima linea ostruivano la visuale, così Davos si spostò sulla tolda, cercando una prospettiva migliore. Non vide traccia di sbarramenti, l'estuario del fiume era aperto, come una bocca pronta a inghiottirli. Solo che...

Nei suoi giorni da contrabbandiere, Davos si vantava di conoscere le rive del fiume davanti ad Approdo del Re meglio del palmo della propria mano. Quei due tozzi torrioni di pietra cruda, chiaramente appena costruiti, che ora si ergevano l'uno di fronte all'altro sulle sponde opposte dell'estuario, per ser Imry Florent non significavano nulla; Davos invece aveva l'impressione che due nuove dita gli fossero spuntate dalle nocche della mano mutilata.

Si protesse gli occhi contro il sole a occidente, per esaminare le due torri con maggiore attenzione. Erano troppo piccole per ospitare delle guarnigioni. Quella a nord era addossata allo strapiombo roccioso sul quale incombeva la Fortezza Rossa. La sua controparte sulla riva sud sorgeva direttamente dall'acqua. "Hanno scavato una trincea nella sponda" si rese immediatamente conto Davos. Così la torre diventava molto difficile da assaltare; gli attaccanti sarebbero stati costretti o a guadare il canale artificiale o a erigere un ponte di fortuna. Stannis aveva piazzato tutto intorno degli arcieri che scoccavano dardi ai difensori ogni volta che uno di loro osava sporgere la testa oltre le fortificazioni, ma per il resto non se ne era preoccupato troppo.

In basso, là dove le acque scure del fiume vorticavano intorno alla base della torre, qualcosa scintillava sotto la superficie. La luce del sole si rifletteva sull'acciaio, e questo suggerì a Davos Seaworth tutto ciò che aveva bisogno di sapere. "Uno sbarramento a catena... eppure non hanno chiuso l'estuario per fermarci. Perché?"

Poteva avanzare qualche ipotesi su quel perché, ma ormai non c'era più tempo per valutare domande e risposte. Un grido si levò dalla prima linea di navi, i corni da guerra suonarono di nuovo: il nemico era schierato davanti a loro.

Tra il lampeggiare dei remi della *Scettro* e della *Fedele*, Davos vide un'esile linea di galee, il sole che baluginava sulla tinta dorata dei loro scafi. Erano navi che Davos conosceva bene quanto le sue; quando era ancora un contrabbandiere, lo aveva sempre rassicurato sapere se la vela che appariva all'orizzonte apparteneva a una nave lenta o veloce, se il suo capitano era un giovane affamato di gloria o un anziano prossimo alla conclusione dei suoi giorni in mare.

«*Ahooooooooooooooooooooooo*» chiamò il corno da guerra.

«Velocità di battaglia» urlò Davos.

Da babordo e tribordo, udì i suoi figli, Dale e Allard, impartire il medesimo ordine. I tamburi batterono ancora più forte, i remi si alzarono e s'immersero, la *Betha nera* venne proiettata in avanti. Davos guardò in direzione della *Fantasma*, facendo un cenno di saluto. La *Pescespada* era di nuovo in svantaggio, arrancando nella scia delle navi più piccole su entrambi i lati. Per il resto, la linea era dritta come una muraglia.

Il Fiume delle Rapide Nere, che da lontano era parso così stretto, ora si allargava immenso come il mare. E anche la città era diventata gigantesca. Dalla sommità dell'alta collina di Aegon, la Fortezza Rossa dominava tutto il paesaggio. Le fortificazioni irte di ferro, le torri massicce, le spesse mura rosse la facevano apparire come una bestia feroce in agguato sul fiume e sulle strade. Le pendici dell'acrocoro di roccia su cui sorgeva erano ripide e sassose, chiazzate dal lichene, punteggiate di spinosi alberelli contorti. Per raggiungere il porto e la città, la flotta di Stannis sarebbe stata costretta a passare proprio sotto il maniero.

La prima linea di battaglia era entrata nel fiume, le galee Lannister arretravano a forza di remi. "Ci stanno risucchiando dentro. Vogliono che ci ritroviamo tutti ammucchiati, senza spazio di manovra ai fianchi... e con dietro di noi quella maledetta catena sommersa." Davos si spostò nuovamente sulla tolda, alla ricerca di una più chiara prospettiva sulla flotta di Joffrey. I giocattoli del bamboccio comprendevano l'ingombrante *Grazia degli dei*, la vecchia, lenta *Principe Aemon* e le due galee gemelle *Lady della seta* e *Lady della vergogna*. Erano schierate anche la *Vento selvaggio*, la *Chiglia del re*, la *Cuore bianco*, la *Lancia* e la *Fiore di mare*. Ma dov'era la *Stella del leone*? Dov'era la splendida *Lady Lyanna*, che re Robert aveva battezzato in onore della fanciulla che aveva amato e poi perduto? E dov'era la *Martello di re Robert*? Era la galea più grande di tutta la flotta reale, quattrocento remi, l'unica nave del re ragazzino in grado di schiacciare la *Furia*. Secondo logica, avrebbe dovuto essere proprio la *Martello di Rob* a formare il fulcro della difesa.

Davos sentiva odore di trappola, eppure continuava a non vedere alcun segno di nemici che calassero a prenderli alle spalle. Vide solo la grande flotta di Stannis Baratheon, che continuava ad avanzare a ranghi compatti, estesa su tutto l'orizzonte acqueo. "Forse che solleveranno la catena e ci spezzeranno in due tronconi." Non riusciva a capire a che cosa sarebbe servito. Le navi lasciate fuori dalla baia avrebbero potuto comunque sbarcare soldati a nord della città. Una traversata più lenta ma anche più sicura.

Dalla fortezza, prese il volo uno stormo di uccelli fiammeggianti, venti, forse trenta: erano otri di olio incendiato, lanciati sopra il fiume in traiettorie ad arco, che si lasciavano dietro code di fuoco. La maggior parte finì per estinguersi nell'acqua, ma alcune arrivarono sulle tolde delle navi in prima linea, spargendo immediatamente le fiamme da dove erano cadute. Uomini d'arme accorsero sul ponte della *Regina Alysanne*. Il fumo si levava da tre diversi punti della *Veleno di drago*, la più vicina alla riva.

Il maniero diede il via a una seconda bordata di proiettili incendiari e questa volta, dagli arcieri annidati tra i merli e i rostri, vennero giù sibilando anche nugoli di frecce. Un soldato crollò sul trinchetto della *Gatta*, stramazzò sui remi e sprofondò. "Il primo caduto della giornata" rimuginò Davos. "Ma certo non l'ultimo."

Sugli spalti della Fortezza Rossa svettavano i vessilli del re ragazzino: il cervo incoronato dei Baratheon in campo oro e il leone dei Lannister su sfondo porpora. Nuovi otri incendiati si abbatterono sulla flotta. Sulla *Coraggiosa*, molti uomini si misero a urlare, le fiamme dilagavano sulla tolda. Sotto di loro, protetti dallo spessore del ponte, i rematori erano al sicuro, ma i soldati e l'equipaggio all'esterno non erano altrettanto fortunati. Come Davos temeva, era l'ala di babordo dello schieramento a riportare i danni peggiori. "Presto verrà anche il nostro turno" ricordò a se stesso, inquieto. Anche la *Betha nera*, la sesta nave rispetto alla sponda nord, era ormai a portata dei proiettili incendiari. A tribordo, aveva soltanto la *Lady Marya* di Allard. La goffa *Pescespada* aveva continuato a perdere terreno, al punto da trovarsi pressoché a ridosso della terza linea di battaglia. La *Pietà*, la *Preghiera* e la *Devozione*, vulnerabili come erano vicino alla riva nord, avrebbero avuto bisogno di tutto l'aiuto degli dei per riuscire a passare.

Mentre la seconda linea superava le torri simmetriche, Davos le scrutò con attenzione. Individuò tre anelli di un'enorme catena serpeggiare fuori da un foro non più grosso della testa di un uomo e quindi svanire sott'acqua. Le torri avevano un'unica porta, posta a cinque metri dal suolo. Gli arcieri sulla cima della torre nord scagliavano dardi contro la *Devozione* e la *Preghiera*. Gli arcieri della *Devozione* rispondevano ai tiri. Davos udì uno degli uomini Lannister urlare, colpito a morte.

«Signor capitano» suo figlio Matthos era al suo fianco. «Il tuo elmo.»

Lui lo prese con entrambe le mani e se lo fece scivolare sul capo. L'elmo era senza celata: Davos detestava avere un campo visivo ridotto.

Adesso, i proiettili incendiari stavano piovendo anche su di loro; uno si schiantò sul ponte della *Lady Marya*, ma l'equipaggio di Allard ebbe presto ragione dell'incendio. A tribordo, corni da guerra suonarono dalla *Orgoglio di Driftmark*. I remi continuavano a sollevare spruzzi a ogni vogata. Lo spesso giavellotto lanciato da uno scorpione, lungo oltre un metro, venne a conficcarsi nella tolda della *Betha nera*, sprofondando nel legno a meno di due passi da Matthos. Più avanti, la prima linea era ormai a tiro d'arco rispetto al nemico. Nugoli di frecce volarono sul Fiume delle Rapide Nere, sibilando come serpenti velenosi.

A sud, Davos vide uomini intenti a trascinare in acqua rozze zattere. Dietro di loro, sotto mille vessilli al vento, si formarono ranghi e colonne di guerrieri. Il cuore fiammeggiante era ovunque, con il cervo nero imprigionato nel fuoco e troppo piccolo per risultare distinguibile. "Il nostro simbolo dovrebbe essere il cervo incoronato" di questo Davos era certo. "Il cervo era il sigillo di re Robert. Nel vederlo, la città sarebbe dalla nostra. Quell'emblema estraneo servirà solo a mettere tutti contro di noi."

Guardando il cuore fiammeggiante, non riusciva a evitare di pensare all'ombra che Melisandre aveva generato dal proprio ventre nelle viscere rocciose di Capo Tempesta. "Per lo meno stiamo combattendo questa battaglia in pieno sole, con le armi degli uomini onesti" disse a se stesso. La Donna Rossa e i suoi figli oscuri non partecipavano, Stannis l'aveva fatta rientrare alla Roccia del Drago insieme al suo nipote bastardo Edric Storm. I suoi capitani e i suoi lord alfieri avevano insistito che il campo di battaglia non era posto adatto a una donna, e gli uomini della regina erano stati gli unici a dissentire, ma nemmeno con troppa convinzione. Il re era comunque deciso a fare a modo suo, finché lord Bryce Caron disse: «Maestà, se la strega rossa sarà con noi, poi si dirà che è stata una vittoria *sua*. Si dirà che devi la corona ai suoi sortilegi». Questa affermazione si rivelò decisiva. Nel corso delle discussioni, Davos aveva tenuto la bocca chiusa, ma in verità era stato tutt'altro che dispiaciuto nel vedere Melisandre andarsene; non voleva avere nulla a che spartire con lei o con il suo dio.

A babordo, la *Devozione* puntò verso riva, facendo scivolare fuori una passerella di sbarco. Gli arcieri guadarono nell'acqua bassa, tenendo gli archi sopra la testa per evitare che le corde si bagnassero. Sbarcarono sulla spiaggia stretta su cui torreggiavano le mura di pietra della collina di Aegon. Dalla fortezza scese su di loro una pioggia di massi, lance, frecce, ma l'angolazione di caduta era ripida, e il bombardamento parve fare scarsi danni.

La *Preghiera* toccò terra una ventina di metri più avanti e anche la *Pietà* stava approdando. Fu in quel momento che i difensori a cavallo si avventarono dalla riva del fiume; gli zoccoli pestavano le rocce, sollevando alti spruzzi. I cavalieri Lannister calarono sugli arcieri come lupi su un branco di pollame, e li respinsero nuovamente nel fiume senza che riuscissero a incoccare una sola freccia. Dalle navi, gli uomini della fanteria accorsero di rinforzo mulinando spade e asce. In pochi istanti la scena si tramutò in un caos grondante sangue. Davos riconobbe l'elmo a testa di cane di Sandor Clegane. Con il mantello bianco della Guardia reale che gli fluttuava sulle spalle, il Mastino condusse il suo destriero sulla passerella e imperversò sulla tolda della *Preghiera*, macellando a colpi di spada lunga chiunque si trovò davanti.

Al di là del castello, Approdo del Re s'innalzava sulle sue colline, circondata dalla cinta delle mura. La riva del fiume era ridotta a una nera desolazione. I Lannister avevano distrutto qualsiasi cosa con il fuoco, asserragliandosi poi dietro la Porta del Fango. Resti semicarbonizzati di chiatte affondate costellavano i bassi fondali, sbarrando l'accesso ai lunghi moli di pietra. "Non ci sarà proprio nessuno sbarco qui." Dietro la Porta del Fango, Davos individuò i cucchiai di tre mastodontiche catapulte. E in alto, sopra la collina di Visenya, i raggi del sole scintillavano sulle sette torri di cristallo del Grande Tempio di Baelor.

Davos non vide direttamente lo scontro tra le flotte, ma udì l'urto brutale di due galee che entravano in collisione. Non fu in grado di dire quali erano. Un attimo dopo echeggiò un secondo urto, seguito da un terzo. Sopra gli schianti del legno squarciato, gli arrivarono i tonfi cupi delle grandi catapulte di prora della *Furia*. La *Cervo del mare* andò allo speronamento, spaccando in due, letteralmente, una delle navi di Joffrey. Ma la *Naso di cane* stava bruciando e la *Regina Alysanne* era bloccata tra la *Lady della seta* e la *Lady della vergogna*; il suo equipaggio combatteva per contenere il doppio abbordaggio a tenaglia.

Direttamente a prora, Davos vide la *Chiglia del re* infilarsi tra la *Fedele* e la *Scettro*. La prima riuscì a sollevare i remi di babordo prima dell'impatto. Non così la *Scettro*. Il passaggio della *Chiglia del re* spezzò tutti i suoi remi di babordo come steli sotto la lama di una falce.

«Arcieri!» gridò Davos. «Incoccare!... Lanciare!»

Un nembo di frecce si dipanò ad arco sul fiume, grandinando sulla tolda della *Chiglia del re*. Davos osservò il capitano avversario crollare, trafitto in più punti. Cercò di ricordare il nome di quell'uomo...

A terra, i cucchiai delle gigantesche catapulte in agguato dietro la Porta del Fango si rizzarono: uno e poi due e poi tre. Qualcosa come cento pietre, ciascuna grossa quanto il cranio di un uomo, furono scagliate nel cielo giallastro. Alcune ricaddero nel fiume, sollevando alte colonne d'acqua, ma molte caddero sulle tolde, tramutando i vivi in orridi impasti di ossa frantumate e carni macellate. Sull'intera larghezza del fiume, Davos si rese conto che ormai tutta la prima linea era arrivata a contatto con il nemico. Rampini d'abbordaggio furono lanciati, arieti di speronamento sfondarono le chiglie, assaltatori sciamarono da un ponte all'altro, turbini di frecce sibilarono nel fumo della guerra. Molti uomini morirono... ma, fino a quel momento, nessuno dei suoi.

La *Betha nera* s'inoltrò ancora di più nel corso del fiume. Il suono ritmico del tamburo del caporematore rimbombava nelle orecchie di Davos, mentre il suo sguardo andava alla ricerca di una nave avversaria in cui conficcare l'ariete di speronamento. La *Regina Alysanne* continuava a essere assediata dalle due galee Lannister, le tre navi erano ormai un unico intrico di sartiame e funi d'abbordaggio.

«Velocità di collisione!» urlò Davos.

Il tamburo del caporematore raggiunse un ritmo febbrile. La *Betha nera* parve spiccare il volo, e l'acqua diventò bianca come il latte intorno alla prora. Allard aveva intuito la manovra: la sua *Lady Marya* venne a scivolare accanto al loro scafo. La prima linea dello scontro era frantumata in molti scontri simultanei. Le tre navi ammassate l'una sull'altra incombevano davanti alla *Betha nera* e alla *Lady Marya*, virando con surreale lentezza, le loro tolde ridotte a grovigli arrossati di uomini che si massacravano a colpi d'ascia e di spada. "Appena un altro po'" Davos Seaworth chiese aiuto al Guerriero. "Falla virare appena un altro po'. Mostrami tutta la fiancata..."

E il Guerriero decise di ascoltarlo. La *Betha nera* e la *Lady Marya* speronarono la *Lady della vergogna* a pochi istanti l'una dall'altra. Gli arieti sfondarono a poppa e prua, un doppio impatto così brutale da scaraventare a mare gli uomini che erano sulla tolda della *Lady della seta*, due navi più oltre. Per poco, Davos non si staccò la lingua con un morso quando le sue arcate dentarie urtarono l'una contro l'altra. Sputò sangue. "La prossima volta, tieni chiusa la bocca, razza d'idiota." Quarant'anni passati sul mare, eppure questa era la prima volta che speronava un'altra nave. I suoi arcieri stavano lanciando frecce a volontà.

«Rematori!» comandò. «Arretrare!»

Quando i remi ruotarono in direzione opposta l'ariete riemerse dal ventre della *Lady della vergogna*. Un momento dopo, il Fiume delle Rapide Nere dilagò nello squarcio. La galea Lannister andò in pezzi, scaraventando in acqua dozzine di uomini. Alcuni dei vivi nuotarono, alcuni dei morti galleggiarono, quelli in maglia di ferro e con l'armatura, vivi o morti che fossero, affondarono. Davos cercò d'ignorare le grida di chi veniva trascinato sotto.

Un lampo verde avvampò, appena ai margini del suo campo visivo, a prora e a tribordo. Fiamme color smeraldo, simili a serpenti famelici, si contorsero sibilando sulla poppa della *Regina Alysanne*. Poi venne il grido maledetto.

«*Altofuoco! Altofuoco!...*»

L'espressione di Davos si contrasse. Un conto erano gli otri pieni di olio incendiato, tutt'altro conto erano le ampolle di altofuoco. Una sostanza maligna, pressoché inestinguibile. Cerchi di spegnerla con una cappa, la cappa s'incendia. Ne spazzi via un frammento con il palmo della mano, e ti ritrovi la mano divorata da fiamme verdi. «Piscia sull'altofuoco» diceva un vecchio adagio degli uomini di mare «e il cazzo ti va a fuoco.» In effetti, ser Imry aveva avvertito capitani ed equipaggi di aspettarsi una passata della vile sostanza degli alchimisti. Per fortuna, di piromanti veri ne rimanevano pochi. "Lo esauriranno in fretta" aveva assicurato ser Imry.

Davos diede i comandi: un ordine di remi spinse, l'altro fece resistenza e la galea ruotò su se stessa. Anche la *Lady Marya* di Allard era riuscita a sganciarsi. Ottimo. L'incendio stava divampando sulla *Regina Alysanne* con feroce, inconcepibile rapidità. Uomini si contorcevano nella stretta delle fiamme verdi, gettandosi in mare, urlando in modo orribile. Sulle mura di Approdo del Re, gli sputafuoco continuavano a riversare morte. Le tre enormi catapulte posizionate dietro la Porta del Fango non cessavano di scaricare grandinate di massi. Una roccia grande quanto un bue venne a schiantarsi tra la *Betha nera* e la *Lady Marya*, l'impatto fece rollare entrambi gli scafi, inzuppando tutti gli uomini sulle loro tolde. Un altro masso, di poco più piccolo, centrò in pieno la *Balda risata*. La galea dei Velaryon esplose come un giocattolo lasciato cadere dalla cima di una torre, disseminando uragani di schegge grosse quanto il braccio di un uomo.

Oltre il fumo della guerra, oltre il contorcersi verdastro dell'altofuoco, Davos ebbe la fugace visione di una schiera di piccole imbarcazioni che dalla riva sud arrancavano attraverso il fiume. La flottiglia era un'accozzaglia confusa di pescherecci, chiatte, pontoni, barchette a vela e a remi, scafi talmente malridotti da tenersi a galla a stento. Puzzava di disperazione. Era assurdo che una simile armata demente fosse in grado di volgere a loro favore le sorti della battaglia, quelle carrette si sarebbero trovate in mezzo e basta. Le linee dello scontro erano ormai attorcigliate senza speranza, Davos non ne dubitava più. Alla sua sinistra, la *Lord Steffon*, la *Jenna degli stracci* e la *Spada veloce* erano riuscite a forzare il blocco e ora procedevano a monte. L'ala di babordo, però, era ancora assediata dal nemico e il centro era andato in pezzi sotto i massi lanciati dalle tre grandi catapulte. Alcuni capitani avevano già invertito la rotta, altri stavano virando verso sud, qualsiasi cosa pur di sfuggire a quel furore distruttivo. La *Furia* aveva fatto ruotare la catapulta di prua per bombardare a sua volta la città, ma non aveva una gittata sufficiente: i barili di pece andavano a infrangersi contro le mura. La *Scettro* aveva perduto la maggior parte dei suoi remi, la *Fedele* era stata speronata e ora stava affondando.

Davos portò la *Betha nera* tra le due navi e speronò l'ornato, istoriato scafo da diporto della regina Cersei, carico di soldati invece che di manicaretti. L'urto gettò una dozzina di armati nel fiume, dove gli arcieri della *Betha* li finirono mentre cercavano di mantenersi a galla.

Un grido di allarme da Matthos: pericolo da babordo. Una delle galee Lannister stava muovendosi per speronarli.

«Virata rapida a tribordo!» ringhiò Davos.

I suoi uomini si servirono dei remi come puntelli per sganciarsi dal rottame dello scafo della regina. Altri lavorarono duramente per fare ruotare la prua della *Betha* in modo da fronteggiare la carica della galea Lannister, la *Cuore bianco*. Per un momento, Davos credette di essere stato troppo lento, e che li avrebbero affondati, invece la corrente venne in loro aiuto. L'urto della nave avversaria fu solo di striscio, le due murate stridevano l'una contro l'altra e remi andavano in pezzi da ambo le parti. Un frammento scheggiato di legno, acuminato come una picca, gli sibilò a un palmo dalla testa. D'istinto, Davos socchiuse gli occhi.

«All'abbordaggio!» urlò.

Rampini e funi volarono nel fumo della battaglia. Davos snudò la spada, lanciandosi all'assalto per primo.

L'equipaggio della *Cuore bianco* li attese sulla murata, ma non riuscì a fermare la dilagante, urlante ondata d'acciaio e di lame. Davos si aprì la strada a fendenti nel feroce corpo a corpo, andando alla ricerca del capitano nemico. Lo trovò. Era già morto. Rimase immobile accanto al cadavere, mentre il suo sguardo andava alla ricerca di un altro avversario. Qualcuno lo assalì alle spalle con un'ascia, e l'elmo deviò il colpo che altrimenti gli avrebbe aperto il cranio in due. Intontito, rotolò sul ponte. L'attaccante si avventò urlando, con l'ascia levata. Davos afferrò a due mani la sua spada e l'affondò nel ventre dell'altro.

«Signor capitano» disse uno dei suoi uomini aiutandolo a rimettersi in piedi. «La *Cuore bianco* è nostra.»

Era vero. La maggior parte dei nemici era morta, stava morendo o si era arresa. Davos si tolse l'elmo, pulì il sangue che gli era schizzato in faccia e tornò verso la sua nave, avanzando lentamente, cautamente sulla tolda viscida, cosparsa di arti mutilati e di viscere. Nello scavalcare la murata, accettò la mano tesa di Matthos.

Per pochi momenti, la *Betha nera* e la *Cuore bianco* furono l'occhio tranquillo in mezzo al ciclone. La *Regina Alysanne* e la *Lady della seta*, ancora l'una a ridosso dell'altra, erano ridotte a un unico, ruggente inferno di fiamme verdi alla deriva nella corrente che trascinava relitti appartenuti alla *Lady della vergogna*. Una della galee di Myr era andata a cozzare contro di loro e aveva anch'essa preso fuoco. La *Gatta* stava raccogliendo naufraghi dalla *Coraggiosa*, che affondava rapidamente. La *Veleno di drago* era finita sugli scogli e ampie falle si aprirono nella chiglia. Tutto l'equipaggio si era riversato a terra, unendosi agli arcieri e agli armati che andavano all'assalto delle mura. La *Corvo rosso* era stata speronata e stava lentamente affondando, la *Cervo del mare* era impegnata a combattere da un lato l'altofuoco e dall'altro un duro abbordaggio. In compenso, ora il cuore fiammeggiante di Stannis sventolava sulla *Uomo leale* di Joffrey. Davos vide la *Orgoglio di Driftmark* di lord Velaryon infilarsi tra due galee Lannister, sventrandone una, dando fuoco all'altra con nugoli di frecce incendiarie. Sulla riva meridionale, i cavalieri di Stannis salivano con i loro cavalli sulle chiatte. Altri scafi più piccoli erano già salpati, carichi di soldati. Erano però costretti ad avanzare con cautela, destreggiandosi tra navi che affondavano e placche di altofuoco alla deriva. A quel punto, con la sola eccezione degli scafi lyseniani di Salladhor Saan, l'intera flotta di re Stannis era nel fiume. Molto presto, avrebbero avuto il controllo delle Rapide nere. "Ser Imry avrà la sua vittoria" rimuginò Davos "e Stannis potrà guadare insieme al suo esercito, ma... dei misericordiosi, a quale prezzo!"

«Signor capitano!» Matthos lo toccò sulla spalla.

Era la *Pescespada*, con il suo doppio ordine di remi che si alzavano e si abbassavano ritmicamente. Non aveva mai ammainato le vele, uno dei barili di pece incendiata era impigliato nel sartiame. Sotto lo sguardo di Davos, le fiamme si allargarono, strisciando lungo le funi, mettendo a fuoco la tela e tramutandosi in una scia crepitante. Il mostruoso ariete di ferro a prora della galea, sagomato come la testa del pesce da cui prendeva il nome, fendeva le acque. Davanti alla *Pescespada* c'era una grassa chiatta Lannister parzialmente sventrata. Il tozzo scafo andava alla deriva, ruotando lentamente, offrendo un ampio, facile bersaglio. Dalle assi già sconnesse, denso sangue verde grondava nella corrente.

Altofuoco. Allo stato puro.

«No...» Il cuore di Davos Seaworth cessò di battere. «No, no... *Noooooo!*»

Ma nel fragore della guerra, Matthos fu l'unico a udirlo. Nel determinato intento di speronare qualcosa, qualsiasi cosa, con quel suo brutto rostro di ferro, il capitano della *Pescespada* di certo non lo udì. La galea avanzava a velocità di collisione. La mano monca di Davos salì a stringere disperatamente la sacca di pelle che aveva al collo.

Un impatto roboante, stridente e la *Pescespada* divise la carcassa Lannister in due tronconi. Lo scafo scoppiò come un frutto marcio, solo che nessun frutto si sarebbe mai spezzato in una simile cacofonia di legno sventrato. Dall'interno, Davos vide il viscido veleno verde eruttare da centinaia, migliaia di ampolle disintegrate dall'urto. Veleno dalle viscere di una bestia morente, veleno scintillante, lucente, che andò a spargersi sulla superficie del fiume...

«Rematori!» urlò Davos. «Arretrare!... Tirateci fuori da qui! Arretrare! *Arretrare!...*»

Le funi d'abbordaggio vennero troncate. Davos sentì la tolda che si muoveva sotto di lui, mentre la *Betha nera* si sganciava dalla *Cuore bianco.* I remi tornarono ad affondare nell'acqua.

Sentì un suono simile a un rantolo, come se qualcuno gli avesse appena soffiato nell'orecchio. Un istante più tardi arrivò il rombo. Il ponte della nave svanì sotto i suoi piedi e l'acqua del Fiume delle Rapide Nere lo colpì in piena faccia, riempiendogli la bocca, le narici. Davos si ritrovò ad affondare, ad annegare. Non esisteva più né alto né basso, in preda al panico più cieco, Davos lottò con gambe e braccia finché riuscì a riemergere. Sputò una boccata d'acqua fetida, inspirò a pieni polmoni e si aggrappò al relitto galleggiante più vicino.

La *Pescespada* e la chiatta Lannister erano scomparse, cancellate. Corpi anneriti dalla vampata galleggiavano intorno a lui, spinti dalla corrente. Uomini prossimi all'annegamento si aggrappavano disperatamente a resti di legno che ancora bruciavano. Un ruggente, vorticante demone di fiamme verdi alto trenta metri torreggiava sul fiume, un demone dotato di dozzine di tentacoli simili a fruste. Qualsiasi cosa toccassero prendeva fuoco. Davos vide la *Betha nera* che bruciava, così come d'altro canto la *Cuore bianco* e la *Uomo leale.* E poi la *Pietà*, la *Gatta*, la *Coraggiosa*, la *Scettro*, la *Corvo rosso*, la *Harridan*, la *Fedele*, perfino la poderosa *Furia...* tutte annientate in un unico, divorante olocausto. Ma anche la *Chiglia del re* e la *Grazia degli dei* di Joffrey stavano bruciando. Il demone verde annientava anche chi lo aveva evocato. La lucente *Orgoglio di Driftmark* di lord Velaryon stava cercando di virare, ma il demone lanciò verso di essa un pigro vessillo di smeraldo. I remi della *Orgoglio* avvamparono come altrettante pire sacrificali. Per un orrido istante, la nave parve accarezzare il fiume con filari di torce.

La corrente aveva afferrato Davos. Lo stava facendo ruotare e ruotare insieme al relitto cui era aggrappato. Scalciò con tutte le sue forze per evitare una placca di altofuoco galleggiante. "I miei figli!..." Ma era impossibile, del tutto impossibile pensare di ritrovarli in mezzo a quel caos ruggente. Alle sue spalle, un'altra chiatta piena di altofuoco andò in eruzione. L'intero Fiume delle Rapide Nere parve ribollire nel suo stesso letto e l'aria si saturò dell'odore di uomini e pezzi di nave che bruciavano.

"Vengo trascinato verso la baia..." Non sarebbe stato altrettanto terribile, là fuori. Davos era un valido nuotatore, sarebbe riuscito a toccare terra… Nella baia c'erano anche le galee di Salladhor Saan, ser Imry aveva dato loro ordine di tenersi lontano dall'estuario…

La corrente gli impresse un'ulteriore rotazione. Davos Seaworth vide *che cosa* lo aspettava a valle del demone di fuoco verde.

"La catena. Gli dei ci aiutino… Hanno sollevato la *catena!*…"

Nel punto in cui il fiume si allargava nella baia delle Acque nere, l'immane catena che andava a innestarsi nei due torrioni simmetrici era tesa allo spasimo ad appena un metro dalla superficie. Già una dozzina di galee erano andate a schiantarsi contro di essa. E la corrente del fiume, inesorabile, ne stava spingendo altre alla distruzione. Quasi tutte erano in fiamme, e il resto della flotta lo sarebbe stato presto. Al di là della barriera d'acciaio, Davos poté vedere gli scafi a strisce delle navi di Salladhor Saan, ma sapeva che non sarebbe mai riuscito a raggiungerli. Di fronte a lui, adesso, c'era una muraglia d'acciaio incandescente, di legno che bruciava, di immani fiamme verdi.

L'estuario del Fiume delle Rapide Nere si era trasformato nella bocca dell'inferno.

TYRION

Immobile come un drago di pietra, Tyrion Lannister era appollaiato in cima a uno dei merli. Oltre la Porta del Fango, oltre la desolazione di quello che un tempo erano stati i moli e il mercato del pesce, il Fiume delle Rapide Nere sembrava essere diventato un unico, immane rogo. Metà della flotta di Stannis era in fiamme, e anche la maggior parte di quella di Joffrey. Il bacio dell'altofuoco aveva ridotto orgogliose navi da battaglia in pire funerarie e trasformato uomini in torce viventi. L'aria era piena di fumo, frecce, urla.

A valle, gente del volgo e nobili capitani potevano vedere la torrida morte verde dell'altofuoco avanzare verso le loro zattere, chiatte, pontoni, spinta dalla corrente del Fiume delle Rapide Nere. Nel tentativo di virare, di allontanarsi da quella bolgia, i lunghi remi bianchi delle galee di Myr lampeggiarono come le gambe di un millepiedi impazzito, ma inutilmente. Il millepiedi non poteva nascondersi da nessuna parte.

Sotto le mura della città, nei punti in cui barili di pece incendiata erano andati a schiantarsi, ruggiva almeno una dozzina di grossi incendi. A confronto dell'olocausto di giada scatenato dall'altofuoco, le loro cortine arancioni apparivano poco più che candele in una grande casa avvolta dalle fiamme. Le basse nubi riflettevano la colorazione del fiume che bruciava, ammantando il cielo di cangianti sfumature verdi, dotate di un fascino ipnotico e sinistro. "Quale terribile bellezza. Come fuoco di drago." Tyrion si chiese se anche Aegon il Conquistatore avesse provato le stesse sensazioni sorvolando il Campo di Fuoco in groppa all'immenso drago Balerion, il Terrore nero.

I venti incandescenti gli gonfiarono la cappa, colpendo la sua faccia nuda. Ma Tyrion non distolse lo sguardo. Le grida di giubilo delle cappe dorate sulle mura gli arrivavano come un remoto mormorio. Non c'era giubilo in lui. Questa era solamente una mezza vittoria. "Non sarà sufficiente."

Un'altra delle chiatte che aveva riempito dei malefici frutti di re Aerys veniva avviluppata dal famelico fuoco verde. Una nuova fontana di giada fiammeggiante eruttò dal fiume, il lampo dell'esplosione fu talmente vivido da costringerlo a ripararsi gli occhi con la mano. Sibilanti, scricchiolanti colonne di fuoco alte venti, trenta metri danzavano sull'acqua. Per alcuni momenti, il loro rombo coprì le urla degli uomini bruciati vivi. Ce n'erano a centinaia dispersi nella corrente, che venivano consumati dalla furia dell'altofuoco, o scomparivano sotto la superficie, mentre alcuni morivano simultaneamente per l'acqua e per il fuoco.

"Le senti le loro urla, Stannis? Li vedi che bruciano? Questa non è solo opera mia, è anche *tua*!" Da qualche parte nella brulicante massa di guerrieri sulla sponda sud del Fiume delle Rapide Nere, anche Stannis stava osservando, Tyrion ne era certo. Così come sapeva che non era mai stato assetato di battaglia come suo fratello Robert. Stannis preferiva comandare dalla retroguardia, con le truppe di riserva, proprio come faceva lord Tywin Lannister. Molto probabilmente, in quel momento era in sella a un cavallo da guerra, con una scintillante armatura, e la corona sul capo. "Una corona di oro rosso, a sentire Varys, con le punte a forma di fiamme."

«Le mie navi!» La voce di Joffrey suonò incrinata quando echeggiò sul camminamento delle mura. Il re era protetto dalle fortificazioni, circondato dalle sue guardie. «La mia *Chiglia del re* sta bruciando. E anche la *Regina Cersei*, e la *Uomo leale*. Guardate... Laggiù c'è la *Fiore del mare*.»

Con la sua spada nuova indicò le fiamme verdi che arrivavano a lambire lo scafo dorato della *Fiore del mare*, risalendo lungo i remi. Il suo capitano aveva virato a monte... ma non abbastanza in fretta da evitare l'altofuoco.

Per la *Fiore del mare* era finita, Tyrion non si faceva illusioni. "Non c'era altro modo. Se non avessimo mandato loro incontro le nostre navi, Stannis avrebbe fiutato la trappola." Una freccia poteva essere indirizzata verso un bersaglio, così come una lancia, e perfino una pietra scagliata con una catapulta; l'altofuoco, invece, aveva una sua volontà propria. Una volta scatenato, sfuggiva a qualsiasi controllo umano. «Non si può fare altrimenti» aveva avvertito Joffrey. «La nostra flotta è comunque destinata al disastro.»

Tyrion era troppo basso di statura per riuscire a vedere oltre le fortificazioni, così aveva detto ai suoi di sollevarlo sulla cima di un merlo. Ma perfino da là le fiamme, il fumo e il caos della battaglia rendevano impossibile capire che cosa stava accadendo sotto il castello. Non aveva importanza: Tyrion aveva immaginato la scena mille volte nella sua mente. Bronn che frusta i buoi e li fa muovere nel momento stesso in cui l'ammiraglia di Stannis supera la Fortezza Rossa. La catena, mostruosamente pesante, che comincia a tendersi tra i due torrioni contenenti i grandi argani, in un concerto di scricchiolii e lamenti metallici. Nel momento in cui il primo scintillio del metallo diventa visibile sotto la superficie, l'intera flotta dell'usurpatore è senz'altro ben oltre il punto critico. Gli anelli di ferro che emergono l'uno dopo l'altro, grondando acqua scura, fino a quando l'immane catena non è tutta alla luce del sole. Re Stannis Baratheon aveva portato la sua flotta a remi nell'estuario del Fiume delle Rapide Nere, ma certo non l'avrebbe mai riportata fuori.

Eppure, alcune delle sue navi stavano sfuggendo. La corrente di un fiume è una cosa infida, e l'altofuoco non si stava spargendo, come Tyrion aveva sperato. Il canale principale era tutto avvolto dalle fiamme, ma parecchi uomini di Myr erano riusciti a guadagnare la riva sud e sembravano essere usciti indenni. Inoltre, almeno otto navi avevano attraccato sotto le mura della città. "Attraccate o arenate non fa differenza: sono riusciti a depositare uomini a terra." E, quello che era peggio, una vasta parte dell'ala sud delle prime due linee del nemico era già notevolmente a monte quando le chiatte di altofuoco erano detonate. A Stannis sarebbero rimaste circa trenta o quaranta galee, più che sufficienti, una volta che i soldati avessero ripreso coraggio, per traghettare sulla sponda nord tutto il suo esercito.

Ci sarebbe voluto un po' di tempo, era chiaro. Perfino i più indomiti avrebbero avuto il morale a pezzi nel vedere un migliaio o forse più dei loro compagni d'arme che venivano annientati dall'altofuoco. Sua Saggezza Hallyne diceva che a volte la sostanza bruciava a una tal temperatura da far sciogliere la carne umana come sego. Ma anche così...

Quanto ai suoi soldati, nemmeno su di loro Tyrion si faceva illusioni. "Se la battaglia dovesse volgere al peggio, andranno in pezzi e malamente." Jacelyn Bywater lo aveva avvertito: c'era un solo modo per vincere, fare sì che lo scontro rimanesse costantemente in loro favore.

Forme scure si muovevano tra le rovine annerite lungo la sponda. "È tempo per un'altra sortita" decise Tyrion. Il momento dello sbarco era anche quello in cui gli attaccanti sarebbero stati più vulnerabili. Non doveva dare loro il tempo di riorganizzarsi.

Si precipitò giù dal merlo. «Va' a dire a lord Jacelyn che abbiamo i nemici sulla riva» disse a una delle staffette che Bywater gli aveva assegnato. A un'altra disse: «Fa' i miei complimenti a ser Arneld. Digli anche di ruotare le Puttane di trenta gradi a ovest.» Questa angolazione avrebbe permesso alle catapulte di lanciare più lontano.

«Mamma mi ha promesso che potevo comandarle io, le Puttane» berciò Joffrey.

Tyrion s'irritò nel vedere che il re aveva nuovamente sollevato la celata dell'elmo. Senza dubbio il ragazzo stava andando arrosto dentro tutto quello spesso acciaio, ma l'ultima cosa di cui il Folletto aveva bisogno era che una freccia finisse a conficcarsi nell'occhio del nipote.

«Questa tienila chiusa, Maestà» disse abbassandogli la celata di schianto. «La tua reale persona è troppo preziosa per tutti noi.» "E di sicuro non vorrai guastarti quel bel faccino." «Le Puttane sono tutte tue.»

Era un momento buono come un altro: lanciare altri barili incendiari su navi già in fiamme non aveva più molto senso. Avrebbero lanciato qualcosa d'altro. Joffrey aveva ammassato gli Uomini Cervo nella piazza sottostante, nudi come vermi, incatenati e con corna di cervo inchiodate nel cranio. Quando i cospiratori erano stati portati al suo cospetto nella Sala del Trono per sottoporsi alla giustizia del re, Joffrey aveva promesso di rimandarli a Stannis. In fondo, un uomo era ben più leggero di un barile di pece incendiata, e poteva essere lanciato molto più lontano. Alcune cappe dorate stavano ancora scommettendo se i traditori sarebbero volati fino all'altra sponda del Fiume delle Rapide Nere.

«Cerca di fare in fretta, Maestà» disse Tyrion al re. «Vogliamo che le catapulte riprendano a scagliare massi quanto prima. Nemmeno l'altofuoco può bruciare in eterno.»

Joffrey si incamminò tutto contento e scortato da ser Meryn, ma Tyrion afferrò ser Osmund Kettleblack per il polso prima che anche lui li seguisse. «Qualsiasi cosa accada, tienilo al sicuro e tienilo *là*, mi sono spiegato?»

«Come tu comandi» sorrise amabilmente ser Osmund.

Tyrion aveva avvertito sia Trant sia Kettleblack di che fine avrebbero fatto se fosse accaduto qualcosa al re. Joffrey aveva anche una dozzina di cappe dorate veterane che lo aspettavano alla base delle scale. "Sto proteggendo il tuo infame bastardo come meglio posso, Cersei" pensò acidamente Tyrion. "Cerca di fare lo stesso con Alayaya."

La trafelata staffetta arrivò sulle mura poco dopo che Joffrey se n'era andato.

«Mio lord, presto!» il soldato si gettò con un ginocchio a terra. «Sono sbarcati sul campo dei tornei... Centinaia di uomini! Stanno portando un ariete verso la Porta del Re!»

Imprecando, Tyrion corse giù per i gradini di pietra con la sua andatura ondeggiante. Podrick Payne lo aspettava con i cavalli. Andarono al galoppo fino al Lungofiume, con Pod e ser Mandon Moore che lo seguivano a spron battuto. Le case sprangate erano avvolte dalla sfumatura verdastra del cielo, e le strade erano pressoché deserte. Era stato Tyrion a dare ordine di svuotarle, in modo che i difensori potessero muoversi liberamente da una porta all'altra della città.

Ma anche così, quando giunsero alla Porta del Re, il tonante pestare dell'ariete di sfondamento contro il legno copriva già ogni altro suono. Gli scricchiolii delle grandi cerniere parevano i lamenti di un gigante in agonia. La piazza del corpo di guardia era disseminato di feriti. Tyrion vide anche una linea di cavalli, in parte illesi, più mercenari e cappe dorate e in numero sufficiente da costituire una forte colonna armata.

«Formate i ranghi!» gridò, saltando a terra. Dietro di lui, la Porta del Re sussultò sotto un nuovo urto. «Chi è in comando qui? Noi adesso andiamo là fuori!»

«No.» Una figura emerse dall'ombra delle mura, un uomo alto con l'armatura grigia. Sandor Clegane si tolse l'elmo con entrambe le mani e lo lasciò cadere a terra. L'acciaio era annerito e ammaccato, e l'orecchio sinistro del cane ringhiante mozzato di netto. Da uno squarcio sopra l'occhio sinistro il sangue colava sulle vecchie ustioni del Mastino trasformando metà del volto sfigurato in un mascherone rossastro.

«Sì» lo affrontò Tyrion.

«In culo te e il tuo andar fuori» il respiro di Clegane era un rantolo affannoso.

Uno dei mercenari gli si avvicinò: «Ci siamo già stati, fuori. Tre volte. Metà dei nostri sono o morti o feriti. Con l'altofuoco che brucia, uomini che urlano come cavalli e cavalli che urlano come uomini...».

«Che cosa credevi, che vi avessimo assoldato per combattere in un torneo? Vuoi forse che ti serva una coppa di latte ghiacciato e un bel grappolo d'uva? No? E allora rimettiti sul tuo cavallo del cazzo! Lo stesso vale per te, cane.»

Il sangue sulla faccia di Clegane parve scintillare ancora più rosso, ma i suoi occhi rimasero di un bianco livido. Il guerriero snudò la sua spada lunga.

"Ha paura" Tyrion, sconvolto, stentava a crederci. "Il Mastino ha *paura*!" Cercò di spiegare loro la situazione. «Hanno un ariete alla porta. Li sentite o no? Dobbiamo disperderli...»

«Allora apri la porta. Loro vengono dentro, noi li circondiamo e li facciamo a pezzi.» Il Mastino piantò la punta della spada nel terreno e si appoggiò all'elsa, oscillando da una parte all'altra. «Ho perso metà dei miei uomini. E anche metà dei cavalli. Non porto nessun altro in mezzo a quel fuoco.»

Ser Mandon Moore, la corazza di uno smalto bianco immacolato, si mise a fianco di Tyrion: «Il Primo Cavaliere del re ti sta dando un ordine».

«Si fotta, il Primo Cavaliere del re.» Dove il volto del Mastino non era arrossato dal sangue, la sua pelle era livida come gesso. «Qualcuno mi dia qualcosa da bere.» Un ufficiale delle cappe dorate gli offrì una coppa. Clegane bevve, sputò immediatamente, e gettò via la coppa. «Acqua? In culo, la vostra acqua! Datemi del vino.»

"È ridotto a un morto che cammina" ora Tyrion lo capiva con chiarezza. "La ferita, il fuoco... ha chiuso. Devo trovare qualcun altro, ma chi? Ser Mandon?" Guardò gli uomini, e capì che non avrebbe funzionato. La paura di Clegane li aveva contagiati. Senza un capo, un *vero* capo, nessuno di loro avrebbe combattuto. E ser Mandon... un uomo pericoloso, diceva Jaime, ma non un uomo che altri uomini avrebbero seguito fino alla morte.

In lontananza, Tyrion udì un ennesimo schianto. Sopra le mura, il cielo era solcato da lampi verdastri e arancione. E quella porta, fino a quando sarebbe stata in grado di reggere? "È una follia" pensò. "Ma meglio la follia della sconfitta. La sconfitta è morte e vergogna."

«Molto bene. Allora, sarò *io* a guidare la sortita.»

Tyrion aveva pensato che un simile oltraggio avrebbe fatto ricredere il Mastino. Ma Clegane si limitò a ridergli in faccia: «*Tu?*».

Il Folletto vide lo sconcerto sui volti di tutti loro. «Io. Ser Mandon, tu porterai il mio vessillo. Podrick, il mio elmo.»

Il ragazzo si precipitò a obbedire. Il Mastino continuò ad appoggiarsi sulla sua spada scheggiata, incrostata di sangue rappreso, e continuò a guardarlo con gli occhi sbarrati. Ser Mandon aiutò Tyrion a montare nuovamente in sella.

«Formate i ranghi!»

Il suo stallone fulvo portava una gualdrappa di crinolina e camoscio. Seta purpurea ricadeva sui fianchi posteriori, coprendo la maglia di ferro. La sua alta sella era ornata d'oro. Podrick gli passò l'elmo e lo scudo, una piastra di spessa quercia con impressa una mano dorata in campo rosso, al centro di un anello di piccoli leoni dorati. Tyrion condusse il cavallo nel piccolo cerchio, squadrando l'esigua forza di combattenti. Soltanto un pugno di uomini aveva risposto al suo comando, meno di una ventina. Rimanevano in sella ai loro cavalli, con gli occhi sbarrati come quelli del Mastino. Con disprezzo, Tyrion guardò gli altri, cavalieri e mercenari che si erano ritirati insieme a Clegane.

«Mezzo uomo» ringhiò. «Questo dite di me. Se io sono un mezzo uomo, voi che cosa siete?»

Questo doveva aver infangato abbastanza il loro onore. Uno dei cavalieri, senza elmo, montò a sua volta ed entrò nella colonna. Un paio di mercenari lo imitarono. Poi altri ancora. La Porta del Re sussultò di nuovo. In breve, il gruppo di Tyrion raddoppiò di numero. Li teneva in pugno. "Se io combatto, anche loro saranno costretti a combattere... altrimenti, sarebbero addirittura inferiori a un nano."

«Non mi sentirete urlare il nome di Joffrey» disse loro. «E nemmeno inneggiare a Castel Granito. Quella che Stannis Baratheon intende saccheggiare è la vostra città. E quella che sta cercando di sfondare, è una delle vostre porte. Per cui, venite con me, andiamo ad ammazzare quel figlio di puttana!»

Tyrion impugnò l'ascia da guerra, fece voltare il cavallo e partì verso la porta del corpo di guardia; pensava che gli altri lo seguissero, ma non osò voltarsi a guardare.

SANSA

Le torce scintillavano vivide contro le lastre di metallo martellato delle nicchie, immergendo la Sala da Ballo della regina in una luminosità argentea. Eppure, le tenebre persistevano. Sansa poteva vederle negli occhi pallidi di ser Ilyn Payne, che stava immobile come una statua di pietra, vicino alla porta posteriore, senza accettare né cibo né vino. Poteva udirle nell'incessante tosse secca di lord Gyles, e nella voce sommessa di Osney Kettleblack quando arrivò discretamente per portare le notizie a Cersei Lannister.

Era arrivato una prima volta mentre Sansa stava finendo il brodo, entrando da una porta secondaria. Lo aveva visto confabulare brevemente con suo fratello Osfryd. Poi aveva salito i gradini della piattaforma e si era inginocchiato davanti allo scranno regale. Osney puzzava di cavallo. Sulla guancia, aveva quattro lunghi, esili graffi su cui si stavano formando le prime croste. I capelli gli entravano nel collo della tunica e gli ricadevano sugli occhi. Per quanto cercasse di bisbigliare, Sansa non poté fare a meno di sentire tutto.

«Le flotte hanno ingaggiato la battaglia. Alcuni arcieri di Stannis hanno guadagnato la riva, ma il Mastino è andato a farli a pezzi, Maestà. Tuo fratello sta alzando la catena, ho udito il segnale. Certi ubriachi giù nel Fondo delle Pulci stanno sfondando porte e scalando finestre. Lord Bywater ha mandato le cappe dorate a sistemarli. Il Tempio di Baelor è pienissimo, tutti stanno pregando.»

«E mio figlio?»

«Il re è andato anche lui al tempio, a ricevere la benedizione dell'Alto Septon. Ora è sulle mura insieme al Primo Cavaliere, sta dicendo agli uomini di essere coraggiosi, sollevando i loro spiriti.»

Cersei fece cenno al suo paggio perché le portasse un'altra coppa di vino, una vendemmia speciale di Arbor, ricco e fruttato. La regina stava bevendo molto, ma il vino pareva renderla solo più bella. Le sue guance erano accese, gli occhi avevano acquistato una lucentezza febbrile quando dardeggiava sguardi sulla sala. "Occhi d'altofuoco" immaginò Sansa.

I musicanti facevano musica. I giocolieri facevano giochi. Ragazzo di luna se ne andava in giro per la sala in cima a un paio di trampoli, deridendo tutti quanti. Ser Dontos dava la caccia alle servette galoppando sul suo cavallo di manico di scopa. Gli ospiti ridevano, ma erano risate prive di gioia, risate che in un attimo potevano tramutarsi in pianti disperati. "I loro corpi sono qui, ma i loro pensieri e i loro cuori sono sulle mura della città."

Dopo il brodo, venne un'insalata di mele, nocciole e uva passa. In qualsiasi altra circostanza, sarebbe stato un piatto gustoso, ma quella notte l'unico condimento del cibo era la paura. Sansa non era l'unica a non avere appetito. Lord Gyles tossiva molto più di quanto mangiava, Lollys Stokeworth sedeva ingobbita e tremante, la giovane sposa di uno dei cavalieri di ser Lancel scoppiò in un pianto dirotto. La regina diede ordine a maestro Frenken di metterla a letto con una coppa di vino dei sogni.

«Lacrime» disse cupamente a Sansa mentre la ragazza veniva condotta via. «L'arma delle donne, così le chiamava la lady mia madre. L'arma degli uomini è la spada. E questo dice tutto quello che ci serve sapere, non trovi?»

«Gli uomini devono essere molto coraggiosi, però» rispose Sansa. «Andare là fuori ad affrontare spade e asce, con tutti che cercano di ucciderti...»

«Una volta, Jaime mi disse che soltanto in battaglia e a letto lui si sente veramente vivo» la regina sollevò la coppa e mandò giù una lunga sorsata. Non aveva ancora toccato la sua insalata di frutta. «Preferirei affrontare una foresta di spade piuttosto che rimanere qui impotente, facendo finta di apprezzare la compagnia di questo branco di galline spaventate.»

«Sei stata tu a convocarle qui, Maestà.»

«Ci si aspetta che una regina faccia certe cose. Ci si aspetterà che anche tu le faccia se mai sposerai Joffrey. Farai meglio a imparare.» Cersei Lannister osservò le mogli, le figlie e le madri che affollavano la sala. «Di per se stesse, le galline non sono niente. Invece, per una ragione o per l'altra, i loro galli sono importanti. E alcuni di loro potrebbero anche sopravvivere a questa battaglia. Il che mi vede obbligata a dare alle loro donne una sorta di protezione. Se quella specie di fetido nano di mio fratello riuscisse in qualche modo a prevalere, le galline faranno ritorno ai loro mariti e ai loro padri piene di belle storie su come sono stata valorosa, di come il mio coraggio ha ispirato anche loro, di come non ho mai dubitato della vittoria, neppure per un momento.»

«E se invece il castello dovesse cadere?»

«A te piacerebbe, o sbaglio?» Cersei non attese un diniego. «Se non verrò tradita dalle mie stesse guardie, forse potrei resistere qui dentro per un po'. Dopo di che potrei andare sulle mura e arrendermi personalmente a lord Stannis. Questo ci risparmierebbe il peggio. Ma se il Fortino di Maegor cadesse prima dell'arrivo di Stannis, credo che la maggior parte delle mie ospiti farà bene a prepararsi a un po' di stupri. E in tempi come questi è anche opportuno non escludere mutilazioni, torture e omicidi.»

Sansa era orripilata: «Ma queste sono donne, disarmate, di nobili natali».

«Il loro stato nobiliare offre loro una certa protezione» convenne la regina. «Ma non quanto pensi tu. Ognuna di loro vale un buon riscatto, ma dopo la follia della battaglia, quello che i soldati sembrano volere è la carne più delle monete. Per quanto, uno scudo d'oro è sempre meglio di niente. Ma nelle strade, le donne non saranno trattate con pari grazia. Lo stesso vale per le nostre servette. Una creatura graziosa come la nuova cameriera di lady Tanda potrebbe avere una notte molto movimentata, e non pensare che le inferme, le vecchie e le brutte verranno risparmiate. La giusta dose di vino può fare apparire una lavandaia cieca o una fetida ragazza di porcile attraente quanto te, piccola mia.»

«*Me?*»

«*Prova,* Sansa... fa' almeno lo sforzo di non squittire come un topo. Sei una donna adesso, ricordi? E anche la promessa sposa del mio primogenito.» La regina bevve un altro sorso di vino. «Ci fosse qualsiasi altro uomo fuori dalle porte di Approdo del Re, potrei sperare di sedurlo. Ma è con Stannis Baratheon che abbiamo a che fare. Mi sarebbe più facile sedurre il suo cavallo.» Notò l'espressione sul viso di Sansa e rise. «Ti ho forse sconvolto, mia lady?» Si protese verso di lei. «Piccola stupida. Le lacrime non sono *l'unica* arma di una donna. Tra le gambe ne hai un'altra, e ti suggerisco di imparare a usarla in fretta. Scoprirai che gli uomini usano le loro spade con estrema facilità... *tutte e due* le spade.»

Un nuovo ingresso dei due Kettleblack evitò a Sansa di rispondere. Ser Osmund e i suoi due fratelli erano diventati grandi favoriti a corte. Erano sempre pronti al sorriso e alla battuta, sempre in ottimi rapporti con tutti, dagli stallieri ai cacciatori, dagli scudieri ai cavalieri; ma era con le servette che intrattenevano i rapporti migliori, si chiacchierava. Di recente, ser Osmund aveva preso il posto di Sandor Clegane a fianco di Joffrey e, vicino al pozzo, Sansa aveva udito le donne dire che era forte quanto il Mastino, ma più giovane e più rapido. Se così era, Sansa non aveva potuto fare a meno di domandarsi perché, prima dell'investitura di ser Osmund alla Guardia reale, lei non avesse mai sentito parlare di questi Kettleblack.

Tutto sorrisi, Osney mise un ginocchio al suolo al cospetto della regina: «Le chiatte cariche di altofuoco sono esplose, Maestà. Le Rapide nere sono in fiamme. Stanno bruciando cento navi, forse di più».

«E mio figlio?»

«È alla Porta del Fango insieme al Primo Cavaliere e alla Guardia reale, Maestà. Ha parlato con gli arcieri sulle fortificazioni, e ha dato loro alcuni suggerimenti per il tiro con la balestra. Sono tutti d'accordo: è un ragazzo molto coraggioso.»

«Farà meglio a rimanere un ragazzo molto *vivo.*» Cersei si voltò verso Osfryd, l'altro fratello, più alto, più serio, dai neri baffi spioventi. «Sì?»

Sui fluenti capelli scuri, Osfryd indossava un mezzo elmo. La sua espressione era tetra. «Maestà» disse a bassa voce. «Le guardie hanno preso uno stalliere e due serve che cercavano di scappare dalla porta laterale del castello con tre cavalli del re.»

«I primi traditori di questa notte» disse la regina. «Non saranno gli ultimi, temo. Che se ne occupi ser Ilyn. Poi infilzate le loro teste su delle picche e mettetele fuori dalle stalle come monito.»

I due Kettleblack se ne andarono. La regina tornò a rivolgersi a Sansa.

«Un'altra lezione che farai bene a imparare, dovessi avere la buona sorte di sedere a fianco del mio ragazzo. A essere pietosa in una notte come questa ti ritroverai con traditori che spuntano fuori dappertutto come funghi dopo una notte di pioggia. C'è un solo modo per fare sì che quelli intorno a te ti siano fedeli: devono temere molto più te dei tuoi nemici.»

«Lo ricorderò, Maestà» disse Sansa, anche se aveva sempre sentito che era l'amore la via più diretta per ottenere la lealtà della gente, non la paura. "Se mai sarò una regina, farò in modo che tutti mi amino."

All'insalata di frutta, seguì uno sformato di polpa di chele di granchio. Poi venne arrosto di montone con lenticchie e carote, servito in forme di pane tagliate a metà e svuotate. Lollys mangiò troppo in fretta, si sentì male e si vomitò addosso. Vomitò anche addosso a sua sorella. Lord Gyles tossì e bevve, tossì, bevve, e alla fine perse i sensi.

«Gli dei devono essere stati folli a concedere la virilità a un essere simile.» La regina ebbe uno sguardo di disgusto nel vederlo accasciato con la faccia nella forma di pane grondante carne e sugo, la mano abbandonata in una pozza di vino. «E io devo essere stata altrettanto folle a chiedere il suo rilascio.»

Osfryd Kettleblack riapparve, con la cappa porpora svolazzante: «Maestà, c'è gente che si sta radunando nella piazza. Chiedono di rifugiarsi nel castello. Non è popolino, sono ricchi mercanti e altra gente del genere».

«Ordinategli di fare ritorno alle loro case» disse la regina. «Se rifiutano di andare, che i nostri balestrieri ne uccidano qualcuno. Nessuna sortita. Per nessuna ragione voglio che le porte della Fortezza Rossa siano aperte.»

«Come tu comandi» Osfryd fece un inchino e si dileguò.

Il viso della regina era duro, ostile: «Quanto vorrei prendere una spada e andare di persona a tagliare qualche testa». Stava cominciando a parlare in modo strascicato. «Quando eravamo bambini, Jaime e io eravamo talmente uguali che nemmeno nostro padre riusciva a distinguerci. Certe volte, per giocare, ci scambiavamo i vestiti e passavamo l'intera giornata facendo finta di essere l'altro. Ma anche così, quando a Jaime venne data la sua prima spada, per me non ci fu nessuna spada. *E a me che cosa date?* Ricordo di aver chiesto. Eravamo talmente uguali, che non riuscivo a capire come fosse possibile che venissimo trattati in modo tanto diverso. Jaime imparò a combattere con la spada, la lancia e la mazza ferrata. A me insegnarono a sorridere, a cantare e a compiacere. Lui divenne l'erede di Castel Granito, io fui venduta a un estraneo come una giumenta, in modo che il mio nuovo proprietario potesse montarmi ogni volta che ne aveva voglia... Per poi mettermi da parte all'apparire di una puledra più giovane. A Jaime il potere e la gloria, a me il parto e l'oltraggio.»

«Ma tu sei la regina dei Sette Regni» disse Sansa.

«Quando la parola passa alle spade, una regina è solo una donna.» La coppa di Cersei era vuota, il paggio si mosse per riempirgliela di nuovo, ma lei la rovesciò sul tavolo e scosse il capo. «Basta così. Devo essere lucida.»

L'ultima portata era formaggio di capra servito con mele al forno. L'aroma della cannella aveva riempito la sala quando Osney Kettleblack riapparve, mettendosi ancora una volta in ginocchio davanti a loro.

«Maestà» mormorò. «Stannis ha fatto sbarcare degli uomini sul campo dei tornei, e altri ancora stanno attraversando il fiume. La Porta del Fango è sotto attacco, e c'è un ariete contro la Porta del Re. Il Folletto è uscito per respingerli.»

«Questo li riempirà senz'altro di terrore» ribatté seccamente la regina. «Non avrà portato anche Joff, mi auguro.»

«No, Maestà, il re si trova con mio fratello alle Tre Puttane, a scaraventare Uomini Cervo nel fiume.»

«Con la Porta del Fango sotto attacco? Pura follia. Di' a ser Osmund che voglio mio figlio lontano da là. È troppo pericoloso. Riportatelo immediatamente al castello.»

«Il Folletto dice...»

«È quello che *io* dico che deve preoccuparti» gli occhi di Cersei si strinsero. «Tuo fratello farà come io comando. Altrimenti farò in modo che sia lui a condurre la prossima sortita fuori delle mura. In *tua* compagnia.»

Quando le tavole furono sparecchiate, molti ospiti chiesero licenza di uscire per andare al tempio. Graziosamente, Cersei la concesse. Lady Tanda e le sue due figlie furono tra quelli che fuggirono. Quelli che rimasero vennero allietati dalle dolci melodie di un cantastorie che si accompagnava all'arpa. Cantò di Jonquil e Florian, del principe Aemon il Cavaliere del Drago e del suo amore per la regina di suo fratello, delle diecimila navi di Nymeria. Canzoni bellissime, e terribilmente tristi. Parecchie donne cominciarono a piangere, anche Sansa sentì gli occhi umidi.

«Molto bene, cara» disse la regina chinandosi verso di lei. «Cerca di fare pratica con quelle lacrime. Ti serviranno con re Stannis.»

Sansa si agitò a disagio: «Maestà?».

«Ah, risparmiami le tue vuote cortesie. La situazione dev'essere davvero disperata, se ci vuole un nano per comandare gli uomini in battaglia. Per cui, getta pure la maschera. So tutto dei tuoi piccoli tradimenti nel parco degli dei.»

«Il parco degli dei?» "Non guardare ser Dontos. Non farlo, non farlo" Sansa disse a se stessa. "Lei non sa, nessuno sa. Dontos mi ha promesso, il mio Florian non mi tradirebbe mai." «Non ho commesso alcun tradimento. Vado nel parco degli dei solamente per pregare.»

«Per Stannis. O per tuo fratello. Ma non fa differenza. Per quale altra ragione invocheresti gli dei di tuo padre? Tu preghi per la nostra sconfitta. E come altro chiameresti questo, se non tradimento?»

«Io prego per Joffrey» insisté Sansa nervosamente.

«Davvero? E perché lo fai, forse per il modo così gentile in cui lui ti tratta?» La regina prese una caraffa di vino dolce di prugne da una servetta che passava e riempì la coppa di Sansa. «Bevi» le impose con disinvoltura. «Forse ti darà il coraggio di affrontare la verità, tanto per cambiare.»

Sansa si portò la coppa alle labbra e bevve un sorso. Il vino era ingannevolmente dolce, e anche molto forte.

«Sai fare di meglio» disse Cersei. «Vuota quella coppa, Sansa. È la tua regina a comandartelo.»

Sansa quasi si soffocò, ma svuotò comunque la coppa, mandando giù il denso vino dolce finché non cominciò a girarle la testa.

«Ancora?» chiese Cersei.

«No. Ti prego.»

La regina sembrò delusa: «Prima, quando mi hai chiesto di ser Ilyn, ti ho mentito. Non vuoi sentire la verità, Sansa? Non vuoi sapere per quale ragione lui si trova qui?».

Sansa non osò rispondere, ma questo non ebbe importanza. Alla regina non interessava una risposta. Sollevò una mano e fece un cenno. Sansa non si era resa conto che ser Ilyn Payne avesse fatto ritorno nella Sala da Ballo ma, di colpo, lui era di nuovo là. Emerse dalle ombre dietro il trono, silenzioso come una pantera. Aveva Ghiaccio fuori dal fodero. Suo padre ripuliva sempre la lama dopo aver tagliato la testa a qualcuno, Sansa lo ricordava bene, ma ser Ilyn non era altrettanto pignolo. Sangue andava disseccandosi sulle venature dell'acciaio di Valyria. Un rosso che virava all'ocra scuro.

«Ser Ilyn» disse Cersei. «Di' a lady Sansa perché ti tengo qui con noi.»

Ser Ilyn aprì la bocca priva di lingua ed emise un suono gutturale. Non c'era alcuna espressione sul suo volto butterato.

«È qui per noi, dice» tradusse la regina. «Stannis potrà prendere la città e anche il trono, ma io non mi sottoporrò all'ignominia di venire giudicata da lui. Non ci avrà vive.»

«*Ci?*»

«Mi hai sentito. Per cui, Sansa, dovresti fare un'altra preghierina chiedendo che l'esito di questa battaglia sia diverso. Gli Stark non si rallegreranno affatto per la caduta della Casa Lannister, te lo garantisco.»

Cersei allungò una mano e toccò i capelli di Sansa, scostandoli un po' dalla sua gola.

TYRION

La fenditura orizzontale nella celata dell'elmo limitava il campo visivo a quello che aveva di fronte. Ruotando la testa, Tyrion Lannister vide che tre galee erano approdate sul campo dei tornei. Una quarta, più grande delle altre, si era addentrata molto nel Fiume delle Rapide Nere, e continuava a catapultare barili incendiari.

«A cuneo!»

Tyrion gridò l'ordine mentre lui e i suoi uomini erompevano dal portale secondario. Assunsero la formazione a punta di freccia, di cui lui era la cuspide. Ser Mandon Moore si mise alla sua destra, con le fiamme degli incendi che baluginavano sul bianco smaltato della sua armatura e i suoi occhi spenti che scrutavano da dietro la celata. Era in sella a un destriero nero come il carbone, tutto bardato di bianco. Al braccio, portava appeso lo scudo bianco della Guardia reale. Alla sua sinistra, Tyrion fu sorpreso di trovare Podrick Payne, con una spada in pugno.

«Sei troppo giovane» disse in fretta. «Torna indietro.»

«Sono il tuo scudiero, mio lord.»

Non c'era tempo per discutere: «E allora stai con me. Ma stammi vicino».

Tyrion diede di speroni. Cavalcarono ginocchio contro ginocchio, seguendo la linea delle mura incombenti. Sull'asta di ser Mandon garriva il vessillo di Joffrey, porpora e oro, cervo e leone impegnati in una strana danza zoccolo contro zampa. Dal passo, andarono al trotto, facendo un'ampia curva attorno alla base della torre perimetrale. Frecce piovevano dalle mura della città, mentre massi le sorvolavano, schiantandosi alla cieca contro la terra e l'acqua, macellando acciaio e carne. Davanti al gruppo d'assalto di Tyrion, apparvero la Porta del Re e una testuggine di soldati impegnati a manovrare un immane ariete di sfondamento, un tronco di quercia nero con una testa di ferro. Un gruppo di arcieri sbarcati dalle navi di Stannis circondava la testuggine, lanciando nugoli di frecce in risposta a tutto quello che i difensori sulle mura scaricavano loro addosso.

«Lance in resta!» urlò Tyrion. Poi partì al galoppo.

Il terreno era fradicio e scivoloso, metà per il fango, metà per il sangue. Il suo stallone calpestò un cadavere, gli zoccoli andavano in cerca di una presa, macinando la terra viscida. Per un istante, Tyrion credette che la sua carica si sarebbe conclusa con lui che cadeva giù dalla sella ancora prima di arrivare a contatto con il nemico, ma in qualche modo, lui e il cavallo riuscirono a stare in equilibrio. Sotto la porta, gli uomini di Stannis si stavano voltando, preparandosi ad affrontare l'urto.

Tyrion sollevò l'ascia: «*Approdo del Re!*».

Altre voci si unirono al suo urlo di battaglia. La carica a cuneo spiccò il volo, un lungo urlo d'acciaio e di seta, di zoccoli pesanti e di lame affilate, baciate dal fuoco.

Ser Mandon abbassò la punta della lancia all'ultimo istante possibile e mandò il vessillo di Joffrey a perforare il torace di un uomo con indosso un corpetto di cuoio borchiato, sollevandolo da terra prima che l'asta si spezzasse. Dritto avanti a Tyrion c'era un cavaliere che aveva sulla tunica una volpe dentro una corona di fiori. "Florent" fu il suo primo pensiero. "Senza elmo" fu il secondo. Lo colpì in testa caricando tutto il peso dell'ascia spinta dal cavallo al galoppo. Metà cranio dell'uomo dei Florent partì verso l'alto. Il contraccolpo gli fece dolere la spalla. "Shagga riderebbe di me" pensò, continuando la carica.

Una lancia cozzò contro il suo scudo. Podrick galoppò al suo fianco, mulinando fendenti contro chiunque gli si parasse davanti. Da qualche parte, a Tyrion arrivarono le ovazioni degli uomini sulle mura. L'ariete di sfondamento si abbatté nel fango, e gli uomini lo abbandonarono per darsi alla fuga o girarsi per combattere. Tyrion abbatté un arciere, squartò il torace di un lanciere dalla spalla all'ascella, assestò un colpo trasversale a un elmo a cresta di pescespada. Di fronte alla trave dell'ariete, il suo grande cavallo rosso si fermò. Un turbine alla sua destra: il destriero di ser Mandon saltò l'ostacolo come se nemmeno esistesse e il cavaliere della Guardia reale continuò l'attacco, morte nera ammantata di seta bianca come la neve. La spada di ser Mandon mutilò braccia, sfondò teste, divise scudi a metà. Molti nemici, però, erano comunque riusciti a superare il fiume con gli scudi intatti.

Tyrion spinse il suo cavallo oltre l'ariete. Gli avversari stavano scappando. Girò la testa da sinistra a destra, da destra a sinistra, nessuna traccia di Podrick Payne. Una freccia venne a schiantarsi contro il suo elmo, appena due dita sotto la feritoia; l'impatto per poco non lo fece cadere di sella. "Se devo rimanere qui come un palo, tanto vale che mi dipinga un bersaglio sul petto."

Diede di speroni, avanzando al trotto tra cadaveri disseminati da tutte le parti. A valle, il Fiume delle Rapide Nere era un caos di galee ancora in fiamme. Placche d'altofuoco continuavano ad andare alla deriva sulla corrente, scaricando nell'aria torreggianti nembi di fuoco verde alti dieci metri. L'assalto di Tyrion aveva disperso gli uomini che azionavano l'ariete, ma i combattimenti proseguivano su tutta la riva. Uomini di ser Balon Swann, probabilmente, o di Lancel, cercavano di ributtare in acqua i nemici in arrivo dalle navi incendiate.

«Raggiungiamo la Porta del Fango» ordinò Tyrion.

«Alla Porta del Fango!» urlò ser Mandon.

E partirono di nuovo al galoppo. «Approdo del Re!» urlavano con voce roca i guerrieri. E anche: «Mezzo uomo! Mezzo uomo!». Tyrion si chiese chi glielo avesse insegnato. Attraverso l'acciaio e l'imbottitura dell'elmo, gli arrivarono le urla di dolore, il raschiare feroce delle fiamme, l'ululato dei corni da guerra, l'arrogante squillo delle trombe. Il fuoco era ovunque. "Dei misericordiosi, adesso capisco perché il Mastino ha paura. Sono le fiamme a spaventarlo..."

Dal Fiume delle Rapide Nere venne uno schianto di legno sconquassato. Un masso grande quanto un cavallo si era abbattuto su una delle galee. "Nostra o loro?..." Tra le spesse volute di fumo, Tyrion non fu in grado di dirlo. Il suo cuneo d'attacco si era infranto. Ogni uomo combatteva la sua battaglia, adesso. "Avrei dovuto tornare indietro..." pensò, continuando a cavalcare.

L'ascia cominciava a pesargli nel pugno. Ormai soltanto un manipolo di guerrieri si ostinava a seguirlo, gli altri erano fuggiti oppure morti. Fu costretto a lottare di redini per mantenere il suo stallone in direzione est. Al grande destriero il fuoco piaceva tanto quanto piaceva a Sandor Clegane, ma era certo più facile da comandare.

Uomini continuavano a uscire dal fiume, uomini ustionati e sanguinanti, che vomitavano acqua, uomini barcollanti, per lo più morenti. Tyrion condusse il suo gruppo tra loro, somministrando rapida morte ai pochi che riuscivano a reggersi in piedi. La guerra si riduceva alle dimensioni della sua feritoia nell'elmo. Cavalieri grossi il doppio di lui fuggirono nel vederlo arrivare. Quelli che lo affrontarono, morirono. Parevano così piccoli e impauriti.

«Lannister!» urlò, continuando a fare strage. Il suo braccio era rosso e gocciolante fino al gomito, il sangue scintillava alla luce degli incendi. Quando il suo cavallo si fermò di nuovo sollevò l'ascia insanguinata al cielo e sentì acclamare: «*Mezzo uomo! Mezzo uomo!*» Tyrion si sentì come ubriaco.

Febbre della battaglia. Jaime gliene aveva parlato spesso, ma non aveva mai pensato di poterla sentire anche lui. Come il tempo sembra divenire indistinto, rallentare, fermarsi, come passato e futuro svaniscono, fondendosi solo nell'istante del presente, come la paura scompare, il pensiero si dissolve, il tuo stesso corpo cessa di esistere. «Non senti più le ferite, non provi più il dolore alla schiena causato dal peso dell'armatura, non noti più il sudore che ti cola negli occhi. Cessi di sentire, cessi di pensare, cessi di esistere. Non rimane altro che il nemico. Quell'uomo che devi abbattere, e poi l'uomo dopo di lui, e l'uomo dopo ancora. Sai che loro hanno paura e sono stanchi, invece tu non lo sei. Tu sei vivo e tutto attorno a te c'è la morte, ma le loro spade si muovono così lentamente che tu sei in grado di danzare tra le lame. Di danzare *ridendo*!» "Febbre della battaglia. E io sono il mezzo uomo, ebbro di massacro. Uccidetemi pure... se ce la fate!"

E loro cercarono di ucciderlo. Un altro picchiere gli venne addosso. Tyrion staccò la testa della picca. E poi, girandogli intorno, gli staccò la mano, poi tutto il braccio. Un arciere, privo del suo arco, lo attaccò impugnando una freccia come se fosse un coltello. Il destriero assestò un calcio alla coscia dell'uomo, con Tyrion che gli rideva in faccia. Superò un vessillo piantato nel fango, uno dei cuori fiammeggianti di Stannis. Spezzò l'asta in due con un colpo d'ascia. Un cavaliere venne fuori dal nulla, colpendo il suo scudo con una spada lunga impugnata a due mani, ancora, ancora... Fino a quando qualcuno non gli affondò una daga nell'ascella. Uno degli uomini di Tyrion, forse. Lui non vide chi fu.

«Mi arrendo, ser» era un altro cavaliere a invocare, più avanti lungo il fiume. «Mi arrendo. Ser cavaliere, mi arrendo a te. Il mio pegno... qui, qui!»

L'uomo giaceva in una pozza d'acqua nerastra, offrì un guanto di ferro a lamine d'acciaio quale simbolo di sottomissione. Tyrion fu costretto a chinarsi per prenderlo. A metà gesto, un'ampolla d'altofuoco esplose sopra di loro, sprigionando fiamme verdi. Nell'improvvisa vampata di luce, Tyrion vide che la pozza d'acqua non era nera, era *rossa*. Dentro il guanto ferrato, c'era ancora la mano del cavaliere. Tyrion glielo ributtò. «Mi arrendo» si lamentò l'uomo, pieno di disperazione, privo di speranza. Tyrion si allontanò da lui.

Un armigero afferrò le redini del suo cavallo e gli si avventò contro con una daga, mirando alla faccia. Tyrion parò il colpo, affondando la lama dell'ascia alla base del collo dell'avversario. Stava ancora cercando di liberarla quando un balenare bianco apparve ai margini del suo campo visivo. Tyrion si girò, pensando fosse ser Mandon Moore, invece era un altro cavaliere bianco. Ser Balon Swann indossava la stessa armatura, ma sulla gualdrappa del suo cavallo c'era l'emblema con il cigno bianco e il cigno nero della nobile Casa Swann. "Non è più un cavaliere bianco, ma pezzato." Ogni palmo di ser Balon era schizzato di sangue e di materia organica, annerito dal fumo. Indicò verso il fiume con la mazza ferrata. C'erano grumi di cervello e frammenti d'osso appiccicati all'acciaio.

«Mio lord, guarda.»

Tyrion fece voltare il cavallo per poter scrutare le Rapide nere. In profondità, la corrente continuava a fluire, scura e possente, ma la superficie era una palude di sangue e di fuoco. Il cielo appariva rosso, arancione e verde brillante.

«Che cosa?» chiese il Folletto. Ma poi capì.

Uomini d'arme coperti d'acciaio stavano scendendo giù dal relitto di una galea che era andata a schiantarsi contro uno dei moli. "Così tanti... Ma da dove vengono?" Cercando di distinguere quelle sagome tra il fumo e i bagliori degli incendi, Tyrion seguì il loro percorso a ritroso, nel mezzo del fiume. Almeno venti navi, forse di più, impossibile contarle, erano incastrate le une contro le altre, le une dentro le altre. Remi incrociati, scafi legati da funi d'abbordaggio, impalati nei loro stessi arieti, avviluppati nel sartiame delle alberature divelte. Uno dei vascelli più grandi ne abbracciava due più piccoli. Relitti, tutti quanti, ma ammassati a distanza talmente ravvicinata da consentire di saltare dall'uno all'altro... e da passare da una riva all'altra del Fiume delle Rapide Nere.

Ed era esattamente quello che stavano facendo i guerrieri più coraggiosi di Stannis Baratheon. A centinaia. Tyrion vide uno di quei temerari che cercava di passare, spronando un cavallo terrorizzato, sopra remi e murate, in mezzo a tolde inclinate viscide di sangue e assediate dalle malefiche fiamme verdi dell'altofuoco.

"Gli abbiamo creato un fottuto ponte!" Tyrion pensò con rabbia.

Parti di quel ponte stavano affondando, altre erano in fiamme, l'intera struttura scricchiolava e ondeggiava come se fosse sul punto di andare in mille pezzi a ogni istante. Ma questo non sembrava affatto fermare i guerrieri di Stannis.

«Uomini coraggiosi» disse Tyrion a ser Balon, pieno d'involontaria ammirazione. «Andiamo a ucciderli.»

Guidò il suo gruppo oltre i focolai, la fuliggine e la cenere che punteggiavano la riva. Gli zoccoli dei loro cavalli e di quelli degli uomini di ser Balon ripiombavano sul molo di pietra. Ser Mandon Moore andò con loro, il suo scudo ormai ridotto a una rovina sbrecciata. L'aria era piena di fumo, di cenere. Il nemico cedette prima della loro carica. Tornarono a gettarsi in acqua, calpestando altri dei loro che cercavano di sbarcare. La testa di quel ponte di fortuna era una galea nemica semiaffondata con la scritta *Veleno di drago* dipinta sulla prora, la carena sventrata da una delle chiatte affondate e irte di rostri che Tyrion aveva collocato tra i moli. Un lanciere con l'emblema del granchio rosso di lord Celtigar conficcò la punta della sua arma nel torace del cavallo di ser Balon prima che lui riuscisse a smontare, facendolo volare giù dalla sella. Tyrion gli sfondò il cranio ancora sull'abbrivio. Solo che a quel punto, fu troppo tardi per tirare le redini. Il suo cavallo saltò alla fine del molo, finendo su un trinchetto frantumato. Con un nitrito di sofferenza, l'animale urtò il fondale basso. L'ascia da guerra di Tyrion volò via roteando. Anche Tyrion volò via roteando. La tolda devastata s'innalzò colpendolo in pieno.

Il resto fu pura follia. Il suo cavallo aveva una gamba spezzata e nitriva disperatamente. In qualche modo, Tyrion riuscì a estrarre la daga e a tagliare la gola al povero animale, ponendo fine alle sue sofferenze. Il sangue schizzò come da una fontana, inzuppandogli le braccia e il torace. Ritrovò l'equilibrio, si aggrappò alla murata, e poi fu di nuovo nel cuore della mischia, ondeggiando sul ponte inclinato grondante d'acqua. Uomini gli si avventarono contro. Ne uccise alcuni, ne ferì altri, altri ancora fuggirono, ma sembrava non esserci fine all'assalto. Perse il pugnale e trovò chissà come una lancia spezzata. La strinse spasmodicamente e colpì di punta, urlando imprecazioni. Inseguì uomini che scappavano da lui, scalando la murata di un altro relitto, e poi di un altro ancora. E con lui c'erano sempre le sue due ombre bianche, Balon Swann e Mandon Moore, fulgidi nelle loro armature. Si ritrovarono circondati da picchieri di Velaryon. Li affrontarono schiena contro schiena, rendendo il combattimento una sorta di danza armoniosa.

Tyrion invece uccideva in modo sgraziato. Pugnalò nelle reni un uomo che gli dava le spalle, ne afferrò un altro per una gamba e lo scagliò nel fiume. Frecce sibilarono a un palmo dalla sua testa, rimbalzando contro l'armatura. Una rimase conficcata tra la spalla e la corazza pettorale, ma lui nemmeno se ne rese conto. Un uomo nudo piovve dal cielo e si schiantò su una delle tolde, esplodendo come un melone colpito da una mazza ferrata. Il suo sangue schizzò nella fessura della celata di Tyrion. Dal cielo cominciarono a piovere anche massi. Vennero a schiantarsi sulle navi devastate, macellando altra carne umana. Alla fine, l'intero ponte di relitti cedette e si contorse di lato, scaraventando Tyrion in acqua.

Il Fiume delle Rapide Nere dilagò all'interno del suo elmo. Tyrion se lo strappò di dosso e nuotò lungo la murata finché trovò un punto in cui l'acqua gli arrivava al collo. L'aria riecheggiava suoni stridenti, simili ai lamenti di un'enorme bestia in agonia. "La nave" ebbe il tempo di pensare. "La nave sta per cedere." In realtà *tutte* le navi si stavano sfasciando. Il ponte di relitti stava andando definitivamente in pezzi. Una frazione d'istante dopo aver formulato quel pensiero ci fu una specie di rombo di tuono. Il ponte vacillò, e Tyrion si ritrovò di nuovo nel fiume.

Adesso la pendenza era tale da costringerlo a scalare, avanzando una spanna dopo l'altra aiutandosi con una fune. Con la coda dell'occhio, vide che il relitto in cui si erano incagliati aveva cominciato ad andare alla deriva, trascinato dalla corrente, ruotando lentamente man mano che gli uomini ci saltavano sopra. Alcuni indossavano tuniche con il cuore fiammeggiante di Stannis, altri con il cervo e il leone di Joffrey, altri ancora avevano emblemi diversi. Eppure nessuno di quei simboli sembrava avere più la minima importanza. C'erano fiamme sull'acqua, a monte e a valle. Da un lato infuriava la battaglia, una grande confusione di vessilli scintillanti su un mare di uomini in lotta gli uni contro gli altri, testuggini di lance che si formavano e si scioglievano, cavalieri che si aprivano la strada a fendenti nella massa, polvere, fango, sangue e fumo. Sul lato opposto, la Fortezza Rossa torreggiava sulla sommità della collina, sputando fuoco. Erano dalla parte *sbagliata*. Per un momento, Tyrion pensò di essere impazzito, pensò che l'esercito di Stannis e la fortezza si fossero scambiati di posto. "Come ha fatto a raggiungere la sponda nord?" Ma poi si rese conto che la tolda continuava a ruotare, che in qualche modo anche lui aveva ruotato: fortezza e battaglia si trovavano in posizioni invertite. "Battaglia? Quale battaglia, se Stannis non è arrivato dove invece sta combattendo?" Era troppo stanco per riuscire a comprendere. La spalla gli procurava dolori terribili. Se la tastò, trovò la freccia ancora conficcata e ricordò di essere stato colpito. "Devo togliermi da questa maledetta nave." A valle c'era solo una muraglia di fuoco. Se il relitto si fosse staccato dalle altre carcasse, la corrente lo avrebbe trascinato dritto dentro le fiamme.

Al di sopra del frastuono della battaglia, qualcuno stava urlando il suo nome. Tyrion cercò di rispondere: «Qui! Sono qui! Aiutatemi!». La sua voce suonava talmente flebile che lui stesso stentò a udirla. Si issò sulla tolda fortemente inclinata, cercò di afferrare la murata. La galea urtò contro un'altra nave vicina, e il contraccolpo per poco non lo scaraventò di nuovo in acqua. Che fine aveva fatto la sua forza? Riusciva a stento a rimanere aggrappato.

«Mio lord! Prendi la mia mano! Mio lord Tyrion!...»

Sul ponte dell'altra nave, oltre un abisso d'acqua scura che andava allargandosi, torreggiava ser Mandon Moore, con la mano tesa verso di lui. Fiamme gialle e verdi balenavano sulla sua corazza bianca, e il suo guanto ferrato a lamine era viscido di sangue. Ma Tyrion cercò ugualmente di afferrarlo, desiderando disperatamente che le sue braccia fossero più lunghe. Ce l'aveva quasi fatta. Pochi, pochissimi centimetri. Le loro dita si sfiorarono... No, qualcosa non andava. Ser Mandon gli stava tendendo la mano *sinistra*. Perché...

Forse fu per questo che Tyrion arretrò. O forse invece fu perché *vide* la spada che calava? Non avrebbe mai avuto una risposta. La punta lo colpì in mezzo agli occhi. Lui sentì il morso gelido dell'acciaio, e poi quello rovente del dolore. La sua testa ruotò come se fosse stato schiaffeggiato. L'urto con l'acqua fredda del fiume fu uno schiaffo ancora peggiore. Annaspò alla ricerca di un appiglio. Sapeva che se fosse andato sotto non sarebbe più tornato su. In qualche modo, trovò l'estremità di un remo spezzato. Si aggrappò a esso come un amante disperato e cominciò ad arrampicarvisi. Aveva gli occhi pieni d'acqua, la bocca piena di sangue, e la testa che gli rimbombava. "Dei, datemi la forza di raggiungere la tolda..." Non esisteva nient'altro, soltanto il remo, l'acqua e il ponte.

Alla fine, rotolò oltre la sponda e giacque immobile sulla schiena, senza fiato ed esausto. Sfere di fuoco verde e arancione rombavano nel cielo, tracciando scie tra le stelle. Fece appena in tempo a pensare a quanto era bello, prima che ser Mandon tornasse a oscurargli la visuale. Il cavaliere era un'ombra di acciaio bianco, i suoi occhi due scintillanti schegge scure dietro la celata. A Tyrion rimaneva la forza di una bambola di stracci. Ser Mandon appoggiò la punta della spada contro la sua gola e afferrò l'elsa con entrambe le mani.

Di colpo, l'ombra bianca ondeggiò a sinistra andando a sbattere contro la murata. Il legno si spezzò e ser Mandon Moore scomparve con un urlo e un tonfo nell'acqua. Un momento dopo, i due relitti tornarono a cozzare, un urto talmente violento da far sussultare l'intera tolda. E adesso, qualcun altro era inginocchiato accanto a lui.

«Jaime?...» mormorò Tyrion, quasi soffocato dal sangue che gli dilagava in bocca. Chi altri avrebbe potuto venire a salvarlo se non suo fratello?

«Cerca di non muoverti, mio lord. Sei gravemente ferito.» "La voce di un ragazzo" pensò Tyrion. "Ma non ha senso." Sembrava la voce di Podrick.

SANSA

Quando ser Lancel Lannister venne ad annunciare che la battaglia era perduta, la regina si limitò a rigirarsi la coppa vuota tra le dita. «Riferisci a mio fratello, cavaliere.» La voce di Cersei Lannister era distante, come se tutto quello che stava accadendo fosse per lei di ben scarso interesse.

«Quasi certamente tuo fratello è morto.» La tunica di ser Lancel era intrisa del sangue che continuava a colargli da un braccio. Quando era apparso nella sala, al solo vederlo alcune ospiti avevano cominciato a urlare. «Probabilmente si trovava sul ponte formato dai relitti quando questo ha ceduto. Anche ser Mandon deve essere morto, e nessuno riesce a trovare il Mastino. Gli dei siano dannati, Cersei, *perché* hai fatto riportare Joffrey al castello? Le cappe dorate gettano via le lance e si danno alla fuga, a centinaia. Quando hanno visto il re che se ne andava, hanno perduto coraggio. Tutto il Fiume delle Rapide Nere è invaso da relitti, fuoco e cadaveri, eppure saremmo stati in grado di resistere se solo…»

Osney Kettleblack gli passò davanti: «Maestà, ora si combatte su entrambe le sponde. Sembra che alcuni cavalieri di Stannis si stanno dando battaglia gli uni contro gli altri, impossibile dire per certo, è tutta una confusione laggiù. Il Mastino è scomparso, nessuno sa dove. Ser Balon si è ritirato dentro le mura della città. La riva del fiume è in mano al nemico. Stanno di nuovo cercando di sfondare la Porta del Re. Ser Lancel ha ragione: i tuoi uomini disertano le mura e uccidono i loro ufficiali. Alla Porta di Ferro e alla Porta degli Dei folle inferocite lottano per uscire. Il Fondo delle Pulci è tutto un tumulto di ubriachi.»

"Dei misericordiosi" pensò Sansa. "Sta veramente accadendo. Joffrey ha perso la sua testa… e io con lui." Andò con lo sguardo alla ricerca di ser Ilyn, ma la Giustizia del re non era in vista. "Posso percepirlo, però. È vicino e io non riuscirò a sfuggirgli; mi taglierà la testa."

Stranamente calma, la regina si girò verso Osfryd Kettleblack: «Sollevate il ponte levatoio e sbarrate le porte. Che nessuno entri o esca dal Fortino di Maegor senza il mio permesso».

«E le donne che sono andate a pregare al tempio?»

«Hanno scelto di lasciare la mia protezione. Che vadano pure avanti a pregare, forse ci penseranno gli dei a difenderle. Dov'è mio figlio?»

«Al corpo di guardia. Voleva comandare i balestrieri. C'è una folla che urla sotto le mura, metà di loro sono cappe dorate venute con il re quando ha lasciato la Porta del Fango.»

«Portate Joffrey all'interno del Fortino di Maegor. *Subito.*»

«No!» ser Lancel era talmente inferocito da dimenticarsi di parlare a bassa voce. Parecchie teste si voltarono. «Sarà di nuovo come alla Porta del Fango. Lascia che rimanga dov'è... lui è il *re*!»

«È mio figlio.» Cersei Lannister si alzò in piedi. «E tu, caro cugino, dici di essere un Lannister. Per cui: da' prova di esserlo. Osfryd, che cosa ci fai ancora qui? *Subito* vuole dire oggi.»

Osfryd Kettleblack uscì di corsa dalla sala, seguito dal fratello. Anche molti ospiti si precipitarono fuori. Alcune donne piangevano, altre pregavano. Altri ospiti, ancora, invece si limitarono a rimanere seduti ai loro posti, chiedendo che venisse portato altro vino.

«Cersei» ser Lancel stava quasi implorando. «Se il castello cade, Joffrey sarà comunque ucciso, tu questo lo sai. Lascia che resti sulle mura della Fortezza Rossa. Lo terrò vicino a me, ti giuro che...»

«Togliti dai piedi!» Cersei lo schiaffeggiò sulla ferita. Il giovane cavaliere urlò di dolore e quasi svenne mentre la regina lasciava la sala. Nel farlo, nemmeno degnò Sansa di un'occhiata. "Mi ha dimenticato. Ser Ilyn mi ucciderà e lei neppure ci penserà."

«Oh, dei» si lamentò una donna anziana. «Siamo perduti, la battaglia è perduta, la regina sta fuggendo.» Molti bambini erano in lacrime. "Fiutano la paura." Sansa si ritrovò sola sulla piattaforma reale. E adesso? Rimanere là, oppure correre dietro alla regina e implorarla di risparmiarle la vita?

Non seppe mai che cosa la spinse ad alzarsi in piedi, ma si alzò: «Non abbiate paura» disse a tutti loro a voce alta. «La regina ha fatto alzare il ponte levatoio. E il Fortino di Maegor è il posto più sicuro della città. Mura spesse, il fossato asciutto, i rostri...»

«Ma che cos'è successo?» domandò una donna che lei conosceva di vista, la moglie di un nobile minore. «Che cosa le ha detto Osney? Il re è forse ferito? La città è caduta?»

«Parla!» gridò qualcun altro. Una donna volle sapere del padre, un'altra del figlio.

Sansa sollevò entrambe le mani, chiedendo silenzio: «Joffrey è rientrato al castello. Non è ferito. Stanno ancora combattendo, è tutto quello che so. Stanno combattendo valorosamente. La regina tornerà presto». L'ultima era una menzogna, ma doveva dire loro qualcosa per calmarli. Vide i giullari sotto il porticato. «Ragazzo di luna, facci divertire.»

Ragazzo di luna fece una piroetta, volteggiando sopra uno dei tavoli. Afferrò quattro coppe di vino e cominciò a farle vorticare in aria. Di tanto in tanto, una cadeva a rimbalzargli sul cranio. Nella sala echeggiò qualche risata nervosa. Sansa andò a inginocchiarsi accanto a ser Lancel. Dove la regina lo aveva colpito, la ferita si era riaperta, facendo sgorgare altro sangue.

«Follia» gorgogliò Lancel. «Per gli dei, il Folletto aveva ragione, aveva ragione...»

«Aiutatelo» comandò Sansa a due servi. Uno si limitò a guardarla, e poi scappò con la caraffa di vino e tutto. Anche altri servi scapparono, ma lei non poteva farci niente. Insieme, Sansa e il servitore rimasto riuscirono a rimettere in piedi il giovane cavaliere ferito. «Portalo da maestro Frenken.»

Lancel era uno di *loro*, eppure Sansa non riusciva proprio a volerlo morto. "Sono molle, sono debole, sono stupida, proprio come dice sempre Joffrey. Dovrei ucciderlo, non aiutarlo."

Le torce stavano cominciando a fare meno luce, una o due si erano già spente. Nessuno si prese la briga di sostituirle. Cersei non tornò. Ser Dontos salì sulla piattaforma mentre gli occhi di tutti erano sull'altro giullare.

«Torna nelle tue stanze, mia dolce Jonquil» le bisbigliò. «Chiuditi dentro, sarai più al sicuro là. Verrò da te quando la battaglia sarà finita.»

"Qualcuno verrà a cercarmi" Sansa ne era certa. "Ma sarai tu... o ser Ilyn?" Per un folle momento, pensò di chiedere a ser Dontos di difenderla. Anche lui era stato un cavaliere, addestrato all'uso della spada, e aveva giurato di difendere i deboli. "No. Non ha il coraggio, né le capacità. Non otterrei altro risultato che farlo uccidere."

Dovette ricorrere a tutte le proprie forze per allontanarsi senza fretta dalla Sala da Ballo della regina quando l'unica cosa che voleva fare era correre via. Ma quando raggiunse i gradini di pietra della torre, si mise *veramente* a correre, su e su per la scala a chiocciola, ritrovandosi senza fiato e con la testa che le girava. Una guardia la travolse sulle scale. Dal mantello porpora, in cui li aveva avvolti, caddero fuori un paio di candelabri d'argento e una coppa tempestata di pietre preziose. Gli oggetti rotolarono giù per i gradini in una cacofonia di echi metallici. L'uomo rincorse il suo bottino, senza prestare a Sansa la minima attenzione: aveva capito che non intendeva portargli via il bottino.

La sua stanza da letto era nera come la pece. Sansa sbarrò la porta e avanzò a tentoni nelle tenebre fino ad arrivare alla finestra. Quando aprì le tende il respiro le si mozzò in gola.

Il cielo a sud era un caleidoscopio di colori in costante mutamento, riflesso degli immani incendi che ardevano sulla terra. Turbinanti maree verdi scivolavano sullo sfondo delle nuvole, e sprazzi di luce arancione salivano verso il cielo. I rossi e i gialli delle fiamme normali lottavano con le sfumature di smeraldo e giada dell'altofuoco, ogni colore pulsava e poi svaniva, eserciti di ombre nascevano e perivano da un istante all'altro. Nel giro di pochi momenti, albe verdi cedevano il posto a tramonti arancione. L'aria stessa sapeva di *bruciato*, come a volte capitava con una pentola lasciata troppo a lungo sul fuoco, anche dopo che la zuppa è evaporata. Braci vorticavano nella notte, simili a sciami di lucciole.

Sansa arretrò dalla finestra, ritirandosi verso il letto in cerca di sicurezza. "Andrò a dormire" disse a se stessa. "E quando mi sveglierò, sarà un nuovo giorno, e il cielo sarà tornato a essere blu. I combattimenti saranno cessati e qualcuno verrà a dirmi se dovrò vivere o morire."

«Lady» mormorò con un filo di voce, chiedendosi se avrebbe rivisto la sua piccola lupa una volta che anche lei fosse morta.

Poi qualcosa si mosse dietro di lei e una mano si serrò attorno al suo polso.

Sansa cercò di urlare. Un'altra mano le coprì la bocca, soffocando le sue grida. Le dita erano dure, ricoperte di calli. Ed erano viscide di sangue.

«Uccellino» una voce simile al raschiare dell'ubriaco. «Sapevo che saresti venuta.»

Fuori, la danza dei turbini di giada offuscava le stelle, riempiendo la stanza di bagliori. Per un momento, lei lo vide, tutto nero contro il verde. Il sangue che gli copriva la faccia era scuro come catrame, gli occhi accesi da un lampo ferale. Poi la luminescenza verdastra si dissipò, e lui fu solo una massa di tenebre avvolto in una cappa bianca tutta macchiata.

«Se urli ti uccido» Sandor Clegane, il Mastino, le tolse la mano dalla bocca. «Farai bene a crederci.» Il suo respiro veniva fuori in rantoli. Afferrò la caraffa di vino che aveva appoggiato al suo comodino da notte. Bevve una lunga sorsata. «Non t'interessa sapere chi sta vincendo la battaglia, uccellino?»

«Chi?» Sansa era troppo terrorizzata per opporsi.

«So soltanto chi ha perduto» il Mastino rise. «Io.»

"Non l'ho mai visto così ubriaco. Stava dormendo nel mio letto. Ma che cosa vuole da me?" «Che cosa hai perduto?»

«Tutto.» La metà ustionata della sua faccia era una maschera di sangue raggrumato. «Maledetto nano. Avrei dovuto ucciderlo anni fa.»

«È morto, dicono.»

«Morto. No. Col cazzo che è morto. Io non lo voglio morto.» Gettò da parte la caraffa vuota. «Lo voglio *bruciato*. Se gli dei mi ascoltano, saranno loro a bruciarlo, ma io non sarò qui per vederlo. Sto andando.»

«Andando?» Sansa cercò di divincolarsi. Niente da fare. La presa di Clegane era una morsa di ferro.

«L'uccellino ripete tutto quello che sente. Sì: sto andando *via*.»

«E dove?»

«Lontano da qui. Lontano dai fuochi. Fuori dalla Porta di Ferro, immagino. E poi da qualche parte a nord, da qualsiasi parte.»

«Non riuscirai a uscire» disse Sansa. «La regina ha sigillato il Fortino di Maegor, e anche le porte della città sono sbarrate.»

«Non per me. Io ho il mantello bianco. E ho *questa*.» Diede qualche colpetto all'elsa della spada. «L'uomo che cercherà di fermarmi è un uomo morto. A meno che già non sia avvolto dalle fiamme.» Fece una risata amara.

«Perché sei venuto qui?»

«Mi hai promesso una canzone, uccellino. O hai dimenticato?»

Sansa non aveva idea di che cosa intendesse dire. Non poteva cantare per lui qui, adesso, con il cielo pieno di fiamme, con uomini che morivano a centinaia, a migliaia.

«Non posso» gli disse. «Lasciami andare, mi stai facendo paura.»

«Tutto ti fa paura. Guardami. *Guardami!*»

Il sangue copriva la parte peggiore delle cicatrici, ma i suoi occhi erano lividi, sbarrati e spaventosi. L'angolo bruciato della sua bocca a tratti si contraeva. Sansa sentiva il suo odore, un misto di sudore, vino acido, vomito e soprattutto sangue, sangue, sangue.

«Io potrei tenerti al sicuro» rantolò il Mastino. «Tutti quanti hanno paura di me. Nessuno ti farà mai più del male. Se lo faranno, io li ucciderò.»

Clegane l'attirò a sé. Per un momento, Sansa fu certa che l'avrebbe baciata. Era troppo forte per combatterlo. Chiuse gli occhi, aspettando che passasse ma non accadde nulla.

«Proprio non riesci a guardarmi, vero?» lo sentì dire. Poi il Mastino la tirò violentemente per un braccio, facendola roteare su se stessa e gettandola sul letto. «Avrò quella canzone. Florian e Jonquil, hai detto.» Snudò la daga, gliela puntò alla gola. «Canta, uccellino, canta, se vuoi vivere.»

Sansa aveva la gola secca, contratta dalla paura. Tutte le canzoni che conosceva erano come svanite dalla sua mente. "Ti prego, non uccidermi" avrebbe voluto urlare. "Ti prego." Poteva percepirlo ruotare la punta d'acciaio, premendola contro la sua gola. Fu quasi sul punto di chiudere nuovamente gli occhi, ma poi la memoria tornò. Non era la canzone di Florian e Jonquil, ma era pur sempre una canzone. La sua stessa voce le parve così flebile, incerta, tremante.

Dolce Madre, fonte di pietà,
risparmia i nostri figli dalla guerra, noi ti preghiamo,
ferma le spade e ferma le frecce,
lascia che abbiano giorni migliori.

Dolce Madre, forza delle donne,
aiuta le nostre figlie in questa tribolazione,
calma il furore e lenisci la furia,
insegna a tutte noi una via più gentile.

Aveva dimenticato le altre strofe. Quando la sua voce venne meno, Sansa temette che lui stesse per ucciderla. Ma un momento dopo, il Mastino abbassò la lama, senza dire nulla.

Un istinto ignoto la spinse ad allungare una mano verso di lui, a toccargli la guancia. La stanza era troppo tenebrosa perché lei potesse vederlo. Le sue dite percepirono l'appiccicoso del sangue, e anche qualcos'altro di liquido. Qualcosa che non era sangue.

«Uccellino...» disse un'ultima volta, la sua voce aspra come l'acciaio strisciato contro la roccia. Poi si alzò dal letto. Sansa udì il suono di una stoffa lacerata, seguito da un lieve rumore di passi che si allontanavano.

Quando anche lei scese dal letto, dopo lunghi momenti, era sola. Sul pavimento c'era il suo mantello, tutto attorcigliato, la stoffa bianca macchiata di sangue e annerita dal fuoco. Fuori, il cielo si era fatto più scuro, ormai solo pochi spettri verdi si ostinavano a danzare contro le stelle. Si era levato un vento gelido, che faceva sbattere le imposte. Sansa aveva freddo. Spiegò la cappa lacerata e si raggomitolò dentro di essa sul pavimento, tremando.

Non fu in grado di dire per quanto tempo rimase là. Udì un suono di campane, molto lontano nella città. Erano i rintocchi di una profonda voce di bronzo, sempre più rapidi. Sansa stava chiedendosi che cosa significassero quando una seconda campana venne a fare eco alla prima, seguita da una terza. I loro richiami s'intrecciarono oltre le colline, attraverso le valli, sulle vie e tra le torri, raggiungendo ogni angolo di Approdo del Re. Gettò da parte la cappa e andò alla finestra.

A est era apparso il primo, debole chiarore dell'alba. Ora, anche le campane della Fortezza Rossa stavano suonando, mescolandosi con il fiume di suoni che fluiva dalle sette torri di cristallo del Grande Tempio di Baelor. Anche quando re Robert era morto le campane avevano suonato a distesa, ma queste non erano dolorose note di morte. No, erano tonanti rintocchi di gioia. Anche la gente si era messa a gridare nelle strade, ed erano senz'altro delle ovazioni.

Fu ser Dontos a venire a portarle la notizia. Entrò barcollando dalla sua porta rimasta aperta, la strinse nelle sue braccia flaccide, la fece girare per la stanza berciando in modo talmente incoerente che Sansa non capì una sola parola di quello che disse. Era senza fiato e in preda alle vertigini quando lui finalmente la lasciò andare.

«Che cosa c'è?» Sansa si appoggiò a una delle colonne del letto. «Che cos'è successo? Parla!»

«È fatta! Fatta! Fatta! La città è salva. Lord Stannis è morto, lord Stannis è fuggito, nessuno lo sa, a nessuno importa. Il suo esercito è stato vinto, il pericolo è scampato. Distrutto, disperso o disertato, dicono. Oh, gli splendidi vessilli! I vessilli, Jonquil, i vessilli! Non hai del vino? Dobbiamo brindare a questa giornata. Sì, perché vuol dire che tu sei salva, capisci?»

«*Dimmi che cosa è successo!*» Sansa lo scosse per le spalle.

Ser Dontos rise, saltellando da un piede all'altro. Per poco, non cadde. «Sono venuti su dalle ceneri mentre il fiume bruciava. Il fiume, Stannis era affondato nel fiume fino al collo, e loro lo hanno preso alle spalle. Ah, se fossi ancora un cavaliere, se avessi potuto essere con loro! I suoi stessi uomini quasi non hanno combattuto, dicono. Alcuni sono fuggiti, altri hanno disertato, compiendo atto di sottomissione, inneggiando a lord Renly! Che cosa avrà pensato Stannis nell'udire una cosa simile? Me lo ha detto Osney Kettleblack, cui lo ha detto ser Osmund, ma adesso ser Balon è tornato, e anche i suoi uomini, e anche le cappe dorate. Siamo salvi, tesoro! Sono venuti su dalla Strada delle Rose e lungo la riva del fiume, attraversando i campi che Stannis aveva incendiato, le ceneri che si levavano attorno ai loro stivali, facendo diventare le loro armature tutte grigie, ma... Oh! I vessilli devono essere stati splendenti comunque, la rosa dorata e il leone dorato e tutti gli altri, l'albero dei Marbrand e i Rowan, i cacciatori dei Tarly e l'uva dei Redwyne e la foglia di quercia di lady Oakheart! E tutti gli uomini dell'ovest, tutta la forza di Alto Giardino e di Castel Granito! Lord Tywin in persona aveva l'ala destra, sulla sponda nord del fiume, con Randyll Tarly al comando del centro e Mace Tyrell sul fianco sinistro. Ma a vincere è stata l'avanguardia! Hanno sfondato Stannis come una lancia dentro una zucca, ognuno di loro urlava come un demone d'acciaio. E lo sai chi guidava l'avanguardia? Lo sai? Lo sai? *Lo sai?...*»

«Robb?» era troppo per una simile speranza, ma...

«*Lord Renly!* Lord Renly nella sua armatura verde, con le fiamme che brillavano nelle sue corna dorate! Lord Renly con la sua lunga picca in pugno! Dicono che abbia ucciso ser Guyard Morrigen in singolar tenzone, e anche un'altra dozzina di grandi cavalieri. Era Renly, Renly, Renly! Oh! Cara Sansa, i vessilli! Oh! Essere di nuovo un cavaliere!...»

DAENERYS

Stava facendo colazione con una coppa di zuppa di scampi freschi e kaki quando Irri le presentò un abito nella foggia di Qarth, una specie di nuvola di lino color avorio con ricami di semi di perla.

«Portala via» ordinò Daenerys. «I moli non sono un luogo adatto alle raffinatezze da signora.»

Visto che gli Uomini di Latte la consideravano una selvaggia, come tale si sarebbe vestita. Quando andò alle stalle, indossava stinti pantaloni di seta cruda e sandali di vimini intrecciato. Sotto il gilè dipinto dothraki, i suoi seni piccoli si muovevano liberamente. Alla cintura a medaglioni, era appesa una daga con la lama ricurva. Jhiqui le aveva acconciato i capelli secondo lo stile dothraki, sistemando una campanella d'argento alla fine dell'unica treccia.

«Non ho vinto alcun duello» cercò di dire Daenerys all'ancella, quando la campanella emise un sommesso tintinnio.

«Hai bruciato i *maegi* nella loro casa di polvere e hai fatto sprofondare i loro spiriti negli inferi» ribatté Jhiqui.

"È stata una vittoria di Drogon, non mia" avrebbe voluto dirle Dany, invece tenne la bocca chiusa. La sua considerazione tra i dothraki avrebbe solo potuto accrescersi se nei suoi capelli avessero cominciato ad apparire le campanelle. I tintinnii si ripeterono quando lei montò in sella alla sua puledra argentea, e continuarono a ogni falcata, ma né ser Jorah né i suoi cavalieri di sangue fecero alcun commento. Per montare la guardia alla sua gente e ai suoi draghi, Dany aveva scelto Rakharo. Jhogo e Aggo sarebbero venuti con lei al porto.

Si lasciarono alle spalle i palazzi di marmo e i profumati giardini, e avanzarono nella parte più povera della città, dove case modeste costruite in mattoni rivolgevano alla strada i loro muri privi di finestre. C'erano pochi cavalli e cammelli in circolazione, e ancora meno palanchini. In compenso, le strade erano zeppe di bambini, mendicanti e cani macilenti del colore della sabbia. Uomini pallidi con indosso impolverate camicie di lino rimasero all'ombra di porte ad arco, guardandoli passare. "Sanno chi sono, e non provano amore per me." Dany poteva dirlo dalle occhiate che le venivano lanciate.

Ser Jorah avrebbe preferito trasportarla in un palanchino, al sicuro dietro spesse tende, ma lei aveva rifiutato. Si era abbandonata troppe volte su cuscini di satin, portata avanti e indietro dai buoi. Stando in sella, Dany sentiva perlomeno che stava andando da qualche parte.

Scendere al porto non era stata una sua scelta. In realtà, stava nuovamente fuggendo. Sembrava che tutta la sua esistenza non fosse altro che un'unica, interminabile fuga. Era cominciata con l'evasione dal grembo di sua madre e da quel momento in poi non si era più fermata. Quante volte lei e Viserys si erano dileguati in piena notte, appena un passo avanti le lame assassine dell'Usurpatore? Si trattava di scegliere tra la fuga e la morte. Xaro aveva scoperto che Pyat Pree stava raccogliendo gli stregoni superstiti per creare un sortilegio contro di lei.

Quando lui glielo aveva riferito, Dany aveva riso. «Ma non sei stato forse tu a dirmi che gli stregoni non sono altro che vecchi soldati, che si vantano a vuoto di imprese dimenticate e di abilità ormai perdute?»

«Questo era prima» Xaro Xhoan Daxos era apparso a disagio. «Ma adesso? Corre voce che candele di vetro brucino nella casa di Urrathon il Vagabondo della notte, qualcosa che non accadeva da cento anni. Erba fantasma cresce nel Giardino di Gehane, tartarughe ombra sono state viste trasportare messaggi alle case prive di finestre sulla Strada degli Stregoni e tutti i ratti della città si stanno divorando le loro code. La moglie di Matthos Mallarawan, che una volta aveva deriso la tunica smangiata dalle tarme di uno stregone, è impazzita e non indossa più vestiti. Perfino sete appena lavate le danno l'impressione che migliaia d'insetti le striscino sulla pelle. E Sybassion il Cieco, il Mangiatore d'occhi, ora ha riacquistato la vista, o così spergiurano i suoi schiavi. C'è di che porsi delle domande» il principe mercante aveva sospirato. «Questi sono tempi strani per Qarth. E i tempi strani danneggiano il commercio. Mi addolora dirlo, ma forse sarebbe bene che tu lasciassi Qarth una volta per tutte.» Xaro le aveva accarezzato le dita con fare rassicurante. «Ma non è necessario che tu vada da sola. Hai visto cose oscure nel Palazzo di Polvere, Xaro però ha fatto sogni molto più luminosi. Ti ho vista felice sdraiata a letto, con il nostro bimbo al seno. Naviga con me per il Mare di Giada, e facciamo sì che quel sogno si possa realizzare! Non è troppo tardi. Dammi un figlio, mio dolce canto di gioia!»

"Dammi uno dei tuoi draghi, vorrai dire." «Io non ti sposerò, Xaro.»

Questa risposta aveva raggelato la sua espressione: «E allora va'».

«Ma dove?»

«Molto lontano da qui.»

Ebbene, forse era davvero tempo che lei lo facesse. La gente del suo *khalasar* aveva apprezzato la possibilità di riaversi dalla terribile prova affrontata nella desolazione rossa. Ma ora che erano di nuovo grassi e ben pasciuti, stavano cominciando a diventare inquieti. I dothraki non erano avvezzi a fermarsi a lungo nello stesso posto. Erano un popolo di guerrieri e le città non facevano per loro. Forse, sedotta dagli agi e dalle bellezze, lei stessa era rimasta troppo a lungo a Qarth. Era una città che prometteva sempre più di quanto desse, le sembrava. E dopo che la Casa degli Eterni era crollata in un vortice di fiamme e fumo, Dany non era più la benvenuta. Dalla sera alla mattina, gli abitanti di Qarth si erano ricordati che i draghi erano pericolosi. Avevano smesso di farle regali. La confraternita della Tormalina ora chiedeva apertamente la sua espulsione, e l'Antico Ordine degli Speziali voleva addirittura che lei fosse messa a morte. Perfino Xaro era ormai a corto di argomenti per convincere i Tredici a dissociarsi dal coro ostile.

"Ma dove andrò?" Ser Jorah proponeva di inoltrarsi ancora più a est, allontanandosi dai suoi nemici nei Sette Regni. I cavalieri di sangue avrebbero preferito fare ritorno al mare d'erba, anche se questo significava affrontare di nuovo la desolazione rossa. Daenerys stessa aveva accarezzato l'idea di soggiornare a Vaes Tolorro, la città delle ossa, fino a quando i suoi draghi non fossero diventati grandi e forti. Ma il suo cuore era pieno di dubbi. Ognuna di queste alternative le sembrava in qualche modo sbagliata... E anche quando avesse deciso *dove* andare, la domanda del *come* arrivarci rimaneva priva di risposta.

Xaro Xhoan Daxos non intendeva aiutarla, di questo lei era consapevole. A dispetto di tutte le sue profferte di devozione, anche lui perseguiva i suoi scopi, non troppo diversamente da Pyat Pree. La notte in cui lui, alla fine, era arrivato a chiederle di lasciare la sua magione, Dany aveva implorato un ultimo favore.

«Un esercito, non è vero?» aveva detto Xaro. «Una pentola d'oro? O forse una galea?»

Dany era arrossita. Odiava implorare. «Una nave, sì.»

Gli occhi di Xaro avevano brillato come i gioielli che portava al naso: «Io sono un mercante, *khaleesi*. Quindi, forse dovremmo smettere di parlare di elargizioni e cominciare a discutere di baratto. In cambio di uno dei tuoi draghi, potrai avere le dieci migliori navi della mia flotta. Basta un'unica, dolce tua parola. Non dovrai fare altro».

«No.»

«Ahimè» si era accasciato Xaro. «Non era quella la parola che intendevo.»

«Chiederesti a una madre di vendere uno dei propri figli?»

«E perché no? La madre può sempre farne un altro. Inoltre, accade ogni giorno che le madri vendano i propri figli.»

«Non la Madre dei Draghi.»

«Nemmeno per venti navi?»

«Nemmeno per cento navi.»

«Non ne ho cento» la bocca di Xaro si era incurvata all'ingiù. «Tu però hai tre draghi. Dammene uno, in cambio di tutte le mie gentilezze. Ne avrai ancora due, e anche trenta navi.»

Trenta navi le avrebbero consentito di far sbarcare un piccolo esercito d'invasione sulle sponde del Continente Occidentale. "Un piccolo esercito che io però non ho." «Quante navi possiedi, Xaro?»

«Ottantatré, senza contare il mio scafo da diporto.»

«E i tuoi colleghi dei Tredici?»

«Tra tutti, forse un migliaio.»

«E gli Speziali e la confraternita della Tormalina?»

«Le loro squallide flotte non contano.»

«Fa lo stesso» aveva insistito Daenerys. «Dimmi quante sono.»

«Milleduecento, milletrecento per gli Speziali. Non più di ottocento per la confraternita.»

«E che mi dici delle flotte di Asshai, di Braavos, delle Isole dell'Estate, di Ibben, delle flotte di tutti gli altri popoli che navigano per il grande mare salato... Quante saranno tutte queste navi messe insieme?»

«Molte e molte di più» aveva risposto Xaro, chiaramente irritato. «Che importanza ha?»

«Sto cercando di stabilire un prezzo per uno degli unici tre draghi viventi al mondo» rispose Daenerys sorridendo amabilmente. «Direi che un terzo di tutte le navi esistenti al mondo siano un giusto prezzo, non trovi anche tu?»

Lacrime erano scivolate lungo le gote di Xaro, ruscellando su ambo i lati del suo naso tempestato di gioielli. «Non ti avevo forse avvertito di non entrare nel Palazzo di Polvere? Ed è proprio questo che temevo. I sussurri degli stregoni ti hanno resa folle quanto la moglie di Mallarawan. Un terzo delle navi al mondo? Pah! Dico io… Pah! Pah!»

Dopo quella discussione, Dany non lo aveva più rivisto. Un suo valletto le aveva recapitato alcuni messaggi, sempre più freddi. Lei doveva andarsene da casa sua. Xaro Xhoan Daxos aveva finito di nutrire lei e la sua gente. Domandò che gli fossero restituiti i regali, secondo lui accettati in malafede. Dany ebbe un'unica consolazione: per lo meno aveva avuto il buonsenso di non sposarlo.

"Gli stregoni hanno sussurrato di tre tradimenti… uno per il sangue, uno per l'oro e uno per l'amore." Il primo traditore era certo Mirri Maz Duur, la quale aveva assassinato Khal Drogo e il loro figlio mai nato per vendicare la distruzione del suo popolo. Che Pyat Pree e Xaro Xhoan Daxos potessero essere il secondo e il terzo traditore? Daenerys non lo credeva. Pyat non aveva agito per l'oro, e Xaro non l'aveva mai realmente amata.

Le strade si svuotarono sempre più quando attraversarono un quartiere occupato da tetri magazzini di pietra. Aggo la precedette e Jhogo si mise di retroguardia, mentre ser Jorah Mormont le cavalcava al fianco. Accompagnato dal tintinnio della campanella appesa alla treccia, il pensiero di Daenerys tornò nuovamente al Palazzo di Polvere, nello stesso modo insistente in cui la lingua torna allo spazio vuoto lasciato da un dente mancante. "Figlia di tre" l'avevano chiamata "figlia della morte, sterminatrice della menzogna, sposa del fuoco." Così tanti tre. Tre fuochi, tre destrieri da cavalcare, tre tradimenti.

«Il drago ha tre teste» disse con un sospiro. «Tu sai che cosa ciò significhi, ser Jorah?»

«Maestà? L'emblema della Casa Targaryen è un drago con tre teste, rosso su sfondo nero.»

«Lo so, questo. Ma non esistono draghi con tre teste.»

«Le tre teste erano Aegon e le sue sorelle.»

«Visenya e Rhaenys» ricordò Dany. «Io sono una discendente di Aegon e Rhaenys attraverso loro figlio Aenys e loro nipote Jaehaerys.»

«Solo menzogne escono dalle labbra blu, non è forse questo che ti ha detto Xaro? Perché ti preoccupi di ciò che hanno bisbigliato gli stregoni? Tutto quello che volevano era risucchiarti la vita, lo sai.»

«Forse» disse Daenerys con riluttanza. «Eppure, le cose che ho visto…»

«Un uomo morto sulla prora di una nave, una rosa blu, un banchetto di sangue... Quale può essere il senso di queste cose, *khaleesi*? Il drago di un guitto, hai detto. E io ti chiedo, *che cosa* è un drago di un guitto?»

«Un drago di stoffa su pali di legno» spiegò Dany. «I guitti li usano nelle loro rappresentazioni, dando agli eroi qualcosa contro cui combattere.»

Ser Jorah corrugò la fronte.

Dany non poteva lasciar perdere: «"Suo è il canto del ghiaccio e del fuoco" ha detto mio fratello. Sono certa che fosse mio fratello. Ma non Viserys... Rhaegar. Aveva un'arpa con corde d'argento.»

«Il principe Rhaegar in effetti suonava un'arpa come quella.» Ser Jorah corrugò ancora di più la fronte, tanto che le sue folte sopracciglia si riunirono. «E tu lo hai visto?»

«C'era una donna in un letto, con un bimbo al seno» annuì Daenerys. «Mio fratello diceva che il bimbo era il principe che era stato promesso, e che il suo nome sarebbe stato Aegon.»

«Il principe Aegon era l'erede di Rhaegar e della principessa Elia di Dorne» precisò ser Jorah. «Ma se davvero era lui il principe promesso, quella promessa venne infranta quando i Lannister gli sfondarono il cranio sbattendolo contro il muro.»

«Lo ricordo» ammise Daenerys con tristezza. «Hanno assassinato anche la piccola principessa, la figlia di Rhaegar. Rhaenys, si chiamava, come la sorella di Aegon. Non c'era nessuna Visenya, ma si dice che il drago ha tre teste. Che cos'è il canto del ghiaccio e del fuoco?»

«Un canto che non ho mai udito.»

«Sono andata dagli stregoni sperando di ottenere delle risposte, invece mi ritrovo con cento domande in più.»

Sulla strada, aveva ricominciato ad apparire gente.

«Fate largo» gridò Aggo.

«La sento, *khaleesi*» Jhogo annusò l'aria con fare sospettoso. «L'acqua velenosa.»

I dothraki non si fidavano del mare e di tutto ciò che si muoveva su di esso. Un'acqua che un cavallo non poteva bere non era un'acqua con cui volevano avere a che fare.

"Impareranno" decise Dany. "Io ho affrontato il Mare Dothraki a fianco di Khal Drogo. Loro affronteranno il *mio* mare."

Qarth era uno dei più grandi porti del mondo, il suo vasto golfo ben protetto un caleidoscopio di colori, rumori e strani odori. Le strade erano piene di osterie, magazzini e bische, il tutto mischiato a bordelli e templi di divinità particolari. Tagliaborse, tagliagola, venditori d'incantesimi e cambiavaluta si mescolavano tra la folla. Il porto vero e proprio era un unico grande mercato all'aperto dove la compravendita andava avanti a tutte le ore del giorno e della notte e dove le merci potevano essere acquistate per una piccola parte del loro costo al bazaar. Bastava non chiedere quale fosse la loro provenienza. Vecchie avvizzite piegate in due come gobbi vendevano acqua aromatizzata e latte di capra da otri che portavano sulla schiena ricurva. Marinai di mezzo mondo si aggiravano tra le bancarelle bevendo liquori speziati e scambiandosi battute nei linguaggi più esotici. L'aria sapeva di sale e pesce fritto, catrame bollente e miele, di incenso, olio e sperma.

Da un monello, Aggo comprò per un soldo di rame uno spiedino di carne di topo e lo mangiò rimanendo in sella e continuando ad avanzare. Jhogo acquistò una manciata di grosse ciliegie bianche. Dovunque erano in vendita belle daghe di bronzo, calamari secchi e onice lavorato, un potente elisir ricavato da latte di vergine e Ombra della Sera, la bevanda degli stregoni, perfino uova di drago, le quali però apparivano sospettosamente simili a sassi dipinti.

Superando i lunghi moli di pietra destinati alle navi dei Tredici, Daenerys notò intere casse di zafferano, incenso e pepe che venivano scaricate dalla *Bacio purpureo*, una delle ornate galee mercantili di Xaro. Poco più oltre, otri di vino, balle di foglie amare e fasci di pelli striate venivano spinte su per la passerella della *Sposa in turchino*, la quale sarebbe salpata con la marea della sera. Ancora più avanti, una folla si era radunata davanti alla *Luce del sole*, di proprietà degli Speziali, dove si stava tenendo un'asta di schiavi. Era noto che gli schiavi al miglior prezzo si compravano appena la nave aveva attraccato, e i vessilli sull'alberatura indicavano che la *Luce del sole* giungeva in quel momento da Astapor, sul golfo degli Schiavisti.

Dany non avrebbe avuto alcun aiuto né dai Tredici, né dalla confraternita della Tormalina, né dall'Antico Ordine degli Speziali. Condusse la sua purosangue lungo svariati chilometri di moli, magazzini e negozi, raggiungendo infine l'estremità più lontana del porto a ferro di cavallo, un'area dov'era consentito l'attracco delle navi provenienti dalle Isole dell'Estate, dal Continente Occidentale e dalle nove Città Libere.

Smontò dalla sella vicino a una fossa circondata da marinai e scommettitori urlanti, in cui un basilisco stava facendo a pezzi un grosso cane rosso. «Aggo, Jhogo, state con i cavalli mentre ser Jorah e io parliamo con i capitani.»

«Come tu comandi, *khaleesi*. Ma veglieremo comunque su di te.»

Avvicinandosi al primo vascello, Dany trovò piacevole udire nuovamente la parlata valyriana e anche la lingua comune. Al suo passaggio, marinai, portuali e mercanti si fecero tutti, indistintamente, da parte, incerti su come comportarsi nei confronti di quell'adolescente dal fisico snello, con i capelli d'oro e d'argento, vestita come una dothraki ma con un cavaliere al fianco. A dispetto della giornata torrida, sopra la maglia di ferro ser Jorah indossava la tunica di lana verde con ricamato sul petto l'orso nero dei Mormont.

Solo che né la bellezza di lei né la forza di lui sarebbero servite a molto con gli uomini che guidavano quelle navi.

«Tu cerchi un passaggio per cento dothraki, tutti i loro cavalli, te stessa, questo cavaliere... *e tre draghi*?» Fu questo il commento del comandante del grosso cargo battezzato *Amico sincero*, prima di voltarle le spalle e andarsene ridendo. Quando lei disse al lyseniano che capitanava la *Trombettiere* di essere Daenerys Targaryen Nata dalla Tempesta, regina dei Sette Regni, quello le lanciò un'occhiata priva di espressione e disse: «Sì, e io sono lord Tywin Lannister, e caco oro ogni notte». Il capo del carico della *Spirito della seta*, galea di Myr, obiettò che trasportare draghi per mare era troppo pericoloso: bastava un solo respiro incontrollato per incendiare tutta la nave. Il padrone della *Pancia di lord faro* avrebbe rischiato il trasporto dei draghi, ma non quello dei dothraki: «Non voglio simili selvaggi senza dio nella mia *Pancia*, mi spiace». I due fratelli al comando della navi gemelle *Segugio* e *Levriero* parvero più accomodanti, invitandoli nel quadrato a bere un bicchiere di vino rosso di Arbor. Furono cortesi al punto che Dany arrivò a coltivare una speranza, la quale si dissipò all'altissimo prezzo che le venne chiesto per la traversata, forse troppo alto perfino per Xaro. La *Torace affusolato* e la *Vergine cerbiatta* erano troppo piccole per le sue necessità, la *Bravo* faceva rotta per il Mare di Giada, e la *Magistro Manolo* era poco più di una carretta.

Mentre si dirigevano verso il molo successivo, ser Jorah le appoggiò una mano sulla spalla. «Maestà, qualcuno ti sta seguendo... No, non voltarti.» Gentilmente, la guidò verso la bancarella di un venditore d'ottone. «Questo è di ottima fattura, mia regina» proclamò ad alta voce, sollevando un piatto in modo che Daenerys potesse esaminarlo. «Vedi come splende ai raggi del sole?»

Il bronzo era lisciato a specchio. Dany poteva vedere il proprio volto riflesso... e quando ser Jorah ne spostò l'inclinazione verso destra, poté vedere dietro di sé.

«Vedo un uomo grasso dalla pelle scura e un uomo vecchio con un bastone. Quale dei due?»

«Entrambi» rispose ser Jorah. «Ci seguono da quando abbiamo lasciato la *Segugio.*»

Le increspature nel bronzo distorcevano le immagini riflesse dei due uomini, facendo apparire l'uno alto e scavato, l'altro molto grasso e tozzo.

«Un pezzo di eccellente fattura, mia signora» proclamò il mercante. «Luminoso come il sole! E per la Madre dei Draghi, è solamente trenta onori di Qarth.»

Il piatto valeva a stento un decimo di quel prezzo. «Guardie... le mie guardie!» invocò Daenerys. «Quest'uomo sta cercando di rapinarmi!» Poi abbassò la voce per ser Jorah, passando alla lingua comune. «Forse non hanno cattive intenzioni. È dall'alba dei tempi che gli uomini guardano le donne, può darsi che sia tutto lì.»

Il mercante di bronzo ignorò i loro bisbigli: «Trenta? Ho detto davvero trenta? Quale imperdonabile sciocco. Il prezzo è venti onori».

«Tutto il bronzo in questa tua bancarella non vale venti onori» ribatté Dany, continuando a esaminare le figure riflesse. Il vecchio sembrava un uomo del Continente Occidentale, e quello con la pelle marrone doveva pesare quanto un toro. "L'Usurpatore ha offerto il titolo di lord all'uomo che mi ucciderà, e questi due sono ben lontani da casa loro. O che siano forse creature degli stregoni, intenzionate a cogliermi di sorpresa?"

«Dieci, *khaleesi,* e solo perché sei così bella. Usalo come specchio. Solo il migliore ottone è in grado di catturare la tua bellezza.»

«*Questo* ottone può servire al massimo come vaso da notte. Se lo butti via, potrei anche decidere di prenderlo, basta che non debba chinarmi. Ma *pagare* per averlo?» Dany tornò a cacciargli il piatto tra le mani. «I vermi ti sono saliti su per il naso, e ti hanno mangiato tutto il buonsenso.»

«Otto onori» gridò il mercante. «Le mie mogli mi picchieranno e mi daranno dello stupido, ma nelle tue mani sono come un bimbo inerme. Andiamo: otto onori, è molto meno di quanto vale.»

«E che cosa me ne farei di un pezzo di ottone opaco quando Xaro Xhoan Daxos mi fa mangiare in piatti d'oro?»

Quando Dany si voltò per andarsene, lanciò un'occhiata ai due stranieri. L'uomo dalla pelle marrone era largo e tozzo quasi quanto appariva nel piatto, con la lucida testa calva e le guance lisce tipiche degli eunuchi. Aveva un lungo arakh ricurvo infilato nella fascia di seta gialla chiazzata di sudore che portava attorno alla vita. Sul petto nudo portava solo un gilè borchiato assurdamente piccolo. Antiche cicatrici gli solcavano le braccia grosse come tronchi d'albero, il colossale torace e il ventre a botte, pallide tracce sulla sua epidermide colore delle castagne.

L'altro uomo indossava un mantello da viandante di lana grezza, con il cappuccio abbassato. Lunghi capelli bianchi gli ricadevano sulle spalle, la parte inferiore del volto era coperta da una serica barba candida. Si appoggiava a un bastone di legno di quercia alto quasi quanto lui. "Soltanto degli stolti osserverebbero così apertamente se avessero cattive intenzioni." In ogni caso, era prudente tornare verso Jhogo e Aggo.

«Il vecchio non porta la spada» disse a ser Jorah nella lingua comune, quando si allontanarono dalla bancarella.

«Cinque onori» il mercante saltellò loro dietro. «È tuo per cinque onori! È destinato a te...»

«Un bastone di legno di quercia può spaccare un cranio con la stessa facilità di una spada» replicò ser Jorah.

«Quattro onori! Io so che tu lo desideri, mia signora!» il mercante danzò davanti a loro, sventolandole il piatto sotto il naso.

«Continuano a seguirci?»

«Sollevalo un po' di più» disse ser Jorah al mercante. «Sì. Il vecchio fa finta di guardare una bancarella di vasi, ma il bestione non ti toglie gli occhi di dosso.»

«Due onori! Due! Due!» lo sforzo della contrattazione faceva ansimare vistosamente il mercante.

«Pagalo, prima che si suicidi» disse Dany a ser Jorah, chiedendosi che cosa avrebbe mai fatto di quell'enorme piatto di bronzo. Si girò, mentre il cavaliere metteva mano alla borsa, in modo da porre fine a quella scena ridicola. Il sangue del drago non avrebbe cercato di nascondersi in un bazaar per sfuggire a un vecchio e a un eunuco.

«Madre dei Draghi» un uomo di Qarth apparve come dal nulla, sbarrandole il passo. «Questo è per te.» Mise un ginocchio a terra e le offrì uno scrigno di preziosi.

D'istinto, Dany lo prese. La scatola era di legno lavorato, il coperchio di madreperla intarsiato di diaspro e calcedonia. «Sei troppo generoso...»

Aprì lo scrigno. Conteneva uno scarabeo scintillante, di onice e smeraldi scolpiti. "Splendido. Ci aiuterà a pagare la traversata." Tese la mano per afferrare il monile.

«Sono così dispiaciuto» disse l'uomo. Ma lei lo udì a stento.

Sssssss! Lo scarabeo dispiegò le elitre con un sibilo.

Daenerys ebbe la folgorante visione di una maligna faccia nerastra, dalle fattezze quasi umane. Una coda ad arco schizzò verso l'alto, grondante veleno... E poi lo scrigno le cadde di mano, e andò in pezzi. Un dolore improvviso le infiammò le dita. Dany lanciò un urlo, afferrandosi la mano, il mercante di bronzo gridò, una donna strillò di terrore. Di colpo, la gente di Qarth stava vociando, spintonandosi in tutte le direzioni. Dany udì nuovamente quel sibilo sinistro: *sssssss*! Il vecchio con la barba bianca piantò a terra il suo bastone di quercia. Aggo arrivò al galoppo, travolgendo la bancarella di un venditore di uova e balzò giù dalla sella. La frusta di Jhogo schioccò nell'aria, ser Jorah sbatté il piatto di bronzo sul cranio dell'eunuco, marinai e puttane e mercanti stavano scappando o urlando, oppure facevano entrambe le cose...

«Maestà, chiedo mille volte venia» il vecchio con la barba bianca pose un ginocchio a terra di fronte a Daenerys. «È morto. Ti ho forse rotto la mano?»

Lei chiuse e riaprì le dita doloranti: «No, credo di no».

«Sono stato costretto a colpire...»

I cavalieri di sangue di Dany gli furono addosso prima che potesse finire la frase. Aggo allontanò il suo bastone con un calcio, Jhogo lo afferrò da dietro le spalle, costringendolo a inginocchiarsi del tutto, premendo il filo della daga contro la sua gola.

«*Khaleesi*, lo abbiamo visto colpirti. Vuoi vedere il colore del suo sangue?»

«Lasciatelo andare» Dany si rimise in piedi. «Guardate la punta del suo bastone, sangue del mio sangue...» Ser Jorah era stato atterrato dall'eunuco. «Fermi!» Daenerys corse a separarli mentre la spada lunga da combattimento di uno e l'arakh ricurvo dell'altro lampeggiavano nel sole. «Deponete le armi!»

«Maestà?» ser Jorah abbassò la spada di un centimetro. «Questi uomini ti hanno attaccata.»

«Questi uomini mi hanno difeso» Dany continuò ad aprire e chiudere le dita. «È stato l'altro, l'uomo di Qarth, ad attaccarmi.» Gettò uno sguardo all'interno, ma ormai si era dileguato. «Era uno degli Uomini del dispiacere. Nello scrigno che mi ha dato c'era una manticora. Quest'uomo» indicò il vecchio con la barba bianca «l'ha gettata lontano dalla mia mano.» Il mercante di ottone stava ancora contorcendosi a terra. Daenerys andò ad aiutarlo. «Ti ha punto?»

«No, mia buona signora» l'uomo stava tremando. «Altrimenti, sarei già morto. Ma mi ha toccato, *aieeee*, quando è caduta fuori dalla scatola mi è arrivata sul braccio.»

Dany si rese conto che il mercante si era orinato addosso, nulla di cui stupirsi. Gli diede una moneta d'argento, quindi tornò a rivolgersi al vecchio e all'eunuco. «A chi devo la mia vita?»

«Non mi devi nulla, Maestà. Mi chiamo Arstan, anche se Belwas, durante il nostro viaggio fin qui, mi ha dato il nome di Barbabianca.»

Anche Jhogo lo aveva lasciato, l'anziano rimase con un ginocchio a terra. Aggo raccolse il suo bastone, lo capovolse, imprecò a fior di labbra in dothraki, raschiò via dalla punta i resti della manticora e lo restituì a Barbabianca.

«E chi è Belwas?» chiese Dany.

Il colossale eunuco dalla pelle marrone venne avanti, rinfoderando l'arakh. «Sono io. Nelle fosse da combattimento di Meereen mi chiamano Belwas il Forte. Non ho mai perduto.» Si diede una pacca sul ventre costellato di cicatrici. «Lascio che ogni uomo mi tagli una volta, prima di ucciderlo. Conta i tagli e saprai quanti Belwas il Forte ha abbattuto.»

Dany non ebbe bisogno di contare le cicatrici; erano molte, le bastò un'occhiata. «E per quale ragione ti trovi qui, Belwas il Forte?»

«Da Meereen sono stato venduto a Qohor, e da là a Pentos, all'uomo grasso con il puzzo dolce nei capelli. È lui che manda Belwas il Forte attraverso il mare, e il vecchio Barbabianca a servirlo.»

"L'uomo grasso con il puzzo dolce nei capelli..."

«Illyrio?» chiese Daenerys. «È magistro Illyrio che vi manda?»

«È così, Maestà» confermò il vecchio Barbabianca. «Il magistro invoca la tua gentile indulgenza per aver mandato noi in sua vece, ma non è più in grado di stare in sella come faceva nella sua gioventù, e i viaggi per mare alterano la sua digestione.» Aveva cominciato a parlare nel valyriano delle Città Libere, ma a quel punto passò alla lingua comune. «Sono dolente di averti causato allarme. A dire il vero, non eravamo sicuri. Ci aspettavamo qualcuno più... più...»

«Regale?» Dany rise. Non c'erano draghi con lei, e il suo abbigliamento non era certo quello di una regina. «Tu parli anche la lingua comune, Arstan. Sei del Continente Occidentale?»

«Sì. Sono nato nelle Terre Basse di Dorne, Maestà. Da ragazzo, servii come scudiero alla corte di lord Swann» sollevò il suo bastone come una lancia cui manca il vessillo. «Ora servo come scudiero di Belwas.»

«Un po' vecchio per questo, non trovi?» ser Jorah si era spostato a fianco di Dany, tenendo il piatto di bronzo goffamente sottobraccio. L'urto contro il duro cranio di Belwas lo aveva notevolmente ammaccato.

«Non poi così vecchio, lord Mormont.»

«Conosci anche me?»

«Ti ho visto combattere, una volta o due. A Lannisport per poco non fosti disarcionato dallo Sterminatore di Re. E anche a Pyke. Tu non rammenti, lord Mormont?»

«La tua è una faccia nota» ser Jorah corrugò la fronte. «Ma c'erano centinaia di persone a Lannisport e migliaia a Pyke. E poi non sono un lord. L'Isola dell'Orso mi è stata portata via. Sono però un cavaliere.»

«Un cavaliere della Guardia della regina» Dany lo prese per un braccio. «Mio buon amico e valido consigliere.» Scrutò il volto di Arstan. C'era una grande dignità in lui, e una quieta forza che le piacque. «Alzati, Arstan Barbabianca. E tu sii il benvenuto, Belwas il Forte. Ser Jorah lo conoscete. Ko Aggo e ko Jhogo sono sangue del mio sangue. Hanno attraversato con me la desolazione rossa e hanno visto nascere i miei draghi.»

«Ragazzi del Cavallo» Belwas ebbe un sogghigno sdentato. «Belwas ha ucciso molti Ragazzi del Cavallo, nelle fosse da combattimento. Loro tintinnano quando muoiono.»

«Non ho mai ucciso un grasso uomo marrone» l'arakh di Aggo gli volò in mano. «Belwas sarà il primo.»

«Rinfodera il tuo acciaio, sangue del mio sangue» disse Dany. «Quest'uomo viene per servirmi. Belwas, tu porterai rispetto alla mia gente. Altrimenti, lascerai il mio servizio ben prima di quanto ti aspetteresti, e con più cicatrici di quelle che hai.»

Il sorriso sdentato svanì dall'ampia faccia del gigante marrone, sostituito da un corruccio di confusione. Non accadeva spesso che qualcuno minacciasse Belwas il Forte, men che meno una ragazzina di un terzo della sua stazza.

Dany gli sorrise, addolcendo parte del rimprovero. «Ora, dimmi: che cosa vuole da me magistro Illyrio, per avervi mandato fino a qui da Pentos?»

«Vuole i draghi» replicò Belwas senza tante cerimonie. «E la ragazza che li fa. Vuole te.»

«Belwas dice il vero, Maestà» s'inserì Arstan. «Ci è stato detto di trovarti e di riportati a Pentos. I Sette Regni hanno bisogno di te. Robert l'Usurpatore è morto, e il reame sanguina. Quando abbiamo salpato da Pentos, c'erano quattro re sul territorio, ma nessuna giustizia.»

Daenerys sentì la gioia nascerle nel cuore, una gioia che tenne ben lontano dalla sua espressione: «Ho tre draghi» disse. «E più di cento persone nel mio *khalasar*, con tutti i loro averi e i loro cavalli.»

«Non importa» tuonò Belwas. «Li prendiamo tutti. L'uomo grasso assolda tre navi per la sua piccola regina dai capelli d'argento.»

«È così, Maestà» confermò Arstan Barbabianca. «Il grande cargo *Saduleon* è ormeggiato alla fine del molo, e le galee *Sole d'estate* e *Scherzo di Joso* sono ancorate oltre la linea frangiflutti.»

"Tre teste ha il drago" pensò Dany, la cui mente era piena di domande. «Dirò alla mia gente di prepararsi a partire immediatamente. Ma le navi che mi riporteranno a casa dovranno avere nomi diversi.»

«Come desideri» disse Arstan. «E quali sono i nomi che preferisci?»

«*Vhagar, Meraxes*… e *Balerion*» disse Daenerys Targaryen. «Fa' dipingere questi nomi sugli scafi con lettere alte un metro, Arstan. Voglio che tutti gli uomini sappiano che i draghi stanno tornando.»

ARYA

Le teste mozzate erano state immerse nella pece, in modo da rallentarne la putrefazione. Ogni mattina, andando al pozzo a prendere acqua fresca per il bacile di Roose Bolton, Arya era costretta a passare sotto di esse. Erano rivolte verso l'esterno, per cui non vedeva le facce, ma le piaceva fare finta che una fosse quella di Joffrey. Cercò d'immaginarsi che aspetto avrebbe avuto il suo bel faccino tutto coperto di pece nera. "Se fossi un corvo, volerei giù a beccargli via quelle stupide labbra carnose."

Alle teste mozzate raramente mancava compagnia. Corvi famelici sorvolavano il corpo di guardia, gracchiando incessanti, contendendosi ogni occhio, litigando gli uni contro gli altri e tornando a levarsi in volo quando una sentinella passava di ronda lungo le fortificazioni. Certe volte, anche i corvi messaggeri del maestro si univano a loro, planando dall'uccelliera sulle loro grandi ali nere. E quando loro arrivavano, i beccamorti si disperdevano, tornando solo dopo che gli uccelli più grossi se ne erano andati.

"Si ricorderanno di maestro Tothmure, i corvi messaggeri?" si chiese Arya. "Sono tristi per lui? Quando gracchiano, si domanderanno come mai lui non risponde?" Forse, i morti riuscivano a comunicare con i corvi in qualche lingua ignota che i vivi non potevano capire.

Una delle teste sulle mura era quella di Tothmure, decapitato per aver inviato uccelli a Castel Granito e ad Approdo del Re la notte in cui la fortezza di Harrenhal era caduta. Lucan, il mastro armiere, era stato decapitato per aver forgiato lame per i Lannister e comare Harra per aver ordinato alla servitù di lady Whent di servire i nuovi padroni. Anche l'attendente era stato giustiziato, per aver consegnato a lord Tywin le chiavi della cripta del tesoro. Il cuoco era stato risparmiato, ma solo, dicevano alcuni, perché aveva cucinato la zuppa di donnola. In compenso, gogne erano state inchiodate per Pia, la graziosa ragazza delle cucine, e per le altre donne che avevano concesso i loro favori agli armati dei Lannister. Denudate e rasate a zero, le femmine erano state lasciate nel cortile centrale, vicino alla fossa dell'orso, a disposizione di tutti gli uomini di lord Bolton.

Quella mattina, quando Arya andò al pozzo, tre armigeri Frey le stavano usando. Cercò di non guardare, ma le fu impossibile non udire le risate dei soldati. Una volta pieno, il secchio era molto pesante. Arya si voltò e cominciò a trasportarlo verso la Torre del Rogo del Re. Comare Amabel spuntata dal nulla l'afferrò brutalmente per un braccio. Metà dell'acqua nel secchio le si riversò sulle gambe.

«Lo hai fatto apposta!» gridò la megera.

«Che cosa vuoi?» Arya cercò di liberarsi dalla stretta. Era da quando avevano tagliato la testa ad Harra che Amabel era come impazzita.

«Vedi là?» sollevò il dito teso verso l'altra parte del cortile, indicando Pia legata alla gogna. «Quando quell'uomo del Nord cadrà, ci sarai tu al posto di Pia.»

«Lasciami *andare*!» di nuovo, Arya cercò di divincolarsi. Niente da fare, la vecchia la trattenne con forza ancora maggiore.

«Perché lui cadrà. Harrenhal li fa cadere tutti quanti, prima o poi. Lord Tywin è stato sconfitto, per adesso, ma ritornerà al potere, e allora sarà il suo turno di punire gli sleali. E non credere che non saprà quello che hai fatto!» la vecchia esplose in una risata. «Un giro con te me lo faccio anch'io. Harra aveva una vecchia scopa, la conservo per te. Il manico è rotto e pieno di schegge...»

Arya mulinò il secchio. Il peso dell'acqua glielo fece ruotare in mano, per cui non riuscì a colpire Amabel sul cranio come avrebbe voluto. La vecchia pazza però la lasciò andare comunque, ritrovandosi infradiciata dalla testa ai piedi.

«Prova a toccarmi un'altra volta, una sola...» le urlò in faccia Arya. «E io ti *uccido*! Vattene via da me!»

Grondante, comare Amabel puntò un indice accusatore verso l'emblema con l'uomo scuoiato che Arya portava cucito sulla tunica: «Tu credi di essere al sicuro con quel piccolo uomo sanguinolento sulla tetta, ma non lo sei! I Lannister stanno arrivando! E vedrai quello che ti succede quando arrivano qua!».

Tre quarti del contenuto del secchio erano finiti addosso a Amabel versati sulle pietre del cortile, così Arya fu costretta a tornare al pozzo. "Se lo riferissi a lord Bolton, la sua testa andrebbe a far compagnia a quella di Harra prima del tramonto" pensò nel recuperare il secchio nuovamente pieno. Ma non glielo avrebbe riferito.

Prima, quando di teste sulle mura ce n'erano solo la metà, Gendry aveva sorpreso Arya che le guardava. «Ammiri il tuo lavoretto?» le aveva chiesto.

Era infuriato perché a lui Lucan piaceva, Arya questo lo sapeva, ma ciò non giustificava comunque le sue parole. «È stato Walton Artigli d'acciaio» aveva risposto lei, sulle difensive. «Insieme ai Guitti sanguinari, e lord Bolton.»

«E loro chi ce li ha dati? Tu e la tua zuppa di donnola.»

«Era solo del brodo caldo» Arya gli aveva dato un pugno sul braccio. «E anche tu odiavi ser Amory.»

«Tutto questo lo odio molto di più. Ser Amory combatteva per il suo lord, mentre i Guitti sanguinari sono mercenari e voltagabbana. Metà di loro non sa nemmeno parlare la lingua comune. A Septon Utt piacciono i bambini piccoli, Qyburn fa la magia nera e il tuo amico Mordente *mangia* le persone.»

E il peggio era che Arya non poteva neppure dire che non fosse la verità. Erano i Bravi Camerati a compiere la maggior parte delle scorrerie per Harrenhal, così Roose Bolton aveva dato loro l'incarico di ripulire la terra dai Lannister. Vargo Hoat aveva suddiviso i suoi uomini in quattro gruppi, in modo che visitassero il maggior numero di villaggi possibile. Il gruppo più numeroso lo guidava lui di persona, e aveva dato il comando degli altri ai suoi capitani più fidati. Arya aveva sentito Rorge farsi non poche risate sul metodo usato da Vargo Hoat per scovare i traditori. Gli bastava tornare negli stessi posti in cui era passato quando ancora era al servizio di lord Tywin e rastrellare gli stessi individui che lo avevano aiutato. Molti dei collaborazionisti erano stati corrotti con argento dei Lannister, per cui i Guitti spesso tornavano alla fortezza di Harrenhal portando sacche piene di monete e ceste piene di crani.

«Un indovinello!» berciava allegramente Shagwell. «Se il caprone di lord Bolton mangia gli uomini che davano da mangiare a lord Tywin, quanti caproni ci sono?»

«Uno» rispose Arya.

«Ecco qua una donnola furba quanto quel caprone!» era stata la conclusione del macabro giullare.

Anche Rorge e Mordente erano cattivi. Ogni volta che lord Bolton consumava un pasto insieme alla guarnigione, Arya li vedeva sempre in mezzo agli altri uomini. Mordente puzzava come un pezzo di formaggio ammuffito, così i Bravi Camerati lo facevano sedere in fondo al tavolo, dove lui poteva grugnire da solo, strappando la carne con le unghie e con i denti. Quando Arya gli passava accanto, lui si limitava ad annusarla, ma era di Rorge che aveva più paura. Sedeva a fianco di Urswyck il Fedele, ma quando svolgeva le sue mansioni per il lord, Arya si sentiva addosso i suoi occhi famelici.

Certe volte, rimpiangeva di non essere andata dall'altra parte del Mare Stretto insieme a Jaqen H'ghar. Conservava ancora quella stupida moneta che lui le aveva dato, un semplice pezzo di ferro non più grande di un centesimo con il bordo tutto arrugginito. Su una faccia della moneta c'erano delle parole scritte in una lingua strana, che Arya non era in grado di leggere. L'altra faccia mostrava la testa di un uomo, ma il metallo era talmente usurato che i suoi lineamenti erano irriconoscibili. "Jaqen ha detto che è una moneta di grande valore, ma probabilmente era anche quella una menzogna, come il suo nome, come la sua faccia." Quel pensiero l'aveva fatta arrabbiare al punto da indurla a gettare via la moneta. Ma dopo un'ora, colta da presagi oscuri, era tornata a cercarla e l'aveva ritrovata e ripresa, anche se non aveva alcun valore.

Era proprio alla moneta che stava pensando mentre attraversava il Cortile di Granito, trascinandosi dietro il pesante secchio di nuovo pieno.

«Nan!» chiamò qualcuno alle sue spalle. «Metti giù quel secchio e vieni a darmi una mano.»

Elmar Frey era della sua stessa età, ed era anche piuttosto basso per i suoi anni. Aveva spinto un barile di sabbia fino a metà del cortile, ed era tutto rosso in faccia per lo sforzo. Arya andò ad aiutarlo. Lo fecero rotolare insieme fino al muro della torre, poi lo spinsero indietro e alla fine lo raddrizzarono. Arya poteva sentire la sabbia assestarsi all'interno mentre Elmar ne estraeva una cotta di maglia di ferro.

«Che te ne pare?» Quale scudiero di lord Bolton, era suo compito fare sì che la maglia di ferro del suo signore fosse sempre lucente. «Pulita abbastanza?»

«Devi scrollare via la sabbia. Ci sono ancora tracce di ruggine. Vedi qui?» Arya indicò un paio di punti. «Meglio che tu dia un'altra passata.»

«Dagliela tu.» Elmar riusciva anche a essere gentile, quando gli serviva qualcosa. Ma poi ci teneva sempre a ricordare che lui era uno scudiero e lei soltanto una servetta. Gli piaceva essere figlio del Signore del Guado, non un nipote o un bastardo o un bisnipote ma un figlio vero e proprio del vecchio lord Walder. E in ogni caso, era destinato a sposare una principessa.

Ad Arya non importava un bel niente della sua stupida principessa, e non le piaceva che lui le desse ordini. «Devo portare a milord acqua per la sua tinozza. È nelle sue stanze a farsi un salasso. Non con le solite sanguisughe nere, ma con quelle grosse e pallide.»

Gli occhi di Elmar divennero grandi come uova sode. Aveva un sacro terrore delle sanguisughe in generale, ma soprattutto di quelle grandi e livide, che diventavano scure solo dopo essersi riempite di sangue. «Dimenticavo, tu sei troppo magrolina per spingere avanti e indietro un barile così pesante.»

«Dimenticavo, tu sei troppo stupido per le sanguisughe.» Arya raccolse nuovamente il secchio. «Forse dovresti fare un bel salasso anche tu. Su nell'Incollatura, ci sono sanguisughe grosse come scrofe.» E con questo, lo lasciò in compagnia del suo barile di sabbia.

C'era parecchia gente nella stanza da letto del lord. Qyburn era stato convocato, e con lui il tetro Walton, in maglia di ferro e gambali, più una dozzina di Frey, tutti fratelli, fratellastri e cugini tra loro. Roose Bolton giaceva a letto, nudo. Sanguisughe erano disseminate sull'interno delle sue braccia e delle sue gambe, altre punteggiavano il suo pallido torace, erano lunghe e traslucide, e assumevano una colorazione rosacea man mano che si nutrivano. Bolton non prestava loro più attenzione di quanta ne prestasse Arya.

«Non dobbiamo permettere a lord Tywin d'intrappolarci qui ad Harrenhal» disse ser Aenys Frey mentre Arya riempiva la tinozza. Uomo imponente e grigio, con grandi occhi rossi e acquosi e mani gigantesche, ser Aenys aveva guidato millecinquecento spade Frey a sud verso Harrenhal, ma a volte sembrava incapace di dare ordini perfino ai suoi fratelli. «La fortezza è talmente vasta che ci vuole un esercito per tenerla, e se dovessimo ritrovarci circondati, non avremmo modo di nutrirlo, quell'esercito. Né possiamo sperare di riuscire ad ammassare vettovaglie sufficienti. Le campagne sono ridotte in cenere, i villaggi a terreno di caccia dei lupi, i raccolti bruciati o rubati. L'autunno è alle porte, ma i magazzini sono vuoti e non si sta seminando niente. Per adesso, andiamo avanti con le razzie. Ma se i Lannister cominciano a impedircelo, al prossimo ciclo di luna ci ritroveremo ridotti a mangiare ratti e suole di scarpa.»

«Non intendo rimanere assediato qui» Roose Bolton parlava con voce talmente bassa che gli uomini dovevano sforzarsi per udirlo. Per questo regnava sempre una strana quiete nelle sue stanze.

«E allora?» chiese ser Jared Frey, magro, senza capelli e butterato. «Edmure Tully è talmente ebbro della sua vittoria che pensa forse di affrontare lord Tywin in campo aperto?»

"Se lo fa, lui li sconfiggerà" pensò Arya. "Li sconfiggerà come ha fatto sulla Forca Rossa del Tridente, vedrete!" Senza essere notata, si mise vicino a Qyburn.

«Lord Tywin è a molte leghe da qui» disse con calma lord Bolton. «Ha una quantità di cose da sistemare ad Approdo del Re. Ci vorrà parecchio tempo prima che decida di marciare nuovamente su Harrenhal.»

«Mio lord, tu non conosci i Lannister bene quanto li conosciamo noi» ser Aenys scosse il capo con ostinazione. «Anche re Stannis pensava che lord Tywin fosse molto lontano, ed è stato proprio questo a inchiodarlo.»

Il pallido uomo nel letto ebbe un debole sorriso, mentre le sanguisughe continuavano a bere il suo sangue. «Non sono un uomo che si fa inchiodare, cavaliere.»

«Se anche Delta delle Acque radunasse tutte le sue forze e il Giovane Lupo rientrasse vittorioso dall'ovest, come potremmo competere numericamente con l'armata che lord Tywin ci lancerebbe contro? Perché quando arriverà, lo farà con molti più uomini di quanti ne ha comandati sulla Forca Verde. Alto Giardino si è schierata con Joffrey, lascia che te lo rammenti!»

«Non l'ho dimenticato.»

«Sono già stato prigioniero di lord Tywin una volta» intervenne ser Hosteen, un uomo irsuto, dalla faccia quadrata, che si diceva fosse il più forte dei Frey. «Non ho alcun desiderio di essere ospite dei Lannister una seconda volta.»

Ser Harys Haigh, imparentato con i Frey per parte di madre, annuì con vigore: «Se lord Tywin è stato in grado di sconfiggere un condottiero stagionato come Stannis Baratheon, quali possibilità può avere contro di lui il nostro re ragazzino?». Girò lo sguardo su fratelli e cugini, in cerca di sostegno, e parecchi di loro mugugnarono la loro approvazione.

«Qualcuno deve avere il coraggio di dirlo» insisté ser Hosteen. «La guerra è perduta. E bisogna che re Robb se ne renda conto.»

Gli occhi glauchi di Roose Bolton lo scrutarono: «Ogni volta che ha affrontato i Lannister in battaglia, sua Maestà li ha sconfitti».

«Ha perduto il Nord» insisté Hosteen Frey. «Ha perduto *Grande Inverno*! I suoi fratelli sono morti…»

Per un momento, Arya dimenticò di respirare. "Morti? Bran e Rickon… *morti*? Di che cosa sta parlando? Che cosa sta dicendo di Grande Inverno? Joffrey non poteva prendere Grande Inverno. Robb non glielo avrebbe mai permesso!" Ma poi ricordò che Robb *non era* a Grande Inverno. Era lontano, a combattere nell'ovest, Bran era storpio e Rickon aveva solo quattro anni. Dovette fare appello a tutta la sua forza per restare immobile, e in silenzio, come Syrio Forel le aveva insegnato, rimanendo là come fosse un pezzo della mobilia. Gli occhi le si riempivano di lacrime. S'impose di ricacciarle. "Non è vero. Non può essere vero. È solo un'altra menzogna dei Lannister."

«Se Stannis avesse vinto, sarebbe stato tutto diverso» intervenne Ronel Rivers. Era uno dei bastardi di lord Walder.

«Ma Stannis ha perso» replicò duramente ser Hosteen. «Desiderare il contrario non cambia la realtà. Re Robb deve fare la pace con i Lannister, per quanto poco potrà piacergli, deve mettere da parte la sua corona e fare atto di sottomissione.»

«E chi sarà ad andarglielo a dire?» Roose Bolton sorrise. «È un vero aiuto avere tanti valorosi fratelli in tempi così ardui. Penserò a quanto tutti voi avete detto.»

Quel suo sorriso era il commiato. I Frey si congedarono con le cortesie di rito e se ne andarono, lasciando nella stanza solamente Qyburn, Walton Artigli d'acciaio e Arya. Fu a lei che lord Bolton fece cenno di avvicinarsi.

«Sono stato salassato a sufficienza. Nan, puoi rimuovere le sanguisughe.»

«Subito, mio signore.»

Era meglio non costringere mai Roose Bolton a chiedere due volte. Arya voleva sapere che cosa ser Hosteen aveva voluto dire su Grande Inverno, ma non osò domandare. "Lo chiederò a Elmar. Lui me lo dirà." Quando le staccò con attenzione dal corpo del lord, le sanguisughe si contorsero mollemente, i loro corpi pallidi erano viscidi al tatto e rigidi per il sangue che contenevano. "Sono solo sanguisughe" ripeté Arya a se stessa. "Basta che chiuda forte la mano, e si spappoleranno tra le mie dita."

«C'è una lettera da parte della lady tua moglie» Qyburn tirò fuori un rotolo di pergamena dalla manica. Indossava la tonaca grigia dei maestri, ma non portava nessuna catena intorno al collo. Girava voce che gli fosse stata tolta per le sue pratiche negromantiche.

«Puoi leggerla» rispose Bolton.

Lady Walda scriveva dalle Torri Gemelle pressoché ogni giorno, ma le sue lettere erano sempre uguali. "Prego per te mattina, pomeriggio e sera, mio dolce lord," scriveva "e conto i giorni nell'attesa che tu torni a condividere il nostro talamo. Fa' presto ritorno a me, e io ti darò molti figli di sangue puro in grado di prendere il posto del tuo caro Domeric e di dominare Forte Terrore dopo di te." Nella mente di Arya venne l'immagine di un paffuto neonato rosa nella culla, coperto di paffute sanguisughe rosa.

Portò a Roose Bolton una pezzuola umida che gli passò sul soffice corpo glabro. «Manderò a mia volta una lettera» disse il lord all'uomo che un tempo era stato un maestro.

«A lady Walda?»

«A ser Helman Tallhart.»

Due giorni prima, una staffetta da parte di ser Helman era arrivata ad Harrenhal. Gli uomini di Tallhart avevano preso il castello dei Darry, accettando la resa della guarnigione Lannister dopo un breve assedio.

«Digli di passare i prigionieri a fil di spada e d'incendiare il castello, per ordine del re. Dopo di che, ser Helman unirà le sue forze a quelle di Robett Glover in modo da colpire a est, verso Duskendale. Si tratta di terre ricche, pressoché risparmiate dai combattimenti. È ora che anche loro abbiano un assaggio. Glover ha perduto un castello e Tallhart ha perduto un figlio. Che abbiano la loro vendetta su Duskendale.»

«Preparerò il messaggio per il tuo sigillo, mio lord.»

Arya era contenta che il castello dei Darry venisse dato alle fiamme. Era stato là che l'avevano portata dopo la sua cattura seguita al suo scontro con Joffrey. Era stato là che la regina aveva costretto lord Eddard a uccidere la lupa di Sansa. "Quel posto merita di essere bruciato." Però avrebbe anche voluto che Robett Glover e ser Helman Tallhart facessero ritorno ad Harrenhal. Se ne erano andati troppo in fretta, prima che lei avesse preso la decisione di rivelare il suo segreto o no.

«Quest'oggi andrò a caccia» annunciò Bolton mentre Qyburn lo aiutava a indossare un farsetto imbottito.

«Non sarà troppo rischioso, mio lord?» obiettò Qyburn. «Solamente tre giorni fa, gli uomini di Septon Utt sono stati attaccati dai lupi. Erano penetrati proprio nel mezzo del loro campo, a nemmeno cinque metri dal fuoco, uccidendo due dei loro cavalli.»

«Sono proprio i lupi che intendo cacciare. Di notte, ululano così tanto che riesco a stento a riposare.» Bolton si affibbiò il cinturone, aggiustando l'angolazione della spada e della daga. «Si dice che, un tempo, i meta-lupi percorrevano tutto il nord in branchi di cento o anche più, senza alcun timore dell'uomo o addirittura del mammut. Ma era in un'altra epoca e in un'altra terra. È strano vedere i comuni lupi del Sud comportarsi nello stesso modo.»

«Tempi terribili generano cose terribili, mio lord.»

Bolton mostrò i denti in quello che avrebbe dovuto essere un sorriso: «Sono davvero così terribili questi nostri tempi, maestro?».

«L'estate è finita e ci sono quattro re nel reame.»

«Un re potrebbe essere terribile, ma quattro?» il lord scrollò le spalle. «Nan, il mio mantello di pelliccia.» Arya glielo portò. «Le mie stanze pulite e in ordine, al mio ritorno» le disse nel drappeggiarsi la cappa sulle spalle. «E occupati anche della lettera di lady Walda.»

«Come comandi, mio signore.»

Il lord e il maestro uscirono senza più degnarla di uno sguardo. Rimasta sola, Arya prese la lettera e la portò vicino al focolare. Con un attizzatoio, smosse i ceppi in modo da ravvivare le fiamme. Osservò la pergamena contorcersi, annerirsi e infine avvampare. "Se i Lannister hanno fatto del male a Bran e a Rickon, Robb li sterminerà tutti. Non farà mai atto di sottomissione, mai, mai, mai. Non ha paura di nessuno di loro, lui." Vortici di ceneri fluttuarono su per il camino. Arya sedette sui talloni accanto al fuoco, osservandoli salire attraverso un velo di calde lacrime. "Se Grande Inverno è davvero svanita, è questa la mia casa, adesso? E io sono ancora Arya, o sono diventata per sempre Nan la servetta?"

Le ci vollero ore per rimettere in ordine gli appartamenti del lord. Raccolse le lenzuola sporche e le sostituì con altre pulite e profumate, accese un altro fuoco, rifece il letto, svuotò i pitali nel condotto della latrina e li ripulì, portò alle lavandaie un mucchio di vestiti sporchi e mise sul tavolo una grande coppa di buone pere autunnali prese dalle cucine. Quando ebbe finito con la camera da letto, scese mezza rampa di scale per procedere con il solarium, una stanza spoglia, grande come la sala principale di svariati castelli minori. Rimpiazzò le candele ridotte a mozziconi. Sotto le finestre c'era un enorme tavolo di quercia su cui il lord scriveva le sue lettere. Arya rimise tutto in ordine, sostituì le candele anche lì, sistemò le penne d'oca, i calamai e la ceralacca.

Un'ampia pelle di pecora, sfrangiata ai margini, era appoggiata di traverso sopra i rotoli di pergamena. Arya stava cominciando ad arrotolarla quando il suo occhio cadde sui colori: il blu dei laghi e dei fiumi, i punti rossi che indicavano città e castelli, il verde delle foreste. La dispiegò completamente: LE TERRE DEL TRIDENTE, diceva la scritta sulla mappa. Il disegno mostrava dall'Incollatura fino al Fiume delle Rapide Nere. "Ecco Harrenhal, qui sopra il grande lago dell'Occhio degli Dèi" si rese conto. "Ma dov'è Delta delle Acque?" Poi la vide. "Non è affatto lontana..."

Era appena metà pomeriggio quando Arya finì, così decise di andare nel parco degli dei. Quale coppiera di lord Bolton, i suoi doveri erano più leggeri di quanto fossero stati con Weese o anche con Occhio moscio, anche se richiedevano che lei si vestisse come un paggio e lavasse molti più panni di quanto le sarebbe piaciuto. Sarebbero passate ore prima del rientro dei cacciatori, e questo le lasciava un po' di tempo per allenarsi.

Continuò a menare fendenti alle foglie fino a quando la punta frastagliata del suo manico di scopa non fu tutta verde e appiccicosa. «Ser Gregor» respirò, ripetendo i nomi dell'odio. «Dunsen, Polliver, Raff Dolcecuore.» Roteò su se stessa, spiccò un salto e rimase in equilibrio sulla punta dei piedi. Schizzò a destra, poi a sinistra, mandando pigne a volare chissà dove. «Messer sottile» ringhiò. «Il Mastino» disse ancora. «Ser Ilyn, ser Meryn, regina Cersei.» Un cavo in un tronco di quercia si apriva di fronte a lei, simile a una bocca spalancata. Grugnendo, Arya ci infilò la punta della spada, un affondo, un secondo, un terzo. «Joffrey! Joffrey! Joffrey!»

Le sue braccia e le sue gambe erano un mosaico di luce e di ombre, la luce del sole e le ombre delle foglie. Quando si fermò aveva la pelle coperta di sudore. Il sangue scintillava sul suo tallone destro, nel punto in cui se lo era spellato. Così Arya rimase in equilibrio su una gamba sola, davanti all'albero del cuore e salutò con la spada levata.

«*Valar morghulis*» disse agli antichi dei del Nord. Le piaceva il suono di quelle parole.

Nel riattraversare il cortile dirigendosi ai bagni, vide un corvo messaggero planare verso l'uccelliera. Si chiese da dove arrivasse, e quale messaggio portasse. "Forse è di Robb, che manda a dire che non è vero di Bran e di Rickon." Si morse il labbro, sperando. "Se avessi le ali, potrei volare fino a Grande Inverno e vedere con i miei occhi. E se fosse vero, volerei via, oltre la luna e le stelle, a vedere tutte le cose delle storie della Vecchia Nan, i draghi e i mostri marini e il Titano di Braavos. E forse non tornerei più indietro, a meno che non lo volessi."

Il gruppo dei cacciatori tornò al tramonto, portando nove lupi abbattuti. Sette di loro erano adulti, grandi bestie dal pelo grigio e marrone, selvagge e possenti, le fauci spalancate nell'ultimo ringhio. Ma gli altri due erano solo dei cuccioli. Lord Bolton diede ordine che le pelli degli animali venissero cucite insieme, in modo da farne una coperta per il suo letto. «I cuccioli hanno il pelo ancora morbido, mio lord» osservò uno dei suoi uomini. «Potresti farti fare un paio di guanti belli caldi.»

Lo sguardo di Bolton si spostò sui vessilli che ondeggiavano nel vento sulla torre del corpo di guardia. «Come gli Stark tengono a rammentarci, l'inverno sta arrivando. Fatemi quei guanti.» Notò che Arya lo stava osservando. «Nan, voglio una caraffa di vino caldo speziato. Mi sono gelato nei boschi. E fai in modo che il vino non si raffreddi. Intendo cenare da solo: pane d'orzo, cinghiale e burro.»

«Immediatamente, mio signore.» Con Roose Bolton, era sempre la cosa migliore da dire.

Nelle cucine, Arya trovò Frittella che stava preparando dei dolci. Altri tre cuochi erano intenti a ripulire del pesce, uno sguattero faceva ruotare sulle fiamme lo spiedo su cui era infilzato un cinghiale.

«Milord vuole la sua cena» annunciò Arya. «E vino caldo speziato per farla andare giù, e badate bene che non sia freddo.»

Uno dei cuochi si lavò le mani, prelevò una cuccuma e la riempì di denso, dolce vino rosso. Mentre questo si riscaldava, Frittella cominciò a tritare le spezie. Arya era pronta ad aiutarlo.

«Faccio da me» disse lui cupamente. «Non c'è bisogno che mi fai vedere come si spezia il vino.»

"Anche lui mi odia, adesso, oppure ha paura di me." Arretrò, più triste che arrabbiata. Quando la cena fu pronta, il cuoco la ricoprì con un ampio coperchio d'argento e avvolse la caraffa in una pezzuola di stoffa spessa per mantenere caldo il vino.

Fuori era calato il crepuscolo. Sulle mura, i corvi gorgogliavano attorno alle teste mozzate come cortigiani al cospetto di un re. Una delle guardie le tenne aperta la porta della Torre del Rogo del Re.

«Spero che non sia zuppa di donnola» disse scherzando.

Roose Bolton era seduto vicino al focolare, leggendo un grosso tomo rilegato in pelle. «Accendi le candele» le ordinò, voltando una pagina. «È sempre più buio qui dentro.»

Arya appoggiò il vassoio della cena accanto a lui e obbedì, nella stanza si diffuse un chiarore tremolante e l'aroma dei chiodi di garofano. Bolton sfogliò ancora qualche pagina, quindi richiuse il libro e con calma lo pose tra le fiamme. Osservò il fuoco consumare la carte, i suoi occhi glauchi riflettevano il pulsare rossastro. Il vecchio cuoio crepato della rilegatura s'incendiò con un sibilo improvviso, le pagine ingiallite si arricciarono e si contorsero, come se le stesse leggendo uno spettro.

«Non avrò più bisogno di te per questa notte» disse Bolton senza guardarla.

Arya avrebbe voluto dileguarsi, silenziosa come un topo, ma qualcosa la trattenne là. «Mio lord» chiese. «Mi porterai con te quando lascerai Harrenhal?»

Lui si voltò a guardarla. Dalla sua espressione, sembrava che la cena avesse acquistato il dono della parola. «Ti ho dato forse la licenza di farmi delle domande, Nan?»

«No, mio signore.» Arya abbassò gli occhi.

«E allora non avresti dovuto parlare, non è così?»

«No. Mio signore.»

Per un momento, Bolton apparve divertito: «Ma ti risponderò, per quest'unica volta. Quando tornerò al Nord, intendo affidare Harrenhal a lord Vargo. Tu rimarrai qui, con lui».

«Ma io non...» tentò lei.

«Non è mia abitudine rispondere alle domande dei servi, Nan» tagliò corto Bolton. «Vuoi che ti faccia strappare la lingua?»

Lo avrebbe fatto con la stessa facilità con cui si mette il collare a un cane, Arya ne era certa. «No, mio signore.»

«Quindi non parlerai più?»

«No, mio signore.»

«Va', dunque. Dimenticherò la tua insolenza.»

Arya andò, ma non a letto. Quando uscì nuovamente nel cortile invaso dalle tenebre la guardia alla porta le fece un gesto. «Viene una tempesta» disse. «Lo senti l'odore?»

Il vento soffiava a raffiche violente. Le fiamme delle torce montate sulle mura attorno al filare delle teste mozze si contorcevano. Nel dirigersi di nuovo al parco degli dei, passò accanto alla Torre dei Lamenti, dove un tempo aveva vissuto nel terrore di Weese. Dopo la caduta di Harrenhal, l'avevano occupata i Frey. Udì voci piene di rabbia uscire da una finestra, molti uomini discutevano e litigavano parlando tutti insieme. Elmar era seduto sugli scalini dell'ingresso, da solo. Arya vide che aveva le guance rigate di lacrime.

«Che cosa c'è che non va?» gli chiese.

«La mia principessa» singhiozzò. «Siamo stati disonorati, dice Aenys. È arrivato un uccello messaggero dalle Torri Gemelle. Il lord mio padre dice che ora io dovrò sposare un'altra, o diventare un septon.»

"È una principessa troppo stupida per rimpiangerla" pensò Arya. «I miei fratelli potrebbero essere morti» gli confidò.

Elmar le diede un'occhiata tetra: «E a chi vuoi che importi dei fratelli di una servetta qualsiasi?».

Arya dovette fare un grosso sforzo per non colpirlo. «Spero proprio che crepi, la tua principessa!» Scappò via prima che lui potesse afferrarla.

Nel parco degli dei, trovò il suo manico di scopa esattamente dove lo aveva lasciato. Lo portò all'albero del cuore, e s'inginocchiò. Foglie rosse stormirono. Rossi occhi scrutarono nel profondo di lei. "Gli occhi degli dei." «Ditemi che cosa devo fare, dei» pregò.

Per un lungo momento, gli unici suoni furono il soffio del vento, il mormorio dell'acqua, il fruscio delle foglie, lo scricchiolare dei rami. E poi, da molto lontano, oltre il parco degli dei e le torri infestate da fantasmi e le immani mura di Harrenhal, arrivò il lungo, solitario ululato di un lupo. Ad Arya venne la pelle d'oca, e per un istante ebbe come una vertigine. In un remoto sussurro, credette di udire la voce di suo padre: "Quando la neve cade e i venti gelidi soffiano, il lupo solitario perisce, ma il branco sopravvive".

«Ma non c'è nessun branco» bisbigliò Arya al volto nell'albero. Bran e Rickon erano morti, i Lannister avevano Sansa, Jon era andato alla Barriera. «E io non sono nemmeno più *io,* sono Nan. Adesso.»

"Tu sei Arya di Grande Inverno, figlia del Nord. Mi hai detto che puoi essere forte. E in te, c'è sangue di lupo."

«Sangue di lupo» adesso, Arya ricordava. «Sarò forte quanto Robb. Sì, ho detto che lo sarei stata.»

Fece un lungo respiro, poi prese il manico di scopa con entrambe le mani e lo abbassò di colpo sul ginocchio sollevato. Si spezzò in due con un secco *crack.* Gettò i pezzi a perdersi tra le ombre. "Sono un meta-lupo, basta con le zanne di legno."

Quella notte, mentre aspettava il sorgere della luna, giacque nel suo letto angusto, sopra la paglia pungente. Giacque udendo le voci dei vivi, e ascoltando i morti che sussurravano e discutevano. Ormai, erano quelle le uniche voci di cui si fidava. Poteva udire il suono del proprio respiro, e anche gli ululati dei lupi, cresciuti numerosi fino a diventare un grande branco. "Sono più vicini di quelli che ho udito nel parco degli dei, e mi stanno chiamando."

Alla fine, scivolò fuori dalla coperta, indossò la tunica e scese le scale a piedi nudi. Roose Bolton era un uomo prudente, per cui l'accesso alla Torre del Rogo del Re era sorvegliato giorno e notte. Arya dovette quindi sgusciare attraverso una delle strette finestre delle cantine. Il cortile era immobile, la grande fortezza sprofondata nei suoi sogni maledetti. Più in alto, il vento urlava nella Torre dei Lamenti.

Alla forgia, i fuochi erano spenti, le porte tutte chiuse, sbarrate.

Come già aveva fatto un'altra volta, Arya s'infilò da una finestra. Gendry divideva un pagliericcio insieme ad altri due apprendisti fabbri. Arya rimase accoccolata nel soppalco per molto tempo, lasciando che gli occhi si adattassero all'oscurità, in modo da essere certa che quello all'estremità del pagliericcio fosse proprio lui. A quel punto, gli coprì la bocca con una mano e con l'altra gli diede un pizzicotto. Gendry aprì gli occhi. Il suo non doveva essere stato un sonno molto profondo.

«*Ti prego*» disse Arya in un soffio. Poi tolse la mano dalla sua bocca e indicò. Per un momento, credette che lui non avesse capito. Poi però Gendry scivolò fuori dalle coperte. Attraversò la stanza, s'infilò una tunica di stoffa grezza e scese dal soppalco con lei. Gli altri due continuarono a dormire.

«E adesso che altro vuoi?» il tono di Gendry era basso, irritato.

«Una spada.»

«Pollice nero le tiene tutte sotto chiave. Te l'ho detto cento volte. È per il Lord Sanguisuga?»

«No, è per me. Spacca il lucchetto con il martello.»

«Loro poi mi spaccano la mano» ribatté lui. «O anche qualcos'altro.»

«No, se scappi via con me.»

«Tu scappa. Poi quelli ti prendono e ti uccidono.»

«Faranno anche di peggio se restiamo. Lord Bolton darà Harrenhal ai Guitti sanguinari, me lo ha detto lui.»

Gendry si spinse via i capelli dagli occhi: «E allora?».

Arya lo guardò dritto in faccia, senza paura: «E allora, quando Vargo Hoat diventerà il padrone taglierà i piedi a tutti i servi per impedire loro di scappare. Anche ai fabbri».

«Tutte storie» disse lui cupamente.

«No, è vero, ho sentito lord Hoat che lo diceva» mentì Arya. «Taglierà via un piede a tutti quanti. Quello sinistro. Va' nelle cucine e sveglia Frittella, lui farà quello che dici. Ci servirà del pane, o delle focacce, o qualsiasi altra cosa. Tu prendi le spade e io prendo i cavalli. Ci incontriamo alla porta nascosta nelle mura orientali, dietro la Torre degli Spettri. Là non ci va mai nessuno.»

«Conosco quella porta. È sorvegliata come tutte le altre.»

«E allora? Non dimenticherai le spade, vero?»

«Non ho detto che ci vengo.»

«No, non lo hai detto. Ma se ci vieni, non le dimenticherai, giusto?»

Gendry corrugò la fronte: «No» disse alla fine. «Penso di no.»

Arya rientrò nella Torre del Rogo del Re nello stesso modo in cui ne era uscita. Salì la scala a chiocciola, ascoltando l'eco dei suoi passi. Raggiunta la sua cella, si spogliò nuda e si rivestì con molta attenzione: due strati di biancheria, calzettoni caldi, la tunica più pulita che aveva. Era la livrea di lord Bolton. Sul pettorale sinistro, c'era cucito il suo emblema, l'uomo scuoiato di Forte Terrore. Si allacciò le scarpe, gettò una cappa di lana sulle spalle scarne e se la chiuse alla gola. Silenziosa come un'ombra, scese di nuovo le scale. Fuori dalla porta del solarium, si fermò ad ascoltare. Quando udì solo silenzio, l'aprì cautamente.

La mappa di pelle di pecora era ancora sul tavolo, accanto ai resti della cena di lord Bolton. L'arrotolò stretta e se la infilò nella cintura. Sul tavolo, Bolton aveva lasciato la sua daga. Arya prese anche quella, nel caso in cui a Gendry fosse mancato il coraggio.

Quando s'infilò nelle stalle immerse nell'oscurità, uno dei cavalli emise un nitrito sommesso. Gli stallieri dormivano tutti. Arya ne toccò uno con il piede finché non si svegliò.

«Eh? Cos'è?» disse intontito.

«Lord Bolton vuole tre cavalli, sellati e con i finimenti.»

Il ragazzo si mise in piedi, togliendosi fili di paglia dai capelli. «Eh, a quest'ora? Cavalli, dici?» guardò l'emblema sulla sua tunica. «Cosa ci vuole fare con i cavalli, in piena notte?»

«Non è abitudine di lord Bolton farsi interrogare dai servi» Arya incrociò bellicosamente le braccia.

Gli occhi del ragazzo erano fissi sull'uomo scuoiato. Sapeva qual era il significato di quel simbolo. «Tre, dici?»

«Uno, due, tre. Cavalli da caccia. Veloci e sicuri.»

Arya gli diede una mano con le selle e i finimenti, per evitare di dover svegliare uno degli altri. Sperò che, dopo, non gli avrebbero fatto del male. Ma sapeva che probabilmente invece gliene avrebbero fatto.

Attraversare la fortezza con i cavalli fu la parte peggiore. Si tenne all'ombra delle mura quanto più possibile. Per individuarla, le sentinelle di ronda sulle fortificazioni sarebbero state costrette a guardare in basso quasi verticalmente. "E anche se mi vedono, che importa? Sono o non sono la coppiera personale del lord?" Era una notte d'autunno, umida e fredda. Nubi da ovest si stavano ammassando nel cielo, coprendo le stelle. A ogni nuova raffica di vento, la Torre dei Lamenti urlava con disperazione. "Odore di pioggia." Arya non sapeva se la pioggia potesse favorire o no la loro fuga.

Nessuno la vide, né lei vide nessuno, a parte un gatto bianco e grigio che passeggiava lungo la sommità del muro del parco degli dei. Il gatto si fermò e le soffiò, facendole tornare alla memoria la Fortezza Rossa, suo padre e Syrio Forel.

«Potrei prenderti, se solo lo volessi» bisbigliò al felino. «Ma adesso devo andare, gatto.» L'animale soffiò di nuovo e scappò via.

Delle cinque torri immani di Harrenhal, la Torre degli Spettri era quella più diroccata. Oscura e solitaria, si ergeva dietro le rovine di un tempio crollato dove da quasi trecento anni andavano a pregare solamente i ratti. Fu là che Arya aspettò l'arrivo di Gendry e di Frittella, e l'attesa le parve durare un'eternità. I cavalli brucarono le erbacce che si erano aperte la strada tra le crepe nelle pietre, mentre le nubi inghiottivano le poche stelle ancora visibili. Per avere qualcosa da fare, Arya estrasse la daga e l'affilò. Lunghe, precise passate, come Syrio le aveva insegnato, e il suono ritmico contribuì a calmarla.

Li udì arrivare molto prima di vederli. Frittella aveva il fiato grosso. A un certo punto, inciampò, sbucciandosi uno stinco e imprecando a voce abbastanza alta da svegliare mezza Harrenhal. Gendry faceva meno rumore, ma le spade che aveva sulla schiena tintinnavano a ogni passo.

«Sono qui» disse Arya alzandosi. «Fate piano, se no vi sentono.»

I due ragazzi si diressero verso di lei tra gli ammassi di pietre crollate. Sotto il mantello, Gendry indossava una maglia di ferro bene oliata. Sulla schiena, aveva il suo martello da fabbro. La faccia rotonda di Frittella faceva capolino da sotto il cappuccio. Aveva un sacco di pane appeso all'avambraccio destro e una grossa forma di formaggio sotto il sinistro.

«C'è una sentinella alla porta» disse Gendry a voce bassissima. «Te lo avevo detto.»

«Voi rimanete qui con i cavalli» disse Arya. «Me ne sbarazzo io. Quando vi chiamo, venite in fretta.»

Gendry annuì. Frittella disse: «Fa' il verso del gufo, se vuoi che veniamo».

«Io non sono un gufo» ribatté Arya. «Sono un lupo. Per cui farò un ululato.»

Scivolò da sola nell'ombra della Torre degli Spettri. Camminò in fretta, cercando di precedere la sua paura, sentendo Syrio Forel al suo fianco, insieme a Yoren, a Jaqen H'ghar, a Jon Snow. Non aveva preso la spada che Gendry le aveva portato, non ancora. Per quello che doveva fare, andava molto meglio la daga di lord Bolton. Un'ottima lama, affilata. La porta celata a est era il più remoto degli accessi di Harrenhal, un angusto varco chiuso da assi di quercia irte di spuntoni di ferro, posto ad angolo nella parete sotto un torrione difensivo. La sorvegliava un solo uomo, ma Arya sapeva che c'erano anche altre sentinelle nella torre, e altre ancora di pattuglia sulle mura. Qualsiasi cosa fosse accaduta, sapeva di dover agire silenziosa come un'ombra. "Non deve gridare." Le prime, rade gocce di pioggia avevano cominciato a cadere. Ne sentì una sulla fronte, poi un'altra sul naso.

Non fece alcun tentativo di nascondersi, si diresse verso la guardia apertamente, come se a mandarla là fosse stato lord Bolton in persona. Lui la guardò arrivare, curioso di sapere che cosa potesse volere questo paggio a una simile ora della notte. Avvicinandosi, Arya notò che si trattava di un soldato del Nord, molto alto e magro, avvolto in una logora cappa di pelliccia. Era una complicazione imprevista. Forse sarebbe riuscita a ingannare un Frey, o uno dei Bravi Camerati, ma gli uomini di Forte Terrore passavano tutta la loro vita al servizio di Roose Bolton, e lo conoscevano molto meglio di lei. "Se gli dicessi che sono Arya Stark, ordinandogli di farsi da parte..." No, non osava farlo. Era sì un uomo del nord, ma non un uomo di Grande Inverno. Apparteneva a Roose Bolton.

Quando lo raggiunse, scostò la falda della cappa, esponendo l'emblema dell'uomo scuoiato: «Mi manda lord Bolton».

«A quest'ora? E a fare che?»

Sotto la pelliccia della guardia, Arya vide scintillare l'acciaio. E forse lei non era forte abbastanza da riuscire a spingere la daga attraverso una maglia di ferro. "La gola. È alla gola che devo colpire. Ma lui è troppo alto. Non ci arriverò mai." Per un momento, non seppe che cosa dire. Per un momento, fu di nuovo una ragazzina spaventata, e le gocce di pioggia sul suo viso sembravano lacrime.

«Mi ha ordinato di dare a tutte le sue guardie una moneta d'argento, per il loro buon servizio.» Parole che parvero uscire dal nulla.

«Argento, dici?» Non le credeva, ma *voleva* crederle. Dopotutto, l'argento era argento. «Tirala fuori, questa moneta.»

Arya frugò sotto la tunica, estrasse la strana moneta che Jaqen H'ghar le aveva dato. Nel buio, il ferro poteva passare per argento scuro. Gli tese la moneta... ma se la fece scivolare tra le dita.

Imprecando a denti stretti contro di lei, la guardia mise un ginocchio a terra e brancolò tra le pietre. La sua gola era lì, proprio di fronte a lei. Arya estrasse la daga e lo sgozzò da un orecchio all'altro, con un movimento fluido, liscio come seta dell'estate. Il sangue le schizzò sulle mani in un fiotto caldo. L'uomo cercò di urlare. Non ci riuscì, anche la sua gola, la sua bocca erano piene di sangue.

«*Valar morghulis*» sussurrò Arya, guardandolo morire.

Quando l'uomo di Forte Terrore ebbe cessato di muoversi, Arya tornò a raccogliere la moneta. Fuori delle mura di Harrenhal, un lupo ululò, un lamento lungo, potente. Arya tolse il ceppo e lo mise da parte, aprì la pesante porta di quercia. Quando Gendry e Frittella arrivarono, la pioggia cadeva martellante.

«Lo hai *ucciso*!...» Frittella ebbe un rantolo.

«Che cosa pensavi che avrei fatto?»

Arya aveva le dita appiccicose, l'odore del sangue rendeva nervosa la sua cavalla.

"Non importa" pensò, montando in sella. "Questa pioggia ripulirà tutto."

SANSA

La Sala del Trono era un mare di gioielli, di pellicce, di tessuti dai vividi colori. I lord e le loro lady riempivano il fondo della sala e si affollavano sotto le alte finestre, ammassandosi come mogli di pescatori su un molo.

Quel giorno, i cortigiani di Joffrey avevano fatto a gara per apparire uno più splendido dell'altro. Jalabhar Xho era tutto coperto di piume, una figura talmente esotica, talmente stravagante da dare l'idea che il principe in esilio delle Isole dell'Estate fosse sul punto di spiccare il volo. La corona di cristallo dell'Alto Septon lanciava lampi in tutte le direzioni ogni volta che lui si muoveva. Al tavolo del concilio, la regina Cersei pareva scintillare nel suo abito di tessuto dorato, guarnito di velluto color borgogna. Accanto a lei, Varys l'eunuco si vezzeggiava in un broccato nelle sfumature del lilla. Ragazzo di luna e ser Dontos indossavano entrambi costumi da giullare nuovi, puliti come un mattino di primavera. Perfino lady Tanda e le sue figlie apparivano graziose nei loro abiti identici di seta turchese ed ermellino. Quanto a lord Gyles, tossiva in un fazzoletto di seta scarlatta bordato di merletti dorati. Sopra tutti loro, in mezzo ai rostri e alle lame del Trono di Spade, sedeva re Joffrey. Il giovane sovrano era vestito in seta cruda ocra, con il mantello nero costellato di rubini, e aveva sul capo una pesante corona d'oro.

Aprendosi un varco nella calca di cavalieri, scudieri e ricchi cittadini, Sansa riuscì a raggiungere la parte anteriore della galleria proprio nel momento in cui un vigoroso squillo di tromba annunciava l'ingresso di lord Tywin Lannister.

Il signore di Castel Granito entrò in sella al suo cavallo da guerra, percorse la sala in tutta la sua lunghezza e smontò di fronte al Trono di Spade. Sansa non aveva mai visto un'armatura come quella, tutta di acciaio rosso brunito, con rilievi e ornamenti d'oro zecchino. Le rondelle ai gomiti erano a forma di raggiera solare, il leone ruggente che sormontava l'elmo aveva occhi di rubino. Su ciascuna spalla, un fermaglio a forma di leonessa tratteneva una cappa di tessuto dorato così ampia da coprire tre quarti delle cosce del suo destriero. Perfino l'armatura del cavallo era placcata e i suoi finimenti di seta porpora luccicante, con il simbolo del leone di Lannister.

Un vero peccato che, dopo un'entrata in scena così sfolgorante, il cavallo di lord Tywin decidesse di scaricare un bel mucchio di sterco proprio alla base del Trono di Spade. Per scendere ad abbracciare il nonno, proclamandolo salvatore della città, Joffrey dovette aggirare la pila di merda e lo fece con aria disgustata. Sansa si coprì la bocca con la mano, celando un sorriso nervoso.

Joffrey proseguì con il cerimoniale, chiedendo in modo ostentato al patriarca dei Lannister di assumere il governo del reame, responsabilità che lord Tywin accettò solennemente «fino a quando vostra Maestà non sarà maggiorenne». Dopo di che, gli scudieri rimossero la sua armatura e Joff gli sistemò intorno al collo la catena di Primo Cavaliere. Lord Tywin andò quindi a prendere posto al tavolo del concilio ristretto, a fianco della regina reggente. Condotto via il destriero e rimosso il suo olezzante omaggio alla corona, Cersei fece cenno che le cerimonie continuassero.

Un arrogante squillo di trombe salutò gli eroi della battaglia man mano che facevano il loro ingresso dalle grandi porte di quercia. Gli araldi chiamarono i loro nomi e declamarono le loro imprese, in modo che tutti potessero udire. Gli alti cavalieri e le nobili dame acclamarono come un branco di tagliagole attorno a un combattimento di galli. Il posto più di riguardo venne accordato a Mace Tyrell, lord di Alto Giardino, uomo un tempo molto forte, adesso appesantito ma ancora piacente. I suoi figli, ser Loras, il Cavaliere di Fiori, e suo fratello maggiore, ser Garlan il Galante, lo seguirono poco dopo. Tutti e tre indossavano velluto verde bordato di zibellino.

Il re in persona scese dal trono un'altra volta per incontrarli, un grande onore. Intorno al collo di ognuno mise una collana di rose lavorate in tenero oro giallo cui era appeso un disco, anch'esso d'oro, con il leone dei Lannister tempestato di rubini. «Le rose sostengono il leone» dichiarò Joffrey. «Così come la forza di Alto Giardino sostiene il reame. Qualsiasi desiderio abbiate, chiedete e vi sarà concesso.»

"Eccoci" pensò Sansa.

«Maestà» ser Loras mise un ginocchio a terra. «Chiedo l'onore di servire nella tua Guardia reale, per proteggerti dai nemici.»

Joffrey fece alzare il Cavaliere di Fiori e lo baciò sulla guancia: «Accordato, fratello».

Lord Tyrell chinò il capo: «Non può esserci piacere più grande che servire sua Maestà. Se dovessi essere ritenuto meritevole di sedere nel concilio del re, non troverai nessuno più leale e sincero».

Joff mise una mano sulla spalla di lord Tyrell e, dopo che si fu alzato, baciò anche lui: «La tua richiesta è accolta».

Ser Garlan Tyrell, di cinque anni più anziano di ser Loras, era una versione più alta e barbuta del suo celebre fratello minore. Aveva il torace massiccio e le spalle larghe, ed era ragionevolmente di bell'aspetto, per quanto gli mancasse la prodigiosa avvenenza di Loras.

«Maestà» disse Garlan quando il re si avvicinò a lui. «Ho una giovane sorella, Margaery, delizia della nostra nobile casata. Come tu sai, era andata in sposa a Renly Baratheon, ma lord Renly partì per la guerra prima che il matrimonio potesse essere consumato. Così, ella è rimasta innocente. Margaery ha sentito parlare della tua saggezza, del tuo coraggio e della tua cavalleria, e si è innamorata di te da lontano. Io ti chiedo di convocarla qui, di prenderla in sposa e di unire con questo matrimonio la tua casa e la mia per sempre».

Re Joffrey finse di essere addirittura sorpreso. «Ser Garlan, la bellezza di tua sorella è celebre in tutti i Sette Regni, ma io sono promesso a un'altra fanciulla. E un re deve mantenere la parola data.»

«Maestà» Cersei si alzò in piedi con un fruscio di sottane. «A giudizio del concilio ristretto, non sarebbe né appropriato né saggio che tu sposassi la figlia di un uomo decapitato per tradimento, una ragazza il cui fratello, perfino ora, è in aperta ribellione contro il trono. Sire, i tuoi consiglieri ti implorano, per il bene del tuo reame, lascia perdere Sansa Stark. Lady Margaery sarà per te una regina molto più adatta.»

Come un branco di cani ammaestrati, i lord e le lady nella sala si misero a urlare il loro compiacimento. «Margaery!» invocarono. «Dateci Margaery!» E anche: «Non vogliamo una regina traditrice! Tyrell! Tyrell!».

Joffrey alzò una mano: «Vorrei acconsentire ai desideri del mio popolo, madre, ma ho fatto un solenne giuramento».

A questo punto, fu l'Alto Septon che si fece avanti: «Maestà, gli dei considerano certamente solenne una promessa di matrimonio, ma tuo padre, re Robert di benedetta memoria, fece il patto nunziale *prima* che gli Stark di Grande Inverno si rivelassero degli ingannatori. I crimini da loro commessi contro il reame ti sciolgono da qualsiasi promessa tu abbia fatto. Per quanto concerne gli dei, non sussiste alcun valido contratto matrimoniale tra te e Sansa Stark».

Una nuova, tonante ovazione percorse la Sala del Trono. Grida di «*Margaery, Margaery*» si rincorsero tutto intorno a Sansa. Lei si protese in avanti, con le mani contratte sul corrimano di legno della balaustra della galleria. Sapeva quale sarebbe stato il prossimo atto della rappresentazione, ma era ciò che Joffrey avrebbe potuto dire che continuava a spaventarla. Temeva che lui arrivasse a rifiutare di lasciarla libera, perfino in un momento in cui l'intero regno dipendeva dalla sua decisione. Di colpo, le parve di essere tornata sui gradini di marmo fuori del Grande Tempio di Baelor, aspettando che il suo principe le concedesse clemenza per suo padre. E invece lo aveva udito ordinare a ser Ilyn Payne di staccare la testa a lord Eddard. "Vi supplico" Sansa pregò ferventemente gli dei. "Vi supplico, fate che lo dica, fate che lo dica."

Lord Tywin stava osservando il nipote. Joff rispose con uno sguardo cupo, spostò il peso del corpo da un piede all'altro. Alla fine, aiutò ser Garlan a rialzarsi dalla posizione genuflessa. «Gli dei sono generosi. Sono libero di seguire il mio cuore. Sposerò tua sorella, cavaliere, e ne sono felice.» Baciò la guancia barbuta di ser Garlan. Un'altra ovazione si levò nella sala.

Sansa si sentì stranamente inebriata. "Sono libera." Poteva sentire molti occhi puntati su di lei. "Non devo sorridere" ricordò a se stessa. La regina l'aveva avvertita: qualsiasi cosa lei provasse, la faccia da mostrare al mondo doveva essere quella della sofferenza.

«Non permetterò che mio figlio venga umiliato» aveva sibilato Cersei Lannister. «Sono stata chiara?»

«Sì. Ma se non diventerò regina, che cosa ne sarà di me?»

«Questo dovrà essere stabilito. Per il momento, rimarrai qui a corte, quale nostra protetta.»

«Voglio tornare a casa.»

Quella risposta aveva irritato la regina: «Ormai dovresti avere imparato la lezione, Sansa. Nessuno di noi ottiene quello che vuole».

"Io l'ho ottenuto, però" Sansa non poteva non pensarci. "Sono libera da Joffrey. Non dovrò baciarlo, né dargli la mia purezza, né generare i suoi figli. Che sia Margaery Tyrell ad avere tutto questo, povera ragazza."

Quando la manifestazione di giubilo si fu chetata, il lord di Alto

Giardino prese posto nel concilio ristretto, mentre i suoi figli erano andati ad aggiungersi alla schiera di cavalieri e lord vicino alle finestre. Sansa si sforzò di apparire sperduta e abbandonata, mentre gli altri eroi della Battaglia delle Acque nere venivano convocati per ricevere le loro ricompense.

Paxter Redwyne, lord di Arbor, percorse la sala fiancheggiato dai suoi figli ser Orrore e ser Fetore, il primo dei quali zoppicava per una ferita ricevuta in combattimento. Dopo di loro, venne lord Mathis Rowan, che indossava un farsetto candido con un grande albero ricamato in oro sul pettorale sinistro. Seguiva lord Randyll Tarly, magro e con pochi capelli, la spada lunga di traverso sulla schiena in un fodero tempestato di gioielli. Poi ci furono ser Kevan Lannister, tozzo, calvo e con la barba tagliata corta; ser Addam Marbrand, capelli ramati che gli fluivano sulle spalle; i grandi lord dell'ovest Lydden, Crakehall e Brax.

Dopo tutti questi, fu la volta degli uomini di minore lignaggio che si erano distinti nello scontro sul fiume: ser Philip Foote, un cavaliere con un occhio solo che aveva abbattuto lord Bryce Caron in singolar tenzone; Lothor Brune, cavaliere indipendente, il quale si era aperto la strada a colpi di spada attraverso una cinquantina di soldati Fossoway, catturando alla fine ser Jon della Mela Verde e uccidendo ser Bryan e ser Edwyn della Mela Rossa, impresa che gli aveva procurato il soprannome di Lothor Mangiamele; Willit, anziano armigero al servizio di ser Harys Swyft, il quale aveva tirato fuori il suo padrone da sotto il cavallo morente e lo aveva difeso contro una dozzina di attaccanti; Josmyn Peckledon, scudiero dalle guance scavate, aveva ucciso due cavalieri e ne aveva ferito un terzo, sebbene avesse appena quattordici anni. L'anziano Willit fu portato nella sala in barella, tanto erano gravi le sue ferite.

Ser Kevan aveva preso posto a fianco di lord Tywin. Quando gli araldi ebbero finito di declamare le audaci gesta di tutti quegli eroi, si alzò in piedi: «È desiderio di sua Maestà che questi uomini coraggiosi siano ricompensati per il loro valore. Per decreto reale, ser Philip Foote sarà da questo momento lord Philip della Casa Foote, e a lui andranno tutte le terre, i diritti e gli introiti della Casa Caron. Lothor Brune verrà elevato al rango di cavaliere e, alla fine della guerra, gli verranno assegnate delle terre e un castello nella regione dei fiumi. A Josmyn Peckledon, una spada e un'armatura d'acciaio, più la sua scelta di qualsiasi destriero da guerra egli desideri delle stalle reali, nonché il cavalierato quando raggiungerà la maggiore età. Infine, a Buonuomo Willit, una picca dall'asta bordata d'argento, una cotta di maglia nuova di forgia e un elmo munito di celata. Inoltre, i figli di questo bravo soldato verranno presi a servizio dalla Casa Lannister di Castel Granito, il maggiore quale scudiero, il minore quale paggio, con la possibilità di ascendere al cavalierato se serviranno bene e con lealtà. A quanto sopra, il Primo Cavaliere del re e il concilio ristretto danno il loro consenso».

A ricevere i successivi onori furono i capitani delle navi da guerra del re *Vento selvaggio*, *Principe Aemon* e *Freccia del fiume*, insieme ad alcuni ufficiali della *Grazia degli dei*, della *Lady della seta* e della *Testa d'ariete*. Stando a quanto Sansa poté capire, il loro massimo trionfo bellico era stato sopravvivere alla battaglia sul fiume, impresa che ben pochi altri potevano vantare. Anche sua Saggezza Hallyne il piromante e gli altri maestri dell'ordine degli Alchimisti ricevettero i ringraziamenti del re. Hallyne in particolare fu elevato al rango di lord, ma a Sansa non sfuggì che né terre né castelli si accompagnavano al titolo, il che non rendeva l'alchimista più lord di quanto lo fosse Varys l'eunuco. In compenso, ser Lancel Lannister divenne lord in modo molto più significativo. Joffrey gli concesse le terre, il castello e i diritti che erano stati della Casa Darry, il cui ultimo componente, un lord bambino, era perito nei combattimenti nelle terre dei fiumi, «senza lasciare dietro di sé alcun erede di sangue Darry, ma solo un cugino bastardo».

Ser Lancel non si presentò ad accettare il titolo. Girava voce che la ferita ricevuta in battaglia potesse costargli un braccio, o addirittura la vita. Si diceva che anche il Folletto fosse in punto di morte, a causa di una spaventosa ferita alla testa.

«Lord Petyr Baelish» chiamò l'araldo.

E lord Baelish venne avanti, in tutte le sfumature del rosa e del prugna, con il mantello disseminato di usignoli. Sansa notò che sorrideva nell'inginocchiarsi al cospetto del Trono di Spade. "Sembra così compiaciuto." Non le risultava che Ditocorto avesse compiuto alcun atto particolarmente eroico durante la battaglia, ma lo stavano comunque onorando come tutti gli altri guerrieri.

Ser Kevan Lannister si alzò nuovamente in piedi: «È volontà della grazia del re che il suo leale consigliere Petyr Baelish sia ricompensato per il fedele servizio verso la corona e verso il reame. Sia quindi noto che a lord Baelish è concesso il castello di Harrenhal, con tutte le terre e gli introiti a esso connessi, in modo che egli possa farne il seggio da cui dominare quale lord supremo del Tridente. Petyr Baelish, i suoi figli e i suoi nipoti manterranno detti privilegi e ne godranno in perpetuità, e tutti i lord del Tridente lo omaggeranno quale loro signore di diritto. Il Primo Cavaliere del re e il concilio ristretto danno il loro consenso».

Ditocorto, che era ancora genuflesso, alzò lo sguardo su re Joffrey: «Ti ringrazio umilmente, Maestà. Immagino che questo significhi che dovrò darmi da fare a mettere al mondo figli e nipoti».

Joffrey rise. La corte rise con lui. "Lord supremo del Tridente" rimuginò Sansa. "E anche lord di Harrenhal." Non riusciva a capire come mai questo lo rendesse tanto felice. Come onori, erano gusci altrettanto vuoti del titolo di lord dato ad Hallyne il piromante. Harrenhal era una fortezza maledetta, tutti lo sapevano, e i lord del Tridente avevano giurato fedeltà a Delta delle Acque e alla Casa Tully e al re del Nord. Mai avrebbero accettato Ditocorto quale loro signore. "A meno che non vengano *costretti* a farlo. A meno che mio fratello e mio zio e mio nonno non vengano tutti sterminati." Il pensiero la riempì d'angoscia, ma poi disse a se stessa che si stava comportando da sciocca. "Robb li ha sempre sconfitti. Sconfiggerà anche lord Baelish, se sarà necessario."

Quel giorno, vennero investiti oltre seicento nuovi cavalieri. Avevano vegliato nel Grande Tempio di Baelor per l'intera notte, attraversando al mattino la città a piedi nudi, in modo da provare l'umiltà dei loro cuori. Ora si presentarono alla corte indossando tuniche di lana grezza, per ricevere il cavalierato dalla Guardia reale. Ci volle molto tempo, perché soltanto tre dei confratelli delle Spade Bianche erano disponibili per la procedura. Mandon Moore era caduto in battaglia, il Mastino era scomparso, Arys Oakheart era a Dorne di scorta alla principessa Myrcella, e Jaime Lannister era prigioniero di Robb a Delta delle Acque, quindi la Guardia reale era ridotta ai soli Balon Swann, Meryn Trant e Osmund Kettleblack. Ricevuto il cavalierato, gli uomini si alzavano, si affibbiavano il cinturone con la spada e si mescolavano agli altri cavalieri sotto le finestre. Molti nuovi ser avevano i piedi piagati e coperti di sangue a causa della marcia per la città, ma questo non impedì loro di ergersi alti e orgogliosi, così parve a Sansa.

Alla conclusione dell'estenuante cerimonia dell'investitura, la corte era diventata sempre più inquieta, e Joffrey era il più inquieto di tutti. Alcuni di quelli nella galleria avevano cominciato a uscire alla chetichella, ma i notabili nella sala, non potendo andarsene senza la licenza del re, erano in trappola. A giudicare dal modo in cui si agitava sul Trono di Spade, Joff non avrebbe chiesto di meglio che concederla, quella licenza, ma la sua giornata di lavoro era ben lungi dall'essersi conclusa. Adesso veniva il rovescio della medaglia: il momento dei prigionieri.

Anche di quel gruppo facevano parte grandi lord e nobili cavalieri: l'acido lord Celtigar del Granchio Rosso; ser Bonifer il Buono; lord Estermont, addirittura più avvizzito di Celtigar; lord Varner, il quale percorse tutta la sala zoppicando su un ginocchio, senza però accettare alcun aiuto; ser Mark Mullendore, di colorito terreo, con il braccio sinistro mutilato all'altezza del gomito; il fiero Ronnet il Rosso di Cava del Grifone; ser Dermot del bosco della Pioggia; lord Willum e i suoi figli Josua ed Elyas; ser Jon Fossoway; ser Timon il Raschiaspade; Aurane, il bastardo di Driftmark; lord Staedmon, detto l'Ammassasoldini; e centinaia di altri.

Coloro i quali avevano cambiato alleanze nel corso della battaglia dovevano solo giurare fedeltà a Joffrey, ma quelli che avevano combattuto per Stannis fino all'ultimo erano obbligati a parlare. Il loro destino dipendeva da quanto avrebbero detto. Se avessero implorato perdono per il loro tradimento, promettendo di servire con lealtà da quel momento in poi, Joffrey li avrebbe nuovamente accolti nella pace del re e avrebbe restituito loro terre e diritti. Eppure, alcuni rimasero duri e puri.

«Non credere che sia finita qui, ragazzino» avvertì un bastardo dei Florent o di qualche altra casa. «Il Signore della Luce protegge re Stannis ora e sempre. Tutte le tue spade e tutti i tuoi intrighi non serviranno a salvarti quando arriverà la tua ora.»

«La *tua* ora invece arriva qui e adesso.» Joffrey fece cenno a ser Ilyn Payne.

La Giustizia del re procedette a trascinare via l'uomo per tagliargli la testa. Ma era appena uscito che un cavaliere dall'aspetto solenne, con un cuore fiammeggiante cucito sulla tunica, si mise a urlare.

«È Stannis il vero re! Sul Trono di Spade siede un mostro, un abominio nato dall'incesto!»

«Silenzio!» grugnì ser Kevan Lannister.

«Joffrey è un verme nero che divora il cuore del reame!» continuò il cavaliere alzando ancora di più la voce. «Il buio è suo padre e la morte è sua madre! Distruggetelo, prima che vi corrompa tutti! Distruggeteli tutti, la Regina Puttana e il re verme, il vile nano, il ragno che sussurra e i falsi fiori!» Una delle cappe dorate gettò l'uomo a terra, ma lui andò avanti a urlare. «Il fuoco purificatore verrà! Re Stannis tornerà!»

Joffrey balzò in piedi: «Sono *io* il re! Uccidetelo! Uccidetelo! Lo comando!» e assestò un pugno sul bracciolo, con un gesto impulsivo, pieno di rabbia… dalle sue labbra carnose sfuggì un latrato di dolore: uno degli affilati rostri d'acciaio dello scranno appartenuto ad Aegon il Conquistatore lo aveva tagliato. In un attimo, il soffice tessuto color porpora della sua manica assunse una tonalità rosso cupo, inzuppandosi di sangue. Joffrey invocò: «*Mammmaaaa!*...».

Con tutti gli occhi puntati su Joffrey, l'uomo a terra riuscì a strappare la picca a una delle cappe dorate e la usò per rimettersi in piedi.

«Il Trono di Spade lo rifiuta!» urlò. «*Non è il vero re!*»

Cersei corse verso il trono, mentre lord Tywin rimase immobile come una statua. Gli bastò alzare un dito, uno solo. Ser Meryn Trant si fece avanti, con la spada sguainata. Le altre cappe dorate afferrarono l'uomo per le braccia. La fine fu rapida e brutale.

«*Non è il vero re!...*»

Riuscì a gridarlo un'ultima volta prima che la lama di ser Meryn gli attraversasse il petto da parte a parte.

Joffrey si abbandonò tra le braccia di sua madre. Tre maestri accorsero e aiutarono a trasportarlo via in fretta fuori dalla porta regale, sul fondo della sala. Poi, tutti cominciarono a parlare concitatamente. Le cappe dorate trascinarono via il cadavere, tracciando una scia rossa sul pavimento di pietra. Lord Baelish si lisciò la barba, mentre Varys si protendeva a bisbigliargli qualcosa all'orecchio. "Adesso ci lasceranno andare?" Sansa non avrebbe chiesto di meglio. Una massa di prigionieri era ancora in attesa, ma era impossibile dire se stessero per giurare fedeltà o per lanciare ulteriori maledizioni.

Lord Tywin Lannister si alzò in piedi. «Procediamo» dichiarò con voce forte, ferma. Una voce perentoria che impose il silenzio. «Coloro i quali desiderano chiedere perdono per il loro tradimento possono farlo. Non tollereremo altre follie.»

E con questo, il signore di Castel Granito si diresse al Trono di Spade, dove sedette su uno dei gradini della piattaforma, a meno di un metro dal pavimento.

La luce che entrava dalle alte finestre stava calando quando la sessione ebbe finalmente termine. Nell'andarsene dalla galleria, Sansa si sentiva stremata. Si chiese quanto potesse essere grave la ferita di Joffrey. "Dicono che il Trono di Spade sia pericolosamente crudele con quelli che non sono destinati a starci sopra."

Raggiunte le sue stanze, Sansa affondò il viso in un cuscino per soffocare il proprio grido di giubilo. "Dei misericordiosi, lo ha fatto: ha rinunciato a me davanti a tutti!" Quando una servetta le portò la cena, mancò poco che le desse un bacio. C'era pane abbrustolito e burro fresco, una densa zuppa di manzo, cappone e carote, pesche al miele. "Perfino il cibo ha un gusto migliore."

Calata la notte, indossò un mantello e raggiunse il parco degli dei. Ser Osmund Kettleblack, nella sua armatura bianca, montava la guardia al ponte levatoio del Fortino di Maegor. Sansa fece del suo meglio per sembrare afflitta quando gli augurò la buona sera. Dal modo in cui lui la guatò, non fu del tutto certa di essere stata convincente.

Dontos la stava aspettando tra le ombre del fogliame al chiaro di luna.

«Perché così triste?» gli chiese gaiamente Sansa. «Tu c'eri, hai sentito. Joffrey mi ha messa da parte. È finita, ha...»

«Oh, Jonquil, mia piccola Jonquil» le prese la mano. «Non capisci. Finita? Hanno appena cominciato.»

Sansa sentì il cuore che sprofondava: «Che cosa vuoi dire?».

«La regina non ti lascerà mai andare, mai. Sei un ostaggio troppo prezioso. E Joffrey... Cara, lui è ancora re. Se ti vuole nel suo letto, ti avrà nel suo letto. L'unica differenza è che, invece di figli di sangue puro, saranno dei bastardi quelli che seminerà nel tuo grembo.»

«*No!*» Sansa era sconvolta. «Mi ha lasciato andare, lui...»

«Sii forte» ser Dontos le diede un bacio umido su un orecchio. «Ho giurato di riportarti a casa, e adesso posso farlo. Il giorno è stato scelto.»

«Quando? Quando potrò andare?»

«La notte del matrimonio di Joffrey. Dopo la festa. Tutti i preparativi necessari sono stati fatti. La Fortezza Rossa sarà piena di estranei. Metà della corte sarà ubriaca e l'altra metà aiuterà Joffrey a portare a letto la sua sposa. Per un po' si dimenticheranno di te, e la confusione sarà nostra alleata.»

«Ma il matrimonio non avrà luogo prima di un altro intero ciclo di luna. Margaery Tyrell si trova ad Alto Giardino, sono partiti solo oggi per andare a prenderla.»

«Hai aspettato così a lungo, sii paziente ancora un po'. Guarda, ho qualcosa per te.» Ser Dontos frugò nella bisaccia e tirò fuori una ragnatela argentea, facendola penzolare dalle dita tozze.

Era una rete per capelli di fili intessuti d'argento, talmente sottile e delicata da sembrare leggera come un soffio di brezza. Sansa la prese e la osservò. Piccole gemme erano incastonate in corrispondenza di ogni incrocio, talmente scure che sembravano risucchiare la luce della luna.

«Che pietre sono queste?»

«Ametiste nere di Asshai delle Ombre. Il genere più raro, puro viola scuro, alla luce del sole.»

«È molto bella» disse Sansa "Ma è una nave di cui ho bisogno, non di una rete per i capelli."

«Più bella di quanto tu immagini, dolce bambina. È magica, vedrai. È giustizia, quella che tieni in mano. Vendetta per tuo padre.» Dontos si protese in avanti e la baciò di nuovo. «È *casa*.»

THEON

«Mio principe lord» maestro Luwin venne da lui appena i primi esploratori furono avvistati fuori delle mura. «Devi arrenderti.»

Theon rimase a fissare il piatto di frittelle di castagne, miele e salsicce al sanguinaccio che gli avevano portato per colazione. Dopo un'ennesima notte insonne aveva i nervi a fior di pelle. La sola vista del cibo gli faceva rivoltare lo stomaco.

«C'è stata qualche risposta da parte di mio zio?»

«Nessuna» rispose il maestro. «Né da parte di tuo padre a Pyke.»

«Manda altri uccelli.»

«Non servirà. Tempo che gli uccelli raggiungano...»

«*Mandali!*»

Theon allontanò il piatto con un gesto violento. Gettò le coperte di lato e si alzò dal letto di Ned Stark, nudo e inferocito.

«O forse mi vuoi morto? È questa la risposta, Luwin? Dimmi la verità.»

Il piccolo uomo grigio non aveva paura: «Il mio ordine esiste per servire».

«Servire, certo. Ma *chi*?»

«Il reame» disse maestro Luwin. «E Grande Inverno. Theon, c'è stato un tempo in cui ti ho insegnato a scrivere e far di conto, la storia e la strategia militare. Avrei potuto insegnarti molto di più, se solo tu avessi voluto apprendere. Non posso dichiarare di avere affetto per te, questo no, ma nemmeno posso dire di odiarti. E se anche ti odiassi, fino a quando tu terrai Grande Inverno, per giuramento sono obbligato a darti consiglio. Per cui, ecco il mio consiglio: *arrenditi*.»

Theon si allontanò da lui, chinandosi a raccogliere una cappa da terra. La scosse un paio di volte e se la mise sulle spalle. "Un fuoco, sì. Accenderò un fuoco, e metterò abiti puliti. Dov'è Wex? Non finirò nella tomba con dei vestiti sporchi."

«Non hai speranza rimanendo asserragliato qui» continuò il maestro. «Se il lord tuo padre avesse avuto intenzione d'inviarti rinforzi, a questo punto lo avrebbe fatto. È l'Incollatura che lo preoccupa. È là che verrà combattuta la battaglia decisiva per il Nord, tra le rovine del Moat Cailin.»

«Può anche essere» ribatté Theon. «Ma fino a quando io terrò Grande Inverno, ser Rodrik e i lord alfieri degli Stark non possono marciare verso sud cercando di prendere mio zio alle spalle.» "Non sono poi così sprovveduto come credi in materia di strategia militare, vecchio." «Ho vettovaglie sufficienti per reggere un anno di assedio, se necessario.»

«Non ci sarà nessun assedio. Forse passeranno un giorno o due costruendo scale e legando rampini alle funi. Ma non ci vorrà molto perché arrivino alle mura in cento e uno punti allo stesso momento. Può anche darsi che tu riesca a resistere, per un po', ma il castello cadrà comunque nel giro di un'ora dal primo assalto. Farai bene ad aprire le porte e a chiedere...»

«... chiedere che cosa, vecchio? Clemenza, forse? So bene quale genere di clemenza hanno in serbo per me.»

«C'è sempre un modo.»

«Sono nato nelle Isole di Ferro» gli ricordò Theon. «Ho i miei modi. Quale scelta mi hanno lasciato? No, non rispondere, ne ho abbastanza dei tuoi *consigli*. Ora muoviti: invia quegli uccelli messaggeri come ti ho ordinato. E di' a Lorren il Nero che voglio vederlo. E anche Wex. Voglio che la mia cotta di maglia sia pulita e che la mia guarnigione sia radunata nel cortile.»

Per un momento, Theon pensò che il maestro stesse per opporsi. Ma alla fine, Luwin fece un rigido inchino: «Come ordini».

L'adunata fu una cosa patetica. Gli uomini di ferro erano pochi, e il cortile grande.

«Gli uomini del Nord ci saranno addosso prima del tramonto» li arringò Theon. «Ser Rodrik Cassel e tutti i lord che hanno risposto al suo appello. Non ho intenzione di fuggire davanti a loro. Ho conquistato questa fortezza e intendo tenerla, voglio vivere e morire come principe di Grande Inverno. Ma non darò ordine ai miei uomini di morire con me. Se ve ne andate adesso, prima che il grosso delle forze di ser Rodrik si sia insediato, è possibile che ne usciate vivi.» Estrasse dal fodero la spada lunga e tracciò una linea nel terriccio. «Quelli di voi che vogliono rimanere con me a combattere, facciano un passo avanti.»

Nessuno aprì bocca. Rimasero immobili nelle loro maglie di ferro, pellicce e cuoio trattato. Ci furono alcuni scambi di sguardi. Urzen strisciò i piedi. Dykk Harlaw grugnì e sputò. Un esile soffio di vento agitò i lunghi capelli biondi di Endhear.

Theon ebbe l'impressione di annegare. "Ma perché mi sorprendo?" pensò cupamente. Suo padre gli aveva voltato le spalle, e anche tutti gli altri; i suoi zii, sua sorella, e perfino quell'orrido essere chiamato Reek, lo avevano abbandonato. Per quale motivo proprio i suoi uomini avrebbero dovuto dargli una prova di lealtà? Non c'era niente che lui potesse dire, niente che potesse fare. Poteva solamente rimanere là, al cospetto di quelle grandi mura grigie, sotto quel duro cielo livido, con la spada in pugno, ad aspettare, aspettare...

Wex, il suo scudiero muto, fu il primo ad attraversare la linea. Tre rapidi passi lo portarono a fianco di Theon, con la schiena ingobbita. Svergognato dal ragazzo, Lorren il Nero lo imitò, con una smorfia.

«Chi altri?» li imbeccò Theon.

Rolfe il Rosso si fece avanti. Poi Kromm. Verlag. Tymor e i suoi fratelli. Ulf il Fetido. Harrag Ladro di pecore. Quattro Harlaw e due Botley. Balena Kenned fu l'ultimo. Diciassette in tutto.

Urzen fu tra quelli che non si mossero, e anche Stygg, e tutti e dieci gli uomini che Asha aveva portato con sé da Deepwood Motte. «E allora, andate» Theon disse loro. «Correte da mia sorella. Sono certo che vi darà il benvenuto.»

Stygg ebbe quanto meno la buonagrazia di apparire pieno di vergogna. Gli altri se ne andarono senza dire una sola parola. Theon si girò verso i diciassette che avevano scelto di rimanere. «Ritorniamo sulle mura. Se gli dei dovessero risparmiarci, ognuno di voi rimarrà nella mia memoria.»

Lorren il Nero si trattenne anche dopo che gli altri furono tornati a prendere posizione: «Quando il combattimento avrà inizio, la gente del castello ci si rivolterà contro».

«Lo so, questo. Che cosa vorresti che facessi?»

«Farli fuori» rispose Lorren. «Tutti.»

Theon annuì: «È pronto il cappio?».

«Sì. Intendi usare quello?»

«Conosci un modo migliore?»

«Oh, sì. Prendo la mia ascia e vado a mettermi sul ponte levatoio. Che vengano pure. Uno alla volta, due, tre, non fa nessuna differenza. Nessuno di loro supererà quel ponte fino a quando tiro il fiato.»

"Vuole morire" si rese conto Theon. "Non è la vittoria che gli interessa, è una fine che possa essere cantata dai menestrelli." «Useremo il cappio.»

«Come preferisci» rispose Lorren, l'odio nello sguardo.

Wex lo aiutò a vestirsi per la battaglia. Sotto la tunica nera e il mantello dorato, c'era una cotta di maglia di ferro ben oliata, e sotto ancora uno strato di solido cuoio trattato. Armato e corazzato, Theon salì sulla torre di guardia all'intersezione tra le mura orientali e meridionali, in modo da osservare la propria catastrofe. I guerrieri del Nord stavano apprestandosi a circondare il castello. Era difficile stabilire quanti fossero, almeno un migliaio, forse il doppio. "Contro diciassette." Avevano portato catapulte e scorpioni. Non vide torri d'assedio in rombante movimento sulla Strada del Re, ma nella Foresta del Lupo c'era legno in abbondanza per costruire tutte quelle necessarie.

Theon scrutò i vessilli attraverso il tubo a lenti di Myr del maestro Luwin. L'ascia da battaglia dei Cerwyn sventolava da tutte le parti, e c'era anche l'albero dei Tallhart, il tritone di Porto Bianco. Più radi erano gli emblemi dei Flint e dei Karstark. Qua e là, vide addirittura l'alce-toro degli Hornwood. "Ma nessun Glover, di loro si è occupata Asha, né i Bolton di Forte Terrore. E nessun Umber è venuto giù dall'ombra della Barriera." Non che se ne sentisse il bisogno. Ben presto, il giovane Cley Cerwyn apparve portando un vessillo di pace su un alto palo, annunciando che ser Rodrik Cassel voleva parlamentare con Theon Voltagabbana.

Voltagabbana. Un nome amaro come la bile. Era andato a Pyke per condurre le navi lunghe di suo padre contro Lannisport, ricordò. «Vengo fuori tra breve» gridò verso il basso. «Da solo.»

«Il sangue chiama solo altro sangue» disapprovò Lorren il Nero. «I cavalieri potranno anche rispettare una tregua con altri cavalieri, ma non sono ugualmente attenti all'onore quando hanno a che fare con quelli che ritengono dei fuorilegge.»

Theon s'irrigidì: «Io sono il principe di Grande Inverno e l'erede delle Isole di Ferro. Ora vai a cercare la ragazza e fa' come ti ho ordinato».

Lorren il Nero gli scoccò un'occhiata omicida: «Sì, principe».

"Anche lui mi si è rivoltato contro" si rese conto Theon. Negli ultimi giorni, sembrava che perfino le pietre di Grande Inverno gli si fossero rivoltate contro. "Se morirò, morirò solo e abbandonato." E questo, quale altra scelta gli lasciava se non continuare a vivere?

Cavalcò fino al corpo di guardia con la corona in capo. Una donna stava tirando su acqua dal pozzo, e Gage il cuoco era in piedi sulla porta delle cucine. Celarono il loro odio verso di lui dietro sguardi vacui e facce inespressive come il granito. Ma lui lo percepì comunque.

Quando il ponte levatoio venne abbassato, un vento gelido salì dal fossato. Theon ebbe un brivido. "È il freddo, niente di più" cercò di convincere se stesso. "Perfino gli uomini coraggiosi rabbrividiscono." E fu tra gli artigli di quel vento che continuò ad avanzare, oltre la grata, attraverso il ponte levatoio. Le porte esterne si aprirono per lasciarlo passare. Nel superare le mura, ebbe la sensazione che i due ragazzini lo fissassero dall'alto con le loro cavità orbitali svuotate.

Ser Rodrik lo stava aspettando nella piazza del mercato, in sella al suo destriero. Accanto a lui, il meta-lupo degli Stark sventolava su un palo sorretto dal giovane Cley Cerwyn. Erano soli, a Theon non sfuggirono, però, gli arcieri appostati sui tetti delle case circostanti, né i picchieri alla sua sinistra, né lo schieramento di cavalieri sotto i vessilli con il tritone e il tridente della Casa Manderly. "Ognuno di loro mi vuole morto." Alcuni di quelli armati erano ragazzi con cui lui si era ubriacato, aveva giocato a dadi, era andato a puttane. Nulla di tutto questo lo avrebbe salvato se fosse caduto nelle loro mani.

«Ser Rodrik» Theon tirò le redini, fermando il cavallo. «Mi addolora doverci incontrare in simili circostanze.»

«E a me addolora dover aspettare per impiccarti.» Il vecchio guerriero sputò nel fango. «Theon Voltagabbana.»

«Io sono un Greyjoy di Pyke» gli ricordò Theon. «La cappa che mio padre mi diede porta l'emblema della piovra, non del meta-lupo.»

«Sei stato per dieci anni un protetto degli Stark.»

«Io invece dico ostaggio e prigioniero.»

«Allora lord Eddard forse avrebbe dovuto tenerti incatenato al muro di una segreta. Invece ti ha allevato tra i suoi figli, quei cari ragazzi che tu hai macellato. E io andrò nella tomba con la vergogna di averti addestrato nell'arte della guerra. Avrei dovuto piantartela nelle viscere, la spada, invece di mettertela in pugno.»

«Sono venuto qui a parlamentare, non a subire i tuoi insulti. Di' quanto hai da dire, vecchio. Che cosa vuoi da me?»

«Due cose» disse l'anziano cavaliere. «Grande Inverno e la tua vita. Da' ordine ai tuoi uomini di aprire le porte e di deporre le armi. Quelli che non hanno assassinato bambini, saranno liberi di andarsene con le loro gambe. Tu verrai trattenuto in attesa della giustizia di re Robb. Che gli dei abbiano pietà di te, quando lui ritornerà.»

«Robb non poserà mai più il suo sguardo su Grande Inverno»

dichiarò Theon. «Verrà stroncato sul Moat Cailin, farà la fine di ogni esercito del Sud da diecimila anni. Adesso siamo noi a tenere il Nord, ser.»

«Quello che tieni sono tre castelli» ribatté ser Rodrik. «E *questo* castello, io intendo riprenderlo, Voltagabbana.»

«Ecco le mie condizioni, vecchio» Theon semplicemente ignorò la battuta dell'anziano cavaliere. «Avete tempo fino al tramonto per disperdervi. A coloro di voi che giureranno fedeltà a Balon Greyjoy quale loro re e a me quale principe di Grande Inverno verranno garantiti i loro diritti e le loro proprietà e non subiranno alcun danno. Chi oserà sfidarci, verrà distrutto.»

Il giovane Cerwyn esclamò incredulo: «Ma sei pazzo, Greyjoy?».

«Solamente megalomane, ragazzo» ser Rodrik scosse il capo. «Theon ha sempre avuto un'opinione decisamente troppo alta di se stesso.» Puntò l'indice verso di lui. «Non credere che io abbia bisogno di attendere l'arrivo di Robb dall'Incollatura per fare i conti con te e la tua feccia. Ho quasi duemila uomini con me... e se quanto si dice è vero, tu ne hai a stento cinquanta.»

"In verità, sono diciassette." Theon si costrinse a sorridere. «Ho qualcosa di meglio dei guerrieri.» Sollevò un pugno chiuso alto sopra la testa, era il segnale che Lorren il Nero stava aspettando.

Le mura di Grande Inverno erano alle sue spalle, mentre ser Rodrik le aveva proprio di fronte. Non poteva non vedere quello che *doveva* vedere. Theon studiò la sua faccia. E quando il mento dell'anziano cavaliere si contrasse sotto i folti baffi bianchi, Theon seppe che aveva visto. "Non è sorpreso" pensò con tristezza. "Ma la paura c'è..."

«Questa è viltà» disse ser Rodrik. «Servirsi di una bambina... è ripugnante.»

«Oh, lo so bene» ribatté Theon. «Un piatto che anch'io ho assaggiato, o forse te ne sei dimenticato? Avevo dieci anni quando venni portato via dalla casa di mio padre, in modo che il grande re Robert e il suo grande amico lord Eddard potessero essere certi che lord Balon non avrebbe fomentato altre ribellioni.»

«*Non è la stessa cosa!*»

«Il nodo scorsoio che avevo intorno al collo non era di fune di canapa, è vero» Theon rimase impassibile. «Ma io lo sentivo comunque. E mi strangolava, ser Rodrik. Mi strangolava fino a togliermi il fiato.» Non se ne era mai reso conto fino a quel momento, ma quando le parole gli uscirono lui *seppe* che erano vere.

«Nessuno ti ha mai fatto del male.»

«E nessuno farà del male a tua figlia Beth, a meno che tu...»

«*Vipera!*» Ser Rodrik non lo lasciò neanche finire, la sua faccia era paonazza dietro i baffi candidi. «Ti ho dato la possibilità di salvare i tuoi uomini e di morire con un ultimo residuo di onore, Voltagabbana. Ma avrei dovuto sapere che era chiedere troppo a un assassino di bambini.» La sua mano si spostò sull'elsa della spada. «Dovrei farti a pezzi, qui, ora. In modo da mettere fine ai tuoi inganni e alle tue menzogne, per tutti gli dei.»

Theon non aveva paura di affrontare quel vecchio, ma con gli arcieri appostati tutto intorno e i cavalieri in attesa sarebbe stata una questione ben diversa. Nel momento in cui si fosse passati dalle parole alle spade, avrebbe avuto scarse possibilità di rientrare nel castello. «Fallo, ser» intimò Theon. «Onora il tuo giuramento, uccidimi... e guarderai la tua piccola Beth penzolare da quella corda.»

Le nocche di ser Rodrik erano livide, ma dopo un momento la sua mano si allontanò dall'elsa della spada: «Ho veramente vissuto troppo a lungo».

«Su questo, non sono in disaccordo, ser. Ora accetterai le mie condizioni?»

«Ho dei doveri verso lady Catelyn e la Casa Stark.»

«E che mi dici della tua casa? Beth è l'ultima del tuo sangue.»

Il vecchio cavaliere raddrizzò il busto: «Mi offro al posto di mia figlia. Rilasciala, e prendi me come ostaggio. Il castellano di Grande Inverno vale certamente più di una bambina».

«Non per me.» "Gesto coraggioso, il tuo, vecchio. Ma non sono stupido come credi." «E nemmeno per lord Manderly o per Leobald Tallhart, scommetto.» "La tua balorda pellaccia non vale più niente per nessuno." «No, terrò la ragazzina, invece. E la terrò al sicuro... Basta che tu faccia come ti ho ordinato. La sua vita è nelle tue mani.»

«Dei misericordiosi, Theon, come puoi fare questo? Tu sai che io devo attaccare! Ho *giurato*...»

«Se questo esercito sarà ancora sotto le mie mura prima che il sole tramonti, tua figlia Beth verrà impiccata» dichiarò Theon. «Un altro ostaggio la seguirà nella tomba alle prime luci dell'alba di domani, e poi un altro al tramonto. Fino a quando tu non te ne sarai andato, ogni alba e ogni tramonto segnerà la morte di qualcuno. E ti assicuro, non sono certo gli ostaggi che mi mancano.»

Non attese una risposta. Fece voltare Sorriso e si diresse di nuovo verso il castello. Partì lentamente, ma il pensiero di avere quegli arcieri alle spalle lo spinse ben presto a un rapido trotto. Dalle picche sulle mura, le piccole teste nere di catrame, macellate dai corvi, rimasero a fissarlo a ogni passo. Esattamente nel mezzo, c'era la piccola Beth Cassel, in lacrime, con il cappio al collo. Theon diede di speroni e lanciò Sorriso al galoppo. Gli zoccoli pestarono ritmicamente sulle assi del ponte levatoio, simili a un rullo di tamburi.

Nel cortile, smontò di sella e passò le redini a Wex. «Questo dovrebbe farli stare buoni» disse a Lorren il Nero. «Lo sapremo al tramonto. Fino a qual momento, porta via la ragazza dalle mura e tienila al sicuro da qualche parte.» Sotto gli strati di lana, cuoio e metallo, Theon era in un bagno di sudore. «Mi serve una coppa di vino. No. Anzi meglio un intero barile.»

Nella stanza da letto di Ned Stark era stato acceso il fuoco. Theon sedette vicino alle fiamme e si versò una coppa di rosso corposo preso dalle cantine del castello. Un vino greve quanto il suo umore. "Attaccheranno" pensò cupamente. "Ser Rodrik vuole bene a sua figlia, ma rimane il castellano di Grande Inverno, e più di qualsiasi altra cosa, rimane un cavaliere." Fosse stato Theon ad avere un cappio al collo, e suo padre al comando dell'esercito assediante, lord Balon avrebbe già fatto suonare i corni di guerra lanciando l'attacco, non c'era dubbio. Theon poteva ringraziare gli dei se ser Rodrik non era un uomo di ferro. Gli uomini delle terre verdi erano fatti di una pasta più molle, ma Theon non era del tutto certo che sarebbe stata molle quanto gli serviva.

In caso contrario, se il vecchio avesse dato l'ordine di attacco, Grande Inverno sarebbe caduta, Theon non si faceva illusioni. I suoi diciassette uomini sarebbero forse riusciti a uccidere avversari tre, quattro, magari anche cinque volte il loro numero, ma alla fine sarebbero stati sopraffatti.

Theon rimase a fissare le fiamme al di sopra dell'orlo della sua coppa di vino, rimuginando sull'ingiustizia di quello che stava accadendo. «Ho cavalcato a fianco di Robb Stark nel Bosco dei Sussurri» mugugnò a fior di labbra. Anche quella notte aveva avuto paura, ma non come adesso. Un conto era andare in battaglia circondato da amici, ben altro conto era morire solo e disprezzato. "Pietà" pensò miseramente.

Il vino non gli diede alcun conforto, così mandò Wex a prendergli l'arco e scese nel vecchio cortile interno. Rimase là, lanciando una freccia dopo l'altra contro i bersagli. Andò avanti fino a quando le spalle gli fecero male e le dita furono intorpidite e sanguinanti, fermandosi solo per andare a recuperare le frecce per un altro giro. "È con quest'arco che salvai la vita di Bran. Come vorrei poter salvare la mia." Donne vennero al pozzo, ma non si fermarono. L'espressione che videro sul suo volto le scacciò in fretta.

Alle sue spalle si ergeva la Torre Spezzata, la sua cima frastagliata come la corona di un re, là dove un incendio, molto tempo prima, aveva fatto crollare i piani superiori. Il sole proseguì il suo cammino nel cielo, e l'ombra della torre si mosse con esso, allungandosi progressivamente, un braccio nero che pareva estendersi a ghermire Theon Greyjoy. Quando il sole fu ormai calato a lambire le mura, fu preda dell'ombra. "Se impicco la ragazza, gli uomini del Nord attaccheranno immediatamente" Theon scoccò un'ennesima freccia. "Se non la impicco, sapranno che le mie sono solo vuote minacce." Incoccò di nuovo. "Non c'è via d'uscita, nessuna."

«Se tu avessi cento arcieri abili quanto lo sei tu» disse una voce calma alle sue spalle. «Forse riusciresti anche a tenere il castello.»

Theon si girò. C'era maestro Luwin in piedi alle sue spalle. «Vattene» gli disse. «Ne ho abbastanza dei tuoi consigli.»

«E della vita? Anche di quella ne hai abbastanza, mio lord principe?»

«Una sola altra parola» Theon sollevò l'arco. «E questa te la pianto dritta nel cuore.»

«Non lo farai.»

Theon tese l'arco, arretrando l'impennaggio di piume d'oca grigie della freccia a contatto della guancia: «Sei pronto a scommetterci?».

«Sono io la tua ultima speranza, Theon.»

"Non ho alcuna speranza..." Eppure qualcosa lo spinse ad abbassare l'arco di un palmo: «Non intendo fuggire».

«Non sto affatto parlando di fuga. Mettiti in nero.»

«I guardiani della notte?» Lentamente, Theon rilasciò la tensione dell'arco, puntando la freccia verso terra.

«Ser Rodrik Cassel ha servito la Casa Stark per tutta la sua vita. E la Casa Stark è sempre stata amica dei guardiani della notte. Ser Rodrik non si opporrà. Apri le porte, abbassa le armi, accogli le sue condizioni e lui *dovrà* consentirti di entrare nella confraternita.»

"Un confratello dei guardiani della notte..." Significava niente corona, niente figli, niente moglie... ma significava anche continuare a vivere, e con onore. Il fratello di Ned Stark, Benjen, aveva scelto il nero. E anche Jon Snow.

"Di abiti neri ne ho in abbondanza, basta che strappi via la piovra. Perfino il mio cavallo è nero. Potrei raggiungere un rango elevato, nella confraternita... capo dei ranger, forse addirittura lord comandante. Che se le tenga pure Asha le dannate Isole di Ferro, sono cupe quanto lei. Se servissi al Forte Orientale, potrei comandare una mia nave, e c'è cacciagione in abbondanza oltre la Barriera. Quanto alle donne, quale donna dei bruti non vorrebbe un principe nel suo letto?" Un sorriso strisciò sulla sua faccia. "Un mantello nero non può essere giudicato. Varrei tanto quanto gli altri..."

«*Principe Theon!*»

L'urlo improvviso lo scosse dalle sue fantasie. Kromm stava attraversando di corsa il cortile.

«Gli uomini del Nord!...»

Theon si sentì sopraffare da un senso di disperazione: «È l'attacco?».

Maestro Luwin gli afferrò il braccio: «C'è ancora tempo. Innalza il vessillo di pace...».

«Stanno combattendo» disse Kromm con urgenza. «Sono arrivati altri uomini, a centinaia. All'inizio, sembrava che si unissero a quelli già qui. Ma adesso li *attaccano*!»

«È Asha?» Che alla fine sua sorella fosse davvero venuta a salvarlo?

Kromm scosse il capo: «No, questi sono *uomini del Nord*, ti dico. Con un uomo insanguinato sullo stendardo».

"L'uomo scuoiato di Forte Terrore." Prima che venisse catturato, Reek apparteneva al Bastardo di Bolton, Theon lo ricordava. Era difficile credere che un essere di quel genere potesse spingere i Bolton a cambiare le loro alleanze, ma non sembrava esistere altra possibile spiegazione.

«Voglio vedere» decise Theon.

Maestro Luwin gli andò dietro. Quando arrivarono sulle fortificazioni, uomini morti e cavalli morenti erano disseminati su tutta la piazza del mercato appena fuori delle porte della fortezza. Non c'erano linee di battaglia distinguibili, ma solo un vortice caotico di vessilli e di lame. Grida e urla s'incrociavano nella fredda aria autunnale. Ser Rodrik sembrava avere la supremazia numerica, ma gli uomini di Forte Terrore erano meglio condotti, e avevano preso gli altri di sorpresa. Theon li osservò che caricavano, invertivano la marcia e caricavano di nuovo, riducendo a pezzi gli avversari ogni volta che questi cercavano di riorganizzarsi tra le case della città dell'inverno. Theon udì lo schianto delle asce contro gli scudi di quercia sovrastare il nitrire disperato dei cavalli mutilati. La locanda era in fiamme.

Lorren il Nero apparve accanto a lui, rimanendo in silenzio per parecchio tempo. Il sole era basso sull'orizzonte, immergendo campi e case in una sfumatura purpurea. Un esile, frantumato grido di dolore si dilatò fino alle mura della fortezza, un corno da guerra echeggiò da qualche parte tra le case che bruciavano. Theon osservò un uomo ferito che si trascinava, lasciandosi dietro una scia di sangue nell'estremo tentativo di raggiungere il pozzo al centro della piazza del mercato. Morì prima di arrivarci. Indossava un gilè di cuoio e un mezzo elmo di forma conica, ma nessun emblema distinguibile. Nulla che indicasse per chi avesse combattuto.

I corvi calarono attraverso la polvere bluastra del crepuscolo, insieme al baluginare delle prime stelle.

«I dothraki credono che le stelle siano gli spiriti dei caduti valorosi» disse Theon. Era stato maestro Luwin a insegnarglielo, molto tempo prima.

«Dothraki?»

«I nomadi a cavallo al di là del Mare Stretto.»

«Ah, loro.» La faccia di Lorren il Nero si contrasse sotto la barba fitta. «I selvaggi credono a qualsiasi stupidaggine.»

Con l'avanzare delle tenebre e il dilagare del fumo degli incendi, divenne difficile capire che cosa stesse accadendo là fuori. Il clangore dell'acciaio finì con lo svanire nel nulla. Le grida di battaglia e l'ululato dei corni da guerra furono sostituiti dai tetri gemiti di molte agonie. Alla fine, una colonna di uomini a cavallo emerse dalle volute di fumo. Alla loro testa c'era un cavaliere con l'armatura scura. Portava un elmo rosso opaco, dalle sue spalle pendeva un mantello rosa pallido: i colori di Forte Terrore. Tirò le redini proprio davanti alla porta principale di Grande Inverno, uno dei suoi uomini gridò che queste venissero aperte.

«Siete amici o nemici?» gridò in risposta Lorren il Nero.

«Quale nemico vi porterebbe doni così graziosi?»

L'uomo con l'elmo rosso fece un cenno con la mano guantata d'acciaio. Tre cadaveri vennero scaricati davanti alle porte. Una torcia fu spostata su di essi, in modo che i difensori sulle mura potessero vedere le facce dei morti.

«Il vecchio castellano» riconobbe Lorren il Nero.

«Insieme a Leobald Tallhart e Cley Cerwyn» completò Theon. Il lord ragazzino era stato colpito con una freccia a un occhio. A ser Rodrik mancava il braccio sinistro dal gomito in giù. Maestro Luwin si lasciò sfuggire un grido di sgomento, voltò le spalle alle fortificazioni e si accasciò.

«Quella gran scrofa di Manderly è stato troppo vigliacco per lasciare Porto Bianco» gridò di nuovo il cavaliere al di fuori delle mura. «Se no vi avremmo portato anche la sua, di carcassa.»

"Sono salvo" pensò Theon. Ma allora perché si sentiva così svuotato? Era la vittoria, il trionfo, la liberazione per cui aveva pregato. Guardò maestro Luwin. "Se penso a quanto sono stato vicino ad arrendermi..."

«Aprite le porte ai nostri amici» ordinò Theon Greyjoy. Quella notte sarebbe riuscito a dormire senza paura di quello che avrebbero portato i sogni. Forse.

Gli uomini di Forte Terrore superarono il fossato e i portali interni. Accompagnato da maestro Luwin e da Lorren il Nero, Theon scese a incontrarli nel cortile. Vessilli rosso pallido sventolavano alle estremità di poche lance, ma la maggior parte degli armati portavano asce da battaglia e spade lunghe, e scudi da battaglia mal ridotti per la furia dello scontro. Il cavaliere con l'elmo rosso smontò per primo.

«Quanti uomini hai perduto?» gli chiese Theon.

«Venti o trenta.»

La luce delle torce balenava sullo smalto scheggiato della celata. Sull'elmo e la corazza superiore erano dipinte la faccia e le spalle di un uomo scuoiato, lordo di sangue, con la bocca spalancata in un muto urlo di atroce sofferenza.

«Ser Rodrik aveva cinque volte i tuoi uomini.»

«È vero, ma credeva che fossimo amici. Un errore comune. Quando il vecchio idiota mi ha dato la mano, io mi sono preso metà del suo braccio. E poi gli ho mostrato la mia faccia» il condottiero di Forte Terrore afferrò l'elmo con entrambe le mani, lo tolse e se lo mise sul fianco.

«Reek...»

Theon lo riconobbe, pieno d'improvviso disagio. "Come ha fatto un servo a procurarsi un'armatura così ricca?"

«Reek?» L'uomo di Forte Terrore rise. «Quel lurido essere è morto.» Fece un passo avanti. «Colpa della ragazza. Se non fosse scappata così in fretta, il cavallo di Reek non si sarebbe azzoppato e forse saremmo riusciti a scappare. Quando ho visto gli altri avvicinarsi, gli ho dato il mio. Io avevo già finito con lei ed era il suo turno: a Reek piaceva farlo quando la carne era ancora calda. Sono stato costretto a trascinarlo via e a mettergli in mano i miei abiti... Stivali di pelle d'agnello e farsetto di velluto, cinturone con borchie d'argento, perfino la mia cappa d'ermellino. Va' al galoppo a Forte Terrore, gli ho detto, porta tutti i rinforzi che puoi. Prendi anche questo anello che mi ha dato mio padre, così sapranno che sono stato io a mandarti. Reek sapeva che è meglio non farmi mai troppe domande. Quando gli uomini di Grande Inverno lo abbatterono con una freccia, io avevo fatto in tempo a indossare i suoi stracci. Forse mi avrebbero impiccato lo stesso, ma fu l'unica via d'uscita che vidi.» L'uomo dell'elmo rosso si passò il dorso della mano sulla bocca. «E adesso, caro principe, tu mi hai promesso una donna, se non erro. Non ti ho portato solo duecento uomini, te ne ho portati tre volte tanti. E non si tratta di ragazzini inesperti della campagna, questi sono la guarnigione di mio padre.»

Theon *aveva* dato la sua parola. E non era questo il momento di rinnegarla. "Diamogli la sua libbra di carne, e facciamo i conti con lui più tardi."

«Harrag» chiamò. «Vai al canile, e porta qui Palla per...»

«Ramsay.» C'era un sorriso sulle labbra carnose dell'uomo dall'elmo rosso. Un sorriso che non raggiunse mai i suoi occhi glauchi. «Snow, mi chiamava mia moglie lady Hornwood prima di divorarsi le dita. Io però preferisco *Bolton*.» Il suo sorriso si distorse. «Per cui, è una ragazza dei cani che mi offri in cambio dei miei buoni servigi, non è forse così?»

C'era un tono nella sua voce che a Theon non piacque affatto. E nemmeno gli piacque il modo insolente in cui gli uomini di Forte Terrore lo stavano guardando. «Quella era stata la promessa.»

«La tua promessa puzza di merda di cane. E francamente, ne ho avuto abbastanza di cattivi odori. Per cui, credo proprio che mi prenderò quella che scalda il tuo letto. Com'è che si chiama? Kyra?»

«Ma sei impazzito?» ringhiò Theon. «Io ti...»

Il manrovescio del Bastardo di Bolton lo centrò in piena faccia. Sotto l'urto dell'acciaio a scaglie, Theon sentì lo zigomo andare in pezzi con uno scricchiolio raccapricciante. Poi, per lui il mondo si dissolse in un urlo di dolore.

Più tardi, Theon Greyjoy si ritrovò a terra. Rotolò sullo stomaco, mandando giù una boccata di sangue. "Le porte! Chiudete le porte!..." Ma nessun suono venne fuori. Ed era comunque troppo tardi.

Gli uomini di Forte Terrore avevano già sventrato Rolfe il Rosso e Kenned. Altri ancora stavano riversandosi dalle porte ancora spalancate, un unico fiume di maglie di ferro e di spade affilate. Lorren il Nero snudò il suo acciaio, ma ne aveva già quattro addosso. C'era un fischio nelle orecchie di Theon, e orrore tutto attorno a lui. Ulf cercò di correre verso la Sala Grande, un dardo di balestra gli perforò il ventre. Theon vide maestro Luwin venire verso di lui. Un cavaliere su un cavallo da guerra lo trafisse alla schiena con la lancia, quindi fece voltare il cavallo per pestarlo sotto gli zoccoli. Un altro degli uomini di Forte Terrore fece vorticare una torcia sopra la testa, lanciandola poi sul tetto di legno delle stalle.

«*Lasciate a me i Frey!*» la voce del Bastardo di Bolton soverchiò il ruggito delle fiamme. «*Bruciate il resto. Bruciate tutto… tutto!*»

L'ultima cosa che Theon Greyjoy vide fu Sorriso, il suo cavallo, che erompeva dalle stalle divorate dalle fiamme con la criniera incendiata, nitrendo, impennandosi…

TYRION

Sognò un soffitto di pietra pieno di crepe, il tanfo del sangue, della merda e della carne bruciata. L'aria era piena di fumo acre. Tutto intorno a lui, uomini gemevano e si lamentavano. A volte, un urlo di sofferenza perforava l'atmosfera opaca. Quando cercò di muoversi, si rese conto di aver lordato il suo stesso letto. Il fumo che saturava l'aria gli faceva lacrimare gli occhi.

"Sto forse piangendo?" Non poteva permettere che suo padre se ne accorgesse. Era un Lannister di Castel Granito, lui. "Un leone. Devo essere un leone. Devo vivere da leone. E morire da leone."

Ma il dolore era spaventoso. Troppo debole anche per gemere, giacque immobile nella sua sozzura e richiuse gli occhi. Da qualche parte, una voce greve, monotona, stava bestemmiando gli dei. Tyrion rimase ad ascoltare quella ridda di cose blasfeme, chiedendosi se fosse giunta la sua ora. Dopo qualche tempo, la stanza svanì.

Era all'esterno della città, in marcia in un mondo privo di colori. Corvi neri si libravano nel cielo grigio con le loro ali nere. Dovunque lui si girasse, avvoltoi famelici stavano banchettando in mezzo a nubi vorticose. Vermi bianchi strisciavano in putrefazioni nere. I lupi erano grigi, come le sorelle del silenzio. Insieme strappavano la carne ai caduti. Il campo dei tornei era disseminato di cadaveri. Il sole brillava come una moneta bianca incandescente. I suoi raggi si riflettevano nel fiume grigio, sulla cui superficie affioravano gli scheletri delle navi distrutte. Dalle pire dei morti si levavano nere colonne di fumo e nembi di livide ceneri.

"Sono stato io" Tyrion Lannister non ne dubitava. "Io ho ordinato loro di andare a morire."

All'inizio, non c'erano suoni in quel mondo in bianco e nero. Ma dopo un po', cominciò a udire le voci dei morti, lievi e terribili. Piangevano e gemevano, implorando che il dolore avesse fine. Chiedevano aiuto, invocavano le loro madri. Tyrion non l'aveva mai conosciuta, sua madre. Voleva Shae, ma lei non c'era. Così camminò attraverso le ombre grigie da solo, cercando di ricordare...

Le sorelle del silenzio stavano togliendo ai caduti le armature e i vestiti. Dalle tuniche degli uomini distrutti, tutti i colori brillanti erano svaniti. Adesso erano ricoperti solo di sfumature del bianco e del grigio, e il loro sangue era nero e raggrumato. Osservò i loro corpi nudi presi per le braccia e per le gambe. Li osservò mentre venivano fatti oscillare, per poi essere gettati sulle pire insieme ai corpi che li avevano preceduti. Metallo e stoffe venivano gettati su un carro di legno bianco, trainato da una coppia di alti cavalli neri.

"Così tanti morti." I cadaveri giacevano inerti, le loro facce afflosciate, o irrigidite, o gonfie del gas della decomposizione. Facce irriconoscibili, nemmeno più umane. Gli indumenti che le sorelle gli avevano tolto erano decorati con cuori neri, leoni grigi, fiori morti, pallidi cervi spettrali. Le armature erano tutte ammaccate, squarciate. Le maglie di ferro sconnesse, lacerate, spezzate. "Perché li ho uccisi?" Aveva conosciuto quella risposta, un tempo. Ma adesso, per qualche ragione, l'aveva dimenticata.

Voleva chiederlo a una delle sorelle del silenzio, ma quando cercò di parlare, scoprì di non avere più la bocca. Pelle liscia, senza increspature, gli copriva i denti. Fu una scoperta che lo riempì di terrore. Come avrebbe fatto a vivere senza bocca? Cominciò a correre. La città non era distante e dentro la città, lontano da tutti questi morti, sarebbe stato al sicuro. Lui non apparteneva ai morti. Non aveva la bocca, ma era ancora un uomo vivo. "Anzi, un leone. Un leone vivo." Raggiunse la città. Ma trovò le porte sbarrate.

Erano calate le tenebre quando si svegliò nuovamente. All'inizio, non gli riuscì di distinguere nulla ma poi, poco per volta, apparvero i vaghi contorni di un letto. Le tende erano tirate, ma poteva vedere le colonne di legno intarsiato, e le falde del baldacchino di velluto sopra di lui. E sotto di lui, c'era il morbido abbraccio del materasso di piume, il cuscino era di piume d'oca. "Il mio letto. Sono nel mio letto, nella mia stanza."

Faceva caldo all'interno delle tende. Sotto il grande mucchio di pellicce e di coperte che lo avvolgevano, stava sudando. "Febbre" pensò nell'intontimento. Si sentiva molto debole. Quando cercò di sollevare una mano, il dolore lo trafisse come una pugnalata. Aveva l'impressione che la sua testa fosse diventata enorme, grande quanto tutto il letto, troppo pesante per riuscire a sollevarla dal cuscino. Il resto del corpo quasi non lo sentiva. "Come ho fatto ad arrivare qui?" Cercò di ricordare. Le immagini della battaglia ritornarono, una ridda di frammenti, di lampi sconnessi. Il combattimento lungo il fiume, il cavaliere che gli aveva offerto il guanto ferrato in segno di resa, il ponte formato dai relitti delle navi...

"Ser Mandon." Rivide gli occhi morti del cavaliere con l'armatura bianca, la sua mano protesa, le fiamme verdi dell'altofuoco riflesse nello smalto della corazza. La paura tornò a sommergerlo come una marea gelida. Sotto le lenzuola, sentì la vescica che cedeva. Avrebbe urlato, se avesse avuto una bocca per farlo. "No, quello era nel sogno." La testa continuava a pulsargli. "Aiutatemi, qualcuno mi aiuti. Jaime. Shae. Madre... qualcuno... Tysha..."

Nessuno udì. Nessuno venne. Da solo, nelle tenebre, ricadde nel sonno intriso dell'odore di piscio.

Sognò sua sorella, era in piedi accanto al letto, e il lord loro padre stava al suo fianco, con l'espressione aggrottata. *Doveva* essere un sogno. Lord Tywin si trovava migliaia di leghe lontano, nell'ovest, a combattere Robb Stark. Anche altri andarono e venirono. Varys lo guardò con un sospiro, e Ditocorto fece una battuta di spirito. "Fottuto bastardo traditore" pensò Tyrion, pieno di veleno. "Ti abbiamo mandato a Ponteamaro, ma tu non sei mai tornato indietro." A volte li udiva parlare gli uni con gli altri, ma non riusciva a capire che cosa stessero dicendo. Le loro voci gli ronzavano nelle orecchie come vespe dentro un'imbottitura di feltro.

Voleva chiedere chi aveva vinto la battaglia. "Dobbiamo avere vinto noi, diversamente la mia testa sarebbe infilzata su una picca. Se io sono vivo, vuol dire che abbiamo vinto." Non era certo di che cosa gli facesse più piacere: se la vittoria oppure il fatto di essere ancora in grado di articolare dei pensieri. Le sue facoltà mentali stavano tornando, lentamente, ma stavano tornando. Il che era un bene. La sua mente era tutto quello che aveva.

Al risveglio successivo, le tende erano state tirate e Podrick Payne era in piedi accanto a lui, reggendo una candela. Quando vide Tyrion aprire gli occhi, corse subito via. "No! Non andare. Aiutami..." Cercò di chiamare, ma quello che uscì fu un gemito soffocato. "Sono senza bocca." Sollevò una mano verso la faccia, ogni movimento era causa di sofferenza e di incertezza. Là dove avrebbero dovuto incontrare carne, labbra denti, le sue dita trovarono della stoffa rigida. "Bende." Aveva la parte inferiore della faccia strettamente fasciata, una maschera di gesso indurito, con fori per respirare e per nutrirsi.

Poco dopo, Pod riapparve. Questa volta, con lui c'era un estraneo, un maestro, con tanto di tonaca e di catena dell'ordine della Cittadella. «Mio lord, non devi muoverti» mormorò il sapiente. «Sei gravemente ferito. Rischi di causarti danni ancora maggiori. Hai sete?»

Tyrion riuscì in qualche modo ad annuire. Il maestro inserì una cannuccia di rame nel foro del nutrimento e, con molta cautela, gli versò un liquido in gola. Tyrion deglutì, quasi senza sentire il sapore. Si rese conto troppo tardi che quel liquido era latte di papavero. Quando il maestro tolse la cannuccia, lui stava di nuovo scivolando nel sonno.

Sognò di essere a una festa, un banchetto di vittoria in una grande sala. Era seduto sullo scranno d'onore al centro della piattaforma, e tutti levavano i calici a lui, il loro eroe. C'era Marillion, il cantastorie che aveva attraversato con loro le Montagne della Luna. Cantava le temerarie imprese del Folletto, accompagnandosi con la sua arpa di legno. Perfino lord Tywin sorrideva in segno di approvazione. Quando la canzone ebbe termine, Jaime si alzò dal suo posto e ordinò a Tyrion d'inginocchiarsi. Con la sua spada dorata, lo toccò prima su una spalla e poi sull'altra e quando Tyrion si rialzò, era un cavaliere. Shae lo aspettava, pronta ad abbracciarlo. Lo prese per mano, ridendo e piena di brio, chiamandolo il suo gigante Lannister.

Si svegliò in una stanza fredda e vuota.

Le tende del letto erano state tirate di nuovo. C'era qualcosa che non andava ma non era in grado di capire che cosa. Lo avevano lasciato solo ancora. Spinse via le coperte e cercò di mettersi seduto, ma le fitte erano insopportabili. Tyrion aveva il respiro affannato e fu costretto a rinunciare. Il dolore alla faccia era il minore dei mali, tutta la parte destra del corpo era un unico incendio di sofferenza. Ogni volta che sollevava il braccio, una lama rovente gli affondava nel petto. "Ma che cosa mi è successo?" Perfino la battaglia, quando lui cercava di ricordare, pareva quasi un sogno. "Sono stato colpito più duramente di quanto mi fossi reso conto. Ser Mandon..."

Quella memoria lo spaventava, ma Tyrion s'impose di non lasciarla andare. Cercò di affrontarla, osservando, scrutando. "Ha cercato di uccidermi, nessun dubbio. E non si è trattato di un sogno. Mi avrebbe tagliato in due se Pod non... un momento: dov'è Pod?"

Digrignando i denti, si afferrò alle tende e tirò. I ganci cedettero e le tende vennero giù, parte sul letto, parte su di lui. Perfino quel piccolo sforzo lo aveva sfinito. La stanza gli girava intorno, pareti nude, ombre cupe, un'unica stretta finestra. Notò un baule che gli apparteneva, un mucchio disordinato di vestiti, la sua malconcia armatura. "Questa non è la mia stanza da letto" si rese conto. "Non è nemmeno la Torre del Primo Cavaliere." Qualcuno lo aveva spostato. Il suo urlo di rabbia venne fuori come un lamento soffocato. "Mi hanno messo qui dentro a morire." Fu il suo ultimo pensiero prima di chiudere nuovamente gli occhi. La stanza era fredda e umida, e lui stava bruciando.

Sognò un luogo migliore, una piccola casa confortevole sulla riva del mare, al tramonto. Le pareti erano storte e fessurate, il pavimento era in terra battuta, ma lui aveva sempre sentito il calore in quel posto, perfino quando il fuoco si spegneva.

"Lei mi prendeva sempre in giro quando accadeva" ricordò. "A me non veniva mai in mente di mettere altri ceppi sul fuoco, quello era sempre stato un compito dei servi." "Noi non abbiamo servi" faceva presente lei. "Tu hai me, sono io il tuo servo" rispondeva lui. "Un servo ben pigro. Che fine fanno i servi pigri a Castel Granito, mio lord?" e lui rispondeva: "Li baciamo". Questo portava sempre il sorriso sulle sue labbra: "Non ci credo proprio" diceva lei. "Scommetto invece che li picchiano." Ma lui non cedeva: "Li baciamo, invece... così". E le mostrava come. "Prima baciamo le loro dita, una a una, e poi i polsi, sì, l'incavo dei gomiti. E poi baciamo le loro strane orecchie, tutti i servi di Castel Granito hanno strane orecchie. E smettila di ridere! Baciamo le guance, il naso con quella gobba nel mezzo, ecco, così, e le loro fronti delicate, i capelli, le labbra... la bocca... mmmmm... così..."

Andavano avanti a baciarsi per ore, passando interi giorni non facendo altro che crogiolarsi nel letto, ascoltando il suono delle onde, accarezzandosi. Per Tyrion, il corpo di lei era meraviglioso, e lei sembrava trovare splendido il suo. A volte, lei cantava per lui. "Ho amato una fanciulla bionda come l'estate, con la luce del sole nei capelli." «Ti amo, Tyrion» gli diceva prima di addormentarsi, la notte. «Amo le tue labbra. Amo la tua voce, e le parole che mi dici e il modo gentile in cui mi tratti. Amo la tua faccia.»

«Anche la mia *faccia*?»

«Sì, sì! Amo le tue mani e come mi toccano. Il tuo uccello, sì, amo il tuo uccello, e quello che sento quando è dentro di me.»

«Anch'io ti amo, mia signora.»

«Amo pronunciare il tuo nome. Tyrion Lannister. Sta bene vicino al mio. Non Lannister ma l'altra parte. Tyrion e Tysha. Tysha e Tyrion. Tyrion. Mio lord Tyrion...»

"Menzogne" pensò lui. "Tutto finto, tutto per i soldi. Era una puttana, la puttana di Jaime, il regalo di Jaime, la mia signora delle menzogne." Il volto di lei parve dissolversi, svanendo dietro un velo di lacrime. Ma anche dopo che ogni traccia di lei fu scomparsa, Tyrion continuò a udire la sua voce, che lo chiamava, remota: «... Mio lord, riesci a sentirmi? Mio lord? Tyrion? Mio lord?...».

Nella nebbia del sonno narcotico, vide un morbido volto rosa proteso verso il suo...

«... Mio lord?»

«Mio lord Tyrion?»

... Era ritornato nella stanza fredda e umida, con le tende del baldacchino strappate. E la faccia su di lui era un'altra, non quella di Tysha. Una faccia troppo rotonda, con una leggera peluria castana.

«Hai sete, mio lord? Ho il tuo latte, il tuo buon latte. Non devi lottare, no. Non cercare di muoverti. Devi riposare.»

Il maestro aveva la cannuccia di rame in una mano e un'ampolla nell'altra. Quando si chinò ancora di più su di lui, la mano di Tyrion scivolò sotto la catena dell'ordine della Cittadella, l'afferrò, tirò. Il maestro lasciò cadere l'ampolla, disseminando il latte di papavero sulle coperte. Tyrion cominciò a torcere, e torcere. Torse fino a quando sentì gli anelli metallici affondare nel grasso collo dell'altro.

«*Basta... latte.*» Parole a metà strada tra un ringhio e un rantolo. Non fu nemmeno certo di averle pronunciate realmente. Ma doveva averlo fatto, perché il maestro smozzicò una risposta.

«Lascia, mio lord... ti prego... hai bisogno del latte, il dolore... la catena, no... lascia...»

La faccia rosa stava cominciando a diventare paonazza. Tyrion abbandonò la presa. Il maestro si allontanò dal letto, inspirando aria nei polmoni. Nella sua gola, là dove gli anelli della catena avevano fatto pressione, c'erano nitide tracce biancastre. Anche i suoi occhi erano biancastri. Tyrion sollevò una mano. Fece un gesto per chiedere che quella maschera rigida gli venisse tolta. Lo ripeté più volte.

«Tu vuoi... che ti tolgano le bende vero?» disse il maestro. «Ma io non penso... questa sarebbe... una pessima idea, mio lord. Non sei ancora guarito. E la regina...»

La sola menzione di Cersei spinse Tyrion a emettere una specie di ruggito. "Sei anche tu dalla sua parte, quindi?" Puntò un dito accusatore contro il maestro, serrando poi la mano a pugno. Per stritolare, strangolare: una promessa, a meno che l'idiota non facesse come lui gli stava ordinando.

Fortunatamente, l'idiota comprese: «Io... io farò come il mio lord comanda, questo è certo, ma... è una pessima idea, le ferite...».

«*Fallo.*» Tyrion parlò più forte, questa volta.

Con un inchino, il maestro lasciò la stanza. Rientrò pochi momenti dopo, portando un lungo coltello munito di una lama seghettata, una bacinella piena d'acqua, una pila di pezzuole pulite e svariate ampolle. Tyrion era riuscito a strisciare un po' indietro, in modo da sedere con la schiena appoggiata ai cuscini. Il maestro gli raccomandò di restare immobile, poi fece scivolare la lama sotto il bordo della maschera, vicino al mento. "Basterebbe un sussulto, e Cersei si sbarazzerebbe di me una volta per tutte." Tyrion poteva sentire la lama affondare nelle bende indurite, a pochi centimetri dalla sua gola.

Ma quell'uomo roseo e grassoccio non era una delle creature più coraggiose della sua cara sorella. Dopo qualche momento, Tyrion percepì l'aria fredda sfiorargli la guancia. E sentì dolore. Ma quello s'impose d'ignorarlo. Il maestro mise da parte i bendaggi ancora intrisi di pozione narcotica.

«Ora ti prego di rimanere immobile. Devo ripulire la ferita.»

Il suo tocco era gentile, l'acqua era calda, piacevole. *La ferita...* Nella memoria di Tyrion avvampò un folgorante lampo argenteo, un barbaglio improvviso, proprio davanti agli occhi.

«Adesso sentirai un po' male» avvertì il maestro.

Poi gli passò sulla faccia un pezzo di stoffa imbevuto di vino che sapeva di erbe. Ma fu molto peggio del previsto. Una specie di linea di fuoco attraversò la faccia di Tyrion, e fu come se un ferro arroventato gli risalisse lungo il naso. Le sue dita si contrassero sulle lenzuola. Inspirò in uno spasmo, ma in qualche modo riuscì a non urlare. Il maestro stava chiocciando come una vecchia gallina.

«Sarebbe stato meglio lasciare la maschera al suo posto fino a quando la carne non si fosse risanata, mio lord. Ma anche così, la ferita appare pulita. Bene, bene. Quando ti abbiamo trovato giù nelle cantine, insieme ai morti e ai morenti, le tue ferite erano sudicie. Hai una costola rotta, senza dubbio puoi sentirla. Il colpo di una mazza ferrata, forse. O forse una caduta, difficile a dirsi. E sei anche stato colpito da una freccia al braccio, all'attaccatura della spalla. Mostrava segni di necrosi, e per qualche tempo abbiamo temuto che tu potessi perdere l'arto. Ma l'abbiamo curata con vino bollente e vermi, e adesso sembra che stia guarendo normalmente...»

«Nome» gorgogliò Tyrion. «*Nome.*»

Il maestro ammiccò: «Ma... Tyrion Lannister, mio lord. Tu sei il fratello della regina. Ricordi la battaglia? A volte, le ferite alla testa...».

«Il *tuo* nome.» Tyrion sentiva la gola riarsa, la sua lingua pareva aver dimenticato come si faceva ad articolare le parole.

«Sono maestro Ballabar.»

«Ballabar...» ripeté Tyrion. «Porta lo specchio.»

«Mio lord, mi permetto di suggerire... Questo potrebbe essere, ehm, poco saggio... La tua ferita...»

«Portalo!» La sua bocca era rigida e dolorante, come se un pugno gli avesse spaccato le labbra a metà. «E da bere, vino, non papavero.»

Il maestro, rosso in faccia, si alzò e se ne andò in fretta. Tornò con una caraffa piena di pallido vino ambrato e un piccolo specchio con un'ornata cornice dorata. Si sedette sul bordo del letto, versò mezza coppa di vino e la sollevò fino alle labbra tumefatte di Tyrion. La bevanda era fresca, ma lui quasi non ne sentì il sapore.

«Altro vino» disse lui quando la coppa fu vuota.

Maestro Ballabar versò di nuovo. Al termine della seconda coppa, Tyrion Lannister si sentì sufficientemente forte per dare un'occhiata alla propria faccia.

Si voltò verso lo specchio, e fu incerto se ridere o piangere. Lo squarcio era lungo e distorto, partiva appena sotto l'occhio sinistro e terminava sul lato destro della mandibola. Tre quarti del naso non c'erano più, lo stesso valeva per un pezzo di labbro. Qualcuno aveva ricucito i lembi di carne usando filo di viscere di gatto. I goffi punti di sutura risaltavano lividi contro la carne ancora esposta, rossastra, solo parzialmente risanata.

«*Carino*» gorgogliò, gettando via lo specchio.

Adesso ricordava. Il ponte dei relitti delle navi. Ser Mandon Moore, la mano tesa, la spada che cala contro la sua faccia. "Se non mi fossi tirato indietro, quel fendente mi avrebbe staccato metà del cranio." Jaime aveva sempre detto che, tra tutti i cavalieri della Guardia reale, il più pericoloso era proprio Mandon Moore. Quei suoi occhi morti non davano alcuna indicazione di quale sarebbe stata la sua prossima mossa. "Non avrei mai dovuto fidarmi. Di *nessuno* di loro." Sapeva che ser Boros e ser Meryn erano fedeli a sua sorella, e adesso anche ser Osmund Kettleblack, ma era stato comunque portato a credere che per gli altri l'onore non fosse completamente perduto. "Cersei deve averlo pagato perché io non facessi ritorno dalla battaglia sul fiume. Che altri motivi potrebbero esserci? Non mi risulta di aver mai danneggiato ser Mandon in nessun modo." Tyrion si tastò la faccia sfiorando la carne distorta con le sue dita tozze. "Un altro bel regalo da parte della cara sorellina."

Il maestro era in piedi accanto a letto. Pareva un'oca pronta a spiccare il volo. «Mio lord, ecco... quasi certamente rimarrà una cicatrice...»

«*Quasi certamente?*»

La sua risata simile a un grugnito si tramutò in una smorfia di dolore. Era chiaro che sarebbe rimasta una cicatrice. Ed era anche chiaro che il suo naso *non* sarebbe ricresciuto nei prossimi giorni. Non che la sua faccia fosse mai stata una bellezza comunque.

«Così imparo a non giocare con le asce» sogghignò Tyrion. «Dove, siamo?» Parlare gli faceva male, ma lui era rimasto in silenzio per troppo tempo.

«Oh, ti trovi nel Fortino di Maegor, mio lord. Una stanza sopra la Sala da Ballo della regina. Sua Maestà voleva che tu fossi vicino a lei, in modo da potersi occupare di te personalmente.»

"Ci scommetto proprio." «Riportatemi nelle mie stanze» ordinò Tyrion. "Dove avrò intorno a me i *miei* uomini, il *mio* maestro. Ammesso che riesca a trovarne uno di cui mi fidi."

«Le tue... ecco, mio lord, non è possibile. Il Primo Cavaliere del re ora occupa quelli che erano stati i tuoi appartamenti.»

«Io sono il Primo Cavaliere.» Era sempre più stremato dallo sforzo di parlare. E sempre più confuso da quanto stava udendo.

Maestro Ballabar parve a estremo disagio: «No, mio lord... tu sei rimasto ferito, prossimo alla morte. Il lord tuo padre ha assunto quei doveri, adesso. Lord Tywin, lui è...».

«*Qui?*»

«Dalla notte della battaglia. Lord Tywin ha salvato tutti noi. Il popolino dice che è stato il fantasma di Renly, ma gli uomini più saggi sanno la verità. Sono stati il lord tuo padre e lord Tyrell, con il Cavaliere di Fiori e Lord Ditocorto. Hanno cavalcato attraverso le ceneri attaccando l'usurpatore Stannis alle spalle. È stata una grande vittoria. E adesso lord Tywin si è sistemato nella Torre del Primo Cavaliere, in modo da aiutare sua Grazia a ristabilire la giustizia nel reame, siano lodati gli dei.»

«Siano... lodati... gli dei» ripeté meccanicamente Tyrion. Il suo maledetto padre e il maledetto Ditocorto... e il *fantasma* di Renly? «Io voglio...» "Che cos'è che voglio?" Non poteva dire a quel Ballabar di andare a prendere Shae. Chi poteva mandare, di chi si poteva fidare? Varys? Bronn? Ser Jacelyn? «... il mio scudiero» concluse. «Pod. Payne.» "Era lui sul ponte di relitti... mi ha salvato la vita."

«Il ragazzo? Il ragazzo strano?»

«Ragazzo strano, sì. Podrick. Payne. Tu va'. Chiama *lui.*»

«Come desideri, mio lord.»

Maestro Ballabar annuì e se ne andò. Nell'attesa che seguì, Tyrion sentì che le sue forze tornavano ad abbandonarlo. Si chiese per quanto tempo fosse rimasto là dentro, a dormire. "E a Cersei non dispiacerebbe che io continuassi a dormire per sempre, ma non sarò così accondiscendente."

Podrick Payne fece timidamente il suo ingresso nella stanza da letto. «Mio lord?» Si avvicinò al letto con cautela. "Com'è possibile che un ragazzo così valoroso in battaglia sia tanto spaventato nella stanza di un malato?" si chiese Tyrion. «Io volevo starti vicino, ma il maestro mi ha mandato via.»

«Io ho mandato via *lui.* Ascolta. Parlare mi è difficile. Bisogno di vino dei sogni. *Vino dei sogni,* non latte di papavero. Va' da Frenken. Non Ballabar. Guardalo mentre lo prepara. Portalo qui.» Pod lanciò un'occhiata alla faccia di Tyrion, e distolse rapidamente lo sguardo. "Non posso certo dargli torto." «Io voglio» riprese Tyrion «le mie... guardie. Bronn. Dov'è Bronn?»

«Lo hanno fatto cavaliere.»

Perfino corrugare la fronte gli causava sofferenza: «Trovalo. Chiamalo».

«Come ordini, mio lord.»

Tyrion afferrò il ragazzo per il polso: «Ser Mandon?».

Il ragazzo ebbe un'espressione contratta: «I-i-i-o non vo-vo-vovolevo uc-c-c-c...».

«*Morto?* Sei certo? *Morto?*»

Podrick spostò il peso da un piede all'altro: «Annegato».

«Bene. Non dire nulla, di lui, di me. Nulla. A *nessuno.*»

Quando il giovane scudiero se ne andò, anche gli ultimi residui delle forze di Tyrion se ne erano andati. Giacque immobile e chiuse gli occhi. Forse avrebbe sognato nuovamente Tysha. "Chissà se la mia faccia le piacerebbe anche adesso" si chiese, con un po' di amarezza.

JON

Quando Qhorin il Monco gli disse di raccogliere della legna per accendere il fuoco, Jon seppe che la loro fine era vicina.

"Farà bene stare al caldo, anche solo per un po'" disse a se stesso, tagliando con l'accetta rami spogli dal tronco di un albero morto. Spettro sedeva sulle zampe posteriori, a osservare, silenzioso come sempre. "Ululerà per me quando sarò morto? Ululerà come fece il meta-lupo di Bran quando lui cadde dalla torre? E Cagnaccio, lontano, a Grande Inverno, e Vento Grigio e Nymeria, dovunque siano, anche loro ululeranno?"

La luna stava sorgendo da dietro una montagna e il sole stava calando dietro un'altra montagna mentre Jon accendeva il fuoco colpendo con la daga una pietra focaia. Quando Qhorin si avvicinò a lui le prime fiamme si stavano alzando dalla corteccia e dagli aghi di pino secchi.

«Timido come una vergine la prima notte di nozze» disse il grande ranger veterano in tono leggero. «E altrettanto attraente. A volte, ci dimentichiamo di quanto può essere bello il fuoco.»

Non sembrava proprio uomo da parlare di vergini e di notti di nozze. Per quanto Jon ne sapeva, Qhorin aveva passato tutta la vita nella confraternita in nero. "Avrà mai amato una donna, sarà mai stato sposato?" Avrebbe potuto chiederglielo. Invece si limitò a fare vento alle fiamme. Quando il fuoco scoppiettò vivido, si tolse i guanti irrigiditi per scaldarsi le mani e sospirò, chiedendosi se un bacio fosse altrettanto piacevole. Il calore si sparse nelle sue dita come burro fuso.

Il Monco sedette accanto al fuoco con le gambe incrociate, e il pulsare delle fiamme danzava sui lineamenti duri e squadrati del suo volto. Dei cinque ranger che dal Passo Skirling erano fuggiti nelle desolazioni rocciose degli Artigli del Gelo, loro erano gli unici rimasti.

Sulle prime, Jon aveva alimentato la speranza che Scudiero Dalbridge potesse bloccare i bruti sul valico. Ma più tardi era venuto il lontano richiamo di un corno, e tutti gli uomini della pattuglia avevano capito che il ranger lasciato a coprire la ritirata era caduto. Poi, avevano visto l'aquila librarsi nel cielo del crepuscolo, con le sue grandi ali grigio blu dispiegate. Stonesnake aveva afferrato l'arco, ma il rapace era uscito di tiro prima che lui potesse anche solo incoccare. Ebben aveva sputato, imprecando a denti stretti contro gli spiriti maligni e i metamorfi.

Avevano visto l'aquila altre due volte il giorno seguente, mentre il corno da caccia echeggiava alle loro spalle tra le montagne. E ogni volta, il suono sembrava un po' più forte, un po' più vicino. Al calar della notte, il Monco aveva detto a Ebben di prendere il suo cavallo e quello di Dalbridge e di tornare il più in fretta possibile verso il Pugno dei primi uomini, seguendo la medesima via che avevano fatto all'andata, per avvertire Mormont.

«Manda Jon» aveva eccepito Ebben. «Lui cavalca veloce quanto me.»

«Jon ha un altro compito da svolgere.»

«È ancora un ragazzo.»

«No» aveva ribattuto Qhorin. «È un guardiano della notte.»

Al sorgere della luna, Ebben era partito. Stonesnake lo aveva accompagnato verso est per un tratto, e poi era tornato indietro confondendo le tracce. Quindi, lui, Qhorin e Jon si erano rimessi in cammino verso sudovest.

Dopo di allora, i giorni e le notti erano parsi confondersi gli uni nelle altre. Dormivano in sella, fermandosi appena il tempo necessario per dare da mangiare ai cavalli, per poi mettersi nuovamente in marcia. Avevano cavalcato sulla nuda roccia, attraverso cupe foreste di conifere e cumuli di neve vecchia, su crinali congelati e al di là di ruscelli senza nome. A volte, Qhorin e Stonesnake tornavano indietro per confondere le orme, ma si trattava di una precauzione inutile. Erano osservati. Ogni alba, ogni tramonto, vedevano l'aquila levarsi al di sopra dei picchi, nulla più di un granello nell'immensità del cielo.

Stavano risalendo uno stretto canalone tra due picchi incappucciati di neve quando la pantera-ombra era schizzata fuori dalla sua tana. La belva si era trovata a neanche dieci metri da loro. Era magra e affamata, ma la sua comparsa era stata sufficiente per fare imbizzarrire il destriero di Stonesnake. Il ranger non era riuscito a trattenerlo. Nella caduta che era seguita sul ripido pendio, l'animale si era spezzato una gamba.

Spettro mangiò bene, quel giorno. E Qhorin aveva insistito che mescolassero il sangue del cavallo nel loro cibo, in modo da acquistare un po' più di forza. A Jon quel porridge color porpora era quasi andato di traverso, ma si era costretto a mandarlo giù comunque. Ognuno di loro aveva tagliato una dozzina di strisce di carne dalla carcassa, per masticarle durante la marcia, e aveva lasciato il resto alle pantere-ombra.

Stare in due su una sola sella non era possibile. Stonesnake si offrì di rimanere indietro ad aspettare quelli che stavano dando loro la caccia, cercando di prenderli di sorpresa. Forse sarebbe riuscito a portarne alcuni agli inferi con sé. Qhorin aveva rifiutato.

«Se nella confraternita esiste un uomo in grado di attraversare gli Artigli del Gelo da solo e a piedi, quell'uomo sei tu, fratello. Tu puoi scalare le montagne con la stessa facilità con cui un cavallo ci gira attorno. Dirigiti verso il Pugno dei primi uomini. Di' a Mormont quello che Jon ha visto, e come lo ha visto. Digli che gli antichi poteri si stanno risvegliando. Digli che affronterà mostri e giganti. Digli che gli alberi hanno nuovamente occhi.»

"Non ha nessuna possibilità di farcela." Questo aveva pensato Jon osservando Stonesnake scomparire oltre un crinale coperto di neve, minuscolo insetto nero che strisciava su un'enorme distesa di bianco.

Poi, le notti erano parse farsi sempre più fredde, sempre più solitarie. Non sempre Spettro era con loro, ma nemmeno era mai troppo lontano. Perfino quando erano separati, Jon poteva percepire la vicinanza del meta-lupo albino, e ne era lieto. Il Monco non era propriamente un uomo socievole. La lunga treccia grigia di Qhorin oscillava ritmicamente al movimento del cavallo. Spesso, cavalcavano per ore intere senza dire una parola, accompagnati soltanto dal raspare degli zoccoli sulla pietra e dal mormorio del vento, che tra quei picchi soffiava senza sosta. Non c'erano sogni nelle notti di Jon. Né i lupi, né i suoi fratelli, né altro. "Nemmeno i sogni possono esistere quassù" aveva detto a se stesso.

«È affilata la tua spada, Jon Snow?» gli domandò Qhorin dalla parte opposta del fuoco.

«La mia spada è in acciaio di Valyria. Me l'ha data il Vecchio Orso.»

«Ricordi le parole del tuo giuramento?»

«Sì.» Non erano parole che si potessero dimenticare. Una volta pronunciate non c'era più ritorno; cambiavano la vita di un uomo per sempre.

«Ripetile insieme a me, Jon Snow.»

«Se così desideri.»

Le loro voci si fusero in una sola sotto la luna sorgente, mentre Spettro rimaneva ad ascoltare e le montagne erano loro testimoni.

«Cala la notte, e ha inizio la mia guardia. Non si concluderà fino alla mia morte. Io non avrò moglie, non possiederò terra, non sarò padre di figli. Non porterò corona e non vorrò gloria. Vivrò e morirò al mio posto. Sono la spada nelle tenebre. Sono la sentinella che veglia sul muro. Sono il fuoco che arde contro il freddo, la luce che porta l'alba, il corno che risveglia i dormienti, lo scudo che protegge i regni degli uomini. Consacro la mia vita e il mio onore ai guardiani della notte, per questa notte e per tutte le notti a venire.»

Quando ebbero finito, gli unici suoni furono il debole crepitio del fuoco e un lontano sussurrare del vento. Jon aprì e richiuse le dita ustionate, ripetendo quelle parole nella sua mente, pregando gli dei di suo padre di dargli la forza di morire con coraggio quando fosse giunta la sua ora. Ormai, non ci sarebbe voluto molto tempo. I loro cavalli erano allo stremo, Jon dubitava che quello di Qhorin potesse reggere un altro giorno.

La fiamme si erano abbassate, il loro calore stava svanendo. «Presto il fuoco si spegnerà» disse Qhorin. «Ma se la Barriera dovesse cedere, anche tutti gli altri fuochi si spegneranno.»

Jon non trovò niente da dire in risposta. Annuì e basta.

«Potremmo ancora sfuggirgli» aggiunse il ranger. «O forse no.»

«Non ho paura di morire.» Ma era solo una mezza verità.

«Forse non è così semplice, Jon.»

Lui non riuscì a capire: «Che cosa intendi?».

«Se dovessero prenderci, dovrai arrenderti.»

«Arrendermi?» Jon socchiuse gli occhi, incredulo. I bruti non facevano prigionieri degli uomini che chiamavano corvi neri. Li uccidevano, a meno che... «Gli unici che risparmiano sono quelli che rinnegano il loro giuramento. Quelli come Mance Rayder.»

«E come te.»

«No.» Jon scosse il capo. «Mai. Non lo farò.»

«Lo farai, invece. Te lo ordino.»

«Me lo ordini? Ma...»

«Il nostro onore non conta molto più delle nostre vite, l'importante è che il reame sia al sicuro. Sei o no un uomo dei guardiani della notte?»

«Sì, ma...»

«Non c'è nessun *ma*, Jon Snow. O lo sei o non lo sei.»

Jon raddrizzò il busto: «Lo sono».

«E allora sta' a sentire» continuò il Monco. «Se veniamo catturati, tu andrai con loro, come quella ragazza selvaggia che avevi catturato ti ha detto di fare. Ti chiederanno di fare a pezzi il tuo mantello, di prestare giuramento sulla tomba di tuo padre, di maledire i tuoi confratelli e il tuo lord comandante. Non dovrai esitare, qualsiasi cosa ti chiedano. Farai quello che vorranno... ma nel tuo cuore, ricorda chi sei e che cosa sei. Cavalca con loro, mangia con loro, combatti con loro per tutto il tempo necessario. E *osserva.*»

«Ma osservare *che cosa*?»

«Vorrei saperlo» rispose Qhorin. «Il tuo lupo ha visto i loro scavi nella valle del Fiumelatte. Che cosa stavano cercando in un luogo così tetro, così remoto? L'hanno trovata? È questo che devi scoprire prima di fare ritorno da lord Mormont e dai tuoi confratelli. E questa è la missione che ti affido, Jon Snow.»

«Farò come tu vuoi» disse Jon, con riluttanza. «Ma... tu glielo dirai, non è vero? Quanto meno al Vecchio Orso? Gli dirai che non ho infranto il mio giuramento.»

Qhorin il Monco lo scrutò da oltre le fiamme, i suoi occhi erano due pozze di tenebre. «La prossima volta che lo vedrò, lo farò. Te lo giuro.» Accennò al fuoco. «Ancora legna, lo voglio vivido e caldo.»

Jon andò a tagliare altri rami, spezzandoli in due prima di gettarli ad alimentare le fiamme. L'albero era morto da molto tempo ma, nel fuoco, parve tornare alla vita, come se danzatori infuocati si risvegliassero nei pezzi di legno, roteando nei loro abiti gialli, rossi e arancione.

«Basta» disse Qhorin all'improvviso. «Rimettiamoci in sella.»

«In sella?» Oltre il fuoco, l'oscurità era fitta, e la notte fredda. «Per andare dove?»

«Indietro» Qhorin montò sul suo cavallo sfinito. «Il fuoco li attirerà in avanti, spero. Vieni, fratello.»

Jon infilò nuovamente i guanti e sollevò il cappuccio della cappa. Perfino i cavalli sembravano riluttanti ad allontanarsi dal fuoco. Il sole era tramontato da un pezzo. Il chiarore argenteo della mezza luna era l'unica luce a illuminare il terreno insidioso che si erano lasciati alle spalle. Jon non aveva idea di che cosa Qhorin avesse in mente, ma forse c'era davvero una possibilità di farcela. Almeno così sperava. "Non voglio infrangere il giuramento, nemmeno per una valida ragione."

Avanzarono con cautela, silenziosi, per quanto era possibile a due uomini a cavallo, e tornarono sui loro passi fino a raggiungere l'imboccatura di uno stretto canalone dove un esile corso d'acqua gelida scorreva tra due montagne. Jon ricordava quel luogo. Vi avevano abbeverato i cavalli prima del tramonto.

«L'acqua sta cominciando a gelare» osservò Qhorin girandosi sulla sella. «Altrimenti, avremmo potuto cavalcare nel letto del torrente. Ma se lo facessimo, spezzeremmo la crosta di ghiaccio e i bruti vedrebbero le tracce. Teniamoci vicini alla parete di roccia. Meno di un chilometro più avanti c'è un'ansa dove possiamo nasconderci.»

Più proseguivano, più le pareti di roccia si avvicinavano l'una all'altra. Seguirono il corso del torrente illuminato dalla luna risalendo verso la sorgente. Formazioni di ghiaccio si erano aggregate dalle sponde, ma sotto l'esile crosta gelata Jon continuava a sentire il mormorio dell'acqua.

A metà tragitto, dove una sezione della parete rocciosa era crollata, una grande frana sbarrava loro la strada, ma i loro destrieri furono comunque in grado di trovare un tracciato sicuro per superarla. Al di là, le pareti si stringevano ancora e il corso d'acqua li portò ai piedi di un'alta cascata vorticosa. L'aria era piena di gocce sospese come il respiro di una grande bestia del gelo. Le acque della cascata brillavano argentee ai raggi della luna. Jon si guardò attorno con angoscia. "Non c'è via d'uscita qui." Lui e Qhorin sarebbero forse riusciti a scalare le pareti, ma non con i cavalli. Jon non sapeva che, una volta a piedi, non sarebbe stato in grado di resistere per molto.

«In fretta, ora» ordinò il Monco.

Il grande ranger in sella al piccolo cavallo avanzò sulle pietre rese viscide dal ghiaccio. Avanzò dritto sotto la cascata... e scomparve. Non riemerse. A quel punto, Jon diede di speroni e gli andò dietro. Il suo cavallo fece del suo meglio per scartare. L'acqua li colpì con pugni gelidi. Il freddo tolse a Jon il respiro.

E poi fu dall'altra parte, fradicio e intirizzito, ma dall'altra parte.

La fenditura nella roccia era appena sufficiente per consentire il passaggio di un uomo a cavallo. Al di là, le pareti di roccia si allargavano e il terreno diventava di sabbia cedevole. Jon sentì piccoli ghiaccioli formarsi nella sua barba. Spettro emerse a sua volta dalla cascata con un impeto furibondo. Poi si scrollò l'acqua dalla pelliccia, annusò le tenebre in modo guardingo e infine alzò la zampa contro una roccia. Qhorin era già smontato, Jon lo imitò: «Tu sapevi che c'era questo posto».

«Quando avevo la tua età, sentii un confratello raccontare di come aveva inseguito una pantera-ombra attraverso queste cascate.» Tolse la sella, staccò morso e briglie e fece scorrere le dita sulla criniera arruffata del cavallo. «C'è un sentiero che porta nel cuore stesso della montagna. All'alba, se ancora non ci avranno trovato, ci rimetteremo in cammino. Il primo turno di guardia spetta a me, fratello.»

Qhorin si sedette sulla sabbia, la schiena contro la pietra, nulla più di una vaga forma nera nell'oscurità della caverna. Nel rombo dell'acqua che cadeva, Jon udì il suono attutito dell'acciaio contro il cuoio. Il Monco aveva estratto la spada.

Jon si tolse la cappa bagnata, ma era troppo freddo e umido per spogliarsi ulteriormente. Spettro si sistemò accanto a lui, leccandogli un guanto prima di raggomitolarsi a dormire. Jon fu grato del calore che emanava dall'animale. Si chiese se il fuoco che avevano acceso stesse ancora bruciando, o se invece si fosse ormai spento. "Se la Barriera dovesse cedere, anche tutti gli altri fuochi si spegneranno." La luna continuò a brillare attraverso la cortina della cascata, tracciando tremolanti linee pallide sulla sabbia. Dopo qualche tempo, anch'esse svanirono e rimasero soltanto le tenebre.

Insieme al sonno, vennero gli incubi. Sognò castelli che bruciavano e uomini morti che risorgevano dalle loro tombe. Era ancora buio quando Qhorin venne a svegliarlo. Mentre il Monco dormiva, Jon rimase seduto con la schiena contro la parete della caverna, ascoltando la cascata e aspettando l'alba.

Alle prime luci mangiarono un po' di carne di cavallo, sellarono nuovamente le loro cavalcature e si affibbiarono i mantelli neri sulle spalle. Durante il suo turno, il Monco aveva messo insieme una mezza dozzina di torce, imbevendo zolle di muschio secco con l'olio che portava nella sacca da sella. Dopo aver acceso la prima, s'inoltrò a piedi ancora più in profondità nel buio, reggendo in alto la debole fiamma. Jon lo seguì con i cavalli. Il sentiero roccioso era pieno di svolte, angoli improvvisi, salite, discese e altre salite ancora più ripide. In certi punti, era talmente stretto che fu difficile convincere i cavalli a passare. "Quando usciremo di qui, li avremo seminati" si disse Jon avanzando. "Neppure un'aquila può vedere attraverso la solida roccia. Cavalcheremo fino al Pugno dei primi uomini e diremo al Vecchio Orso tutto quello che sappiamo."

Ma quando riemersero nella luce del giorno, molte ore più tardi, trovarono l'aquila che li aspettava, appollaiata su un albero morto una trentina di metri più in alto. Spettro balzò sulle rocce per catturarla, ma l'aquila dispiegò le grandi ali e spiccò il volo.

Le mascelle di Qhorin si serrarono mentre seguiva il suo volo con lo sguardo. «Per affrontarli, va bene anche qui» dichiarò. «L'imboccatura della caverna ci protegge dall'alto, e non possono arrivarci da dietro senza passare dentro la montagna. È affilata la tua spada, Jon Snow?»

«Sì.»

«Diamo da mangiare ai cavalli. Ci hanno servito coraggiosamente, povere bestie.»

Jon diede l'ultima biada al suo animale, mentre Spettro si aggirava inquieto tra le rocce. Si infilò meglio i guanti, flettendo le dita bruciate. "Sono lo scudo che protegge i regni degli uomini." Tra le montagne, echeggiò un corno da caccia. Qualche momento dopo, Jon udì l'abbaiare dei cani.

«Ci saranno addosso molto presto» avvertì Qhorin. «Tieni vicino il tuo lupo.»

«Spettro, da me» chiamò Jon. Il meta-lupo tornò con riluttanza al suo fianco, con la coda rigida e sollevata.

I bruti apparvero sulla sommità di un crinale a meno di un chilometro di distanza. I loro mastini corsero avanti per primi, ringhianti bestie dal pelo grigio e marrone, con ben più di qualche goccia di sangue di lupo nelle vene. Spettro mostrò le zanne, mentre la pelliccia gli si rizzava sul dorso.

«Buono» mormorò Jon. «Resta.» Sopra di lui, udì un battito d'ali. L'aquila si posò su uno sperone di roccia e lanciò un grido di trionfo.

I cacciatori, forse nel timore di venire bersagliati dalle frecce, si avvicinarono con cautela. Jon contò quattordici uomini e otto cani. I loro ampi scudi rotondi erano fatti di pelli tese su telai di vimine intrecciato, con un teschio dipinto al centro. Circa metà dei bruti indossava primitivi elmi di legno e cuoio trattato. Su ambo i fianchi dello schieramento, gli arcieri incoccarono frecce su piccoli archi di legno e corno, ma non lanciarono. Il resto sembrava armato di lance e mazze. Uno portava un'ascia di pietra tutta scheggiata. Indossavano solo pezzi di armature, sottratte ai corpi dei ranger morti o rubate durante le incursioni. I bruti non erano né minatori né fonditori, a nord della Barriera c'erano pochi fabbri e ancora meno forge.

Qhorin estrasse la sua spada lunga. La storia di come fosse stato il maestro di se stesso per imparare a combattere con la mano sinistra dopo aver perduto metà della destra era parte della sua leggenda di guerriero. Dicevano che fosse diventato addirittura più abile nel maneggiare la spada. Jon rimase spalla a spalla con lui, snudando Lungo artiglio dal fodero sulla schiena. Nonostante l'aria gelida, sentiva il sudore bruciargli gli occhi.

I cacciatori si fermarono a una decina di metri sotto l'imboccatura della caverna. Il loro capo venne avanti da solo, cavalcando una bestia che sembrava più un caprone che un cavallo, tanto agevolmente le sue zampe avanzarono sull'ineguale pendio di roccia. Mentre cavallo e cavaliere si avvicinavano, Jon udì un cozzare ripetuto a ogni passo: portavano entrambi corazze fatte d'ossa. Ossa di vacca, ossa di pecora, ossa di capra e di uri e di alce, le grandi ossa dei pelosi mammut… e anche ossa di uomini.

«Rattleshirt» lo salutò Qhorin, con glaciale cortesia.

«Per i corvi, io sono il Lord delle Ossa.» L'elmo del bruto era ricavato dal teschio spezzato di un gigante, e lungo le braccia aveva artigli d'orso cuciti nel cuoio.

«Io non vedo nessun lord» grugnì Qhorin. «Vedo solo un cane vestito d'ossa di pollo, che quando cavalca sbatacchia tutto.»

Il bruto emise un sibilo di rabbia, la sua cavalcatura si impennò. E in effetti, *sbatacchiava,* Jon lo udì perfettamente. Le ossa erano lasche, e a ogni movimento urtavano le une contro le altre.

«Sono le tue ossa che presto faranno questo rumore, Monco. Cuocio la carne per spolparla dalla tua carcassa e con le tue costole mi faccio un'armatura. Ti strappo i denti per farmi le rune, e mi mangio il porridge dal tuo cranio.»

«Vuoi le mie ossa? Perché non vieni a prenderle?»

Ma questo, il Lord delle Ossa sembrava riluttante a farlo. La supremazia numerica dei bruti contava poco negli spazi ristretti in cui i due guardiani della notte avevano deciso di affrontarli. Per tirarli fuori dalla caverna, i bruti sarebbero stati costretti ad attaccare due alla volta. Un altro del gruppo, però, si fece avanti sul suo cavallo, una delle donne guerriere chiamate "mogli di lancia". «Noi siamo quattro-e-dieci contro due, corvo, e otto cani contro il tuo lupo» disse. «Combatti o corri, siete nostri lo stesso.»

«Fagli vedere» ordinò Rattleshirt.

La donna infilò la mano in un sacco chiazzato di sangue e tirò fuori un trofeo. Ebben era stato calvo come un uovo, così fu costretta a far penzolare il suo cranio mozzato reggendolo per un orecchio. «È morto con coraggio» ammise.

«Ma è morto» disse Rattleshirt. «Come voi due.»

Brandì la sua ascia bipenne da battaglia e la levò alta sopra la testa. Era un buon acciaio, con entrambi i tagli così affilati che scintillavano. Era appartenuta a Ebben, il quale non era stato uomo da trascurare le sue armi. Gli altri bruti vennero ad ammassarsi alle spalle del Lord delle Ossa, lanciando grida di scherno. Alcuni di loro scelsero Jon come bersaglio.

«È il tuo lupo quello lì, ragazzino?» disse un magrolino, sventolando la fionda. «Prima che il sole vada giù, diventerà la mia cappa.»

All'estremo della fila, un'altra moglie di lancia aprì la pelliccia sbrindellata che indossava, mostrando a Jon un pesante seno bianco. «Il bimbo vuole la sua mamma? Vieni un po' a succhiare queste, ragazzino.»

Anche i cani stavano abbaiando.

«Cercano di provocarci per farci fare qualche sciocchezza» Qhorin diede a Jon una lunga occhiata. «Ricorda i tuoi ordini.»

«Mi sa che dobbiamo snidare i corvi» ruggì Rattleshirt al di sopra del clamore generale. «Piantiamogli un po' di piume addosso.»

«*No!*» la parola affiorò dalle labbra di Jon Snow appena un attimo prima che gli arcieri lanciassero. «Ci arrendiamo!»

«Mi avevano avvertito che il bastardo era un codardo» la voce fredda di Qhorin il Monco risuonò alle sue spalle. «Ora vedo che è proprio così. Corri pure dai tuoi nuovi padroni, codardo.»

Con il viso che avvampava, Jon discese il pendio fino a dove Rattleshirt si trovava sul suo cavallo. Il bruto lo osservò attraverso i fori del teschio che usava come elmo: «Al popolo libero non servono i vigliacchi».

«Non è un vigliacco.» Uno degli arcieri si tolse l'elmo di pelle di pecora, da cui uscì una massa di capelli arruffati color rosso fiamma. «Questo è il bastardo di Grande Inverno che mi ha risparmiato. Lasciamolo vivere.»

Jon incontrò lo sguardo di Ygritte, ma non disse nulla.

«Lasciamolo morire» insisté il Lord delle Ossa. «Il corvo nero è un uccello ingannevole. Non mi fido.»

Sulle rocce incombenti, l'aquila spalancò le ali e spiccò il volo con un altro grido infuriato.

«L'uccello ti odia, Jon Snow» disse Ygritte. «Ha ragione. Era un uomo finché non lo hai ucciso.»

«Io non sapevo» disse onestamente Jon, cercando di ricordare la faccia dell'uomo che aveva ucciso sul passo. «Mi hai detto che Mance mi avrebbe accolto.»

«E lo farà» assicurò Ygritte.

«Mance non è qua» disse Rattleshirt. «Ragwyle, tiragli fuori le budella.»

La grossa moglie di lancia socchiuse gli occhi: «Se il corvo viene con il popolo libero, lascia che ci mostri quanto è bravo e se dice il vero».

«Farò qualsiasi cosa chiediate» parole che fu difficile pronunciare, ma Jon le disse comunque.

L'armatura di ossa di Rattleshirt risuonò ancora più forte quando lui rise: «E allora, bastardo... uccidi il Monco!».

«Come se potesse riuscirci» disse Qhorin. «Voltati, Snow, e *muori!*»

La spada lunga di Qhorin calò su di lui. Eppure, in qualche

modo, Lungo artiglio schizzò in alto, intercettando il colpo. La violenza dell'impatto per poco non strappò la lama del bastardo dalla presa di Jon, facendolo arretrare barcollando. "Non dovrai esitare, qualsiasi cosa ti chiedano." Jon passò a una presa a due mani, e partì al contrattacco. Il ranger veterano deviò il fendente con facilità. Tornarono a scontrarsi, mantelli neri che vorticavano, la forza della gioventù contro la selvaggia potenza dei colpi da mancino di Qhorin. La spada lunga del Monco sembrava essere da tutte le parti simultaneamente, grandinando da un lato e poi dall'altro, spingendolo indietro, sbilanciandolo. Jon cominciava già a sentire le braccia che s'irrigidivano.

Le zanne di Spettro si serrarono selvaggiamente intorno alla caviglia del Monco, ma lui riuscì comunque a restare in piedi. Ma per una frazione di secondo, si contorse, calando la guardia. Jon entrò con un fendente trasverso, facendo ruotare la lama. Qhorin era piegato in avanti, per un momento parve che il colpo di Jon non lo avesse raggiunto. Poi, una linea di lacrime rosse fece la sua comparsa sulla gola del grande ranger, lucente come una collana di rubini. Dopo di che il sangue zampillò come una fontana e Qhorin il Monco crollò.

Il muso di Spettro gocciolava rosso, invece solamente la punta della lama del bastardo era macchiata, negli ultimi centimetri. Jon trascinò via il meta-lupo e gli passò un braccio intorno al corpo. La luce stava già svanendo dagli occhi di Qhorin.

«... affilata» disse, sollevando le dita monche. La sua mano ricadde. E questa fu la fine.

"Lo sapeva..." Jon faceva fatica ad articolare i pensieri. "Sapeva quello che loro mi avrebbero chiesto di fare."

Pensò a Samwell Tarly, a Grenn, a Edd l'Addolorato, a Pyp e a Toad rimasti al Castello Nero. Li aveva davvero perduti tutti, così come aveva perduto Bran, Rickon e Robb? Chi era lui, adesso? *Che cosa* era?

«Fatelo alzare.» Mani dure lo rimisero in piedi. Jon non si oppose. «Ce l'hai un nome?»

«Il suo nome è Jon Snow» fu Ygritte a rispondere per lui. «È sangue di Eddard Stark, di Grande Inverno.»

Ragwyle rise: «E chi ci pensava? Qhorin il Monco sgozzato dal cucciolo di un signorotto».

«Ora sgozziamo lui» era di nuovo il Lord delle Ossa, sempre in sella. L'aquila urlò di nuovo e volò a posarsi sul teschio che aveva in testa.

«Si è arreso» gli ricordò Ygritte.

«Non solo, ma ha ucciso il suo confratello» aggiunse un uomo dall'aspetto bonario, con in capo un mezzo elmo divorato dalla ruggine.

Rattleshirt si avvicinò, in un concerto di ossa: «Il lupo ha fatto il lavoro per lui. Un lavoro sporco. La morte del Monco spettava a me».

«E l'abbiamo visto tutti, quanto eri pronto a giocartela» lo derise Ragwyle.

«È un mostro» insisté il Lord delle Ossa. «E un corvo. Non mi piace.»

«Sarà anche un mostro» disse Ygritte «ma questo non ci ha mai fatto paura.»

Altri gridarono la loro approvazione. Dietro le cavità vuote del teschio ingiallito, lo sguardo di Rattleshirt rimase ostile. Ma alla fine, anche lui cedette. "Questo è veramente il popolo libero" si rese conto Jon.

Bruciarono il corpo di Qhorin il Monco là dov'era caduto. Lo bruciarono su una pira fatta di aghi di pino, arbusti e rami spezzati. Parte del legno era ancora verde, così arse lentamente, e con molto fumo, facendo salire un pennacchio nero nel cielo blu. Più tardi, Rattleshirt s'impossessò di alcune delle ossa annerite, mentre altri si giocarono ai dadi gli abiti del ranger. Ygritte vinse il suo mantello nero.

«Torniamo al Passo Skirling?» le chiese Jon. Non sapeva se sarebbe riuscito ad affrontare di nuovo quelle cime, né se il suo cavallo sarebbe sopravvissuto a un secondo attraversamento del valico.

«No, non c'è niente dietro di noi» lo sguardo di Ygritte era velato di tristezza. «A questo punto, Mance è già disceso lungo il Fiumelatte, e sta marciando verso la tua Barriera.»

BRAN

Le ceneri ricadevano come una soffice nevicata grigia.

Avanzò sugli aghi di pino secchi e sulle foglie morte, raggiungendo il margine della foresta, dove gli alberi si diradavano. Oltre i campi aperti, poté vedere grandi cumuli di roccia-uomo stagliarsi contro vortici di fiamme. Il vento era torrido, saturo dell'odore del sangue e della carne bruciata. Un odore ferale, talmente forte che cominciò a sbavare.

Eppure, mentre un odore lo attirava, un altro odore lo respingeva. Annusò il fumo trascinato dal vento. "Uomini, molti uomini e molti cavalli. E poi fuoco, fuoco, fuoco." Nessun odore era più carico di pericolo di quello, nemmeno l'odore duro e freddo del ferro, la materia degli artigli-uomo e della loro pelle indurita. Il fumo e la cenere lo accecavano. Nel cielo vide un grande serpente alato il cui ruggito era un fiume di fiamme. Snudò i suoi denti, ma a quel punto il serpente si era dileguato. Dietro le mura, alti fuochi salivano a divorare le stelle.

Per l'intera notte arsero quei fuochi. A un certo punto, ci fu un grande boato e un rombo che fece tremare la terra sotto i piedi. Cani abbaiarono e latrarono, cavalli nitrirono di terrore. Gli ululati proseguirono per tutta la notte. Ululati del branco-uomo, grida di paura e urla selvagge, risate e altre urla. Nessuna belva faceva tanto rumore quanto la belva-uomo. Tese le orecchie e rimase in ascolto, con suo fratello che bramiva a ognuno di quei suoni. Si aggirarono nell'ombra degli alberi, mentre il vento tra i pini proiettava ceneri e braci verso il cielo. Alla fine, le fiamme cominciarono a placarsi e quindi si estinsero. Quel mattino, il sole sorse livido e affumicato.

Fu solamente allora che si decise a lasciare la protezione delle foglie, procedendo lentamente all'aperto. Suo fratello venne al suo fianco, attratto dall'odore del sangue e della morte. Silenziosi, passarono vicino alle tane che gli uomini avevano costruito con legno, erba e fango. Molte di quelle tane stavano ancora bruciando, altre erano crollate, altre ancora rimanevano in piedi come prima. I corvi banchettavano sui cadaveri, e quando lui e suo fratello si avvicinavano si levavano in volo gracchiando. Cani selvatici scapparono davanti a loro.

Sotto le grandi muraglie grigie, un cavallo stava morendo. Faceva un sacco di rumore, cercando di risollevarsi su una gamba spezzata, nitrendo ogni volta che ricadeva. Suo fratello gli girò attorno, e gli squarciò la gola mentre il cavallo scalciava debolmente, roteando gli occhi. Quando anche lui si avvicinò alla carcassa, suo fratello digrignò i denti e spinse indietro le orecchie in segno di sfida. Lo colpì con la zampa, e poi lo morse. Lottarono sull'erba e sul terriccio, accanto al cadavere del cavallo, in mezzo alla cenere che continuava a cadere dal cielo. Alla fine, suo fratello rotolò sulla schiena in segno di sottomissione, la coda tra le zampe. Un altro morso alla gola esposta del cavallo, quindi cominciò a mangiare, lasciando che anche suo fratello lo facesse e leccò via il sangue dalla sua pelliccia nera.

Il luogo oscuro lo stava attirando a sé, la casa dei sussurri dove tutti gli uomini erano ciechi. Poté sentire le dita gelide di quel luogo scivolare su di lui. L'odore della pietra era come un bisbiglio che gli saliva nelle narici. Si oppose con forza. Non gli piacevano le tenebre. Lui era un lupo, era un cacciatore, un predatore e un uccisore. Apparteneva alle foreste profonde insieme ai suoi fratelli e alle sorelle, e correva libero sotto la volta delle stelle. Sedette sulle zampe posteriori, levò il muso e ululò. "Non andrò" voleva gridare. "Sono un lupo. Non andrò." Ma le tenebre si chiusero comunque su di lui, coprendogli gli occhi, riempiendogli il naso, invadendogli le orecchie. Non poté più vedere, né udire, né fiutare, né correre. E le pareti grigie erano svanite, il cavallo era svanito e anche suo fratello era svanito, e tutto era buio e freddo e buio e morto e buio e freddo...

«... *Bran*» sussurrava una voce. «*Bran, torna indietro. Torna indietro adesso. Bran, Bran...*»

Chiuse il suo terzo occhio e riaprì gli altri due, che ormai erano vecchi e ciechi. Li riaprì nel luogo oscuro in cui tutti gli uomini erano ciechi. Qualcuno lo stava abbracciando. Poteva sentire attorno a sé il calore di un corpo premuto contro il suo. Poteva sentire Hodor che quietamente ripeteva: «Hodor, Hodor, Hodor...».

«Bran?» La voce di Meera. «Ti stavi agitando, emettendo suoni terribili. Che cos'hai visto?»

«Grande Inverno.» In bocca, la lingua gli sembrava troppo spessa. "Un giorno tornerò indietro, e mi accorgerò che non so più parlare." «Era Grande Inverno. Ed era tutta avvolta dal fuoco. C'era odore di cavalli, e d'acciaio e di sangue. Hanno ucciso *tutti*, Meera.»

«Sei in un bagno di sudore» sentì la mano di lei sul suo volto, che gli spingeva indietro i capelli. «Vuoi da bere?»

«Da bere, sì» fu d'accordo Bran.

Gli portò un otre alle labbra e lui bevve con tale avidità che l'acqua gli ruscellò dall'angolo della bocca. Si sentiva sempre stremato, assetato, quando tornava indietro. E anche affamato. Ricordava il cavallo morente, il sapore del sangue in bocca, l'odore della carne bruciata nell'aria del mattino.

«Quanto tempo?»

«Tre giorni» fu Jojen a rispondergli. Il ragazzo delle Acque grigie si era avvicinato in silenzio, o forse era sempre stato là. In questo mondo nero e cieco, Bran non era in grado di dirlo. «Abbiamo temuto per te.»

«Ero con Estate» rispose Bran.

«Troppo a lungo. Finirai con il morire di fame. Meera ti ha fatto mandare giù un po' d'acqua e ti abbiamo passato del miele sulle labbra, ma non è abbastanza.»

«Ho mangiato» assicurò Bran. «Abbiamo preso un alce e messo in fuga un felino degli alberi che ha cercato di rubarcelo.»

Il felino era a chiazze marrone chiaro e scuro, metà della taglia dei meta-lupi, ma feroce. Ricordava ancora il suo odore penetrante, e come aveva ringhiato contro di loro, con gli artigli piantati nel ramo della quercia.

«È il lupo che ha mangiato» disse Jojen. «Non tu. Devi avere cura di te stesso, Bran. Devi ricordarti chi sei.»

Ricordava fin troppo bene chi era: Bran lo storpio, Bran lo spezzato. "Meglio essere Bran la belva." Era davvero così sorprendente che volesse continuare a sognare i suoi sogni con Estate, i suoi sogni di lupo? Qui, nell'umidità fredda e tenebrosa delle cripte, il suo terzo occhio si era finalmente aperto. Adesso era in grado di raggiungere Estate ogni volta che voleva. Una volta, aveva addirittura toccato Spettro e parlato con Jon. O forse, quello lo aveva soltanto immaginato. Non riusciva a capire per quale ragione adesso Jojen voleva sempre riportarlo indietro.

«Devo dire a Osha quello che ho visto» puntando le braccia, Bran si mise in posizione seduta. «È qui? Dov'è andata?»

«Da nessuna parte, milord» rispose la donna dei bruti. «Sono sempre qui a brancolare nel buio.»

Bran udì il raschiare di un piede contro la pietra e ruotò la testa verso la sorgente del suono. Non vide nulla. Pensò di sentire il suo odore, ma non ne era certo. Tutti loro avevano lo stesso puzzo, e lui non aveva l'olfatto di Estate per riuscire a distinguerli l'uno dall'altro.

«Ieri notte, ho pisciato sul piede di un re» continuò Osha. «Magari però era mattina, chi lo sa? Stavo dormendo, ma adesso sono sveglia.»

Tutti loro dormivano molto, non solamente Bran. Non c'era nient'altro da fare, là dentro. Dormire e mangiare e dormire di nuovo. A volte, forse, parlare un po'... ma non troppo, e solamente a bisbigli, per non correre rischi. Osha avrebbe preferito che non parlassero affatto, ma non c'era modo di fare stare tranquillo Rickon, né di impedire a Hodor di ripetere senza fine «Hodor, Hodor, Hodor».

«Osha» riprese Bran. «Ho visto Grande Inverno che bruciava.» Da qualche parte alla sua sinistra, poteva udire il respiro di Rickon.

«Un sogno» disse Osha.

«Un sogno di lupo» rispose Bran. «Ho anche sentito l'odore. È inconfondibile l'odore del fuoco, e del sangue.»

«Sangue di chi?»

«Uomini, cavalli, cani... di tutti. Dobbiamo andare a *vedere*.»

«Questa brutta pellaccia è tutto quello che ho» disse Osha. «Se quel principe dei polipi mi acchiappa, me la stacca di dosso a frustate.»

Nel buio, Meera trovò la mano di Bran e la strinse: «Se tu hai paura, andrò io».

Bran sentì delle dita che armeggiavano con il cuoio, e poi il suono dell'acciaio contro la pietra focaia. Una volta, due. Una scintilla spezzò le tenebre. Osha soffiò piano. Una lunga fiamma pallida si levò, allargandosi verso l'alto come una fanciulla in punta di piedi. Il viso di Osha parve fluttuare sopra di essa. Avvicinò la fiamma all'estremità di una torcia. Bran fu costretto a serrare le palpebre quando questa cominciò a bruciare, riempiendo il mondo di chiarore arancione. La luce svegliò Rickon, il quale si sedette e sbadigliò.

Quando le ombre si mossero, parve che anche i morti tornassero a risorgere. Lyanna e Brandon, il loro padre lord Rickard Stark, lord Edwyle suo padre, lord Willam e suo fratello Artos l'Implacabile, lord Donnor e lord Beron e lord Rodwell, lord Jonnel con un occhio solo, lord Barth e lord Brandon e lord Cregan, che aveva combattuto contro il Cavaliere del Drago. Sedevano sui loro scranni di pietra, con i meta-lupi ai piedi. Era là che erano venuti dopo che il calore aveva lasciato i loro corpi. Questa era l'oscura sala dei morti, che faceva paura ai vivi.

Ed era all'imboccatura della tomba vuota che aspettava lord Eddard Stark, nelle sue immote fattezze di granito, e i sei fuggiaschi, raccolti intorno alla loro piccola scorta d'acqua, pane e carne secca.

«Non rimane molto» mugugnò Osha, studiando le scarse vettovaglie. «Bisogna comunque che vada presto a rubare altro cibo, prima che finiamo per mangiarci Hodor.»

«Hodor» disse Hodor, sorridendole.

«Sarà giorno o notte, là fuori?» disse ancora Osha. «Ho proprio perso il conto...»

«Giorno» le rispose Bran. «Ma è tutto scuro a causa del fumo.»

«Milord ne è certo?»

Senza muoversi, Bran scrutò anche fuori e per un breve momento ebbe una doppia visione. Da un lato c'era Osha, con la torcia in pugno, e accanto a lei Meera, Jojen, Hodor, con alle spalle la fila di colonne di granito e le statue funerarie che andavano a perdersi nelle tenebre... ma dall'altro lato c'era anche Grande Inverno, grigia a causa del fumo disperso nell'aria, con i portali di rovere massiccio consumati dalle fiamme e divelti, il ponte levatoio ridotto a un groviglio di assi mancanti e di catene frantumate. Cadaveri, diventati isolotti per i corvi, galleggiavano nel fossato.

«Ne sono certo» dichiarò.

Osha rimuginò per qualche momento: «Allora mi arrischio a dare un'occhiata. Voglio che tutti quanti voi mi stiate vicino. Meera, prendi il cesto di Bran.»

«Andiamo a casa?» disse Rickon, tutto eccitato. «Voglio il mio cavallo. E voglio dolcetti alle mele e burro e miele, e anche Cagnaccio. Andiamo dove sta Cagnaccio?»

«Sì» promise Bran. «Ma adesso devi stare buono.»

Meera sistemò il cesto di vimini sulle spalle di Hodor e strinse le corregge. Poi aiutò a metterci dentro Bran, facendo scivolare le sue gambe inerti nei fori. Bran sentiva lo stomaco stranamente vuoto. Sapeva quello che lo aspettava lassù, ma questo non rendeva la spedizione meno spaventosa. Quando si misero in moto, si girò per gettare un'ultima occhiata a suo padre. Gli parve che ci fosse una certa tristezza negli occhi di lord Eddard, come se non volesse che loro se ne andassero. "Dobbiamo andare. È tempo."

Osha tenne la sua lunga picca in una mano e la torcia nell'altra. Sulla schiena portava una spada priva di fodero, una delle ultime a recare il marchio di Mikken. L'aveva forgiata per la tomba di lord Eddard, perché il suo spirito potesse riposare. Ma con Mikken ucciso e gli uomini di ferro a guardia dell'armeria, Osha non aveva saputo resistere al richiamo di quel buon acciaio, perfino al prezzo di profanare una tomba. Meera aveva preso la lama di lord Rickard, benché si lamentasse che era troppo pesante. Brandon si era impadronito della spada dell'uomo che aveva avuto il suo stesso nome, lo zio che non aveva mai conosciuto. Sapeva che non sarebbe stato di grande aiuto in un combattimento, eppure stringere la spada in pugno lo faceva sentire meglio.

Ma era solamente un gioco, ne era consapevole.

I loro passi echeggiarono nelle cripte cavernose. Le ombre alle loro spalle tornarono a inghiottire suo padre mentre quelle davanti a loro si ritiravano scoprendo non più semplici lord ma antichi re del Nord. Sul capo avevano corone di pietra. Thorren Stark, il Re in ginocchio, che si era piegato senza combattere a Aegon il Conquistatore. Edwyn, il Re di primavera. Theon Stark, il Lupo famelico. Brandon l'Incendiario e Brandon il Navigatore. Jorah e Jonos, Brandon il Malvagio, Walton il Re della luna, Edderion lo Sposo, Eyron, Benjen il Dolce e Benjen l'Amaro, re Edrick Barbadi-neve. I loro volti erano forti e austeri: alcuni di quei re avevano commesso atti terribili, ma erano comunque degli Stark. E di tutti Bran conosceva le storie. Non aveva mai avuto alcun timore delle cripte; erano parte della sua casa, parte di lui. E aveva sempre saputo che, un giorno, anche lui avrebbe giaciuto là dentro.

Adesso però non ne era più così sicuro. "Se vado su, potrò poi tornare ancora quaggiù? E quando sarò morto, dove andrò?"

«Aspettate.»

Osha si era fermata ai piedi della scala a chiocciola di pietra che da un lato conduceva alla superficie, e dall'altro scendeva ancora più in basso, a livelli più profondi, dove re ancora più antichi sedevano sui loro troni di pietra. Passò la torcia a Meera.

«Salgo a tentoni.»

Per un po', riuscirono a sentire i suoi passi sui gradini di roccia, ma i loro echi divennero sempre più flebili e alla fine svanirono del tutto.

«Hodor» disse nervosamente Hodor.

Bran aveva ripetuto a se stesso centinaia di volte quanto odiava stare nascosto là sotto, al buio, e quanto invece avrebbe voluto rivedere la luce del sole. Ma adesso che quel momento era arrivato, aveva paura. Si era sentito al sicuro nelle tenebre. Quando non potevi vedere nemmeno la tua mano a un palmo dal naso, era facile convincersi che nemmeno i nemici avrebbero potuto trovarti. Inoltre, i signori di pietra gli avevano dato coraggio. Anche se non poteva vederli, sapeva che loro erano là.

Parve trascorrere un tempo lunghissimo senza che dalla scala provenisse alcun rumore. Bran cominciò a temere che a Osha fosse successo qualcosa.

Rickon si agitava, sempre più inquieto: «Voglio andare a *casa*!» protestò a voce troppo alta.

«Hodor» disse Hodor, scuotendo la testa su e giù.

Finalmente, i passi tornarono a farsi sentire, sempre più forti. Alla fine Osha riapparve nell'alone di luce, scura in faccia. «La porta è bloccata da qualcosa. Non riesco a smuoverla.»

«Hodor può smuovere qualsiasi cosa» assicurò Bran.

«Forse» Osha lanciò un'occhiata critica al gigantesco ragazzo di stalla. «Andiamo, allora.»

Gli scalini stretti li costrinsero a salire l'uno dopo l'altro. Osha andò avanti per prima. Dietro di lei veniva Hodor, Bran raggomitolato nella cesta per evitare di picchiare la testa contro il soffitto. Meera li seguiva con la torcia e Jojen di retroguardia teneva Rickon per mano. Girarono e girarono, salirono e salirono. Bran cominciò a credere di sentire l'odore del fumo, ma forse era solo quello della torcia.

La porta delle cripte era fatta di legno e ferro. Era vecchia e pesante, inclinata rispetto al terreno. Vi si poteva accedere uno alla volta. Quando la raggiunse, Osha provò di nuovo ad aprirla, ma Bran vide che non si spostava.

«Fa' provare a Hodor.»

Prima furono costretti a togliere Bran dalla cesta, in modo che non venisse schiacciato. Meera sedette sui talloni vicino a lui, mettendogli un braccio intorno alle spalle per proteggerlo. Osha e Hodor si scambiarono di posto.

«Hodor» disse Bran. «Apri questa porta.»

Il colossale ragazzo si appoggiò a braccia tese e spinse, spinse. «Hodor?» Batté un pugno contro il legno, ma questo nemmeno si mosse. «Hodor.»

«Usa la schiena» insisté Bran. «E le gambe.»

Hodor si girò, appoggiò la schiena contro la porta e spinse ancora. Mise poi un piede su un gradino più in alto, chinandosi sotto l'inclinazione dell. porta, cercando di sollevarla. Questa volta, il legno si lamentò e scricchiolò. «*Hodor!*» Anche l'altro piede salì di un gradino. Hodor allargò le gambe, raccolse le sue forze e spinse. La sua faccia divenne rossa, Bran vide i tendini del collo gonfiarsi come funi mentre lottava contro il peso sopra di lui. «*Hodor Hodor Hodor Hodor Hodor...*» Da sopra venne un rombo cupo.

«... *Hodor!*»

Di colpo, la porta cedette. La lama di luce del giorno investì il viso di Bran accecandolo per un istante. Un'altra spinta portò loro un rumore di pietre che rotolavano, e alla fine la via su aperta. Osha fece passare la punta della picca nel varco, poi strisciò fuori per prima. Rickon la seguì, infilandosi in mezzo alle gambe di Meera. Hodor finì di spalancare la porta e uscì a sua volta. I due fratelli Reed trasportarono Bran per gli ultimi scalini.

Il cielo era grigio pallido, e il fumo si levava tutto intorno a loro. Rimasero immobili nell'ombra della Prima Fortezza, o meglio di quanto ne rimaneva. Un intero lato dell'edificio aveva ceduto ed era crollato. Pietre e doccioni distrutti erano disseminati per tutto il cortile. "Sono caduti da dove sono caduto io" pensò Bran nel vederli. Alcuni doccioni si erano frantumati in così tanti pezzi da indurlo a chiedersi come avesse fatto a restare vivo. A breve distanza, alcuni corvi stavano beccando un corpo schiacciato sotto alcuni massi. Il cadavere era riverso, per cui Bran non poté riconoscerlo.

La Prima Fortezza era in disuso da centinaia d'anni, ma adesso era davvero ridotta a un rudere. Al suo interno, pavimenti e travature erano bruciate completamente. Dove il muro era crollato, si poteva vedere direttamente dentro le stanze, perfino nelle latrine. Eppure, dietro di essa, la Torre Spezzata continuava a ergersi, non più bruciata di prima. Jojen Reed stava tossendo a causa di tutto quel fumo.

«Portatemi a casa!» protestò Rickon. «Voglio andare a casa!» Hodor si mise a camminare in circolo: «Hodor» ripeteva con un filo di voce. «Hodor.» Rimasero immobili, gli uni vicino agli altri, circondati dalla morte e dalla distruzione.

«Abbiamo fatto abbastanza baccano da svegliare un drago» disse Osha. «Ma qua non arriva nessuno. Il castello è morto e bruciato, proprio come diceva Bran. A noi però è andata be...»

Un suono improvviso alle loro spalle la interruppe, facendola ruotare su se stessa con la picca protesa.

Due snelle forme scure emersero da dietro la Torre Spezzata, avanzando lentamente tra le macerie. Rickon lanciò un grido di felicità: «*Cagnaccio!*». Il meta-lupo nero corse verso di lui. Estate avanzò con maggior cautela, arrivando a strofinare il muso contro il braccio di Bran, leccandogli la faccia.

«Dobbiamo andare via» disse Jojen. «Tutta questa morte ci farà arrivare addosso altri lupi oltre a Estate e Cagnaccio... e non tutti a quattro zampe.»

«Sì, e andare in fretta» concordò Osha. «Ma ci serve cibo, e qualcuno potrebbe essere sopravvissuto. State uniti. Meera, scudo pronto, e guardaci le spalle.»

Ci volle il resto della mattina per esplorare il castello. Le grandi mura di granito rimanevano, annerite qua e là dagli incendi, ma per il resto intatte. Dentro, però, morte e distruzione imperavano. Le porte della Sala Grande erano annerite e ancora fumanti. Le travature avevano ceduto e l'intero tetto era crollato. Le lastre verdi e gialle che proteggevano i giardini vetrati erano in mille pezzi, alberi, frutti e fiori erano devastati o lasciati privi di protezione, a morire. Delle stalle, fatte di legno e di paglia, non rimanevano altro che ceneri, braci e cavalli morti. Pensando alla sua Danzatrice, a Bran venne voglia di piangere. Sotto la Torre della Biblioteca, si era formato un basso lago fumante, acqua calda che continuava a eruttare da una fenditura nel fianco della costruzione. Il ponte coperto di collegamento tra la Torre della Campana e l'uccelliera era crollato nel cortile sottostante. La torretta di maestro Luwin era sparita. Il vago bagliore di un incendio brillava dalle strette finestre degli scantinati della Grande Fortezza, un secondo incendio bruciava ancora nei magazzini.

Man mano che avanzavano, Osha lanciava richiami nel fumo. Nessuno rispose. Un cane stava divorando un cadavere, ma quando percepì l'odore dei meta-lupi fuggì. Tutti gli altri animali erano stati sterminati nei canili. Anche i corvi messaggeri del maestro stavano banchettando con dei cadaveri, così come i corvi che nidificavano nella Torre Spezzata. Bran riconobbe Tym il Foruncoloso anche se qualcuno gli aveva aperto la faccia in due con un colpo d'ascia. Un cadavere carbonizzato, appena fuori dal guscio incenerito del Tempio della Madre, era seduto con le braccia alzate e le mani nere chiuse a pugno, quasi sfidando chiunque ad avvicinarsi.

«Se gli dei sono con noi» la voce di Osha era bassa, piena di rabbia «gli Estranei si porteranno quelli che hanno fatto questo.»

«È stato Theon» disse Bran cupamente.

«No, guarda» Osha indicò nel cortile con la picca. «Quello è uno dei suoi uomini di ferro. E là, quello è il cavallo da guerra di Greyjoy, vedi? Quello nero con tutte le frecce piantate dentro.» Si spostò tra i morti, con la fronte aggrottata. «E qui c'è Lorren il Nero.»

Era stato macellato al punto che la sua barba era diventata di un colore rosso scuro. «Se n'è tirati dietro parecchi, però.» Osha rivoltò uno dei corpi con un piede. «Qui c'è un emblema. Un piccolo uomo, tutto rosso.»

«L'uomo scuoiato di Forte Terrore» disse Bran.

Improvvisamente, Estate emise un ululato e schizzò via.

«Il parco degli dei…» Meera Reed, con lo scudo e la lancia in pugno, corse sulla scia del meta-lupo.

Gli altri lo seguirono, avanzando tra le volute di fumo e le pietre crollate. L'aria era migliore sotto gli alberi. Ai margini del parco, qualche pino era stato annerito dal fuoco, ma più in avanti la vegetazione e il terreno umido avevano vinto le fiamme.

«C'è della forza nel legno che vive» Jojen Reed parve quasi leggere quello che passava nella mente di Bran. «Una forza possente quanto quella del fuoco.»

Maestro Luwin giaceva sul ventre, sul bordo della pozza di acqua scura al centro del parco degli dei, sotto la protezione dell'albero del cuore. Dietro di lui, sulle foglie cadute, una scia di sangue scuro indicava la strada che aveva percorso strisciando. Estate si fermò accanto a lui. Sulle prime, Bran pensò che l'anziano sapiente fosse morto. Ma quando Meera gli tastò la gola, Luwin emise un debole lamento. «Hodor?» disse Hodor, pieno di tristezza. «Hodor?»

Delicatamente, girarono Luwin sulla schiena. Aveva occhi grigi e capelli grigi. Un tempo, anche le sue tonache erano state grigie, ma adesso apparivano molto più scure, per tutto il sangue che le impregnava.

«Bran…» disse piano, nel vederlo alto nella cesta sulle spalle di Hodor. «E anche Rickon.» Il vecchio sorrise. «Gli dei sono misericordiosi. Lo sapevo…»

«Lo sapevi?» Bran non capiva.

«Le gambe, l'avevo capito… i vestiti erano giusti… ma i muscoli delle gambe… di quel ragazzino decapitato… povero figlio…» Tossì, e sputò altro sangue. «Siete svaniti… nella foresta… come?»

«Non siamo mai andati nella foresta» rispose Bran. «Be', solo fino ai margini, e poi siamo tornati subito indietro. Ho mandato avanti i meta-lupi a lasciare le tracce, ma ci siamo nascosti nella tomba del lord mio padre.»

«Le cripte, certo» Luwin riuscì a sorridere, un po' di sangue gli scintillava sulle labbra. Quando cercò di muoversi, emise un gemito.

Bran sentì gli occhi che gli si riempivano di lacrime. Quando qualcuno era ferito, lo si portava da un maestro. Ma quando un maestro era ferito, da chi lo si portava?

«Dobbiamo fare una lettiga per trasportarlo» disse Osha.

«Non serve» la fermò Luwin. «Sto morendo, donna.»

«Non puoi!» disse Rickon con rabbia. «No che non puoi!» Accanto a lui, Cagnaccio mostrò i denti e ringhiò.

«Zitto, piccolo» sorrise Luwin. «Sono molto più vecchio di te. E posso... morire quando ne ho voglia.»

«Hodor, giù» ordinò Bran. Hodor andò in ginocchio vicino al maestro.

«Ascolta...» Luwin disse a Osha. «I principi... gli eredi di Robb... non... non insieme... mi capisci?»

«Sì.» La donna dei bruti si appoggiò alla picca. «Più al sicuro separati. Ma dove? Pensavo, forse i Cerwyn...»

Maestro Luwin scosse il capo, anche se lo sforzo gli costò molto: «Il ragazzo Cerwyn è morto. Ser Rodrik, Leobald Tallhart, lady Hornwood... tutti morti. Deepwood Motte è caduta, Moat Cailin, presto anche Piazza di Thorren. Gli uomini di ferro sono sulla Costa Pietrosa. E a est, il Bastardo di Bolton.»

«Dove allora?» chiese Osha.

«Porto Bianco... gli Umber... non so... guerra dovunque... ogni uomo contro il suo vicino, e l'inverno sta arrivando... quale follia, quale nera, atroce follia...» maestro Luwin allungò una mano, afferrando Bran per un braccio, le dita serrate in un ultimo, disperato sforzo. «Devi essere forte, adesso. *Forte.*»

«Lo sarò» rispose Bran, ma era difficile. "Ser Rodrik è stato ucciso, e anche maestro Luwin. Tutti, tutti..."

«Bravo» disse Luwin. «Bravo ragazzo. Il figlio... di tuo padre, Bran. Ma ora va'.»

Osha alzò lo sguardo all'albero-diga, al volto rosso scolpito nel tronco pallido: «E lasciarti qui agli dei?».

«Ti chiedo...» sussurrò il maestro «... un... un sorso d'acqua... e poi... un altro favore... se puoi...»

«Sì.» Osha si girò verso Meera. «Porta via i ragazzi.»

Jojen e Meera guidarono Rickon fuori dal parco degli dei tenendolo in mezzo a loro. Hodor li seguì. Rami bassi strisciarono contro il volto di Bran mentre passavano tra gli alberi, e le foglie lavarono via le sue lacrime. Osha li raggiunse nel cortile qualche momento più tardi. Non disse una parola riguardo a maestro Luwin.

«Hodor deve restare con Bran» dichiarò in tono secco la donna dei bruti. «In modo da essere le sue gambe. Rickon lo prendo con me.»

«Noi andiamo con Bran» disse Jojen Reed.

«Sì, lo pensavo anch'io» disse Osha. «Credo che proverò la Porta Est, proseguendo sulla Strada del Re per un po'.»

«Noi prendiamo la Porta dei Cacciatori» disse Meera.

«Hodor» disse Hodor.

Prima di muoversi, passarono per le cucine. Osha trovò alcune forme di pane bruciacchiato ma ancora commestibile, e perfino un pollo arrostito che divise a metà. Meera scovò un'ampolla di miele e un grosso sacco di mele. Tornati fuori, venne il momento degli addii. Rickon si aggrappò alla gamba di Hodor e continuò a piangere fino a quando Osha non gli diede un colpetto sul didietro con il manico della picca. A quel punto, la seguì senza troppe proteste, Cagnaccio gli andò dietro. L'ultima immagine che Bran ebbe di loro fu la coda del meta-lupo che scompariva dietro la Torre Spezzata.

La grata di ferro che chiudeva la Porta dei Cacciatori era stata talmente deformata dal calore che non la si poteva sollevare per più di mezzo metro. Per oltrepassarla, furono costretti a strisciare con il ventre a terra tra i rostri inferiori, l'uno dopo l'altro.

«Andiamo dal lord vostro padre?» chiese Bran mentre attraversavano il ponte levatoio tra le mura. «Alla Torre delle Acque Grigie?»

Meera guardò il fratello, cercando da lui una risposta.

«La nostra strada porta a nord» affermò Jojen.

Ai margini della Foresta del Lupo, Bran si voltò nella sua cesta. Voleva dare un ultimo sguardo al castello che era stato la sua vita. Fili di fumo si alzavano ancora nel cielo grigio, ma ormai non erano molto diversi da quelli che avrebbero potuto levarsi dai comignoli di Grande Inverno in un qualsiasi freddo pomeriggio d'autunno. Chiazze nere segnavano alcune delle feritoie degli arcieri. E, qua e là nelle mura perimetrali, mancava un merlo o si notava una crepa. Ma, visto da lontano, tutto questo sembrava poca cosa. Le sommità delle fortezze e delle torri si levavano come sempre avevano fatto per centinaia di anni, visto da lontano, era davvero difficile dire che il castello era stato saccheggiato e bruciato.

"La pietra è forte" disse Bran a se stesso. "Le radici degli alberi scendono profonde. E sotto la terra, i re dell'Inverno siedono sui loro troni." Finché tutto questo esiste, anche Grande Inverno continuerà a esistere. Non era ancora morta, era solo spezzata.

"Come me" pensò Brandon Stark. "Nemmeno io sono ancora morto."

APPENDICE

I RE E LE LORO CORTI

Il re sul Trono di Spade

RE JOFFREY BARATHEON, primo del suo nome, un ragazzo di tredici anni, primogenito di re Robert I della Casa Baratheon e della regina Cersei della Casa Lannister

- **Re Robert**, padre di Joffrey, morto in un controverso incidente di caccia al cinghiale
- **Regina Cersei**, madre di Joffrey, reggente e protettrice del reame
- **Principessa Myrcella**, sorella di Joffrey, nove anni
- **Principe Tommen**, fratello di Joffrey, otto anni, erede al Trono di Spade

Gli zii di re Joffrey per parte di padre

- **Stannis Baratheon**, signore della Roccia del Drago, si proclama re Stannis I
- **Renly Baratheon**, lord di Capo Tempesta, si proclama re Renly I

Gli zii di re Joffrey per parte di madre

- **Ser Jaime Lannister**, lo "Sterminatore di Re", lord comandante della Guardia reale, prigioniero a Delta delle Acque
- **Tyrion Lannister**, facente funzioni di Primo Cavaliere del re
    - **Podrick Payne**, scudiero di Tyrion
    - Le guardie del corpo e i guerrieri che hanno giurato fedeltà a Tyrion
        - **Bronn**, mercenario, nero di capelli e nero nel cuore
        - **Shagga figlio di Dolf**, dei Corvi di Pietra
        - **Timett figlio di Timett**, degli Uomini bruciati
        - **Chella figlia di Cheyk**, delle Orecchie nere

Crawn figlio di Calor, dei Fratelli della Luna
Shae, concubina di Tyrion, prostituta, diciotto anni

Il concilio ristretto di re Joffrey
Gran maestro Pycelle, dotto della Cittadella
Lord Petyr Baelish, detto "Ditocorto", maestro del conio
Lord Janos Slynt, comandante della Guardia cittadina di Approdo del Re (le "cappe dorate")
Varys, eunuco, detto "Ragno Tessitore", capo dello spionaggio

La Guardia reale
Ser Jaime Lannister, detto "Sterminatore di Re", lord comandante, prigioniero a Delta delle Acque
Sandor Clegane, detto "Mastino"
Ser Boros Blount
Ser Meryn Trant
Ser Arys Oakheart
Ser Preston Greenfield
Ser Mandon Moore

La corte di Approdo del Re
Ser Ilyn Payne, giustiziere reale, il boia
Vylarr, comandante delle guardie Lannister ad Approdo del Re (le "cappe porpora")
Ser Lancel Lannister, in precedenza scudiero di re Robert, recentemente fatto cavaliere
Tyrek Lannister, in precedenza scudiero di re Robert
Ser Aron Santagar, maestro d'armi
Ser Balon Swann, secondogenito di lord Gulian Swann di Stonehelm
Lady Ermesande Hayford, infante
Ser Dontos Hollard, detto "il Rosso", ubriacone
Jalabhar Xho, principe esiliato delle Isole dell'Estate
Ragazzo di luna, giullare
Lady Tanda Stokeworth
Falyse, sua figlia maggiore
Lollys, sua figlia minore, una vergine di trentatré anni
Lord Gyles Rosby
Ser Horas Redwyne e suo fratello gemello **ser Hobber Redwyne**, figli del lord di Arbor

La gente di Approdo del Re

La Guardia cittadina (le "cappe dorate")

Janos Slynt, lord di Harrenhal, lord comandante

Morros, suo figlio maggiore ed erede

Allar Deem, braccio destro di Slynt

Ser Jacelyn Bywater, detto "Mano di ferro", capitano della Porta del Fiume

Hallyne il Piromante, saggio dell'ordine degli Alchimisti

Chataya, proprietaria di un costoso bordello

Alayaya, Dancy, Marei, alcune delle sue ragazze

Tobho Mott, mastro armaiolo

Salloreon, mastro armaiolo

Ventre di Ferro, fabbro

Lothor Brune, mercenario a cavallo

Ser Osmund Kettleblack, cavaliere di dubbia reputazione

Osfryd e **Osney Kettleblack**, fratelli di Osmund

Symon Lingua d'argento, cantastorie

Lo stemma di re Joffrey mostra il cervo incoronato dei Baratheon, nero in campo oro, e il leone dei Lannister, oro in campo porpora, che si affrontano.

Il re nel Mare Stretto

RE STANNIS BARATHEON, primo del suo nome, maggiore dei fratelli di re Robert, in precedenza lord della Roccia del Drago, secondogenito di lord Steffon Baratheon e di lady Cassana della Casa Estermont
- **Lady Selyse**, della Casa Florent, moglie di Stannis
  - **Shireen**, la loro unica figlia, undici anni

Lo zio e il cugino di re Stannis
- **Ser Lomas Estermont**, zio
  - **Ser Andrew Estermont**, figlio di Lomas, cugino di re Stannis

La corte della Roccia del Drago
- **Maestro Cressen**, anziano dotto della Cittadella, guaritore e tutore
- **Maestro Pylos**, giovane dotto della Cittadella, suo successore
- **Septon Barre**
- **Ser Axell Florent**, castellano della Roccia del Drago, zio della regina Selyse
- **Macchia**, giullare dalla mente incerta
- **Lady Melisandre di Asshai**, detta "Donna Rossa", sacerdotessa del culto di R'hllor, il Cuore di Fuoco
- **Ser Davos Seaworth**, detto "Cavaliere delle Cipolle" e anche "Manocorta", un tempo contrabbandiere, capitano del vascello *Betha nera*
  - **Marya**, sua moglie, figlia di un carpentiere
  - I loro sette figli
    - **Dale**, capitano della *Fantasma*

Allard, capitano della *Lady Marya*
Matthos, secondo ufficiale della *Betha nera*
Maric, capo rematore della *Furia*
Devan, scudiero di re Stannis
Stannis, un ragazzo di nove anni
Steffon, un bambino di sei anni
Bryen Farring, scudiero di re Stannis

I nobili alfieri e i guerrieri che hanno giurato fedeltà a re Stannis
Ardrian Celtigar, anziano lord dell'Isola dell'Artiglio
Monford Velaryon, lord delle Maree e mastro di Driftmark
Duram Bar Emmon, lord di Punta acuminata, un ragazzo di quattordici anni
Guncer Sunglass, lord di stretto di Dolceporto
Ser Hubard Rambton
Salladhor Saan, della Città Libera di Lys, si proclama principe del Mare Stretto
Morosh di Myr, ammiraglio mercenario

Re Stannis ha scelto come proprio stemma il cuore di fuoco del Signore della Luce: un cuore rosso circondato da fiamme arancioni in campo giallo brillante. All'interno del cuore, è ritratto il cervo incoronato della Casa Baratheon, in nero.

Il re ad Alto Giardino

RE RENLY BARATHEON, primo del suo nome, minore dei fratelli di re Robert, in precedenza lord di Capo Tempesta, terzogenito figlio di lord Steffon Baratheon e di lady Cassana della Casa Estermont
  Lady Margaery della Casa Tyrell, la sua nuova sposa, una fanciulla di quindici anni

Lo zio e i cugini di re Renly
  Ser Eldon Estermont, zio
    Ser Aemon Estermont, figlio primogenito di ser Eldon, cugino di Renly
      Ser Alyn Estermont, figlio di ser Aemon

I nobili alfieri di re Renly
  Mace Tyrell, lord di Alto Giardino e Primo Cavaliere del re
  Randyll Tarly, lord della Collina del Corno
  Mathis Rowan, lord di Goldengrove
  Bryce Caron, lord delle Terre Basse
  Shyra Errol, lady di Sala del Fienile
  Arwyn Oakheart, lady di Vecchia Quercia
  Alester Florent, lord della Fortezza di Acquachiara
  Lord Selwyn di Tarth, detto "Stella della sera"
  Leyton Hightower, Voce di Vecchia Città, lord del Porto
  Lord Steffon Varner

La Guardia dell'arcobaleno
  Ser Loras Tyrell, il Cavaliere di Fiori, lord comandante
  Lord Bryce Caron, il Cavaliere arancione

Ser Guyard Morrigen, il Cavaliere verde
Ser Parmen Crane, il Cavaliere viola
Ser Robar Royce, il Cavaliere rosso
Ser Emmon Cuy, il Cavaliere giallo
Brienne di Tarth, il Cavaliere blu, detta anche "Brienne la Bella", figlia di lord Selwyn la "Stella della sera"

I cavalieri e i guerrieri che hanno giurato fedeltà a re Renly
Ser Cortnay Penrose, castellano di Capo Tempesta
Edric Storm, protetto di ser Cortnay, figlio bastardo di re Robert e di lady Delena della Casa Florent
Ser Donnel Swann, erede di Stonehelm
Ser Jon Fossoway, dei Fossoway della Mela Verde
Ser Bryan Fossoway, ser Tanton Fossoway e **ser Edwyn Fossoway**, dei Fossoway della Mela Rossa
Ser Colen di Greenpools
Ser Mark Mullendore
Red Ronnet, cavaliere di Griffin's Roost

Il consigliere di re Renly
Maestro Jurne, dotto della Cittadella, guaritore e tutore

Lo stemma di re Renly è il cervo incoronato della Casa Baratheon di Capo Tempesta, nero in campo oro, lo stesso stemma che era stato di suo fratello re Robert.

Il re del Nord

RE ROBB STARK, lord di Grande Inverno e re del Nord, figlio maggiore di Eddard Stark, lord di Grande Inverno, e di lady Catelyn della Casa Tully, un ragazzo di quindici anni

- **Lord Eddard Stark**, suo padre, decapitato ad Approdo del Re per ordine di re Joffrey
- **Lady Catelyn**, della Casa Tully, sua madre
- **Vento Grigio**, il suo meta-lupo

I fratelli e le sorelle di re Robb

- **Principessa Sansa**, una fanciulla di dodici anni
  - **Lady**, la sua meta-lupa, uccisa a Castello di Darry
- **Principessa Arya**, una fanciulla di dieci anni
  - **Nymeria**, la sua meta-lupa, allontanata un anno prima
- **Principe Brandon**, detto "Bran", erede di Grande Inverno e del Nord, un ragazzo di nove anni
  - **Estate**, il suo meta-lupo
- **Principe Rickon**, un bambino di quattro anni
  - **Cagnaccio**, il suo meta-lupo

Il fratellastro di re Robb

- **Jon Snow**, figlio bastardo di Eddard Stark, quindici anni, un guardiano della notte
  - **Spettro**, il suo meta-lupo, albino

Gli zii e le zie di re Robb

- **Brandon Stark**, fratello maggiore di lord Eddard, ucciso per ordine di re Aerys II Targaryen

Lyanna Stark, sorella minore di lord Eddard, morta fra le montagne di Dorne
Benjen Stark, fratello minore di lord Eddard, un guardiano della notte, disperso a nord della Barriera
Lysa Arryn, sorella minore di lady Catelyn, vedova di lord Jon Arryn, lady del Nido dell'Aquila
Ser Edmure Tully, fratello minore di lady Catelyn, erede di Delta delle Acque
Ser Brynden Tully, detto "Pesce Nero", zio di lady Catelyn

Compagni di battaglia e guerrieri che hanno giurato fedeltà a re Robb
Theon Greyjoy, protetto di lord Eddard, erede di Pyke delle Isole di Ferro
Hallis Mollen, comandante delle guardie di Grande Inverno
Jacks, Quent, Shadd, guardie agli ordini di Mollen
Ser Wendel Manderly, secondogenito del lord di Porto Bianco
Patrek Mallister, erede di Seagard
Dacey Mormont, primogenita di lady Maege ed erede dell'Isola dell'Orso
Jon Umber, detto "Piccolo Jon"
Robin Flint, ser Perwyn Frey, Lucas Blackwood
Olyvar Frey, scudiero di Robb, diciotto anni

La corte di Delta delle Acque
Maestro Vyman, consigliere, guaritore e tutore
Ser Desmond Grell, maestro d'armi
Ser Robin Ryger, comandante della Guardia
Utherydes Wayn, attendente di Delta delle Acque
Rymund della Rima, cantastorie

La corte di Grande Inverno
Maestro Luwin, consigliere, guaritore e tutore
Ser Rodrik Cassel, maestro d'armi
Beth, la sua giovane figlia
Walder Frey, detto "Grande Walder", protetto di lady Catelyn, di otto anni
Walder Frey, detto "Piccolo Walder", protetto di lady Catelyn, anch'egli di otto anni
Septon Chayle, custode del tempio e della biblioteca del castello
Joseth, mastro dei cavalli
Bandy e **Shira**, le sue figlie gemelle

Farlen, mastro dei canili
Palla, ragazza dei canili
Vecchia Nan, narratrice di leggende, un tempo balia, ora molto vecchia
Hodor, pronipote della Vecchia Nan, ragazzo di stalla dalla mente semplice
Gage, cuoco
Turnip, ragazzo delle cucine
Osha, donna dei bruti presa prigioniera nella Foresta del Lupo, ora al servizio nelle cucine
Mikken, fabbro e armaiolo
Testa di Fieno, Skittrick, Tym il Foruncoloso, Alebelly, guardie
Calon, Tom, figli di guardie

Lord alfieri e comandanti di re Robb

(con Robb a Delta delle Acque)
Jon Umber, detto "Grande Jon"
Rickard Karstark, lord di Karhold
Galbart Glover, di Deepwood Motte
Maege Mormont, lady dell'Isola dell'Orso
Ser Stevron Frey, primogenito di lord Walder Frey ed erede delle Torri Gemelle
Ser Ryman Frey, primogenito di ser Stevron
Walder Frey il Nero, figlio di ser Ryman
Martyn Rivers, figlio bastardo di lord Walder Frey

(con l'esercito di Roose Bolton alle Torri Gemelle)
Roose Bolton, lord di Forte Terrore, comandante della parte più consistente dell'esercito del Nord
Robett Glover, di Deepwood Motte
Walder Frey, lord del Guado
Ser Helman Tallhart, di Piazza di Torrhen
Ser Aenys Frey

(prigionieri di lord Tywin Lannister)
Lord Medger Cerwyn
Harrion Karstark, unico figlio superstite di lord Rickard
Ser Wylis Manderly, erede di Porto Bianco
Ser Jared Frey, ser Hosteen Frey, ser Danwell Frey e il loro fratellastro **Ronel Rivers**

(sul campo o nei loro castelli)
Lyman Darry, un ragazzo di otto anni
Shella Whent, lady di Harrenhal, privata del suo castello da lord Tywin Lannister
Jason Mallister, lord di Seagard
Jonos Bracken, lord di Stone Hedge
Tytos Blackwood, lord di Raventree
Lord Karyl Vance
Ser Marq Piper
Sel Halmon Paege

Nobili alfieri di re Robb e castellani del Nord
Wyman Manderly, lord di Porto Bianco
Howland Reed, della Torre delle Acque Grigie, un *crannogman*
Meera, figlia di Howland, una fanciulla di quindici anni
Jojen, figlio di Howland, un ragazzo di tredici anni
Lady Donella Hornwood, moglie e madre in lutto
Cley Cerwyn, erede di lord Medger, un ragazzo di quattordici anni
Leobald Tallhart, fratello minore di ser Helman, castellano di Piazza di Torrhen
Berena della Casa Hornwood, sua moglie
Brandon, suo figlio primogenito, quattordici anni
Beren, suo figlio secondogenito, dieci anni
Benfred, figlio di ser Helman, erede di Piazza di Torrhen
Eddara, figlia di ser Helman, nove anni
Lady Sybelle, moglie di Robett Glover, alla guida di Deepwood Motte in sua assenza
Gawen, figlio di Robett, erede di Deepwood, tre anni
Erena, figlia di Robett, un'infante di un anno
Larence Snow, figlio bastardo di lord Hornwood, dodici anni, protetto di Galbart Glover
Mors Crowfood ("Cibo di Corvo") e **Hother Whoresbane** ("Veleno delle puttane") della Casa Umber, zii di Grande Jon
Lady Lyessa Flint, madre di Robin
Ondrew Locke, lord di Castello Vecchio, un uomo anziano

Lo stemma del re del Nord rimane quello che è stato per migliaia di anni: il meta-lupo grigio in corsa degli Stark di Grande Inverno, in campo bianco ghiaccio.

La regina al di là del mare

REGINA DAENERYS TARGARYEN, detta "Daenerys", "Nata dalla Tempesta", la "Non-bruciata", "Madre dei Draghi", khaleesi dei dothraki, prima del suo nome, unica figlia superstite di re Aerys II della Casa Targaryen e di sua sorella e moglie, regina Rhaella della Casa Targaryen; moglie di khal Drogo, è rimasta vedova all'età di quattordici anni

- **Drogon**, **Viserion**, **Rhaegal**, i suoi draghi appena nati

I fratelli e i nipoti di Daenrys

- **Rhaegar**, principe di Roccia del Drago ed erede al Trono di Spade, ucciso da re Robert nella battaglia del Tridente
    - **Rhaenys**, figlia di Rhaegar e della principessa Elia di Dorne, uccisa durante il saccheggio di Approdo del Re
    - **Aegon**, figlio di Rhaegar e della principessa Elia di Dorne, un infante, ucciso durante il saccheggio di Approdo del Re
- **Viserys**, si proclamava re Viserys, terzo del suo nome, detto il "Re Mendicante", ucciso a Vaes Dothrak per mano di Khal Drogo

Il marito di Daenerys

- **Drogo**, uno dei khal dei dothraki, morto a causa di ferite infettatesi
    - **Rhaego**, figlio nato morto di Daenerys e di Khal Drogo, ucciso in grembo da Mirri Maz Duur

La Guardia della regina

- **Ser Jorah Mormont**, cavaliere in esilio, un tempo lord dell'Isola dell'Orso

Jhogo, ko e cavaliere di sangue, la frusta
Aggo, ko e cavaliere di sangue, l'arco
Rakharo, ko e cavaliere di sangue, l'arakh

Le ancelle della regina
Irri, una ragazza dothraki
Jhiqui, una ragazza dothraki
Doreah, una schiava di Lys, un tempo prostituta

I tre cercatori
Xaro Xhoan Daxos, principe-mercante della città di Qarth
Pyat Pree, stregone di Qarth
Quaithe, sacerdotessa delle Ombre, mascherata, della città di Asshai

Illyrio Mopatis, magistro della Città Libera di Pentos, il quale combinò le nozze tra Daenerys e Khal Drogo e cospirò per restaurare Viserys sul Trono di Spade

Lo stemma dei Targaryen rimane quello di Aegon Targaryen, che conquistò sei dei Sette Regni, fondò la dinastia e costruì il Trono di Spade con le spade dei nemici sconfitti: il drago con tre teste, rosso in campo nero.

ALTRE NOBILI CASE

NOBILE CASA ARRYN

Allo scoppio della guerra dei Re, la Casa Arryn non si è schierata con nessuno dei contendenti, tenendo le proprie forze a protezione del Nido dell'Aquila e della Valle di Arryn.

Il loro stemma è il falcone che sormonta la luna, bianco in campo azzurro cielo. Il motto degli Arryn è: "In alto quanto l'onore".

ROBERT ARRYN, lord del Nido dell'Aquila, Protettore della Valle di Arryn, Protettore dell'Est, un ragazzo di otto anni cagionevole di salute

- **Lady Lysa** della Casa Tully, sua madre, terza moglie e vedova di lord Jon Arryn, defunto Primo Cavaliere del re, sorella di lady Catelyn Stark

La corte di Nido dell'Aquila

- **Maestro Colemon**, consigliere, guaritore e tutore
- **Ser Marwyn Belmore**, capitano della guardia
- **Lord Nestor Royce**, alto attendente della Valle di Arryn
  - **Ser Albar**, figlio di lord Nestor
  - **Myranda**, figlia di lord Nestor
  - **Mya Stone**, ragazza bastarda al servizio di lord Nestor, figlia naturale di re Robert
- **Mord**, brutale carceriere
- **Marillion**, giovane cantastorie

Nobili alfieri, pretendenti e cortigiani di Casa Arryn

- **Lord Yohn Royce**, detto "Yohn il Bronzeo"

Ser Andar, primogenito di lord Yohn

Ser Robar, secondogenito di lord Yohn, al servizio di re Renly, Robar il Rosso della Guardia dell'arcobaleno

Ser Waymar, figlio minore di lord Yohn, un guardiano della notte, disperso a nord della Barriera

Ser Lyn Corbray, pretendente di lady Lysa

Mychel Redfort, il suo scudiero

Lady Anya Waynwood

Ser Morton, figlio maggiore ed erede di lady Anya, pretendente di lady Lysa

Ser Donnel, figlio minore di lady Anya, cavaliere della Porta Insanguinata

Eon Hunter, lord di Longbow Hall, anziano pretendente di lady Lysa

Nobile Casa Florent

I Florent della Fortezza di Acquachiara sono alfieri che hanno giurato fedeltà ad Alto Giardino e hanno seguito i Tyrell schierandosi a loro volta con re Renly.

Tuttavia, dal momento che Selyse, la regina di Stannis, è una Florent e suo zio è il castellano della Roccia del Drago, hanno anche mantenuto contatti con lo schieramento opposto.

Lo stemma della Casa Florent mostra una testa di volpe entro un circolo di fiori.

ALESTER FLORENT, lord di Acquachiara
- **Lady Melara**, della Casa Crane, sua moglie

I loro figli
- **Alekyne**, erede di Acquachiara
- **Melessa**, sposa di lord Randyll Tarly
- **Rhea**, sposa di lord Leyton Hightower

Fratelli e sorelle di lord Alester
- **Ser Axell**, castellano della Roccia del Drago
- **Ser Ryam**, morto a causa di una caduta da cavallo
  - **Regina Selyse**, figlia di Ryam, sposa di re Stannis
  - **Ser Imry**, primogenito ed erede di ser Ryam
  - **Ser Erren**, secondogenito di ser Ryam
- **Ser Colin**
  - **Delena**, figlia di ser Colin, sposata con ser Hosman Norcross
    - **Edric Storm**, figlio di Delena e figlio bastardo di re Robert

Alester Norcross, figlio di Delena
Renly Norcross, figlio di Delena
Maestro Omer, dotto della Cittadella, figlio di ser Colin, a servizio a Vecchia Quercia
Merrell, figlio di ser Colin, scudiero ad Arbor
Rylene, sorella di lord Alester, sposa di ser Rycherd Crane

NOBILE CASA FREY

Ricchi, potenti e numerosi, i Frey sono alfieri della Casa Tully, le loro spade hanno infatti giurato fedeltà a Delta delle Acque, ma non sempre sono stati diligenti nel compiere il loro dovere.

Quando Robert Baratheon affrontò Rhaegar Targaryen sul Tridente, i Frey non arrivarono che a battaglia finita e, da quel momento, lord Hoster Tully ha sempre definito lord Walder "il ritardato lord Frey".

Lord Frey ha accettato di schierarsi con la causa del re del Nord solamente dopo che Robb Stark ha acconsentito al matrimonio dinastico con una delle sue figlie o delle sue nipoti, a guerra finita.

Lord Walder ha ormai superato il suo novantunesimo compleanno, di recente però si è sposato per l'ottava volta, con una fanciulla che ha settant'anni meno di lui.

Di lord Frey si dice che sia l'unico lord dei Sette Regni in grado di schierare un intero esercito generato completamente dai suoi lombi.

WALDER FREY, lord del Guado

Dalla sua prima moglie, **lady Perra** della Casa Royce
- **Ser Stevron**, figlio maggiore di lord Walder, erede delle Torri Gemelle
  - **Corenna Swann**, prima moglie di Stevron, morta di consunzione
  - **Ser Ryman**, figlio maggiore di Stevron
    - **Edwyn**, figlio di Ryman, sposo di Janyce Hunter
      - **Walda**, sua figlia, otto anni
    - **Walder**, figlio di Ryman, detto "Walder il Nero"

Petyr, figlio di Ryman, detto "Petyr Foruncolo"
Mylenda Caron, sua sposa
Perra, figlia di Petyr, cinque anni
Jeyne Lydden, seconda moglie di Stevron, morta per una caduta da cavallo
Aegon, figlio di Stevron, detto "Campanello", mentalmente ritardato
Maegelle, figlia di Stevron, morta di parto
Ser Dafyn Vance, suo sposo
Marianne, figlia di Maegelle, fanciulla
Walder Vance, figlio di Maegelle, scudiero
Patrek Vance, figlio di Maegelle
Marsella Waynwood, terza moglie di Stevron, morta di parto
Walton, figlio di Stevron, sposo di Deana Hardyng
Steffon, figlio di Walton, detto "il Dolce"
Walda, figlia di Walton, detta "la Chiara"
Bryan, figlio di Walton, scudiero
Ser Emmon, figlio di lord Walder, sposo di Genna della Casa Lannister
Ser Cleos, figlio di Emmon, sposo di Jeyne Darry
Tywin, figlio di Cleos, scudiero, undici anni
Willem, figlio di Cleos, paggio ad Ashemark
Ser Lyonel, figlio di Emmon, sposo di Melesa Crakehall
Tion, figlio di Emmon, scudiero, prigioniero a Delta delle Acque
Walder, figlio di Emmon, detto Walder "il Rosso", paggio a Castel Granito
Ser Aenys, figlio di lord Walder, sposo di Tyana Wylde, morta di parto
Aegon il Sanguinario, figlio di Aenys, fuorilegge
Rhaegar, figlio di Aenys, sposo di Jeyne Beesbury
Robert, figlio di Rhaegar, tredici anni
Walda, figlia di Rhaegar, dieci anni, detta Walda "la Bianca"
Jonos, figlio di Rhaegar, otto anni
Perriane, figlia di lord Walder, sposa di ser Leslyn Haigh
Ser Harys Haigh, figlio di Perriane
Walder Haigh, figlio di Harys, quattro anni
Ser Donnel Haigh, figlio di Perriane
Alyn Haigh, figlio di Perriane, scudiero

Dalla sua seconda moglie, **lady Cyrenna** della Casa Swann
Ser Jared, figlio maggiore di lord Walder e di lady Cyrenna, vedovo di Alys Frey

Ser Tytos, figlio di Jared, sposato a Zhoe Blanetree
Zia, figlia di Tytos, quattordici anni
Zachery, figlio di Tytos, dodici anni, apprendista al tempio di Vecchia Città
Kyra, figlia di Jared, sposa di ser Garse Goodbrook
Walder Goodbrook, figlio di Kyra, nove anni
Jeyne Goodbrook, figlia di Kyra, sei anni
Septon Luceon, in servizio al Grande Tempio di Baelor ad Approdo del Re

Dalla sua terza moglie, **lady Amarei** della Casa Crakehall
Ser Hosteen, figlio maggiore di lord Walder e di lady Amarei, sposo di Bellena Hawick
Ser Arwood, figlio di Hosteen, sposo di Ryella Royce
Ryella, figlia di Arwood, cinque anni
Androw e **Alyn**, figli gemelli di Arwood, tre anni
Lady Lythene, figlia di lord Walder, sposa di lord Lucias Vypren
Elyana, figlia di Lythene, sposa di ser Jon Wylde
Rickard Wylde, figlio di Elyana, quattro anni
Ser Damon Vypren, figlio di Lythene
Symond, figlia di lord Walder, sposa di Betharios della Città Libera di Braavos
Alesander, figlio di Symond, cantastorie
Alyx, figlia di Symond, una fanciulla di diciassette anni
Bradamar, figlio di Symond, dieci anni, allevato quale protetto di Oro Tendyris, mercante di Braavos
Ser Danwell, figlio di lord Walder, sposo di Wynafrei Whent, molti figli nati morti e molte gravidanze interrotte
Merrett, figlio di lord Walder, sposo di Mariya Darry
Amerei, figlia di Merrett, detta "Ami", vedova all'età di sedici anni, sposa di ser Pate della Forca Blu
Walda, figlia di Merrett, detta "la Grassa", sposa di lord Roose Bolton, quindici anni
Marissa, figlia di Merrett, tredici anni
Walder, figlio di Merrett, detto "Piccolo Walder", otto anni, allevato a Grande Inverno quale protetto di lady Catelyn Stark
Ser Geremy, figlio di lord Walder, annegato, sposo di Carolei Waynwood
Sandor, figlio di Geremy, dodici anni, scudiero di ser Donnel Waynwood
Cynthea, figlia di Geremy, nove anni, protetta di lady Anya Waynwood

Ser Raymund, figlio di lord Walder, sposo di Beony Beesbury
Robert, figlio di Raymund, sedici anni, apprendista alla Cittadella di Vecchia Città
Malwyn, figlio di Raymund, quindici anni, apprendista di un alchimista nella Città Libera di Lys
Serra e **Sarra**, figlie gemelle di Raymund, fanciulle di quattordici anni
Cersei, figlia di Raymund, detta "Piccola ape", sei anni

Dalla sua quarta moglie, **lady Alyssa** della Casa Blackwood
Lothar, figlio maggiore di lord Walder e di lady Alyssa, detto "lo Storpio", sposo di Leonella Lefford
Tysane, figlia di Lothar, sette anni
Walda, figlia di Lothar, quattro anni
Emberlei, figlia di Lothar, due anni
Ser Jammos, figlio di lord Walder, sposo di Sallei Paege
Walder, figlio di Jammos, detto "Grande Walder", otto anni, allevato a Grande Inverno quale protetto di lady Catelyn Stark
Dickon e **Mathis**, figli gemelli di Jammos, cinque anni
Ser Whalen, figlio di lord Walder, sposo di Sylwa Paege
Hoster, figlio di Whalen, scudiero di ser Damon Paege
Merianne, figlia di Whalen, detta "Merry", undici anni
Lady Morya, figlia di lord Walder, sposa di ser Flement Brax
Robert Brax, figlio di Morya, allevato come paggio a Castel Granito
Walder Brax, figlio di Morya, sei anni
Jon Brax, figlio di Morya, tre anni
Tyta, figlia di lord Walder, detta "la Vergine", ventinove anni

Dalla sua quinta moglie, **lady Sarya** della Casa Whent
nessuna progenie

Dalla sua sesta moglie, **lady Bethany** della Casa Rosby
Ser Perwyn, figlio maggiore di lord Walder e di lady Bethany
Ser Benfrey, sposo di Jyanna Frey, una cugina
Della, figlia di Benfrey, detta "la Sorda", tre anni
Osmund, figlio di Benfrey, due anni
Maestro Willamen, in servizio a Longbow Hall
Olyvar, figlio di lord Walder, scudiero al servizio di Robb Stark
Roslin, figlia di lord Walder, fanciulla di sedici anni

Dalla sua settima moglie, **lady Annara** della Casa Farring

Wendel, figlio maggiore di lord Walder e di lady Annara, tredici anni, allevato a Seagard quale paggio

Arwyn, figlia di lord Walder, fanciulla di quattordici anni

Colmar, figlio di lord Walder, undici anni, promesso quale adepto al Credo dei Sette Dei

Waltyr, figlio di lord Walder, detto "Tyr", dieci anni

Elmar, figlio di lord Walder, nove anni, promesso sposo di Arya Stark

Shirei, figlia di lord Walder, sei anni

Dalla sua ottava moglie, **lady Joyeuse** della Casa Erenford

ancora nessuna progenie

Figli naturali di lord Walder, da varie madri

Walder Rivers, detto "Walder il Bastardo"

Ser Aemon Rivers, figlio di Walder il Bastardo

Walda Rivers, figlia di Walder il Bastardo

Maestro Melwys, in servizio a Rosby

Jeyne Rivers, Martyn Rivers, Ryger Rivers, Ronel Rivers, Mellara Rivers e altri

NOBILE CASA GREYJOY

Balon Greyjoy, lord delle Isole di Ferro, guidò una ribellione contro il Trono di Spade, che venne soffocata da re Robert Baratheon e da lord Eddard Stark. Per quanto suo figlio Theon, allevato a Grande Inverno, fosse uno dei più strenui sostenitori e compagni d'armi di Robb Stark, lord Balon non si alleò con gli uomini del Nord quando essi marciarono a sud nelle terre dei fiumi.

Lo stemma dei Greyjoy è una piovra dorata in campo nero. Il loro motto è: "Noi non seminiamo".

BALON GREYJOY, lord delle Isole di Ferro, re del Sale e della Roccia, Figlio del Vento di Mare, lord possessore di Pyke, comandante della *Grande piovra*

Lady Alannys della Casa Harlaw, sua moglie

I loro figli

- **Rodrik**, ucciso a Seagard durante la Ribellione di Greyjoy
- **Maron**, ucciso a Pyke durante la Ribellione di Greyjoy
- **Asha**, comandante del vascello *Vento nero*
- **Theon**, protetto di lord Eddard Stark a Grande Inverno

I fratelli di lord Balon

- **Euron**, detto "Occhio di Corvo", comandante del vascello *Silenzio*, fuorilegge, pirata e predone
- **Victarion**, lord comandante della flotta del Ferro, comandante della *Vittoria di ferro*
- **Aeron**, detto "Capelli Bagnati", prete del culto del Dio Abissale

La corte di lord Balon a Pyke

Dagmer, detto "Mascella Spaccata", maestro d'armi, comandante della *Bevitrice di schiuma*

Maestro Wendamyr, dotto della Cittadella, guaritore e consigliere

Helya, attendente del castello

Sigrin, mastro navale di Lordsport

I nobili alfieri di lord Balon

Lord Botley, di Lordsport

Lord Wynch, di Iron Holt

Lord Harlaw, di Harlaw

Stonehouse, di Vecchia Wyk

Drumm, di Vecchia Wyk

Norne Buonfratello, di Vecchia Wyk

Gorold Buonfratello, di Grande Wyk

Lord Merlyn, di Grande Wyk

Sparr, di Grande Wyk

Lord Blacktyde, di Blacktyde

Lord Saltcliffe, di Saltcliffe

Lord Sunderly, di Saltcliffe

NOBILE CASA LANNISTER

I Lannister di Castel Granito rimangono i principali sostenitori della pretesa di re Joffrey al Trono di Spade.

Il loro stemma è un leone dorato in campo porpora. Il loro motto è: "Udite il mio ruggito!".

TYWIN LANNISTER, lord di Castel Granito, Protettore dell'Ovest, difensore di Lannisport e Primo Cavaliere del re, comandante dell'esercito Lannister ad Harrenhal
- **Lady Joanna**, sua moglie e cugina, morta di parto

I loro figli
- **Ser Jaime**, detto "Sterminatore di Re", Protettore dell'Est, lord comandante della Guardia reale, gemello della regina Cersei
- **Regina Cersei**, vedova di re Robert I Baratheon, regina reggente e protettrice del reame, gemella di Jaime
- **Tyrion**, detto "Folletto", un nano

I fratelli e le sorelle di lord Tywin
- **Ser Kevan**, fratello maggiore di lord Tywin
  - **Dorna**, della Casa Swyft, sua moglie
    - **Ser Harys Swyft**, padre di lady Dorna
  - I loro figli
  - **Ser Lancel**, un tempo scudiero di re Robert, fatto cavaliere dopo la sua morte
  - **Willem**, scudiero, preso prigioniero al Bosco dei Sussurri, gemello di Martyn

Martyn, gemello di Willem, scudiero
Janei, figlia di due anni
Genna, sorella di lord Tywin, sposa di ser Emmon Frey
Ser Cleos Frey, figlio di Genna, prigioniero a Delta delle Acque
Ser Lyonel Frey, figlio di Genna
Tion Frey, figlio di Genna, scudiero, prigioniero a Delta delle Acque
Ser Tygett, fratello di lord Tywin, morto di malattia
Darlessa, la sua vedova, della Casa Marbrand
Tyrek, il loro figlio, scudiero del re
Gerion, fratello minore di lord Tywin, scomparso in mare
Joy, figlia bastarda di Gerion, dieci anni

Il cugino e i nipoti di lord Tywin
Ser Stafford Lannister, fratello della defunta lady Joanna
Cerenna e **Myrielle**, le sue figlie
Ser Daven, suo figlio

I principali nobili alfieri, capitani e comandanti di Casa Lannister
Ser Addam Marbrand, erede di Ashemark, comandante degli esploratori e degli incursori di lord Tywin
Ser Gregor Clegane, la "Montagna che cavalca"
Polliver, Chiswyck, Raff Dolcecuore, Dunsen e **Messer sottile**, soldati agli ordini di ser Gregor
Lord Leo Lefford
Ser Amory Lorch, comandante dei saccheggiatori
Lewys Lydden, lord di Deep Den
Gawen Westerling, lord di Crag, preso prigioniero al Bosco dei Sussurri e tenuto in carcere a Seagard
Ser Robert Brax e suo fratello, **ser Flement Brax**
Ser Forley Prester, della Zanna Dorata
Vargo Hoat, della Città Libera di Qohor, capitano mercenario dei Bravi Camerati

Il consigliere di lord Tywin
Maestro Creylen, dotto della Cittadella

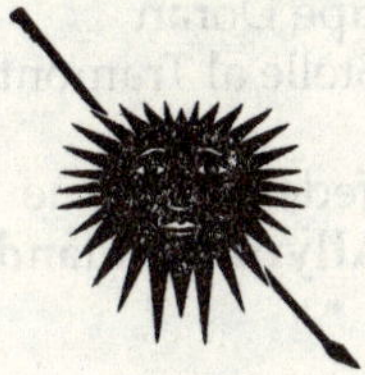

Nobile Casa Martell

Dorne fu l'ultimo dei Sette Regni a giurare fedeltà al Trono di Spade. Dinastia, usanze e storia sono tutti elementi che differenziano grandemente quello dorniano dagli altri regni.

Allo scoppio della guerra dei Cinque Re, il principe di Dorne è rimasto in silenzio e non si è schierato.

Lo stemma dei Martell è un sole rosso perforato da un giavellotto. Il loro motto è: "Mai inchinati, mai piegati, mai spezzati".

DORAN NYMERIOS MARTELL, lord di Lancia del Sole, principe di Dorne
- **Mellario**, sua moglie, della Città Libera di Norvos

I loro figli
- **Principessa Arianne**, figlia maggiore, erede di Lancia del Sole
- **Principe Quentyn**, figlio maggiore
- **Principe Trystane**, figlio minore

Il fratello e la sorella del principe Doran
- **Principessa Elia**, sorella, sposa del principe Rhaegar Targaryen, uccisa durante il saccheggio di Approdo del Re
  - **Principessa Rhaenys**, figlia di Elia, una bambina uccisa durante il saccheggio di Approdo del Re
  - **Principe Aegon**, figlio di Elia, un infante ucciso durante il saccheggio di Approdo del Re
- **Principe Oberyn**, fratello, detto "Vipera Rossa"

La corte di Dorne

Areo Hotah, mercenario della Città Libera di Norvos, capitano della guardia del principe Doran

Maestro Caleotte, consigliere, guaritore e tutore

Il nobile alfiere del principe Doran

Edric Dayne, lord di Stelle al Tramonto

Case che hanno giurato fedeltà a Dorne

Jordayne, Santagar, Allyrion, Toland, Yronwood, Wyl, Fowler, Dayne

Nobile Casa Tyrell

Lord Tyrell di Alto Giardino ha dichiarato il suo appoggio a re Renly dopo il matrimonio dinastico di Renly con sua figlia Margaery, portando a sostegno della pretesa al trono da parte di Renly la maggior parte dei suoi principali nobili alfieri.

Lo stemma dei Tyrell è una rosa dorata in campo verde erba. Il loro motto è: "Crescere forti".

MACE TYRELL, lord di Alto Giardino, Protettore del Sud, difensore delle Terre Basse, gran maresciallo dell'Altopiano e Primo Cavaliere del re
- **Lady Alerie** della Casa Hightower di Vecchia Città, sua moglie

I loro figli
- **Willas**, figlio maggiore, erede di Alto Giardino
- **Ser Garlan**, detto "il Galante", secondo figlio
- **Ser Loras**, il "Cavaliere di Fiori", figlio più giovane, lord comandante della Guardia dell'arcobaleno
- **Margaery**, figlia, una fanciulla di quindici anni, di recente in sposa a Renly Baratheon

La madre vedova di lord Mace
- **Lady Olenna**, della Casa Redwyne, detta "Regina di spine"

Le sorelle di lord Mace
- **Mina**, sposa di Paxter Redwyne, lord di Arbor
  - I loro figli

Ser Horas Redwyne, gemello di Hobber, definito ironicamente "ser Orrore"
Ser Hobber Redwyne, gemello di Horas, definito ironicamente "ser Fetore"
Desmera Redwyne, fanciulla di sedici anni
Janna, sposa di ser Jon Fossoway

Gli zii di lord Mace
Garth, detto "il Grosso", lord siniscalco di Alto Giardino
Garse e **Garrett Flowers**, figli bastardi di Garth
Ser Moryn, lord comandante della Guardia cittadina di Vecchia Città
Maestro Gormon, un dotto della Cittadella

La corte di Alto Giardino
Maestro Lomys, consigliere, guaritore e tutore
Igon Vyrwel, comandante della Guardia
Ser Vortimer Crane, maestro d'armi
Blocco di burro, giullare, enormemente grasso

Case che hanno giurato fedeltà alla Casa Tyrell
Vyrwel, Florent, Oakheart, Hightower, Crane, Tarly, Rowan, Fossoway, Mullendore

I guardiani della notte

La confraternita in nero dei guardiani della notte protegge il reame, e ha giurato di non prendere alcuna parte nelle guerre civili e nelle lotte per il trono.

Tradizionalmente, in tempi di rivolta, i guardiani della notte onorano tutti i re ma non obbediscono a nessuno di loro.

AL CASTELLO NERO

JEOR MORMONT, lord comandante dei guardiani della notte, detto "Vecchio Orso"
- **Jon Snow**, il bastardo di Grande Inverno, suo attendente e scudiero, detto "lord Snow"
  - **Spettro**, il meta-lupo di Jon, albino
- **Maestro Aemon (Targaryen)**, consigliere e guaritore
  - **Samwell Tarly e Clydas**, attendenti di Aemon
- **Benjen Stark**, primo ranger, disperso a nord della Barriera
  - **Thoren Smallwood**, ranger veterano
  - **Jarmen Buckwell**, ranger veterano
  - **Ser Ottyn Wythers, ser Aladale Wynch, Grenn, Pypar Matthar, Elron, Lark** dette "Sorelle", ranger
  - **Bedwyck**, detto "Gigante", ranger
- **Othell Yarwyck**, primo costruttore
  - **Halder, Albett**, carpentieri
- **Bowen Marsh**, lord attendente
  - **Chett**, attendente e mastro dei cani
  - **Eddison Tollett**, detto "Edd l'Addolorato", un tetro scudiero
- **Septon Cellador**, un ubriacone devoto
- **Ser Endrew Tarth**, maestro d'armi

Confratelli al Castello Nero

Donal Noye, armaiolo e fabbro, con un braccio solo

Hobb Tre Dita, cuoco

Jeren, Rast, Cugen, reclute ancora in addestramento

Conwy, Gueren, "Corvi erranti", reclutatori che vagano per il reame alla ricerca di ragazzi orfani e di criminali da portare alla Barriera

Yoren, il veterano dei "Corvi erranti"

Praed, Cutjack, Woth, Reysen, Qyle, reclute dirette alla Barriera

Koss, Gerren, Dobber, Kurz, Jaqen H'ghar, Mordente, Rorge, criminali diretti alla Barriera

Lommy Maniverdi, Frittella, Gendry, Tarber, Arry (Arya), ragazzi orfani diretti alla Barriera

AL FORTE ORIENTALE

COTTER PYKE, comandante del Forte Orientale

Ser Alliser Thorne, maestro d'armi

Confratello al Forte Orientale

Dareon, attendente e cantastorie

ALLA TORRE DELLE OMBRE

SER DENYS MALLISTER, comandante della Torre delle Ombre

Qhorin, detto "Monco", ranger veterano

Dalbridge, anziano scudiero e ranger veterano

Ebben, Stonesnake, ranger

RINGRAZIAMENTI

Altri dettagli, altri diavoli.

Questa volta, gli angeli che mi hanno aiutato a esorcizzarli sono Walter Jon Williams, Sage Walker, Melinda Snodgrass e Carl Keim.

Un ringraziamento anche ai miei pazienti editori e redattori: Anne Groell, Nita Taublib, Joy Chamberlain, Jane Johnson e Malcolm Edwards.

Infine, un cenno con la celata dell'elmo a Parris per il suo magico caffè, il carburante che ha creato i Sette Regni.

